ハヤカワ・ミステリ

DAVID GORDON

ミステリガール

MYSTERY GIRL

デイヴィッド・ゴードン
青木千鶴訳

TOKYO
HAYAKAWA
BOOKS

A HAYAKAWA
POCKET MYSTERY BOOK

MYSTERY GIRL
by
DAVID GORDON
Copyright © 2013 by
DAVID GORDON
Translated by
CHIZURU AOKI
Originally published in the United States by
AMAZON CONTENT SERVICES LLC, 2013
First published 2013 in Japan by
HAYAKAWA PUBLISHING, INC.
This book is published in Japan by
arrangement with
AMAZON PUBLISHING
c/o TERI TOBIAS AGENCY, LLC
through TUTTLE-MORI AGENCY, INC., TOKYO.

装幀／水戸部 功

ぼくを惑わせた女《ひと》たちへ

目次

ミステリガール

おもな登場人物

サミュエル（サム）・コーンバーグ……小説家志望の男。私立探偵助手
ソーラー・ロンスキー……………………私立探偵
ラモーナ・ドゥーン………………………調査対象の女
ララ…………………………………………サムの別居中の妻
マイロ………………………………………サムの友人。レンタルビデオ店店長代理
ジェリー……………………………………レンタルビデオ店のオーナー
ＭＪ…………………………………………サムの友人。元古書店主
マージ………………………………………ＭＪのパートナー
ロズ・ロンスキー…………………………ソーラーの母
ミセス・ムーン……………………………ロンスキー家の家政婦
モナ・ノート………………………………精神病院の入院患者
ゼッド・ノート……………………………伝説の映画監督
バック・ノーマン…………………………映画監督
ラス・ファウラー…………………………ノーマンの助手
ケヴィン……………………………………ゼッドの映画の衣装とセットデザイン担当。通称魔術師
ヴェロニカ（ニック）・フリン…………元女優

第一部　失われた魂を求めて

1

ぼくが探偵助手となって最初の殺人事件を解決したのは、妻に捨てられて、いくらか正気を失った直後のことだった。とはいえ、ぼくの雇い主である探偵そのひとほど、こちらの頭はいかれちゃいない。あの男は完全にいかれている。それが事実であることを示すカルテも存在する。そう、あの男は屋外便所に巣食うネズミよりもいかれている。言うなれば、あの男は精神を病んだ精神的探偵なのだ（不埒《ふらち》な言葉遊びは大目に見ていただきたい。ぼくは日の目を見ることのない鬱屈《うっくつ》した作家であり、そういう人間はみな、単語綴りゲーム《スクラブル》のマス目の上でしか発揮しようのない痛烈にして残酷な才知を持てあましているものなのだから）。じつを言うと、ぼくには狂人がそれとわかる。はやばやと白状してしまうが、かつてのぼくもまた、けっして情緒の安定した子供ではなかったからだ。

　だからといって、ぼくは頭がいかれているわけじゃない。ぼくはただ、怒りだの恐怖だの孤独だのなんだのを抱えるがゆえに、途方もなく悲嘆に暮れていたというだけにすぎない。病《やまい》はぼくの頭ではなく、心を蝕《むしば》んでいた。ぼくの心は恐ろしく病《や》んでいた。ぼくの心のなかでは、病原体が夜どおし暴れまわっていた。眠りについた身の内で、そいつは熱に浮かされ、うわごとを繰りかえし、休みなく寝返りを打ちつづけていた。悪夢にうなされ、汗だくになって跳ね起きても、震えがおさまることはない。ぼくの心は救急車に運びこまれたまま、なすすべもなくあたりを走りまわっていた。苦悶《くもん》のサイレンをたなびかせながら。警官が行く手を切り拓《ひら》いてくれることを、前方の車列が割れてくれることを願いながら。けれども、ぼくが駆けこむことのできる救急医療センターはどこにも存在しなかった。ぼくの到着を待ちうけて、迅速な処置をしてくれるはずの白衣のナースも。ぼくにできるのはただ、「急患！　急患！」と涙声でわめきたてながら、同じ場所を延々と走りまわることだけだった。

やがてぼくは、自分が患《わずら》う病の正体に思い至った。ぼくはただ、生きることに倦《う》んでいるのだと。だが、ぼくの知る唯一の治療法——生存拒絶病を完治できるであろう唯一の方法は、あまりに抜本的かつあまりに不確かであるうえに、けっして取りかえしがつかないものだった。よって、数多《あまた》の眠れぬ夜や虚脱の淵《ふち》に沈んだ朝には猛烈にそそられはするものの、打つべき手がすべて尽きてしまわないかぎり、試してみる気にはなれなかった。

2

さきほど述べたとおり、すべては妻のララが書斎に入ってきて、この世に出まわる言葉のなかで最も恐ろしく、最も肝《きも》の冷えるひとことを発した日に始まった。

「話があるの」とララは言った。これがいい知らせであるはずはない。断じてありえない。〝話があるの。じつはいま、猛烈にムラムラしてきちゃって。でも、急いでね。もうすぐピザが焼きあがるころだから〟とは断じてならない。そんなわけで、ララの話とやらはこんなふうに続いた。自分はこの家を出ていくつもりだ。ぼくには、自分と一緒に夫婦セラピーに通ってもらう。それから、とにかく仕事を見つけること。

いや、ぼくのことをぐうたらな人間だと思ってもらっては困る。それがララの見解であるのはあきらかだが、ぼくはこれまでつねになんらかの仕事に就いてきた。あまりに多すぎるほどの仕事にだ。第一にあげるべきは、もちろん小説家だろう。とはいえ、小説家として人並の収入を得るのはたやすいことではない。これまでの二十年間で、ぼくが小説家として稼ぎだした金の総額は〇ドル。よってひとまず、新たに手がけていた実験的大作にして大いなる駄作『会陰《えいん》』の未完原稿は、机の引出しにしまいこまざるをえなくなった。ちなみに、その原稿の下には、小説と呼ぶのもはばかられるような過去の愚作『厠《かわや》』や『スローモーション・ホロコースト』が眠っている。そうしてぼくが就《つ》いた仕事は雇われ脚本家だった。この世に小説と同じくらい、いや、ときとしてそれ以上に愛してやまないものが存在するとしたら、それは映画(そして妻のララ)にほかならないからだ。映画の脚本は小説よりも遥かにいい金になった。国外の製作会社が企画したソフトコアのB級SFホラー映画、《淫靡《いんび》なる探査》の脚本を推敲《すいこう》する仕事が即座にまわってきたからだ。おかげで、ささやかな前金と、興行収益からの分配金とやらが懐《ふところ》に転がりこんできた。昼食を囲んでの打ちあわせにポルシェで乗りつけてきたプロデューサーは、原稿を受けとったあと、そうした報酬に関する説明を始めた。ただし、プロデューサーの話す英語がすばらしく流暢《りゅうちょう》であるとは言いがたかったため、どんな計算がなされているのかはほとんど理解できなかった。そのうえ、プロデューサーはその日、小切手帳を持参し忘れていたのだが、少なくとも、ぼくのぶんもランチ代(十三ドル二十五セント)を支払ってはくれた。さもなくば、あの運命の朝までにぼくが映画業界で得た収入の総額は、きっかり百八十ドルにしかならないところだった。ちなみにこれは、レンタルビデオ店で働く友人のマイロから依頼され、月ごとに発行するチラシの新作情報や耳寄り情報を執筆した礼として、二十ドル札で支払われた原稿料の総計だ。

さて、こうしてぼくは、紙の上でとは言わないまでも、意識の上では小説家でありつづけながら、夜には薄暗い寝室の片隅で映画の脚本に磨きをかけていた。その一方で、雀の涙の収入を補うべく、数多の副業にもいそしんできた。電報配達人に、デリバリーの配達員。アンケート調査員。オフィスの電話番に、コピー係に、書類整理係の助手。塗装工の助手。助手兼運転手。原稿整理係の助手。仮設事務所の暫定《ざんてい》所長の助手。広告代理店の臨時雇いの助手。老人ホームのヘルパーの助手。奨励活動家（なるもの）の助手の助手。そして、そんなこんなを経た結果、ついには助手稼業の極みに到達することとなる。ぼくを除いたただひとりの働き手にして経営者でもあるメアリー・ジェイン・ラザフォードのもとで、古書店〈バートルビーの筆耕《ひっこう》〉の店主助手の座におさまったのである。その古書店は、ロサンゼルス市内の最新流行にして瀟洒《しょうしゃ》な地区、シルヴァー・レイクに位置しており、ぼくの自宅からもほど近かった。もらえる金がけっして多くない一方で、課せられた仕事も多くはなかった。ぼくがしなければならないのは、勘定台の前にすわっていることと、気が向いたとき商品にはたきをかけること、雇い主であるMJことメアリー・ジェインと文学について論じあうこと、そして、ぼくが持っているどんなものに関する知識よりも多くの知識を、映画に関して有する友人、マイロとの雑談に花を咲かせることくらいのものだった。マイロが店長代理を務めるレンタルビデオ店〈ビデオ礼讃《らいさん》〉はMJの古書店の隣にあって、両店はいずれも経営が傾きかけていた。互いが敬愛する業界の狭間《はざま》で、谷底へ転がりおちていく運命にある同志のようなものだった。MJ（メアリー・ジェインがイニシャルを名乗りだしたのは大学時代、同性との恋愛関係に踏みきったのがきっかけであり、以来、本名は小切手のサイン欄にしか登場していないらしい）は大学院にて長らく取り組んでいた前期モダニズムの詩人に関する研究を放りだし、残る奨学金をなげうってまで、この古書店を開いたという。ところが、店を開けたあとは、たいてい奥の小部屋にこもったまま、ぼくひとりを店に立たせていた。ぼくひとりを舳先《へさき》に立たせ、文学を掲げた朽ちかけの旗竿《はたざお》を握らせつづけていた。

はじめのうち、ぼくはこんなふうに思っていた。MJは奥の小部屋で、ポルノを鑑賞したり、ネットサーフィンをしたりしているのだろう。ぼくが（〝思索〟と称して）書斎にこもっているときにしているのが、そうしたことだったからだ。そんなある日、奥の小部屋から奇妙なつぶやきが聞こえてきた。なかをのぞきこむと、生物分解による再生紙を百パーセント利用した紙袋を胸に抱き、色付きの眼鏡をかけたMJが室内をゆっくりと歩きまわっていた。スーパーマーケットの〈トレーダー・ジョー〉で買ってきた激安ワインをラッパ飲みしながら、ウォレス・スティーヴンズやイェイツの詩をひとり高らかに朗誦していた。そのときようやく理解した。MJは悲愴感漂う〝詩の宴《うたげ》〟にその身を挺していたのだ。ときには、忘我の境地に陥ったMJが声量の調節を忘れ、バスを待つあいだ日陰を求めて店内に迷いこんできた稀少な客を怖気《おじけ》づかせてしまうこともあった。階上に住むマイロの雇い主、ジェリーが飼うトイプードルのピーチェスが仰天し、けたたましく吠えたてはじめることもあった。

さっきも言ったように、ぼくらの店もマイロの店も沈没しかけた船のようなものだったのだが、先に水底へ沈んだのはぼくらの店のほうだった。店舗の賃貸契約期限が切れてしまうと、超がつくほどの人気スポットと化したシルヴァー・レイクにおいて、地価に見合った賃貸料を支払うことは、もはやぼくらには不可能だった。周囲にはなおも、古書店や映画マニアのためのレンタルビデオ店といった、古きよき時代の趣《おもむき》をとどめた個人経営の店があふれていた。レンタルビデオ店の経営者であるジェリーはといえば、七〇年代に同性愛者の先駆けとしてこの地へやってきて、街が急発展を遂げるより先に、ヒスパニック系居住区時代の価格で長期賃貸契約を交わしていた。マイロがジェリーのもとで働きはじめた当初、隣の敷地にはゲイ・ポルノ専門の映画館が建っていた。マイロはそこで映写技師を務めながら、いかがわしい映画の研究で文学修士号を取得しようとした（マイロはいまだに、もし自分がそれを仕上げることができていれば、「下《しも》の毛――体毛と前衛的ゲイ映画」なる研究論文があらゆる分野に大変動をもたらしていたはずだと豪語している）。その後、映画館は個室制のビデオ鑑賞店へ、続いてレンタルビデオ店へと姿を変えた。インターネットと高級化の波が、ごろつきだの小心者だのを通りから一掃してしまったからだ。いま現在、ジェリーの〈ビデオ礼讃〉もまた経営の悪化に苦しんではいるものの、それ以上に激しく悪化しているのがジェリー自身の健康状態だった。ジェリーにとっての気がかりはいま、映画産業の未来より、いかにしてマイロをただちに呼び寄せ、寝床を整えさせたり、スープを運ばせたりするかであるらしかった。

さて、店をたたむこととなったMJが最初に取りかかったのは、インターネットを通じて、数少ない稀覯《きこう》本《ぼん》を売りさばくことだった。『裸のランチ』の国内初版（かなりの良品。ただし、パリのオリンピア・プレスから出された初版はさらに高値で取引されている）。熱狂的ファンにとっては垂涎《すいぜん》の的らしい、ナルニア国物語の全シリーズ初版セット。『飲んだくれ』や『死ぬほどいい女』や『残酷な夜』といった、ジム・トンプスンのペーパーバック版が数点（知りあいの伯父さんの遺品が詰まった段ボール箱のなかにあるのをぼくが見つけて、店のために譲りうけはしたが、自分では手が届かなかったもの。状態は良から並みとまちまち）。T・E・ロレンスの一九三五年版『知恵の七柱』（希少価値はいくぶん落ちる）。全六巻から成る『カサノヴァ回想録』（水でふやけた箇所が多数あり）。フィリップ・K・ディックの『流れよわが涙、と警官は言った』のペーパーバック版（状態は並）。これらの本をさばき終えたMJは、続いて、残る在庫をまとめて同業者に売り払おうとしたのだが、引取り手がどうにも見つからなかった。最後の手立ては図書館への寄贈だけだった。ところが、図書館ですら、ペーパーバックは引きとれないという。かくしてぼくらは暴挙に出た。真夜中にステーションワゴンを走らせるMJのあとに、マイロとぼくの車も続いた。黒ずくめの服装で、図書館の裏口にそっと忍び寄り、寄る辺《よべ》なき数千冊の本を石段の上に置き去りにしてから、死体を遺棄《いき》する殺人犯さながら、脱兎《だっと》のごとくに逃げ去った。ワインのボトルと、死の淵を脱した詩人の心とが、後部座席で転げまわる気配を背中に感じながら。

3

そうとも、妻のララはぼくという人間を完全に誤解していた。ぼくはけっして、怠けた人間ではない。怠け者のフーテンは、何かを気にかけたりはしない。ただただ気ままに日々をすごしている。人生を楽しんでいる。ひっそりとした薄暗い路地に日がな一日寝転がり、ぼろの山にくるまって、昼寝中の野良犬を撫でながら、ボトルからじかに酒をあおっては、呑気に口笛を吹き鳴らしている。だが、ぼくはちがう。これまでずっと、奴隷のようにあくせく働きつづけてきた。ぼくは怠け者ではない。単に、落伍者であるだけなのだ。おそらくはぼくもまた、ララという人間を完全に誤解していたのだろう。あのとき、ララの発言に、ぼくはすっかり意表を突かれた。度肝を抜かれたと言っても過言ではない。五年におよぶ結婚生活にピリオドを打つべく、ララがぼくの〝仕事場〟に入ってきたとき。〝思索〟にいそしむぼくに向かって、この家を出ていくと告げたとき。その瞬間まで、ぼくらの夫婦関係は良好であると、ぼくは信じきっていた。〝良好〟という単語が、めったに会話を交わさず、めったに夜の生活がない関係を意味するのだとすれば。ときおり怒声まじりの口論に発展することもあるが、おおかたはベッドに並んで横たわり、棒状で売られている生地をスライスして焼いたネスレのチョコレートチップ・クッキーをかじりながら、物憂げにテレビを眺めるような関係を意味するのだとすれば。これまでぼくが心底からの危機感を抱《いだ》いたことはなかった。夫婦とはそういうものだと、まわりから聞かされていたから。結婚後にどんな生活が待ちうけているか、まえもって知らされていたから。インスタント食品のクッキーにしたって、焼きたてでまだ生地が柔らかく、チョコチップのとろけた状態のものは、驚くほどの美味であったりする。高級店のトリュフチョコでもなければ、珍しい異国の果物を使ったシャーベットでも、自家製パイでもないが、食欲を充分に満たしてくれる。ぼくらの結婚生活がもはや、純度九十九パーセントの濃厚な幸福が詰まったバレンタイン・チョコレートではなくなってしまったとしても、ぼくにとっては甘んじて受けいれることのできる、生温かくて、甘ったるくて、嚙みでのある不幸だったのだ。何より、ぼくはララを愛していた。心から愛していた。ララもぼくを愛してくれていた。少なくとも、本人はそう言っていた。情感のこもった声で、そう何度も繰りかえしてくれた。絨毯《じゅうたん》に膝をつき、ぼくにひしと身を寄せながら。頰に涙のすじを伝わせながら。

「愛してるわ。腹立たしいほど愛してる。だけど、こんな生活には耐えられない。あなたはけっして変わろうとしない。わたしの声はあなたの耳に届かない。あなたのことを心から愛しているわ。心が張り裂けそうなくらいに。でも、あなたにわかってもらうには、こうするしかないの」

ララの言うとおりだ。ぼくはわかっていなかった。ただし、ララの声は聞こえていた。少なくとも、ぼくはそう思っていた。ひょっとすると、それすらも思いこみだったのかもしれない。

「きみの声は届いているさ」とぼくは言った。「はっきり耳に届いている。仕事なら、すぐにも見つけよう。すでに探しはじめてはいたんだが、もっと根《こん》を詰めて探すことにしよう。セラピーにもちゃんと通う。日時を伝えてくれれば、かならず出席する。だから、ここを出ていくのだけはやめてくれ。頼む、ララ。こんな仕打ちはあんまりだ」言いながら、ぼくも床にひざまずいた。ララの目をのぞきこもうとした。その緑色の瞳を。涙に濡れると、ひときわ濃度を増す緑色の瞳を。

「けっしてぼくのもとを離れないと約束してくれたじゃないか。何があろうと離れないと。そうだろう？」すすり泣きながらうなずくララに向かって、ぼくは訴えた。「お願いだ。考えなおしてくれ。こんなのはあんまりだ」

ララの決意は変わらなかった。ララはここを出ていった。見映えのいい旅行鞄《かばん》を腕にさげ、見映えのいい車に乗りこんで、ぼくのもとを去っていった。おそらくはこんなときですら、小粋でお洒落な女でありたかったのだろう。ララの後ろ姿を見送ったあと、ぼくは寝室のカーテンを閉じ、ベッドに横たわって膝を抱えた。病気の赤ん坊をあやすかのように、自分の心をそっと抱きしめた。そのとき何を感じていたかって？どう説明すればいいのだろう。ぼくは孤独だった。一瞬のうちに、ララが見知らぬ人間に変わってしまった気がした。ひとり流刑に処されたような気分だった。けれども、涙は流さなかった。なぜなら、ぼくが涙を流すとき優しく抱きしめてくれるはずだったこの世でただひとりの人間が、ぼくのもとを去ってしまったからだ。

4

翌朝、ぼくは虚《むな》しさのなかで目を覚ました。傍《かたわ》らにあるはずの柔らかなぬくもりがそこにないことに気づいた瞬間、前日の記憶が蘇った。今後は毎日、これを――感情の記憶喪失を――繰りかえすことになるのだろう。ララがいなくなったという事実を忘れては、また思いだしてを繰りかえすことになるのだ。ベッドから起きだしたぼくは、何かに取り憑《つ》かれたように就職活動を開始した。金曜日に予定されている一回目のセラピーには、何がなんでも、新たな仕事を花束のようにたずさえていきたかった。そこでまずは、インターネット上の求人情報をあちこちあさって、十通余りの履歴書を送った。地元の就職支援サイトに、自分の履歴を登録もした。記憶にあるかつての雇用先にもいくつか電話をかけ、誰かが夜なべを強いられているような状況があれば、自分がいつでも求めに応じられる旨《むね》を伝えておいた。それ以上、打つべき手が思い浮かばなくなると、万が一ララが戻ってきた場合に備えて、家じゅうの掃除を始めた。

みずからがもたらした惨状には、目を見張るばかりだった。ほんの二十四時間のうちに、ぼくらの大切なわが家はぼく自身ですら唖然《あぜん》とするほど乱雑で薄汚れた、悪臭漂う独身男のねぐらへと変貌してしまっていた。居間では至るところに新聞が散乱し、寝室ではシーツの剝《は》がれたマットレスがむきだしになっていた。次々と新しいグラスやカップに手をつけたらしく、十以上もの食器があちこちに置きっぱなしになっていた。ぼくはパニックの波に呑まれながら、掃除に取りかかった。こんなにも急激に、こんなにも深いところまで、おのれを落ちぶれさせるわけにはいかなかった。本来のぼくはそこまでずぼらな人間ではないはずなのだから。もちろん、ララのほうが遥かに几帳面《きちようめん》ではある。ララは女なわけであるし。だけども、ぼくとてそれなりにがんばってきた。料理もしたし、ゴミ出しもした。定期的に洗濯機もまわしたし、食器洗い機がいっぱいになったらスイッチを押すことも忘れなかった。とはいえたしかに、ぼくがひとりで暮らしていたなら、それしきのことすらしなかったろう。ララがひとたびいなくなってしまうと、わずかひと晩で、早くもぼくはゴミ溜めのなかに身をうずめるようになっていた。ララと出会うまえまで暮らしていたのとそっくり同じゴミ溜めのなかに。標準的な独身男が押しなべて身を置く、無秩序な世界のなかに。世話を焼いてくれる女のいない標準的な男たちが生きているのは、いともみじめな未開の世界だ。朝食が缶入りのピーナッツであったり、皿を洗う手間を省くためにフライパンからじかに夕食を掻きこんだりする世界。自宅にシーツやタオルを一枚ずつしか持たない世界。〝整頓《せいとん》〟なる単語が何を意味するのかすらわからない。揃うべきものが揃っていたためしはない。色褪せ具合の同じ黒の靴下をひと揃い見つけられたら、奇跡だと言わざるをえない。風邪をひいたところで看病してくれる者はなく、いちばん親しい友人ですら、一杯の紅茶も淹《い》れてはくれない。高熱に浮かされ、汗にまみれた身体をベッドにじっと横たえたまま、Tシャツで鼻をかみつづけるしかない。自宅用にティッシュペーパーなんぞを買ったためしはなく、トイレットペーパーとして便所に備えつけられているのは、マクドナルドからくすねてきた紙ナプキンだけだからだ。そんな世界に暮らすのはごめんだって？　そりゃあそうだろう。誰だっておんなじだ。ぼくらだってそう思っている。けれども、檻《おり》に閉じこめられた犬や、呪いをかけられたヒキガエルのように、ぼくらには自力でそこから抜けだすことができないのだ。

そんな世界にいたぼくを、ララが救いだしてくれた。殺風景な部屋のなかで、段ボール箱をテーブル代わりにしていたぼくを。廃品置き場から拾ってきたフトンにくるまって、あてどない暮らしに身を任せていたぼくを。最後につきあっていた恋人と別れて以来、他人が書いた脚本の推敲《すいこう》という職を得てこの街に越してきたとき以来、ずっと同じ服を着つづけていたぼくを。妻を持つ身となったぼくは、こまめに散髪をするようになった。体形に合った服を身につけるようになった。清潔な香りを漂わせるようになった。歳相応の風貌《ふうぼう》になった。身にあまるほどの贅沢《ぜいたく》な暮らしを送れるようになった。クロゼットのなかには、タオルやシーツはもちろんのこと、予備のキルトカバーまでもがいっぱいに並ぶようになった。明るい陽射しのさしこむ寝室で目を覚ますようになった。家具はすべて同じ様式のもの（おそらくはモダンと称されるものだろう）で統一されていた。ララの提案で、壁のペンキを塗り替えもした。以前のぼくには思いつきもしない発想だった。床には掃除機がかけられ、冷蔵庫には有機栽培の野菜（ただし、自家栽培ではない）がおさめられるようになった。バスルームには、顔だの髪だのつま先だの、ありとあらゆる部位に塗りこむための専用クリームが揃っていた。あんなにも遠い場所にいて、ほとんど絶縁状態にあった自分のつま先に、これほどの慈《いつく》しみを受ける価値があろうとは、ララに教えられるまで思いもしなかった。そうした変化のすべてに、ぼくは感謝していた。心から感謝していた。その点については、ひとりの例外もいないはずだ。世界じゅうの男たち、異性愛者の男たちを代表して、ぼくが断言しよう。ぼくら男どもは、世の女たちに感謝している。ぼくらはちゃんとわかっている。女たちが提供してくれているのが、よりよい暮らしであることを。快適で、優雅で、心なごむ暮らしであることを。ぼくら男には、自分ではどうすることもできないということを。きみら女がいなければ、ぼくらは単なる野蛮人にすぎない。最良の部類に入る男たちですら、その例外ではない。なぜなら、ぼくら人間が自分をだいじにするためには、自分自身を気にかけていなければならないからだ。自分自身を少しなりとも愛していなければならないからだ。だが、ぼくらの住まう世界において、きみら女なしに愛は存在しないのだ。

なければならないが、これがまたたいへんな大仕事だった。コーヒーの飲みすぎで手が震え、誤って喉を切りつけもした。だが、それより何より困難だったのは、鏡のなかの自分と向きあうことだった。ここ数日にわたる苦悩のマラソンを走りぬいたことで体重が落ち、満ち足りた夫の象徴である太鼓腹は影をひそめていた。おかげでずいぶんと引き締まって見えたし、妻の監修のもとでカットされた髪形も申しぶんなかったのだが、ただ一点、問題があった。鏡に映るぼくの瞳には、見まがいようもなく異様な光が宿っていたのだ。面接官が早々にぼくを引きとらせようとしたのも無理はない。ああいう職種の人間は、力強い握手をしたり、まっすぐに相手の目を見たりすることが身についている。となれば、じっとりと冷たくて小刻みに震えるぼくの手を握り、白目の血走った青い瞳をのぞきこんだ瞬間、ぼく自身ですら知りたくもない何かを目にしたのであろうことは間違いなかった。

5

そのEメールが送られてきたのは、あれから五日目のこと、いくらか捨て鉢になりかけていたときのことだった。例のセラピーとやらは、その日の午後に予定されていた。ところが、それまでに受けることのできた面接はたったの二件で、結果はいずれも思わしいものではなかった。再度メールを送って、頼みこみたかった。面接をやりなおしてもらうことはできないだろうか。先日の記憶は、どうかきれいに抹消《まっしょう》してほしい。そもそもが、身なりを整えるだけでも多大な労力を要した。清潔なシャツと皺《しわ》の寄っていないズボンを見つけなければならなかったし、ボタンを正しくとめて、裾をきっちりたくしこまねばならなかった。髭《ひげ》も剃《そ》らそんなわけで、五日目を迎えた時点のぼくは、絶望的な心境にあった。その日は、夜も明けきらぬうちに目が覚めた。この四日間は不眠に苦しみ、やっとのことで寝ついたあとも、途切れ途切れの睡眠しかとることができずにいた。現実とそっくりの悪夢、いま自分の身に起きていることがそのまま再現された悪夢を見ては、一時間もしないうちに目が覚めるので、心身ともにくたびれ果てていた。

ベッドから起きあがると、まずはパソコンの前にすわり、からっぽのメールボックスを確認してから、コーヒーを淹《い》れた。そのあとは、ソファーにぐったりと突っ伏したまま、しばしの自己憐憫《れんびん》にひたった。詰め物の隙間に鼻を押しこみ、どこかに埋もれた小銭のにおいを嗅ぎとろうとでもするかのように、何度も息を吸いこんだ。このぼくがいったいどんな仕事にありつけると、ぼくは（それにララは）考えていたのだろう。

生まれ持った資質と鍛錬とによって、いまぼくに備わっているのは、こんなふうに寝転がって、物思いにふけることくらいのものだった。ぼくは両親が恨《うら》めしかった。べらぼうな金がかかるばかりで、なんら使い物にならない教育を、いまだ見返りのない教育を、十九世紀の下級貴族にこそふさわしい教育を受けるようぼくに勧めた、働き者の両親が恨めしかった。ぼくには、難解な哲学書を理解し、絵画や彫刻について意見を戦わせることができる。これまで実行してみたことがないだけで、必要に迫られれば、そうすることができる。お上品なディナーパーティーに出席し、ウィットに富んだ話術で人々を魅了することもできる（もしぼくをそんなものに招待しようという人間が存在するならの話ではある）。それから、自分がこのような窮状に至った原因を、的確に指摘することもできる。要は、散髪なり、料理なり、何かを修理するなりの技術を何ひとつ身につけなかった自分がばかだったのだ。とつぜんんの物音に、心臓が跳ねあがった。ソファーから跳び起きると同時に、郵便受けの隙間から手紙の束が顔を出し、そのままばらばらと床に落ちた。家賃の請求書。電気料金の請求書。学費ローンの請求書。それはそうと、ララとの共同口座に預金はどれくらい残っているのだろう。自分の負担分を今後も払いつづけるつもりは、ララにあるのだろうか。例のセラピーの費用はどれくらいかかるのだろうか。そもそも、今日はいったい何日なのか。

カーテンの隙間から郵便配達員の後ろ姿を盗み見つつ、つかのまの空想を楽しんだ。雨の日も風の日も戸外を歩きまわり、誰の注目を浴びることもなく、単調な作業を繰りかえす毎日。家へ帰れば、みずからの労働の成果であるふんだんな手料理と、陽気でふくよかな妻が待っている毎日。通りを歩きまわるだけで給料がもらえるとは、なんとすばらしい人生だろう。とはいえ、郵便物には、人間を凶行に駆りたてる何かがある。高々と積みあげられた紙の山が、誰も読みたがらない小説の原稿を彷彿《ほうふつ》とさせるせいかもしれない。その大半が、悪い知らせを運んでくるからかもしれない。そんなことをつらつらと考えながら、机の前に腰をおろし、ずきずきと疼《うず》く額をパソコンのキーボードに載せた。

そのとき、それが目に飛びこんできた。すぐ鼻先にクローズアップされた画面のなか、いつのまにやらメールボックスのいちばん下にすべりこんでいた、一通の新着メール。履歴を登録しておいた就職支援サイトからの、乏しい該当先を知らせる通知メールだった。それによると、この世でただひとつ、理論上はぼくが適任であるとされる〝職業〟がただひとつあるという。募集要項にはたった一文、〝私立探偵の助手、求む〟とだけ記されていて、そのあとに電話番号が続いていた。私立探偵の〝助手〟だって？　心が一気に浮きたった。それならぼくにもできる。誰にでもできる。ぼくはその番号に電話をかけた。ひとつめの呼出し音が鳴り終わりもしないうちに、受話器から声が聞こえてきた。

「もしもし?」そう応じたのは、年輩の女の声だった。

「おはようございます。求人広告を拝見して、電話させていただいたのですが」自分に出しうるかぎりの、はきはきと歯切れのいい口調でぼくは言った。

「間違い電話だわね」老女は言って、電話を切った。

番号を確認しなおしてから、ぼくはふたたび受話器をとりあげた。さっきはボタンを押しまちがえたのだろう。まえに説明したとおり、いま、ぼくの手は少し震えているわけだから。今回も、最後のボタンから指を離しきりもしないうちに、受話器から声が聞こえてきた。

「もしもし?」さっきと同じ老女の声だ。

「あの、たびたび申しわけありません。ただ、私立探偵の助手を募集する広告に、こちらの番号が記載されているものでして」

「いいこと、あなた。あたしだって暇じゃないんですよ。そちらの狙いがなんなのか知らないけどね、こんな茶番につきあってる暇はないの」老女はいきなり息巻いた。その背後では、いくつもの電話の呼出し音と、テレビの音声が鳴り響いていた。

「それじゃ、探偵の募集はしていないということで?」

「探偵? 探偵があたしになんの用なの? こっちは探偵なんかに用はありませんよ!」騒音に負けじと、老女は声を張りあげた。

「そうじゃありません!」ぼくも負けじとわめきかえした。「探偵はそちらのほうでしょう! ぼくはその助手になりたいんです!」

「あたしの助手になりたいだって? だったら、いますぐあたしを助けると思って、その受話器を尻の穴に突っこんでくれたらどうなんだい?」それから出しぬけに、老女はいっそうの大声でわめきだした。「なんだって？　いったい何を言ってるんだい？　聞こえやしないよ！　こっちへ来てお言いなさいな！」そのあと、不意に声が途切れた。受話器を置くべきかどうかと考えあぐねていたとき、いかにも不機嫌な老女の声が聞こえてきた。「ちょっと待ってなさいな」てのひらで送話口を覆う気配が伝わってきた。くぐもったやりとりがそれに続いた。しばらくしてようやく、べつの人間の声が聞こえてきた。今度は男の声だった。

「もしもし。助手の募集の件でお電話を？」

「ええ……はい、おっしゃるとおりです」妙にかしこまって、ぼくは答えた。聞こえてくる男の声と口調には、さきほどの老女のものより数段上の品格が感じられた。訛《なまり》がまったくないというわけではなかったが、英語を完璧に理解している人間の語り口であることはたしかだった。

「よろしい。では、今日の午後に面接を行なうこととしよう。四時にこちらまでご足労願ってもかまわんかね？」

「もちろん、かまいません」とぼくが応じると、男は住所を伝えてよこした。続いて、問われるがままに、ぼくも自分の名前を伝えた。

「けっこうだ、ミスター・コーンバーグ。のちほどお会いするのを楽しみにしているぞ」そして、男は最後にこう付け加えた。「わたしの名は、ソーラー・ロンスキーだ」

6

教えられた住所の家は韓国人街にあった。その家を見つけるのに、さほどの手間はかからなかった。みすぼらしい荒屋《あばらや》と、無残なリフォームをほどこされた奇怪な家々——かつては風情あるこけら板張りであったはずの外壁に漆喰《しっくい》が塗り固められ、そこからパラボラアンテナが突きだしている家々——とがごたごたに入り乱れた通りを進んでいくうちに、無頓着《むとんちゃく》さの賜物《たまもの》だろう、ひときわの物々しさを漂わせる一軒の家が目にとまった。白いフェンスからはペンキが剝《は》がれかけていたが、前庭に立つ木々はいずれも堂々たる幹《みき》をしており、鬱蒼《うっそう》と繁る葉があたりに濃密な影を落としていた。地を這《は》う根は湾曲した私道にまで触手を伸ばし、池に張った薄い氷みたいに、コンクリートを粉々に砕いていた。陽射しをさえぎる大きな庇《ひさし》の下で、ポーチは暗がりに沈んでいた。黒ずんだ木の扉には、菱形の黄ばんだガラスがはめこまれていた。

　その家の前に車をとめてから、ぼくはネクタイを締め、ジャケットを着た。エアコンの壊れていないほうの車を、ララに持ち去られてしまったのだ（秋のロサンゼルスといえば、火災と地震。そして、徐々にさがりゆく気温を尻目にいっそうの熱気をはらんでいくという、黙示録的な風を特徴とする）。手にした革製のブリーフケースのなかには、履歴書と、プロテイン入りのチョコレートバーと、嵩《かさ》増しのために放りこんでおいた三冊の本（ヘンリー・ジェイムズの『ある婦人の肖像』と、ジャン・ジュネの『泥棒日記』と、プルーストの作品一冊）がおさめられていた。私道に落ちていた特別配達のニューヨーク・タイムズを拾いあげてから、ぼくはポーチにあがり、呼び鈴を鳴らした。

しばらくしてのぞき窓が開き、やけに小柄で丸々と太った韓国系の女が顔を出した。

「どちらさん？」訛のきつい英語で女が言った。

「こんにちは」とぼくは挨拶した。そのあと、〝ミスター・ロンスキーと面会の約束をしている者ですが〟と続けるつもりだったのだが、女はそれを待たずにいったんのぞき窓を閉じたかと思うと、ふたたびそれを開いて言った。

「れいじょうは？」

「令嬢？　いえ、ぼくはひとりです。名前はサミュエル……いや、サム・コーンバーグといいます」

「れいじょうはある？」

「ああ、令状とおっしゃったんですか。てっきり令嬢は一緒かと訊かれたのかと。いや、令状はありません。しかし、なんでまたそんなことを？」

「警察、ちがう？」

「ええ、ちがいます」

「そう。わかった」女はいくらか表情をやわらげながら、またものぞき窓を閉じた。ぼくはもう一度、住所を確認した。もしや、訪ねる家を間違えたのだろうか。ひょっとしてここは、手順と礼儀とにやけにこだわる、麻薬密売人のアジトか何かなのだろうか。そんなことを考えていたとき、女がふたたびのぞき窓を開いた。

「あなた、ノーマン？」

「いえ、ぼくの名前はノーマンじゃありません。サムです」

「ちがう」女は首を横に振った。それから、呑みこみの悪い人間にいとも単純な事実を説明しようとでもするかのように、ことさらゆっくりと言葉を続けた。

「あなた、モルモンか？」

「モルモン？　いや、ぼくはモルモン教徒じゃありません。あいにく、ユダヤ教徒であるようです」

「そう。わかった」顔に笑みを広げながら、女はまたものぞき窓を閉じた。諦めて引きかえそうかと思いかけていたとき、重たい閂《かんぬき》がずらされる音と、錠のまわる音がした。そして、跳ね橋が吊りあげられるときのような軋んだ音を響かせながら、扉がゆるゆると内側に開いた。女はてのひらを上ではなく下に向け、肩の前でちょこちょこと手招きをした。ぼくがそれに従うと、女はみるからに重たげな木の閂をふたたびよっこらせと持ちあげて、扉を固く施錠した。

通された居間のなかには、中世の老婦人を思わせる装飾がほどこされていた。白いソファーにはビニールのカバーが掛けられ、染みひとつない分厚い白の絨毯の上には、動線に沿って、磨耗や汚れを防ぐためだろう細長い絨毯が敷きつめられている。ぴっちりと閉めきられた白い縦型ブラインドが日光の侵入を阻んでいる。室内にはテレビが三台もあって、うち二台では野球中継、残る一台ではサッカー中継が映しだされている。コーヒーテーブルの上には、電話機までもが同じく三台据えられている。そして、部屋全体を見晴らす位置に置かれた布張りの白い肘掛け椅子には、さきほどの女よりもさらに小柄で、さらに皺くちゃの顔をした白人の老女が鎮座していた。老女は赤いポリエステル地のスラックスを穿《は》いて、桃色のブラウスを着ていた。白髪《はくはつ》をうっすら桃色に染めて、赤いフレームに丸いレンズをはめたばかでかいサングラスをかけ、唇には真っ赤な口紅を塗りたくっていた。ぼくがこれまで目にしたなかで最も長く、最も細い煙草を、赤いマニキュアを塗った指のあいだに挟んだまま、もう一方の手にトランプを握っていた。韓国系の女は老女と向かいあうソファーに腰をおろすと、疑るようなまなざしを老女に向けながら、テーブルに伏せてあった手札を拾いあげた。

「あなた、ソーラーのお友だち？」老女がぼくに訊いてきた。最初に電話に出たのは、どうやらこの老女であったらしい。

「いえ、こちらへうかがったのは、ミスター・ロンスキーに――」

「ソーラー！　ソーラー！　お客さんだよ！」続く言葉をさえぎって、老女は声を張りあげると、ぼくに向きなおって、こう続けた。「ミセス・ムーンが失礼をして悪かったわね。このひとときたら、スーツを着た白人の男が来ると、ひどく神経を尖らせてしまうのよ」

「わかります。連中が吉報を運んでくることはめったにありませんからね」見るものすべてに戸惑いをおぼえつつも、愛想のいい笑みを浮かべようと努めながら、ぼくは言った。

その直後、廊下の奥から姿をあらわしたのは、まさにスーツを着た白人の男だった。はじめに見えたのは、黒い人影のみだった。暗がりのなかにぼんやりと浮かびあがるシルエット。次いで、聞きおぼえのある太い声が室内に轟《とどろ》いた。

「扉はしっかり閉ざしたか？」

ミセス・ムーンに向かって目を剝《む》いてみせてから、老女が声を張りあげた。「ええ、ええ、ソーラー！　扉なら閉まっていますよ！」

「そんなことはわかっていますよ、母上。ちゃんと閂はかけたんですか」シナイ山の頂《いただき》に立つモーセさながらの威厳をもって、人影は母親を問いただした。

「ったく、しつこいね。ちゃんとかけてあるわよ！」

「たいへんよろしい」と人影は言った。それからようやく、光のなかへ進みでた。その男は、控えめに言っても、ばかでかい図体をしていた。常識の範疇《はんちゅう》を超えた、この世のものとは思えないほどの並はずれた肥満体をしていた。一本一本の指はまるでホットドッグのよう。頰は薔薇《ばら》色の風船のよう。一歩足を動かすたびに、超がつくほど特大の巨乳が、シャツのなかで取っ組みあう二匹の子犬みたいに、ぶるぶる、ゆさゆさと左右に揺れていた。たとえ肥満が解消されたところで、男が標準体型の仲間入りを果たせるとも思えなかった。

男の身体は、縦と横、いずれの寸法においても桁《けた》がはずれていた。身長は六フィートを優に超え、肩幅は戸口よりも広く、大きく張りだした亀の甲羅《こうら》のような額からは、四インチほどの長さに伸びた白髪まじりの黒髪が天をめがけて押っ立っていた。がっしりとしたてのひらは、復活祭にふるまわれるハムの丸焼きのよう。地中から掘りだされた大理石の塊《かたまり》を思わせる、ごつごつとした頭と、いかめしい面立ち。首から上だけでも、重さにして五十ポンドはあるにちがいない。肌の色は青白く、ネイティブアメリカンの長老みたいに先の尖った鼻をしていた。濃い眉と、突きだした眉弓。生焼けのローストビーフみたいに柔らかそうな分厚い唇。桃色の渦巻きの奥に深い穴の開いた、法螺《ほら》貝のような耳。潤みを帯びた巨大な黒い瞳が、頭蓋骨《ずがいこつ》という球状の水槽のなかを泳ぎまわる鮫のように鋭い眼光を放っては、たるんだ瞼《まぶた》の陰にしりぞいていく。首はぼくの太腿《ふともも》よりも太く、たくましい。男はクリーム色の麻の三つ揃いを着ていた。タック入りのスラックスと四つボタンのジャケットに藤色のシャツを合わせて、濃褐色のネクタイを締め、ぴかぴかに磨きあげられた茶色い革靴を履いていた。ぼくは男の巨体にただただ圧倒されていた。ところが、男の履いている靴に視線を落とした瞬間、ひどくみじめな気分が襲ってきた。その革靴はまばゆく光り輝いていた。尖ったつま先と細い踵《かかと》のデザインが、いかにも優雅で垢《あか》抜けていた。驚くほどしなやかな足どりで颯爽《さっそう》とこちらへ向かってくる男の動きに合わせて、軽やかに宙を舞っていた。まるで、その巨体は男に重荷を負わせるどころか、男を上へ上へと高く押しあげ、宙に浮かびあがらせてでもいるかのようだった。一方、ぼくのかぼそい足はといえば、不恰好《ぶかっこう》な靴のなかで縮こまったまま、意気地なく地面にしがみついているのだった。

「ミスター・コーンバーグだな?」抑揚豊かな張りのある声で男は言った。

「お会いできて光栄です、ミスター・ロンスキー。こちらが私道に落ちていました」言いながら、ぼくはニューヨーク・タイムズをさしだした。

「おお、ありがたい」受けとった新聞を脇の下に挟みこむと、ロンスキーは柔らかなてのひらでぼくの手を軽く握りしめながら、例の面接官たちと同様に、まっすぐにぼくの目をのぞきこんできた。そして、特にたじろいだ様子もなく、顔に笑みを浮かべてこう続けた。「自分でこれを取りに出ることができないものでな……アレルギーのせいだ」

そのとたん、ミセス・ロンスキーが嘲《あざけ》るように鼻を鳴らし、視線を手札に据えたまま、そのうちの一枚をテーブルに置いた。ミセス・ムーンは表情を変えることなく、その札を引いた。

ロンスキーは眉間に皺を寄せながらも、気を取りなおしてぼくに言った。「うちの母と家政婦にはもう会ったようだな。話は奥の書斎でするとしよう。お茶を頼む、ミセス・ムーン。コーヒーではなく、緑茶のほうを。そのほうが神経に障らないのでな」

ミセス・ムーンがにっこりと微笑んで腰をあげようとしたそのとき、ミセス・ロンスキーが手のひと振りでそれを押しとどめた。「お茶なんて放っときなさいな。まだこっちの勝負がついちゃいないんだから。だいいち、あの子にはもう、立派な助手ができたでしょうに」ミセス・ロンスキーはぼくに片目をつむってみせると、口にくわえたひょろ長い煙草をぴょんぴょんと跳びはねさせながら、高らかな笑い声をあげはじめた。ミセス・ムーンも、扇状に広げた手札の陰でくすくすと忍び笑いを始めた。毅然《きぜん》たる冷笑をふたりにくれてから、ロンスキーはぼくに顔を戻した。

「行こう。こっちだ」

ロンスキーのあとを追って、居間を出た。古ぼけた写真が並ぶ廊下を抜けて、その先にある部屋に入った。書斎には、天板に革を張った巨大な机がひとつ置かれていた。壁際には、天井まで高さのある本棚が点々と置かれており、古い書物がぎっしりと詰めこまれていた。じっくり眺めている時間はなかったが、獲物を狙うハゲタカのように、ぼくの目が一瞬のうちにとらえたものがあった。フロイトの全集に、シェイクスピアの全集、シャーロック・ホームズのシリーズ全作、ルソーの『告白』全巻と、オックスフォード英語辞典第二版の全二十巻。なんと、この男は稀覯本《きこうぼん》のコレクター——しかも、完全収集家——であるらしい。ぼくはさらに室内を見まわした。駒を進めたチェス盤。楽譜の山を載せたアップライト・ピアノ。埃をかぶったバイオリン。とりどりの骨や、石や、動物の頭蓋骨。小さな彫像に、年代物の陶磁器。ロンスキーは机の背後にまわると、幅が広くて深々とした、革張りの玉座のような椅子にどっかりと沈みこんだ。新聞を取りだしてそこから一部を抜きとり、ぱらぱらとページをめくってから、半分に折りたたんで机に置いた。開かれていたのは、クロスワードパズルのページだった。それから、金と縞瑪瑙《しまめのう》で飾られた万年筆をかまえて、ロンスキーは言った。

「いまの時刻は？」

「え？　ああ、ええと……四時を少し過ぎたところです」腕時計をちらりと見やってから、ぼくは答えた。

「できれば、もっと正確に」

ぼくはふたたび腕時計を見おろした。これも審査の一部なのだろうか。もう面接は始まっているのだろうか。文字盤の数字が変わるのを待って、ぼくは告げた。

「いまちょうど……四時二分です」

ロンスキーは猛烈な勢いでペンを動かしはじめた。買い物リストでもつくるかのごとく、左から右へ無造作にマス目を埋めていった。そして、視線を紙面に据えたまま、ぼくに向かってしゃべりだした。

「さて、きみは私立探偵を志望しているわけだな」

「ええ、そのとおりです」とぼくは答えた。面接らしいやりとりが始まったことにいくらか安堵《あんど》しながらも、ペンの動きが気になって仕方なかった。見たところ、ロンスキーは横の欄を上から順に、ひとつの漏れもなく埋めていっているようだった。「ああ、そうだ。履歴書をお渡ししないと」気を取りなおしてブリーフケースを開き、中身を掻きまわしはじめたとき、顔もあげることなくロンスキーが言った。

「その必要はない。きみの出身はニュージャージー州。その後はおそらく、ニューヨークの一流大学に進学している。卒業後は書物に関わる仕事に就いた。おそらくは出版関係……いや、古書店に勤めていたのだろう。ところが、その店がつぶれたことで、職にあぶれてしまった。それから、身近な人間のなかで、ファッション業界に身を置く者……いや、女性がいる。それと、きみには妻がいる。だが、あいにくなことに、つい最近、夫婦間になんらかの問題が生じているようだ」

ぼくは引き攣《つ》った笑い声をあげた。白状すると、かすかな恐怖すらおぼえていた。

「どうしてわかるんです？　インターネットでそんなことまで調べられるんですか？」

ロンスキーはなおも手を動かしながら、笑い声をあげた。ペンの先は早くも縦の欄に移っていた。

「わたしがしたのは、きみを観察することだけだ、ミスター・コーンバーグ。きみの訛を聞けば、ニュージャージー州の出身であることがわかる。しかしながら、その訛の特徴である鼻にかかった発音がやわらげられている点から考えて、高い教育を受けたものと思われる。同様に、そのブリーフケースにおさめられた本が多岐に渡っている点、玄人《くろうと》好みである点から、自宅にはより多くの蔵書が備わっているものと推察できる。おそらくは鞄の嵩増しのために、適当な数冊を選んでそこに押しこんでおいたのではないかね？」

ぼくが頬を赤らめながらうなずくのをたしかめてから、ロンスキーは続けた。「そうしたことから推《お》して、きみが本の虫であることはあきらかであり、生業《なりわい》としても文学に関わっているものと思われる。その一方で、鞄におさめられた書物はいずれも市場に多く出まわる版であり、かなり読み古されてもいる。さらにあげるなら、きみはこの部屋に入るなり、わたしの蔵書のなかでもとりわけ価値の高い稀覯本にすぐさま目をとめていた。つまりは、古書店に勤めた経歴があるということだ。次に、きみがいま着ているドリス・ヴァン・ノッテンのスーツは、昨秋のコレクションで発表されたものだ。わたし自身は、規格外の体形であるがゆえ、オーダーメイドのスーツしか着ないわけだが、ミスター・ヴァン・ノッテンのデザインした服がひじょうに高価であると同時に、大量に出まわることがないということくらいは知っている。典型的な本の虫がなんの勧めもアドバイスもなしに手を出すとは、まずもって考えられん。つまりは、ファッション業界に精通した人物が身近にいるということになる。その一方で、きみがいま着ているのは昨年のコレクションであり、なおかつ夏物ですらない。つまり、きみはそのスーツをセール価格で、おそらくは業界関係者のみを招いた特別セールで購入したのだろう。加えて、きみがしている腕時計は廉価品《れんか》で、靴には艶《つや》がなく、シャツの胸ポケットにさしたサングラスに至っては、セロハンテープで補修されている。そうした点をすべてひっくるめると、きみは概して倹約家であり、身なりに金をかける習性はないということになる。きみが既婚者であることは、薬指の指輪から見てあきらかだ。ゆえに、そのスーツを買ってきたのは、きみの奥方であるにちがいない。ところが、今日のきみを眺めてみると、鼻の下には髭の剃り残しがあり、ネクタイにはコーヒーの染みができている。甲斐甲斐しく世話を焼いてくれる妻がいるなら、ことにドリスの服を好むような妻であるなら、そうしたことを見落とすはずがない。むろん、たまたま奥方が家を留守にしているだけということも考えられる。しかし、遺憾《いかん》ながら、きみら夫婦の抱える問題はそれより遥かに深刻であるにちがいない」

「なぜそう言いきれるんです？」動揺を顔にあらわすまいと努めながら、ぼくは訊いた。

「きみの目を見ればわかる」ロンスキーはひとことそう言うと、万年筆を机に置き、顔をあげた。「時刻は？」

とつぜんの問いかけに、ぼくは目をぱちくりとさせた。

「時刻は？」ロンスキーはさらに大きな声で、質問を繰りかえした。

ぼくは腕時計に視線を落とした。「ええと……四時五分です」

「ふむ、金曜版の問題にしては悪くないタイムだ」ロンスキーはひとつうなずくと、がっしりとしたひとさし指をぼくに向けて言った。「きみが返答に手間どった点を差し引けばな」

「すみませんでした」とぼくは詫びた。

ロンスキーは椅子からおもむろに立ちあがり、スラックスの折り目を均《なら》しながら、ふたたび口を開いた。

「さて、説明は以上だ。きみのほうに異存がないようであれば、さっそく本題に移りたいと思う。きみに担当してもらうのは、便宜上、〝ミステリガール〟と呼ぶことにしている調査対象の案件だ。事件はなおも進行中であり、重大な局面を迎えつつある」ロンスキーはそこでいったん言葉を切り、じっとぼくを見すえて言った。「メモをとらなくてもいいのかね？」

「おっと、これは失礼」ぼくは慌てて詫びながら、あるはずもない手帳を探して、あちこちのポケットをまさぐりはじめた。自分が採用されたのだということも、まだはっきり認識できていなかった。ジャケットの内ポケットにさしっぱなしになっていた古いペンを取りだすと、ロンスキーの視線を感じながら、履歴書の裏に〝ミステリガール〟と書きつけた。それを見届けてから、ロンスキーは話を再開した。「調査対象の名はラモーナ・ドゥーン。ハリウッドにあるスポールディング・ココナッツ・コートの五号棟に暮らしている。通常の帰宅時刻は夕方六時。よって、きみもかならずその時刻までには現場に到着しているように。その後は外で待機して、女が外出するようであれば、そのあとを尾行しつつ、その詳細を記録し、女の帰宅と無事を確認したのち、わたしに直接報告してもらいたい。どんなに遅くなってもかまわない」

「わかりました」とぼくは応じた。自分が仕事を得たことが信じられなかった。それを望んでいたはずなのに、かすかな衝撃すらおぼえていた。

「それから、調査対象にも、それ以外の何者にも、けっしてきみの存在をけどられてはならん」馬にまたがる将軍の彫像さながらの威厳を持ってぼくを見すえながら、ロンスキーはこう付け加えた。「この点には大いに留意してくれたまえ」

「わかりました」ぼくはしかつめらしくうなずき、履歴書の裏に〝気づかれないこと！〟とメモしてから、下線を引いた。

ロンスキーも満足げにうなずいた。「あいにく、健康上の理由から、わたしがみずから調査にあたることはできん。ゆえに、きみを信じて任せるしかない。きみの勇気と、忠義心と、思慮深さとを信じるほかはないのだ」

「健康上の理由というのは、アレルギーか何かで？」とぼくは尋ねた。

「うん？　おお、そのとおりだ。それも理由のひとつではある」そう言うと、ロンスキーは何やら考えこんだ様子でぼくを見つめた。「おそらくは変装をするのが賢明だろう」

「変装？」

「ハイヒールを履いて歩くことはできるか？　何か外国語は話せるかね？」

「いえ、残念ながら」

「そうか。では、せめて抜かりなく行動することだ。ひとの命がかかっているのでな」ぼくがその言葉の意味を呑みこむよりも先に、ロンスキーはポケットから百ドル札を一枚取りだし、ぼくのてのひらに載せた。「前金として受けとっておきたまえ。活動資金に事欠いているようだから」それだけ言うと、てきぱきとぼくを促して書斎をあとにし、廊下を引きかえしはじめた。居間に戻ると、ロンスキーの母親と家政婦が今度はソファーに並んですわり、加算機から伸びた長いロール紙にじっと目をこらしていた。「では、頼んだぞ、コーンバーグ。記録と報告を怠るな」ロンスキーはぼくにそう告げてから、家政婦に顔を向けた。「ミセス・ムーン、お茶を頼む」

すると、立ちあがりかけた家政婦を制して、老女が言った。

「いいえ、ソーラー。ミセス・ムーンはいま忙しいの。今日のぶんの計算を手伝ってくれているんだから」

ロンスキーは苛立たしげに首を伸ばし、ロール紙に並ぶ数字に視線を走らせた。

「合計は一万六百四十二だ」

ミセス・ムーンが加算機のボタンを叩き、にっこりと微笑みながらロンスキーを見あげた。

「すごい！」ぼくは思わず称讃の声をあげた。ところが、ミセス・ロンスキーは苦々しげに顔をしかめ、息子をにらみつけて言った。

「ソーラー、あんたに言っておきたいことがあるわ。キッチンへいらっしゃい」

「いいでしょう、母上」ロンスキーは言って、ぼくを振りかえった。「さあ、行きたまえ、コーンバーグ。仕事に取りかかれ。そして、ベストを尽くすのだ」

「もちろんです。しかし、そのまえに教えてください。いまの芸当はどうやったんです？」

「芸当？」

「いまやってみせた計算ですよ」

ロンスキーはにやりとして言った。

「では、教えてやろう、コーンバーグ。いまのは足し算と呼ばれている芸当だ」

ロンスキー家を辞したぼくは、困惑と昂揚感とを同時におぼえていた。ついに念願の仕事が見つかった。しかし、その仕事はというと、かなりの変り種だ。目に見えないインクで〝私的小説家〟と書き加えさえしなければ、一風変わったぼくの経歴のなかでも、ことさらの異彩を放つ経歴となってしまうかもしれない。第三者の目から見たら、病的に注意散漫な履歴書みたいに見えてしまうかもしれない。しかし、これが仕事であることに変わりはない。ものを書かずに金を稼げる仕事であることに変わりはない。ララの要求を満たすものであることは間違いない。さしあたっては、この仕事にしがみつくとしよう。そうすれば、セラピーの席に手土産をひとつ持っていける。今後、もっといい働き口が見つかったら、電話一本で職を辞すればいいだけのことだ。何より、いまぼくのポケットには、ほかほかの百ドル札が入っている。きっちりふたつに折りたたまれた、真新しい百ドル札が。

ウェスト・ハリウッドにあるセラピストの診療室をめざして、ビヴァリー・ブールヴァードに車を駆った。前を行く車を追い越したり、渋滞にはまってアクセルをゆるめたり、赤に変わりそうな信号をめがけて突進したりしているあいだも、腫《は》れ物のように繊細な心臓が高鳴りはじめているのを感じた。ぼくはいまからセラピストの立会いのもとでララに会う。互いの愛をたしかめあうために。それが永遠に続くものとなるよう、新たな決意を固めるために。いまなら叶《かな》う気がした。今日という日こそ、永遠の愛を誓いなおすにふさわしい一日である気がした。

7

約束の時間の少しまえに目的地にたどりついた。円を広げながらあたりを流していくうちに、五ブロック離れた地点に無料の駐車スペースを見つけた。そこに車をとめたあと、小走りに通りを引きかえした。建物の入口を抜けるころ、分厚いウールのスーツに包まれた身体はすっかり汗だくになっていた。なるほど、ロンスキーの指摘は正しかったということだ。ネクタイで額をぬぐいつつ、診療室の扉を開けると、そこにララが待っていた。ぼくの妻はメキシコ人だ。メキシコの先住民とスペイン人のハーフ。つまりは、あの猛々《たけだけ》しい美貌の持ち主である。長い黒髪と、卵形の顔にはめこまれた緑色の瞳。小柄な身体、華奢《きゃしゃ》な肩、小さな手足とは裏腹に、動くたびにゆさゆさと揺れるほどの、熟れすぎとも言うべき豊満な乳房と尻。ジーンズと上着のあいだからは、なめらかで柔らかな腹がときおり恥ずかしげに顔を出しては、ピアスの針を刺し誤って化膿したときの傷痕《きずあと》がかすかに残る臍《へそ》をちらりとのぞかせる。さらにまじまじと目をこらせば、金色の細い毛を数本、その下に見てとることもできる。ララの正式な名前は、ユーラリア・ナタリア・サントーヤ・デ・マリアス・デ・モンテスといった。まるで大昔の修道女の墓石から失敬してきたみたいな響きであるため、本人はたいていナタリア・モンテスと略した名前で通していた。ぼくと結婚したあとは、響きの美しさが劣ることに目をつぶって、ナタリー・コーンバーグと名乗ることもあった。一方のぼくはというと、その長々しい名前を知った直後から、ユーラリアと呼ぶようになった。その呼び名がユーリ、ラリア、ラリとさまざまに形を変えていったすえ、まさに打ってつけの愛称

——愛《いと》しのララ——が定着したのだった。

ララはオートクチュール専門のブティック（ぼくに言わせれば、どう着ればいいのかもわからないほど形状が複雑であるか、目玉が飛びでるほど高額であるわりにはシンプルすぎる服ばかりを陳列している店）に勤めており、つねにお洒落に着飾っていた。今日のララは、タイトなジーンズの上からレザーのロングブーツを履き、薄いレースのブラウスの上に細身のカシミア・カーディガンを羽織り、肩にウールのショールを巻いていた。重ねづけをしたブレスレットとイヤリングがチャラチャラと涼しげな音を立てていた。赤い紅を引いた唇を軽く微笑ませ、瞳をきらきらと輝かせていた。その姿は、腹立たしいほどに美しかった。

「驚いた。今日のあなた、すごくすてきだわ」開口いちばんにララは言った。

「そりゃどうも」ぼくは仏頂面《ぶっちょうづら》でそれに応じ、「元気だったかい」と問いかけながら、ララのすわるソファーに腰をおろした。ぼくらは小型の待合室にいた。いや、果たして待合〝室〟と呼んでいいものか。実際には、奥の間に通じる内扉とのあいだの狭いスペースに、ソファーと、椅子と、雑誌の載った小卓をひとつずつ置いただけの空間だった。

ぼくの問いかけに、「ええ、すばらしく元気よ」とララは答えた。「じつは、明日から週末を利用して、ニューヨークへ商品の買いつけに行くことになっているの。すごいでしょう？」

「ああ、そうだな」ぼくはこわばった笑みを浮かべた。「そうなの。ものすごく楽しみだわ」そう言うと、ララは不意に身を乗りだし、ぼくの目をじっとのぞきこんだ。「それで、あなたのほうは？　調子はどう？」

その瞬間、ぼくがしだいに厭《いと》わしく思いはじめていたララの一面——心にもない口先だけの言葉——が姿をのぞかせた。そりゃあもちろん、向こうが口で言うほどすばらしく元気でないだろうことくらい、このぼくにもわかっている。ララはいまひどく神経を尖らせている。さっきの言葉は自己防衛のあらわれであるにちがいない。それでもなお、ララが自己防衛のためにとった行動は、ぼくにとっての攻撃にほかならなかった。見せかけだけのハリウッド的誠意と、ひとりよがりの過剰な自信とによって、ララはあんなセリフをぼくに吐きかけることができた。(ほぼ)五年にわたって(ほぼ)毎晩、ひとつのベッドで寝てきた男に対して、ただの顔見知りにすぎないかのように話しかけることができたのだ。上に立った不遜《ふそん》な物言いをすることができたのだ。ぼくに対して、自分が幾度も身体を重ねてきた相手ではないかのように、単なる見舞い先の病人であるかのように、どんな調子かと尋ねることができたのだ。

「ああ、すこぶる快調だ。すぐそこに無料の駐車スペースを見つけられたからね。まあ、女房に捨てられはしたけど」とぼくは答えた。それを耳にしたララは拗《す》ねたように顔をうつむけ、子供みたいな指の先に生えた赤ん坊のような爪を、真っ赤なマニキュアを塗った宝石のような爪を睨《ね》めつけはじめた。その瞬間、後悔の波が襲ってきた。こんなことでは、ララを取りもどせるわけがない。ぼくはすぐさま詫びを入れた。「嫌味な言い方をしてすまない。まだショックから立ちなおれずにいるんだ」

　その言葉に、ララはぱっと顔をあげた。「心配しないで。きっと、最善の結果にたどりつけるわ。それじゃ、そろそろ行きましょうか。準備ができたら、これを押せということみたいなの」ララは言って、内扉を指さした。そこには、セキュリティーの厳重な施設の扉にでもありそうな、小さなボタンとランプがひとつずつ並んでおり、その脇に〝到着したら押してください〟と記した小さな札が貼りつけられていた。ぼくらふたりの生死を決する運命の扉を開くかのように、ごくりと唾を呑みこんでから、ララはボタンに手を伸ばした。「なんだか怖いわ」言いながらちらりとこちらを盗み見たララの、あまりに真剣な表情に、ぼくは思わず吹きだしそうになった。だが、次の瞬間、思いだした。こんなところへ来る羽目になったのは、このララのせいではないか。とたんに怒りがぶりかえした。意を決したララがボタンを押すと、ランプに赤い光が灯《とも》された。

いったいなんだって、こんなところへ来る羽目になったのだろう。急にわけがわからなくなった。牛乳を買いに出たあと記憶が途切れ、病院のベッドではたと目を覚ましたような気分だった。セラピーに通わねばならない理由を想像してみることすらできなかった。セラピーに通う一般的な夫婦の姿と自分たちの姿とを、どうしても重ねることができなかった。心の奥底では、自分とララが夫婦であるということすら、完全には実感できていなかったのだ。ぼくにとってのララは、ほかと比べることのできない特別な存在だった。女友だち、恋人、妻といった枠には、どこにもおさまりきらない存在だった。結婚してまもないころは、つきあいのある銀行員やパン屋の店主の口から〝奥さまからご依頼をいただきまして〟だの〝おたくの奥さんの話では〟だのという言葉が飛びだすたびに、ぼくは一瞬、面食らい、「誰のことです?」と訊きかえしそうになったものだった。ぼくにとって、ララは〝ぼくの妻〟ではなかった。ただ単に、〝ぼくのララ〟なのだった。だが、それが間違いだったのかもしれない。ぼくら夫婦はけっして特別な存在ではない。ごく普通の切実な悩みを抱える、ごく普通の夫婦でしかない。ごく普通の尽きせぬ愛情を互いに抱《いだ》く、ごく普通の夫婦。ほんの少しでも油断したら、愛の炎が揺らいでしまうのではないか、くすぶってしまうのではないかと怯《おび》える、ごく普通の夫婦でしかない。ぼくらの悲劇は、スーパーマーケットや駐車場や酒場でしばしば演じられている、その他大勢の悲劇となんら変わりないのだ。ララはいま、ソファーにすわったまま、そろそろと右手をぼくのほうへ伸ばしていた。ぼくがその手を握りしめてやると、ララはそれを膝に戻して、左手の上に重ねた。その瞬間、心のどこか奥底から、感情の波が押し寄せた。あふれだした感情は、ぼくの胸をいっぱいに満たしてから、もとの深みへ引いていった。そのとき、ゆっくりと内扉が開いた。桃色のセーターを着て、タック入りのスラックスを穿いた優しげな老女が扉の奥から姿をあらわし、丸眼鏡のレンズの向こうで目をぱちぱちとしばたたいた。「そちらがナタリアとサムね」老女は言って、温かな笑みを浮かべた。「わたくしはグラディスよ。さあ、どうぞお入りになって」

8

内扉の向こうに広がっていたのは、〝ニューエイジ思想の老婦人の部屋〟だった。桃色とクリーム色を基調とした布張りの椅子や花柄のロールカーテンのなかに、キャンドルだの、仏像だの、水平線に沈む太陽をバックに〝求め、受けいれよ〟と唱えるポスターだのが共存していた。ソファーを勧められたララとぼくは、まるでシーソーに乗るかのように、端と端とに別れてすわった。グラディスはぼくらふたりを底辺とした三角形の頂点に椅子を置き、そこにちょこんと腰をおろすと、プレゼントを開ける瞬間が待ちきれないとでもいうかのように軽く身を乗りだし、両のてのひらを胸の前でぴたりと重ねあわせてから、こう切りだした。

「それじゃ、始めましょうか。まずは、どうしてわたくしたちがここに集うこととなったのか。どちらか、その理由を説明してくださる？」問いかける声を聞きながら、ぼくは重ねあわされたグラディスの手に目をとめた。節くれ立った長い指の一本に、ダイヤモンドの指輪とシンプルな金の指輪のふたつが一緒にはめられていた。

その指輪から視線をはずし、ぼくはララを振りかえった。向こうもこちらに顔を向けていた。レストランで食事中、パンのおかわりをくれと頼むのが恥ずかしくて、代わりに言ってくれと伝えてきたときとそっくり同じに、眉をあげた仕草ひとつで、ぼくから話してくれと伝えてきていた。

「ぼくにはわかりません。セラピーに通おうと言いだしたのは、ララ……いや、ナタリーのほうですから」ぼくはララに向きなおり、軽く目をすがめながら、ほんのかすかにうなずいてみせた。「きみのほうから説明してくれ」

「いいわ。わかった。わたしから始めてあげる」やけに恩着せがましくララは言って、法律用箋を取りだした。ちらりと横目でのぞきこむと、そこには、ずらりと長い箇条書きが並んでいた。不意に記憶が蘇った。クリスマスや誕生日が近づくたびに、どんな気を利かせてなのか、まえもってぼくに渡してきた自分へのプレゼント候補のリスト。そうしたあけすけで子供じみたララの物欲に、以前のぼくは呆気《あっけ》にとられると同時に、胸を締めつけられるような感覚をもおぼえていた。少年時代のぼくは、中流階級の家庭で何不自由なく育った。ほしいものを訊かれても、何ひとつ思い浮かべることのできない子供だった。すでに一着持っているのに、新たにジーンズを買う理由がわからない子供だった。一方のララは、メキシコの辺鄙《へんぴ》な片田舎で貧しい少女時代をすごした。ほしいものリストをつくったなら、カメラや腕時計といった無茶な願望と並んで、靴下だの、新品の本だの、色とりどりのきれいなレターセットだのを挙げるような少女だった。あの丁寧で小さな手書きの文字で、カラフルな便箋に手紙をしたため、封筒に入れて丁寧に封をしている姿、数マイルと離れていないところに暮らしている友だちにそれを送っている姿を想像すると、そのいじらしい少女にも時を越えて伝われとばかりに、きつくララを抱きしめてやりたくなったものだ。

ところが、こうしていま、リストを手にしたララを目の前にしたところで、そうした衝動に駆られることはなかった。視界の端に映っているのは、幼少期のララがサンタクロースに送ってきたものよりずいぶんと長いリストだった。

「おいおい、リストまでつくってきたのか」とぼくはぼやき、弁解がましい表情でグラディスを振りかえった。「すみません。宿題があるなんて、知りもしなかった」

グラディスはくすくすと小声で笑いながら、まぶしそうに目を細めた。「気にしないで。それじゃ、まずはナタリアに上から五つほど挙げてもらうことにしましょう。そうこうするうちに、あなたも何か思いつくかもしれないわ」

「それじゃ、始めるわね」ララはリストを読みあげはじめた。「一、サムが仕事を見つけること。二、もっと家事をすること。三、もっと時間を有効に使うこと。たとえば、わたしが仕事から戻るまでに買出しを済ませて、夕食の支度を進めておくこともできたはず。一日じゅう書斎にこもってだらだらしているくらいなら、ガレージを掃除したり、庭仕事をしたりすることもできたはず」

「ちょっといいかい。ぼくもひとつ思い浮かんだ。無駄に眠りほうけている暇があるなら、きみの靴をぴかぴかに磨きあげてやることもできたはず。なのに、どうしてそうしなかったのか」

ふたたびグラディスがくすくすと笑いだしたが、ララは真顔《まがお》のまま、事務的な声に打って変わって、冷ややかにこう告げた。「わたしが言いたいのは、このままあなたと一緒にいても、自分の望む生活水準には到達できそうにないということよ」

「生活水準？　それじゃ何かい。ぼくという人間は、きみの生活水準をあげるために存在しているとでもいうのか。まるで、夫というより財テク方法を替えようとしているみたいな言い草だな」

グラディスがふたたび笑いだした。非難めいたララの視線に気づくと、グラディスは肩をすくめて言った。「あなただってこれだけは認めざるをえないわ。ご主人がユーモアにあふれたひとだってことよ」

「ええ。それはもう、うんざりするほどに」とララは応じた。

「茶々を入れてすまない」ひとこと詫びを入れはしたものの、グラディスが好感を抱《いだ》いてくれたらしいことに、ぼくは内心嬉々としていた。まるで、グラディスに気にいられることが勝利の鍵であるかのように。このセラピストが最終的に勝者を選んで、ぼくら夫婦の運命を決めるとでもいうかのように。「ただ、なんでそれがぼくの務めであるのかが、どうしてもわからない。結婚するときにそういう誓いを立てた覚えはないものでね。ぼくが誓ったのは、きみを愛しつづけるってことだけだ。だから、その誓いを守ってきた」後ろを振りかえり、命令口調のポスターに指示を仰ぎながら、ぼくはこう付け足した。「それこそ、無条件に」

「さあさあ、そんなに力まないで。ひとまず深呼吸をしましょう」グラディスが両手をあげて言った。促されるままに、ぼくらは深呼吸を繰りかえした。「これでいいわ。それじゃ、話を続けましょうか。健全な夫婦が相手に抱《いだ》いてしかるべき不満は、大きく三つに分類できる。一つめが、お金と家事の分担の問題。二つめが、精神的支えの問題。そして最後が、性生活の問題。これまでのやりとりのなかで、最初のふたつはすでに話題にあがったわね。それじゃ、残るひとつ、性生活のほうはどうなのかしら」

歯に口紅をつけ、頭に老眼鏡を載せた老女からそんな質問をぶつけられたことが居たたまれなくて、ぼくは小さく肩をすくめた。

「普通です」

ララはふんと鼻を鳴らした。「何がどう普通なの？」

そのやりとりを受けて、グラディスはおもむろに語りだした。「たしかに、熱い欲望の炎を新婚当初のままに燃やしつづけることは簡単じゃないわ。パートナーとの関係が長期におよぶ場合や、なんらかのストレスが生じた場合は特にね。とはいえ、性生活における充足は、良好な夫婦関係を保つうえできわめて重要な要素となる。たとえば、わたくしと主人のマイロンはね、夫婦交換《スワッピング》の会に参加していて、週末を砂漠のヌーディスト牧場ですごしたりしているの。そうすることで、それぞれにエネルギーを充電することができる。去年はメキシコまで足を伸ばして、フリーセックス愛好家の集まりにも参加したのだけれど、すばらしく英気を養うことができたわ」

こみあげる不快感が顔に出ていないことを願いながら、ぼくはこくりとうなずいてみせた。こんなぶっ飛んだ心理療法士を、ララはどこで見つけてきたのか。地域情報コミュニティーサイトで検索でもしたのだろうか。衝撃の告白にも動じることなく、涼しい顔でララは言った。「でも、わたしには、尊敬できない相手に対して性的欲求をおぼえることなんてできないわ。称讃と敬意に値する相手でなくちゃ、そんな気にはなれない」

「そりゃあ、素っ裸の相手を尊敬しようったって無理な話だ。次からはベッドでもネクタイを締めるとしよう。それか、ユダヤ帽でもかぶろうか」

「わたしはただ、一家の大黒柱がほしいだけ。でも、あなたはそうじゃない」

「いつの時代の話をしているんだ。五〇年代じゃあるまいし。きみが夫に選んだのは、ここにいるこのぼくだ。古き良き時代の亭主像を急に押しつけられても、困るってもんだ。こっちだって、きみがぼくに手料理をふるまったり、ワイシャツにアイロンをかけたり、赤ん坊の世話を焼いている姿なんて想像もつかない」

ぼくがそう吐き捨てるなり、ララは窓のほうへ顔をそむけた。半分開いたロールカーテンの隙間からは、一本の電線と、かすかに揺れる木々の梢《こずえ》と、青空の一部がのぞいていた。たったいまぼくの口から飛びだした急所攻撃は、けっして意図的に発したものではなかった。いや、そうとも言いきれまい。今年に入るまでのほぼ一年、ぼくら夫婦はせっせと子づくりに励んでいたのだが、結局、ララが身ごもることはなかった。ぼくらの仲にほころびが生じはじめたのは、あれがきっかけだったのだろうか。それともあれは、ほころびかけた絆《きずな》を縫いあわせようとする最後の悪あがきだったのだろうか。

「何はともあれ、仕事なら見つけた」話題を変えようと、ぼくは奥の手を切りだした。

「なんですって？」ララはこちらに顔を振り向けた。「それ、本当なの？　いつ見つけたの？」あふれかけていた涙が引き、口もとのこわばりが解けていくのが見てとれた。

「ついさっき。面接を終えて、そのままここへ来たんだ。そういうわけだから、その一行はリストからはずしてもらわないと」ぼくは言って、法律用箋を指先で叩いた。

ぼくらのやりとりを聞いていたグラディスが大きく笑みを広げ、ほっと胸を撫でおろした。「すばらしいわ。こんなに早く進展があるなんて」

「だからスーツを着ていたのね？」ララは嬉しそうに

ぼくの腕をぴしゃりと叩いた。どうやら、スーツ着用が義務づけられているたぐいの仕事に就いたものと思いこんでいるらしい。ぼくがいきなり法律事務所の代表に就任したとでもいうかのように、きらきらと瞳を輝かせながら、ララはこちらに向きなおった。「それで、どんな仕事なの？」唇がうっすらと割れ、両膝のあいだに軽く隙間が開いていた。何かで読んだ覚えがある。これは歓迎のあらわれだ。グラディスまでもがこちらへ身を乗りだし、ひたむきに祈りを捧げるがごとくに両手をぎゅっと組みあわせていた。

ぼくはひとこと、「探偵だ」と告げた。

グラディスがはしゃいだ声をあげ、手づくりのカードを母の日に贈られでもしたかのように、ぱちんと手を打ち鳴らした。一方のララは眉ひとつ動かすことなく、じっとこちらを見すえていた。

「探偵って……どういうこと？」ジョークのオチの解説を待つかのように、ララは続きを促した。

「まあ、厳密に言えば、探偵の助手になるんだが……」後押しを求めるかのようにグラディスを見やりながら、ぼくは言った。「つまり、ぼくはまだ駆出しなわけだから」

グラディスはこくりとララにうなずきかけた。「努力は認めてあげなくちゃ」

「それなら、もっと努力することね」と、にべもなくララは言った。「世のなかには、妻を養うことに誇りを持つ男もいる。妻が望むすべてを与えることに。妻を王女のようにもてなすことに」

そいつはいったい、どこのどいつだ？　ぼくも面識のある相手だろうか。ひょっとして、BMWに乗せたり、金ぴかの腕時計やスキー旅行を餌《えさ》にしたりして、ララを口説《くど》きおとそうとしてきたとかいう〝たわけども〟のことだろうか。ぼくと結婚するために縁を切ったという〝気どり屋〟や〝筋肉バカ〟のことだろうか。ぼくを捨てて、そいつに鞍《くら》替えしようとでもいうのだろうか。そういえば以前、この国へ渡ってくる際に裕福な歳上の恋人を捨ててきたという話を聞かされたことがあった。「きみは金持ちと結婚しようと思えばそうできた。けれど、きみはぼくを選んだ。それを忘れたのか?」

ぼくは深く息を吸いこみ、吐きだした。怒りを表に出したくなかった。じつを言うなら、もはや怒りをおぼえてはいなかった。自分が何を感じているのかもわからなかった。「ぼくだって、きみのことを王女のように思っている。嘘じゃない。きみこそはぼくのプリンセスだ」

ララの視線がリストに落ちた。どうやら、いくつかの項目を消してやるべきかと迷っているらしい。グラディスがそれを促すかのようにうなずきかけた。おとなしく口をつぐんでいるべきだったのだろう。だが、ぼくはそうしなかった。そんなことをできたためしがなかった。「ただし、ひとつだけ覚えておいてくれ。きみが王女だとしても、このぼくは王子じゃない」

ララの肩がぴくりと引き攣《つ》り、顔にあるすべてのパーツが中央に寄り集まった。「……ひとつ言っておかなくちゃならないわ。わたしが真剣に離婚を考えているってことよ」ララは言って、冷めたまなざしを投げてよこした。離婚。ついにその単語が飛びだしたことにショックを受けながら、ぼくはその目を見つめかえした。すると、何かを乞い求めるかのように、ララはてのひらを重ねあわせた。だが、ぼくに何を乞おうというのだろう。ぼくの承諾か。それとも、赦《ゆる》しか。だとしたら、自分がしたことに対しての赦しなのか。それとも、これからしようとしていることに対しての赦しなのか。

「ほかにどうすればいいのかわからない。どうすれば変われるのかわからない。わたしたち、顔を合わせれば喧嘩ばかり。そんな毎日はつらすぎるわ」ララはグラディスに向かってそれだけ言うと、絶望に打ちひしがれた表情でぼくに向きなおった。「あなただって、いまの自分が幸せだなんて言えないはずよ」

「ああ、きみの言うとおりだ。幸せだとは言えない。いまのぼくはすこぶるみじめだ」ぼくは静かな声で応じた。

ララの顔に、悲しみと安堵《あんど》とが同時に浮かんだ。悲しみをおぼえた自分に安堵したのかもしれない。あるいは、安堵した自分に悲しみをおぼえたのかもしれない。

「さて……」腕時計を見おろしながら、グラディスがため息をついた。「もう時間だわ。今日はここまでにしましょう」

9

その日の夕刻、〝ミステリガール〟の張りこみのため、ぼくはハリウッドへ向かっていた。女の自宅はサンセット・ブールヴァード沿いの歓楽街からは少し奥まった閑静な一角にあり、あたりには小さな平屋が密集していた。家々は海辺のコテージを模したものと思われた。青い塗料の剥げかけた雨戸や、枯れかけた薔薇の茂みを迂回する曲がりくねった小道。二〇年代から三〇年代にかけて、映画のセットか、なんらかの事務所として用いるために急造されたものかもしれない。街路樹の陰に車をとめ、目的の家を探しているふうを（なぜだかわざわざ）装って通りをぶらつくうちに、女の暮らす五号棟を見つけた。一寝室の小さな平屋で、使われている木材は見るからに粗末だが、外観にはシックで古びた趣《おもむき》がある。タイル張りの石段の上には小さなサボテンの鉢が並び、扉の脇には年代物のランプが灯されている。そのままあたりをうろついていたとき、レースのカーテンの向こうで動く人影に気がついた。ぼくは慌てて運転席へ戻り、戸口が視界におさまる位置まで、ほんの数フィート、車を移動した。

女の家に視線を据えたまま、キャンバス地の鞄を引き寄せた。なかには、事前に用意しておくようロンスキーから薦《すす》められた〝七つ道具〟の一部が詰めこまれていた。Tシャツとジーンズに着替えるため(例のスーツではあまりに人目を引きすぎる)自宅に寄った際に、慌ただしく持ちだしてきた品々だった。リストに挙げられたすべてを揃えることはできなかった。カメラも、舞台用のメイキャップ道具も、〝各種〟付け髭も持っていなかった。ただひとつ、ハロウィンにララがチアリーダーの仮装をしたときに使ったブロンドのかつらだけは、どうにか見つけだすことに成功していた。

ひとまず手帳を取りだし、自分の到着時刻を記したあとに、〝対象の在宅を確認〟と書きこんだ。それが済むと、張りこみが深夜にまでおよんだ場合に備えて持参した、袋詰めのナッツとレーズンを取りだした。ララがヨガ教室に通うとき使っていたデザイナーズブランドの水筒に、水もたっぷり入れてあった。十五分が経過するころ、ぼくの持参した食料は早くも底をついていた。それから三十分後には、激しい尿意に見舞われていた。角のガソリンスタンドに駆けこむことも考えたが、その間に対象を見失ってしまう危険性は否めない。ぼくは諦めてラジオをつけた。ナショナル・パブリック・ラジオのニュースを聞きながら、サンセット・ブールヴァードを行き交う車に目をこらすことで、なんとか気をまぎらわせようとした。さらに三十分がじりじりと過ぎていった。ついに限界を迎えたぼくは、意を決して車をおり、可能なかぎりのさりげない早足で通りの角をひたすらめざした。ところが、スタンドの従業員から聞かされたのは、トイレはないとのひとことだった。その言葉の真偽を疑っている余裕はなかった。対象が家を離れていないことを祈りながら、ぼくは車に駆けもどった。状況は逼迫《ひっぱく》していた。このままでは、一生癒えない障害が腎臓に残ってしまうかもしれない。それからきっかり十七分後、ついにぼくは白旗をあげ、ララのものである高価な水筒にみずからを解き放った。水筒ごと中身を捨てようとしたとき、これが十五ドルもしたことを思いだした。それから、この水筒を捨てることによって引き起こされるであろう、つまらない諍《いさか》いのことを考えた。少し迷ってから、水筒に蓋をして、そのまま鞄に押しこんだ。あとで煮沸消毒すればいい。しかし、ララがこれを知ったなら、どれほどの怒りを爆発させることだろう。そう想像したとたん、卑屈な笑いがこみあげてきた。

だが、次の瞬間に襲ってきたのは、猛烈なやるせなさだった。もしこれが数年まえなら、笑い話で済んでいたはずだ。数年まえのララなら、ぼくの告白に腹を抱えて笑い転げたことだろう。いったいぼくらはどうしてしまったのだろう。どうしてララは紫色の水筒なんかに執着するようになったのだろう。ララとの、あるいはぼくとの結婚生活が愉快なだけのものでなくなってしまったのは、どうしてなのだろう。

鞄のなかをあさって、プルーストの『失われた時を求めて』第一篇（モンクリーフの訳による、巷《ちまた》にあふれる黒と銀色の表紙のペーパーバック。著者の代表作であるこの小説を、ぼくは単に〝プルースト〟と呼ぶことも多かった）を取りだした。この一冊にかぎっては、ロンスキーの推理もいささか的はずれであったと言わざるをえない。『失われた時を求めて』は、けっして適当につかみとったものではない。薄っぺらな紙を束ねたこの分厚い本――まるでパウンドケーキのようにずっしりとした重みもありつつ、どういうわけか羽毛のように軽やかでもあるこの本——は、ぼくの枕の横で、数日まえまではララが眠りについていた場所で、つかのまのまどろみをむさぼっていた一冊だった。つねに変わることのない、ぼくの愛読書だった。だが、ここ数日のぼくは、まるで強迫観念に取り憑かれでもしたかのように、とりとめもなくこの本を開きつづけていた。世の人々が聖書を手に取るときのように、苦難の時における救いと知恵とを、ぼくはこの小説に求めていた。この本のどこを開こうと、その時々の窮地を脱するための答えがかならずそこに見いだせるという、不合理な確信を抱《いだ》いていたのだ。プルースト本人が知ったなら、おそらくこう言って笑うことだろう。どんな神にも、男にも、女にも、世にはびこるいかなる集合体にも、これほどの信仰を寄せる人間はほかにおるまい、と。それでもぼくはいままたこの小説を手に取り、気の向くままに指の触れたページを開いていた。そこにはこんな一文がつづられていた。

彼は、彼女に愛されていたかつての自分自身に嫉妬した。

10

ようやく日没の時刻が訪れたが、ぼくのいる運転席から沈みゆく太陽を拝むことはできなかった。夜の帳《とばり》はまるで地下水のように足もとからにじみだしてきた。最初に、椰子《やし》の木がしだいに影を伸ばしていった。続いて、道端の車やポーチの下に澱《よど》んでいた影がみるみる色を増し、やがては大きくふくれあがって、家々の壁を乗り越え、丘の斜面や歩道を呑みこみながら、煙のようにじわじわと空へ立ちのぼっていった。迫りくる闇に先んじて点々とヘッドライトを灯した車の列が、東の墓地をめざす葬送のパレードのようにゆるゆると車道を通りすぎていく。一番星を探そうと、山の端《は》の遥か上空に目をこらした。そこにあるのはわかっていたが、今夜は雲にさえぎられてか、その輝きを見つけることはできなかった。あきらめて視線をもとに戻したとき、ラモーナ・ドゥーンの家に、レースのカーテンの向こうに、温かな黄色い光が灯された。

ぼくはすかさず車をおりた。持ち場へ急行する海兵隊員さながらに、腰を屈めた低い姿勢で小走りに通りを横切りはじめてから、こんな行動は滑稽《こっけい》であるばかりか、かえって人目を引くのではないかと気がついた。ぼくは慌てて身体を起こし、地元住民になりきった堂々たる足どりで椰子の木のあいだを通りぬけた。ロンスキーから求められているのは、詳細な報告だ。この薄闇にまぎれれば、家のなかをこっそりのぞき見ることは難しくない。だが、すべては仕事のためだといくら言いわけをしたところで、それが変質的かつ不法な行為であるという事実は変わらない。ぼくが女の私生活を盗み見しようとしているのは、果たして探偵としてなのか、それとものぞき魔としてなのか。そうした葛藤《かっとう》に陥りかけていたとき、女の家から音楽が漏れだしはじめた。プリンスのナンバーだ。開け放たれた窓は、なおもカーテンに覆われている。風はそよとも吹いていない。あたりに人影はない。ついに覚悟を決めて、ぼくは灌木《かんぼく》の茂みに跳びこんだ。

犬の糞。茂みのなか（というより下）を這い進んでいたとき、真っ先に感覚がとらえたのは、その強烈な悪臭だった。次に気づいたのは、萎《しお》れた葉や花から成る天蓋の下に節《ふし》くれ立った枝がひそんでいるらしいということだった。丈の低い木だという以外に詳しいことはいっさいわからなかったが、とにかくその根もとには、干からびた犬の糞がごろごろと転がっていた。そのどまんなかにうずくまり、プリンスの歌声（女が男の世界を支配するのに、スターになる必要はないとかいう内容の曲。《キッス》というタイトルだったか？）に耳を澄ませながら、ぼくはなけなしの勇気を奮い起こした。息を殺して、窓枠の下からそろそろと首を伸ばした。何も見えなかった。いや、厳密に言うなら、人影は見あたらなかった。もちろん、家財道具ならいろいろ揃っていた。ここにいたのがロンスキーであれば、伝記一冊ぶんにも値するネタの宝庫と目に映ったにちがいない。だが、ぼくにとってはありふれた家財道具でしかなかった。錆《さび》色のソファーと揺り椅子がひとつずつ。小ぶりな丸テーブルと、その脇に据えられた木製のカフェ・チェアーが二脚。ヒマワリを生けた花瓶。テレビが一台。本が数冊。大半がペーパーバックであることはわかるが、タイトルまでは読みとれない。壁に掛けられたネイティブアメリカンの伝統織物。部屋の隅に置かれた机。その上でまばゆい光を発するパソコン。その横に置かれたコーヒーカップとスプーン。奥の寝室へと通じる扉。扉はわずかに開いている。音楽はそちらから漏れだしているようだ。

覚悟を決めてふたたび茂みにもぐりこみ、糞の上を壁伝いに這い進んで（探偵稼業の実態は、けっしてなまやさしいものではないようだ）、寝室の窓の下まで移動した。こちらの窓も同じくいっぱいに開け放たれ、同じくレースのカーテンで覆われていた。それしきのことで気配を消せるわけでもあるまいに、ぼくはまたもや息を殺した。それからそろそろと首を伸ばして、窓枠のへりから室内をのぞきこんだ。

女が踊っていた。しかも、プリンスのダンスをそのままに。ぼくの記憶がたしかであるなら、ミュージックビデオでプリンスが披露していた振付けを、女はほぼ完全に再現していた。ただし、身につけた衣装はだいぶちがった。女は桃色のショートパンツを穿《は》き、白いTシャツを着ていた。裸足のつま先には桃色のマニキュアが塗られていた。ベース音に合わせて黒髪を振り乱しながら尻を振るたびに、乳房がゆさゆさと上下に揺れた。肌は非の打ちどころのない小麦色だった。唇は曲の歌詞をなぞっていた。そして、両目は固く閉ざされていた。ほっと肩の力を抜いた直後、ぼくは驚きに目を見開いた。ギターの音色に合わせて、女が弦のように激しく身を震わせ、宙高くに跳びあがったかと思うと、両脚を前後に開いたジェームス・ブラウンばりの開脚ポーズで着地をしてみせた。それから即座に跳ね起きて、ドラムのビートに合わせてくるりと回転し、今度はこちらに背を向けたまま、さっきと同じジャンプと着地をふたたび決めてみせたのだ。ぷるぷると揺れる豊満な尻に釣られて、気づけば、ぼくの首までもがこくこくと上下させられていた。

やがて、曲が切り替わった。おそらくiPodをシャッフル再生しているのだろう。新たに聞こえてきたのは、打って変わったスローナンバーだった。今度の曲にも聞き覚えがあった。比類なきパーシー・スレッジがうたう《ダーク・エンド・オブ・ザ・ストリート》。この曲を聞きながら、その昔、ララと踊ったことがある。いや、正しくは、ララひとりが踊ったと言うべきか。ぼくがぶざまな踊り手であることは間違いないが、ララはチャチャチャやフォックストロットからワルツに至るまで、大昔に流行《はや》ったダンスをなんでも踊りこなすことができた。そのうえ、昔懐かしい流行歌を好んだ。わけてものお気にいりは、六〇年代から七〇年代にかけてのソウル・ミュージック。そして、故国メキシコの歌謡曲だった。メキシコ人街を歩けば、いまもなお耳に漂いくる流行歌。ララのためにぼくが探しあててきたCD（オムニバスアルバムの『ブラウン・アイド・ソウル』だの『イースト・サイド・ストーリー』だの）のなかにおさめられていた楽曲。ご想像のとおり、ぼくは人前で堂々とダンスを披露できるほどあけっぴろげな性格ではない。運動神経も褒められたものではない。だが、ララはそれでも根気よく、ぼくでもできそうなメキシコ式のダンスを手ほどきしてくれた。まずは女が両方の腕を男の肩にあずけ、男は片方の腕を女の腰にまわす。あいたほうの手は、ズボンのポケットに突っこんでおいてもいい。その姿勢を保ったまま、足はほとんど動かすことなく、ひたすら左右に身体を揺らす。ひたすらクールに、ひたすらゆっくりと。そうしてぼくらはぴったりと身を寄せあった。誰の目をはばかることもない自宅のキッチンで、至近距離で目と目を合わせたまま、ゆっくりと身体を揺らしつづけた。

そのとき、捕虜収容所脱出劇のワンシーンさながらに、こちらへ近づいてくる足音と犬の吠え声が耳に飛びこんできた。ぼくは茂みに身を伏せて、枝葉の隙間から小道に目をこらした。視界に入るのは、不気味に長く伸びたふたつの影のみだった。犬の吠え声がすぐそばまで迫った。ぼくはふたたび息を殺した。

「いいぞ、スパークル！　いい子だ！　さあ、行ってこい！」犬をけしかける男の声が聞こえた。

ぼくは恐怖にすくみあがった。犬はぼくのにおいを嗅ぎつけて、枝の隙間に鼻を突っこみ、さらにけたたましく吠えたてはじめた。いますぐ逃亡をはかりたかったが、そんなことをすれば、この獣《けだもの》の主《あるじ》が待ちうける場所にのこのこ飛びだしていくことになる。ぼくにできるのは、襲撃に身がまえることだけだった。ところが次の瞬間、下生えのなかから顔を突きだしたのは、なんともちっぽけで痩《や》せっぽちな生き物だった。テリアとネズミの合いの子のような、毛むくじゃらの貧相な生き物が、瞳に邪悪な光を宿らせながら、四本の鋭い牙《きば》を剝きだしていた。

「しっ！　しっ！」ぼくは歯の隙間から声を絞りだした。しかし、犬の咆哮《ほうこう》がやむことはなかった。

「何を嗅ぎつけたんだ、スパークル。ネズミでも見つけたのか？」問いかける飼い主の声がした。

ぼくはさらに小さくうずくまった。地面にそっと手を伸ばして小石を拾いあげ、憎《にっく》き獣をめがけて投げつけた。小石は的をはずれた。犬はいっそう激しく吠え猛《たけ》りはじめた。そのときだった。ぼくの頭上に、ラモーナ・ドゥーンが姿をあらわした。ロミオに語りかけるジュリエットさながらに、窓の下枠に手をついて、ラモーナはぼくの真上に身を乗りだした。ぼくは恐怖に凍りつき、外壁にぴたりと背中を張りつけた。長い黒髪とTシャツの裾が、いまにも頰に触れそうだ。ぼくの吐息がその鼻先をくすぐったとしてもおかしくない。ほんの数インチ上方では、軽く曲げられた指が下枠から外へ突きだしている。爪に塗られたマニキュアが真っ赤に照り輝いている。

「しっ！　静かになさい！　ほら、あっちへお行き！」ラモーナはそれだけ言って、窓を閉めた。その様子を見るかぎり、犬はまるでひるんでいなかった。ただ、こうしたやりとりが日課にでもなっているのか、ぴたりと吠えるのをやめていた。それからその場にしゃがみこみ、疑惑の表情でぼくを見すえたまま、灌木の根もとに渦巻き状のウンコをどっさりとひりだした。

「行くぞ、スパークル。もう用は済んだろう」飼い主に呼ばれたスパークルは背すじを伸ばすと、蔑《さげす》むようにこちらへ背を向け、後ろ足でぼくに土くれを浴びせてから、すたすたと立ち去っていった。頭上から、「いい子だ！」と褒めそやす飼い主の声が聞こえた。

一人と一匹の足音が徐々に小さくなっていった。停止していたぼくの心臓も、こわごわと鼓動を刻みはじめた。しばらくしてようやく、音楽が鳴りやんでいることに気づいた。あたりには静寂が立ちこめている。すぐそこで湯気を立てる糞のことを考えて、何度か控えめな深呼吸をしてから、ふたたび首を伸ばし、家のなかの様子を探った。ラモーナはすでに寝室を出て、小型の簡易キッチンに向かっていた。鶏肉とブロッコリーを小さく切って、油を引いたフライパンにそれを放りこみ、タマネギと醬油《しょうゆ》を加えていく。漂いくるかぐわしい香りを吸いこんだとき、自分が空腹であることに気づいた。今日、ナッツとレーズンのほかに、何を口にしただろう。たしか昼すぎ、面接に出かける直前に、ピーナッツバターやジャムにひたしたピタ・チップスを、いくつかつまんだことしか記憶にない。清潔な衣類やセックスや安眠と同様に、整った食生活もまた、ぼくとは無縁のものとなってしまったらしい。

ラモーナが料理と食事をしているあいだ、ぼくは地面にうずくまって、椰子の葉擦れに耳を澄ませていた。ひょっとすると、読者諸兄はこの音になじみがないかもしれない。そよ風が不意に勢いを増すと、ココ椰子のすらりと長い幹がぐらりと揺れる。すると、てっぺんに繁る大きな葉がぶつかりあったり、こすれあったりして、乾いた音を立てる。目を閉じて聞いていると、大海原を渡る船の甲板に横たわりながら、船体がかしぐ音や索具が軋《きし》む音に耳を傾けているかのような錯覚に陥る。そして、乾いた風を頰に受け、葉擦れの音に耳を傾けながら、ぼくらは思いだす。このロサンゼルスが海辺の街ではないということを。ここが砂漠の街なのだということを。

やがて、ぼくの意識はふらふらといくつかの丘を越え、時をさかのぼって、ひとけの絶えたとある一軒家へとさまよいついていた。瞼《まぶた》に浮かぶその光景が、首輪のように喉を絞めつけた。そうとも、ぼくという犬は愛という名の鎖につながれ、つねに窒息しかけている。逃れようにも逃れられずに、強迫観念という名の杭に縛りつけられている。だからこそ、ぼくにはわかる。強迫観念を題材とした文学の大多数は、いくばくかの巧妙な虚偽によって成り立っているのだということが。真の強迫観念は、ある特定の妄念を、飽くことも際限もなく心に抱《いだ》かせつづける。そんなものを主題とすれば、読むに耐えないほど単調で退屈な物語となることは必至である。したがって、文学界の名だたる〝愛の巨匠〟たち——スタンダールや、ミラーや、ハムスンや、ナボコフ、そして(なかでも群を抜く)プルースト——ですら、無際限の執着や、繰りかえされる単調な苦悩にある程度の修正を加えることで、娯楽性や芸術性を追求せざるをえなかったというわけだ。

しかし、ここに唯一の例外がいる。それはマルキ・ド・サドである。サドという作家は、近親相姦レイプから、スカトロ趣味、生皮剥ぎに至るまでのすべてを、いとも精緻《せいち》に、超越的に、眠気を誘うほど単調に描きだした。バスティーユ牢獄の独房に押しこめられようとも、どんな基準に照らしても醜悪としか言いようのない異常な執念に取り憑かれた怪物を、ありのままに描きつづけたのだ。

ところで、ぼくの妻はからっきし料理ができない。ララうちでは、もっぱらぼくがシェフを務めてきた。ララがまともにできるのは皿洗いくらいのものだった。けれどもこの晩、〝黒婦人〟のフライパンのなかで煮つめられていくタマネギと醬油の香ばしいにおいに鼻腔《びこう》をくすぐられながら、ぼくは切なる欲求をおぼえていた。なかなかの腕前を誇るぼくの手料理ではなく、つきあいはじめのころララにふるまわれた、あのすさまじい手料理が懐かしくてならなかった。ララの暮らしていたアパートメントに招かれ、キャンドルのほの明かりのもとでその料理を目にしたときの衝撃ときたら忘れられない。ぺしゃんこにつぶしたタイヤを黒焦げになるまで焼きつくしたかのような、干からびたステーキ。どろどろのパルプ状でありながら、なぜだか硬い芯《しん》の残った米。まるで歯ごたえのない萎びた野菜。それらすべてが大量の塩にまみれていたため、ひと皿をからにするのにグラス三杯分の水を要した。それでも、ぼくはそれを平らげた。残さず平らげてから、おかわりをくれとまで申しでた。いまこうして窓の下にしゃがみこみながら、胸が張り裂けんばかりの煩悶《はんもん》とともに、ぼくはその手料理を思いだしていた。これまでの人生で最高とも呼ぶべき、あの手料理を。なぜなら、ララがあの見るもおぞましい料理をつくってくれたのは、ぼくを愛するがゆえだということがぼくにはわかっていたから。そして、ぼくが吐き気をこらえて黙々と料理を平らげたのも、ララを愛するゆえだということが、ララにも伝わっていたはずだから。

ふたたび音楽が鳴りだした。今度はソウル・ミュージックだ。ぼくは腕時計に目をやった。時刻は午後十時。ラモーナは寝室に戻ったらしい。またひとりダンスにふけっているのにちがいない。さっきよりも恐怖心はぐっと薄れていたものの（恐怖というものは、いかにたちどころにぼくらのもとを去っては、いかにたちどころに舞いもどってくることか）、凝り固まった関節に難儀しながら身体を起こし、部屋のなかをのぞきこんだ。

ぼくの予想は間違っていた。ラモーナがふけっていたのはダンスではなかった。直截に表現するなら、ラモーナはマスターベーションにふけっていた。ベッドの上で脚を大きく広げ、マットレスに片肘をついて上半身を支えつつ、もう一方の手をパンティーのなかに押しこんでいた。コットンの生地の下で、めまぐるしく指を動かしていた。呼吸の乱れに合わせて、たわわな乳房がぶるぶると揺れていた。そうした光景自体にも、もちろん、そうとうな衝撃を受けはした。だが、何よりぎょっとさせられたのは、ラモーナがまっすぐこちらを見すえていることだった。

ぼくははっと息を呑んだ。思いのほか大きな声が漏れてしまったが、運のいいことに、室内にはアル・グリーンの歌声が大音量で鳴り響いていた。脳みそは、この場から走り去れとの指令を発していた。だが、身体は麻痺して動こうとしなかった。奇跡に魅せられでもしたかのように、目を離すことすらできなかった。ひょっとすると、ぼくはいま、素っ裸の女を乗せた燃えさかる船もろとも、水底へ沈もうとしているのかもしれない。ラモーナはまっすぐ前を向いたまま、恍惚《こうこつ》と指を動かしつづけていた。遠方のラジオ局に周波数を合わせようと、ノイズに耳を澄ませつつ、ダイヤルの微調節を繰りかえすかのように、繊細で器用な指を、敏捷《びんしょう》に、正確に操りつづけていた。ふと、ばかげた考えが頭に浮かんだ。この女はぼくに見られたがっているのではないか。ぼくという観客のために、この見世物を演じているのではないか。それから、不意に気づいた。室内は明るく、窓の外は暗い。向こうからぼくの姿は見えていない。窓ガラスに映るおのれの像以外は、何も見えていない。ラモーナがいま眺めているのは、自分自身の姿なのだ。

11

一日の報告を行なうため、午後十一時ごろロンスキー家に到着した。周囲の家々はいずれも闇に沈んでおり、テレビの発する青白い光がちらほら見うけられるだけであるのに対し、ロンスキー家では、窓のひとつから煌々《こうこう》と明かりが漏れていた。あらかじめ指示されていたとおりに、その窓ガラスをノックしてから玄関へ向かった。扉に鍵はかかっていなかった。なかに入って暗がりに目をこらすと、廊下の手前にロンスキーの巨体がぬっくりとそびえ立っていた。なおもネクタイを締めたまま、その上からシルクのガウンを羽織っていた。突きでた腹の赤道を腰紐できつく絞りあげ、足にはスリッパを履いていた。ロンスキーはひとさし指を唇に押しあて、手招きをしてよこした。ぼくは明かりの落ちた居間を抜けて、ロンスキーのあとを追った。廊下には、鼓膜を震わすほどの大鼾《おおいびき》が轟《とどろ》いていた。まるで製材所にでも迷いこんだかのようだ。これはミセス・ロンスキーの口から発せられているのだろうか。それとも、ミセス・ムーンのほうだろうか。いずれにせよ、あんなに小柄な身体にこれほどの高鼾を発することができようとは、どうにも信じがたかった。あのふたりのことだから、ひょっとすると夢のなかでも膝をまじえて、トランプを片手ににらみあいながら、同時に鼾を鳴り響かせているのかもしれない。

　ロンスキーは無言のままぼくを書斎へ通し、扉を閉めてから、机の向こうへまわった。それから、乾ドックに収容される大型船のごとく巨体を椅子に沈め、目を閉じてからおもむろに言った。「始めてくれ」

「では……」ひとつ咳払いをしてから、ぼくは報告を始めた。「対象は音楽をかけて、ひとりでダンスをしていました。それからキッチンに行って、夕食の支度を──」

「待て」交差点に立つ交通整理係さながらに、ロンスキーは片手をあげてぼくを制した。「やりなおしだ。もう一度、始めから。見聞きしたものをあますず報告してくれたまえ」

「わかりました」ぼくは手帳に目をこらした。犬用トイレの木陰にうずくまっていたとき、暗がりのなかでなんとかメモを書きつけはしたのだが、いま紙の上には、左利きの手によるただでさえゆがんだ文字がミミズのように這っているばかり。行が重なっているところまで、そこかしこにある始末だった。「ええと……まず、かかっていた音楽は古い流行歌でした。おそらく《アル・グリーン・イズ・ラブ》に収録されていた曲だと思います」アルバムのタイトルまで告げられたことに、ぼくは胸を張った。どれだけの探偵に、同じことができるだろう。ところが、ロンスキーはふたたび片手をあげて、ぼくを制した。

「ストップ」ロンスキーは言って、水面《みなも》に浮かびあがる鯨《くじら》のようにゆっくりと目を開いた。「その手帳をしまいたまえ」

当惑しつつも、ぼくはそれに従った。早くも見切りをつけられたということだろうか。女が夕食に何と何を食べたかなど、もう聞くつもりもないというのか。

「では、目を閉じたまえ」とロンスキーは言った。

「目を閉じる？　なぜそんなことを？」ぼくは軽いパニックに陥った。「あの……対象が夕食にとったのは鶏肉と野菜の炒《いた》めものです。それから──」

「わたしを信じて、従ってくれないか」注射を怖がる患者を諭《さと》すかのように、落ちつきはらった声が言った。「椅子に身体をあずけ、身体の力を抜いて、目を閉じるのだ。わたしも同じようにするから、安心したまえ」

ぼくはそろそろと瞼をおろし、椅子にそっともたれかかった。誕生日パーティーに呼んだ出張マジシャンの手品を怪しむ少年のように、わずかに薄目を開けて、睫毛《まつげ》の隙間から相手の出方をうかがいながら、くつろいだふうを装った。

「いいだろう」あの威厳に満ちた太い声で、ロンスキーは言った。「それでは、きみの見たものすべてを話してくれ。何かを思いだそうと、躍起になる必要はない。心のおもむくままに、目に浮かぶものをすべてそのまま話してくれればいい。無意味に思えるようなことでもかまわん。今夜の出来事を始めからたどるのだ」

ぼくはそれに従った。目を閉じて、心のおもむくままに意識をさまよわせた。いま自分がどこにいるのかも忘れ、あの遠い過去へと——ほんの一、二時間まえのことだというのに、少年時代より後とも先とも思えないあの過去へと——時をさかのぼった。やがて、そのとき目にした光景が瞼の裏に浮かんだ。ゆうべ見た夢の残像のような、儚《はかな》くまばゆい光の明滅のような記憶が蘇った。追憶のなかで、時の流れは一本の線ではなくなる。時はひとつの円となる。ひとはその中心にいて、記憶はその周囲を飛びまわる。届きそうになったり、また届かなくなったりを繰りかえしながら、ぐるぐると旋回を続けていく。寝床で毛布にくるまってでもいるかのような安らぎに包まれながら、ぼくはその晩の出来事を語りだした。家の外観について。窓に灯った明かりや、犬の糞のにおいや、カーテンや、音楽について。乾いた風に吹かれた椰子の葉がこすれあって立てる、昆虫の足音みたいな葉音について。ラモーナが料理をする様子を眺めていたことについて。その料理のにおいが、ぼくの妻となる以前の妻とすごした心温まる一夜の記憶を呼び覚ましたことについて。妻がいなくなったことで気づかされた、孤独がもたらす奇妙な解放感について。妻との絆が揺らいだことでもたらされた、孤独な解放感について。ぼくがぶらりと家を出て、夜の街をさまよい歩いていたとしても、その帰りを待つ者も、どこにいたのかと訊いてくれる者もいなくなってから、どれだけの時間が流れたのだろう。それからぼくは、閉ざされた窓のことを話した。ラモーナの太腿の付け根をまさぐっていた指のことも。ぼくの感じた衝撃と、恐怖と、こちらにじっとそそがれていた視線のことも。

「間違いないのか？」出しぬけに尋ねられて、ぼくははっとわれに返り、弾《はじ》かれたように目を開いた。ロンスキーが左右の肘掛けに手をかけて、こちらに身を乗りだしていた。「間違いないのか？　ダンスをしているあいだは目を閉じていながら、自慰にふけるあいだは開けていたというのは」

「ええと、それは……」ぼくは返答をためらった。ロンスキーはじっとぼくを見つめたまま、辛抱強く答えを待っていた。あたかも、この点が何かを大きく左右するとでもいうかのように。だが、こんなことが重要な手がかりとなるなんて、果たしてそんなことがありうるだろうか。

「ええ、そうです。間違いありません」新たに記憶を反芻《はんすう》してから、確信を持って、ぼくは言いきった。

ロンスキーは満足げに微笑んで、ゆったりと椅子にもたれかかった。「たいへんけっこうだ。どうだね、言ったとおりだろう。きみはたしかにすべてを見ていたのだ。そんな自覚がなかったとしても、すべては確実にそこに存在していたのだから」それだけ言うと、ロンスキーはガウンのベルトを結びなおし、まん丸い腹の子午線と垂直にまじわる位置で両手を組んだ。

「しかし、そうなると、ひとつの疑問が生じる。ラモーナがそのような行動をとった目的とはなんだったのか。音楽に合わせて踊るあいだはみずからの視線を逃れ、自慰にふけるあいだはみずからの視線を浴びることであったのか。あるいは、内なる自分との接触をはかるため、肉体の内へと意識を向けるべく、音楽に身を任せるあいだは目を閉じながら、オーガズムに達する瞬間には、みずからを単なる鏡像として、性の化身として客観視するべく、目を開けていたということなのか」

それがいったいなんだというのか。ぼくにはわけがわからなかった。そんなことを知るために、ぼくをあの家へ遣わしたのか。それがどんな謎を、どんな事件を解決してくれるというのか。そもそも、被害者はどこにいるのか。咎《とが》を負うべき罪人《つみびと》は、ぼくを除いてどこにいるのか。

12

ロンスキーは封筒に包んだ真新しい百ドル札を新たにさしだしながら、翌朝九時までに持ち場（女の暮らす家の前）へ戻れと命じた。奇妙な達成感とともに、ぼくはロンスキー家をあとにした。ところが、車を出して数ブロックを進むころには、気分が重く沈みこんでいくのを感じた。街灯や、ひとけの絶えた横道の入口や、深夜営業の商店や酒場が窓外を流れ去っていくなか、いくつもの点滅信号を猛スピードでくぐりぬけ、何台もの車をすれすれで追い越しているあいだも、あの呪わしきわが家へ帰るのが恐ろしくてならなかった。いまはそこにいない妻――明日からはニューヨークでご機嫌なひとときをすごすであろう妻――の亡霊が待つあの家が。そこで思いついたのが、マイロに電話をかけることだった。結婚にも文学にもまるで関心のない、不眠症の映画マニア。マイロこそは、今夜のぼくにとって理想のデート相手だった。それならこっちへ寄っていけとマイロは応じた。ちょうど映画でも鑑賞しようと思っていたところだと。

問題は、こんなとき——最愛の妻を失う可能性に直面しているこんなとき——に、どんな映画を見ればいいのかということだった（きみがマイロかぼくの立場であれば、この問題にそうとう頭を抱えたにちがいない）。ぼくの到着を待ちながら、どうやらマイロもその難題にぶちあたっていたらしい。マイロという男は、こと映画に関しては嫌みなまでの徹底したこだわりを見せる。けだるげな態度で、ひとを食ったような物言いをする。もしきみが客としてマイロの店を訪れたなら、おおかた苛立ちをおぼえることとなるだろう。たとえば、このほどヒットを飛ばしたSF超大作のDVDを手にしたご婦人が、この作品はおもしろいかと訊いてきたとしよう。すると、マイロは肩をすくめて、こう言い放つ——ゴミ屑《くず》みたいなハリウッド映画のなかでは、まだマシなほうだね。

まったくあきれたやつである。だが、ぼくはそういう連中にこそ心安さをおぼえる。この社会で繰りひろげられる大一番で、つねに貧乏籤《くじ》を引く負け犬たち。彼ら（あるいはぼくら）はおおよそなんの役にも立たない、無能な人間の集まりだ。そう、ただひとつの才能を除いては。同じ穴の貉《むじな》でなければ誰も関心を示さず、誰も評価をしてくれないただひとつの才能を除いては。ぼくらをたとえるなら、もはや世間に流通しないゴミ屑同然の紙幣を後生だいじにしまいこんでいる、どこぞの国の没落貴族みたいなものだ。興行収入数十億ドルの大ヒット作を鼻であしらうマイロは、さしずめ、においの弱いチーズなんぞはチーズと呼ぶにも値しないとのたまったり、ヘッジファンドで大儲《もう》けした味音痴の成金たちがこぞって舌鼓《したつづみ》を打つボルドーワインをまだ若いだの硬すぎるだのと言って吐きだしたりする、貧乏公爵みたいなものである。世間一般の価値観に照らせば、ぼくらは愚にもつかないつまはじき者でしかない。けれど、そんなぼくらでも、埃にまみれた小さなビデオ店や、ネズミの徘徊《はいかい》する映画館や、実家の地下に設けたねぐらにおいては、その世界の支配者となる。ただし、絵画や香水の目利きとちがって、映画オタクというものは概して社会的地位を持たない。ラス・メイヤーやジョージ・A・ロメロやハーシェル・ゴードン・ルイスの鬼才っぷりをどれだけ熱弁することができたところで、文化人として世間に認められることも、美女をベッドに引っぱりこむこともできないのだ。

「おまえの墓に唾を吐くってのはどうだ？」ノックに応じて扉を開けるなり、マイロは言った。

「ララのことで頭がどうにかなりそうだと言ったろ。いま何より敬遠したいのは、去勢や男根カットを呼び物にした映画だよ」

「そうカリカリするなって。新しくDVDを入手できたもんだから、あれならいい気晴らしになるかと思ったんだがな」マイロの言う〝あれ〟とは、メイル・ザルチ監督が一九七八年にイタリアで製作した知るひとぞ知るスプラッター映画《アイ・スピット・オン・ユア・グレイヴ》のことだ。レイプ被害者による復讐劇の古典とも言える作品で、ある女が小説執筆のために人里離れた森を訪れた際、男たちの一団から暴行を受け、その後、血みどろの凶行に走るという内容のものだった。

「だったら、どんなのがいいんだ？」そう問いかけるマイロを尻目に、ぼくは勝手に居間へ向かった。居間の壁は四方のすべてが棚に埋めつくされており、そこに、DVDや、VHSのビデオテープや、自家製CDがぎっしりと詰めこまれている。そして、暖炉を完全に覆い隠す位置に、超大型のテレビが一台、据えられている。この家にはマイロのほかに同居人がふたりいるのだが、そのいずれもがなんらかの理由で家をあけがちになったのをいいことに、マイロが共用の居間を無断でホームシアターに仕立てあげてしまったのだ。マイロと同居人が暮らす家は、サンセット・ブールヴァードをさらに東へ進んだエコー・パークのはずれに建っており、外壁に化粧漆喰《しっくい》を塗った箱型の外観は、どことなくモダンで、どことなくスペインふうの趣を漂わせている。ところが、ある年の雨季、丘の斜面に建つその家が、なんと、土台からすべりおちはじめたという。目下のところは、なんとも心許ない小型のジャッキや、ツーバイフォーの木材や、コンクリートブロックの助けを借りて、土台から半分ずれた位置になんとか踏みとどまっている状態だったが、おかげでマイロたち三人は家賃の減額を勝ちとるに至ったらしい。さて、その家に今夜いるのは、マイロとぼくのふたりだけ。当然のように、どの映画を鑑賞すべきかという話しあいは、またたくまにマニアックな路線を突き進んでいくこととあいなった。「わかったよ、ミスター・ロンリー。それじゃ、どんな悲恋物をご所望なんだ？」そう言うと、マイロは映画の砦《とりで》に向けて手をひと振りした。「《マディソン郡の橋》か？　《イングリッシュ・ペイシェント》か？　あいにく、《食べて、祈って、恋をして》はいま手もとにない。『くそして、ファックして、殺《や》っちまえ』ってなタイトルのレコードならあるが」

「同じファックと殺しなら、もっと気楽に見られて、心の安らぐやつがいい。《グッドフェローズ》とか、《ゴッドファーザー》とか」

車のトランクに押しこめられたうえ、庖丁で刺し殺される男の出てくる作品なんぞを眺めて、どうしたら心が安らぐのかと、首をひねる者も多かろう。おそらくは、ある種の形式美と完成度の高さ、そして、長年にわたって培《つちか》ってきた親しみとが相まって、そうした効果をおよぼすのだろう。さきほど挙げた二本の映画を、ぼくはこれまでかぞえきれないほど何度も見かえしてきた。《グッドフェローズ》に至っては、再生のしすぎでビデオテープを駄目にしてしまったこともある。眠れない夜には、ベッドに横たわって瞼を閉じたまま、《ゴッドファーザー》やその続篇のセリフをなぞることもある。

「おまえの言いたいことはわかるが、おれはどっちも見たくない。悪いが、今夜は無理だ」てのひらで顔をこすりあげながら、マイロは言った。マイロの示した拒絶反応は、たったいま説明した〝作品への親しみ〟がもたらす反作用だ。《マンハッタン》や《タクシー・ドライバー》など、ぼくが何度も飽きずに見かえしてきた作品は数多くあるが、そうした作品であればこそ、ときとして一時的な倦怠《けんたい》期に陥ってしまうことがある。言うなれば、ケーキ職人がしばらくチョコレートケーキはつくりたくないと言いだすようなものだろう。

「すまないな、サム。代わりに、サタジット・レイの作品はどうだ。オプー三部作を片っ端から見ていくか」

「ばかを言うな。もうすでに、このまま命を絶っちまいたい気分だってのに。ぼくを自殺に追いやりたいのか？　だったら、《ショア》はどうだ。九時間三十分のあいだ、ホロコーストの関係者の証言に耳を傾けようじゃないか」

「ほう、そう来たか。なかなかいいところを突いてきたな。なら、ルノワール監督の《ゲームの規則》は？」

「まあ……悪くはないな」

「悪くないってのはどういう意味だ。こともあろうに、あの最高傑作に向かって。史上最高の名作を決定するとなったら、大本命に挙げられるべき作品だろうが」

「ああ、知ってるよ。《市民ケーン》と肩を並べる名作だって言うんだろ」

「それに、俗世の愛に精通する賢明なるフランス人、ルノワールの手にかかれば、おまえのくだらない悩みも笑い種《ぐさ》に思えてくるかもしれないぜ」

「わかったよ」ぼくは言って、ソファーに腰をおろした。「そいつを見るとしようじゃないか。ただし、これだけは言っておく。いま、ぼくの助けとなりうるのは、あの監督が持つ温情だ。人間の弱さをも慈《いつく》しむ、シェイクスピア的な憐《あわ》れみの心だってことだ」

「しまった。あれはいま店のほうに置いてあるんだった」棚を見まわしていたマイロがつぶやいた。

「やめてくれ。こんな議論を永久に続けるなんてまっぴらだぞ」

「心配するな、サム。これ以上、何を言い争う必要がある？　おまえが望んでるのは、完成度と親しみの両方を兼ね備えた作品だろ。だったら、あの愛すべき変り種《だね》の爺さんがいるじゃないか」

「ヒッチコックか」

「そう、ヒッチコックだ。たとえば《マーニー》なんてどうだ？」

「内容が重すぎる。《北北西に進路を取れ》は？」

「そっちはコミカルすぎるな。《ダイヤルMを廻せ！》は？」

「なあ、マイロ。映画史上、最も完成度の高い作品が何か、わかってるだろう？」

「《めまい》か」

「そう、《めまい》だ」これは、〝いちばん好きな映画は〟だの〝最高だと思う映画は〟だのというばかげた質問をされたとき、ぼくが返すことにしている答えだった。実際のところ、最高の映画なんてものはこの世にそれこそ何百とある。だが、完成度の高さという点においては、ぼくにとって《めまい》こそがその頂点に立つ一作だった。この映画には、筋書きと詩情、形式と内容、顕在と潜在とがすべて揃っているからだ。さながらつづれ織の表と裏とを見るように、あらゆる心象と行動に、あらゆる瞬間と空間に、虚構と空想とが共存しているからだ。ぼくら全員に非凡な才能が備わっていたなら、ぼくらの生きる人生もまた、この映画のような様相を呈していたことだろう。

　マイロは肩をすくめて言った。「なるほど、《めまい》か。しかし、今夜はあれを見る気分じゃない」

　さらに深々とソファーに沈みこみながら、ぼくもそれに同意した。「じつを言うと、こっちもだ」

「その日の気分に左右されない映画が一本だけあるんだが、わかるか?」

「マッチョ揃いのゲイ・ポルノだろ。でも、そいつを鑑賞するのは、ぼくが帰ったあとにしてくれないか」

「それもまあ悪かない。だが、どんなときでも拒みようのない映画が、ほかにもうひとつある」

「ああ、そうだったな」

「あれなら、おまえの助けにもなるんじゃないか。気分がどん底まで落ちたときには、打ってつけの一本だからな」

「ああ、決まりだな」

　ぼくの賛同を受けて、マイロは《ビッグ・リボウスキ》をデッキに入れた。

　むろん、主人公のデュードが愛すべきキャラクターであることを否定する者などいやしまい。デュードを演じたジェフ・ブリッジスの名声も、歳月を経るごとに高まるばかりだ。されど、強欲な鮫どもが泳ぎまわるロサンゼルスという澱《よど》みの底を、なすすべもなくたゆたうぼくらにとって、《ビッグ・リボウスキ》はわけても特別な存在だ。溺死しかけた心の琴線《きんせん》に触れる、特別な存在なのだ。この映画をはじめて見たとき、あの冒頭のワンシーン——バスローブのようなものを羽織ったジェフ・ブリッジスが大型スーパーマーケットの〈ラルフス〉で牛乳をひとパック買い求め、その代金を小切手で支払っている場面――をひと目見るなり、ぼくは声をあげて笑いだした。実際にそういう男を知っていたからだ。白状しよう。その男とは、このぼくだ。ジェフ・ブリッジスより歳は若いし、酒に酔ってもいなかったし、それゆえ、あそこまでふてぶてしくもしていられなかったが、たしかに、あれはぼく自身の姿でもあった。もちろん、この映画はコメディーだ。コーエン兄弟の手がけたそのほかの陰鬱な作品――《ファーゴ》や大いなる傑作《ミラーズ・クロッシング》――に比べれば、ずっと軽妙な作品だ。だが、見ようによっては、悲劇でもある。喜劇だけが醸《かも》しだすことのできる悲哀に満ちた作品でもある。悪党どもがかならず勝利をおさめ、甘い汁を吸いつづける世界において、人生の敗者に対してのみぼくらがそそがんとする慈愛が、いっぱいにあふれた作品なのだ。

第二部

適性のない男

13

翌日、例の〝持ち場〟で待機していると、家の戸口にラモーナ・ドゥーンが姿をあらわした。ラモーナは陽焼けした肩から細いストラップで吊った水色のサンドレスを着て、ストラップ付きの赤いハイヒールを素足に履いていた。サングラスをかけ、長い黒髪を颯爽と揺らしながら、とめてある車のほうへ向かった。車は年期のいったメルセデスのコンバーチブルで、車体はクリーム色。ところどころ色の褪せた折りたたみ式の黄色い幌はおろされていて、濃褐色のレザーシートがのぞいていた。運転席に乗りこんだラモーナが車を出すのを待って、ぼくもそれに続いた。

車はハリウッドを西へ進み、角を折れてサンセット・ストリップ方面へ向かいだした。車の流れがスムーズで、べつだん急いでもいないとき、カーラジオでKXLU局の放送を聞きながら、窓から流れこむ風を浴びているとき、しかも、こうしてすごす時間に給料が支払われているとき、そのひとときはじつに爽快なものとなる。大型広告板や、ホテルや、シャッターをおろしたナイトクラブ。《アニー・ホール》でウディ・アレンが元恋人に駄目押しでふられた健康志向レストラン。《チャイニーズ・ブッキーを殺した男》でベン・ギャザラが経営していたストリップ劇場。前方から押し寄せては後方へ流れ去っていく、さまざまな人間の営み。醜い者に、美しい者。怒号をあげる者。退屈している者。汗だくの旅行者。煙草を吹かすメキシコ系の運び屋。携帯電話につないだヘッドセットに向かってわめきたてる青二才の重役。誰もがつかのま地表に顔を出しては、運命に運び去られていく。ひょっとすると、ここが映画の都であるせいかもしれない。あるいは単に、めまぐるしく切り替わる景色や、視界を埋めつくすおびただしい数の車や、背景に流れる音楽が不可思議な錯覚を引き起こしているのかもしれない。いずれにせよ、ぼくはいま、妙にほっとさせられていた。自分の主演する退屈なドラマだと思っていたものが、もっと大がかりな見世物——向かい風に逆らって進むぼくの両脇でスクロール移動していく風景に舞台を据えた映画——の一部にすぎないような気がしてきたからだ。それがどんなに儚いものであろうと、ぼくらの人生になんらかの形式を授けること。ぼくらの喪失になんらかの名前を授けること。そうしてぼくらになぐさめを与えることもまた、芸術の努めであるのだ。

　ラモーナの車はウェスト・ハリウッドを通過して、ビヴァリーヒルズにさしかかった。とたんに、周囲の景色が一変した。青々とした芝生と、それを貫くオリーブ色の舗道。桃色のホテル。さまざまな様式や年代の戯画的な豪邸（私道に車が五台も並ぶチューダー様式の大邸宅の隣には、寝室が十はあるであろう藁葺き屋根の英国ふうのお屋敷。その隣に、トーマス・ジェファーソンの邸宅モンティチェロを模した豪邸。その隣に古代ギリシアの万神殿《パンテオン》ふう、そのまた隣にはヴェネツィアのドゥカーレ宮殿ふうのお屋敷といった具合）。まるで、ミニチュアのゴルフ場がむくむくとふくらんで、実物よりも大きくなったかのようだ。さらに道を進んでいくと、ブレントウッドやパシフィック・パラセイズといった、けばけばしさをいくぶん控えた高級住宅地が待ちうけている。ところが、ぼくにはなぜだか、そちらのほうがどこか不自然で、非現実的な街並みに感じられた。過剰なまでに贅《ぜい》を尽くした豪華絢爛《けんらん》たるビヴァリーヒルズが独自の確固たる存在感を誇示しているのに対し、街の中心部から身を引いて、郡の西端に慎ましく腰を据えたこれらの超高級住宅地のほうこそ、むしろ、まがい物の町のように思えてくるのだ。こけら板や鎧戸《よろいど》。大農園を思わせる広々とした敷地。小粋な商店街。あたりに漂っているのは、いっけん、ほのぼのとした庶民的な雰囲気だ。ただし、この地域では、家の一軒からサラダのひと皿に至るまで、ありとあらゆるものにぼくの郷里の十倍、百倍、いや、下手をすると千倍もの値段がつけられている。そこでふとあたりを見まわし、一分の隙もなく華やかに装った主婦たちや、すさまじく裕福なその亭主たち、自転車にまたがる青臭い億万長者たちをまのあたりにするなり、ぼくらよそ者はこう悟る。自分は場ちがいな存在であると。

とはいえ、小銭を惜しむ必要のない者にとっては、全財産をなげうってでもここに住む価値があるのだろう。サルビアやローズマリーの茂みでは、穏やかな光がたわむれている。頬を撫でるそよ風は、有機栽培の材料のみを使った咳どめドロップや、本場仕込みの職人が焼いたフォカッチャみたいなにおいがする。どこにも見えない海の存在を、肌で感じることができる。車はゆるやかな勾配をくだってはのぼり、日陰から日向へ、日向から日陰へと移動しながら、ユーカリの森を切り拓いた道を疾走していく。丘の中腹に目をやれば、モスグリーンや深紅の葉が日光に照り映えている。やがて、最後の丘を越えると、どれだけ期待をふくらませていようとも、かならずやそれをうわまわるほどのきらめきを放つ海が、前方の視界に姿をあらわすのだ。ラモーナ・ドゥーンを乗せた車は海岸線を右に折れて、パシフィック・コースト・ハイウェイを北西へ進みはじめた。その後も、ぼくのひそかな要望を察知したかのように、ラモーナはあらゆる観光スポットを素通りしていった。マリブ・ビーチにも、ズマ・ビーチにも、宙を舞うパラグライダーにも、絶好のサーフポイントにも、依存症治療に励む映画スターにも目をくれず、ついには郡境の手前に位置するぼくのお気にいりの浜辺、エル・マタドールにたどりついた。

エル・マタドールは、フォークで削りとられたケーキみたいに、断崖絶壁にぐるりを囲まれたビーチだ。外洋の波に足もとを浸食された岸壁が洞穴や石柱や岩の塊《かたまり》へと姿を変え、見かけは穏やかだが目の詰まったさざ波が繻子《しゅす》織のような砂浜に寄せては返している。幅の狭い浜の砂はさらさらとなめらかで、陽の光を受けた浅瀬が鏡のようにきらきらと照り輝いている。そして、そんな浅瀬のなかほどには、逆巻く波に削りとられたひょろりと高い岩の塔がひとつ、一本だけ残った歯のようにぽつんとそびえ立っている。岩のてっぺんは小さな台地のようになっていて、色鮮やかな草花がいかな海風に吹かれようとも必死に根を張り、小さな庭園を形づくっている。もしかしたら、この浜の名は、毅然とそそり立つあの孤独な岩のたたずまいにちなんでつけられたのかもしれない。太古の昔にスペインからこの地へ渡ったつわものたちが、砕ける波に膝をひたし、血飛沫《しぶき》のように真っ赤な太陽を見あげて祈りを捧げた際に、伝説の闘牛士《マタドール》を思って名づけたものかもしれない。

不意に、ララとふたりでこの町を訪れたときの記憶がまざまざと蘇った。山々の尾根やトッパンガ・キャニオンの峡谷を、ふたりでえっちらおっちら歩いたこと。浜辺をそぞろ歩き、洞穴のなかでキスをして、〈ネプチューンズ・ネット〉で新鮮な貝に舌鼓を打ったあと、砂浜に敷いた毛布の上で昼寝をしたこと。肌寒いほどの海風に吹かれて腕をさすりながら、照りつける陽射しに顔を火照《ほて》らせていたこと。ふたりですごした幸福な日々。だが、過去の幸福も、未来に喜びが訪れる可能性も、もはやすべてが失われてしまった。海岸線に沿って調査対象を追跡するぼくの胸に、ふたたび猛烈な切なさが突きあげた。鋭い痛みが、こめかみや眼窩《がんか》やみぞおちを貫いた。それは、肉体に感じるたしかな痛みだった。心の傷による、物理的な痛み。

その現象は、ある疑問をぼくに抱《いだ》かせた。これまで一度たりとも揺らぐことのなかったあの確信は本当に正しいのか。痛みとは、肉体に負った傷に反応して脳が発するノイズでしかないという確信に、間違いはないのか。ずきずきと脈動するたしかな痛み。重くのしかかる倦怠感。鼓膜に響く断末魔。ぼくのなかでいま死にかけているものが魂でないとしたら、いったいなんだというのか。

ラモーナ・ドゥーンの車が駐車場に入った。メーターの投入口に硬貨を入れ、吐きだされてきた領収書をダッシュボードに置いておくシステムのものだった。ぼくはとっさの機転を利かせ、通りの先でUターンをしてから、道路脇に車をとめた。こうしておけば、ラモーナが駐車場から車を出したとき、すぐさまあとを追うことができる。車をおりたラモーナは、ビーチへと続く長い螺旋《らせん》階段をくだりはじめた。ぼくはサングラスをかけて両手をポケットに突っこんだまま、何気ないふうを装って、あたりをぶらぶらと歩きまわった。湿りけと塩分を含んだ海風が、ときおり崖下から吹きあげてきた。木の踏み板を叩くハイヒールの靴音が、不気味なこだまを響かせていた。尾行をけどられる危険を避けるため、ぼくは螺旋階段をまわりこみ、低木の茂みに囲まれた急勾配の小道をくだることにした。

ララはぼくを裏切った。ぼくの信頼を裏切った。永遠にぼくを愛すると誓う声が、永遠にぼくのそばにいると誓うあの声が、いまも耳にこだましていた。険しい斜面を足早にくだりながら、額に汗を滴らせ、大きく息をあえがせながら、ぼくの歯は苦悩を嚙みしめ、舌は怒りを舐《な》めていた。燃えたぎるこの怒りは、これまでララの愛が占めていた場所を、その空洞を満たさんと湧きだした感情だった。あの誓いを立てたとき、ララが故意に嘘をついたのだと言うつもりはない。問題はそんなことではない。いまならわかる。愛とは、単なる感情にすぎない。その他もろもろの感情と、なん変わりはない。永遠にぼくを愛すると言ったとき、ララは心からそう感じていたのだろう。だが、感情は変化する。いまこのとき、ぼくが永遠に誰かを愛すると感じていたとしても、その感情も、ひょっとしたら明日には揺らいでしまうかもしれないのだ。

そうだとも。迫りくる海を眺めながら、ぼくは自分に言い聞かせた。山にしろ、砂浜にしろ、宇宙の星々にしろ、この世に変わらないものなどない。ならば、ぼくら人間だけが変わらないなんて、そんなわけがあるだろうか。

遥か宇宙にまで思いを馳せるあまり、足もとがすっかりおろそかになっていたらしい。気づいたときには、顔から地面に倒れこんでいた。まずは木の根に蹴つまずき、小さな雪崩《なだれ》を起こした砂に足を取られた。ポケットに押しこんでいた手を出す暇もなく、前のめりに倒れこみ、そのまま斜面を転がりおちていった。最初は抵抗を試みた。サングラスの食いこんだ鼻骨の痛みに耐えつつ、何度も砂を嚙みながら、じたばたと脚を蹴りだした。だが、ほどなく何をしても無駄だと気づくと、重力のなすがまま、リュージュのように急斜面を滑降していった。やがて、うめき声とともに着地した場所は、腐臭を放つ海藻の山のなかだった。口から砂を吐きだしながら顔をあげたとき、螺旋階段をくだりきり、砂浜におりたつ〝ミステリガール〟の姿が見えた。ぼくはパニックに襲われた。とっさにふたたび地面へ突っ伏し、生臭い緑の物体に顔をうずめた。

「あの、大丈夫ですか？」

問いかける声に顔をあげたとき、目に飛びこんできたのは、傍らの砂に突き刺さる赤いハイヒールだった。素性を知られてなるものかと、ぼくは海藻の山のさらに奥深く、ヘドロにまみれた砂のなかまで顔をうずめた。それから、地声よりも数段低い濁声《だみごえ》をつくって、ひとことこう答えた。

「ええ……」

一方のラモーナは、充分な教育を受けた者に特有の穏やかで物静かな声をしていた。砂とヘドロにもぐりこみながら、ぼくはある決意を固めた。こうなったら、ひとつのコンセプトに沿った芝居をするしかない。このまま倒れこんでいることを不審に思われないためには、泥酔したホームレスを演じきるしかないではないか。

「本当に大丈夫ですか？　手をお貸ししましょうか？」言いながら、ラモーナはぼくの肩にそっと手をかけた。肌に伝わる爪の感触で、顔を伏せていてもそれがわかった。

「いえ……」ぼくは例の作り声で答えを返した。

「それって、大丈夫ではないという意味なのかしら。それとも、手を貸す必要はないという意味なのかしら」

ぼくは窮地に追いこまれた。この作り声で絞りだすことのできる正しい返答を、何ひとつ思いつけなかった。黙りこむぼくの肩には、いまにも飛びたたんとする小鳥のように、ラモーナの手がそっと添えられていた。やがて、ぼくは（なんとすばらしい機転だろうと自画自賛しながら）古い映画に出てくるネイティブアメリカンのような口調で、こうつぶやいた。「助け、要らない……」

「そう。それなら、余計なお節介《せつかい》はやめておくわね」ラモーナは言って、手を離した。細い爪がひとすじのなめらかな感触をぼくの肌に残していった。遠ざかる足音に耳を澄ませているあいだも、その感触が消えることはなかった。腐った海藻のにおいを吸いこみながら、ぼくは身じろぎもせずその場に突っ伏しつづけた。ようやく心臓の鼓動が落ちつくと、浜に打ちあげられた海獣さながら、砂にまみれた片目を開けた。ラモーナは片手にハイヒールをぶらさげて、何をするでもなく、ぶらぶらと波打ち際を歩いていた。黒髪が風にもてあそばれ、サンドレスが身体にまとわりついていた。

やがて、浜辺を立ち去るラモーナのあとを追って、ぼくも螺旋階段をのぼりはじめた。一階ぶんの間隔をあけて、濡れそぼった靴から海水を撥ね散らし、服から海藻のにおいを撒き散らしながら階段をのぼりきると、小走りに車へ駆け寄った。エンジンを始動したちょうどそのとき、ラモーナのメルセデスが駐車場から姿をあらわした。市内へ戻る道すがら、黄色い幌がゆるゆるとあげられていくのが見えた。気温が急激に落ちこみはじめていた。窓から吹きこむ湿った風が、頬に突き刺さるかのようだった。

不承不承に認めよう。じつのところ、ララの裏切りによって、ぼくは自由を手に入れていた。その事実はぼくの胸を締めつけると同時に、そんなものが巻きつけられているとは気づきもしていなかった首の鎖を断ち切ってもくれていた。これまで良くも悪くも既知のの事実であったすべてのもの——必然的であったすべてのもの——に、ふたたび検討の余地が生じようとしていた。ララを取りもどしたいという切実なまでの欲求に反して、そうした自由を手に入れたいま、こう問わずにはいられなかった。ひとりで生きていく人生というのは、どんなふうだろう。ここ何年かのぼくは、夕食に何を食べるかに始まって、将来の展望に至るまで、何を決めるにも、つねにララを中心に考えていた。いま就いている仕事だってそうだ。けれど、もしもひとりになれば、もう一度、自分が心から望む仕事に打ちこむことができる。小説を書いて、好きなところへ行って、したいことをなんでもできる。少なくとも、理論上は。そう、理論上は、ほかの誰かとセックスすることだってできるのだ。そのことに思い至ったとたん、血管が激しく脈打ちだした。もし本当に自由を手に入れたいのであれば、いまがそのチャンスだ。だが、いったい自分はどちらを望んでいるのか。それからとつぜん、ぼくは悟った。いったい何を悩む必要があるのか。ララはもう、ぼくのもとを去っていったのだから。

14

街へと戻る車内では、映画の端役《はやく》になりきっている余裕はなかった。水を含んだ服はじっとりと冷たく、なかにまで入りこんだ砂が肌に擦れ、生地に染みこんだ汚泥のにおいがどんよりと周囲を取りかこんでいた。ラモーナを乗せた車は、通りを右折してラ・シェネガ・ブールヴァードに入ったあと、出しぬけにUターンをしたかと思うと、どこかの脇道か駐車場にでも入ったのか、忽然《こつぜん》と姿を消した。ぼくはメーター付きの駐車スペースを見つけて、車をとめた。縦列駐車を終えて顔をあげたとき、通りに面した店のひとつへ消えていく〝獲物〟の姿を、バックミラーの片隅にかろうじて見とめることができた。ビーチで着ていた服を手早く脱ぎ捨て、〝七つ道具〟の袋に押しこんであったTシャツとスウェットパンツを身につけた。むろん、対象を見失うわけにはいかない。だが、ビーチであの大失態を演じた直後に、徒歩で対象を尾行するのは得策ではないかもしれない。ロンスキーが示した〝変装を徹底すべし〟という方針と、自分にはいまさら失う自尊心などほとんど残されていないのだという事実を反芻したうえで、ぼくはララの置土産であるブロンドのかつらを手に取った。じっとり湿った地毛の上にぼさぼさの縮れ毛をかぶせ、バックミラーをのぞきこむなり、ため息を吐きだした。なんと戯《おど》けた姿だろう。だが、ここはハリウッド。戯け者の本場ではないか。そのとき、あることを思いついた。ゆうべロンスキーから強引に支給された携帯用メイキャップ道具を鞄から取りだし、どろりとした真っ赤な物体を唇に塗りたくった。するとたちまち、くたびれたドラッグクイーンがそこに誕生した。これがほかの街だったら、人目に立つことだろう。だが、この街でなら、戦場で迷彩服を着るようなものだった。

新たな装いに身を包み、車の窓ガラスに映る自分の姿に何度も注意を逸《そ》らされながら、通りをぶらぶらと歩きだした。自分のめざす場所が〈トラッシー・ランジェリー〉であると気づくのに、そう時間はかからなかった。ラモーナは本当にこんなところへ入っていったのか。ええい、とにかくのぞいてみよう。ぼくは瞬時に腹を固めた。なぜだか妙に解放された気分だった。奇抜な扮装が幸いしてか、まるで透明人間にでもなったかのようだった。この界隈に棲息《せいそく》する女装趣味の連中がみな、この店の常連客であることは間違いない。ならば、いまのぼくも違和感を与えることはないはずだ。ぼくは入口の扉を開けた。

「いらっしゃいませ!」丸々と肥えた身体を店名入りのTシャツに押しこんだ若い売り子が、大声でぼくを迎えいれた。「はじめてのご来店ですか?」

ぼくはその場に凍りついた。いったいどんな声色《こわいろ》を使えばいいのか。男の声か。女の声か。はたまた、オカマの声か。悩んだあげくに、ぼくは首を振った。かつらがずれるのもかまわず、ぶんぶんと。それからじりじりと後ずさりを始めたが、売り子はぼくの行く手を阻みながら、にっこりと微笑んだ。

「よろしかったら、ふくよかな女性向けの商品をご案内いたしますわ。腰まわりはずいぶんほっそりしていらっしゃるようですけど……」そう言うと、ぼくの体形に合うパーティードレスを見立てようとでもいうかのように、売り子はぼくの両肩に手を触れた。ぼくはひとつ咳払いをしてから、口を開いた。自分でも驚いたことに、そこから飛びだしてきたのは、いつもの地声より数段野太い声だった。

「いや、おかまいな……」言いかけて、ぼくははっと息を呑んだ。そこにラモーナがいた。商品を吊るしたハンガーを片手にさげたラモーナが、あろうことか、まっすぐこちらへ向かってきていた。売り子はこちらの気も知らず、滔々《とうとう》とおしゃべりを続けていた。

「やっぱり、お客さまの肩幅ですと、普通サイズの商品は厳しいかもしれませんね。靴のサイズはおいくつですか?」

ラモーナはすぐ間近に迫っていた。ぼくはとっさに顔をそむけ、陳列台に並ぶ化粧品に見とれているふうを装った。

「すみません」売り子を呼びとめる声がした。「これと同じ色で、Tバックは置いていないのかしら」ラモーナはそう言って、黒とピンクの布切れを吊るしたハンガーを持ちあげた。こんなにちっぽけな布切れが下着としての機能を果たそうとは、ぼくにはとうてい思えなかった。下着の上から取りつける装飾品か何かにしか見えなかった。

「すみません。もうラベンダー色しか在庫がないんです」

「そう。それならいいわ。あと、試着室はどこにあるのかしら」

「この通路をまっすぐ行った、あの奥です」

「ありがとう」ラモーナは売り子とぼくににっこりと微笑みかけてから、店の奥へと引きかえしていった。

売り子の娘は、遠ざかっていくラモーナの後ろ姿をしばらく見つめていた。おそらくは(ぼくと同様に)、あの装飾品を身につけたラモーナの下着姿を想像していたのだろう。だが、ぼくに退散する隙を与えてはくれなかった。売り子はほどなくはたとわれに返り、ひときわ過酷な現実(つまりは、ぼく)に視線を戻した。

「アジュール・ギャラクシーがお好きなのね?」

「ええと……誰のことで?」いったいなんの話なのか、まるでわけがわからなかった。ひょっとして、有名なドラッグクイーンか何かの名前なのだろうか。

売り子は陳列台の上から、小さな容れ物を取りあげた。「じつはわたしも愛用しているの。さあ、お試しになってみて」

恐怖のあまり逃げだすこともできず、彫像みたいに立ちつくすぼくの顔に、売り子は何かを塗りたくりはじめた。「スカイブルーは、目をくっきり際立たせてくれるんですよ。お客さまは面立《おもだ》ちがはっきりしていらっしゃるから、とってもラメが映えますわ。ほら」売り子は少し首を離して目をすがめ、ぼくの顔をまじまじと眺めてから、鏡を持ちあげた。「すごくすてきになった。ごらんになって」

ぼくは鏡をのぞきこんだ。ひどく怯えきり、ひどく醜い中年の売春婦がこちらを見かえしていた。そのとき、ふたたびラモーナの姿が視界に入った。またもひらひらの布切れを手に、こちらへ向かってきていた。

「失礼。もう時間だ。行かないと」ぼくはそそくさと逃げだした。

「またいらしてくださいね！　本当におきれいですよ！」背後から売り子の声が響いた。

うつむいて顔を伏せたまま、足早に車へ戻った。その間に浴びせられたのは、ほんの数人の視線と、通りすがりのトラックのクラクションだけだった。運転席に乗りこんでかつらを脱ぎ、ハンカチなりナプキンなり、顔をぬぐえるものは何かないかと、ぼくはあたりを見まわした。もちろん、あるわけがなかった。このぼくの車に、どうしてそんなものがあると思ったのか。仕方なく、指の先に唾をつけ、上瞼についた青いキラキラをこすりおとそうとした。だが、かえって範囲が広がるばかり。結局、目の周囲全体がきらきらと光り輝く始末に終わった。まるで、エクスタシーに達した瞬間のアライグマみたいだ。鏡を見ながらそんなことを考えていたとき、通りを南下しはじめるメルセデスが目に入った。

その先に待ちうけていたのは、嬉しい驚きだった。ぼくの麗《うるわ》しき貴婦人を乗せた車は、角を折れてビヴァリー・ブールヴァードに入ったかと思うと、ぼくを

〈ニュー・ビヴァリー・シネマ〉へと先導していったのだ。そこは、かぞえきれないほどの時間をぼくがすごしてきたリバイバル専門の名画座だった。そういえば、故郷のニュージャージーにいたころ、当て所《ど》もなく道端に車をとめていたとき、どこか謎めいた女がぶらぶらと映画館に消えていくさまを眺めたこともあったっけ。目のまわりの青いラメを隠すため、レンズにひびの入《い》ったサングラスをかけてから、車をおりた。そのとき、入口を抜けたラモーナがゴミ箱の脇を通りすぎる際、〈トラッシー・ランジェリー〉のロゴが入った紙袋をそこに投げいれるのが目に入った。買ったばかりのものを、どうして捨てたりするのか。ぼくのなかの探偵がむくむくと頭をもたげだした。あの店の商品はそこまで安いものではない。きっかり十をかぞえてから、ぼくはチケット売り場へ向かった。まだ十代とおぼしきこの売り子に、ゴミ箱から紙袋を拾うところを見咎められませんようにと祈りながら。

15

劇場内に、客の姿はほとんどなかった。ぼんやりとした頭の形がちらほら見うけられるのみだった。じっと目をこらすうち、肉感的な姿態のシルエットを見つけた。その人影が最前列に腰をおろすのを見届けてから、ぼくも自分の定位置——まんなかの列の、まんなかの席——におさまった。チケットを買うときに映画のタイトルをたしかめるのを忘れていたのだが、上映が始まると、すぐにそれが判明した。一九四八年に公開された《夜の人々》。ニコラス・レイ監督の処女作で、なおかつ、男女の逃亡劇を描いた悲恋物の元祖とされている作品だ。記憶というフィルターを通したこの作品は、ぼくにとって、まるでコラージュのようだった。何度も繰りかえし眺めるうちに、ストーリーの枝葉が削ぎおとされ、心象風景と仕草とを紡《つむ》いだ一篇の詩となって、ぼくの脳裡《のうり》に焼きついていた。大恐慌のまっただなか、スーツ姿で働くガソリンスタンドの従業員。幅の狭い道を摩り減ったタイヤでガタガタと進む、車体の長い黒塗りの車の列。キャシー・オドネルの憂《うれ》いに沈んだ瞳や、いたずらっぽい表情や、セーターとスカートに包まれた身体の線。そして、ファーリー・グレンジャーのリーゼントや、落ちつきなく虚空を舞う手の動き。

こうしたモノクロ映画に心が惹《ひ》かれてならないのはなぜなのだろう。あまりに芳醇《ほうじゅん》で、あまりに奥深く、あまりに夢幻的だからだろうか。しかし、ぼくが感じているのはノスタルジーではない。ぼくが生まれるころには、すべての映画がカラー撮影されるようになっていた。よって、モノクロ映画を見るようになった最初のきっかけは、深夜のテレビ放送やレンタルビデオだった。劇場まで出かけていくようになったのは、それよりずっとあとのことだ。それでもなお、どういうわけか、銀色の星々や、灰色の陰影や、漆黒の夜空や、銀色の月が形づくるこの世界こそ、〝映画の楽園〟に近いようにぼくには思える。世俗崇拝者たちが集う神聖なる教会——絶滅寸前の希少種となったぼくらが通いつめ、暗がりのなか静かな祈りを捧げる教会——のなかにかろうじて現存する、最後の楽園のように思えてならないのだ。

エンディングが近づいたころ、スクリーンから漏るほの明かりを頼りに、ラモーナが捨てた紙袋のなかをのぞきこんだ。なかに入っているものは、布でできた何かということしかわからないが、ただのゴミではなさそうだった。映画の世界観にひたりきっていたせいか、一瞬、血染めのスカーフだのといった、犯罪に関わる何かが頭に浮かんだ。とにかくそれを袋から取りだし、明かりのなかにかざしてみた。するとなんと、片手に握られているのはブラジャー、もう一方に握られているのは揃いのパンティーだった。シンプルだが上質な綿素材で、大きすぎず小さすぎずの適度なサイズ感。淫靡《いんび》なにおいは微塵《みじん》も漂わせていない。ぎんぎ《トラッシ》ら《ー》な装飾もいっさいない。これはどういうことかと考えあぐねていたそのとき、客席に明かりが灯った。知らぬまに上映が終わっていたらしい。前方にすわる男性客のひとりが後ろに首をまわし、ソーダのストローをくわえたままぽかんとこちらを見つめていた。男をじろりと睨《ね》めつけ、手にした下着を紙袋に押しこみながら、ふと思いだした。上映中にサングラスをはずしていたことを。やれやれ、いまのぼくは、デヴィッド・ボウイの姉さんみたいに見えることだろう。それからようやく気づいた。最前列にすわる人間――ラモーナであるものと思いこんでいた曲線美の持ち主――が、ジョン・レノンふうのサングラスをかけ、髪をポニーテイルに結んだ、肥満体の男であることに。ぼくのお仲間の映画オタクであることに。ぼくの〝ミステリガール〟がいつのまにか忽然と姿を消していたことに。

　薄暗い映画館を飛びだして、ネオンのきらめく通りへと走りでた。夜の帳はすでにおりていた。午後の回の上映を見終えたあとのつねで、現実がもぬけの殻にでもなったかのように――ぼくの不在中に深い眠りについてしまったかのように――感じられた。ぼくは左右に首を振り、通りの先に目をこらした。〝容疑者〟の車が見つかりはしまいかと願いながら、ちらちらとまたたくヘッドライトを見分けようとした。駆け足で通りを渡りながら、ポケットに手を突っこんで、車のキーを探した。東海岸のドライバーとちがって、ロサンゼルスのドライバーは車道のどまんなかに突っこんでくる通行人に慣れていない。よって、ぼくの行く手では何台もの車が急ハンドルを切ったり、急ブレーキを踏んだりしはじめた。鳴り響くクラクションの大合唱が耳をつんざいた。ラモーナを探してなおも左右に首を伸ばしつつ、鍵穴に手探りでキーを差しこもうとしているとき、目の端に、通りを走りぬけていくララの車が見えた（ような気がした）。ぼくは弾かれたように顔を振り向けた。ララの車は東へ向かっていた。ぼくの車は逆方向を向いている。ぼくはララのあとを追って駆けだした。ようやく渡り終えた車道を、ふたたび全速力で突っ切った。周囲からクラクションと怒号が浴びせられるなか、ぜいぜいとあえぐ肺とみぞおちの痛みに耐えながら、次の角までひた走った。そのとき、リアバンパーにそれが見えた。魚をかたどった、キリストの隠れシンボル。あれはララの車ではない。自分自身とキリストとに恥じいりながら、ぼくはすごすごと来た道を引きかえした。なまぬるい砂漠の風が額の汗を乾かしていった。

ラモーナ・ドゥーンの家の前に車をとめ、家の様子をうかがった。窓の向こうに明かりはなく、しんと静まりかえっている。カーテンは開いたままだ。しばらく張りこみを続けてから、ぼくは敗北を認めた。報告のため、ロンスキーに電話をかけた。ぼくらがそれぞれに追う女ふたりを、いずれも見失ってしまったと報告するために。

「コーンバーグ！　いままでどこにいたのだ？　今日の報告を待っていたのだぞ！」

「ええ、その……申しわけありません、ミスター・ロンスキー。じつは、映画館で対象を見失ってしまいまして。なかに入るのは確認したんですが、途中で劇場を抜けだしたようです」

「なんと素人臭《しろうと》いことを。まったく、ずぶの素人のやることではないか」怒りを押し殺した低い声で、ロンスキーは言った。

「申しわけありません。ですが、ぼくは事実、素人なのでは？」

「ほかに情報は。役に立ちそうな情報はないのか」

「じつを言うと、対象の残していったものがあるんですが……紙袋に入れた下着です。そんなものでも役に立つでしょうか」

「下着だと？」ロンスキーはとたんに色めき立った。「もちろんだとも。それを映画館に置き忘れていったのだな？」

「いや、客席に置き忘れていったわけじゃありません。おそらく、直前に入った高級ランジェリーショップで、身につけていたものから購入したものに着替えたんでしょう。それで、古いほうの下着を処分することにしたのかと……」

「ゴミ箱から汚れた下着を拾いあげてきたというのか！」おなじみの胴間声が耳に轟いた。

ぼくは携帯電話を耳にあてたまま顔を赤らめ、肩をすくめた。「まあ、そういうことになります」

「よくやった！　ようやく探偵らしい思考が身についてきたようだな！」

「え？　本当ですか？」ぼくは思わず問いかえした。


わずかに高揚する気分を抑えこむことは難しかった。

「ほかに情報は」

「ええと……」少し迷ってから、ブロンドのかつらの件と腐った海藻の件に関する報告は、さしあたり控えておくことにした。「いえ、それで全部です」

「しかし、対象はまだ家に戻っていないのだろう。どちらの方角へ向かったのか、あたりをつけることもできんのか？」

「その……じつを言うと、べつのことに気をとられていたもので……」

「べつのことというのは？」

口をすべらせたことを悔やみながら、ぼくは答えを口にした。「……うちの家内です。家内の車を見かけたような気がして……結局、ぼくの勘ちがいでした」

「なるほど……」ロンスキーは不意に黙りこみ、しばし沈黙したあとで、こうつぶやいた。「どうやら、こちらへ出向いてもらったほうがよさそうだ」

16

ミセス・ムーンが玄関でぼくを迎えいれ、今回は笑顔でうなずきかけながら、書斎のほうを手ぶりで示した。書斎では、ロンスキーが肘掛け椅子に座して、シェイクスピアの一冊を手にしていた。今夜はダークグレーのサマースーツに桃色のシャツを合わせて、黒のネクタイを締め、黒い靴下と黒いベルベット地のスリッパを履いている。ぼくを見とめて本を閉じ、厳《いか》めしい面持ちで握手を交わすと、小卓をあいだに挟んだ傍らの椅子をぼくに勧めた。小卓の上には、チェス盤が載っていた。

「一局、お手あわせ願えるかね」

「遠慮しておきます。ルールもろくに覚えていないもので」

「そう言わずにつきあいたまえ、コーンバーグ。こうしているほうが、考えごとがはかどるのだ」

ぼくは小さく肩をすくめ、ポーンをひとマス前に進めた。

ロンスキーは静かな声で話しはじめた。「まずは礼を言っておこう。今日の結果は望まざるものに終わってしまったわけだが、処女航海に漕ぎだしたばかりの新米にしては、これまでのところ、きみは充分な働きをしてくれている。ただし、獲物を網から逃してしまったからには、それなりの埋めあわせをはからねばならん」ロンスキーは言いながら、ぼくが進めたポーンの正面にある自分のポーンをふたマス進めた。「きみには、朝の訪れを待って、いつもの持ち場へ戻ってもらうとしよう。追うべき糸を見失ったとき、有能な探偵なら確実な痕跡の残る場所へと立ちもどり、糸の端を探そうとするものなのでな。さあ、きみの番だ、コーンバーグ」

「はい、ミスター・ロンスキー」ぼくはうなずき、べつのポーンをゆっくりと前に進めた。どうやら馘《くび》を言いわたされるわけではなさそうだ。

「次に、きみが抱える夫婦間の問題に関してだが」ロを動かしつづけながら、ロンスキーはビショップを動かした。「あいにく、事態の好転はいまだ見られていないようだな」

「ぼくは何もお話ししていませんが」

「だから、〝そうだな〟ではなく〝ようだな〟と言ったのだ、コーンバーグ。きみにはそれなりの知性も、与えられた任務を遂行する能力も備わってはいるが、こと洞察力に関してはいっそうの磨きをかける必要があるぞ。さきほどこの部屋に入ってくるきみを見るなり、気づいたことがある。左右の揉みあげの長さが見るからに揃っていないということだ。細やかな気遣いをしてくれる妻なり同居人なりがいるのであれば、これほどの不具合を見逃すわけがない。つまり、いまのきみには生活をともにする相手がいないことになる。それから、袖口にピーナッツバターがついてもいる」

「そのとおりです」いますぐ揉みあげに手をやりたいという衝動をかろうじて抑えこみ、一時しのぎにクィーンを動かしながら、ぼくは言った。「たしかに、妻はいま街を離れています。まあ、ただの出張ですが。夫婦間のいざこざとはなんら関係ありません」

ロンスキーは重々しくうなずいた。「では、わたしの指摘を認めるのだな。残念ながら、事態は好転していないということを」

「それはちがう。そんなことは言ってません」ぼくは顔をあげ、真っ向から相手の目を見すえた。ロンスキーに対して、あきらかな苛立ちをおぼえはじめていた。

「しかし、きみはたしかに言ったではないか。〝そのとおりです〟と。それから、続く言葉をためらった。ありありとした躊躇《ちゅうちょ》を見せた」

「そんなつもりで言ったんじゃありません」

「そんなつもりではなかったとしても、きみはたしかにそう言った。だから、わたしは額面どおりに受けとめた。続いて、きみはわたしから目を逸らし、クイーンを動かした。クイーンが女性の象徴であることはあきらかだが、きみの奥方の場合、支配の象徴でもあると言って差し支えなかろう」

「そんなのはただの偶然です。特に意味もなく、目についた駒を動かしただけなんだから」

「人間の行動に、意味のないものなどひとつもない。偶然などという不条理も存在しない。いまきみがあらわにしている怒りにしても、わたしに言わせれば、事実を言いあてられたことの証《あかし》にほかならん。だいいち、きみにはほかの駒を動かすこともできた。ビショップを前に出し、クイーンの楯とすることもできた。だが、きみはクイーンを動かした。自分から遠ざけた。むざむざ旅に送りだした。出張という名目《めいもく》の旅に。きみ自身、そんな名目を鵜呑みにしてはいなかろうに」

「いくらなんでも憶測《う》がすぎる」いますぐロンスキーをぶん殴ることができたら、どんなにすかっとするだろう。湧き起こる怒りを抑えこみながら、ぼくは言った。「出張が名目にすぎないだなんて、正直なところ、ぼくは考えもしていなかった」

「むろん、意識の表層にはのぼっていなかったかもしれん。想像しようとするだけでもつらかったろうからな。しかし、疑念はたしかに存在した。奥方はいま街にいないと心から信じていたなら、なにゆえ彼女の車を見たと錯覚したのだね。似たような車ならこの街をごまんと走っているだろうに、そんなはずはないと打ち消すこともせず、その車が彼女のものであると思いこんだのだね。理由はただひとつ。心の片隅では……意識の深層にありながら曇りなく澄みきったその片隅においては、奥方の言葉を真に受けていなかったからだ。いま一度、自分の言葉を正確に思いかえしてみるといい。〝ただの〟出張だ、とさきほどきみは言った。〝ただの〟という単語をわざわざ用いた。それ以前に、奥方の旅の目的について、問われもしない注釈を加えた。誰ひとりとして……いや、少なくともこのわたしは、なんの疑念も差し挟んでいないというのにだ。となると、きみは誰の疑念を諌《いさ》めようとしたのか。むろん、答えはきみ自身ということになる」

ぼくは無言のまま背もたれに寄りかかり、キングを前に進めて言った。「チェック。あと二手でぼくの勝ちです」

「はっ、はっ、はっ!」とロンスキーは笑った。首をのけぞらせて、井戸のようにぽっかりと口を開け、巨大な太鼓腹の奥底からこだまを轟かせながら、いとも愉快げに笑い声をあげた。「はっ! これはたいしたものだ!」

「それにしても、あなたがそこまで聡明であるのなら、どうしてぼくなんかの力を借りる必要があるんです? そんなスリッパは脱ぎ捨てて、ご自身で調査にあたればいいじゃありませんか」

ロンスキーはゆさゆさと揺れる腹の肉を両手で押さえこみながら、ひときわ大きな笑い声をあげた。「はっ、はっ! なるほど! ごもっともだ!」そう言って、ロンスキーは目もとの涙をぬぐった。「きみの知力はさておき、そうした気概は感嘆に値する。さあ、引きわけだ、コーンバーグ」言いながら、ロンスキーはみずからのキングを横に倒した。「たしかに、きみの指摘はなかなかの的を射ている。このわたしは、言うなれば情緒面に障害を抱えておってな。しかも、回復の見込みはほとんどない。わが知性なり直観力なりをもってしても、その闇にひそむ病《やまい》の根源を見ぬくことはあたわない。この世で最も明るく澄みきった鏡であろうと、光がなければ何も映さぬものなのだ」悦に入った表情で微笑みながら、ロンスキーは続けた。「そう、それこそがわたしの言いたいことなのだ。鋭敏なる観察者に対して、ひとは自分自身にすら秘しておきたいものを無意識にさらしてしまうものだということ。かのフロイトもこう言っている。〃ものを見る目を持つ者にとって、この世に嘘なるものはほとんど存在しない〃と。しかしながら、世の人々の大半は、見るべきものすら見ようとしない。目に見えるしるしの大半が、誰に読まれることもなく無に帰していく。最も重要なしるしでさえ、無意識から発せられたシグナルでさえ、漆黒《しっこく》の闇から送られてきたメッセージでさえ、その例外ではない。完全なる闇に支配されたその世界において、目を澄まさんとする者はひとりとしていない。いや、その数少ない例外が、わたしやきみのような探偵であるのかもしれん」

17

ロンスキーの命令に従って、翌朝、ぼくはラモーナ・ドゥーンの自宅へ戻り、家の前に車をとめた。調査対象の姿はやはりどこにも見あたらなかった。ただし、例の五号棟には動きがあった。スウェットの上下を着て黄色いゴム手袋をはめた女が大きなゴミ袋を片手にさげて、家のなかから出てきたのだ。ついに本物の探偵を演じる瞬間が訪れた。ええい、ままよと腹をくって車をおり、ぼくはゆっくりと女に近づいていった。「ちょっとよろしいですか」目には見えない帽子に手をやりながら、ぼくは女に声をかけた。「ミズ・ラモーナ・ドゥーンにお会いしたいのですが、居場所をご存じで？」

女はじろじろとぼくを眺めまわしながら、こう問いかえしてきた。「そういうおたくはどこのどちらさん？」

ぼくはある作戦に打ってでることにした。《三つ数えろ》でハンフリー・ボガートが書店の売り子にしたように、女の心をつかんで味方につけるのだ。当然ながら、ぼくはボガートには似ても似つかない。相手役の売り子にしても、書店に勤める女たちの例に漏れず、結い髪をほどいて眼鏡をはずしてみると、すこぶるつきの美女に大変身するわけだが、ぼくの共演者はといえば、胡麻塩頭を短く刈りこみ、首からさげたビーズ紐の先に遠近両用眼鏡を吊るしている始末だった。それでもせめて、たたずまいくらいはボガートに似せようと意識しながら、ぼくはこう切りだした。「じつは、ミズ・ドゥーンのサインが必要な重要書類をあずかっておりまして。しかも、至急必要だとのことで」

「重要書類？　だったら、なんで書類鞄を持っていないのさ？」

「書類鞄？　ええと、それは……車のなかかな？」ぼくはぱちぱちと目をしばたたいた。この女、なかなか鋭いところを突いてくる。

「どうせ借金の取りたてか、召喚状の配達にでもきたんでしょ？」戸惑うぼくなどそっちのけで、女はため息まじりに首を振った。「そういうこったろうと思ったよ。それにしても、あの娘《こ》はわりと裕福そうに見えたけどね。とにかく、もうここには戻ってこないよ」

「戻ってこない？」

「ゆうべ越していったからね。電話でそう連絡してきたのよ。敷金は返してくれなくてけっこうだって。まだひと月にしかならないってのにねえ」女は言って、肩をすくめた。開け放たれた扉の向こうに、見慣れた家具が並んでいた。

「しかし、あの家財道具はどうするんです？」

「あれは全部、あたしのもんだよ。家具付きの短期契約で貸しだしてる家だからね。あの娘の私物は、このゴミ袋に入っているだけ。紙屑だの、がらくただのばっかりさ。まあ、残念だったね。あたしに言わせりゃ、ああいう金持ちのガキどもこそ、金に汚いところがあるもんだよ」

それだけ言うと、女はゴミ袋を肩に担ぎあげ、よろよろと通りを進みはじめた。ぼくはその場に立ちつくした。家のなかに忍びこもうかとも考えたが、あの大家が口からでまかせを言ったとも思えなかったし、ラモーナの私物はすべて持ち去られてしまっている。仕方なく、ぼくはスローモーションのようにのろのろと車へ引きかえしはじめた。そして、大家の姿が完全に見えなくなるのを待ってくるりと向きを変え、大型ゴ《ダンプ》ミ容器《スター》に駆け寄って、その中身をあさりはじめた。大家の話は嘘ではなかった。袋の中身はゴミ屑ばかりだった。縁の茶色く染まった、使用済みのコーヒーフィルター。バナナの皮に、卵の殻。古雑誌に、トイレットペーパーの芯。踵の擦り切れた桃色の靴下については、例のパンティーの仲間に加えるべきかと悩んだが、自分の探偵としての能力はそこから何かを探りあてられるほどの域には達していないと結論づけた。

家へと戻る道すがら、ロンスキーに電話をかけて、ことの経緯を報告した。声の感じからして、ゴミ袋の中身を確認した判断力は高く評価してくれているようだったが、それに気をよくして靴下の件を持ちだすようなまねはしなかった。豚にトリュフを掘りあてさせるかのように、そいつを掘りだしに戻れなどと命じられてはたまったものではない。そのとき、ロンスキーの口調が一変した。

「しかし、探偵の仕事は手がかりを見つけることだ」

携帯電話の回線を通した雑音まじりの物々しい胴間声が、びりびりと鼓膜を震わせた。車はフランクリン・ブールヴァードに入り、造園業者のトラックから吐きだされる灰色の雲を掻き分けはじめていた。板で囲われたトラックの荷台には、木の枝やら枯れ草やら落ち葉やらがうずたかく積みあげられ、そのてっぺんにメキシコ系の労働者数名がすわりこんで、にやけた笑みを浮かべている。いくら目をこらしても、排気管はどこにも見あたらない。必死に息をとめているぼくの耳に、ロンスキーの声が響いた。「ときとして、手がかりはわれわれの周囲に転がっている。通りや、ゴミ捨て場に。だが、ときとして、われわれの内に眠っていることもある。いいか、コーンバーグ。おのれの内に目を向けるのだ」

ぼくは声に出さずにこう応じた。そりゃどうも、オビ＝ワン。ご訓示たいへん痛みいります。ただし、耳に届く声としては、自分の内にとくと目を向けてみますと同意してから、電話を切った。そして、打ちこむべき仕事も、熱をあげるべき妻も、身を入れるべき人生もないままに、ぼくは自宅へ帰りつき、小説の執筆を再開した。

18

実験的だの前衛的だのと称される革新的な近代小説にぼくがのめりこむようになったのは、十代から二十代にかけてのことだった。たとえば、ジョイスの『ユリシーズ』。この作品は、たったいま起きたことが信じられないとでもいうかのように、最後のページをめくり終えるなり、もう一度はじめから読みかえした。それから、ムージルの『特性のない男』やブロッホの『夢遊の人々』やドーデラーの『悪霊』といった、オーストリア生まれのいかれた兄弟たち。そのいとこにあたるドイツ生まれの『ベルリン・アレクサンダー広場』。けっしてやってくることのない〝失われた未来〟からのロシア人時空旅行者、ベールイにブルガーコフ。読む者を魔法にかけたように放心させるワルシャワの奇人たち、ゴンブローヴィッチにヴィトキェヴィッチ。ポーランドの三位一体をユダヤの視点から描いた、ブルーノ・シュルツ。シュルツの掲げた純粋で翳《かげ》りのない灯火《ともしび》は、非ユダヤの最たる狼藉者《ろうぜきもの》ナチスによって、そのほとんどが絶やされてしまっていた。だからこそ、ある寒々とした秋の日に、一ドルで投げ売りされている染みだらけの『大鰐《おおわに》通り』を露店で見つけたときの興奮は、いまもまざまざと胸に刻みつけられている。あの小さなペーパーバックを手に取り、そこにつづられた文章をぼそぼそと読みあげはじめた瞬間、ぼくの吹きかける息のもとで、ポウルという名の謎めいた小さな町の物語がまるで熾《おき》のように赤々と燃えあがったこと。ニュージャージー州の中流家庭ですごした少年時代の恐怖と驚愕のすべてが、鮮やかに息を吹きかえしたこと。ほかにもいくつか、脳裡に焼きついた場面がある。ベールイの『ペテルブルグ』のなかで、ピョートル大帝の騎馬像である青銅の騎士が宙に飛びあがる場面。ブルガーコフの『巨匠とマルガリータ』のなかで、一九三〇年代のモスクワをさすらう悪魔がとある役人をそばに呼び寄せ、ユダヤ総督ポンティオ・ピラトに関する昔語りをささやきだすなり、古代エルサレムへと舞台が切り替わる場面。ベケットの『モロイ』を読了したとき、自分がどこにいたのかもはっきり覚えている。あの日のぼくは、家族旅行の滞在先でハンモックに揺られていた。陽だまりのなかで戯れる家族の傍らで、ぼくの意識は戦後ヨーロッパの荒れ地をさまよっていた。結びの一文を読み終えた瞬間、心のなかに築きあげていた壁ががらがらと崩れおちていくのを感じた。アイルランドの鬼才、ベケットの紡ぎだしたこの〝否定の小説〟は、みずからをも否定することで幕を閉じたのだ。本人の口を借りるなら、おのれの尻の穴に雲隠れしたとでも表現することだろう。そうそう、ピンチョンのことも忘れちゃなるまい。ぼくの本棚にある『重力の虹』は、比喩的な意味ではなく、血に染まっている。どうしても途中で本を置くことができず、難解な最終章の判読に苦しみながらサンドイッチ用のチーズをスライスしようとしたのがいけなかった。そして、ギャディス。ギャディスの『認識』は、無謀な負け戦《いくさ》にでも挑むかのように、真冬の厳寒のなかページを繰りつづけた。反対に『JR』に対しては、投資家として巨万の富を築く洟《はな》垂れ小僧の小学生を主人公とした、とりとめのない対話が八百ページも続くあの風変わりな物語に対しては、まるでひと夏の恋のような思慕をおぼえた。あんなにもばかばかしいまでに壮大なことを人生を賭してしでかそうとする人間は、神話のなかにしか登場しえない存在に思えた。コメディアンのグルーチョ・マルクスとヘラクレスが半々に入りまじったようなものだった。ひょっとしたらそばを通りかかって敬礼してくれるかもしれない稀有《けう》な旅人のために海賊旗を掲げようと、月まで飛んでいくようなものだった。カフカについては、ぼくに何が言えるだろう。かの作家は、自分の死後にすべての作品を焼却するよう命じていたという。だが結局、その命令が遂行されることはなかった。いま現在、カフカの遺した作品は永遠に尽きせぬ炎となって、後世の作家がみずからの凡作をくべるべき篝火《かがりび》の役割を果たしている。さて、いまここで、思いだしていただきたい場面がある。カフカの『審判』の結びの一場面。処刑の直前に両腕を振りあげ、声を振りしぼる主人公K・ヨーゼフさながらの心境で、いまぼくにも言わせてほしい――話を聞いてくれ！

自分自身の実体験よりも、こうした〝すばらしき虚構の世界〟のほうが記憶に鮮やかだというのは、果たして（a）憂慮すべきことなのか、はたまた（b）悲しむべきことなのか。ああした場面を思い浮かべるだけで、いまもなお心臓が高鳴り、背すじがぞくぞくと疼くことは？　現実のほうこそがお粗末な小説に――

印刷が粗《あら》くて、誤植ばかりの小説に──思えてしまうことは？　いや、この疑問に答える必要はない。おおよそいびつな初期の読書歴をいまここで持ちだしたのは、どうしてぼくがこんなふうになったのかを説明しておきたかっただけだから。

ものの試しにドラッグに手を出す人間とよく似て、実験的小説の世界にはまりこんでしまった多感な少年少女の大半は、思春期の終焉《しゆうえん》や、大学の卒業や、さまざまな転機をきっかけにして、その泥沼から抜けだしていく。ところがなかには、そこにどっぷり浸かったまま、中毒から抜けだすことのできない憐れな重篤《じゆうとく》患者もいる。あるとき、ぼくも自覚した。自分もそのひとりであることに。そのころのぼくは、ヴァージニア・ウルフや、ガートルード・スタインや、ジョイスの『フィネガンズ・ウェイク』といった超難関にまで食指を伸ばすようになっていた。ところがほどなく、こうした本を読みふけるだけでは、自分のなかに巣食う悪魔の食欲を満たせないことに気づいた。そうしてぼくは、自分でも小説を書くようになった。

あれから二十年以上の歳月が過ぎたいま、ほとんどの同輩が地位や、子供や、預金や、健康保険や、おおっぴらには夫を蔑むことのない妻を手にしている一方で、このぼくの掌中にあるのは、誰ひとりとして読む者のない自作の小説だけ。心のいちばん下の引出しで底板をたわませている原稿だけ。禍々《まがまが》しき駄作。異形《いぎよう》の愚作。ぼくの人生の屑かごだけなのだ。

19

正直な話、ぼくら夫婦のあいだに生じた不協和音のどれほどが、ぼくの書いてきた小説――薪《たきぎ》とすべき紙屑の山――を原因としているのか。ここで少し検討してみよう。長年にわたる報酬なき生産活動。出版社から何百回と送りかえされてきた原稿。ほかの誰とも分かちあうことのできない個人的な執念に捧げられた、あらゆる〝自由時間〟や、週末や、夜や、休日や、長期休暇。ぼくの苦労の結晶を歯牙《しが》にもかけない世のなかに対する憤《いきどお》りを募らせる一方で、何よりも強烈に心を苛《さいな》む自己嫌悪。悪趣味な冗談みたいに文壇を罵倒《ばとう》し、毒を吐く日々。ララが眠りについたあと、こっそりとふける夜ごとの悪習。以上に挙げた点からすると、ぼくという人間は〝生活をともにするには不向き〟としか評価のしようがない。けっしてハイになることのない麻薬常習者を夫にしているようなものなのだから。ぼくが珍しく外出したとしても、けっしていい結果には結びつかない。どんな規模のパーティー（といっても、一度か二度しか参加したことはないが）に出席しようと、かならずや誰かしらの気分を害して終わる。ララの友人に作家だと紹介されれば、ひどくたじろいで挙動がおかしくなる。誰かに近況を尋ねられれば、慌てて話題を変え（もっとひどいときには真実をぶちまけ）、「ご職業は？」などと改まって問われようものなら、何もかもが面倒臭くなって、それまでのやりとりをすべて打ち消し、自分はただの書店員だとか、臨時社員だとか、無職だとかと告げてしまう。

よくよく考えてみれば、長所と呼べる点ですら、文才の無さを補うために培われた技術以上の何物でもない。自虐的ユーモア。自分がどれほどの負け犬であるかをおもしろおかしく語る能力。ディナーの席にふさわしい道化役を品よく演じきる能力。ほどよく意表を突いた知的なコメントをする能力。自分の奇矯《ききょう》な趣味にまつわるばかげた逸話を差し挟むことで、当たり障りのない会話にスパイスを添えられる点。自分より格上の人間からのちょっとした好意――アルバイトの誘いや、サイズの合わなくなったズボンなど――を快く受けいれられる点。不平を言える立場ではないことをわきまえた、従順な友人（あるいは夫）である点。自分の奥底にひそむ本性が、ぼく自身を含めた何者にも我慢のならないものであることを直観的に悟ってからというもの、自分の人生がそれにかかっているとでもいうかのように（まあ、たしかにそのとおりなのだが）、努めて〝善人〟たるよう心がけている点。あるとき、ぼくはこう悟った。こんな人間を好いてくれる者などいやしない。だから、ぶつぶつ泣きごとを言うのはやめにした。たちどころに分別をわきまえるようになった。他人が強いて目を向けないようにしてくれている傷痕《きずあと》みたいに、この卑《いや》しい心根《こころね》が相手を気詰まりにすることのないように。ぼくは他人を楽しませる人間に生まれ変わった。ぼくの不運を気楽に受けとめられるよう配慮も怠らなかったし、それを冗談の種にして相手を笑わせもした。自分よりも確実に劣った友人というのは、一緒にいて楽しいものだ。そいつが胸苦しさをおぼえさせないかぎり。そうしてぼくは一躍、人気者となった。ぼくとつるんでいるあいだ、誰もが優越感にひたることができたからだ。

　言いかえるなら、ぼくという人間を構成しているのは、他者からの拒絶と失望を防ぐための入念な防衛手段以外の何物でもないということだ。過去の挫折がなかったら、ぼくには何も残らないということなのだ。

20

だが、いまぼくの身には、何やらおかしな現象が起きている。笑い話のオチのようだが、自分では認めることすら苦痛だった現象。いまのぼくは、あの手の小説――ぼくが性懲りもなく書きためてきたたぐいの小説――を読むことすら、もう耐えられなくなってしまっていたのだ。自分のなかにどんな変化があったのかはわからない。視力の低下かもしれないし、集中力の低下かもしれないし、脳の神経回路の不具合かもしれない。とにかく、ぼくのなかで〝巨匠たちの時代〟は終わりを告げた(ただし、ぼくが畏《おそ》れ、敬《うやま》いつづけてきた愛すべき作家――聖典《タルムード》の授業の最中に、顎鬚に顔をうずめて鼾をかきはじめるユダヤ人学校のラビのような存在の作家――プルーストだけは例外だ)。いまのぼくが手に取るのは、もっぱら犯罪小説(ただし、ジャンルを〝超越〟したたぐいのものではない)と、新聞(起きぬけのコーヒーを飲みながらのゴシップ記事と星占い)と、ファッション誌(ララがトイレに置き忘れていったもの)と、漫画と、ポルノばかり。気楽に笑えるものか、暴力的なもの、卑猥《ひわい》なもの、手早く読めるものにしか興味を引かれず、かといって、その興味もさほど長く続かない。どうやらぼくは、遠征の目的を途中で忘れてしまった探求の旅に、人生を捧げつくしてしまったらしい。

21

翌日には二回目のセラピーが予定されていた。約束の時間ぴったりに到着してみると、ララはすでにあの診療室——童話に出てくる心優しき老妖精の棲《す》み家《か》を、無機質なオフィスビルのなかに無理やり押しこめたみたいな部屋——に、ひと足早く入りこんでいた。傍《はた》から見るかぎり、ふたりのあいだにはなんらかの絆が結ばれつつあるらしい。グラディスは鏡の前で右に左に肩を向けては、自分の姿に見惚れていた。ララはやけに長いスカーフを慣れた手つきで操りながら、グラディスをミイラみたいにぐるぐる巻きにしていた。

「あら、いらっしゃい！」ぼくににっこりと微笑みかけ、頬に軽くキスをしながら、ララが言った。「いまちょうど、グラディスにスカーフの新しい装い方を伝授していたところなの」

「あなたの奥さまは、本当にすばらしい感性をお持ちだわ」そう言うグラディスに顔を向けて、気づいた。グラディスが身体に巻きつけているのが、前回まではソファーを覆っていたはずのソファーカバーであることに。こんな抜けがけが許されるのか？　試合のまえに審判にとりいるみたいに、セラピストのご機嫌とりをするなんて。こんなのはフェアじゃない。相手を笑わせるのは——進んで道化役を演じるのは——いつだってぼくなのに、最終的にはいつもララに主役をかっさらわれていく。ひとの心をつかむ才能において、ぼくなどララには敵《かな》いようもない。ララが放つ強烈なカリスマ性の源《みなもと》は、自身の持つ〝華《はな》〟を相手に伝染させる能力にある。ララのそばにいると、はらはらと剝がれおちた星屑のような魅力のおこぼれにあずかって、なぜだか誰もが以前より美しさを増したり、自信に満ちあふれて見えたりするようになる。ぼくがララと一緒にいられることを幸運だと感じる（くだらない）理由のひとつも、そういう部分にあった。たとえば、ぼくの披露するお決まりの逸話に陶然と聞きいりながら、ティーカップの縁越しにきらきらした瞳でじっとこちらを見つめてくれているとき、あるいは、手をつないで美術館の展示品を鑑賞しながら、ぼくのたわいない解説に感心しきったふりをしてくれているときに感じる、あの感覚。ララの関心を独占していることにより、自分が特別な人間になったかのように感じる、あの気分。あのころのララが、ぼくの書いた小説の話にどれほど熱心に聞きいって（けっして読みはしない）くれていたことか。ぼくのしていることを、どんなにすばらしいと感じてくれていたことか。すごくおもしろいわ！　なんて大胆な発想なの！　何度、そう言って褒めてくれたことか。どんな挫折のなかにあっても、ララの瞳に映る自分が輝いているかぎり、ぼくは自分を誇りに思えた。どんなにつまらない仕事に就こうが、ぼくの小説を読もうとする者が誰もいなかろうが、かまわなかった。ララに愛される男であるかぎり、自分に胸を張っていいと思えたから。これまでひとから言われて嬉しかった言葉の頂点に立つのも、ララの口から発せられた言葉だった。あるとき、小説や映画についての長広舌《ちょうこうぜつ》をふるいながら、ふとテーブルの向こうを見やってみると、夢心地のぼんやりとした目つきでぼくを見つめるララの顔が目に入った。

「ちゃんと聞いてるのか？」とぼくは問いかけた。

「ううん、ごめんなさい」とララは無邪気に答えた。「あなたに見とれてしまっていたの。だって、ものすごくハンサムなんだもの」

ところがいま、ララの持つそうしたカリスマ性が、ぼくには腹立たしくてならなかった。理由はひとつ。その矛先《ほこさき》がもはやぼくには向けられていないからだ。そもそも、今日のララは何をこんなに浮かれているのか。それがどうにも気に食わなかった。今日のララには、涙で目を潤ませそうなそぶりもない。顔に浮かぶ表情も、ひときわ晴れ晴れとして見える。それはグラディスも同様だった。ただしこちらは、首に巻いたソファーカバーが首の皺をうまい具合に隠してくれているおかげかもしれない。ぼくらは挨拶を済ませると、それぞれの定位置に腰を落ちつけた。

「さて……どちらから始めましょうか？」椅子の上から身を乗りだし、てのひらをぴたりと合わせたおなじみのポーズをとって、グラディスが言った。

「それじゃ、ぼくのほうから」とぼくは言った。実際には、いま抱えている問題について、何からどう話しあえばいいのかもわからなかった。その問題がなんであるのかすら、定かではなかった。それでも、この舞台を掌握しなければならないという焦燥だけはひしひしと感じていた。「例の仕事は順調にいってる。新しい事件の調査を任されることになってね」

「まあ、すごいわ」グラディスは感嘆の声をあげてララに顔を振り向け、求愛する鳥みたいにぱちぱちと目をしばたたいた。

ララもにっこりと微笑んだ。「そうね。さすがだわ。あなたならうまくいくと思ってた」

「へえ、本当に？てっきり愛想を尽かされたものと思ってたが、ちがったのかい」

ララは肩をすくめてから、鮮やかな色に染められた爪を見おろし、はにかんだように微笑んだ。「さあ、どうかしら。ただ、街を離れているあいだ、いろいろと考えてみたの。ニューヨークの街を何マイルも歩きながら」

「なんでまたそんなことを。歩くのは苦痛でしかないんじゃなかったか？」ララは典型的なカリフォルニアっ子だ。目的地の真ん前に駐車スペースがあくまで、その周囲を延々と流してまわる。専属の駐車係がいるレストランほどすばらしいものはないと豪語する。ぼくにはそれが理解しかねた。自宅からレストランまではるばる自分が運転してきたものを、駐車場にちょいと入れてもらうだけで別料金をとられるなんて、ぼくにはとうてい許容できない。

「ニューヨークだと勝手がちがうの」言いわけするララの声が聞こえた。「それこそ一日じゅう街を歩きまわったわ。さわやかな秋の空気を浴びているだけでも、とっても気持ちがよくて」

「ええ、ええ、頭をすっきりさせるには、それがいちばんよ」とグラディスも応じた。「砂漠のヌーディスト牧場に滞在しているあいだは、わたくしも毎朝、裸で長い散歩をしてから、日の出を眺めることにしているわ」

「ええ、そうなの……それで、そうやって歩くうちに、こんなふうに考えるようになった……もしかしたら、わたしたちに必要なのは少し距離を置いてみることなのかもしれない。お互いを見つめなおすためには、少し離れてみたほうがいいのかもしれない。そうすれば、今後どうすべきかがはっきり見えてくるんじゃないかって……」

「試験的別離ということね。悪くない提案だわ」グラディスがうなずいた。

悪くない提案？　ぼくにはとうていそんなふうには思えなかった。〝試験〟と〝別離〟――べつべつに聞いたって充分に気の滅入る単語だというのに、それがふたつ合わさろうものなら、最悪の提案にしかなりようがないではないか。そのとき、さえずるような声でララがこう続けた。

「それから、こうも思ったわ。あなたが探偵になりたいのであれば、そうさせてあげるべきなんじゃないかって。それをどうこう言うのは間違っているんじゃないかって。誰にでも夢を追う権利はあるんだもの」

「それはちがう」

「ちがうって、何が？」

「探偵はぼくの夢じゃない。ただの仕事だ。ぼくがなりたいのは小説家だ。忘れたのか？」
ララは一瞬の動揺を見せたが、すぐに気をとりなおして、こう言った。「もちろん、覚えているわ。ええ、もちろん、いまのはそういうつもりで言ったんだもの」

自宅に戻ったあと、パソコンに向かった。先週末のニューヨークは、強風に大雨というひどい悪天候に見舞われていた。こんな天気のなか、ララが外を出歩くはずがない。寒さとぬかるみを何よりも嫌い、高層ビル並みに高いハイヒールをこよなく愛する人間なのだから。じつを言うなら、こうしてたしかめるまでもなかった。まるで、ロンスキーの能力の一部がぼくに乗り染《うつ》りでもしたかのようだった。ぼくはすべてを見ていた。ララの言動のすべてを見ていた。それだけで充分だった。ララはニューヨークには行っていない。この街を離れてすらいないのかもしれない。今日のララがてのひらを返したようにぼくへの理解を示してきたのは、なんらかの後ろめたさを感じていたからだ。そして、そうした後ろめたさを感じるに至った理由は、今日のララがどこか浮き浮きとしていた理由とも重なるはずだ。今日のララは、性的に満たされた女のオーラをまとっていた。誰かに恋の炎を燃やしているのであれば、ぼくとつきあいだしたころの姿とだぶって見えたとしても不思議はない。ララはいま、恋をしている。ただし、相手はこのぼくではない。

22

仕事中のマイロに電話をかけて、ララが浮気をしているようだと打ちあけた。すぐにこっちへ来いとマイロは言った。ジャッキー・チェンの往年の作品を集めたDVDボックスが、ようやく香港から届いたところだ。ただし、輸入盤だから、自分で改造をほどこしたリージョンフリーのプレーヤーでしか再生できないとのことだった。

ぽつぽつとやってくる客からうやうやしく代金を頂戴しながら、マイロはぼくに問いかけた。まずはどの作品から取りかかろうか。ぼくが推したのは《プロジェクトA2 史上最大の標的》だった。このシリーズの第二弾は、正直、第一弾の出来をもうわまわる。衣装やセットにもこだわった二十世紀初頭の設定。《ポリス・ストーリー》の恋人役でもおなじみの才媛、マギー・チャンの愛らしさ。数々の神業的スタントシーン。なかでもずば抜けているのが、倒れかかる巨大な壁をジャッキーが小走りに駆けおりていき、それが倒れる直前に、ぴょんと地面におりたつ場面。それから、サイレント映画時代の喜劇俳優バスター・キートンへのオマージュとされるシーン——巨大看板の文字板を頭でぶちぬくことで、下敷を免れるシーンだ。こんなことのできる世界なら、それほど悪いものではないんじゃないか。人生は生きるに値するんじゃないか。そんなふうに思わせてくれるところが、ジャッキー・チェンの作品の魅力のひとつなのかもしれない。なんといっても、同じ生身の人間にあれだけのことができるのだから。もちろん、ぼくに同じことができるわけじゃない。だが、それができる人間はいる。たしかにいる。伸びやかな飛翔に、しなやかな身ごなし。痛快にして、まるで奇跡のようなアクション。それらすべてを成し遂げることのできる能力が、あの肉塊のなかに詰めこまれていることは間違いないのだ。

再生ボタンに手を伸ばしかけたとき、元古書店主のMJがテイクアウトのベトナム料理をたずさえてやってきた。ぼくの姿を見とめるなり、MJは紙袋を勘定台に放りだして両腕を広げ、巣から落ちた雛《ひな》鳥を見つけたときに女たち（白のタンクトップにカットオフ・ジーンズにごついブーツを合わせ、いくつものタトゥーを入れた、タフで聡明なレズビアンの男役をも含む）が決まって漏らす声を発しながら、こちらに駆け寄ってきた。そして、ぼくをぎゅっと抱きしめたまま、耳もとでこうささやいた。「ララのこと、聞いたよ。かわいそうに。あたしにできることは何かない？」

「まあ、手始めとしちゃ、そうやってデカパイを顔にこすりつけてやるだけでもかなりのなぐさめだ」レタスに包んでソースにひたした春巻きを食道に押しこみながら、マイロが言った。「お次は、そうだな、お情けのファックでもさせてやって、頭をからっぽにしてやるってのはどうだ？」

「このひとをあんたと一緒にしないで」MJは言って、子犬にするようにぼくの頭をぽんぽんと叩いた。「あんたこそ、その春巻きとでもファックしてなさいな。入れる穴が見つからないなら、自分の尻にでも突っこめばいいわ」それから自分も春巻きを一本つかみとり、その先端をがぶりと食いちぎった。

「よく言うよ。そっちこそ、ジーンズのなかに春巻きを一本仕込んでるんじゃないのか。股間がやけにふくらんでるぜ。そいつを取りだして、フェラチオでもしてりゃあいい」

けらけらとひと声笑ってから、MJは手にした春巻きを口にくわえ、それを出し入れしてみせた。

「なあ、その揚げた春巻きはぼくのだと思うんだが。きみらふたりが頼んだのは生春巻きのほうだろ」ぼくはたまりかねて口を挟んだ。

「ありゃ、ごめん」MJが詫びながら、唾液にまみれた春巻きをさしだした。

「いいんだ。きみにやるよ」ぼくは言って、首を振った。

「ほらな、そういうところなんだよ」マイロは生春巻きの包みを開けて一本を取りだし、ぼくに残りをさしだしながら、こう続けた。「ララがおまえを捨てた理由のひとつは、そういうところにあるんだろうな。そういう陰気臭いところにさ。そうだろ、MJ？」

「それはちがう」思案顔で春巻きの端っこをかじりとりながら、MJは答えた。「あたしに言わせりゃ、どうかしちゃってるのはあの女のほうね。まあ、たまった性欲を吐きだすために、行きずりの男と何度か寝てみれば、自分が大きなあやまちを犯したってことに気づくでしょうよ」

「しかし、悪いことばかりでもないぜ、サム」生春巻きを口いっぱいに頬ばったまま、マイロがもごもごとしゃべりだした。「おかげで、現ナマをもらえる仕事にありつけたんだ。でぶっちょ調査官の助手として、パンティーのにおいを嗅ぎまわる仕事にさ。おっと、いらっしゃい」おずおずと近づいてきた客に向きなおったマイロは、客の手にした陳列用の空箱を目にするなり、うっすらと苛立ちをにじませた。「またSF超大作かよ」そうつぶやくと、ため息を吐きだしながら、奥の倉庫に消えていった。

その後ろ姿を見送ってから、MJはぼくに顔を振り向けた。「あんなゲイ野郎の言うことを気にしちゃだめよ」ソフト帽をかぶって山羊鬚を生やした新し物好きの老人が勘定台の向こうから傾聴するなか、MJはさらにこう続けた。「ああいう輩《やから》には、あたしたちがこういうときどんなふうに感じるかなんて、想像もつかないの。繊細さの欠片《かけら》も備わっちゃいないんだから」

〝あたしたち〟とはどういう意味だ？　その真意をたしかめたいところだったが、ぐっとこらえて、ぼくは言った。「ぼくはてっきり、ゲイの連中は繊細すぎるくらいに繊細なんだと思ってた」

「それはドラッグクイーンだけ。それから、いわゆるオカマだね。そういうタイプの場合、心は女なわけだから。でも、基本的に男ってのは、あふれでる男性ホルモンの塊でしかないわけ。つまりは、もぐりこめる穴が見つかればすぐに勃起する生殖器にすぎないってこと。となれば、ゲイの男ふたりがバスのなかで出会った場合、たとえばこんなふうになる。よう、あんた、ファックしたくねえか？　ああ、もちろんだとも。ふんっ、ふんっ、ふぐっ。じゃあまたな。けど、女と女が出会った場合……まあ、あんたには想像もつかないだろうけど、愛と憎しみ、涙、流血、そんなこんなが一週間とか、ひと月のうちに繰りひろげられてしまうわけ。月経の周期に合わせた、月一回の上演ね。まあ、人間関係なんてのはおおよそややこしいものだけど、そうやって考えてみると、いちばん不自然なのは異性愛のほうなのかもしれない。だって、猫と犬をつがいにするようなものだもの。たとえ、あんたみたいに並はずれて繊細で女性的な男が相手だとしてもね。だから、あんまり落ちこまないで」そう言って、ＭＪはぼくの膝をぽんと叩いた。

23

映画の鑑賞が始まると同時に、MJは店を出ていった。男ふたりのカンフー・アクションが、MJの目にはゲイ・ポルノの一形態に映るのだろう。すでに扉には錠をおろし、ネオンサインのスイッチも切ってあった。一本目を見終わって、二本目の《ドランクモンキー酔拳》（わが国でも上映された続篇《酔拳2》とは、まったく別物のストーリーである）が驚愕のカタルシスへと向かいつつあるころ、ドン、ドンと天井を叩く音が三つ、頭の上で鳴り響いた。すると、ぼくの隣でソファーにもたれ、呑気に高鼾をかいていたマイロが、遠方からのラッパの召集に応じるかのごとく、とつぜんむっくりと立ちあがった。召集をかけたのは、マイロの雇い主、ジェリーだ。ぼくの記憶にあるかぎりの昔から、ジェリーは階上の私室にこもったまま、つねに〝死にかけ〟の状態にあった。それでも以前はまだ、店内でその姿を見かけることもちらほらあった。杖を頼りに階段をおりてきて、勘定台の向こうにただすわっているだけではあったが。ジェリーをたとえるなら、映画の知識とロサンゼルスの言い伝えとをたくわえた深い井戸のようなものだった。奥の間の壁にセロハンテープでとめられた写真を見れば、口髭をたくわえ、乳首に輪っかのピアスをはめた、若かりしころのジェリーの姿をうかがい知ることができる。おそらくは、この界隈がまだがちがちのヒスパニック系居住区であった時代、ビデオテープが未来から運ばれてきた奇跡であった時代に写されたものだろう。だが、いまではそうしたすべてが、周囲の棚に並ぶすべてのものが、過去の遺物と成り果ててしまっていた。

「ちょっくら上へ行かなきゃなんねえ」寝ぼけ眼《まなこ》のマ

イロが、画面のなかを駆けずりまわっているジャッキー・チェンに向かって言った。
「何か借りていってもいいかい」その横顔に向かって、ぼくは尋ねた。今夜、眠りにつけるという確信はまだ持てずにいた。いや、白状するなら、あの冷えきった寝床にひとりで入るのが、ほんの少し怖くもあった。
「ああ、もちろんだとも」マイロはそれだけ応じると、ジェリーの私室へと通じる内階段をよろよろとのぼっていった。ぼくはジャッキーの映画を一本つかみとり、出口へと向かう途中、たまたま目についた《セルピコ》も手に取った。一九七〇年代のニューヨークを舞台にした作品にも、ささくれ立った神経をなだめる効果がある。店を出て、とめてあった車へと向かいながら、MJの元古書店にふと目をやると、紙でふさがれた扉のガラスの向こうから、ほのかに明かりが漏れだしていた。新しい借り手が改装工事でもしているのか。それとも、あまりに切羽詰まって見境をなくした空き巣が入りこみ、ひとにやるほどでもないからと放置された品々でもあさっているのだろうか。ガラスを覆う紙の小さな破れ目からなかをのぞきこんでみた（のぞき行為というものには、どうやら中毒性があるらしい）が、特に何も見あたらなかった。そのとき、それが聞こえた。朗々と響きわたる、あの声が。
「ここは不毛の地、
サボテンの土地。
石の像が掲げられ、
薄れゆく星のきらめきのもと
さしだされた死者の手が
ひしと握りかえされる土地……」
声の主はMJだった。どうやら、家に帰ったのではなかったらしい。ぼくは扉をノックした。とたんにぴたりと声がやみ、褐色の瞳が――聡明な光を宿しながらも、ワインによる虚ろな膜のかかった瞳が――小さな破れ目の向こうにあらわれた。その前で手を振ると、目玉が何度かまばたきをしてから、ようやく扉が開かれた。ＭＪはいくらか酔っているようだった。ワインのボトルを握りしめ、ねじけた笑みを浮かべていた。「なんでまだこんなところにいるんだい？」店のなかに入りながら、ぼくは尋ねた。

　ぼそぼそと返されたつぶやきから判断するに、どうやら恋人と喧嘩をしたらしい。どうりでさっき、人間関係に関する講釈を垂れたとき、やけに辛辣であったわけだ。そんなこんなで、マイロの店を出たあと、がらんどうの古巣にもぐりこみ、酒をあおり、詩を朗読しながら、女という女を罵倒していたという。ほどなく、ぼくらは裏口の石段の上にすわりこんで、鬱々と肩を落としていた。塗装業者に追いやられたのだろう、ＭＪの使っていた机や私物がすぐ脇に打ち捨てられている。それを眺めながら、ぼくは気づいた。こうしてＭＪとすごす時間が、途方もないなぐさめとなっていることに。ＭＪの前では、ララの仕打ちや、裏切りや、移り気な女心に対する怒りを存分にぶちまけることができた。〝偏見にも性差別にもとらわれていない男〟のイメージが壊れることを恐れもしていなかった（ただし、ＭＪの主義に配慮して、〝メス犬〟という表現を差し控えることだけは忘れなかった）。

　ところが、最後の最後になって、そのＭＪまでもが、〝社会の枠組みからはみだすことを恐れない同盟〟の同志であるはずのＭＪまでもが、ぼくに牙を剝きだした。「あんたの何が問題なのかわかる？　あんたの書いた小説を、どうして誰も読みたがらないのか？」呂《ろ》律《れつ》のまわらない声で言いながら、ＭＪはひとさし指をぼくの心臓に突き立てた。「あんたには物語を語ることができないからよ」酒に酔ったＭＪには、自分の抱える罪の重さに耐えかねて、周囲の人間にからみはじめる癖がある。これがマイロのような単細胞なら、〝そこの腐れ塩を取ってくれ〟などと友だちの伯母さんに言えてしまうような人間なら、自分がなんらかの罪を犯しているかもしれないだなんて、きっと思いもしないのだろう。

「きみの言う〝物語〟ってのはどういう意味だい？」

「〝物くそ語〟の短縮形よ」

「たったいま、結婚生活にまつわる悲劇的な物語を語って聞かせたところだと思うんだが」

「あれも、くそ忌々《いまいま》しい駄作だった。退屈きわまりない駄作だった。なんのすじも通らないふにゃチンだった。念のため説明しておくと、ふにゃチンってのは勃起の反対を意味する言葉よ」

「同感だ。たしかに、ぼくの小説はふにゃチンだ。それこそがぼくのめざすものなんだから。ぼくは強いて物語をつづらないことにしているんだから。古典小説に見られるような筋立ては、現実にはいっさい存在しえない。要は、きみの人生に起きたどんな出来事に、明確な起承転結があったかってことさ」

ＭＪは肩をすくめた。「生まれて、生きて、生きて、いずれ死ぬ。その前後に空白のページ。それがあたしの起承転結よ」

「なるほど。たしかにそれも一理ある。だけど、きみの敬愛するあの詩人たちはどうなんだ？　彼らの書いたものだって、まるで意味をなしていないじゃないか」

「詩は短い。だから、意味をなす必要なんてないの。浜辺の散歩とか、手短なセックスみたいなものね。でも、小説は永遠に続く。人生や、結婚生活や、大学院での研究みたいに。そういうものには、それ相応の報いが必要になる。それを続けるに足る理由がね」

「たぶん、きみが正しいんだろう」ぼくは言って、ため息をついた。「たぶん、ぼくのこの二十年間は時間の浪費にすぎなかったんだ」

「次の作品にそういう泣きごとを連ねるのだけはやめなさいな」ＭＪは言って、ぼくの腕をこぶしで突いた。「さてと。それじゃ、とりあえずセックスしようか」

「なんだって？」ぼくは驚きに目を剝いた。

「べつにいいじゃない。マイロの言ったことはけっして的はずれじゃない。あんたはずっとまえから、あたしとヤリたがってたでしょ」

このぼくが？ なるほど、たしかにそうかもしれない。レズビアンの同僚に対して妻子ある男が漠然と抱《いだ》くであろう煩悩《ぼんのう》が、叶う見込みもなければ叶えるつもりもない願望が、ぼくのなかにもひそかに芽生えていたのかもしれない。自分でも気づかぬままに、そうした欲望の炎を燃やしつづけてきたのかもしれない。酔っぱらいが見せる独特の慎重さをもって、MJはワインボトルをそっと石段の上に置いた。それから、スケートボードの上でバランスをとるかのように、ふらふらと立ちあがった。

「本当は、もっとまえに誘おうと思ったんだけどね」饐《す》えた葡萄《ぶどう》の香りをぼくの顔に吐きかけながら、MJは説明を足した。「あんたを変に本気にさせちゃっても困ると思って。だけど、いまなら、何をかまう必要がある？ あたしの人生という小説は、完全に破綻しきってる。だったら、下手くそな詩のひとつでも書いてやろうじゃないの」そう言うと、MJはジーンズをおろして、傍らの机に両肘をついた。「パンティーをずらして、隙間から突っこんでちょうだい。ハイ・モダニズムの流儀に則《のっと》ってね」

「本気なのか？ こんなことをして、本当に後悔しないのか？ きみにも、その……決まったパートナーがいるんだろう？ ぼくのほうだって……つまり、ララが浮気をしているとは言ったけど、あれはあくまで推測の話だ。もしもそれがぼくの思いこみだとしたら、ぼくのほうが不貞を働いたってことになる。確証なんて、何もないんだ」まるで神経症患者のように、ぼくの心は究極のジレンマに身悶えしていた。罪悪感に苛まれることなくあやまちに身を任すことさえできたら。代償を支払うことなく快楽を追求することさえできたら。だが、罪悪感や代償が、あやまちや快楽にかならずつきまとうものであるとしたら？　それこそが快楽の隠し持つ甘い蜜であるとしたら？　色情狂や、間男《まおとこ》や、性の異端児たるジェリーの同輩たちだけが知る真理であるとしたら？　ぼくのような陰気臭い腑抜けには永遠に知ることのできない真理であるとしたら？

「きみは本当にすてきだ。魅力的だ。ぼくだって、できればそうしたい。でも……」目の前で揺れるまん丸い尻をぼくは見つめた。手の届く高さに生る、熟れた果実。今後、どれだけの果実を手にすることがぼくにできるだろう。さしだされた桃に手を伸ばす度胸が、果たしてぼくにあるのだろうか。

「あんたのおしゃべりはもうたくさん」ＭＪがつぶやいて、ジーンズを引っぱりあげはじめた。後ろにさがろうとしたぼくの足が、石段に置かれたボトルを蹴飛ばした。ボトルはころころと石段を転がり、地面に落ちて砕け散った。

「ちょっと！　あたしのワインに何するのよ！」ＭＪが毒づくと同時に頭上の窓が開き、そこからマイロが顔を突きだした。

「おい！　そんなとこで何やってやがんだ？」

ぼくはＭＪの手を取って、路地を走りぬけた。精根尽きたＭＪは、車で送られることにおとなしく同意した。アクセルを踏みこみながら、〈ビデオ礼讃〉の上階に目をやった。明かりの灯る窓の向こうから、人影がひとつ、ぼくらを見おろしていた。たぶんジェリーだ。逃げ去る痴《し》れ者どもの姿を拝んでやろうと、わざわざベッドから起きだしたのだろう。自宅の前でＭＪをおろし、しおらしく表玄関を抜けていく後ろ姿を見守った。ぬくもりに満ちた長方形の光のなかで、恋人のマージがぼくに手を振っていた。その姿を見届けてから、帰路についた。何も起きなかったことに、小さく胸を撫でおろしながら。大手タレント事務所に勤める、ＭＪの歳上の恋人マージは、毎朝夜明けとともに起きだしては、キックボクシングのトレーニングに励んでいるという。この街に住む大半の亭主どもより、よっぽど恐ろしい相手だということだ。ぶじに家へと帰りついたぼくは、《セルピコ》を鑑賞しながら、インスタントのペストリーを三枚ぺろりと平らげた。ついに瞼が降伏し、視界がぼやけはじめると、遠のきかけた意識がいくつかの記憶をたぐり寄せはじめた。窓に浮かびあがるジェリーのシルエット。戸枠に縁どられたマージの姿。やがて、そこから伸びる小道をたどるかのように、ぼくの意識はどこかべつの場所、べつの時代に存在する戸口へとたどりついていた。黒ずんだ岩に開いた穴と、そこから光をさしこむ低い太陽。きらめく砂浜。海。その光景が、何とはわからない何かを思い起こさせた。こみあげる幸福感が胸を満たしていった。ララの笑い声が聞こえた。その声に耳を澄ませるうちに、引き潮がぼくを呑みこみ、眠りの世界へと引きずりこんでいった。

24

目が覚めると同時に、ラモーナ・ドゥーンの行方を悟った。ゆうべ、おぼろな意識のなかで目にしたあの風景。暗い岩の穴にさしこむまばゆい光。陽射しを受けてきらめく空洞。あれは、ぼくがのぞきを働いたあの晩、ラモーナのパソコンの画面に映しだされていた風景だ。目にするなり忘れてしまっていた光景。いやむしろ、それを目にしたということすら認識していなかったにちがいない。ゆうべ、その記憶が呼び覚まされるまでは。意識の深奥から、忘却の引出しの最下段から、記憶の断片が頭をもたげるまでは。

衝動的に、ロンスキーに電話をかけた。ところが、いざそれを説明しようとなると、みるみる自信が失われていった。ぼくはしどろもどろにことの経緯を語った。ラモーナ・ドゥーンのパソコンに映しだされていた景色を思いだしたこと。ラモーナがそこへ向かったのではないかと考えていること。

「岩？　穴の開いた岩だと？」

「ええ、ものすごく大きな岩です。いわゆる巨岩というやつです。明かりの落ちた建物のなかで、ぽつんとひとつだけ光る窓を想像してみてください」そわそわと足を踏みかえながら、ぼくは言った。ジェリーの姿がふたたび脳裡に蘇っていた。

「なるほど。じつにわかりやすい説明だ、コーンバーグ。しかし、その岩のある場所をどうしてきみが知っているのだね」

「実際に訪れたことがあるからです。それも、何度か。北のほうにある町で……家内とふたりでよく行く……いや、よく行っていた場所なんです」

「なるほど、そういうことか」とロンスキーは応じた。声の調子からすると、関心を示しはじめてはいるが、完全に納得はしていないらしい。「ふむ、その場所を知っているというきみの言葉は信じよう。しかし、その風景がラモーナのパソコンに映しだされていた理由なら、ほかにいくらでも考えつくのではないかね」

「おっしゃるとおりです。ひょっとしたら、なんの関係もないのかもしれない。ただ単に、探偵なら〝直感〟とでも呼ぶようなものを感じたってだけのことなので」

「探偵の直感だと？　たいそうなことを言いだしたものだな、コーンバーグ。きみにはまだ、初歩の初歩を手ほどきしている最中だというのに」

「すみません」

「まあいい。とにかく、理知的に話を進めよう。まず、とつぜんその記憶を取りもどしたという話だが、ならば、どうやって、なにゆえ、そんなことが起きたのかと訊かねばならん。あの晩、この部屋で記憶の再生を行なった際、そんな情報はいっさい出てこなかったのだからな。きみの言う新事実がひとりでに湧きでてきたというのであれば、じつに奇妙な現象だと言わざるをえん。となれば、その引鉄《ひきがね》となる何かがあったはずなのだ。きみが言うところの〝直感〟などではなく、確固たる要因があって然るべきだ。その記憶が蘇ったとき、きみは何をしていたのだね？」

さっきの軽はずみな発言を心底から悔いながら、ぼくは正直に打ちあけた。「いまにも眠りに落ちようとしているところでした」

「なるほど。入眠時の状態にあったわけだな。先を続けたまえ」

言われたとおりに、ぼくは続けた。可能なかぎりの詳細を述べた。窓に浮かびあがった人影のこと。ジェリーのこと。MJとマージのこと。パーティー責めやら抱擁責めやらを逃れるため、そのすえにもたらされる虚脱症状を免れるため、ララとふたりで毎年、大晦《おおみそ》日《か》にはビッグ・サーを訪れていたこと。赤杉の森を散策したこと。雨に濡れる虚ろな巨岩を間近に眺めながら、浜辺を歩いたこと。語るべき言葉が尽きると、ぼくの声はだんだん尻すぼみになっていき、ついにはぎこちない沈黙が訪れた。しばらくして、ぼくはロンスキーに問いかけた。

「あの、ミスター・ロンスキー？　話は以上なんですが」

ロンスキーはひとつ咳払いをしてから、落ちつきはらった口調で言った。「すぐに発て。さあ、ぐずぐずするな。かかった費用は、すべて経費として申請したまえ。まずは上等なホテルからあたっていくことだ。それから、可能なかぎりすみやかに報告をよこすように」

25

もしきみがスピード狂のドライバーであるなら、サンフランシスコまでの道のりは五時間もあればお釣りがくる。ぼくの目的地ビッグ・サーはそれより百二十マイルほど手前に位置するのだが、そこにたどりつくまでには六時間を要した。ビッグ・サーへ向かうためには、ロサンゼルスとサンフランシスコとを結ぶ国道一〇一号線なり、州間高速道路五号線なりを使うことになるわけだが、いずれはそこから、海岸に沿って走るハイウェイ、州道一号線へ乗りかえなくてはならなくなる。ところが、この一号線というのが困惑と裏切りに満ちた代物で、道幅も狭ければ路面の状態も悪く、つづら折のカーブも多い。あちこちで車線がひとつになることもあれば、ところどころで岩や土砂が道をふさいでいることもある。さらには、ばかでかい図体をしたキャンピングカーやトレーラーハウスが、飛行機のエコノミー席になんとか尻を押しこめようとする肥満体の男さながらに、普通車両用に設計された小道を無理やり通りぬけようとしていたりする。窓外を流れる美しい景色――切り立つ絶壁や、波打つ海面や、靄《もや》に霞《かす》む赤杉の森――を堪能する余裕はほとんどない。のぼり坂やカーブで立ち往生している老いぼれキャンピングカーを追い越そうとクラクションを鳴らしたり、怒号を浴びせたりするときのみ、周囲の狂騒をBGMとしたフロントガラス越しの風景がなんとなく目に入ってくるくらいのものだ。

少なくとも、獲物を追って海岸線をじりじりと進みながらぼくがおぼえていたのは、そんな感想だ。その獲物にしても、ラジオと携帯電話の電波が途絶えはじめたころになって、ふと気づいた。なんのためにあの女を追っているのかすら、自分にはまるでわかっていないということに。

26

まずは指示されたとおり、比較的上等なホテルからあたっていくことにした。ビッグ・サーは小さな町で、ほとんどのホテルがハイウェイ沿いに並んでいるうえ、大きなホテルならすでに頭に入っていた。最初に訪ねたのは、ララとの旅行で常宿にしていた〈ディーチェンズ・ビッグ・サー・イン〉。お次は、旧友が何人か結婚式を挙げたこともある一流ホテル〈ヴェンタナ・イン・アンド・スパ〉。道沿いをさらに北上しながら、〈ポスト・ランチ・イン〉にもあたったが、ここでもツキには恵まれなかった。次なる候補は、素朴な田舎家を模した高級ホテル、〈クリフサイド・イン〉だった。〈クリフサイド・イン〉は、この世の果てを思わせる絶壁に危なっかしく根をおろしていた。剝きだしの梁《はり》に、板石を敷いた床。シダの茂みに、青々とした芝生。その外観はといえば、〝ヒッピー調高級モダン〟とでも形容すべきだろうか。ぼくはまっすぐフロントデスクに向かい、朗《ほが》らかな笑みをたたえた若い女に声をかけ、友人はもう到着しているだろうかと尋ねた。ええ、ミズ・ドゥーンはもうおいでになっておりますが、いまはお部屋にいらっしゃいません、とフロント係は答えた。ぼくはひとこと礼を言って、その場を離れた。これから何をどうしたものかと悩んだすえ、ひとまずビーチに向かうことにした。

道端に車をとめ、ファイファー・ビーチへと続く穴ぼこだらけの小道をぶらぶらとたどりはじめた。道沿いには、地元在住の芸術家による作品が展示されていた。その芸術家の考える〝芸術〟とは、酔っぱらったときに眺めればべつのものに見えなくもない拾得物を指すらしい。うたた寝をしている猫に見える石ころ。年老いた物乞いに見える木片と、鳥に見える枝。あちこちがごつごつと尖《とが》った石の塊には、山をかたどった彫刻だとの説明が付されているが、いくらなんでも無理がある。バックパッカーの一団が道をふさぎ、興奮と感嘆の声をあげながら、めいめいに褒め言葉を並べたてる傍らから、引き綱につながれた痩せっぽちの犬が憂いに満ちたまなざしをくれてきた。ぼくはその脇を通りすぎ、干あがった小川の河床を渡った。砂浜を少し進んだところで立ちどまり、巨岩の洞《うろ》を眺めた。

ほかにどう表現すればいいのかわからない。ぼくがただ〝岩〟と表現しているその物体は、一軒家くらいの大きさをしている。吹きつける風に飛ばされた砂でこの浜辺が誕生するより以前、打ちつける波が陸地を浸食し、粗い岩場ができあがるより以前、かつてここには山が立っており、そこからあの岩が転がりおちてきたのだろう。いま目の前には、一枚の壁と戸枠のみを残して全焼した建物の焼け跡さながらに、この巨大な岩の塊だけが浜にぽつんと立ち、その中央を横穴が走っている。消え去った扉を永遠に叩きつづけるとめどない寄せ波のとめどないこぶしによって、一本の小道が刳《く》りぬかれている。寄せる大波がその穴を通って砕けては、塩水を撒き散らし、砂の上にぐったりと身を横たえてから、もと来た道を引きかえしていく。長いドレスの裾を引きずるかのように泡のレースを引きずりながら、長い通路を戻っていく。ぼくとララがふたり並んでこの景色を眺めたのも、まさにこの場所だった。毎年、新年を迎えるたびに、格安料金で宿泊することのできるオフシーズンを狙って。憂鬱でわずらわしい新年の喧騒を逃れて。時計もテレビもなく、携帯電話の電波も届かないバンガローに身を寄せ、あの小道を歩いてきては、この場所に立ってあの岩を眺めたのだ。波が寄せては返すごとに、見えない扉がゆっくりと開いて、天空へと続く秘密の通廊が姿をあらわすこの光景を。それはまるで手品のようだった。そこにあったはずのものがふたたび姿をあらわすところも。何度目にしようとそのたびに、不可思議な神秘に息を呑まされるところも。

27

　ラモーナを偶然に見つけたのは、ホテルのバーでのことだった。ラモーナは白のスリップドレスを着て、マティーニを飲みながら、沈みゆく夕陽を眺めていた。黒髪が鴉《からす》の濡れ羽のように光り輝いていた。ほんの一瞬、なぜだか、その姿がララに見えた。実際にはそれほど似ているわけでもないのに、なぜそんな錯覚をしたのか。原因は、まぶしすぎる陽射しだ。店内に足を踏みいれるなり、正面から射しこむ強烈な西日をもろに浴びて、目が眩《くら》んだ。白くなった視界のなかでまばたきを繰りかえすうちに、ひとつの人影が浮かびあがってきた。そうした光の効果と、瞼の裏に焼きついていた記憶とが合わされば、豊満で小柄な体形とココア色の肌をした女という女がララに見えてしまっても不思議はない。

　視力が回復すると同時に、その人影の正体に気づいたが、身を隠すには手遅れだった。まだ陽も沈みきらない夕暮れどき、客の入りはさほど多くない。ほとんど減っていない酒のグラスを前にした客たちが、静物画のように身じろぎもせず、めいめいの席にすわっている。その全員が軽く顔をあげ、ぼくの様子をうかがっている。もちろん、ラモーナも例外ではない。だから、ぼくは普段どおりにふるまった。何食わぬ顔でカウンターに近づき、ライムを添えたクラブソーダを注文した。（あまりに高額な）代金を支払い、バルコニー席に腰をおろした。〈トラッシー・ランジェリー〉でアイシャドウを塗ってもらっていた髭面の女装男とぼくとを、映画館でこっそりパンティーを拾いあげていった盗っ人とぼくとを、海藻の山に顔を突っ伏していたホームレスとぼくとを、（視界の隅に映る）ラモーナが結びつけずにいてくれることをひたすら祈りながら。手のなかのグラスが汗をかいていた。背すじを流れる汗がシャツを濡らしていた。この世で最高値《たかね》の角氷をしゃぶりながら、くつろいだふうを必死に装った。今日もまた、救いがたき新たな一日が、西海岸の遥か沖へと死にゆくさまを眺めた。

「どこかでお会いしなかったかしら？」

ラモーナの声がした。話しかけている相手はぼくだった。

「ぼくにですか？」そう返そうとした拍子に、口のなかの角氷を呑みこんでしまった。喉の奥につっかえた氷は、酸素の供給路をしばらく断ち切ってから、熱に融《と》かされ小さくなって、ゆるゆると食道のほうへ移動しはじめた。呼吸困難による窒息死に怯え、顔を真っ赤に紅潮させつつも、ぼくは澄ました顔で微笑んでみせた。

「大丈夫？」ラモーナが笑顔で問いかけてきた。

角氷がようやく食道をすべりおちていくと、ぼくは大きく息をあえがせ、激しく咳きこみながら、虫の息でこう詫びた。「失礼。気管に水が入ったようだ」

「いいえ、謝ることはないわ」笑いながらラモーナは言った。

ぼくはひとつ咳払いをした。「ああ、今後またぼくが窒息死しかけていても、そうやって笑って通りすぎてくれ。ハイムリック法による応急処置なんぞをほどこす必要はない」

ラモーナはさらに声をあげて笑った。ぼくの冗談が彼女を笑わせたのだ。恰好のいいやり方ではないが、笑わせたことに変わりはない。ラモーナはひとしきり笑ってから、こう答えた。「そうしてあげたくても、やり方を知らないわ」

「だったら、きみに命は託さないことにしよう」

ラモーナは肩をすくめた。「ええ、もちろん、そんなことをしてはだめよ。見知らぬ人間に気を許すなって、お母さまから教わらなかった？」

「ああ、たしかにそう教わりはしたけど、父親からは、母さんの言うことに耳を貸すなと教わったものでね。それに、きみとはどこかで会ったことがあるそうだし。それとも、あれは単なるナンパの常套句《じょうとうく》だったとか？」

ラモーナはかすかに頬を染め、くすくすと笑いながら、ぼくのみぞおちを突くふりをした。そのそぶりからは、男と戯れたり駆引きをしたりすることに慣れた女の余裕が感じられた。もう何年も女性をデートに誘ったことすらない男のわりに、ぼくもそこそこ健闘していた。まあ、独身のころだって、洒落た言葉がぽんぽんと口をついて出たってわけでもない。

「ええ、そのとおりよ。ただあなたと話がしてみたかっただけ」ラモーナはつんと取り澄まして答えたが、その瞳にはきらめきを宿していた。

「だと思った。ハウツー本でも紹介されてる最古のテクニックだからね。ぼくはそれにまんまと引っかかったってわけだ」

「ええ、そうよ。ここには、男を引っかけにきたんだもの」ラモーナは言って、静まりかえった店内をぐるりと見まわした。ほかの客たちはみな、テレビに映る無音の試合中継を眺めていた。

奥の席では、赤いゴルフパンツを穿いた赤毛に赤ら顔の男がにぎやかな笑い声をあげながら、連れの背中をばんばんと叩いていた。サンバイザーをかぶって金のネックレスをつけ、陽に焼けて皮膚のしなびきった老女が、グラスの氷をカラカラと鳴らしながら、呪文を唱える魔女みたいな金切り声をあげはじめた。髪をひとつに縛ったバーテンダーがおかわりのジンを運んでくると、老女はようやく満足げなため息を吐きだして、椅子にもたれかかった。

「その理由はわからなくもない。ここは絶好のナンパスポットだ」とぼくは言った。

ラモーナが肩をすくめると、黒髪がその肩をそっと撫でた。ラモーナは非の打ちどころなく美しい肌をしていた。どんな国の血が入りまじっているのかはあやふやだが、コーヒーアイスみたいになめらかで艶やかな肌の表面には、疵《きず》のひとつも色むらもない。毛深くて赤みがかった、染みだらけのぼくの皮膚とは大ちがいだ。うっとりと見とれるぼくの耳に、ラモーナの声が問いかけてきた。「それで、あなたのほうはこんなところにひとりで何をしにきたの？」

「何をって……」ぼくは芝居がかった仕草であたりを見まわしてから、ラモーナの耳もとに顔を寄せてささやいた。「私立探偵として、事件の調査をしにきたんだ。行方をくらませた謎の女を探しにね」

「あら、そう」爪の先でワイングラスを覆う水滴にジグザグの線を描きながら、ラモーナはこう続けた。

「で、その謎の女っていうのは、どういうひとなの？」

「わからない。だから謎なんだ」

「そのひとは善玉なの？　悪玉なの？」

「たぶん両方だ」

「容姿はどんな感じ？　どこかでわたしも見かけたかもしれないわ」

「そうだな、少しきみに似ている」

「あら、それじゃ、そこそこの美人なのね」そう言って、ラモーナはワインを飲み干した。「ねえ、あなたって、酒場で出会ったどんな男たちよりよっぽど気が利いてるわ。服の趣味はいまいちだけど。事件の調査をしていないときには、何をしているの？」

「読書。それから、見すぎなくらいに映画も見ている。あとは、通りをぶらついている」

「それだけ？」

「自分でペンを握ってみることもある」

「ああ、作家なのね。それで合点がいったわ。あなたの書く物語ならきっとおもしろいわね。だって、探偵としての経験が活かされているわけでしょ」

「いや、ぼくが書いているのは実験小説だから。はっきりとした筋書きはないんだ」

「登場人物や、その心理描写に焦点を絞っているってことかしら」

「いや、そういうわけでもない。心理学にはさほど関心がないものでね」

「それじゃ、抽象概念をつづった詩のようなものなのかしら」

「いや、まぎれもない小説だ。抽象的なわけでもない。インテリ好みの抽象芸術には我慢のならない質《たち》でね」

「筋書きも、心理描写も、概念もない小説ってこと？ どんなものなのか、さっぱりわからないわ」

「ああ、ぼくも同感だ」そう言ったあと、ぼくらは声を合わせて笑った。「正直なところ、自分が何を話しているのかもわからない」

「そうだろうと思ってたわ」

「きみのほうは？ 普段は何をしているんだい」

「さあね。あなたの言葉を借りるなら、通りをぶらついているとでもいうのかしら。謎の女のひとりとして」ラモーナはからっぽのワイングラスをぼくのグラスにそっと打ちつけた。グラスがチリンと涼しげな音を立てた。「ジントニックをもう一杯いかが？」

「もちろんだ。ただし、次のはジンを抜きにしてもらおう」いぶかるように眉根を寄せるラモーナに向かって、ぼくはこう釈明した。「ぼくは酔拳の達人なんだ。あまり飲みすぎて抑制が効かなくなったら、誰かを殺してしまうかもしれない」

「いいわ。あなたがそう言うのなら……ジン抜きのジントニックをお持ちしましょ」からのグラスふたつを手にして、ラモーナはしずしずと席を離れていった。ぼくは大海原へと視線を戻した。なんと順調にことが運んでいることか。相手に気づかれることなく誰かを尾行するのに、これ以上の方法があるだろうか。たしかに、慎重に距離を置けとロンスキーから言い含められてはいるが、実地に調査にあたる探偵には、即興で急場をしのがなければならないときがある。それに、これまでのところは、あれほどの美女を相手に自分でも感心するほどの善戦を見せている。もちろん、ご近所宅でのバーベキューパーティーやらワイン専門店の開店記念パーティーやらに出席してきた経験から、こう肝に銘じてもいる——図には乗るな。こんなものは、社交上のちょっとした戯れにすぎない。しかも、おまえには妻がいる。そこまで考えて、ふと思った。自分には妻がいると、まだ言えるのか。いままわりに、ぼくの名を知る者はいない。どこの誰なのかを知る者もいない。それと気づかぬまに、ほんの一日のうちに、ぼくの乗る小舟はどれほどの長い距離を流されてきたことか。とつぜん、船酔いのような眩暈《めまい》に襲われて、ぼくはバルコニーの欄干《らんかん》をつかんだ。

するとその直後に、ラモーナが戻ってきた。手にしたグラスはなく、真っ青な顔をして、高波に傾いた甲板を進むかのように足をよろめかせながら。ラモーナはぼくに顔を寄せ、押し殺した声で早口にささやいた。

「ここを出ましょう。いますぐに」

「どういうことだ?」

ラモーナはぼくの手首をつかみ、耳もとに口を寄せた。香水とシャンプーの香りが鼻腔をくすぐった。それに遅れて、何か甘酸っぱいにおいが鼻を刺した。おそらくは饐《す》えた汗と、ワインのにおいだろう。だが、その口から発せられた声は冷静で、真剣そのものだった。「いますぐここを出なきゃならないの。一緒についてきて。お願い」

そのときようやく思いだした。自分が謎の女を追う(見習いの)探偵であることを。その女を笑わせたい一心でその肩書きを騙《かた》っている小説家などではないことを。いま迫っているらしい危機こそが、ぼくが打開すべくここへ送りこまれた目的なのだろうか。ラモーナはいったい誰から身を隠そうとしているのか。夫か、ストーカーか、はたまた敵国のスパイか。だが、ぐるりとあたりを見まわしてみても、目に入るのはのはさきほどと同じ冴えない面子《メンツ》ばかりだった。そうしたすべてが擬装であるというなら、話はべつだが。

「振りかえらないで」押し殺した声でラモーナがささやいた。「何ごともなかったかのようにここを出るの。さあ」ラモーナはぼくの先に立ってバルコニーの奥へと突き進み、駐車場へと続く階段をおりはじめた。

「あなたの車は？」

「あそこだ。それより、これはどういうことなんだ。いったい誰から逃げているんだ？」

「しっ、いまは訊かないで。一刻も早くここを離れなくちゃならないの。お願い」

ぼくらはとめてあった車に駆け寄り、ロックを解除してなかに乗りこんだ。ハイウェイに向けてぼくが車を駆る横で、ラモーナはシートに深く身を沈め、てのひらで顔を覆っていた。

「どこへ向かえばいい？」

「どこでも。どこでもかまわないわ。息のつける静かな場所でさえあれば」

「わかった」ぼくはハンドルを右に切って、一号線を南下しはじめた。

「いいえ、だめ。Uターンしましょう。やっぱり森がいいわ。赤杉の森が」

「わかった」ちらりと背後をたしかめてから、脇に伸びる私道を使ってUターンを終え、北に向けてアクセルを踏みこんだ。ホテルの前を通りすぎると、ラモーナはようやく肩の力を抜いてハンドバッグから口紅を取りだし、サイドミラーをのぞきこんで化粧直しを始めた。

「それで、いまのはどういうことなんだ？」その横顔にぼくは尋ねた。

「お願い、訊かないで。いまは何も訊かないで。あなたにはこれ以上嘘をつきたくないの。いいえ、さっきまでの会話だって、嘘と呼べるような嘘はついていないわ。だからこのまま、いまだけは、このまっさらな気持ちを味わっていたい。本当のわたしは、嘘にまみれた人間だから。だからこそ、あなたに親しみをおぼえるのかもしれない。さっき出会ったばかりのあなただからこそ。あなたの前では、正直な自分で……ありのままの自分でいられる気がするの。嘘も仮面も要らない気がするの」そう言って、ラモーナはぼくの膝をつかみ、じっと目をのぞきこんだ。「だから、お願い。いまは名前も訊かないで」

「いいとも。べつにそれでかまわない」世故に長けた男になりきって、ぼくは自信たっぷりに笑ってみせた。だが、心のなかでは、小さな不安の芽が顔を出しはじめていた。「お互いに名前はあかさないことにしよう。代わりに、こっちのことも何も訊かないでくれ」ラモーナの膝をぽんと叩きかえしながら、ぼくはこう続けた。「じつを言うなら、ぼくのほうも多くの謎と問題を抱えているんだ。だから、こちらとしても、何もあかさずに済むならそれに越したことはない」

ラモーナはくすくすと楽しげに笑いだした。「その調子よ。もっとわたしを楽しませて。そうするだけの価値はあるから」それから、塗り終えた口紅をしまってシートにもたれ、窓外の景色をじっと見つめたまま、「あなたといると、すごく楽しい。なんだか安心な気がするの」とつぶやくと、小さなため息を吐きだした。

身にあまるほどの光栄な言葉だった。しばらくしてハイウェイから横道に入ると、国有林の入口が見えてきた。係員に料金を払って駐車場に車をとめ、ふたりで車をおりて、遊歩道を進んだ。何も会話はなかったが、赤いハイヒールの踵が土に刺さってバランスを失ったラモーナが、何度かぼくの腕に触れてきた。連なる巨木がさしかける影を伝いながら、ぼくらは歩いた。何百フィートもの高さまでそびえる木々は、すでに崩れ去った穹窿《きゆうりゆう》を支えるべく突き立つ、大聖堂跡の円柱を彷彿とさせた。周囲を取りかこむこの木々こそは、地球上に現存する最古の生き物だった。その長い歴史に比べれば、ぼくら人類の歩みなど虫の一生ほどに儚いものだ。となれば、ぼくらの思考や感情も、ささやかな勝利も、歴史的と呼ばれる大事件も、すべてはまさしく無に等しい。にもかかわらず、人間は──異常な進歩と発展を遂げるぼくら人類は──いまもなお、思いあがったひとつの信念にしがみついている。ぼくら自身にとっても、その同輩たる生き物にとっても問題の種でしかない人類にだって、存在意義はあるのだと。なんらかの目的のため、自然界の求めに応じるためにぼくらは存在しているのだと。ひょっとすると、ぼくら人間もまた、花なのかもしれない。折れそうに細い茎に支えられた脳みそで、おのれを飾る無益な美しさとその喪失とを唯一自覚するよう、この地上に種を蒔《ま》かれた花なのかもしれない。この自然界において最も奇怪な花──ぼくらの意識──をつける植物なのかもしれない。ほんのつかのま日の目を見るためだけに花びらを開き、やがては枯れていく花なのかもしれない。

「何を考えているの？」問いかける声がした。腰までの高さのある太い根のあいだに、ぼくらは並んで立っていた。ラモーナの身体が思っていた以上に近くにあった。触れんばかりの距離にあった。

「特には何も」とはぐらかし、ぼくは代わりにこう問いかえした。「そっちは何を考えていたんだい」

「これよ」そうひとこと言って、ラモーナは唇を寄せてきた。

28

あとになって振りかえってみると、そのひとときはまるで現実の出来事とは思えなかった。だが、そのときには、それがごくあたりまえのことであるかのように、ごく自然なことのように感じられた。なるべくしてそうなったのだと思えた。ぼくはラモーナの頰を両手で包みこみ、口づけを返した。その身体を抱きしめてみると、想像していたよりずっと小さく感じられた。ラモーナの唇は、砂糖をまぶしたイチゴと酸化したワインの味がした。ラモーナがぼくの首に腕をからませ、ぎゅっと身体を押しつけてくると、その奥で脈打つ心臓の鼓動が伝わってきた。激しく息をあえがせながら、ぼくらは互いの身体を抱きしめあった。揉みあいでもするかのように、胸と胸とを押しつけあった。まるでスローモーションの取っ組みあいをしているかのようだった。ラモーナの歯があたって唇が切れたらしく、血の味が口中に広がりだした。ふと首を引くと、ラモーナの瞳が猫のように野性的な光をきらめかせていた。ラモーナはその目を閉じて、ふたたび唇を重ねてきた。ぼくも無言のまま目を閉じて、木の幹に背中をもたせかけた。熱を帯びた肌の躍動をてのひらに感じながら、柔らかな腰から尻と太腿へ、乳房から肩と背中へと、てのひらを這わせていった。そのとき、遊歩道のカーブの先から、アジア系らしき観光客の一団がとつぜん姿をあらわした。こめかみで脈打つ血管の音に掻き消されて、近づく足音が聞こえなかったらしい。真っ赤に頬を紅潮させ、息を弾ませたまま、ぼくらは手に手を取りあって車へと引きかえし、ドアを閉じるなり、ふたたび身体を抱き寄せあった。耳もとにかすれたあえぎ声を響かせながら、こっちを見てとささやく声がした。言われたとおりにその目を見つめかえすと、ラモーナはぼくの胸をそっと押しかえしてから、スリップドレスの裾をたくしあげた。ラモーナがまとっていたのは、〈トラッシー・ランジェリー〉で手にしていたあの装飾品だった。黒のストッキングとガーターベルト。いまにも破れそうな三角形のレース。そこに開いた穴からは、ぼくに吸いつかれたあとの唇と同じ桃色をした濡れそぼつ襞《ひだ》と、舌のように赤く腫れあがった突起がのぞいていた。触って、とラモーナはささやいた。催眠術にかけられでもしたかのように、ぼくはそろそろと手を伸ばした。ほんのかすかに指が触れた瞬間、ラモーナはびくりと首をのけぞらせ、痛みに悶えるかのように小さな悲鳴とうめき声をあげた。ぼくは慌てて腕を引いた。ラモーナもあらがうように身を引きながら、首を振った。ここじゃいや。お願い、ホテルに戻りましょう。乞われるがままに、ぼくは車を出した。ところが、ひとたび車が動きはじめると、ラモーナはふたたびぼくの手を取り、太腿のあいだへと導いた。ぼくは片手で必死にハンドルを操りながら、いくつものカーブをかろうじて曲がりきった。〈クリフサイド・イン〉へと帰りつき、建物の裏手に位置する宿泊客用の駐車場に車をとめた。見あげると、断崖絶壁の上に迫りだすように、客室のバルコニーが並んでいた。汗で布地の張りついたラモーナの背中を見つめながら、階段をのぼった。シャンプーと香水のにおいが鼻腔を満たしていた。ラモーナの唇と、自分で流した血の味が口中を満たしていた。頭のなかを満たしていたのは、助手席で股を広げるラモーナの姿だった。その光景が瞼の裏で、ぎらぎらと燃えたつような輝きを放っていた。気づいたときには、扉の前で足をとめたラモーナの背中に追突していた。その衝撃でラモーナは鍵を落とし、小さく毒づいた。ぼくは代わりにそれを拾いあげ、震える手で扉の錠を開けた。部屋に入るなり目に飛びこんできたのは、ベッドメイキングを終えた白いベッドだった。扉の開け放たれたバルコニーから吹きこむ風が、白いカーテンを揺らしていた。その向こうの遥か下方に、波の砕ける海面がのぞいていた。ぼくが肩紐をずらしてやると、ラモーナはするりとドレスを脱ぎ捨てた。それからぼくの腰を引き寄せて、慌ただしくベルトをはずし、シャツのボタンに手をかけた。すべてのボタンがはずれるのを待たずに、ぼくは頭からシャツを脱ぎ捨て、ラモーナをベッドに押し倒した。ラモーナはふたたびぼくの身体を引き寄せ、その手を太腿のあいだへと導いた。指先があの小さなレースに触れるなり、ぼくはその布切れを引きはがした。ラモーナもぼくのパンツを乱暴に引きさげ、いきり立ったペニスにひとしきり舌を這わせてから、シーツの上に身を横たえた。そして、ぼくの身体を引き寄せながら、お願い、来て、とささやいた。ぼくはそれに応じた。唾液に湿ったペニスの先を、濡れそぼった割れ目に押しあてた。そうよ、来て、とささやく声がした。お願い、早く。それをわたしに突きたてて。ぼくはラモーナのなかに押しいった。ラモーナはなおも耳もとでささやきつづけた。そうよ、いいわ。もっと突いて。もっと感じさせて。ぼくはさらに強く、さらに深く、ラモーナに腰を突きたてた。顔にかかる吐息を感じた。腕に突き刺さる爪の感触も。肩を噛む歯の感触も。その間もラモーナのささやきは続いた。もっとよ。お願い。もっと突いて。ついに絶頂を迎えると、ぼくらは無言のまま、ぐったりとそこに横たわった。いつのまにやら眠りこんでいたらしい。一時間だったのかもしれないし、ほんの一瞬だったのかもしれない。ことによると、ただのまばたきにすぎなかったのかもしれない。ふと目を開けたとき、あたりはすっかり暗くなっていた。太陽は水平線の向こうに姿を消していた。キスをしようと隣に顔を向けてみると、ラモーナまでもがそこから姿を消していた。ぼくはベッドの上に起きなおり、おぼろな意識と視界の霞んだ目で暗がりを見まわした。ラモーナはバルコニーに立っていた。戸枠を額縁にした絵画のような銀色のシルエットが、月明かりに浮かびあがる彫像のようなシルエットが、眼下の海を見おろしていた。ベッドをおりながら、ぼくはその背中に呼びかけた。なんだ、そこにいたのか、と。名前を呼びはしなかった。それすらも知らないことになっていたから。その声は耳に届いたはずだった。いや、あるいは届いていなかったのかもしれない。ラモーナが振りかえることはなかったからだ。ラモーナはただ、手すりの向こうへ身を投げた。
それと同時に悲鳴が聞こえた。

　一瞬、ぼくは棒立ちになった。腕や脚が大理石にでもなってしまったかのようだった。次の瞬間には、地面を蹴って駆けだした。素っ裸のまま、バルコニーへと走り寄った。風に煽られてまとわりつくカーテンを、からみつくベールを引き裂くかのように、月にかかった雲を払いのけるかのように掻き分けた。一瞬のパニックに見舞われた直後、ふたたび現実が目の前に押し寄せてきた。バルコニーの端から身を乗りだし、遥か下方を見おろしたが、何も見えなかった。いや、何もというわけじゃない。黒い岩場を叩いては、白い波頭を躍らせる黒い波が見えた。荒い岩肌の上でのたうちまわる白い泡が見えた。黒い木々に覆われた黒い絶壁が見えた。果てしなく広がる黒い空の下で銀色の星明かりをちりばめた、果てしなく広がる黒い海原が見えた。波打つ海面が見えた。白く輝く星々が見えた。月が見えた。

29

長たらしい詳細を並べたてて、きみを退屈させるつもりはない。通報を受けて駆けつけた警察は、最初のうち、ぼくの言葉を信じていいものか判断しかねていた。たしかにラモーナ・ドゥーンなる女性はこの宿を訪れているし、現在の行方が知れていないが、身を投げて死んだというのは果たして本当なのか。連中はぼくを、女に捨てられて正気を失った恋人と見なしているらしかった。ところが、夜明けとともに潮の流れが変わり、遺体が浜に打ちあげられると、警察は一転して態度をひるがえし、数段ランクの落ちるホテルの一室にぼくの身柄を拘束した。遺体は落下の衝撃による損傷がかなりひどく、海水に浸かっていたせいでかなりふやけてしまってもいたらしいが、身元の確認に手間どることはなかった。パサデナで行方不明になっていた女の失踪届を出していたとかいう、ドクター・パーカーなる人物がやってきて、死んだ女の本名はモナ・ノートだと告げたのだ。モナ・ノートはパーカーの病院で長期にわたる治療を受けてきた入院患者なのだが、あるときそこから脱走した。症状の軽いときでも、鬱状態と精神の混乱が見られた。症状が悪化すると、妄想に取り憑かれ、自傷行為に走る恐れがあった。自殺を試みたのはこれがはじめてではない、と。その証言を受けて、検死官が自殺との判断をくだし、ぼくは拘束を解かれた。

公衆電話からララに電話をかけて、今回のセラピーはキャンセルさせてほしいとのメッセージを残した。仕事と銘打った後ろ暗い事情で街を離れていたのは、今回はぼくのほうというわけだ。ララから折りかえしの電話はなかった。ぼくはロンスキーにも電話をかけた。いかなることにも動じないのだろう、かの探偵は、今回の知らせも同様に受けとめた。大海のようにどっしりとかまえた態度に変化はなかった。そして、ことの重大さを唯一うかがわせる長いため息を吐きだしたあと、いつもどおりの重々しいバリトンの声で、こうぼくに命じた。警察の話にしっかりと聞き耳を立て、こちらへ戻ったら、ただちに報告に寄りたまえ。

30

角を曲がって、ロンスキー家に面した通りに入るなり、明滅する回転灯の光が目に飛びこんできた。最初は、警察がぼくを捕らえにきたのだと思った。何かはわからないが、とにかく自分がなんらかの問題を引き起こしたにちがいないと。ところがそのとき、歩道脇に停車したパトロールカーの後ろに救急車が並んでいるのが見えた。通りの先には、消防車までとまっていた。もしかして、ロンスキーの母親が心臓発作でも起こしたのだろうか。ぼくは道端に車をとめ、歩道にできたまばらな人垣に加わった。自宅の前庭やポーチから、様子をうかがっている住民もいた。

「何があったんだい?」隣に立つ野次馬のひとりに声

をかけた。だぶだぶのTシャツにハーフパンツを穿いた韓国系の少年が、ひょいと肩をすくめて言った。

「よくわかんない。〝大御所〟が太りすぎて、何かができなくなっちゃったみたいだって、さっき誰かが言ってたけど」

大御所というのは、むろん、ロンスキーのことだろう。だが、ロンスキーが太りすぎてできないことなら、すでにごまんとあったはずだ。ひょっとして、どこかにはまりこんで動けなくなってしまったのだろうか。たとえば、もろくなった床板を突き破って、床下に落ちてしまったとか。もしやこれから、大がかりな救出劇が繰りひろげられることになるのだろうか。その身を案ずる気持ちとは裏腹に、割れた便座の破片にまみれ、便器のなかでじたばたともがいている山のような巨体が頭に浮かんだ。

「その〝何か〟ってのはなんなんだろう」ふたたび少年に尋ねてみたが、返ってきたのは肩をすくめる仕草だけだった。

その疑問の答えはほどなく判明した。消防隊員と救急隊員を合わせた数名が台車付きの担架を引きながら、ロンスキー家の戸口から姿をあらわしたのだ。担架の上には大きなベニヤ板が一枚載せられ、その上にスポンジマットレスが敷かれていた。そしてさらにその上に、赤いシルクのパジャマを着たロンスキーの身体が何本もの太いストラップでしっかりと固定されていた。ロンスキーは首にゆったりとナプキンを巻き、手には木のスプーンとおぼしきものを握りしめていた。その珍妙な手製の担架はゆっくりと玄関を抜け、数人がかりで両側を抱えあげられながら、そろそろとポーチにおりたった。

「すっげえや……」隣に立つ少年が、畏敬の念に満ちた小さなつぶやきを漏らした。

「顔についているのはなんだろう」疑問が口をついて出た。

「なんかの食い物に決まっててんじゃん！」隣から、思いがけぬ返答が返ってきた。

そのとおりだった。口のまわりや頬にこびりついているものは、どうやらチョコレートクリームであるらしい。援軍を加えた隊員らがベニヤ板を抱えあげ、そろそろと石段をくだるなか、当のロンスキーは何ごとかを考えこんだ様子でしきりに唇を舐めつづけていた。隊列のしんがりを務めていたのは、ロンスキーの母親と家政婦だった。ミセス・ムーンは人目もはばかることなく声をあげて泣いていた。ミセス・ロンスキーのほうは泰然と煙草を吹かしながら、前庭に咲く花を踏みつけた消防隊員を叱り飛ばしていた。ところがその直後、傾斜した私道を進んでいた台車の車輪が横滑りして、ロンスキーの巨体を載せたマットレスが大きく片側に傾いた。見物人たちははっと息を呑んだ。両脇を固める隊員たちが危ういところでそれを支え、嵐のなかガレー船を漕ぐ奴隷さながらの掛け声とうなり声とをあげながら、かしいだマットレスをもとの位置までどうにか戻した。私道を出た担架はゆるゆると歩道を進みはじめた。そのとき、人垣のなかにぼくの姿を見とめたロンスキーが声をあげた。

「コーンバーグ……コーンバーグ！」

担架に近づこうと進みでたぼくの前に、ひとりの警官が立ちはだかった。

「さがってください」

「でも、ぼくを呼んでいるんです。あのひとはぼくの……」ぼくは続く言葉に躊躇した。

「コーンバーグ！」ロンスキーのわめき声が轟いた。ぴたりと停止した台車の上で、ロンスキーがスプーンを振りまわしながら、右へ左へ身体を揺さぶっていた。「わたしの助手を通してやれ！　そこにいるのは、わたしの弟子だ！」

「あいつが言っているのはあんたのことか？　あんた、あの男の弟子なのか？」警官が訊いてきた。

「ええと……そういうことのようです」とぼくは応じた。

芝生を横切りながら、ロンスキーに問いかけた。

「いったいどうなさったんです、ミスター・ロンスキー。どこか具合でも悪いんですか？」

「こちらへ来い、コーンバーグ」命じられるままに、ぼくは担架に近づいた。距離が狭まるにつれて、あることに気がついた。ロンスキーがストラップで固定されているのは、担架から落ちないようにするためだけではなかった。筋肉が引き攣ってだろうか、その表情は奇妙にゆがみ、真っ赤に紅潮した頬は涙に濡れていた。乾いたチョコクリームに、涙の跡がいくすじも残っていた。「コーンバーグ……」

「なんでしょう、ミスター・ロンスキー」

ロンスキーは、耳を寄せろと手招きをよこした。ぼくがそれに従うと、ひび割れたしゃがれ声でロンスキーはささやいた。「彼女は誰に殺されたのだ？」

周囲から浴びせられる好奇のまなざしを感じながら、ぼくはロンスキーに問いかえした。「殺されたって……いったい誰がです？」

次の瞬間、ロンスキーの口から咆哮があがった。傷を負った獣のような、槍に突かれたライオンのような声で「わたしの愛する女だ！」と吠えると、ロンスキーはぼくの胸ぐらをつかんで、シャツのボタンをむしりとった。担架が倒れそうになるのもかまわず、制止に入った隊員らの腕にあらがいながら、呆然と立ちつくすぼくに向かってロンスキーは苦悶の声を絞りだした。「犯人を探せ、コーンバーグ……わたしの愛する女を殺した犯人を見つけだすのだ！」

隊員らが四人がかりでロンスキーの四肢を抱えこんでいるあいだに、残る一人の救急隊員が注射器の針を分厚い腕の肉に突き刺した。岩に縛りつけられたプロメテウスさながら、狂ったように手足をばたつかせていたロンスキーの身体から、ほどなくぐったりと力が抜けた。やがて、うとうととまどろみはじめたロンスキーの巨体を、救急隊員らが力を合わせて救急車に押しこんだ。救急隊員が大きく息を弾ませながら後部ハッチのドアをおろす傍《はた》では、汗だくの消防隊員らが手の甲で額をぬぐっていた。少しばかり車体の沈んだ救急車がゆっくりと歩道際を離れていくと、周囲の人垣もぱらぱらと方々へ散りはじめた。

走り去る救急車を見送っていたミセス・ロンスキーがこちらを振りかえり、じろじろとぼくを眺めまわしてから、煙草の灰をぽとりと地面に落として言った。

「うちに寄っていって。ソーラーから、あんたの給金をあずかっているの」

第三部　ある婦人たちの肖像

31

調査案件：〝蒙昧《もうまい》なる夫〟

（私立探偵ソーラー・ロンスキーの調査記録より）

この調査記録の対象者（以下、Kと表記する）が最初にわが事務所を訪れた目的は、わたしの助手という職を得るためであった。しかしながら、面接という形態で執り行なわれたその一回目の会合においてさえ、わたしにはKの真意をたやすく見ぬくことができた。Kはわたしの助けを求めて、精神的苦痛からの救済を求めて、この事務所を訪れたのだ。Kはつい先日、妻に捨てられていた。小説家になるという夢に破れ、古書店員として生計を立てていたものの、ついにその店がつぶれたことで職にもあぶれていた。出世や地位、妻子やマイホームを手にしてしかるべき年齢を大幅に過ぎてなお、Kは幼子《おさなご》のように惑い、進むべき道を見失っていた。成人としての身だしなみを整えることも、配偶者に促されなければ職探しに動くこともろくにできずにいた。そのくせ、自分がどうして妻に捨てられたのか、見当もつかずにいるらしかった。それどころか、Kはすべての責めを妻に負わせた。幼稚に、大袈裟《おおげさ》に、自分本位に妻を責めていた。ヒステリックな恐怖に衝き動かされていた。無意識の深層に沈む苦悶に、なすすべも救いようもなく神経を蝕んでいく苦悶に駆りたてられていた。自分は罪なき被害者だと信じきっていた。現実にも、おのれの心の内にさえも、いささかも目を向けようとしていなかった。

わたしはKの求めに応じることにした。その理由はいくつかある。第一に、人間の内なる世界（わたしの言う〝世界〟とは、無意識と意識とから成る未知の世界、そこに広がる未踏査の大地と、移ろいやすい気候、驚異の野生動物とを指す）の研究者として、この非凡なる研究対象を、それを間近に観察する好機を逸するわけにはいかなかったということ。第二に、数多ある欠点にもかかわらず、Kという人間に好感をおぼえたこと。Kはめったにお目にかかることのできない珍種、いわゆる絶滅種の典型であった。怠惰な知的ボヘミアンにして、〝文学と芸術と思想〟の信奉者。その無能さがゆえに社会から孤絶した人間。金銭欲や出世欲はもちろんのこと、人並の敬意を得んとする欲求にすら侵されていない人間。叶わぬ夢を追いつづけることだけを望みつつ、目が覚めるたびに、自分が誤った時代、誤った国、誤った世界に――そして、誤った階級に――生まれてきたことに気づいて愕然《がくぜん》としている人間だった。そして、最後にして第三の理由。わたしは厳密には医学者でもなければ信仰深い人間でもないが、わが同胞たる人間を目の前にして、その苦悩を目の前にして、見て見ぬふりをすることなどできなかったからだ。病める者の救いたらんことこそが、わたしの信条であるからだ。以上に挙げた理由から、わたしにはKを撥《は》ねつけることができなかった。本人が自覚しているかどうかはさておき、Kは病める患者として、無音の嗚咽を漏らしながら、無意識のうちにわたしの助けを求めて、ここへやってきたのだから。Kがここを訪れた目的は探偵になることであった。そんなものになろうなどとは、これまで露ほども考えたことがないはずであるのにだ。では、その目的はなんなのか。自分の抱える謎を解明すること。自分から盗みだされたもの――自分の妻――を見つけだすこと。それを盗んだ犯人が誰であるのかを突きとめることに決まっているではないか。

一九一七年に発表された論文「精神分析の道を阻む障害」のなかで、フロイトは、科学的発見が人間の自尊心に加えた大いなる打撃を言いあらわす手立てとして、〝第三の傷〟という概念を打ちだした。第一の打撃は、太陽が地球の周囲をまわっていないという事実──人間はこの宇宙の中心ではないという事実──をコペルニクスが発見したこと。第二の打撃は、ダーウィンによってもたらされた新事実。人類は神の姿に似せて創造された被造物でもなければ、野の獣と一線を画した特別な存在でもなく、その変異体のひとつにすぎないという事実。地球上の生命の中心ですらないのだという事実である。そして、最後に完膚なきまでの打撃を与えた第三の事実とは、むろん、フロイト自身によって発見された〝無意識〟の存在だ。恐怖や願望、記憶や空想に満ちた、あの果てなき大海。不条理に支配された、あの混沌たる深淵。その発見がもたらしたのは、心というものは宇宙よりも遠く懸け離れた存在なのだという事実であった。つまり、〝人間の内なる世界は、外側を取り巻く世界にも劣らぬほどの未知なる存在であり、知覚を通して伝えられる外界と同様、意識を介してのみ告げ知らされる内なる世界もまた、完全なものとはなりえない〟のである。

要するに、人間は自分の心の中心ですらないということだ。われわれの〝生〟の大部分は、われわれの知らぬところでひそかに営まれていると言っても過言ではあるまい。〝自我は一家の主《あるじ》ではない〟のである。

二度目にKの訪問を受けたときほど、フロイトのこの洞察がいかに的を射ているかを痛感させられたことはない。すでにKには、ある女の監視と調査という任務を課してあった。問題の女は、ある重要な謎を解くための鍵であるのだが、その謎に関する記述はここでは割愛させていただく（〝ミステリガール〟のファイルを参照のこと）。与えられた任務に対して、Kは目を見張るほどの健闘を見せていた。しかしながら、一日の報告をする段になると、その道のプロたらんとする過剰な熱意がからまわりを始めた。手帳とペンとを握りしめたKは、毛穴という毛穴から無意識が漏れだしていることも自覚せぬまま、的はずれな細部ばかりをまくしたてはじめた。語る言葉と口調は至って明晰《めいせき》かつ慎ましやか、芝居じみた品格まで漂わせている一方で、爪の隙間に入りこんだ泥や、髪にからまる木の葉、衣服からかすかに漂う犬の糞のにおいは、野性への〝退化〟を如実に物語っていた。半ばまで開いたズボンのファスナーと、ウエストからはみだした皺だらけの下着から、暗がりのなかに何時間もうずくまっていたのだろうことは容易に推察できた。しかしながら、わたしとしてはこう勘ぐらずにはいられなかった。たとえ意図的にではないにせよ、そうした服装の乱れを放置するという行為には、おのれの性の象徴を他人に——自分より力のある人間に——誇示するという以外に、どんな目的がありうるのか。加えて、背嚢《はいのう》の奥にのぞいていたブロンドのかつらの件もある。ことによると、あれはKにとっては妻の象徴、無理やり押さえこまれたもうひとりの自分が抱える苦しみの象徴、あるいは、ある種の埋葬願望——腹立たしい配偶者の死を望む願望——の象徴であるのやもしれない。それともあれは、秘めたる闇から這いだした〝女の一面〟の象徴なのだろうか。例の背嚢に同じくおさめられていた水筒（のちの調査により、なかに入っていた液体は尿と判明）の意味については、あえて憶測を働かせるつもりもない。ここではただ、このわたしもK自身も与り知らない秘密があの男にはあるようだ、と言うにとどめておこう。

さらなる探究のため、わたしはKにこう命じた。いま手にしている覚書きのことは忘れて、まずは心を解放し、そこに刻まれた内なる覚書きに目を向けたまえ。Kはわたしの言葉に従った。ただしそのまえに、さんざん抵抗の意を示すことだけは忘れなかった。自分にそんなやり方は〝通用しない〟と言い張ったり、禁煙した際の経験から〝催眠術〟にかからないことはわかりきっていると言いだしたり、妻に強いられて経験したという鍼《はり》療法やらヨガ教室やらに関する冗長で見当ちがいな逸話を並べたてたりもした。

さりとて、Kが本心では胸の内を語りたがっていたこと、切実なまでに胸の内を語りたがっていたことは間違いない。旅客機の乗客の緊張をほぐす際に用いられる至極簡単な呼吸法と、記憶の視覚化のコツを伝授するやいなや、Kは一種の催眠状態に入り、意識の奥底に眠る記憶の詳細を鮮明に口述しはじめたからである。さらに言うなら、わたしの椅子の座面に涎《よだれ》の跡を残していくほど、Kの陥った催眠状態は深いものであったらしい。

三度目の会合におけるやりとりは、ほとんど分析の役に立たない。すべてはわたしの落ち度である。わたしはいま、ある病を患っている。再発を繰りかえす病を患っている。歳若きころからわたしを苛みつづけている病。この調査の記録を続けるためには、それについても、ある程度の説明を述べておかねばなるまい。

幼い子供が何かを探りだしたり学びとったりするとき、ことにその子供が聡明である場合、その大半は謎解きの形をとって行なわれる。空はなぜ青いのか。引力はどうやって働いているのか。どうやって火が熾るのか。猫が飛ぶことはできるのか。自分が読んではいけないと言われているあの本には、何が書かれているのか。開けることを禁じられているあの引出しには何が入っているのか。最も根本的な疑問、生きとし生ける者すべてが抱《いだ》く永遠の疑問ですら、謎に思えることもある。フロイトや古代人たちもそれぞれにすばらしい卓見を遺してくれてはいるが、わたしが思うには、オイディプスこそが世に語られる最初の探偵——最初にして最高の、そしていまとなっては最も使い古されたどんでん返しを持つ探偵物語――なのではなかろうか。ある事件の殺人犯を追い求めていた探偵オイディプスは、調査のすえに、犯人が自分であることを知るのである。それに比べれば、われわれの抱える罪や秘密の恐ろしさは遥かに劣る（それに対してわれわれが受ける罰も、憐れなオイディプスに比べれば軽いものである）。そんななか、われわれ人間がその成長過程においてかならずや解明することとなる謎がひとつある。われわれはどこからやってきてどこへ行くのか、ということだ。母親がシャワーを浴びている最中に、鍵穴からバスルームをのぞき見る子供。床の上を這い進んで母親のスカートのなかを盗み見ようとする子供。ベッドに寝かしつけられたあと、隣室から聞こえてくるベッドの軋りや父親のうなり声や母親の悲鳴に耳を澄ませる子供。世の幼き探偵たちはその衝撃的な真相を、大人たちによって遠ざけられた真実を、みずからの力で暴きだす。自分は全裸に血まみれの状態で、母親の身体のどこかに開いた秘密の穴を通ってこの世界にやってきたのだということ。その穴に、父親がこっそり種を植えつけたのだということ。誰もがいつかはこの世界を去るのだということ。深夜放送で見たホラー映画さながらに、ひとりまたひとりと姿を消していくのだということ。自分もまた、いずれは完全に消えうせてしまうのだということ。始まりのまえにも、終わりのあとにも、すべてのものごとの背後には性と死とがひそんでいるのだということ。

当然ながら、探偵としての訓練を積みはじめた初期にわたしが解決した事件は、いささか瑣末《さまつ》なものばかりであった。〝配達されたはずの新聞を毎朝盗んでいくのは誰なのか〟事件（犯人：隣家の住人）。〝通りの先の家に住む男は真夜中にこそこそとどこへ出かけていくのか〟事件（真相：隣人が出張で家をあけた隙を狙って、その細君との逢瀬を重ねている）。そして、

〝うちの猫はうちにいないとき、どこにいるのか〟事件（驚きの真相：わが家の飼い猫パッチーには、うちのほかにもわが家があった。自由な出入りを許し、餌を与え、頭を撫で、ミスター・ブープスなる名前で呼びかける飼い主一家がほかにもうひと組いたのである）。

いささか幻想を打ち砕かれた感は否めないが、ともかくにも、こうした初期の取り組みを通して、わが幼心にはあるものが芽生えはじめた。見いだすべき秘密、心惹かれる秘密に満ちたものとして、世のなかを眺める視点である。次なる一歩、心理学への興味を抱《いだ》くきっかけは、その少しあとに訪れた。あれは、嘘という概念について思索を深めはじめたころのことだ。

〝消えたチョコレートバー〟事件の真犯人として、みずからの嘘を暴かれたすえに叱責を受けたわたしは、こっぴどく尻を叩かれながら、ある疑問を抱《いだ》いた。わたしが嘘をついたことが、どうして母には〝お見通し〟であったのか。口もとや瞼を引き攣らせたり、落ちつきなく足を踏みかえたりしている様子を見れば一《いち》目瞭然《もくりょうぜん》だと母は言った。そして、そのあと母の口にした言葉が、どうしようもなくわたしの意識に引っかかった。「あんたは自分で自分の罪を打ちあけたの」そんなことをするわけがないとわたしは思った。誰がそんなことをするものかと。すると母は、わたしの疑念をも見ぬいたかのように、こう告げた。「なんの手がかりも見せずに嘘をつける人間なんていやしないよ」

つまり、父の仕事場であるキッチンテーブルを訪れ、小切手を現金化して金曜には借金を返すと約束したあの男は、故意に嘘をついていたということだ。反対に、次の試合でこれまでの損失をすべて取りもどすと、あの試合なら〝手堅い〟から大丈夫だと自信たっぷりに父に請けあった男のほうは、等しく〝大法螺《おおぼら》〟を語りはしても、そのときは本心を語っていたということになる。なぜなら、その男は他者に対してではなく、自分自身に嘘をついていたからだ。この真理はわたしの人生観を一変させた。嘘と真《まこと》とは、相反する概念でありながら、論理的観点から眺めた場合、かならずしも表裏を成すとはかぎらない。正直者がみずからの信じるガセネタを口にすることもあれば、嘘つきがそれと気づかずに真実をあかすこともあるのだ。それから数カ月をかけて、わたしはフロイトを読みあさり、わたしの知るかぎりで最高の賭博師である母をも含めた大半の人間の嘘を見破る技術を習得した。母がこれまでにわたしについた嘘はたったふたつ。そのひとつめを口にしたのは、いつもどおりにポールモールを吹かしながら送話口に唾を飛ばしていた父がとつぜん胸を押さえてコーヒーテーブルの上に倒れこみ、指を離れた煙草が絨毯《じゅうたん》を焦がしてから一時間後のことであった。父の顔が仮面に――あんぐりと口を開け、虚空の一点を見据える仮面に――変わっていくさまを、わたしは間近に見つめていた。ゴミ袋のようなものに入れられた父が男たちに運びだされ、救急車に積みこまれていくさまも、子供部屋の窓から盗み見ていた。そのあとで母がすすり泣きながら、父さんは天国へ旅立ったのよ、これからも天国からあんたを見守っているわ、お祈りの声に耳を傾けているわと告げた瞬間、わたしは母の嘘を見ぬいた。母がはったりをかましていることを、母の手札にはなんの役も揃っていないことを見ぬいた。

のちの精神分析医や心理療法士がその分野を志すきっかけとなった動機とは、たいがいが、自身の抱える問題とその解決法を探るためであったりする。そうした苦心惨憺《さんたん》のすえ、自分では解決不可能だということに気づいた者のみが、専門家としての道をきわめることとなるのかもしれない。洞察力というものは、いかに磨きをかけようとも、自分自身に対してはまるで使い物にならないからだ。他者に向けたときにのみ、ぴたりと焦点が合うものであるからだ。

このわたしを例に挙げるなら、かような問題が持ちあがりはじめたのは十代の後半にさしかかったころのことであった。あのころを思いかえすたび、疑問に思うことがある。当時のわたしは、みずからの運命を予感していたろうか。無意識のうちに心がまえをしていたろうか。だとすれば、そんな覚悟などたいした役には立たなかったことになる。最初の症状があらわれたとき、わたしは自分の心がついた嘘をずぶの素人のように鵜呑みにしたからだ。

まずは、誰かが自分を監視しているような気がしはじめた。それが何者であるのかは、むろん、知る由《よし》もなかった。その何者かを捕らえることができなかったからだ。やがて、わたしはこう確信するようになった。

〝あいつら〟は家の外のあちこちにひそんでいる。わたしに見つかりそうになると、すばやく木陰に身を隠したり、ブラインドをおろしたりしてしまうからわからないだけで、あいつらは確実にそこにいる。母の運転する車に乗れば、一台の車があとを尾《つ》けてきているような気がしてならなくなった。恐怖に駆られたわたしは、母にあれこれ命令を出した。この区画をぐるぐる周回しろ。車線を変更しろ。急ハンドルを切って、あの脇道に入れ。だが、何をどれだけしたところで、疑念を晴らすことにも、裏づけることにもならなかった。怪しげな青い車がこちらを追ってこなかったのは、自分が疑いをかけられていることに気づいて、わざと走り去ることにしたからかもしれないのだから。あるいは、あとを尾けていたのは青ではなく、緑色の車だったのかもしれないのだから。

そうした猜疑心が増大するにつれ、わたしはみずからに変装をほどこすようになった。はじめのうちは、新たに芽生えた強迫観念（他人に素性を知られてはならないという強迫観念）を母に悟られまいと、帽子やスカーフやサングラスを身につける程度にとどめていた。ところがほどなく、わたしはその道の達人となった。さまざまなかつらや化粧法、衣装や義歯を編みだしては改良を加えていくことで、老人にも、大柄な女にも、郵便配達人にも、盲目の物乞いにもなりきることができるようになった。むろん、心の片隅では、そうした行動が無意味であることを自覚してもいた。自分はけっして小柄な体格ではない。アフロヘアのかつらをつけて、肌に褐色のドーランを塗りたくり、婦人物のワンピースを着たところで、擬装の効果はほとんど望めない。かえって人目を引く可能性のほうが高い。それでも、何もしないではいられなかった。

ついに、わたしは家から一歩も外へ出なくなった。母は憂慮を募らせたが、わたしは外界との接触をいっさい断った。メールで同業者に専門的アドバイスを与えたり、送られてくる調査記録に目を通したり、経過報告の批評を送りかえしたりすることだけは続けていたが、いずれ破綻を迎えることは必至であった。重度の被害妄想に加えて、わたしは躁病の影響による過食症をも患っていた。その症状が深刻化すると、大量のデリバリー料理を注文するようになった。配達員には、届け物はポーチに置いていくよう指示をするのがつねであった。そうしてついに最後の自制心が消え去ったある日、わたしはインド料理に中華料理、ピザにメキシコ料理、タイ料理までをもいちどきに注文した。ユダヤ教のラビのような扮装をして配達員の到着を待ちうけ、ロープを結んだかごを二階の窓から垂らしては、そこに料理が詰めこまれているあいだに、剝きだしの紙幣を芝生に放り投げた。

その直後、視界が暗転した。目が覚めたときには、精神医学の名門と名高きグリーン・ヘイヴン病院の一室にいた。ベッドに拘束されたまま投薬を受けたすえ、多少の波はあるにせよ、思考の曇りはある程度まで晴れた。〝医者の不養生〟とはよく言ったものだ。たしかにわたしも、わたしを治療せんとする主治医の試みに対して、微々たる関心しか――食事や書物や家事の質に対してわが家の主《あるじ》が示すのと同程度の関心しか――寄せていなかった。わたしの唯一の関心は、可能なかぎりすみやかにここを抜けだすことだった。まずは医師たちに議論を吹っかけ、こちらの知性がうわまわっていることを実証しようとした。しかし、このやり方では目的を達成できないことがわかると、相手の要求にしぶしぶ応じるようになった。紙に描かれた染みのような絵の解釈を述べ、得体の知れない設問を解き、お定まりの質問にも答えた。そのうえ、処方された薬をもすべて服用した。

薬。化学作用がもたらす色とりどりの虹。正気という名の火薬を詰めこんだ、超小型の時限爆弾。それはわたしの人生における新時代の礎《いしずえ》となった。めぐる周期はつねに同じだ。処方されたブレインキャンディーを一定期間しゃぶっていると、郊外の子供専用プールさながらの静謐《せいひつ》が頭のなかを満たしていく。塩素殺菌された、澄んだ水。底は浅く、水面を乱す波もない。その水にピチャピチャと足をひたしているうちに、毎日が過ぎ去っていく。自分では何もやる気が起きず、ひとの命令に従うことしかできないが、医学的には〝正常〟と見なされる。だが、やがて何かが――なんらかの事件なり、手がかりなり、危機なり、嫌気がさすほどの退屈なりが――思考の再稼動を促す。そうなると必然的に、薬の服用を忘れてしまう。あるいは、忘れたふりをする。あるいは、すでに服用したものと勘ちがいをする。あるいは、薬など必要ないとみずから判断する。もう病は完治した。何も問題はないとの診断をくだす。実際、そういうときのわたしは、じつに爽快な気分にある。かつてないほどの爽快な気分にある。そうとも、こんな気分は生まれてはじめてだ。空気はすがすがしく、陽の光はまばゆく輝いている。一日のすべての瞬間が愛おしく感じられる。口に入れるものすべてがうまく（これはまずい徴候である）、耳にする音楽はすべて神々《こうごう》しく（病人にはこの特効薬だけ与えておけばよい）、生きていることに感謝せずにはいられない。自分が仕事にのめりこんでいくのがわかる。新たな発想が花開いていくのがわかる。かつてないほど、頭が冴えわたっていくのを感じる（ただし、同様の状況に陥れば誰もが同様の感覚を覚えるのだということと、それが来たるべき発作の前兆であるということに気づけるほどではない）。頭の冴えが最高潮に達すると、めまぐるしく回転する思考についていくのがやっとになる。眠ることも忘れ、手を休めることもなく、わたしは目に入る情報を片っ端から取りこんでいく。とつぜん意味をなしはじめた外国語の本を読みふけるかのごとく、とつぜん目の前に落ちてきたパズルを解くかのごとくに、この世のなかをひもといていく。

やがて、わたしのなかの小さな一部が、内なる司書がぽんと肩を叩き、耳もとにこうささやきかける。

「おまえがいまいるのは、単なる虚構の世界ではないのか。その結末を忘れてしまっただけではないのか」だが、わたしは耳を貸さない。詰め物に耳をふさがれたまま、うつろう〝気候〟に関する章を手当たりしだいに読み散らしていく。偏執病《パラノイア》、妄想、過食症、過剰な知識欲、自殺願望。そうしてついには、真っ白なページに行きあたる。

目が覚めると、グリーン・ヘイヴン病院で点滴のチューブにつながれている。優しげに微笑みかける主治医の顔を見あげて、また同じ失態が演じられたことを知る。それでもわたしは同じことを幾度も繰りかえす。結末からまた振りだしに戻ってはを永遠に繰りかえす、堂々めぐりの物語のように。むろん、細部には小さな変化が生まれる。何かに怯えて下着姿のまま家を飛びだしてみたり。小人の奇襲部隊（その正体はガールスカウトの一団であった）から逃げまどってみたり。雲を追ってサクラメントまでタクシーを飛ばさせたり。

そうしてついに、長い時を経て、大いなる進歩が生まれた。わたしは〝わからず屋〟であることをやめた。驕《おご》りたかぶることをやめた。わたしの（おそらくは卓越した）頭脳がなんの助けにもならないのであれば、現実にはそれこそが最大の敵であるならば、けっして敵うことのない相手であるならば、そんなものを珍重することにどんな意味があるだろう（記憶力に優れた方々のため補足しておくと、母がわたしについたふたつめにして最後の嘘は、この問題に関連するものであった。つまり、わたしの病はかならず治ると、母はわたしに言いきったのだ。このときも、母のポーカーフェイスには、母性の象徴である乳房にひしと掻き抱かれた手札の役がはっきりとあらわれていた。わたしがよくなることはない。本人の言い草を借りるなら、母の手には〝ブタ〟しか握られていなかったのだ）。

病に加えて、わたしから驕りを取り払った要因はもうひとつある。それは愛だ。フロイトの名言を借りるなら、〝愛はひとを謙虚にする。誰かを愛する人間は、いわば、自己愛の一部をそこに賭している〟のだ。しかし、それと同時に、〝恋に落ちた人間は大いなる狂気に取り憑かれる〟のもまた事実である。

そして、わたしが恋に落ちた女の名はモナ・ノートといった。

グリーン・ヘイヴン病院はわたしにとって第二のわが家となった。ある意味においては、母校でもあった。大学へ通う代わりに（ハーヴァード大への進学は断念せざるをえなかった）わたしは病院へ通い、学生としてではなく研究対象のひとりとして、知識の吸収に励んだ。わたしは多くを学んだ。ジャングルへおもむくことのできない植物学者が温室にこもって熱帯植物の権威となるかのごとく、さまざまな珍種を間近に眺めることで——常春の緑の安息地《グリーン・ヘイヴン》に安穏と生い茂る野生の蘭や、毒性を持つイヌホオズキ、かよわいスミレや、伸び放題の雑草、威勢のいいヒマワリ等を観察することで――多くの知識を蓄えていった。

個室内での一週間にわたる治療を終えて症状が安定し、共用スペースへの出入りが許されると、わたしは〝図書室〟に入りびたるようになる。この呼称を引用符で囲んだのは、その空間には書物も静寂も充分には備えられていないからだ。それでもその一室は、院内で最も居心地のいい場所だった。好きなだけテレビが見られるうえに、すばらしく広々としている。天井は高く、椅子はゆったりと大きい。フランス窓から吹きこむそよ風は甘いささやきをかけてくる。抗精神病薬のハロペリドールや電気ショック療法の影響で自分の名前すらわからなくなっていたとしても、ひとつ深呼吸をするだけで、頰を撫でる風のぬくもりを感じとるだけで、いまが春であることがわかる。すでに退屈はおぼえつつもいまだおぼろな意識のまま、その日もわたしはのろのろと図書室に向かった。だが結局、新しい本もチェスの好敵手も見つけることのできなかったわたしは、一週間まえのものであるはずの新聞を膝に載せたまま、まどろみの国へと迷いこんでいった。覚醒と睡眠のあいだを流れる、どんよりと濁った川。その澱《よど》みをたゆたいはじめた意識の前で、記憶に焼きついたさまざまな光景が岸辺に浮かびあがっては消えていく。電気ショック療法を終え、ストレッチャーに載せられたまま病室へ戻る際に通りすぎる廊下。脳に電流を流しこみ、再起動を促すための機材。ある者には薬となり、ある者には毒となる多くのもの――ウイスキーや、モルヒネや、愛――によく似た、あの責め苦。だが、そのときのわたしが感じていたのは安らぎだった。電流の嵐のあとに訪れる静けさだった。脳が長雨に洗われたかのような感覚だった。いやむしろ、両手でごしごしと揉み洗いされた脳を、ぎゅっと絞りあげられたかのような感覚だった。脳に電流を流されることで、ようやくわたしの意識は朦朧《もうろう》たる雲のなかに

――健全で愚かな人間たちが〝心の平安〟と呼ぶ状態に――到達することができたのだ。電気ショック療法を行なう際、医師や看護師たちは患者同士の鉢合わせを避けるべく細心の注意を払うものなのだが、ある日、わたしを乗せたストレッチャーの車輪がエレベーターのドアの溝にはまりこみ（わたしの巨体を移送するのは容易なことではない。病室には特別あつらえのベッドまでおさめられている）、治療室からの退去に遅れが生じた。するとそのとき、次の患者を乗せたストレッチャーがガラガラと廊下を進んでくる音と、その患者の発するわめき声とが聞こえてきた。猛り狂う声は女のものだった。両側から押さえこむ白衣の背中に阻まれて、女の顔を拝むことはできなかったが、狂気に満ちた絶叫がその口からほとばしりでた瞬間、片方の手がストレッチャーの端からすべりおちてきた。長くて、華奢で、先のほっそり尖った繊細な指。バイオリニストを思わせる指。その先端には真紅のマニキュアが塗られていた。

「あんなの嘘よ！」と女は叫んでいた。「何もかも作り話よ！　わたしはモナ・ノートじゃない！　ゼッドは死んでなんかいない！　お願い、誰か信じて！　あれは全部、でたらめよ！」

わたしは不意に目を覚ました。あるいは、混濁の淵より蘇った。あるいは、水面に浮上した。ぱっと目を開けると、ひとりの盗っ人がわたしの膝から新聞をくすねようとしていた。とっさにわたしは盗っ人の手首をつかんだ。折れそうに細い骨の感触が伝わってきた。真っ赤に染めあげられた爪が見えた。肉の削げおちた手首には、桃色の患者識別バンドが巻きつけられていた。たったいま夢のなかで目にした手がそこにあった。「ごめんなさい」手首の先につながった身体から、夢のなかとはまるで別人の声が聞こえてきた。夢のなかで耳にしたのは、あきらかに精神を病んだ人間の発する奇声、耳をつんざく金切り声だった。ところが、いま耳にしたのはそれとはまるで正反対の声だった。聡明で洗練された人間の発する、美しい調べのような、どこか楽しげな声だった。「クロスワードだけ抜きとらせてもらおうと思ったの。もしあなたが、居眠りを始めるまえに解き終えていなければ」

「ああ……いや、クロスワードを解くつもりはない。まだ頭に霧がかかっているものでね」

「それじゃ、手を放していただいてもいいかしら」

「おっと、これは失礼」名残《なごり》惜しさを感じつつ、わたしは女の手首を放した。「たんまり電流を流されたせいで、脳がまだ痺《しび》れているらしい。申しわけない」

「謝らないで」蝶《ちょう》のようにかすかに震える指で新聞をつまみとりながら、女は言った。「あなたがいまどんな状態なのかは、わたしにもよくわかるから。だからこそ、パズルを解いてみたいの。自分にどれだけの脳細胞が残されているかを見きわめるために」

「そういうことなら、是非ともお譲りしなくては」


女が感謝のしるしに微笑みかけてきた。いや、そんな気がしたが、はっきりとは断言できない。女の背後できらめく春の太陽のせいで、その顔はダイヤモンドのようなまばゆい光に包まれていた。女は小さく会釈《えしゃく》をしてから、テーブルへと引きかえしていった。その手に握られているのが鉛筆ではなくペンであることに気づいて、わたしは頬をゆるませた。そうとも、クロスワードに鉛筆を用いるなど、もってのほかだ。女は軽く顔をうつむけて唇を噛みしめ、垂れおちた黒髪をときおり掻きあげながら、問題を解き進めていった。わたしはその様子を見守りつつ、こっそりとタイムをはかりはじめた。椅子にもたれて半ば目を閉じながらも、ときおり目の端で振り子時計の針をとらえていた。女は美しい顔立ちをしていた。小さな顔に、大きな瞳をしていた。誰にともなく絶えず微笑みをたたえていようとも、なぜだか悲しげに見える瞳をしていた。最後の単語を書きいれると、女は小さな白い歯でペンの尻を嚙んだ。すべてを解き終えるのに要した時間は十分だった。それが何曜日のパズルなのかたしかめておくのは忘れたが、電気ショックから回復したばかりの若者としては、なかなか悪くないタイムだった。

「さてと……」女は椅子から立ちあがると、ドレスを着ているわけでもあるまいに、患者用ローブの皺を丁寧に撫でつけた。そして、完成したパズルをわたしにさしだしながら言った。「それで、タイムのほうは？」

わたしは思わず笑い声をあげた。女はわたしの行為に気づいていたのだ。「所要時間はおよそ十分。かなり上出来だ」

「ありがとう」女は子供のように無邪気な笑みを浮かべた。

わたしは片手をさしだした。「ところで、わたしはソーラー・ロンスキーだ」

一瞬の躊躇もなく、女はその可憐な手をわたしの獣じみたてのひらに重ねて言った。「お友だちになれて嬉しいわ。わたしはモナ・ノートよ」

恥を忍んで申しあげよう。寛大なる医師や、同業者の探偵、異分野の学者、ことによると遠い未来にこの調査記録を目にするやもしれぬすべての方々に。わたしの細胞が炭素へと還ったのちの未来に、知覚という名の短い冒険を終えて炭素となったのちの未来に、わたしの調査記録が地中より掘りだされて書物となったのちの未来に、いや、ひょっとすると書物などではなく、舌に載せるだけで情報を読みとることのできる小型チップとして世に出されたのちの未来に、ゼリー状の小球に乗って宇宙空間を漂いながら、小型チップを通してこの調査記録を目にするやもしれぬすべての方々に。その瞬間、わたしは恋に落ちた。笑止の沙汰であることは承知のうえだ。人並の社交性もなく、世捨て人のように外界との接触を断ったすえ、精神病院に収容されるほどの狂気に取り憑かれた老いぼれが恋だと？　愛らしい高級娼婦に振りおろされる外科用メスのような心を持つ（肥満体の）大男が恋だと？　しかし、恋とはそもそもが笑止の沙汰ではないのか。世間一般の定義によれば、どこまでも滑稽《こっけい》で無謀な行為ではないのか。男女の色恋を言いあらわすために、われわれ人間が案出することのできた分類はただふたつ。そのひとつめである悲劇的な愛、悲恋について、わたしがことさらに述べるべきことはない。しかし、残るひとつの喜劇的な愛、最後に実を結ぶ愛のほうはどうだろう。結婚式で踊るダンスのごとく、幸福と愉悦とに満ちあふれつつも、どこかおかしみのある愛。傍《はた》から眺める観客の目には、いくぶん滑稽に映る愛。当人ふたりの希望的観測のなかにおいてのみ、万雷の拍手と喝采が贈られている愛。ハッピーエンドを迎える恋とは、誰もが笑える笑い種の誕生にほかならない。つまり、このわたしは史上最大にして最もぶざまな笑い種にすぎないということだ。

では、わたしの愛する女はこちらをどのように思っていたのか。むろん、わたしが彼女を愛するように――熱に浮かされたように、ほかには何も考えられないほどに、肉食獣のように――あちらがわたしを愛していないことはたしかである。わたしはけっして魅力にあふれた男ではない。こんな図体をした薬漬けの男にとって、過剰な贅肉と、性欲を枯らす薬物とをたんまり身の内にためこんだ男にとって、肉欲だの性愛だのはとうてい無縁のものである。そして、モナがそれまで歩んできた短い人生のなかで大いなる愛を捧げた相手はただひとり、いまは亡き夫であった。

それでも、わたしはモナを愛した。たとえモナから愛されないとしても、嫌悪されていないことだけはたしかだった（本心を巧みに隠していたのでないかぎり）。モナは心の優しい女だった。そして、院内での様子を見るかぎりでは、間違いなく孤独な女だった。

モナは友を必要としていた。みずからの過去についても、こんなところへ来ることになった原因についても語ろうとはしなかったし、わたしも尋ねはしなかったが、噂はあちこちを飛び交っていた。出生が不明であること。悲劇的な死を遂げた著名な夫がいたこと。故《く》国《に》を追われたすえ、華やかな異国暮らしを送っていたこと。その後、お定まりの運命に陥ったこと。魂の飛翔のあとに訪れる精神の崩壊。手首を走る刃。全裸での絶叫。悪夢にうなされながらの救急搬送。精神安定剤がもたらすへつらいの微笑み。だが、そうした噂のすべては、もうひとりのモナにまつわるものだった。わたしの知るモナには関係のないことだった。われわれの友情は院内に小さなオアシスをつくりだした。〝緑の安息地〟の娯楽室にぽっかりと浮かぶ小島をつくりだした。その小島で、わたしはモナにチェスの手ほどきをした。モナはロンドンやパリやローマで目にしたという絵画や建造物や演劇の思い出を語った。クレヨンでわたしの肖像画を描いてもくれた。

やがて、その日がやってきた。主治医からわたしに退院の許可がくだされたのだ。家へ帰ることがためわれたのはそれがはじめてだった。自分の書斎へ、自分の仕事へ、書物の世界へ、母のもとへ帰ることが、まるで喜びに感じられなかった。

時が過ぎれば、記憶は色褪せていく。むろん、わたしではなく、モナのほうの記憶である。フロイトの言葉にあるように、無意識の世界に時の経過は存在しない。過去に経験した出来事は、いまも変わらずそこにある。わたしの心のなかでも、時間はとまったままだった。わたしの心の美術館において、時計の針はつねに真夜中をさしていた。わたしは無人の展示室をひとり歩きまわりながら、貴重な展示物の見張りと警護を続けていた。ここには、モナの髪の香り。ここには、黒い斑点をちりばめたエメラルドのような瞳。ここには、透きとおった皮膚のなかで動く、小鳥のような手の骨格。ここには、前触れもなくほとばしる笑い声。ぷつりと途絶えては微笑みへと変わる、あの奔放な笑い声。隣の歯の陰に隠れるように一本だけ曲がった前歯。薄手のカーディガンに骨の浮かぶ細い肩。月経が近づくと、なめらかな額ににわかに吹きだしはじめた、星座のような五つのニキビ。日が暮れたあとにトランプをするときの声。おやすみと手を振るときに見える、長い指と乾いたてのひら。退院の日にそっと頬に触れてきた、柔らかな唇の感触。そうしたすべてを、わたしは後世のために保存しつづけていた。この世にただひとつの鍵——モナとわたしだけが隠し場所を知る鍵——でしか開かない蔵のなかに、そのすべてをしまいこんでいた。そんなある晩、自宅の呼び鈴が鳴った。

起きている人間はほかにいなかった。普段ならそんなことをしようとは思いもしなかったはずだが、この日はなぜだか足が動いた。みずから玄関までおもむいて、のぞき窓をのぞきこんだ。そこにいたのはモナだった。服装は乱れ、表情はひどく怯えていた。髪はぼさぼさに乱れ、目から唇の端にかけて黒い涙の跡が走っていた。わたしは慌てて扉を開いた。

「どうした、モナ。何があったんだ?」

「わたしはモナじゃないわ。その名前で呼ばないで」

モナはそうささやいた。エレベーターの前で耳にした、あの別人の甲高い声で。夢のなかで耳にした、あのひどくざらついた狂人の声で。

「どういうことだ? 何があったのだ? いや、とにかくなかに入りたまえ」

モナはその場から動こうとしなかった。わたしが家の外を恐れるのと同様に、最悪の病状にあるときのモナは家のなかに閉じこめられることを嫌う。そして、その晩のモナがそうだった。わが家の敷居をまたぐことをかたくなに拒んだ。恐怖に引き攣った顔で首を振りながら、わたしの両手を握りしめた。潔《いさぎよ》く認めよう。その瞬間に、わたしの胸がどれほど高鳴ったことか。あの初日に交わした握手と、頬に軽く触れたさよならのキスを除いて、モナと肌が触れあったことは一度もなかったからだ。

しかし、湿りけを帯びた温かなてのひらがわたしの心を天高く舞いあがらせた直後、モナの口から語られた言葉はその翼をぽきりと折った。わたしの愛する女はあきらかに正気を失っていた。かちかちと歯を鳴らしながら、荒唐無稽な話をまくしたてはじめた。自分の名前はモナではない。やむをえずモナのふりをさせられてきただけだ。周到に練りあげられた策略によって。その黒幕には、自分の夫も、主治医（わたしの主治医でもあるドクター・パーカー）も含まれる。それから、どこかで聞いたような名前をしたあの大物映画監督、バック・ノーマンも。シナリオを書いているのはあの男だ。憐れな偏執病患者を主人公にして、著名人の愛憎を盛りこんだこのシナリオを書いているのはあの監督だ。それからモナは、何年もまえに死んだとされる夫が生きているとまで言いだした。途方もない財宝とともに、山中に隠れ住んでいるのだと。話題が夫に移るなり、モナの息遣いが異常に荒くなっていった。握りしめられた手の肉に爪が食いこんでくるのを、歓喜の象徴であった手から徐々に感覚が失われていくのを感じた。

だから病院を脱走してきたのだと、モナは続けた。偽りの名前と経歴は捨てて、これからは自由に生きたいのだと。そこで、あなたにお願いがある。いますぐわたしとラスヴェガスへ発って、わたしをあなたの妻に、ミセス・ロンスキーにしてもらえないか（たったいま、夫はまだ生きていると、つまり、自分はまだ人妻だと訴えたこととの矛盾点には、おそらく思い至っていないらしい）。あなたがわたしを愛してくれていたことは知っている。ひょっとしたら、その思いはまだ変わっていないかもしれない。わたしのほうはあなたを愛してはいないけれど、尊敬しているし、信頼もしている。世界じゅうのどんな男もあなたにはかなわないと思っている。自分はきっといい妻になる……

モナはそう言ってポーチに膝をつき、わたしの股間に向かってすすり泣きはじめた。わたしの手に口づけし、スリッパに包まれた足に平伏《ひれふ》した。わたしにはとても耐えられなかった。空気のように軽いモナの身体を抱きあげ、その頬に口づけて言った。こんなことをする必要はない。わたしに恩義を感じる必要もない。礼を言う必要すらない。わたしの心はきみのものだからだ。わたしの所有するものはすべてきみのものだからだ。きみの望むものなら、なんでも捧げよう。ましてやわたしの名前など、そんなたやすい贈り物ならなおさらだ。さあ、いますぐここを発とう。

居間へ戻り、電話でタクシーを呼んだ（わたしは自分で運転ができない。ちなみに、飛行機に乗ったことも、ラスヴェガスへ行ったこともない）。バック・ノーマンに見つかるまいと、手すりと灌木の茂みに身を伏せるモナをポーチに残して、手早く身支度を整えた。コートにマフラー、帽子、傘、手袋。できることならなんらかの擬装をほどこしたかったが、その衝動をかろうじて抑えこんだ。扉の脇にうずくまるモナのもとへ戻り、近づいてくるヘッドライトを見つめながら、愛だけが生みだすことのできる勇気を奮い起こして、扉を閉じた。そして花嫁の手を取り、未知なる新世界へと足を踏みだした。

だが、しかし。やってきたのはタクシーではなく警察だった。心理学的分析力や読解力はわたしにおよばないとしても、ドクター・パーカーとてけっしてばかではない。モナが消えたとの報告を受けて、病室に残された私物を調べるうちに、わたしから一方的に送られた手紙の束を見つけて、わたしたちの育んでいた友情を思いだし、警察に応援を要請したのだ。そこにはちょっとした乱闘が発生した。あんなにも小さな身体で、モナは必死の抵抗を試みた。取り押さえようとする警官の腕に嚙みつき、顔を引っ掻いた。モナを守りたい一心で、わたしもわれ知らず地面を蹴っていた。ところが、手袋をはめたこぶしで警官ふたりを地面に殴り倒した直後には、警棒に膝を叩かれて舗道にくずおれていた。力ばかりをありあまらせたオスのセイウチが陸にあがって身動きできなくなるかのごとく、コートと手袋とやけに長いマフラーをからませながら、衝撃で開いた傘に視界をさえぎられたまま、わたしは舗道の上でじたばたともがきつづけていた。やがて、応援の警官と救急車が到着した。そして、モナを連れ去っていった。その後、公的な書類を何通か呈示することで、わたしが精神を病んでいることを警官に納得させた母により、わたしは家のなかへ引きずりもどされた。

恥を忍んで打ちあけよう。この一件ののち、わたしは医学用語で言うところの〝代償不全〟に陥った。つまりは、心の防衛機制を維持できなくなった。わたしはまず、薬を断った。それから暴食を再開した。最愛の女《ひと》を救いだすためには、全力でことにあたる必要がある。わたしは一睡もすることなく、フライドチキンやアイスサンデー、レバーペーストを塗ったトーストをむさぼりながら、モナの語った話の裏づけ作業にいそしんだ。その結果、バック・ノーマンのセキュリティー・コンサルタントから送りかえされてきた何通もの抗議書と、ドクター・パーカーの自宅へ深夜にたびたび電話をかけては怒号を浴びせる日々を経て、関係者全員の安全と正気のため、モナをも含む全員を対象とした接近禁止命令が母の同意のもとでくだされた。

しかるに先週、ある調査の依頼が舞いこんできたことは少なからぬ驚きであった。かつての友人にして同僚、いまでは主治医にして宿敵でもあるドクター・パーカーが電話をかけてきて、こう言ったのだ。またモナが姿を消した。何か連絡はなかったか。連絡はないとわたしが答えると、パーカーはこう続けた。モナには自傷行為に走る恐れがある。一刻も早く彼女を探しだすため、わたしの持てる能力を発揮してはもらえまいか。

じつを言うなら、わたしにはふたつの腹づもりがあった。これまでの言動にかんがみるに、モナが自殺をはかるとは思えない。死に急ぐどころか、モナは心底生きたがっていた。いかに屈折していようと、いかにねじくれていようと、いかなる欠陥があろうと、モナを駆りたてる衝動の矛先は〝生〟へと向いていた。他人の目にどう映ろうと、モナは生き延びるために逃げているのだ。モナの死あるいは監禁、あるいはその両方を望んでいるのは、モナが言うところの〝黒幕〟のほうだ。わたしとて、グリーン・ヘイヴン病院に――進んでモナが嫌悪し、墓場のように感じていた場所に――モナを連れもどしたいわけではない。しかし、たとえ偽りの婚約者であろうとも、偽りの医学者であろうとも、あらんかぎりの手立てを講じてモナの身の安全を確保する義務がわたしにはある。モナが誰かの助けなしに生きていけないことはあきらかなのだから。わたしは依頼を引きうけた。ただし、最終目標はモナを探しだすことのほかにもうひとつあった。さらなる調査を進めて、かならずや真相を突きとめること。つまりは、自分の愛する女が何者であるのかを突きとめることである。

32

短期アルバイトの求職情報を眺めていたとき、ロンスキーの母、ロズ・ロンスキーから電話がかかってきた。韓国人街での例の騒動があってから、もうすぐ一週間になろうとしていた。その間にしたことといえば、職探しとララからの連絡待ちだけだったが、どちらの行為にも身が入らず、さしたる結果も得られていなかった。ララがいまどこにいるのかも、誰といるのかも皆目わからなかった。このころになると、知らないほうがいいのではないかという気もしはじめていた。

ロズは電話口でぼくにこう語った。ソーラーは快方に向かっている。まだ病院にはいるが、面会を受けられる程度に状態は安定しており、ぼくに会いたいと言っている。ぼくの躊躇を察知して、ロズはさらにこう続けた。入院中の息子が誰かに会いたがるのは、あなたがはじめてだ。ぼくはわかったとロズに答えた。カレンダーを埋める予定などどうせひとつもなかった。病的な好奇心と、罪悪感から来る同情とを、同時におぼえてもいた。

ロンスキーに面会するため、ぼくは一路、パサデナへ向かった。〝緑の安息地〟を意味するその名のとおり、グリーン・ヘイヴン病院は白いフェンスと広大な芝地の奥にひっそりとたたずんでいた。長い私道を進んでいくと、まずは、奴隷農場主のお屋敷を模したらしい建物が見えてくる。表玄関の両脇を円柱が囲い、そのてっぺんには凝った彫刻がほどこされている。さらに私道を進んでいくと、ひと目で病棟とわかる比較的新しい建物が見えてきたが、糸杉の木立がその周囲を風雅に取りかこんでおり、裏手には大きな駐車場が備えられていた。総じておぼえた印象としては、そう悪い場所でもなさそうだった。受付にいた看護師はふくよかで愛らしい顔立ちをしており、応対も丁寧で、芝生の上を自由に歩きまわる患者たちの姿も見えた。案内された部屋には、書物をいっぱいに詰めこんだ本棚から種々さまざまなボードゲームまで取り揃っており、ブラインドの隙間から心地よいそよ風が吹きこんでいた。自分でも入院したいくらいだったが、ぼくにここの入院費がまかなえるとも思えなかった。

ひさしぶりに顔を合わせたロンスキーの様子にもほっとした。戸口の脇でゴシップ誌を広げている看護師にうなずきかけながら颯爽と部屋に入ってくるなり、ロンスキーはぼくを見とめて笑みを浮かべた。そのいでたちにしても、シンプルな麻のスーツに白いシャツと淡黄色の蝶ネクタイ、淡黄色の靴下に薄茶色の革のスリッパという、入院患者とは思えない装いをしていた。ロンスキーは厳めしい面持ちでぼくの手を握ると、ふたつ並んだ肘掛け椅子を指し示した。ぼくがそこにすわるのを見届けてから、折り目をつけたスラックスの膝をつまみあげつつ、もう一方の椅子に尻を沈めた。あいだに据えられた小卓の上には、例の書斎で目にしたチェス盤が載せられていた。

「ああ、これか。母が自宅からさしいれてくれてな」

ぼくの視線に気づいたのだろう。ロンスキーは言って、にやりとした。「誰かと一戦まじえたくて仕方なかったのだが、張りあいのある人間がいなくてな。きみが来てくれて助かった」

「あの、ぼくはそんなことをするためにここへ来たわけじゃ――」

「今日はむざむざ負けはせんぞ」ロンスキーは大声でぼくの言葉をさえぎると、ぐっと顔を近づけて、声をひそめた。「ここでの会話は外に漏れる可能性がある。声量を落として、どれでもいいから駒を動かせ」

ぼくは戸口を振りかえった。頭を掻いていた看護師が、ため息まじりに雑誌のページをめくる姿が見えた。

「わかりました」ぼくは言って、左端のポーンをひとマス前に進めた。

ロンスキーは憂い顔で首を振った。「なんだ、その手は。もっと自信を持て、コーンバーグ。自分を非力だと思いこむのは間違っている。きみは自分にやれるだけのことをした。彼女が死んだのはきみのせいではない」それから肩をすくめて、こう付け足した。「そのポーンが、奥方との離別によってしなびてしまった男根の象徴だというなら話はべつだが」

「ぼくのムスコなら至って元気です。石のようにカチカチだ。妻が家を出ていったことは事実ですがね」

「ならば、わたしと同様のわびしい独り身ということだな」盤からナイトをつまみあげ、ポーンを飛び越して前線へと進めながら、ロンスキーは言った。「探偵にとっては、仕事こそが唯一のなぐさめだ」

「ぼくは探偵じゃ――」

「しっ」立てたひとさし指を小さく振って、ロンスキーは言った。「さあ、きみの番だ」

反骨心から、男根の象徴と腐されたポーンをさらにひとマス進めながら、ぼくは言った。「とにかく、ぼくは探偵じゃありません。それに、事件はすでに幕を閉じたはずです」

「いま述べられた発言は、いずれも事実に反する。たしかに、きみは未熟だ。初仕事がさんざんな結果に終わりもした。取りかえしのつかない結果にだ。それでもなお、わたしにとってはきみだけが頼みの綱だ。まあ、ほかに選択肢もないわけだが」もう一方のナイトをつまみあげ、相棒の待つ前線へと送りだしながら、ロンスキーは言った。

「ついさっき、あれはぼくのせいじゃないと言っていたじゃないですか。だいいち、ラモーナに……いや、モナ・ノートに自殺癖があるなんて、ぼくはまるで知らされていなかった」

「だからこそ、〝さんざんな結果に終わった〟というナイトを前へと進めながら、ぼくは言った。「立ちいったことを訊いてすみません。そんなこととは思いもしなかった。でも、いくらあなたでも、みずから死にたがる人間を守ってやることはできませんよ。あれは自殺だった。検死官も事件性はないとの結論をくだしたわけですから」

「きみの言うことにも一理はあるのだろう。じつに陳腐なセリフではあるがな。加えて、的はずれな発言でもある。あれは自殺などではない。ゆえに、事件性はさらに深まった。殺人事件へと発展してしまったのだからな」

「そんなばかな……ぼくはあの現場にいたんですよ。この目でしっかり――」自分が声を荒らげていることに気づいて、ぼくははたと言葉を切り、ロンスキーのほうへ身を乗りだしながら、こう続けた。「ぼくはこの目でしっかり見たんです。モナが身投げするところを」

言い方をしたのだ。つまり、ミスを犯したのはきみではない。致命的なミスを犯したのは、このわたしだ」真正面からぼくの目を見すえて、ロンスキーは言った。

「わたしはみずからを同時代における最も優秀な探偵のひとりと自負しているが、そのわたしですら、生涯でただひとり愛した女を救うことはあたわなかった。さあ、きみの番だ」

「愛した女？　まさか、そんなことは……あなたがたが知りあいだとは思いもしていませんでした」木陰でラモーナを抱きしめる自分の姿が脳裡に蘇った。薄暗がりのなか、パンティーを引きはがしたときの記憶も。波打つばかりの海面に目をこらしたときの記憶も。

「……つまり、彼女はあなたの恋人だったということで？」

「世俗的意味あいにおける結びつきはいっさいなかった。だが、わたしが彼女を愛していたことは事実だ」

ビショップを持ちあげかけたところで気が変わり、

「気を悪くしないでもらいたいのだが、わたしには、きみの目が信頼に足るものだとはとても思えんのだ」

「へえ？　それならこっちも言わせてもらいますが、あなたのほうこそ、最後にその目を見開いて、まわりを見まわしてみたのはいつのことですか。自分がいまどこにいるかはご存じですか。自分が何を話しているのかもよくわかっちゃいない人間が収容される場所なんですがね？」

さもおかしげに忍び笑いながら、ロンスキーは言った。「いいぞ、コーンバーグ。こういう陰気な場所に閉じこめられた者にとって、ユーモアは一服の清涼剤、いや薬のようなものだからな。ユーモアを備えた人間は助手としておおむね大歓迎だ。ただし、節度ある範囲でなければならん。その点だけ理解してもらったところで、話を進めよう。わたしと同様、モナが精神を病んでいたのは事実だ。だが、わたしの知るかぎり、モナが断じて身投げなどできないことも事実なのだ。広場恐怖症《アゴラフォビア》を患うわたしがみずから彼女の警護にあたることがどうしてもできなかったのと同様に、モナも重度の恐怖症を患っていたのだよ」

「蜘蛛恐怖症《アラクノフォビア》ですか？」

「いいや、コーンバーグ。高所恐怖症《アクロフォビア》だ。モナは死ぬほど高所を恐れていたのだ。崖の上に迫りだしたバルコニーだと？　そんなところには足を踏みいれることすらできなかったはずだ。たとえ、どんなに月を眺めたくともな」

それだけ言うと、ロンスキーは肘掛けをつかんで、大儀そうに身体を起こしはじめた。「すまんが、これで失礼する。薬の時間なのでな。報酬は母のほうから受けとってくれたまえ。まずは、被害者の身上調書をまとめることから取りかかるといいだろう。作家らしく表現したいというのなら、伝記と呼んでくれてもかまわん。要は被害者の生いたちだ」言いながら、ロンスキーは指揮棒のようにひとさし指を揺らしはじめた。

「被害者が殺された理由は、その過去に埋もれている。ならば、それを掘り起こさねばなるまい」

使いこまれたキャッチャー・ミットさながらに、皺とひび割れと染みとに覆われた巨大な手がさしだされた。そこに重ねた手を優しく握りかえされると、なんだか、ダンスの申しいれにはじめて応じた少女のような気持ちにさせられた。

「この事件にわたしの個人的感情がからんでいたのはたしかだ。わたしの患う病も考えあわせれば、それが判断力を鈍らせることもたしかにあったろう。だが、愛する者がすでにこの世を去ったいま、ひとりの探偵としてこれだけは言える」巨大な手の重みをぼくの両肩にずっしりと負わせながら、ロンスキーはこう告げた。「われわれの監視下にあった女が殺されたのだ、コーンバーグ。このまま捨て置くようなことをしては、沽券《こけん》に関わるというものだろう」

33

面会室を出て廊下を引きかえし、受付デスクの前にさしかかったとき、愛らしい顔立ちをしたさきほどの看護師に呼びとめられた。もしお時間が許すなら、ドクター・パーカーがお会いしたいと言っている。看護師はぼくの先に立って静まりかえった廊下を進み、白い木の扉の前で立ちどまると、うやうやしくそれをノックしてから、なかへ入れと目配せをよこした。扉の向こうには、広々とした空間が開けていた。高い天井。壁を埋めつくす書物。大理石の暖炉に、東洋ふうの大きな絨毯。事情聴取の際にちらりと見かけたおぼえのある人物が、部屋の奥に立っていた。ばかでかい机の向こう、庭園に臨むフランス窓の前に立って、みずからの領地の安寧を眺めやっていた。

「ああ、これはどうも」パーカーはぼくを振りかえり、眼鏡をかけながら、机の上に広げた書類を見おろした。

「ミスター……クローネンバーグ」

「いや、コーンバーグです」ぼくは片手をさしだしたまま、行進を開始した。看護師が扉を閉める音が背後に聞こえた。相手の居場所にたどりつくまで、その容姿を観察する時間はたっぷりとれた。パーカーはウェーブのかかった白髪まじりの髪を秀でた額から後ろに梳《と》かしつけ、テニス・プレーヤーを思わせるきれいに陽焼けした肌をしていた。スーツとネクタイの上に白衣をまとい、白い歯を輝かせていた。机の向こうから腕を伸ばしてぼくの手を握りかえしたとき、金色のロレックスが手首にのぞいた。自分は高い背もたれのついた革製の回転椅子にゆったりと沈みこみながら、ひとまわり小ぶりな詰め物入りの椅子をぼくに勧めて、パーカーは言った。

「どうもご足労をおかけしまして」

「いいえ、とんでもない」

「面会客にお会いすることなどめったにない。じつに異例のことではありますが、なにぶん、ソーラーは異例尽くしの患者なものでしてね」

「わかります」とは応じたが、ぼくにはまるでわけがわからなかった。この男の狙いはいったいなんなのだろう。

パーカーはおもむろに眼鏡をはずし、ため息を吐きだしながら、こう続けた。「患者を亡くすのは、いつだってつらいものです。ことに、モナの死は悲劇そのものだ。これほど胸の痛むことはない。生涯、わたしがモナの死を忘れることはないでしょう。しかし、それ以上に留意しなければならない点がある。ソーラーにとっても、モナが特別な存在であったということです。ご存じのとおり、わたしはソーラーの主治医でもあるわけですからな。もっとも、ソーラーのほうはそのことをたびたび失念してしまうようだが。ソーラーはたしかに頭が切れる。しかし、あくまでも病人であり、今回の一件に関してはことさらに客観的な判断を欠いている」パーカーはそう言うと、半ば懇願するかのような、半ば咎めるかのようなまなざしで、真正面からぼくの目を見すえた。「モナはみずから命を絶った。あなたはそのことを誰よりよくご存じのはずだ」

「ええ、そのとおりです」とぼくは応じた。

「モナはまだ若く、美しく、聡明でもあったが、心に深い傷を負ってもいた。躁の高みから、鬱の奈落へと突き落とされていくことも、ままあった。自殺を試みたのは、これがはじめてではない。そのことをソーラーが知っているかどうかはわかりませんがね」

「それなら、なぜぼくにその話を?」

「モナの妄想をこのままソーラーが信じこんでいたら、それをみずからの妄想に取りこみ、悲しみに翻弄されつづけていたら、その先にはゆゆしき結末が、病状のさらなる悪化が、下手をすれば完全なる精神崩壊が待ちうけているものと予想されるからです。だからこそ、彼の主治医としてのみならず、友人としてもあなたにお願いしたい。どうか、ソーラーを刺激することだけは、症状を悪化させることだけは控えていただけないか。モナが殺されたのではないということを、本当はソーラーもわかっているはずです。いわば、自責の念に衝き動かされているだけなのです。そうした衝動は、あなたにもご理解いただけるでしょう」打って変わった悲しみの色を浮かべながら、パーカーはぼくの目をのぞきこんだ。「しかし、モナが幼少期や結婚生活で負った傷、みずから内に宿していた魔物に関して、われわれがしてやれることは何ひとつなかった。それが現実です。ご理解いただけますかな?」

「ええ、もちろんです」椅子から立ちあがって片手をさしだすと、パーカーは両手でそれを握りかえしてきた。そのぬくもりを感じながら、ぼくはさりげなくこう切りだした。「それはそうと、たったいま〝結婚生活〟とおっしゃいましたね。彼女に夫がいたとは知らなかったな。その方はいまどちらに？」

「おや、ご存じありませんでしたか。モナの夫は、前衛映画の鬼才として知られた人物だったのですが、彼女の目の前で頭を撃ちぬいて亡くなったんです」

34

ぼくは事件の調査を引きうけることにした。理由は何か。ひとつには、好奇心。それから、おそらくは自責の念だ。ぼくには、自分のせいで彼女が死んだような気がしてならなかった。そんなわけもないのに。ぼくがモナに何をしてやれたというのか。加えて、ロンスキーに対しても申しわけなさを感じていた。助手として与えられた最初にして唯一の任務において、何も知らなかったとはいえ、背信行為におよんでしまったのだから。モナが訴え、ロンスキーが信じこんだ話がまったくの戯言《たわごと》であることはわかっていた。狂人がふたりで奏でた恋唄にすぎないことはわかっていた。それでも、ぼくにできることがあるなら、力を貸してやらねばならない気がした。それが、もう少しだけ駄法《だぼ》螺《ら》につきあってやることだけだとしても。

次なる理由は、おそらく、現実からの逃避だ。自分ではどうすることもできないさまざまな問題。みずからの抱える未解決の問題。完全なる混沌に呑みこまれ、複雑に込みいってしまった自分の人生。そうした現実から他人の妄想の世界へ逃げこむことで、少しでも気をまぎらわせたかったのかもしれない。

そして何よりの理由は、この仕事を手放すわけにはいかないということだった。気のたしかな人間は、誰ひとりとしてぼくを雇いたがらないようなのだから。

35

調査の第一歩に訪れたのは、おなじみのレンタルビデオ店だった。まずはマイロから情報を収集しようと考えたのだ。

「ゼッド・ノート？」眉根を寄せて腋を掻きはじめたマイロは、Tシャツに空いた小さな穴に気づくと、それをいじくりながら黙考を続けた。店内放送用のテレビ画面には、《サリヴァンの旅》の一場面が映しだされていた。しばらくすると、ピクサーのアニメ映画を山と抱え、小さな子供を後ろにしたがえた男がふらふらとカウンターに近づいてきた。

「ちょっと待ってくださいよ。ゼッド・ノート……ゼッド・ノートか……」男にひとこと声をかけ、陶然と指のにおいを嗅ぎながら、マイロはさらに思案を重ねつづけた。そのとき、傍らに立っていた子供がカウンターに積みあげられた返却済みのDVDの山を叩《はた》きおとした。男はため息まじりに腰を屈めて、それを拾いあげはじめた。

「自分で頭を撃ちぬいたって話なんだが」ぼくは説明を補足した。

とたんにマイロが指を打ち鳴らした。「ああ！　ゼッド・ノートか！」

「何か思いだしたか？」

「ああ、《ラドブローク・グローヴ》だ」そうひとこと言い置いて、マイロは奥の倉庫へ駆けこんでいった。

「おい、ちょっと。これを借りていきたいんだがね？」男がたまりかねて声を張りあげた。

「はいはい、ちゃんと順番に応対しますよ」素気ない返答が倉庫の奥から聞こえてきた。その直後、くすくすと笑い声をあげながら、子供がふたたびDVDの山をなぎ倒した。自分を助けるなり、殺すなりしてくれと言わんばかりに、男はすがるようなまなざしをぼくに向けてきた。仕方なく傍らにしゃがみこみ、散らばったDVDを掻き集め終えたところで、マイロが倉庫から戻ってきた。

「だめだ。なかった。あの作品は市場に出まわっていないらしい。うちにあるのはこいつだけだ」言いながらさしだしてきたのは、VHSのビデオテープだった。ぼろぼろに擦り切れたカバーには、大きな乳房に悪魔の目、蛇のような舌をして、髪をブロンドに脱色した女のイラストが描かれていた。タイトルは《淫魔！》というらしい。監督はゼッド・ノート、脚本はゼッドとモナ・ノートとのこと。それから、〝バイセクシャルのホットな女たちがあなたの魂を吸いつくす！〟との（たいがいが期待を裏切られる）キャッチコピーも添えられていた。

「それ以上のことが知りたけりゃ……」戸惑い顔で聞

き耳を立てる客を尻目にして、マイロは内階段のほうへ顎をしゃくりながら、こう続けた。「二階の爺さんに頼んでみるこったな」

ジェリーの営む店を第二のわが家としているにもかかわらず、二階の私室に足を踏みいれたことはこれまで一度もなかった。そのうえ、ひと皿のスープを所望するたびに手にした杖を床に振りおろしつづけてきた病める王は、長きにわたる姿なき治世を通して神秘のオーラをまとうようになっており、夕方以降の謁見を許されたとマイロから聞かされるなり、高鳴る鼓動を抑えきれなかった。

通された居間には、趣味のよさと老廃とが雑然と入りまじっていた。たしかな美的感覚と持病とを併せ持つゲイにして、アッパーミドルクラスの知的な老人が同じ場所に三十年も暮らしつづけていると、こういう状況になるのだろう。一方の壁には、書物にレコード、DVDにCDから成るさまざまなジャンルの文化遺産が根を張りひろげていた。隣の壁際に据えられた金属製のキャビネットにはフィルム缶がぎっしりと詰めこまれており、その片隅に十六ミリフィルム用の映写機がぽつんと一台、布で覆われた未来派の彫刻のようなシルエットを浮かびあがらせている。その背景では、油絵やデッサン画、額におさめられた写真がひしめきあい、目もくらむほどの発色をなしていたのだろう真紅とゴールドとスカイブルーに塗られた壁はいま、ところどころで塗料が剝げつつも、長い歳月を経て熟成した古色蒼然《こしょくそうぜん》たる色あいを見せている。かつてはモダンと呼ぶにふさわしかったのだろう家具は、いずれも古ぼけ、色褪せて、そこかしこに傷みも目立つ。完全に閉めきられたカーテンは、永遠に日光を遮断しつづけている。

「ちょっと待ってろよ」マイロはそれだけ言い置くと、ぼくをソファーに残して姿を消したまま、なかなか戻ってこなかった。そのうち、壁の向こうから犬の吠え声が聞こえてきた。続いてどこか遠くから、耳慣れた杖の音が響きだした。雄々しい足どりで近づいてくる種馬の足音さながらに、その音がしだいに音量を増していった。そこに等間隔の呼吸音が重なって、こちらも徐々に音程と音量とを増していった。しばらくして、扉が開いた。小型の酸素ボンベを手にさげたマイロがまずは姿をあらわし、そのすぐ後ろから、透明なプラスチックの酸素マスクをつけたジェリーが二本の杖にもたれかかりながら部屋に入ってきた。トイプードルのピーチェスが小走りにそのあとを追った。

ぼくはソファーから立ちあがって片手をさしだした。ジェリーはそれを無視して歩きつづけた。部屋の奥に据えられた革製の肘掛け椅子に、ひたすら意識を集中しているようだった。久しぶりに目にするジェリーは、予想していたほど老いさらばえてもいなければ、痩せこけてもいなかった。ただ、いくぶん身長が縮んだような、全体がひとまわり小さくなったような気がした。時の流れに肉や骨を熔かされたすえ、大昔の子供の姿に戻ってしまったかのように感じられた。ぼくは目の前をそろそろと通りすぎていくジェリーの姿を見守りつづけた。白髪《はくはつ》の雲のなかに頭蓋骨が浮かんでいた。前歯と眼球の白と青とが、異様に飛びだして見えた。青い血管の浮きでた手はかすかに震えていた。指にはおびただしい数の指輪がはめられていた。ぼくの存在に気づいたそぶりはいっさい見せなかったが、今夜の訪問に備えて身支度を整えていたことはあきらかだった。青いシャツに白のスラックスを合わせ、首に黒のネッカチーフまで巻くというめかしようだった。ジェリーがゆっくりと肘掛け椅子に腰をおろすのを待って、ピーチェスがその膝に跳び乗った。脇テーブルの上には、水差しと、グラスと、発作時用の吸入器の用意がすでに整えられていた。

マイロがジェリーの耳もとに口を寄せ、ぼくを指さしながら大声で言った。「サムのやつが、ゼッド・ノートのことを知りたいんだとさ！　ゼッド・ノートだ！　わかるかい？」

しなびた手がゆらりと宙にあがった。ぼくは慌ててソファーから起きあがり、握手に応じようと腕を伸ばした。だが、ジェリーはふたたびぼくを無視して、嵐のさなかの小枝みたいに腕を震わせながら、吸入器を指さした。マイロが酸素マスクをはずしてやってから吸入器を手渡すと、ジェリーは深々と薬剤を吸いこんで、長いため息を吐きだし、さしだされた水をゆっくりとすすってから、グラスをそっと脇テーブルに戻した。そのあとようやく、きらめく瞳をソファーのほうへ向けて、ぼくがいることに驚きでもしたかのように目を見開いたかと思うと、死神のような笑みをにやりと浮かべ、耳を疑うほどの矍鑠《かくしゃく》たる声でしゃべりだした。

「ゼッド・ノート。本名はヨハネス・ザカリー・ノートン。一九五〇年、ドイツのバイエルンに駐留中の英国陸軍将校と、その地に暮らす下等貴族の娘とのあいだに生を受けた。ロンドンのスレイド美術学校で油絵を学んでいたころ、中古の十六ミリカメラを手に入れ、短篇映画を撮りはじめる。まあ、映画といっても、ミュージックビデオに毛の生えた程度のものだったらしい。無名のロックバンドを写したフィルムに絵を描きこんだり、引っ掻き傷やら焼け焦げやらを加えたりしておったとか。それに、当時使っていたのは無声フィルムであったから、上映の際には映像に合わせてレコードをまわしつづけなきゃならんかったという話だ。しかし、のちに手がけた処女長篇作品は格段に大がかりな野心作だった。それが《ラドブローク・グローヴ》だ。モノクロのトーキー映画で、上映時間は四時間にもおよぶ。メインキャストは女がふたりに、男がひとり。演じた役者はいずれも、音楽業界や美術界の底辺で飯を食う三流どころの芸術家気どりだった。物語の舞台は、ロンドンの雑然とした地区に建つ荒れ果てた一軒家。だがあいにく、麻薬商人から資金提供を受けたことが原因で、《ラドブローク・グローヴ》のネガフィルムは脱税容疑の証拠物件として警察に押収され、プロデューサーまで逮捕される始末となった。だが、主演女優の片割れであるマクシーン・パディントン、パンク・フリークのあいだで知らぬ者はなかったというヘアデザイナーなんだが、その女が薬物の過剰摂取により死亡したことで、《ラドブローク・グローヴ》は一躍、世間の話題をさらうこととなった。もうひとりの主演女優はデモニカ・ユターフロスという名の元モデルで、おまえさんらもひょっとして聞き覚えがあるかもしれんが、精液《スカム》ってバンドでボーカルをつとめ、のちに腐乱死体《ピュートリッド・コープス》ってバンドのディック・〝真菌〟・ファンガスと結婚した女だ」

「なるほど……」車に手帳を忘れてきたことにいまさら気づきながら、ぼくはひとまず相槌《あいづち》を打った。

「《ラドブローク・グローヴ》が公式上映されることはついぞ叶わなかったが、ゼッド・ノートは、七〇年代後半から八〇年代前半にかけてロンドンを中心に興隆しはじめたポストパンクやプレインダストリアル・ハウスの信奉者から絶大な支持を集めてな。それを受けてか、パリやベルリンの社交界にまで交流を広め、ついにはそのベルリンにて、次なる大作《6×4》の撮影に臨んだ。この作品は、一般に、アンディ・ウォーホルへのオマージュと見なされておる。粒子の粗いモノクロフィルムに、スーパー8のカラーフィルムに、監視カメラの映像、多種多様なフィルムや機材を用いて撮影されたこの作品は、当初、真夜中から午前六時にかけて、ベルリンにあるナイトクラブの閉店後をとらえたドキュメンタリー物となる予定だった。ところが完成してみると、上映時間はなんとその四倍、二十四時間にまで引き延ばされておった。上映の方法もじつにユニークだった。暗室の四方の壁に四種類の映像を同時に映写し、観客には部屋の中央に置かれたクッションにすわって好きな映像を眺めてもらおうというのだ。一方の壁には〇時から六時、右隣の壁には六時から十二時、そのまた右隣は十二時から十八時、最後の壁には十八時から二十四時といった具合にな。で、六時間の上映が終わると、フィルムを隣に移動して、また始めから上映する。そうして、二十四時間をかけて一巡するというものじゃった」

そこまで話したところで、ジェリーの独白がぴたりとやんだ。瞼がだらりと垂れおちて、両手は膝の上で居眠りをする飼い犬ピーチェスの身体を包みこんだまま、ぴくりとも動かなくなった。どこか具合でも悪いのだろうかと不安になって、ぼくは隣を見やった。だが、マイロは自信たっぷりにうなずいてみせただけで、ふたたびソファーにもたれかかった。沈黙が続いた。ぼくはジェリーの息遣いにじっと耳を澄ませていた。張りつめた空気に神経が耐えきれなくなるすんでのところで、ピーチェスがキャンとひと声吠えたてた。すると、ジェリーがぱっちりと目を開き、何ごともなかったかのように独り語りを再開した。

「わたしの知るかぎり、この作品は全部で三度上映されておる。一回目の上映はベルリンで、作品の舞台となった閉店後のナイトクラブで行なわれた。ところが、そのクラブというのが営業許可を持たない非合法の店であったらしくてな。上映会の宣伝が仇《あだ》となり、開始後わずか二時間で警察の手入れが入って、上映が打ち切られてしまった。会場に踏みこんだ警察が明かりをつけてみると、店内からはテーブルや椅子がすべて運びだされ、あいた空間にマットレスやら大きな枕やらが敷きつめられていた。そして、観客のなかには、性交におよぶ者や、うたた寝をする者、アルコールやドラッグの過剰摂取で失神している者までおったそうだ。ただし、その場にゼッドの姿はなかった。そのときゼッドはモロッコで、作家のポール・ボウルズと酒を酌《く》み交わしておったらしい。

二度目の上映は一九八〇年、ヴェネツィア国際映画祭で行なわれた。今度こそは抜かりのないよう、上映中の会場封鎖に同意した者のみを観客として招きいれることとなった。ところが、現地で雇った警備員どもの仕事ぶりときたら、いともずさんなものでな。夜が明けて会場に残っていたのは数人の宿無しと、そいつらの連れこんだ犬だけだったという。三度目にして最後の上映会は、マイナー作品の編集済みフィルムばかりを買いあさっとるという個人蒐集家の自宅で催された。ただし、これを上映会と呼んでいいものかどうかはわからん。閉めきられた室内に観客の姿はひとつもなかった。しかしながら、評論家のなかには、これこそが究極の〝無〟の表現であると絶賛する者もおった。

これにより、ゼッドは国際的な評価と輝かしい名声とを手にするに至った。ジャック・ニコルソンやフランシス・コッポラ、ウォーレン・ベイティといったハリウッドの重鎮から熱烈なラブコールを受けるようにもなった。そうした栄光をひっさげて、ゼッドはここロサンゼルスへ居を移した。さまざまな企画があちこちから舞いこんではきたが、製作が実現した作品はほとんどなかった。ハリウッド進出を境にして、ゼッドの打ちだす構想や脚本には大きな変化が見られるようになってな。たとえば、『テンペスト』をサイケデリックに脚色した西部劇。フクロネズミを主人公とした新聞連載漫画『ポゴ』の実写化映画。マルキ・ド・サドの『ソドム百二十日』を原案としたロックオペラ、《ソドム百二十分》。こうした企画はいずれも途中で頓挫《とんざ》した。原因のひとつは、ゼッドが脚本の変更や削除をいっさい受けつけないことにあった。そのほか、《フレンチ・コネクション3》や《もっとおかしな二人》といった続篇製作の企画も持ちあがっていたというが、こちらも同様の結果に終わった。

最終的に、ここロサンゼルスでゼッド・ノートが手がけた長篇はただ一作、《淫魔！》という名のB級ホラー映画だけだった。その後、ゼッドはオカルトの世界にのめりこむようになり、そこから着想を得たというシリーズ物の短篇製作に乗りだした。当初の予定では三部作になるはずだったというが、結局、完成に漕ぎつけたのは二作目までだった。撮影は主にゼッドの自宅で、ローレル・キャニオンのはずれに建つ荒れ果てた屋敷の敷地内で行なわれたという。その内容はというと、怪しげな秘教の儀式だのなんだのを事細かに描きだしたものだったらしい。ただし、この二作のフィルムの所在は、いまもって不明のままだ。公の場で上映されたこともない」

そこまで話したところで、ジェリーはふたたび黙りこんだ。瞼がしだいにずりおちていったかと思うと、今度は頭までもががくりと垂れて、胸に顎をめりこませたまま、ジェリーはぴくりとも動かなくなった。もしや気絶したのではないかと不安になって、問いかけるように隣を見やったが、マイロは軽く肩をすくめるだけだった。ぼくはソファーに背を戻し、しばらく様子を見ることにした。沈黙のなか、数分が経過した。今夜はここまでとあきらめて、ソファーから立ちあがり、マイロにありがとうと手を振った。戸口に向けて一歩を踏みだした瞬間、ピーチェスがぼくの背中に吠え声を浴びせはじめた。するとまたもや、ジェリーの目がぱっちりと開いた。授業中に手紙をまわしていたのを見咎められた生徒のように、ぼくは慌てて席に戻った。ひとつ咳払いをしてから、ジェリーは昔語りを再開した。

「最後に、ゼッドの遺作にして最も悪名高き作品の話をしておかねばならんな。鬱病患者にして銃器コレクターでもあったゼッドは、かねてより、こう公言しておった。自分はみずからの手でみずからの命を絶ち、その死にざまをフィルムにおさめるとな。ゼッドの晩年は数々の苦難に満ちておった。《淫魔！》の完成フィルムは監督であるゼッドから取りあげられ、大幅な編集と削除を加えられたのちにホームビデオへと姿を変えて、市場で投げ売りされた。ゼッドは数ヵ国の銀行や国税局、おそらくはマフィアにも多額の負債を抱えており、ついには、横領と脱税の容疑で告発された。長年にわたる悪習が祟《たた》ってか、当時の健康状態もひどいものだったという。そうしてある晩、ゼッドはみずからの頭を撃ちぬいた。噂じゃ、その瞬間にもカメラがまわされており、その映像こそが〝オカルト三部作〟の完結篇なのだとささやかれておる。ただし、そんなフィルムが現に存在するのかどうか、それを知る者はおらん」

「ゼッドの妻について知っていることはありませんか」とぼくは尋ねた。

「モナ・ノートのことか。ハリウッドでゼッドに出会ったとき、あの娘はわずか十五歳でな。その後、十六の誕生日を迎えるのを待って、ゼッド・ノートの妻となった。そのとき、ゼッドは四十五歳だった。なんたる破廉恥漢《はれんち》だと騒ぎたてる者もおったが、わたしの目には、ふたりが心底から愛しあっているように見えたがな。噂によると、モナは亭主が自殺する現場に居合わせてしまったらしい。カメラをまわしていたのはモナだと言う者もおる。いずれにせよ、亭主の死はモナの人生を狂わせた。モナはこの街から逃げだした。ニューヨークへ。パリへ。バンコクへ。東京へ。そのまた遠くへ。〝アングラ界の名士〟として、流浪《るろう》の旅を続けていた。ついに帰郷を果たしたときには、すでに精神を病んでおり、いまもどこかの施設で治療を受けているという話だ」

「いや、一週間まえに自殺しました。ビッグ・サーで」

「なんと……不憫《ふびん》な娘だ」ジェリーはぜいぜいと震える息を吐きだし、少し水をすすってから、ふたたび口を開いた。「これまでの話からわかるように、ゼッド

・ノートの作品のフィルムを入手するのは難しい。《淫魔！》なら、うちの店にもビデオがある。《6×4》は例の蒐集家のもとにある。《ラドブローク・グローヴ》は、コピーが全部で三本存在する。一本はチューリッヒの博物館、一本はニューヨーク近代美術館が所蔵しとるが、例の脱税容疑の関係で上映が禁じられておってな。裁判が終結するまで禁止命令が解かれることはありえんが、それには何十年もかかるだろう」それだけ言うと、ジェリーは苦しげに震える息をふたたび長々と吸いこんだ。またも沈黙が続いた。

「……それで、最後の一本は？」はやる気持ちを抑えきれずに、ぼくは続きを促した。

ジェリーははっと息を呑み、震える片手を宙にあげて、部屋の隅を指さした。マイロが弾かれたように立ちあがり、吸入器をさしだすと同時に、ピーチェスがけたたましく吠えたてはじめた。

「あの、救急車を呼びましょうか」不安になって、ぼくは尋ねた。

ジェリーはぶんぶんと首を振り、さしだされた吸入器を押しのけた。ぜいぜいと息をあえがせながら、ひとさし指を宙に向けた。マイロがすかさず水のグラスをつかみとると、ジェリーは手のひと振りでそれをしりぞけ、ぱくぱくと口を動かしはじめた。

「あの、なんならぼくは失礼しますが……？」ぼくはもう一度問いかけた。

「明かりを……消せ……」蚊の鳴くような声が返ってきた。

「了解」とマイロはうなずいた。そして、ぽかんと見守るぼくを尻目に、背もたれをゆっくりと後ろに倒してから、ジェリーの口に酸素マスクをあてがった。酸素ボンベがかすかなため息を吐きだしはじめた。その音を確認すると、マイロは無言のまま、足早に部屋を出ていった。ぼくはぎこちなくジェリーに微笑みかけた。透明なマスクの上から、双子の月のような青い瞳がこちらを見つめかえしていた。膝に抱かれたピーチェスが、うなり声をあげながら小さな牙を剝いていた。

「あの、ありがとうございました。いろいろと話をしてくださって」

ぼくが改まって礼を言うと、ジェリーは小さく指を振った。

ボウルに山盛りのポップコーンとコーラ二本を手にしたマイロがずかずかと部屋に戻ってきて、コーヒーテーブルの上にそれを置いた。それから部屋の明かりを落とし、映写機をまわしはじめた。

36

《ラドブローク・グローヴ》は、四方を石垣に守られた庭のなかに建つ、荒れ果てた空き家を舞台としていた。あたりを取りかこむのは、ラドブローク・グローヴと呼ばれるうらぶれた地域。そこに描きだされるロンドンは、薄汚れた灰色の街だった。好景気と好景気の狭間《はざま》でくすぶっていた時代の街だった。《欲望》のなかで描きだされた六〇年代の活気はもはやどこにも見あたらない。気障《きざ》なヤッピーどもが跋扈《ばっこ》する九〇年代、〝クール・ブリタニア〟の訪れもまだ遠い。目の前のスクリーンに映しだされるロンドンは、煤けたパブや、公営団地の街だった。スキンヘッドや与太者の街だった。ケバブや、フィッシュ・アンド・チップスの街だった。焼きすぎた肉の色をした空と、降りそうで降らない雨と、肩の高さに垂れこめた雲の街だった。書架のあいだを吹きぬける風が棚を軋ませる、古ぼけた図書館の街だった。湿気でひび割れたコンクリートの上に街灯の立つ街だった。虫歯と、ぬるいビールと、ワンカートンの巻き煙草と、失業手当の街だった。憤懣にまみれた街だった。浴びせられる憤懣《ふんまん》。浴びせる憤懣。ありとあらゆる憤懣に満ち満ちた街だった。

物語は、むさくるしい身なりをした芸術家タイプの青年、ガレス・バークがデモ行進のさなかにふとしたことから警官の脳天を叩き割ってしまい、悲しげな黒い瞳をした美女の手を取って逃げだす場面から始まる。流れ者のコミュニストであるその美女（演じるのは、のちに薬物の過剰摂取で死亡したというマクシーン・パディントン）は、不法に居ついていた空き家へとガレスをいざなう。その空き家にまで追っ手が迫ると、ふたりは庭の石垣を乗り越えて隣家の豪邸へ逃げこみ、そこに暮らす妖艶《ようえん》なブロンドの美女に庇護《ひご》を求める。屋敷の主である美女の夫は最前、ベントレーに乗りこんで出張に出かけていったため、しばらく家をあけるであろうことが観客にはわかっている。ストーリーの大半は、この豪邸を舞台に繰りひろげられていく。撮影に使われたこの屋敷（ゼッド・ノートのパトロンである女男爵だか女侯爵だかの所有物であったという）は、実際には、作品のタイトルにもなった地域から何マイルも離れた場所に位置していたらしい。

《ラドブローク・グローヴ》はいかにもぼく好みの映画だった。芸術家気どりの長広舌。大言を吐き散らしては、服を脱ぎ捨ててベッドに倒れこむ見目麗しき男女。あるいは、白熱する議論。ひりひりと焼けつくほどに鋭い舌鋒《ぜっぽう》。そこかしこにちりばめられた名文句。埃まみれの窓からぎらぎらとさしこむ日光。ひび割れた漆喰の壁。ベッドの頭板にぐったりともたれて飲む紅茶。欠けた茶碗。目を奪われるほど器用に煙草を巻く指のクローズアップ。乱れたシーツの上に並ぶ、月明かりに照らしだされた青白い尻。煙に霞む瞳。レコードに合わせてダンスを踊る男女。なかでも美女ふたりの入浴シーンは、しばらく瞼の裏を去ることがないだろう。ホースから伸びるシャワーヘッドを手に、湯を浴びせあうふたり。泡風呂から突きだして浴槽のへりにかけられた、双子の白鳥のようなブロンドの女の白い脚。黒髪の女のきゅっと引き締まった二十歳の尻。カメラ目線でアメリカと資本主義を痛烈に扱きおろしたあとにちらりとのぞかせる、奇跡のようにまん丸い尻。その間、素っ裸でベッドに横たわる果報者のガレス——痩せぎすで、前歯の一本を虫に食われ、股間を掻きむしってばかりいる青年——はというと、物思いにふけりながらカメラに煙草の煙を吹きかけているのだった。

やがて、実業家である夫の帰宅が差し迫ったことで、物語はクライマックスを迎える。警察に追われるガレスを救うため、三人がある計画を立てるのだ。それは、帰宅する夫を捕らえて脅し、ガレスの密出国を手伝わせようというものだった。ところが、駆けつけた警察の包囲網を突破しようとして、ガレスは銃弾に倒れてしまう。するとその直後、物語は不可思議な急展開を見せる。ぼくの頭を前衛的な空想がよぎっていた（言いわけをするようだが、蒸し暑い居間に大の男がひしめきあっての上映会はすでに何時間にもおよんでいるうえに、今日一日、ポップコーン以外は何も腹に入れていなかった）せいかもしれない。あるいは、マイロがフィルムの巻きちがえをしたせいかもしれない。あるいは、肘掛け椅子に横たわったまま、まどろみだか昏睡だかと覚醒のあいだを行きつ戻りつしているジェリーが、何十年も昔にラベルを貼りちがえたせいかもしれない。とつぜん切り替わった画面のなかでは、なぜか黒髪の女のほうが例の実業家と暮らしていた。派手なアイメイクにシックなドレスをまとい、ベントレーの後部座席から窓外を見つめていた。一方、ガレスとブロンドの女のほうは、全裸のまま石垣を乗り越えて、もとの空き家へ逃げこんでいく。ひょっとして、すべては黒髪の女の妄想であったということなのか。雨のベールに包まれた夜の街並みを眺めながら、頭のなかで繰りひろげられていた妄想にすぎなかったのか。どちらとも判断しかねていたとき、不意にカメラが引いて、車内の様子が映しだされた。なんと、黒髪の女とベントレーに乗っていたのはガレスだった。すると次の瞬間、黒髪の女が拳銃を取りだし、ガレスに向けて引鉄《ひきがね》を引く。そこでふたたび場面が切り替わり、庭にガレスの遺体を埋める女たちの姿が映しだされる。それを終えると、女たちはふたりでベントレーに乗りこんでいく。唇を重ねる女たちの顔を、雨に濡れたフロントガラス越しにカメラがとらえる。そして、走り去る車をバックに、エンディングロールが流れはじめるのだった。

37

出ていった妻のことはもういいのか。そう訊かれたなら答えよう。いまは恋しさよりも怒りのほうが勝っている。とはいえ、長年の習性はそう簡単に断ち切れるものではない。ララの名前がふと耳に入ったとき、冷蔵庫に置き忘れられたビタミン剤を目にしたとき、クロゼットに吊るされたセーターの残り香が漂ってきたとき、何かのはずみで、神経回路は即座の反応を示す。ララが恋しいわけではない。ただ、皮膚に残る火《ひ》脹《ぶく》れが軽く炎に触れただけでまたひりひりと疼きだすかのように、ララの感触の残る場所が痛みだすというだけのことだ。記憶が消え去ることはけっしてない。最後に顔を合わせたセラピーの日に、はすっぱな光をきらめかせていた緑の瞳。診療室を出たあと、別れ際にぎこちなく抱きしめた華奢な肩。たやすくへし折ってしまえそうな細い首。この家を出ていくときに見せた泣き顔。環境汚染に対する抗議運動を行なったあのネイティヴアメリカンみたいな、涙のすじの残る頬骨。ルイ・ヴィトンのスーツケースを引きずりながら石段をおりていく足音。いつもハイヒールに押しこまれていた、赤ん坊のように小さな足。ピンクに染められたつるつるの小石みたいな足の爪。はじめて夜をともにしたあと、暗がりのなかでララがすすり泣いているのに気づいたときのこと。何かいけないことでもしたかとうろたえるぼくに、感動のあまり涙が出たのだとララが話してくれたときのこと。セックスの最中、背中に食いこむ爪があまりに痛くて、ララの両手を押さえこんでおかなければならなかったこと。Tバックに、フリル付きのパンティーに、紐パンと、さまざまに装いを変えるララの尻。タイトジーンズを脱いだあと、尻に残っていた溝や皺。汗やら皮脂やら整髪料やらが原因で、夏になるたび吹きだした背中のニキビ。夜はどちらもくたびれ果てていたため、時間の節約も兼ねて、毎朝、仕事へ出るまえにシャワーを浴びながらセックスをしていたこと。ぼくの見ている前でララがオシッコをしはじめたときのこと（なんと、はじめて身体を重ねた晩の出来事である。ララは恥じらいとは無縁の女なのだ）。自分の前で屁をひる許可を出しておきながら、ぼくがその権利を濫用しているとの理由からそれを撤回しようとしたときのこと。冬になると、長袖の肌着を着て毛糸の帽子をかぶり、瓶底眼鏡をかけたうえに、歯軋りを防止するためのマウスピースまではめてベッドにもぐりこんできたこと。なんとも間の抜けたその姿を目にするたび、胸に掻き寄せ、ぎゅっと抱きしめずにはいられなかったこと。よく寝ごとを言っていたこと。ある晩、隣で読書をしていると、ララが目を閉じたままがばりと起きあがり、夢うつつにこう言った。なんだかすごく眠いの。ぼくはそれにこう答えた。それなら横になって眠るといい。すると、ララが言われたとおり横になり、すやすやと寝息を立てはじめたこと。ぼくがララを愛していたこと。ララがぼくを愛するのをやめてしまったこと。そのせいで、ぼくらがともにすごしてきた歳月も、育んできた愛も、ぼくのなかにある思い出も、すべてがまやかしに変わってしまったこと。そして、どうしたらララを憎めるかがわかってしまったこと。

38

ジェリーの口利きで、ブロンドのほうの女優、デモニカに連絡をとることができた。幾度もの結婚と離婚を繰りかえした結果、いまはデモニカ・アンジェリカ・ユタ－フロス－マクティーグ－ゴイター－ゴールドスタインと名乗っているらしい。自宅は高級住宅街のブレントウッドにあり、大きな屋敷の前にはフォードの高級SUV、リンカーン・ナビゲーターがとまっていた。扉を開けてくれたメキシコ人とおぼしき丸顔の家政婦は、にこやかな笑みを浮かべてぼくを招じいれながらこう告げた。「奥さまはテラスにおいでです」

玄関広間の壁という壁を、主に自分のヌードを写した大判の写真が埋めつくしていた。テラスへ向かう途中に通りすぎた部屋には、サイン入りのギターやら、金色のレコードやらが大量に陳列されており、そのうちの数枚は額におさめられていた。暖炉の上には、女主人のしどけない寝姿を描いた巨大な油絵まで掛けられている。テラスに足を踏みだすなり、青いオパールのようなきらめきを放つ楕円形のプールに目を奪われた。続いて目に飛びこんできたのは、この屋敷の女主人がヨガのポーズをとっている姿だった。足首までを覆う黒いレオタードに身を包んだデモニカが、空手着のズボンを穿いたいかにも敏捷《びんしょう》そうな若い男に支えられながら、身体をふたつに折りたたんでいた。

「あたしのばかでかいお尻、見苦しいったらありゃしないでしょ？」膝のあいだに挟まれた上下逆さまの顔から、低いしゃがれ声がのぼってきた。

「これは失礼。もう少しあとに出なおしてきましょうか」とぼくは尋ねた。

「何言ってるの。あなたの到着を心待ちにしてたってのに。自分が誰だかわかる？　全盛期のこれを見て、それを記憶しておけるだけの脳細胞を備えた数少ない生存者のひとりよ」言いながら、デモニカはふるふると尻を揺らしてみせた。

「いや、いまも変わらずおきれいです」ぼくは心からの讃辞を贈った。生クリームのように白かった肌が、いまでは黄土色に変わり果ててはいた。それでもなお、それがトップクラスの尻であることに変わりはなかった。

「お褒めにあずかり光栄だわ」デモニカは言って、腹からふうっと息を吐きだすと、若い男の肩を借りながら、ゆっくりと上半身を起こした。顔は真っ赤に紅潮し、レオタードの生地に押しあげられた胸の谷間にはうっすらと汗がにじんでいる。布地には乳首の形がくっきりと浮かびあがり、喉の渇きを癒さんとする小猫の舌みたいに、円形の汗染みを押しあげている。ひとつに結いあげられた髪は、スクリーンで見たのと変わらぬホワイトブロンド。首から下を占める肉体も、さきほど述べた肌の色あいを除けば、ほとほと感じいるほどに、あの理想体型をほぼそのままに保っている。ただし、顔だけは話がちがった。陽焼けのしすぎが原因か、そこらじゅうに深い皺が刻まれており、頬の肉は垂れ、塗りたくられた口紅の色がやけにどぎつく浮いてみえた。なまめかしい笑い声をあげたときにのぞいた歯もまた、肌の色に劣らぬほどに黄ばんでいた。

「ねえ、レッグ、いまのを聞いた？　わたしのお尻はいまも涎が出ちゃうくらい魅力的だそうよ」ヨガ・トレーナーとおぼしき男に顔を向け、低くしわがれた声でデモニカは言った。

　男は満面の笑みを浮かべつつ、熱心にうなずいてみせた。デモニカはぼくに片目をつむってみせてから、エビアンのボトルをつかみあげた。「さて、脂肪の絞りだしはひとまずここまでにしておきましょ。第三ラウンドは、またあとでね」デモニカはふたたび妖艶な笑い声をあげて、ボトルの水をごくごくとあおった。喉の動きに合わせてゆさゆさと波打つ乳房の上を、ひとすじの汗が流れおちていった。頭頂部で結いあげていた髪をほどいて首をひと振りすると、長い髪が背中に垂れた。「おお、いやだ。この汗ときたら！　まったく、馬並だわね！」その声を受けて、レッグがすかさずタオルをさしだした。デモニカはぼくと視線を合わせたまま、受けとったタオルを両腋に押しあてると、今度はレオタードのなかに突っこんで、乳房を片方ずつ持ちあげてはその下にかいた汗を拭きとり、最後に股間をごしごしとぬぐってから、ぐっしょりと湿ったタオルをレッグに返した。そのあと、問いかけというより命令に近い口調でこう言った。

「湿らせてくれる？」

「ええと……はい」そうは応じてみたものの、何をどうしたものかと戸惑っていると、スプレーボトルを手に取るレッグの姿が目に入った。レッグはデモニカと自分の顔になんらかの液体を吹きかけたあと、いぶかるような表情でこちらにノズルを向けた。

「ああ、いや。ぼくはけっこう」と、ぼくは慌てて首を振った。

「さてと、まずは水分をとらなくちゃね。脱水症状でぶっ倒れちゃうまえに」戸惑うぼくをよそにして、涼しい顔でデモニカは言った。

デモニカの話す英語のアクセントは、〝吸血鬼ドラキュラの花嫁、カーナビー・ストリートへ行く〟といった風情だった。マドリードとモナコで生まれ育った、ハンガリーとルーマニアとウクライナの血の入りまじる元モデルがイギリスのロックミュージシャン数人を相手に結婚と離婚を繰りかえしつつ、ヘヴィメタル・バンドでボーカルを務めると、こういうことになるのだろう。すたすたと歩きだしたデモニカのあとを追って、ぼくも屋敷のほうへと引きかえした。扉の手前で待っていた家政婦が深緑色をした怪しげなジュースを女主人に手渡し、もうひとつのグラスをぼくにさしだしてきた。

「いや、ぼくはその……」

デモニカはグラスの中身を二口、三口とあおると、口ごもるぼくを制して説明を始めた。「心配しないでおあがりなさいな。天然物の海藻のジュースよ。そこに、プロテインパウダーと、藍藻と、パセリと、朝鮮人参と……」気を悪くさせてはいけないと、ぼくはグラスに口をつけた。そこまでひどい味ではなかった。言うなれば、〝アイスクリームもシロップも麦芽も入っていない麦芽乳〟といったところだろうか。もうひと口、大きく中身を口に含んだところで、唇を舐めまわしながらデモニカが言った。

「……鯨の精液を加えてあるの」

「せ、精液？」げほげほとむせかえりながら、ぼくは目を剝いた。

「ものすごく高価なものよ。血液や内臓や肌をきれいにしてくれるし、精もつく。わざわざ日本から取り寄せているの」

「ほほう……」鯨の精液を口中いっぱいにためこんだまま、ぼくはなんとか相槌を打った。

「一日一杯、このジュースを飲めば、アソコが石みたいにカッチカチになるわ。そうでしょ、レッグ?」レッグが忍び笑いを漏らすなか、デモニカはふたたびごくごくとジュースをあおった。グラスを離したときには、鼻の下に緑色のぶっとい髭が生えていた。

もうひと口飲むふりをして、ぼくは口に含んでいたものをこっそりグラスに吐きだした。「どうもごちそうさまです。全部いただきたいのはやまやまなんですが、朝食を食べすぎてしまったもので」

「これがわたしの活力源よ。アルコールも糖分も、この二十年、いっさい摂取していないわ」言いながらマールボロに火をつけると、両脇に家政婦とレッグをしたがえたまま、デモニカはレオタードを脱ぎ捨てた。


あらわれた裸体は息を呑むほどだった。ブロンドの女神がお好みなら、誰もが同じように感じたはずだ。勝ち誇るかのように屹立した乳首はつんと上を向いていた。野生馬のたてがみのように豊かな恥毛は雪のように白かった。

「あなた、女のアソコには身の毛がよだつってタイプじゃないわよね?」鼻から煙を吐きだしながら、デモニカが言った。

「ええ、いまのところは」

「よかった。それなら、遠慮なくちらつかせてもらうわ」広げた鼻孔からふたたび煙を吐きだしながら、デモニカは上から下までぼくを眺めまわした。「ただし、下手な期待はしないでちょうだい。わたしの好みは、若くて、馬並に大きくて、余計なおしゃべりをしないタイプだから。ここにいるレッグみたいにね」そう言うと、デモニカは首をのけぞらせて、げらげらと豪勢な笑い声をあげた。頬を赤らめたレッグが褐色の目をしばたたきながら、恥ずかしそうにぼくを見つめた。

「さあ、まずはこの汗を流さなくちゃ。レッグときたら、ひとのことを雑巾みたいに絞りあげるんだから」くすくすと笑うレッグの声を背に、デモニカはプールに近づいた。ぶくぶくとはじける気泡の上に、うっすらと湯気が立っている。片手にグラス、片手に煙草を持ったまま、デモニカはゆっくりと湯に足を入れ、肩まで浸かりきったところで、ぼくを見あげて言った。

「おすわりなさいな」言われたとおり、ぼくは脇に置かれたビーチチェアに腰をおろした。

「それで、あなた、ゼッドを題材にした本を書いているそうね？」とデモニカは切りだした。真っ赤な唇のあいだに煙草をくわえたままデモニカが言うと、乳房の周囲で沸きかえる気泡のなかにぽとりと灰が落ちた。

「まあ……そういったところです。まだ下調べの段階ですが」少し驚きつつも、ぼくは何食わぬ顔でうなずいた。ジェリーかマイロが便宜上、嘘をついたのだろう。

「それなら、わたしを訪ねたのは正解ね。わたしほどゼッドとつきあいの長かった人間はいないから。いま生きている人間のうちで、ってことだけど。若いころのゼッドときたら、それはもういい男だったわ。ユーモアもあって、セクシーで。スカーフやタイトなパンツできめた姿もすてきだった。それから、あのむさくるしい屋根裏部屋で巨大なキャンバスに描いていた、でたらめな絵もね。本音を言うなら、肥大化したヴァギナの群れが押し寄せてくる悪夢を描いたものにしか、わたしには見えなかったけど。いまとなっては、あんなに寒くて汚らしい場所で裸になるなんて、とうてい考えられないことだわね。でも当時は、誇張なんかじゃなく、順番待ちをする女たちが通りに列をなしていたわ。ひょっとすると、おめあては寝椅子の上でおいたされることのほうだったかもしれないけど」

「あなたはモデルを務めなかったんですか」

「もちろん務めたわ。それが七〇年代ってものでしょ。セックスやドラッグの誘いを断るのは無粋《ぶすい》とされていた時代だもの。相手が男であろうと、女であろうとね。それに、さっき言ったとおり、ゼッドはとびっきりのハンサムだった。彼と寝たがらない女なんてどこにもいなかったわ」異様に突きだした犬歯のせいだろうか、デモニカの発音する〝ウ〟は〝ヴ〟に、〝シ〟は〝ジ〟に近い音に聞こえて、それがやけに耳についた。「でも、わたしは当時、〝男爵〟と結婚していた。あの映画で言うなら、マクシーンのほうがゼッドの好みに近かったわね。ゼッドは黒い肌を好んだ。でも、ゼッドにかぎらず、誰だってそうなんじゃなくって？」

そう言って、デモニカが顔を振り向け、狼が威嚇《いかく》するときのようなうなり声を発してみせると、レッグはまたもくすくすと忍び笑いを漏らした。そのすらりとした姿態を包む栗色の肌には、体毛がいっさい生えていなかった。

「例の映画のことで、何かお聞かせ願えませんか」

「いま思うと、映画を撮ることは、ゼッドにとって一種のポーズにすぎなかったんじゃないかしら。だけど、ゼッドを前にした人間はみんな、彼に誘惑され、操られ、支配されていると感じてしまうの。それと同時に、泣きすがられているとも。必要とされているともね。撮影に使われたあの家のなかは、じめじめとしていて、ものすごく寒かった。ゼッドは撮影中、わたしたち全員をそこに寝泊まりさせた。マクシーンも、ガレスも。ゼッドがどこからか呼び集めてきたミュージシャンや芸術家から成るスタッフも。数カ月にもおよぶ撮影のあいだ、全員がそうやって、ひとつ屋根の下で共同生活を送った。そのアイデアを……実験を思いついたのは、もちろんゼッドよ。ゼッドは料理の腕前もプロ並だった。地の恵みを煮こんだあのシチューの味はいまも忘れられないわ。それから、楽器の演奏に合わせて歌ったり踊ったりもした。そしてもちろん、全員が全員と関係を持っていた。ときどき、ゼッドがとつぜん怒りだして、あたりかまわずわめき散らすこともあったわ。全員を床にすわらせておいて、耳が痛くなるほどの静寂のなか、瞑想にふけるかのように、じっと虚空を見つめていることもね。でも、みんながみんなゼッドに心酔しきっていたから、誰も気にしちゃいなかった。それからゼッドは、誰も勝手に出ていけないよう、扉という扉に鍵をかけてもいた。わたしの夫の伯母の家だったというのに、わたしから鍵を取りあげてしまったの。まったく、尋常じゃないわ！　いまのご時世にそんなことをしたら、どうなることか。いくら安全のためだと言いわけしたって、通用しやしないでしょうね」そこでいったん言葉を切ると、デモニカはふたたびグラスの中身をすすり、顎に垂れた鯨の精液を先の尖った長い舌で舐めとった。

「……撮影が終わってしばらくのあいだは、ゼッドと顔を合わせることもなかった。あっちはパリだかどこだかにいて、こっちはおおかた、ツアーで南米をまわっていたから。なぜだか知らないけど、うちのバンドは南米でウケがよくってね。詞の内容すらわからないはずなのに、どういうわけかしら。ツアーに出ていないときは、夫の城に滞在していたわ」

「例の〝男爵〟とおっしゃる方のですか？」

「いいえ、愛しの〝男爵〟は文無しに近かった。お城を持っていたのは、ふたりめの夫のマンフレッドよ。彼の出したレコードがスマッシュどころの騒ぎじゃないヒットを飛ばしたときに入ってきたお金で、スコットランドの沖合に浮かぶ小さな島を買ったの。それで、一国の王になったたってわけ。ほんと、愉快なひとだったわ。あのひとったら、自分で紙幣を印刷して、お客が来るとひとりひとりにそれを配ったりしていたのよ。もちろん、それを使ってできることなんて高が知れていたわ。でも、お城の地下につくったパブでビールを一パイント買うことはできたわね。ゼッドも一度、彼の島に滞在したことがあるのよ。そのときは女の子をふたり連れてきて……たしか中国人だったと思う。噂じゃ、姉妹だって話だったけど、眉唾物だわね。いとこ同士ならまだわかるけど。とにかく、ゼッドは客として迎えるには理想の人間だったわ。乗馬でも射撃でもなんでもこなせる人間なんて、彼くらいのものだった。長いテーブルを囲んでの饗宴《きょうえん》。鳩肉をおなかに詰めた豚の丸焼き。五百年物のゴブレットで味わうワイン。究極の頽廃《デカダンス》。ただ、乱行パーティーに明け暮れるには、あまりに気温が低すぎた。だからおおかたはトランプで遊んでいたわ。もちろん、スコッチを片手にね。あれはアルコールを断つまえのことだったから。そのあとだいぶ経ってから、ゼッドが結婚した娘《こ》にも会ったわ。夫とカンヌを訪れていたときに。いいえ、マンフレッドとはまたべつの夫で、音楽プロデューサーをしていたひとなの。彼女のほうは、特に仕事には就いていなかったんじゃないかしら。少しオツムが足りないみたいだったし。いつもお酒を飲んでいるか、何かでハイになっているか、わけもなくトイレで泣いているかだったもの。でも、ものすごく器量のいい娘《こ》だったわね。ひと目見るなり、ゼッドの好きそうなタイプだと感じたわ。小柄で、浅黒い肌をして、怯えた目をしていて。憐れなマクシーンにちょっと似ていた。ゼッドは女を見る目が本当に肥えていたわ」

肢体に端整な顔立ちの青年は、頭の禿げあがった酒場のバリトン歌手に——時代の流れにゆっくりとあぶられて、すっかり角の取れた中年に——変わり果てていた。両手は傷だらけの肉塊のようだった。毛細血管の織りなす繊細な透かし模様が、鼻から頬にかけてを赤く染めあげていた。白みがかったブロンドの髪は輝きを失い、かつて光の輪があった場所には、焼け跡のような丸天井ができていた。冷たいブルーの瞳は垂れおちた瞼にふさがれて、やけに小さく見えた。

「ゼッドはとにかく頭の切れるやつだった。それは認めよう。はじめて会ったのは、大昔のロンドンだ。顔を合わせるなりすぐにわかったよ。こいつはすこぶる頭がいいってな。それから、女のあしらいにも長けていた。もっとも、あのころはピンクのズボンにスカーフを巻いて、つま先の尖ったブーツを履いたティンカー・ベルみたいな優男が持てはやされる時代だったからな。それから、たいした酒飲みだった。毎晩のよう

39

デモニカの仲介で、《ラドブローク・グローヴ》の主演男優、ガレス・バークにも連絡をとることができた。待ちあわせの場所に指定されたのは、サンタモニカにある〈鍛冶と剣〉という名のパブだった。どうやらそこは元英国民たちの御用達店であるらしい。その日の午後に店を訪れてみると、眉間に皺を寄せた赤ら顔に短パン姿の男たちと、恐ろしく泥酔した不器量な女がひとり、カウンターの奥に群がって、かつての植民地が擁するラグビー・チームの試合を眺めていた。電話で聞かされていたとおり、ガレスは奥のテーブルで待っていた。だが、あらかじめ教えられていなかったら、きっと見すごしていただろう。すらりと伸びた

に、何軒も酒場を梯子《はしご》していた。そのうえ、べらぼうに弁が立った。本当に口のうまい連中ってのは、他人が脚光を浴びるのを喜ばない。だが、ゼッドってのは、どうにも憎めない男だった。最後の一ポンドで自分と連れの酒を一杯ずつ買って、釣り銭をスロットマシンに注ぎこむようなやつだった。それで大当たりを引きあてるのを見たこともある。アールズ・コートにある〈溺れ狐〉ってパブでのことだ。ポン引きだの、売人だの、スリだのといった、名うての悪党どもが根城にしている店だった。ゼッドのやつは、そのとき吐きだされてきた金を丸ごと全部、その場で使いきった。店にいた客全員に酒をふるまってな。そのとき居合わせた悪党どもは、揃ってゼッドの虜《とりこ》になっちまった。まったく、なんてうぶな連中だろうな！　それで、ゼッドは究極の護身符を手に入れた。ロンドンじゅうのどんなに物騒な地域でも、大手を振って歩けるようになった。

出会ったころのゼッドは、まだただの画家だった。おれのほうは音楽業界に片足を突っこんで、ギターで弾き語りなんかをちょこっと披露したりしていたんだが、ふたりして同じ女にちょっかいを出していてな。だから、自分の映画に出てくれないかと頼まれるなり、おれはこう答えた。やってやろうじゃないか、ってな。おれはてっきり、闇の殺し屋みたいな役を演《や》らされるものと思いこんでいたんだ。結局は、自分でもなんだかよくわからない役を与えられたわけだが、何はともあれ、最高の数カ月をすごさせてもらう結果になった。家賃はただで、酒は飲み放題。おまけに、ほぼ全裸に近い美女ふたりに囲まれていたわけだからな。ただし、できあがった作品が世に出ることはなかった。原因はたしか、税務署だかなんだかがからんでいたはずだ。そんでもって、すべての努力が水の泡と化しちまった。しばらくして、ゼッドが街を離れたって噂を風の便りで耳にした。次におれらの歩む道が交差したのは、運命の導きで、おれがここロサンゼルスへ流れついたあとのことだ。陽の光の降りそそぐこの海辺の街へ。黄金の声を持つ口の達者な男であれば、刑事ドラマのチンピラ役だの、映画の酔っぱらい役だのになんとかありつける街へ。なんとか食いぶちを稼げる街へ……」言いながらガレスはグラスを手に取り、琥珀《こはく》色の液体の遥か彼方に位置する一点を見つめはじめた。「ロサンゼルスめ。物欲にまみれた女神の街め。表の顔は王女、裏の顔はアバズレ、その実体は売女《ばいた》の女神め……」三つの単語のあいだにどんなちがいがあるのかと尋ねたかったが、憐れな大法螺吹きがせっかく気分の乗っているときに、話の腰を折るのは得策ではない。ぼくは強いて無言を通した。「……おれがこれまで演じてきた役は数知れず。物乞いに、王子に、海賊に、詩人。コロンボ警部と知恵比べをしたことも、私立探偵ロックフォードにキンタマを蹴りあげられたこともある。だが、最高の思い出は、死の床で思い浮かべるだろう思い出は、女刑事ペパー役のアンジー・ディキンソンからキスと平手打ちを食らったときのことだ。最初はカメラの前で、二回目はアンジーが楽屋に使っていたトレーラーハウスのなかでな。しかしだ。いっかな金の子牛でも、その乳房から乳や蜜が出なくなることもある。おれの運が尽きたのは、一九九五年ごろのことだった。そしてそんなとき、ゼッドに再会した。あれはビヴァリーヒルズの、どうってこともない食い物を目の玉の飛びでるような値段で売ってる〈ミセス・グーチズ〉って店でサンドイッチを買おうとしていたときのことだ。なんというか、ゼッドのやつは稀代《きだい》の猟色家でな……」みずからの記憶の淫靡さを味わうかのように、日照りの続いた日々の記憶に喉の渇きをおぼえたかのように、ガレスは唇を舐めまわした。ふたたびグラスを持ちあげたところで、中身がなくなっていることに気づいたのだろう。驚きの表情でからのグラスをしばらく見つめたあと、ぼくに視線を移した。

「よかったら、一杯奢《おご》らせてください」とぼくは申しでた。ウェイターがひとまわり大きなグラスを運んできて、ぼくの手から金を取り去っていった。

「すまんな」大きくひと口、酒をあおってから、ガレスはぼくを見て小首をかしげた。「どこまで話したんだったかな?」

「ロサンゼルスでゼッドに再会したってところまでです」

「ああ……そうか。そうだったな。時の経過ってのは、無慈悲な追いはぎみたいなもんだ。まずは友を、次には敵を、ついには記憶までをも奪い去っていく。さっきも言ったように、ゼッドは稀代の猟色家でな。レジの前で小銭を掻き集めながらふと顔をあげると、エロール・フリンみたいに颯爽とジープからおりたつゼッドの姿が見えた。大探検家さながらにカーキ色の上下を着て、浅黒い肌をしたきれいな娘をふたり、両腕に抱いていた。スコッチのボトルよりもずっと細くて、ずっと濃い色の肌をした女たちだ。

おれはゼッドに声をかけた。『よう、きょうだい! 久しぶりじゃねえか!』ゼッドはすぐにおれに気づいた。おれたちは固い抱擁を交わした。おれが自分の窮状を打ちあけると、心配するなとひとこと言って、あのけったいな車におれを乗せ、急勾配の坂道をのぼりはじめた。あのころ、ゼッドはローレル・キャニオンに大きな屋敷をかまえていてな。ポルノ産業で財をなした成金が建てたとかいう代物で、だだっ広いダイニングルームに温水プール、ビリヤード室まで完備していた。凝った細工をほどこした漆喰仕上げの外観は、まさに城そのものだった。土砂崩れで道がふさがっていたのと、土地の傾斜が険しすぎて街から電気だのなんだのが引けないとの理由から、破格の値段で入手できたらしい。だが、見目麗しき若妻と、第二夫人まで娶《めと》った男に、文明の利器なんぞが必要なものか。購入後、ゼッドは屋敷に貯水タンクと汚水処理タンク、発電機を備えつけた。それから、四輪駆動車を購入した。あのジープに乗ってつづら折の坂道を駆けめぐったり、厚板製の橋を渡ったりするときの気分ときたら、まるでインディ・ジョーンズになったかのようだった。そういや、ときどき森へ迷いこんでくる酔っぱらいがいて、そのつど、街まで送り届けるのが面倒でな……」

ガレスはグラスの中身をおおかた喉に流しこむと、たったいま眠りから覚めでもしたかのようにぱちぱちと目をしばたたきながら、ぼくを見すえて言った。「ええと……どこまで話した？」

「ゼッドの妻について話そうとしていたところです」

酩酊して記憶がおぼろになることを懸念しながら、ぼくは先を促した。

「ああ……そうだったな。麗しのモナだ。あの幼き花嫁。ノート城におわす美しき妃《きさき》。誰もが焦がれてやまない、あの瞳の深淵。心を投げいれずにはいられない、願掛けの泉のようなあの瞳。モナの母親は天下一品の高級娼婦だった。女優にして、歌手にして、踊り子でもあった。とろけるほどに妖艶な女だったが、惜しむらくは、露ほどの才能も持ちあわせちゃいなかったってことだ。だが、幸運にも、ある大物有名人の子供をその身に宿すことができた。そして、今後いっさいの縁を絶つことを条件に、一軒の家と、何不自由なく暮らしていけるだけの大金を手に入れた」

「その父親というのは誰なんです？」

「いい質問だ。だが、おれの知るかぎり、モナの母親は父親についてのいっさいを語ろうとしなかった。娘のモナにさえもだ。そのうえ、これがそうとうな教育ママでな。娘をスターに育てあげようと固く心に決めていたらしい。歌に、ダンスに、話術にと、年端も行かぬうちから娘をレッスン漬けにした。だが、モナは利口な娘だった。剃刀《かみそり》みたいに頭が切れた。切れすぎるほどだった。そして、齢《よわい》十四にして、母親に絶縁状を叩きつけた。家を飛びだし、ハリウッドの与太者どもとつるんでは、乱痴気騒ぎに明け暮れる日々を送っていた。そんなあるときゼッドに出会い、そのままゼッドの城に転がりこんだ。母親は諸手をあげて祝福したって話だ。もっとひどい末路に至っていてもおかしくなかったと言ってな。モナが中学を中退していたことを知って、ゼッドはまず、モナに読書の習慣をつけさせた。文字のびっしり詰まった本をプールサイドに山積みにして、それを片っ端から読ませていった。美術館にも連れていったし、自宅で映画の鑑賞もさせた。日中、モナと妾《めかけ》のふたりに勉強をさせておいて、夕食を囲みながら確認の問題を出しているのを見たこともある。なんと睦《むつ》まじい光景だろうな。その背後にある不健全な関係に目をつむりさえすればの話だが」

「そのもうひとりの娘というのは、ノート夫妻とどういう関係にあったんでしょう」

「それについて語るには、ゼッドという男の頭のなかをもう少し掘り進めなきゃならん。じつを言うと、あの男にはいわゆる3Pや三角関係に異様な執着を燃やす性癖があってな。まあ、男なら誰でも一度や二度の経験があるもんだが、いずれは体力の限界を感じたり、嫌気がさしたりするもんだ。そうだろ？」

ぼくはこくりとうなずきながら、乾いた笑い声をあげてみせた。

「ところが、ゼッドのやつは飽くということを知らなかった。処女長篇の内容を見てもわかるだろ。モナと結婚したあとも、ふたりでしょっちゅう狩りに出ては、若い娘を城へ連れ帰っていた。おれがあの城で数カ月、宮廷道化師まがいの生活を送っているあいだにも、大勢の女たちがやってきては去っていったよ。ところが、あの娘だけはちがった。いつまで経っても城を出ていかなかったのさ。名前は忘れちまったが、メキシコからやってきて、ナイトクラブで働いているところを見初められたらしい。クローク係だか、ゴーゴー・ダンサーだかなんだかをしているところをな。ふたりに出会うまえは、ずいぶんと荒れた生活を送っていたようだ。酒浸りの毎日に、殴る蹴るの暴力、その他諸々。モナと同い歳だというのに、すでに売春にも手を染めていた。ダウンタウンのナイトクラブでは、出張にやってきたアジア人のお相手を務めてワルツやフォックストロットを踊りながら、ついでに手淫のサービスまでしていたらしい」

「その娘がその後どうなったかはご存じありませんか」

ガレスはひょいと肩をすくめた。「さあな。憐れなゼッドがあの世行きの切符に自分で鋏《はさみ》を入れたあと、忽然と姿を消しちまった。たぶん、メキシコに帰ったんだろう。おれはそのころ、連中と距離を置くようになっていた。なんだか気味が悪くなっちまってな。おれだって、ときどきは酒を飲む。マリファナを吸うこともある。LSDにどっぷりはまっていた時期もある。是非にと言われたら、コカインをきめることもある。それでもおれは、あくまでお天道さまのもとを歩いていたい。だから、闇の王の支配するあの城にいることが、ちっとばかり恐ろしくなっちまったんだ。ゼッドの訃報《ふほう》が届いたのは、《マイ・フェア・レディ》の再演ミュージカルの巡業でマイアミを訪れていたときのことだった。あれ以来、麗しのモナに会ったことはない。もうひとりの娘も、煙のように行方をくらましちまった。だが、きれいな娘だったってことだけは覚えてる。妙な話だが、モナになんとなく似ていてな。姉妹と勘ちがいする連中もいて、そのたびにゼッドが大喜びしてやがった。しかし、おれが思うに、あの娘があの夫婦と行動をともにしていた理由は、単なる打算や好奇心以上のものだったにちがいない。おそらくは愛だったんじゃなかろうか」

「ゼッドを愛していたということですか」

「まあ、ゼッドにも、父親に対するような愛情なら抱《いだ》いていたかもな。だが、おれの考えじゃ、あの娘が本当に愛していたのはモナのほうだ」

40

その晩遅く、ロンスキーに電話をかけた。ロンスキーはすでに退院を許されて、母親の庇護のもとにいたが、〝事件〟の調査を中止することとの条件を付されていた。そのため、邪魔が入る恐れも盗み聞きをされる心配もない場所へ移動するまで、ぼくは電話口で待たされることになった。そんなくだらない任務にいそしむスパイがいるなんて、ぼくには想像もつかなかった。しばらくして聞こえてきたロンスキーの指示を受けて、ぼくはとりとめのない報告を始めた。記憶の信《しん》憑性《ぴょうせい》が危ぶまれる情報提供者たちから拾い集めた情報。世間から忘れ去られた不可解な映画から得られた情報。それから、自分の見た夢のこと。夢の内容を詳しく話せとロンスキーは言った。それに、ジェリーやデモニカたちの話を聞きながらぼくがおぼえた印象や、そこから連想したことも。そこにこそ情報の金塊が隠されているのだとロンスキーは言った。それと気づかずにぼくの見いだした手がかりが埋もれているのだと。話を訊いた相手がはからずも漏らした情報が、無意識のうちに隠そうとした情報が眠っているのだと。

その晩、ぼくの自宅はクラブハウスと化していた。コーヒーテーブルの上にはビールの空き瓶が列をなし、流し台には汚れた食器が山積みになっている。ぼくの身のまわりの世話をするという名目で、実際には暇を持てあましただけにちがいないMJとマイロがとつぜん押しかけてきて、酒宴を催《もよお》しはじめたのだ。ふたりはいま、冷凍庫にしまってあったアイスクリームを食い散らかしながら、だらしなくソファーにもたれて、キン・フー監督の傑作カンフー映画《大酔俠》を鑑賞していた。本来なら、いまごろはマイロの持参した年代物のビデオデッキで《淫魔！》を鑑賞しているはずだった。ところが、テレビとデッキの配線をつないでポップコーンをつくったあと、いざ上映を始めようという段になって、なかに別のテープが詰まったまま取りだせなくなっていることに気づいた。結局、ビデオデッキはそのまま放置され、ときおり思いだしたように繰りだされるバターナイフの攻撃を受けつつも、〝12：00〟の文字を延々と明滅させていた。もしララがいまこの家に戻ってきたなら、即刻、離婚を決意したことだろう。

「いかれ探偵は元気だったか？」受話器を置くなり、マイロが問いかけてきた。MJは半ば瞼を閉じかけていた。テレビの画面には、真夜中の竹藪《たけやぶ》を舞台としたアクション・シーンが流れている。ぼくがアイスクリームに手を伸ばしかけると、マイロが珍しく気を利かせて容器を手渡してくれた。ただし、中身はからっぽだった。

「一クォート入りのアイスを、もう全部食べちまったのか？」

「融けちまったらもったいないだろ。それに、あらかた平らげたのはＭＪだ」

「だろうな」ＭＪをあいだに挟んで、ぼくもソファーに腰をおろした。「ロンスキーは元気そうだったよ。それに、きみが思うほどいかれてもいない」

「毎晩、外から病室に鍵をかけられるってのにか？」

「もう退院して、母親の家にいる」

「そいつはすばらしい。ちなみに、やっこさんの歳はいくつなんだ？　五十くらいか？」マイロは新しいビールを手に取ると、抜いたキャップをアイスクリームの容器めがけて放り投げた。キャップは容器の底にあたって跳ねかえり、奥の壁まで飛んでいった。「なあ、サム。悪い意味にはとるなよ。おまえがこれまで就いたなかじゃ、いまの仕事がいちばんだ。うらやましくてならないよ」

「へえ、そうかい。たしかに、きみが職務上感じている重圧ときたら、そうとうなものだからな。ぼくにはとうてい耐えられそうもない。ちなみに、ビデオデッキは直せたのか？」

深く傷ついた表情を浮かべてみせながら、マイロはあちこちのボタンを押しはじめた。最後にビール瓶で天板を殴りつけてから、降参とばかりに肩をすくめた。

「ぼくの仕事のどこがうらやましいものか。ぼくがうらやましいのは、あの夫婦のほうだ。ゼッドとモナの生きざまのほうだ。世界じゅうをさすらう放浪の芸術家。あのふたりが歩んだ人生こそ、ぼくのめざしていたものだ。それがどういうわけだか、こんなふうになっちまった。ただのみじめな負け犬に」

「そんなことはない。おまえを取り巻く世界のなかで、みじめで退屈なものはただひとつ、おまえだけだ」

「なぐさめてくれてありがとう。おかげで、ずいぶんと気分がよくなった」

「おれは真剣に言ってるんだ。禅の教えを知ってるか。たとえばこいつを前にして、おまえなら〝半分からっぽ〟だと思うだろ」ビール瓶をテーブルの上に戻しながら、とつぜんマイロが言いだした。

「いいや、完全にからっぽだ」とぼくは答えた。

「いいや、わが弟子よ。おまえの目から見ればそうかもしれないが……」芝居がかった手ぶりでマイロが瓶を逆さまにすると、数滴のビールが絨毯に滴りおちた。「しかし、おれに言わせれば、この瓶にはあるものが満杯に詰まってる……空気がな」

「それか、駄法螺がな。で、いったい何が言いたいんだ」

「あのアマっ子と爺さんは、たしかにクールだ。刺激と魅力に満ちあふれた夫婦だよ。倒錯に満ちた過激なセックス。世界じゅうを旅する傍らで生みだされる芸術作品。おまえには無縁の人生だ。だが、あいつらはもうこの世にいない。もとからそういう運命にあったからだ。クールな連中は早く死ぬ。みじめで退屈な人間だけが永遠に生きつづける。それが世の常なのさ。さて、禅問答はここまでだ。映画の結末を見届けないとな」

自分で言っておきながら、《大酔侠》が終盤にさしかかるころ、マイロはすやすやと寝息を立てていた。ぼくもその晩はぐっすり寝こんでしまい、妙な夢を見て目が覚めたときには、すでに朝になっていた。夢の内容は、モナ・ノートのみならず妻のララまでもがすでに死んだことになっていて、ふたりしてあの世からぼくに大量の迷惑メールを送りつけてくるというものだった。ばかばかしいとは思いつつ、どうにも気になって仕方がない。埃をかぶりはじめた書斎へ駆けこんで、メールボックスを開いてみると、新たに届いたメールはただ一通、ドクター・パーカーからのものだけだった。その日の早朝に送られてきたらしいそのメールには、至急話しあいたいことがあるため、できるだけ早くグリーン・ヘイヴン病院までご足労願えないだろうかとあった。

「いったいぼくになんの用だろう？」ソファーにもたれるマイロに訊いてみた。マイロはゆうべとまったく同じ場所に陣取って、いまはビールの代わりにコーヒーをすすっていた。ＭＪは夜のうちに帰宅したらしい。なんとなくの記憶ではあるが、同棲相手から怒りのメールが届いたというようなことを言っていた気がする。

「例の医者か？　まあ、おまえを叱り飛ばすつもりなんだろうな。おおかた、おまえがいかれポンチ探偵の手伝いを続けていることに気づいたんだろう。向こうの忠告に耳を貸さず、方々をめぐり歩いては、奇人変人どもに話を訊いてまわっていることに。探偵ごっこを続けていることに」

「たぶん、そういうことだろうな」カップにコーヒーをそそぎ、ありもしない牛乳を探して冷蔵庫のなかを見まわしながら、ぼくは言った。「けど、あいにく今日はパーカーを待たせることになりそうだ。魔術師とお茶をする約束が入っているから」

41

ちなみに、〝魔術師〟というのはジェリーが口にした呼称だった。ぼくが面と向かって本人にその名で呼びかけたことはない。男の名はケヴィンといった。ゼッド・ノートが晩年に手がけた三部作——悪魔崇拝をモチーフとした一連の短篇——で、衣装とセットのデザインを担当した人物。そして、闇の王の館《やかた》を舞台とした狂態をつぶさに眺めてきた人物でもあった。ウェスト・ハリウッドにかまえた小さな一軒家には、手の込んだ装飾がごてごてとほどこされていた。くねくねとねじれた手すりのポーチに、ステンドグラスをはめこんだ窓。こけら葺《ぶ》きのずんぐりとした屋根。それが芝生の上にぽつんと建っていて、両脇を新築の無機質なアパートメントと、ペット用品の大型専門店に挟まれていた。ノックに応じて扉を開けた男は、目にも鮮やかなキモノを着ていた。白髪まじりの髪を長めに伸ばしているが、前髪は《スタートレック》に出てくるクリンゴン人みたいにきれいに禿げあがっていて、手にはばかでかい石のついた指輪を何本もつけていた。首にさげたチェーンの先には、これまた大きな琥珀玉がぶらさがっていた。

「いらっしゃい。あなたがサムね？」ケヴィンは言って、ほっそりと長い優美な手をさしだした。握手を交わす手の上で、指輪の石がゆらゆらと揺れた。「さあさ、早くお入りなさいな。紫外線なんて、身体に悪いだけなんだから」

「お邪魔します」ひとこと添えながら戸口をくぐった先には、一生ぶんとおぼしきがらくたの山がひしめいていた。おびただしい数のフォトフレーム。曇った鏡に、彫像。切りぬきを貼りあわせたコラージュ。正体不明な諸々の物体。熊の毛皮の敷物。金箔《きんぱく》を貼ったテーブル。人形の頭をつけた骸骨の身体が揺れる振り子時計。桃色のペンキを塗った上にラインストーンをちりばめた年代物の整理箪笥。鹿の角でつくった燭台を載せたアップライト・ピアノ。一方の壁には木製の巨大な十字架が上下逆さまに掛けられていて、クリスマスツリー用の電飾でぐるぐる巻きにされている。まるで、むら気な十三歳の少女たちが主催する展覧会に迷いこみでもした気分だった。

「さあ、こちらにおすわりになって」ケヴィンが言いながら、シルクのクッションを山盛りにした、座面の低い真っ白なソファーを指し示した。床の高さとほとんど変わらないその座面に、ぼくはよっこらせと腰をおろした。コーヒーテーブル（床に這いつくばる姿勢をとった大理石の少年像の背中に、ガラス板を載せたもの）の上には、茶器一式とクッキーを載せたトレーがすでに用意されていた。ケヴィンは背もたれの高い椅子に腰をおろして足を組むと、慣れた手つきで紅茶を淹れはじめた。ぼくの目の高さに、ケヴィンの膝小僧が位置していた。「ジェリーから聞いた話だと、あなた、ゼッド・ノートを題材にした本を書くつもりなんですって？」

「ええ、まあ、できれば。ゼッドのことはよくご存じで？」

「もちろんよ。ひところは、ずいぶんと親しくさせてもらっていたわ。そうとうに親しくね。はじめて会ったのは、魔術師アレイスター・クロウリーや黒魔術をテーマにした講演をしていたときのことよ。その会場にゼッドがやってきて、いま企画している作品を手伝ってくれないかと頼んできたの。それで、衣装とセットのデザインを担当することになったってわけ」手品師の助手さながらに、指輪をはめた手で部屋のなかをぐるりと指し示しながら、ケヴィンはこう続けた。

「舞台美術だけじゃなく、いまはインテリアデザインの仕事もしているわ。人々が実際に暮らす家だって、人生というドラマの舞台みたいなものでしょう?」

「なるほど。それで、ゼッドは黒魔術の世界にどの程度のめりこんでいたんでしょう?」

「そうねえ……あなたにもおおよその想像はつくでしょうけど、生かじりの好事家ってのは、いつの世にもそこいらじゅうに蔓延《まんえん》しているわ。とりわけ、ここハリウッドにはね。でも、あたしが思うには、鋭い感性を持つがゆえに世のなかに倦《う》んだ者だけが、魂の渇きを癒そうと、あの極限をめざすものなんじゃないかしら。そびえ立つ連峰の頂と、暗い泉の深淵とをめざすものなんじゃないかしら。闇の世界へとあたしたちを駆りたてるのは、あのまばゆいスポットライトの光だということね。そうは思わない?」

「いえ、おっしゃるとおりです」

「ありがとう。共感してもらえて嬉しいわ」そう言うと、ケヴィンはテーブル越しに腕を伸ばし、長く骨ばったひとさし指でぼくの手の甲をそっと撫でてから、カップに紅茶をそそぎはじめた。その指の爪だけが、なぜか黒く塗られていた。

「お砂糖とミルクは?」

「いえ、けっこうです」

ケヴィンは椅子に背を戻して、ふたたび脚を組みなおした。その瞬間、一本の体毛も見あたらない真っ白な太腿の奥に、レースのパンティーとおぼしき物体がサブリミナル効果のようにちらりとのぞいた。カップを手に取るケヴィンに続いて、ぼくも自分のカップを恐る恐る口に近づけた。そのとたん、なんとも奇妙なにおいが鼻を刺した。

ケヴィンはにっこりと微笑んだ。「お気に召したかしら。あたしが自分で茶葉をブレンドしたのよ。これを飲むと、とっても気分が落ちつくの」あいにく、ぼくには反対の効果があるようだった。なんといっても、この男は〝魔術師〟なのだ。ヒキガエルに変えられてしまってはかなわない。ぼくはそそくさとカップをテーブルに戻した。

「さきほどの話だと、ゼッドが黒魔術に関心を寄せていたとのことですが？」

「ええ、そうよ。はじめて会ったとき、黒ミサをテーマにした連作映画をつくりたいと言われたわ。クロウリーや、悪魔教会の開祖ラヴェイはもちろんのこと、フレイザーの研究書や、魔女狩りの推奨者ジャン・ボダンの著書、ユイスマンスの小説に至るまで、すでにかなりの文献を読みこんでいたみたいね。中世の人々がカトリック式のミサをパロディーにして行なっていたとかいう儀式のことまで調べあげていたわ。〝乱行祭〟だかなんだかって呼ばれていたらしいけど」

「その儀式なら、ぼくも何度か参加した気がします」

興を削がれたと言わんばかりに、ケヴィンは引き攣った作り笑いを浮かべた。なんとか失点を取りかえそうと、十九世紀に書かれたはずの小説の内容を必死に思い起こしながら、ぼくはすかさず言葉を継いだ。

「ユイスマンスなら、ぼくにもなじみがあります」

「あら、そう。それじゃ、『さかしま』はもちろんご存じね？」

「ええ、いちおうは」

「あたしがユイスマンスやボードレールの作品に出会ったのは、農家の息子として田舎暮らしを送っていたころのことだったわ。どうしてこんなに心惹かれるのかもわからないまま、屋根裏部屋でこっそりポーやワイルドを読みふけっていたころのこと。祖母のトランクのなかで見つけた皺くちゃのレースに心を奪われていたころのことよ。ご存じだとは思うけど、そもそもワイルドにインスピレーションを与えたのが、ユイスマンスの『さかしま』だった。『ドリアン・グレイの肖像』のなかで主人公グレイの心をゆがめ、頽廃と虚無的な快楽主義に駆りたてる要因となった有害なフランス小説こそ、『さかしま』だとも言われているわね。

あの小説があたしにおよぼした影響も同様のものだった。『さかしま』を見つけたのは図書館だったわ。ネブラスカ州のプレインズヴューには、あの小説に閲覧制限を設けようと言いだすほどの読書家がどうやらひとりもいなかったみたいね。『さかしま』を読み終えてすぐ、あたしは家を飛びだして、パリへ向かった。もちろん、街の様子は様変わりしていたけど、あなたが思うほどの変化ではなかったわ。そこでひとりの舞台美術家と出会って、そのひとの助手になったの。彼からは、本職以外にもいろいろなことを教わったわ」

『さかしま』という小説は、エミール・ゾラにより定義された自然主義と、同じ流れを汲む写実主義（十九世紀ヨーロッパに代表される多くのブルジョワ文化と同様に、なおもかなりの権勢をふるっている）とに対抗する反逆の文学であると見なされている。ユイスマンスの生みだした主人公は、一般に正しいとされている現実や伝統的な文化を忌み嫌い、その嫌悪感と、尽きることのない欲望と、果てることのない退屈から抜けだすべく、みずからの手で頽廃の世界をつくりだす。その奇怪な人工の楽園は、耽美主義の誕生を告げる宣言書として、文学界における象徴主義の重要な礎《いしずえ》を築くこととなった。

この作品のもうひとつの特徴は、中核となる筋書きを持たないという点にある。小説でありながら、物語というよりは論述——とりわけ、文学に関する論述——という表現がしっくりくるような形態をとっており、作中の人物が巷にあふれる小説に対する罵詈雑言《ばりぞうごん》を長々と並べたてる場面もある。一九二五年に出版された翻訳版の表紙には、なんと、〝筋書きのない小説〟とのキャッチコピーがでかでかと添えられていたほどだ。ちなみに、この小説を読んでもらえれば、ぼくのめざす小説がどういうものであるかをご理解いただけることだろう。それから、ぼくの原稿が出版社から送りかえされてばかりいることの最大の理由も。こう作品がばか売れすると、購入希望者が殺到すると考える出版社がいたなんて、そんな時代があったなんて、ぼくにはとうてい信じられなかった。筋書きのない小説だぞ？　書店の入口から連なる行列が瞼に浮かんだ。興奮に沸きかえる人々のざわめきまで聞こえてきた。

「おひとついかが？　エジプト製の煙草よ」ふとわれに返ると、ケヴィンが漆塗《うるし》りの箱の蓋を開けていた。

「いや、遠慮しておきます」

ケヴィンは取りだした煙草を象牙《ぞうげ》製のシガレットホルダーに突き刺し、ガラス製のテーブルライターで火をつけると、長い煙の帯をぼくに吹きかけながら、リフォームを検討中の椅子を眺めるかのような目つきで、じっとこちらを見すえはじめた。その視線に耐えきれなくなったぼくは、生きることに倦んだ物憂げな男を装いながら、こう切りだした。「『さかしま』の主人公はロベール・ド・モンテスキュー伯爵をモデルにしていると、何かで読んだことがあります。じつを言うと、ぼくはプルーストも愛読していまして」

「ああ、プルーストね……」ケヴィンはそれだけつぶやくと、アール・ヌーヴォーふうの灰皿の遥か上方に手を伸ばし、手にした煙草をぽんと叩いた。先端から剝がれた灰が、頽廃へと向かう雪片のように、ひらひらと灰皿に舞いおちていった。「たしかにモンテスキューは、『さかしま』の主人公や、プルーストの生みだした不朽のキャラクター、シャルリュス男爵のメインモデルだとされているわね」この発言を、ケヴィンはすらすらと澱みなく語ってみせた。ぼくがやってくる直前まで、その道の権威たちと、まさにその問題を討議してでもいたかのように。貴族詩人でもあったモンテスキューは、みずから築きあげた夢の世界で暮らす変わり者の大富豪だった。モンテスキュー宅への訪問をしぶしぶ許されたという詩人のマラルメによれば、屋敷のなかには、修道士の独居房やヨットを模した部屋、大聖堂の祭壇や信者席を設けた大広間まであったという。さらには、純白の熊の毛皮の上に橇《そり》まで置いた、まがい物の雪景色も。詩人がやってきて扉をノックしたとき、階上からこっそり運びだされ、地下牢にしまいこまれたものはなんだったのだろう。あるいは、誰だったのだろう。ぼくらには想像をめぐらせてみることしかできない。

あらためて室内を見まわしてみた。寝室として用いられているらしい、奥まったスペース。そこに飾られた毛皮はぼろぼろに擦り切れていた。いっけん禍々しく見える髑髏《しゃれこうべ》は、紙でつくった張りぼてだった。そのとき、ふと気づいた。この小さな一軒家が、あの荘厳なる鋳型《いがた》におのれの人生をはめこまんとする痛々しくもささやかな試みであることに。この場所こそが、頽廃派の最後の砦《とりで》であることに。最も細い茎の遠い果てに咲く、最も黒くて、最も小さくて、最も病弱な花であることに。その草分けたる始祖たちは、その独創性をもって世間の注目を浴びた。だが、いまその後裔たちは、ゲイ・カルチャーからグラムロック、ゴシックファッションにヘビーメタル、黒と赤のマニキュアを塗ったこぶしを宙に突きあげる個々人に至るまで、誰もが逆風に耐えている。いまにも力尽きそうになっている。そしていまこの家で、そのすべてが終焉を迎えようとしているのだ。もろく儚い玩具《おもちゃ》の家で。技巧を凝らした張りぼての家で。場末の中古品店のようなこの家で。だが、これこそは、すべての芸術家がたどる運命ではないのか。現実にあらがわんとする決死の戦いではないのか。そのすえに、誰もが敗北を喫してきたのではないか。獄中のオスカー・ワイルドも。釈放後、放浪先の安ホテルでカーテンに激怒したときのワイルドも。アヘンにのめりこんでいったときのボードレールも。ボルチモアの酒場で泥酔しているところを発見されたポーも。ぼくの敬愛するプルーストですら、毛布代わりの新聞紙にひとりくるまって、夜どおし乾咳《からせき》を続けていたという。最も偉大な作家たちですら、最期《さいご》には人生の敗者となった。現実の世界で勝利をおさめようと思ったら、詩を詠《よ》んでいる暇《いとま》などないのだ。巨匠と凡人を――ケヴィンとぼくを――分かつのは、現実という鏡に放ったこぶしの残すひび割れの深さであるのかもしれない。本能に打ち克つ力であるのかもしれない。

とつぜん、甲高い呼び鈴の音が空を引き裂いた。

「あら、誰かしら。ほかに来客の予定なんてないってのに」ぼくに向かって眉をひそめながら、ケヴィンが言った。

ふたたび呼び鈴が鳴った。酩酊した非番の消防士でも目を覚ましそうなほどの大音量だった。「いま行くわ!」ケヴィンはつかつかと玄関まで歩いていって、扉を開けた。ピエロかと見がまうほどに真っ赤な髪をした太っちょの老女が、網戸の向こうからこちらをのぞきこんでいた。

「ケヴィン? あんたなの?」

「ええ、ミセス・グリーンスタイン。何かご用? いま、お客さまがいらしているの」

「うちのトーラがここにお邪魔してないかい。ゆうべ帰ってこなかったものだから、心配で仕方なくてねえ」

「いいえ、あいにくだけど、うちにはいないわ」

「心配で仕方ないんだよ。ゆうべうちに帰ってこなかったものだから」

「ええ、その話はもう聞いたわ。でも、あの厚かましい貧相な野良猫ならうちにはいません。どうせまた盛りがついたんでしょ。ゆうべもそこの芝生の上でニャーニャー鳴きわめいていたもの。心配することなんてありゃしませんよ。そのうちおなかがすいたら、勝手に戻ってくるわ。おなかに子供を宿してね」

「そんな意地の悪いことがよく言えたものだね。あたしはこの家の大家だよ。それに、今月の……今月も、家賃の支払いが遅れているようだけど」

「やめてくださいな、ミセス・グリーンスタイン。お客さまの前でこれ以上の恥をかかせないでちょうだい。家賃なら、ちゃんとお支払いするわ。近いうちに印税《ロイヤルティー》が入っていることになっていますから」

「お客さまってのは誰なんだい？」網戸に鼻を押しつけてこちらへ目をこらす老女に、ぼくは小さく手を振ってみせた。

「あちらは作家のミスター・サム・コーンバーグよ」

「どうも」紹介を受けて、ぼくは老女に挨拶した。

「今日は取材にいらっしゃったの。以前、あたしがとっても親しくしていた仕事仲間の話が聞きたいとおっしゃってね。誉れ高き映画監督について。その数奇な人生と、悲劇的な死について……」

「それはそれは、お会いできて光栄ですわ」老女は言って、小さくお辞儀した。「すみませんねえ。おたくがいらっしゃるのに気づかなくて。あたしはただ、うちのトーラのことが心配で。ゆうべうちに帰ってこなかったもんですから」

「それはさぞかしご心配でしょう。でも、きっとぶじだと思いますよ」

「ええ、ええ、そのとおりよ。それじゃあ、失礼しますわ、ミセス・グリーンスタイン。続きはまた今度ということで」

「あら、そう。それじゃ、さっき言ってた王室《ロイヤル》からのお給金とやらが入ったら、すぐに――」

老女の言葉を断ち切って、ケヴィンはばたんと扉を閉めた。「ごめんなさいね。ご近所の方なんだけれど、あの方、少し呆《ぼ》けていらして。お気の毒だとは思うけど、そうそう相手をしてもいられないでしょう？」

「いや、気にしないでください」

「ええと、どこまでお話ししたかしら……」キモノの帯を締めなおしながら、ケヴィンは椅子に腰をおろした。「そうそう、ゼッドとユイスマンスの話だったわね。あのころ、ゼッドは黒ミサをテーマにした連作の企画を進めていた。具体的なストーリーを追うのではなく、なんと言うか……そう、闇の巡礼者による魂の遍歴みたいなものを形にしたいと言っていたわ。それを大きく三つに分けて、《誘惑篇》、《法悦篇》、《昇天篇》の三部作として世に出すつもりだったの。ゼッドはユイスマンスの『彼方』を参考にしていたわ。黒ミサの様子が正確に描写されていると言ってね」

「脚本もみずから執筆していたってことですか？」

「まあ、そうね」ケヴィンは肩をすくめ、新しい煙草に火をつけた。「〝執筆〟という言い方をすると、少し語弊《ごへい》があるかもしれないけど。食事をするときを除いて、ゼッドがどこかにじっとすわっている姿なんて、ほとんど見たことがないわ。弁の立つひとだったから、ペンを動かすよりは、口を動かすほうを得意としていた。ただし、頭のなかにははっきりとした完成図ができあがっていた。そして、無尽蔵の情熱があった。熱い情熱をほとばしらせていた。つまり、実際にペンを握っていたのはゼッドじゃなく奥さんのほうだったってこと。あとは、あたしが衣装と美術を担当して、カメラをまわす係がひとりいた」

「それはどなたでしょう。その方にも、是非お話をうかがいたいんですが」

「それがね、なぜだかどうしても思いだせないのよ。どこにでもいそうな若者だったわ」

「では、モナについてもう少しお聞かせ願えませんか。じつは彼女に興味がありまして。いや、ゼッドを取り巻く人々のひとりとして、ということですが。いま、脚本はモナが書いていたとおっしゃいましたね。女優として作品に出演もしていたと聞いていますが」

「女優だなんて、そんな大それたものじゃないわ。演技なんてする必要はなかったもの。作品のなかで描きだされた儀式は、すべて実際の儀式を忠実に再現したものだったから。たとえばホスチアにしたって、あたしが知りあいの不良司祭から本物を調達してきたのよ」

「ホスチアというのは？」

「ミサで使う聖餅《せいへい》のことよ。その聖餅の神聖性を穢《けが》すという行為こそが、この儀式の肝《きも》なの。司祭が聖餅を巫女《みこ》のヴァギナに挿入したあと、そのまま祭壇の上で性交を行ない、聖餅に精液を浴びせる。不浄にまみれたその聖餅を用いて、ミサが執り行なわれるというわけ。映画では、司祭役をゼッドが、巫女役をモナが務めたわ」

「なるほど……」ビッグ・サーで抱きしめたときのモナの姿が脳裡をよぎった。はためくカーテンの向こうに立ちつくしていた姿も。身を投げた瞬間の姿も。

「……ちなみに、モナは進んでその役を引きうけたんでしょうか。何か……特別な事情があったわけではなく」

「あなたの言いたいことはわかるわ。でも、彼女はけっして強制されたわけでも、夫の犠牲になったわけでもない。かつてノート夫妻に拾われてきた女たちのなかには、そういう娘《こ》もいたかもしれないけれどね。いちばんのお気にいりだった、あのメキシコ娘みたいに。あの娘が漂わせている空気には、ひとから食い物にされる運命のもとに生まれてきたようなところがあったわ。見る者の憐れを誘うようなところがね。でも、モナはちがった。めくるめく官能にどっぷり浸かっていた。モナが鞭で打たれたり、回転盤に縛りつけられたり、陰部に蠟《ろう》を垂らされたりしているところを見たことがあるわ。五、六人の男に輪姦されているところや、女や動物を相手にしているところもね。でも、モナはどんなときでも、なんというか……そう、勝利に酔いしれるかのように瞳を輝かせていた」

　ケヴィンの瞳に浮かぶ恍惚の色を見てとるなり、奇妙に入り組んだ感情が胸にこみあげてきた。煩悶、嫉妬、そして怒り。だが、誰に対してそうした感情をおぼえているのだろう。ほとんど知りもしない、亡き女に対してなのか。みずから命を絶った、その女の亭主に対してなのか。ロンスキーに今日の報告をすることを思うと、ロンスキーが心を寄せていた女のイメージを穢してしまうことを思うと、気が重くてならなかった。しかも、それはぼくが心を寄せた女でもあるのだ。

「そのメキシコ人の娘ですが、名前は覚えていませんか」話題を変えようと、ぼくは言葉を挟んだ。「居所を突きとめられるようなら、その方からも話をうかがいたいんですが」

「いいえ、ごめんなさいね。あの娘の名前を覚える必要があるなんて、思ったこともなかったわ。たぶん、ゼッドが亡くなったあと、故郷のメキシコへ帰ったんじゃないかしら。屋敷も何もかも処分されてしまったから」

「しかし、ゼッドが他界するまえに、例の三部作は完成していたわけですよね？」

「いいえ。完成したのは二作めまでよ」

「さきほど、タイトルを三つ挙げておられましたが。《誘惑篇》と《法悦篇》と……」

「ええ。もともとの計画では、三部作になる予定だったわ。でも、二作めまでしか撮り終えることができなかった。《昇天篇》はこの世に存在しないのよ」

「何か理由があったんでしょうか」

ケヴィンは弱々しく微笑んだ。「ミスター・コーンバーグ、あなた、信仰は篤《あつ》いほう？」

「いえ、まったく」

「だとしたら、きっと理解してもらえないわね。でも、もしあなたが一度でも黒ミサに参加して、あのエナジーを魂で感じることができたなら、あるいは、ゼッドのようにみずからを霊媒としてさしだすことができたなら……」そこで言葉を切ったまま、ケヴィンは芝居がかった様子で肩をすくめてみせた。

「つまり、悪魔が降臨して、ゼッドに乗り染《うつ》ったと言いたいんですか」

ケヴィンは笑みを広げ、ぼくの手にふたたびひとさし指を重ねた。「あたしが言いたいのは、開ける扉を選ぶときには慎重になったほうがいいということよ……あらやだ！」とつぜん、弾かれたようにケヴィンが立ちあがった。驚きにすくみあがるぼくの目の前で、キモノの前がはだけ、皺くちゃに老いさらばえた味も素っ気もない裸体があらわになった。その体表は色褪せたタトゥーに覆われていた。伸ばした指の先をたどっていくと、つぶらな緑色の瞳とやけに大きな耳をした小さな黒猫が、ちょこんと小首をかしげたポーズでキッチンの入口からじっとこちらを見つめていた。

「ニャー？」

「そんなところに入りこんでいたのね！　このいけ好かないメス猫め！」怒りに煮えたぎった表情で、ケヴィンはぼくに顔を振り向けた。「誰か助けを呼んでくるわ。あのメス猫から目を離さないでちょうだい！」

言うが早いか、キモノの前を搔きあわせながら、ケヴィンは玄関から飛びだしていった。「ミセス・グリーンスタイン！　ミセス・グリーンスタイン！」

ぼくもソファーから立ちあがり、断崖絶壁に立つ自殺志願者を説得するかのように優しげな笑みをたたえたまま、黒猫に話しかけた。

「ようし、トーラ。いい子だ……」ぼくが手をさしだすと、黒猫はぷいと背を向けて、クロゼットのなかに逃げこんだ。「くそっ」とぼくは毒づいた。こんなところで、いったい何をしているのだろう。やれやれと首を振りつつも、黒猫を捜索すべく、クロゼットの扉に手をかけた。

どうやらここは、生活雑貨の収納に使われているらしい。背板に花柄の紙を貼った奥行きの浅い棚には、シーツやタオルが山と積みあげられていた。床の上には、掃除用具や、トイレットペーパーや、靴が並べられている。そのとき、視界の隅で何かが動いた。振り向くと、青い雨靴のあいだからはみだしたふさふさの尻尾が小さく揺れていた。それが蛇のようにのたくりながら雨靴の奥へ引っこんだかと思うと、壁を通りぬけでもしたかのように、忽然と姿を消した。

ぼくは肩越しに背後をうかがった。ケヴィンが戻ってくる気配はない。好奇心に衝き動かされて、床に膝をついた。消毒剤やらペーパータオルの包みやらを脇にどけてみると、壁に開いた隙間が見えた。それを手で押してみると、収納棚の背板が浮きあがり、その奥に秘密の小部屋があらわれた。さすがは熟練の舞台美術家だ。なんと見事な擬装だろう。

部屋の壁は真っ赤に塗りあげられていた。床には、黒のペンキで五芒星《ごぼうせい》が描かれていた。壁には銀色の逆さ十字が掛けられており、そのてっぺんに動物の頭蓋骨が載せられていた。おそらくは羊の骨なのだろう。立派な角の先が、巻き貝のような螺旋を描いている。ぼくはふたたび、床の上に視線を落とした。黒と赤の蠟燭《ろうそく》の燃えさし。黒い革表紙の本が数冊。そして、ベータマックスのビデオテープが二本。擦り切れたラベルには、斜めに傾いた小さな手書きの文字で〝誘惑篇〟、〝法悦篇〟と記されていた。ふとわれに返ると、五芒星の中心から、黒猫がこちらを見つめていた。フーッとひと声うなるなり、猫はぼくの脇を走りぬけ、ふたたび壁の向こうへ姿を消した。

震える手で背板をもとの位置に戻し、クロゼットの扉を閉じた。床に置いてあった鞄をつかみとり、玄関から飛びだした。歩道をやってくるケヴィンの姿が見えた。歩行器を押しながらよちよちと歩くミセス・グリーンスタインの姿も。逃げ去るぼくに気づいたケヴィンが、ぶんぶんと手を振りまわしはじめた。

「ちょっと！　どこへ行くの！　最近手がけた仕事の話も聞いていってちょうだい！　ミュージカル専門劇場の舞台セットよ！　写真も用意してあるわ！」

「すみません！　いろいろ聞かせてくださってありが

とうございました！　でも、もう行かないと！　また連絡します！」

　そうわめきかえしながら、小走りに車へ駆け寄り、運転席に乗りこんだ。吹きつける熱風にキモノの裾を煽られながら、〝魔術師〟が前庭に立って、こちらをじっと見つめていた。ミセス・グリーンスタインは脇目も振らずに歩行器を押しながら、よろよろと玄関に向かっていった。

42

　続いて向かったのはグリーン・ヘイヴン病院だった。パーカーからの叱責に耐える時間を思うと、まるで気乗りはしなかった。ところが、入口を抜けてロビーに入ってみると、受付に看護師の姿が見あたらない。数分も立ちつくしてから、ようやくブザーの存在に気づき、それを押してみた。なんの音も聞こえなかった。するとそのとき、奥の扉が開いて、例の愛らしい顔をした看護師が姿をあらわした。

「お待たせしてすみません。今日は病院全体が錯乱状態で……」

「こちらの病院が錯乱しているのはいつものことなのでは？」看護師の笑顔をひと目見ようと、ぼくは軽口を叩いてみせた。だが、当の看護師はうわのそらでまばたきを繰りかえすばかりだった。こちらの声が聞こえているかも疑わしい。ぼくは気を取りなおし、自分の名前を伝えてから、こう言った。「ドクター・パーカーから呼出しを食らった者です」

そのとたん、看護師は大きく目を見開き、ぼくの顔をまじまじと見つめた。「面会の約束をしていらしたということですか？」

「今朝、メールが届きましてね。ここへ会いにくるようにとのことだったんですが」

「あなたにメールを？　ドクター・パーカーが？」

「ええ。本人に訊いてみてください。嘘なんかじゃないってことがわかりますから」

「本人に訊く……？」看護師は呆然とつぶやいた。

「いや、ぼくはただ――」

「すみません……！」看護師はひどくかすれた声でぼくの言葉をさえぎると、攻撃から身を守ろうとでもするかのように両手をあげつつ、じりじりと後ずさりを始めた。「すみません……少しだけ、このままここでお待ちください」それから、脱兎《だっと》のごとくに駆けだした。ぼくは待った。待ちつづけた。もう一度ブザーを押したいという衝動と戦いながら。しばらくしてようやく、さきほどの看護師が扉の隙間から顔だけを突きだして、こう言った。

「あの……こちらへいらしていただけますか」

ぼくはそれに従った。看護師のあとを追って、ホワイトハウス（なかの様子を実際に目にしたことはない）を彷彿とさせる長い廊下（青い絨毯に、白い壁に、高い天井と刳形《くりがた》）をたどり、院長室に入った。そこにパーカーの姿はなかった。パーカーに代わってぼくを待っていたのは、パーカーよりも歳若く、洒落た黒のスーツを着た男と、ファッション性の欠片もない制服を着たパサデナ市警察の警官だった。その奥では、つなぎの作業着を着た男がふたり、床に膝をついて、空調機の修理にでもやってきたかのように、大きな鞄からいくつもの道具を取りだしていた。

「やあ、どうも。そちらがミスター・コーンバーグかな？」スーツを着たほうの男が口を開いた。

「ええ、そうですが」

「はじめまして。ラス・ファウラーです」言いながら、男は片手をさしだしてきた。引き締まった身体つき。むらなく陽焼けした肌。黒い瞳に、真っ白な歯。きれいに整えられた眉。手入れの行き届いた髪と手。ぼくの手を力強く握りしめるなり、ぶんぶんと大袈裟に揺さぶりながら、男はこう続けた。「なんでも、ドクター・パーカーと面会の約束をしておいでだったとか？」

「ええ、そうです。自宅にメールが送られてきて――」

「なるほど。だとすると、残念なお知らせをしなければならないな。ドクター・パーカーは本日、亡くなりましてね」

「亡くなった？　それは……いつのことです？」

警官がサングラスをかけたまま、とつぜんしゃべりだした。「今朝八時三十分ごろ、事故に遭われたんですよ。どうやら、走行中にタイヤがパンクして、車が制御不能に陥ったようです。巻きこまれた車はなく、同乗者もなし。通報を受けて警察が現場に到着したときには、すでに事切れておりました」

「くそっ……なんてこった。この世には神もへったくれもないな」

「失礼、ミスター・コーンバーグ。不敬な発言はできれば慎んでいただきたい」

「は？」一瞬考えこんでから、警官の言っている意味が呑みこめた。「ああ、すみません。そんなつもりは毛頭《もうとう》なかったんだが、あまりのショックでつい……」

「お気持ちはわかります。しかし、わたしはパサデナ市の法の番人であると同時に、敬虔なキリスト教徒でもあり――」

そのとき、怒りのさめやらぬ警官とぼくとのあいだに、ラス・ファウラーが割って入った。「そこまでにしておこう、クレメント巡査。ミスター・コーンバーグも、けっして悪気があったわけじゃない」ラスはぼくに向かって片目をつむってみせると、なおも仏頂面を続ける警官を後ろに残して、ぼくに手ぶりでソファーを示し、その隣に自分も腰をおろした。ふと背後を振りかえると、作業着姿の男たちの手によって取りはずされた巨大な風景画の陰から、隠し金庫があらわれた。

「さてと、サム」言いながら、ラスはぼくの膝をぽんと叩いた。「今日はどんな用件で院長を訪ねてきたんだろう。あなたもここの患者なのかな？」

「ぼくが患者？　まさか。何か話しあいたいことがあるとかで、ここへ呼びだされたんですが……」膝に載せられたままのラスの手など気にもしていないふうを装いながら、ぼくは言った。「でも、どうしてそんなことを訊くんです？」

「立ちいった質問をして申しわけない。じつを言うと、わたしは当病院の理事会を代表してここにいましてね。言うなれば、院長の机の整理に駆りだされたわけです。院長の死がわれわれにとってどれほどの痛手であるかは、あなたにもたやすく想像できるでしょ。ドクター・パーカーはグリーン・ヘイヴン病院の脳であるのみならず、心臓でもあったわけだから」

温情に満ちた笑みを浮かべるラスの背後では、防護マスクをつけた作業員たちがトーチランプを手にかまえ、先端から噴きだすオレンジ色の炎をゆっくりと金庫に近づけていた。その火先が金属に触れるなり、周囲に火花が飛び散りはじめた。そのとき、ポケットに入れていた携帯電話がぶるぶると震えだした。ぼくは弾かれたように立ちあがった。

「あの、ぼくはそろそろ失礼します。この病院に関する話をすることになっていたわけじゃありませんから、どうか気になさらないでください。おふたりとも、お手間を取らせてすみませんでした」

「運転にはくれぐれも気をつけて」クレメント巡査がサングラスの陰から目礼をよこしつつ言った。

「ええ、どうも」そそくさと戸口へ向かいつつ、ジュージューと音を立てて熔けだした金属に負けじと声を張りあげてぼくは言った。「そちらこそ、神のご加護を!」

電話をかけてきたのはマイロだった。例のビデオデッキに詰まっていたテープがついに取りだせたのだという。「なかからなんのテープが出てきたと思う? なんと、ジョン・ウォーターズ監督のカルト映画《デスペレート・リビング》だぜ。どこへ消えちまったんだろうと、ずっと不思議に思ってたんだよな。こっちはもうずたずたで使い物にならないが、《淫魔!》ならいつでも見られるぜ」

とめてあった車へと向かいながら、ぼくはケヴィンの家の隠し小部屋で見つけたビデオテープのことを打ちあけた。

「で、そのテープをどうしたんだ?」

「どうって……どうもしないさ。すぐに逃げだしたんだから」

「ばかを言うな! 冗談だろ? 自分が何を見つけたか、わかってんのか? ツタンカーメンの墓を発見したようなもんなんだぞ? いまのいままで、誰の目にも触れることなく埋もれつづけてきた歴史遺産を見つけたんだぞ!」

「ああ、ああ、わかってるよ」

「コピーをつくって売りに出したら、どれほどの高値がつくことか……」

「だとしても、勝手に持ちだすわけにはいかないだろ? ぼくが盗んだって、すぐにバレちまう」

「ああ、そうかよ。勝手にしろ。なあ、サム。以前、不甲斐ないゲイを指して、自分がなんと言ったか覚えてるか」

「たしか〝退屈な負け犬〟じゃなかったか？」

「ああ、そうだ。やっぱりおれらはどっちもどっちだな」

43

《淫魔！》——別名《吸魂バイセクシャル》、またの名を《アバズレ妖魔》、またべつの名を《レズビアン夢魔》——は、大学の学生寮でたまたまルームメイトになった女子大生ふたりを主人公としていた。ひとりはブロンドのチアリーダー、カッサンドラ。もうひとりは眼鏡をかけた黒髪の秀才、ヴァル。人類学研究室に籍を置く下劣で陰険な教授の指示により、野外研究に共同で取り組むこととなったふたりは、ふとしたことから、『魔術大全』なるタイトルの朽ちかけた書物を地中より掘りだす。その古書のなかの一項目に登場するのが、人間の男を誘惑しては魂を抜きとるという夢魔、〝淫魔〟だ。さて、容姿も性格も正反対のふたりだが、とある出来事をきっかけに固い絆を結ぶこととなる。だが、それは口にするのもおぞましい出来事だった。まずは、研究室に呼びだされたヴァルが、件《くだん》の教授に無理やりレイプされたあと、もし口外したら大学にいられないようにしてやるとの脅しをかけられる。さらには、引き裂かれたTシャツ姿で涙に暮れながら寮へ戻ったところを、貧乏白人の仲間たちと酒盛りをしていた野卑な寮長らの一団に捕まってしまう。一方のカッサンドラもまた、運動部に所属する男子学生たちにロッカールームへ連れこまれ、代わる代わるの暴行を受けていた。その晩、ふたりは下着姿のまま互いの傷を舐めあう。そして、『魔術大全』の巻末に記されていた〝禁断の儀式〟を試してみようと、遊び半分に思いつく。蠟燭に火を灯して、下着を脱ぎ捨て、指の先にナイフで傷をつけてから、乳房が触れあわんほどの距離で向きあい、両手をからめあうふたり。声を揃えて〝けっして唱えるべからざる呪詛《じゅそ》〟を唱えた次の瞬間、吹き荒れる突風に蠟燭の炎が揺らめき、稲妻が夜空を切り裂く。シンセサイザーの奏でる調べが耳をつんざくなか、ふたりは互いにすがりつく。最初は恐怖に駆られて。やがては、燃えあがる肉欲に衝き動かされて。オーガズムの訪れとともに、苦悶の表情で身を引き攣らせた直後、ふたりは床にくずおれて、そのまま気を失ってしまう。

翌朝、目を覚ましたふたりは妙な気恥ずかしさをおぼえつつも、前夜のことを笑いあう。酒に酔って羽目をはずしてしまっただけだ。何もなかったことにしよう。だが、言うまでもなく、ことはそれほど単純ではない。前夜の儀式により、カッサンドラとヴァルは邪悪な淫魔、リリスとネヘマを召喚し、その身に憑依《ひょうい》させてしまっていたのだ。自分が何をしているのかも知らぬまま、ふたりは自分たちを凌辱《りょうじょく》した男たちに復讐を果たしていく。学生服に身を包んだヴァルは教授の研究室を訪れ、あの手この手の色仕掛けで教授を翻弄しはじめる。机に突っ伏した自分の尻を叩かせ、棚に並ぶ世界各地の卑猥な工芸品——豊饒神のシンボルとされる男根——を用いての〝個人レッスン〟へと誘導する。やがて、ひとならぬ怪力を宿したヴァルはとつぜん机を弾き飛ばし、教授を床に組み伏せて、こっぴどく鞭で打ちすえたうえ、アフリカのどこかの地に祀《まつ》られていたという巨大な男根像を教授の肛門に突きいれる。ところが、苦痛に顔をゆがめていた教授がほどなく恍惚の表情を浮かべはじめる。快感に身悶えしはじめる。しかし、興奮が絶頂に達そうとするまさにその瞬間、ヴァルは教授の唇に食らいつき、その魂——かなり安っぽい特殊効果による紫色の煙——を吸いとってしまう。そして最後には、紀元前二千五百年ごろのペルシアでつくられたとされる半月刀《シミタール》を手に取り、教授の首を刎《は》ねるのだった(重度の映画マニアのため、参考までに、このシーンの描写を少し補足しておこう。サムライ映画のように飛び散る血飛沫《しぶき》。真っ赤に染めあげられた棚の上の象牙細工。どさりと気味の悪い音を立てて床に落ちる生首。魂を吸いとり終えたあと、吐息とともにヴァルの口からふわりと漏れだす紫色の煙。紫色に染まったヴァルの唇)。一方、チアリーダーのユニフォームに身を包んだカッサンドラもまた、女子学生をデートに誘っては強姦しているというアメフト部のクォーターバック、ブラッドをロッカールームで惨殺していた。フェラチオをしてあげると言ってブラッドをシャワー室へ誘いこんだカッサンドラは、諸悪の根源である器官(むろん、フランクフルトソーセージに似たあの部分だ)を食いちぎり、それを小便器のなかに吐き捨てたあと、絶叫するブラッドの口から魂(今度は緑色)を吸いとりはじめる。そして、虫の息となったブラッドがしゃがれたうめき声を漏らすなか、満足げな表情で緑色の小さなげっぷを吐きだすのだ。純粋主義を標榜する者なら、こう異議を唱えるかもしれない。本物の(ここでいう〝本物〟

が何を指すかはともかくとして）夢魔は眠っている男の夢のなかにあらわれるものだし、奪い去っていくのは命ではなく性交能力だけであると。なるほどそのとおりではあるのだが、ぼくには製作者側の意図がはっきりと見えた。性的描写を最小限に抑え、本物の性器が画面に映りこむことを避けつつも、昨今の観客が求める鮮烈な暴力シーンのほうはぞんぶんに盛りこむことで、観覧制限をR指定にとどめようとしたのはあきらかだった。

そこから先のストーリーは、しばらくのあいだ、上記のような場面の繰りかえしが続く。数を重ねるごとに奇怪さを増しながら、それぞれに、あるいはふたりで力を合わせつつ、憎き男どもの息の根をとめていくカッサンドラとヴァル。やがて、ふたりの助演男優の登場によって、そこに新たな展開が生じる。ヴァルに熱をあげる、同級生のマーク。カッサンドラに好意を寄せる、連続殺人事件の捜査担当刑事、ジム。このふたりは、はじめのうちは恋愛対象として女たちを追いまわすことで、一時的に緊張を解き放つコミックリリーフ的役割を果たしているのだが、女たちの不可解な行動にしだいに疑念を募らせ、最終的には、なんらかの超常的存在に操られているのではないかと疑うようになる。ヴァルとカッサンドラもまた、自分たちを凶行へ駆りたてている原因と解決法とを模索しはじめる。そんなこんなで、やや唐突に物語が山場を迎え、図書館を舞台とした激闘が始まる。蝙蝠《こうもり》の羽のようにページをはためかせながら、宙を飛び交う書物。口から火を吐く妖魔たち。チアリーダーたちをレイプしようとする、首なしゾンビの群れ。素っ裸での死闘を繰りひろげる女ふたりと淫魔ふたり（ちなみに、淫魔のリリスとネヘマは、ヴァルとカッサンドラ役の女優が紫と緑のボディーペインティングをほどこしたうえで、一人二役を演じている）。

ついにふたりは、淫魔を魔界へ送りかえすことに成功する。生ける者たちが勝利をおさめ、ここにふた組のカップル（月並みな男女の組みあわせ）が誕生する。ようやく手にした平穏を堪能すべく、休暇を利用した旅行に出かける四人。そして、ホテルの続き部屋でそれぞれのカップルが身を寄せあうという大団円。だが、ほっとしたのもつかのま、最後の最後に流れるエンディング——それぞれのカップルがからみあうベッドシーン——の合間には、穏やかならぬショットが次々と差し挟まれていく。めくれあがった唇。邪悪な光を宿した瞳。蛇のようにうねる髪。獣じみたうめき声。乳房。牙のように尖った歯。マニキュアを塗った長い爪。乳房。舌。また乳房。しだいに音量を増していく、うめき声のような旋律。脈打つ鼓動のような効果音。ことを終えた男たちの生気のない顔。もうおわかりだろう。そうとも、あの邪悪な淫魔はふたりのなかから完全に消え去ったわけではないのだ。

第四部　憂、慮、の虹

44

目を開けると、モナが、死んだはずの女がこちらを見おろしていた。

最後に覚えているのは、《淫魔！》を見たあと、ソファーで眠りこけるマイロとMJをその場に残してふらふらと寝室へ向かったことと、歯磨きをする気も起きないほどくたびれ果てていたということだけだった。いまぼくは、朝の光のなかで仰向けにベッドに横たわっていた。そして、窓ガラスの向こうからモナが――身投げするのをこの目でしかと見届けたはずの女が――室内にじっと目をこらしていた。眉間に皺を寄せてはいるが、岩場に墜落したあと海の藻屑と化していた死人にしては、ずいぶんときれいな顔をしていた。

「モナ……？」ぼくが呼びかけると、モナは不意にぼくの顔を見おろし、驚いたように目を見開いたあと、さっと身を伏せた。

「モナ！」ぼくは毛布を撥ねのけ、ベッドから跳び起きた。それと同時に目に飛びこんできたのは、ぼくの寝ていた場所の隣で胎児のように丸くなって眠る、素っ裸のマイロの姿だった。ぼくはふたたびはっと息を呑み、一瞬、呆然と立ちつくしてから、自分の身体を見おろした。ボクサーパンツと靴下が見えた。それがせめてもの救いだった。それからはたと思いだし、窓の外をのぞきこんだ。モナの姿はどこにもない。玄関に向かおうと、靴下を履いた足を踏みだした。とたんにつるりと足がすべり、尾てい骨を床にしたたか打ちつけた。それでもどうにか立ちあがり、玄関まで走っていって、錠をまわしたところですでに開いていたことに気づき、もう一度錠をまわしてから、ようやく外に飛びだした。

美しい朝だった。珍しく仰ぐ早朝の空はどこまでも澄みわたり、通りには排ガスを撒き散らす車もない。まるで朝いちばんに焼きあげられたパンのように、この世界が一夜にして生まれ変わったかのように、あたりにはかぐわしい香りが満ち満ちている。だが、感動にひたっている暇はなかった。隣人に見とがめられないことを願いつつ、ぼくは下着姿のまま家の裏手へまわりこみ、寝室の窓の真下に位置する花壇に駆け寄った。やはりモナの姿はない。茂みの隙間を這いまわり、隅から隅まで裏庭を調べた。スパイさながら壁に背をつけ、そっとガレージをのぞきこんでもみた。そこでは、ぼくの車が無心に眠りこけているだけだった。窓の下まで引きかえし、足跡なり、踏みしだかれた花なりが見つかりはしまいかと目をこらした。あることにはあった（それも、ごまんとあった）が、いずれもぼく自身が残したものであるにちがいなかった。窓ガラス越しに寝室のなかをのぞきこんだ。からっぽのベッドと、薄汚れたシーツが見えた。家の正面へ駆けもどり、芝生の上にしばらく立ちつくした。なんらかの痕跡が見つかりはしまいか。車のテールランプでも、通りの角へ消える髪でも、香水の残り香でもなんでもいい。そのとき、とつぜん前庭のスプリンクラーがまわりだした。一日置きの午前七時に自動で作動するよう設定してあるのだが、自分の目で確認するのはこれがはじめてだった。頭のてっぺんからパンツまでをもずぶ濡れにされたぼくは、子供じみた悲鳴をあげながら家のなかに駆けこんだ。キッチンからマイロの鼻歌が聞こえてくるなか、寝室へ直行し、タオルをつかんで身体をぬぐった。バスローブが見あたらないため、手にしたタオルを腰に巻きつけながら、とぼとぼと寝室を出た。

ぼくのバスローブはマイロが着ていた。おそらくは素っ裸の上にそれ一枚を羽織っているのだろう。コンロで何かを焼きながら、ぼくを振りかえってマイロは言った。「いい運動になったか?」

「きみも見たか……彼女を?」

「彼女って誰だ? MJなら、まだどこかにいるはずだが」

「そうじゃなくて……」

「それじゃ、ララのことか? まさか帰ってきたのか?」

「そうじゃない。あの女だ。窓の外からこっちを見てた。ついさっき。つかまえようとしたけど、逃げられた」

「女ののぞき魔が出没したってのか? この世にそんなものが存在するとはな。言うなれば〝出歯メス亀〟ってやつか」

「まあ、そういうことだ。それで、きみも見たのか?」

「ったく、何を言いだすかと思えば。おまえの裸を女が盗み見ていただと? 妄想もはなはだしいな」

「いや、裸だったのはぼくじゃなくそっちのほう……いや、そんなことはどうでもいい。とにかく、ベッドで寝ていて、ふと目を覚ましたら、窓の外から……」

ぼくは大きく深呼吸をした。「……窓の外から、ぼくの追っていた女が、モナが、家のなかをのぞきこんでいたんだ」

「おれは裸じゃないと眠れない質《たち》なんだ。服を着たまま寝るなんて、どう考えても自然じゃない。息が詰まっちまう」

「ぼくの話を聞いてたか? モナだよ。あの自殺した女だ。そのモナがここにいたんだ。ついさっきまで」

「幽霊を見たってことか?」

「幽霊じゃない。生身の女だ」

「死人は生身の身体でおまえの家のなかをのぞきにきたりしない。ありえるとしたら、幽霊かゾンビだ。いや、ひょっとしてその女、淫魔に憑依されてるんじゃないか？　もったいないことをしたな。そのまま眠ったふりを続けていれば、ナニをくわえてもらえたかもしれないのに。ほらよ、朝食ができたぞ」言いながら、マイロはフライパンから剝がしとった真っ黒焦げの物体を皿に載せた。

「なんだ、これは」

「フレンチトーストに決まってるだろ」

「うちに卵なんてなかったはずだ」

「ああ。だから調理油を使った。シロップもシナモンもなんにもなかったから、スイスミスのインスタントココアとゼリーの素のイチゴ味で代用した」

「なるほど」皿に載った物体は見た目もにおいも、合成に失敗した大麻樹脂にそっくりだった。「それより、MJはどこだ？　何かあったんじゃないだろうな。車はまだ表にとまっていたが」

「そう慌てるな。耳を澄ませてみろ」ぎとぎとのフライ返しを宙に掲げて、マイロは言った。ぼくはそれに従った。すると、何かの布を通したような、くぐもった鼾が聞こえてきた。「邪悪な淫魔がもうひとりあらわれたみたいだな」そうつぶやくマイロの声も。

MJはソファーの上にいた。服はそのまま身につけているものの、シャツの裾を顔の上まで引っぱりあげているせいで、形のいい乳房があらわになっていた。その布地の下から、苦しげな寝息が漏れだしていた。

「たぶん、ここにいるのがMJだ。思ってたよりいい乳をしてるが、おそらく間違いない」言いながら、マイロは片方の乳首を指で突ついた。

とたんに、MJが激しく身をよじりはじめた。「やめて！　このくそったれ！　ここから出せったら！　助けて！　犯される！」シャツの裾を引きさげてやると、その下から真っ赤に火照った顔があらわれた。汗にまみれた額や頰に、いくすじもの髪がへばりついている。「……いやな夢を見たわ……巨人があたしの顔の上にすわりこんでる夢……」

「今朝、悪夢にうなされたお仲間ならもうひとりいるぜ」ふらふらとキッチンまで歩いていき、ポットからコーヒーをそそぎはじめたMJに向かって、マイロが言った。「ここにおわすホームズ探偵殿も、死んだ女が戻ってきてウィンクをよこす夢を見たんだと」

「夢なんかじゃない。目が覚めたあとに見たんだから。ちゃんとこの目で見たんだ」あるいは、見たと思ったか。だんだん自信がなくなってきた。

「そんなことがどうしてわかるんだ？」キッチンの壁という壁に油を撒き散らしながら、マイロはぶんぶんとフライ返しを振りまわした。「いまこの瞬間が夢ではないと、どうしてわかる？」

「試してみればわかるさ。さあ、手を出せ」ぼくが大庖丁をつかむと、マイロはげらげらと笑いだした。

MJがぼくから庖丁を取りあげたかと思うと、フレンチトーストをふたつにぶった切ってから、ひと切れにかぶりついた。「不本意ながら言わせてもらうけど、その件については、あたしもマイロに賛成だね。死人が地上を歩きまわったりはしない。たとえあの世に行きそびれていたとしても」MJはそう言うと、意味深な目つきでマイロを見やった。

マイロは小さく肩をすくめた。「いい機会だ。言ってやれよ」

「あんたから話してよ」

「もともとはそっちが言いだしたことだろ」

「いったいなんなんだ。言いたいことがあるならはっきり言えよ。ぼくに聞こえていないとでも思ってるのか？」

ひとつため息を吐きだしてから、MJがぼくの手を取った。

「ねえ、サム。マイロもあたしも、あんたを心配してるんだ。あんたはだいじな友だちだから」

あいたほうの手をマイロが取り、友情の輪を形づくくるかのように、もう一方の手でＭＪの手をつかんだ。

「そうとも、おまえを愛すればこそだ、サム」

「いったいなんなんだ？」手を振りほどきながらぼくは言った。

「あんたはいま、一種の強迫観念に取り憑かれてるんじゃないかな。あの死んだ女のことで。でも、そんなのは精神衛生上よろしくない」

「これは強迫観念なんかじゃない。ぼくは仕事として調査をしているだけだ」

「調査って何を？　彼女は自殺したんでしょ。それも、あんたの目の前で」

「なあ、サム。悪い意味にはとるなよ。おれに言わせりゃ、こんなにおいしい仕事はない。物笑い探偵が金を払ってくれてるかぎり、誰に何を言われたってかまうことはねえ。だが、それにしたって、最近のおまえはちょいとのめりこみすぎなんじゃないか？」

「つまり、あんたにとっては単なる仕事じゃなくなってしまってるんじゃないかってこと」

ぼくは無言で肩をすくめた。

「はじめのうちは、あんたが仕事に就いたことをあたしも喜んでた。そりゃあそうでしょ。あんたは女房に捨てられた。絶望の淵に沈んでいた。たいていの男なら、酒を食らって、女のひとりも買ってるところだわ」

「ぼくもモナとファックした」

「たった一度だけな。その直後に、身投げされちまったんだろ」マイロが横槍を入れてきた。

「まだわからない？」言いながら、ＭＪがふたたびぼくの手を取った。マイロも腕を伸ばしてきたが、ぼくはその手を払いのけた。「あんたはその女をララの身代わりにしようとしてるんだ。自分を捨てた女房のことを考える代わりに、嘆く代わりに、話題にする代わりに、その女のことで頭をいっぱいにしようとしてるんだ。現実の世界では、ララはあんたを捨ててほかの男と仲よくしてる。気の毒だけど、それが事実よ。だけど、あんたの妄想のなかでは、ララは死んだことになってる。そんでもって、新たにあらわれたその女が、あんたが勝手に理想化した女が、心の奥底で罪悪感を抱《いだ》いている女が、今朝その姿を見たという女のほうが、生きていることになっているのよ」そこまでひと息に言いきったところで、携帯電話が鳴りだした。「ちょっとごめん」そうひとこと言い置いて、ＭＪは電話を取りに席をはずした。

　マイロがぼくの肩に手を置いて言った。「なあ、ちゃんとマスはかいてるか？　かくいうおれも、性欲を溜めこみすぎると、おかしな考えに取り憑かれることがある。なんならうちの店から、七〇年代の傑作ポルノ映画を何本か貸しだしてやってもいいぞ」

「遠慮しておくよ」そう答えると同時に、ＭＪの黄色い悲鳴が耳をつんざいた。

「たいへんだよ！　いま、マージから連絡があったんだけどさ！　あんたの作品のことで！」

「マージって、きみの同居人の？　それで、ぼくの作品ってのはなんのことだい」

「ばかだね。あんたの書いた小説のことに決まってるじゃん。ほかに何があるってのさ？　以前、あんたの小説をマージに見せてもいいかって訊いたことがあったろ？」

　そういえば、あれは一年ほどまえ、いつにもまして絶望が募っていたころのことだ。いっそのこと原稿もろとも頭から灯油をかぶってしまおうかと考えていたときに、エージェントを探してみるようマージに頼んでやると、ＭＪが申しでてくれたのだ。だが、それ以来、いっこうに音沙汰はなかった。

「たしかにそういうことはあったけど、正直言って、マージは原稿に目を通しもしないだろうと思ってた」

「正直言って、あんたの想像どおりだわね。マージには読書を習慣とする暇もない。けど、おおまかな内容はあたしのほうから説明しておいた」

「それで？」

「マージは興味を示さなかった」

「だろうね」

「だけど！」ＭＪはそこで言葉を切り、やけにもったいをつけてから、こう続けた。「あんたの作品のことは心にとめておいてと、よくよく頼みこんでおいたんだ。そしたら、どうなったと思う？　なんと、とんでもない大物が食いついてきたんだよ。そいつからいま連絡があって、あんたに執筆の依頼をしたいって。どでかい仕事の依頼がしたいって。今日の午後にも会いたいってさ」

45

バック・ノーマンの王国は市街地からかなり北へのぼった田園地帯に位置しており、〝贅をきわめた高級居住区とハイテクノロジー・マルチメディアの要塞〟の集合体というよりはむしろ、古びた味わいのある村——あるいは村々——といった趣を漂わせていた。ディズニーランドと同様に、歯車や電線、警備員や銃のたぐいはすべて巧みに覆い隠されており、目に映るのはのどかでうららかな風景ばかり。丸太を組んだ牧場ふうのフェンスや、松の木立。砂利敷きの私道。こけら葺きの大きな母屋。その周囲に点在する離れ家や、厩舎《きゅうしゃ》や、囲い柵。道端には念入りに剪定《せんてい》された野花が咲き誇り、ぼくの暮らす地域にはけっして吹き寄せるとのないさわやかなそよ風が草葉を揺らしている。立派なたてがみを風になびかせながら、馬が二頭、足並みを揃えて走りぬけていく。そのくせ、いくら鼻をうごめかせても、馬糞のにおいは嗅ぎとれない。母屋の前でにいそしむ物音や人声も聞こえてこない。労働車をおりたぼくは、人なつこい笑みを浮かべた三人の〝村人〟に迎えられた。異なる角度から照準を合わせた三角形の散開隊形を組みつつ、三人はこちらに近づいてきた。正面に位置するのは、二十代とおぼしきブロンドの女だった。タイトジーンズに真っ白なTシャツを着て、アップにまとめた髪をドジャースのチームキャップのなかにたくしこんでいる。その顔からは自家製チェリーパイみたいに甘くて素朴な印象を受けるが、話す英語の訛からは、鉄のカーテンのどこか向こう側の出身であることがありありとうかがえた。

「こんにちは。ご機嫌いかが？」と女は話しかけてきた。だが、その目が伝えているのは〝あんたは何者で、どの程度武装しているの？〟という問いかけだった。女の両脇に陣取る男たち──ジーンズとアバクロのTシャツを着て、異様に筋肉の発達した男ふたり──の片割れが、女の斜め後ろから、訓練の行き届いた番犬を思わせる不敵な笑みを投げかけてきた。残るひとりの男はぼくの車の周囲を早くも嗅ぎまわりはじめていた。

「やあ、どうも。ぼくはサム・コーンバーグ。ミスター・ノーマンに会いにきました。いちおう作家として」

「まあ！　作家だなんてすごいわ！　この方、作家なんですって！」そう女に告げられると、男たちの笑みにもあきらかな敬意がにじんだ。「わたしたちの祖国でも、作家はたいへんな尊敬を集めるものよ。どうぞよろしく。わたしはジョーンよ。もちろん、便宜上の略称だけれど。本当のロシア名は、アメリカ人にはとうてい発音できっこないから」女はにぎやかにまくしたてた。あまりに早口すぎて、〝ジョーン〟の発音が〝ジョン〟にしか聞こえないほどだった。「それから、こっちのふたりはビリーとジョエル」握手を交わしながら女が紹介すると、男たちはこちらに手を振ってよこした。

「やあ、よろしく。ところで、ジョエルという名はロシアでも使われているのかな」

「いいえ、ヨエルをアメリカ式に変えたものよ。さあ、バックがあなたの到着をお待ちだわ。どうぞお入りになって！」

男ふたりをその場に残し、女のあとを追って玄関を抜け、木材と板石を敷きつめた広大なオープンスペースに入った。床にはナバホ族の手織絨毯。壁にはアフリカ部族の仮面やモダンな抽象画。あたりには、陽気で溌剌《はつらつ》とした活気とざわめきが満ちている。ぼくらがそばを通りかかると、膝丈にカットしたジーンズを穿き、スケーターブランドのスニーカーを履いた鬚面の若き英才ふたりがコンピューターの画面から顔をあげ、「やあ！」と手を振ってよこした。玩具《おもちゃ》のワンダーランドをきゃっきゃと駆けまわる白人の幼児たちを笑顔で追いかけていたメキシコ人の女たちも、「あら、こんにちは！」と声をかけてきた。巨大な庖丁で色鮮やかな野菜を叩き切っていた禿げ頭のドイツ人シェフまで、こちらに気づいて顔をあげ、「やあ、ジョーン！ランチはもうすぐできあがるぞ！」と微笑みかけてきた。

手で切りだした石材を使ったとおぼしき短い階段をおりると、陽あたりのいい大きな部屋に出た。壁の二方は書物に埋めつくされ、残る一方には石づくりの巨大な暖炉が据えられている。ガラス扉の向こうには緑の庭とプールがあって、そこから伸びる小道の先はプライベートビーチへ続いているらしい。ぼくの姿を見とめるなり、バック・ノーマンは眼鏡をはずしながら椅子から立ちあがった。ひと目見た姿から受けたのは、ハンサムな高校教師という印象だった。丁寧に刈り揃えた白髪まじりの顎鬚に、賢そうな瞳。薄くなりかけた髪。Tシャツとジーンズに素足といういでたち。ぼくのさしだした手をしっかりと握りしめ、それを上下に力強く振りながら、バックは言った。

「サム！　よく来てくれた。こんなところまでお呼びたてして、申しわけない。さあ、どうぞすわってくれ。喉は渇いていないか？　水か何か持ってこさせようか。ジョーン、すまないがマーカスに伝えてもらえないか。手があいたら水をふたりぶん頼むと」

「では失礼して」ぼくは言って、革張りのソファーに腰をおろした。ソファーはあまりにクッションが効きすぎていた。少しでも力を抜くと、ほぼ仰向けに寝転んでしまう。ぼくは仕方なく、座面のへりにちょこんと尻を載せて、膝を抱えこんだ。バックのほうは、机の向こうの肘掛け椅子にいったん腰をおろしてからすぐに立ちあがって、机の前を行きつ戻りつしはじめた。


「それで、サム、きみは小説家であるわけだ。いやはや、心から感服するな！　わたしもクリエイターの端くれではあるが、作家のしていることなど、まねできようはずもない。あのたゆまぬ集中力。それを毎日、何年と続ける根気。わたしには、ひとところにじっとしていることすら難しい。それから、口を閉ざしていることとも。ここだけの話だが、わたしはそれが理由で映画監督を志したようなものでね。監督であれば、落ちつきなく歩きまわりながら口を動かしていることが堂々とできるだろう？　じつを言うなら、それが監督の仕事だと言っても過言ではない。むろん、カメラがまわっているあいだは口をつぐんでいなければならないが、それがどれほどの長さだというんだ？　たった五分のあいだなら、黙ってすわっていることくらい、誰にでもできる。だが、きみら作家の場合は、それが生涯続くわけだ。黙ってすわっていることが。しかも、そうしているのが好きだというのだろう？　それこそが、何物にも変えがたい至福の時間だというのだろう？　まったく、尊敬に値する。ああ、ありがとう、マーカス。わざわざすまない」

「とんでもない」長い髪をドレッドヘアにした黒人の男が部屋に入ってきて、にこやかに微笑みかけながら、ぼくとバックに水のボトルを一本ずつ手渡していった。

「これはどうも」後ろに倒れこむことなく脚を組む方法を模索しながら、ぼくは男に礼を言った。

「このマーカスもじつにすばらしい人材だ。大いなる才能にあふれている」大股に部屋を出ていく男の後ろ姿を見届けてから、バックはこう続けた。「しかし、きみやわたしの仕事というのは、ほかの者とは一線を画する。わたしは歩きまわりながら弁を振るい、きみはじっとすわって黙考する。しかし、われわれが結果として生みだしているものは同じなのではないか？　そんなふうに考えてみたことはあるか？　きみとわたしの共通項について。きみやわたしのような者を、総じてなんと称するべきか」

「ええと……人間でしょうか？　ただの人間、とか？」

「いいや、語り部だ。ああ、いや、人間というのもけっして間違いではないな。ただし、語るべき物語を持つ人間だ。わたしの場合は、映像と、音と、行動と、会話を通じて、物語を語る。たとえば《少年強盗団》では、自分たちの町を救うために銀行を襲撃する孤児たちの物語。きみやわたしと同様に、愛を求めてさまようふたりの人間を描いた《九月は三十日を持てり》では、ノーベル賞を受賞した身体障害者と、アルツハイマー病を患うオリンピック選手の出会いの物語。はたまた、SF大作《フリッツ》では、自分をロボットだと思いこんでいる少年と、人間になることを願うロボットの交流の物語といったふうにだ」

「《フリッツ》は友人のレンタルビデオ店でもいちばんの人気作です」

「それはご友人に感謝しなくては。しかし、わたしの作品がなにゆえ巷の人気を集めるのかはわかるかい？　理由は、そこに物語が語られているからだ。さて、一方のきみはといえば、言葉と、思想と、紙とを使って、同様に物語を語っている。たとえば……」言いながら、バックは机の上に置かれた原稿の山をぽんと叩いた。「……この『厠《かわや》』だが。ドラッグの過剰摂取で正体をなくし、個室のなかで喉に反吐《へど》を詰まらせていた売春婦を、男子便所の接客係が人工呼吸で助けだす場面があるだろう？　ところが、唇を重ねるうちに、その売春婦がイエス・キリストに見えてきて、男が泣きだすという場面が？」

「ええ、あります」とぼくは答えた。実際には、その場面はすべて夢のなかの出来事で、その夢もじつは別人の夢のなかに入れ子のように差し挟まれたものであり、その別人の夢というのもまた、チベット仏教の経典『チベット死者の書』からのひとくだりを土台にして構築されているという、なんとも複雑なからくりになっているのだが、その点はあえて指摘しないことにした。

ぼくの返答を受けて、バックはぱちんと指を鳴らした。「そして次の瞬間……ドカン！　水道管が破裂して、どっと水があふれだし、人々が流し去ってきたもののすべてが汚水とともにあふれかえってくる。そうとも、それこそが、物語を語るということだ！」

「本当ですか？　本当に、あの場面が？　いや、とにかくありがとうございます。まさかそんなふうに言ってもらえるとは」じつを言うと、この作品はもう何年も読みかえしていなかった。記憶を失っているあいだに犯した罪の証拠品のように思えて、なんだか怖かったからだ。

「わたしに礼を言う必要などない。感謝すべきは、自分の才能だ。わたしに代わって原稿に目を通してくれた研修生はハーヴァード大学の出身なんだが、彼女もきみの作品を褒めちぎっていた。ただし、第二幕に問題ありとの指摘もある」

「ええ、おっしゃるとおりです」

「それから、複合映画館《シネコン》で公開するには、内容がいささか難解すぎるとも指摘していた」そう言うと、バックはやけに甲高くて小刻みな笑い声をあげた。「とはいえ、ある程度の難解さが効を奏することもある。かくいうわたしも、あえて難解な演出を選ぶことはあってね。たとえば、同時多発テロ事件を題材とするような場合だ。ひょっとして、《新たなる日の出》は見てもらえたろうか？」

いまの問いかけは謙遜にしか聞こえなかった。《新たなる日の出》を見たことのない人間など、地球上に存在するわけがない。このぼくを除いては。ぼくは家にとどまることで、声なき抗議を試みた。誰も耳を傾けることのない抗議の声。その声を聞く者がいるとすればララだけだったが、そのララも友人を誘って、いそいそと映画館へ出かけていった。そして帰宅後、こう言った。あなたの言うとおり、たしかに名作というわけではなかった。涙を誘おうというのが見え見えで、安っぽい演出や脚色も目立った。でも、自分は泣けた。劇場にいる全員が泣いていた。だとしたら、この映画のどこが有害だというのか。それが問題なんだとぼくは言った。粗悪な映画に泣かされることが。真の悲劇を脚色という名で改竄《かいざん》した映画に涙することが。ゆがめられた史実を通してひとりよがりの感動を味わうことは、現実の出来事をねじ曲げると同時に、打ち消すことにつながるからだ。《新たなる日の出》は、そこそこの芸術性とそこそこの難解さを盛りこんだ作品だった。あの事件について深く考えることを望まない人々のためにつくられた、〝頭の体操〟とも呼ぶべき作品だった。そして、胸が悪くなるほどの記録的大ヒット作だった。

ただし、この日、ぼくが実際に口にしたのはこんな返答だった。「《新たなる日の出》なら、もちろん拝見しました。本当にすばらしい作品で……」

「お褒めにあずかり光栄だ、サム。しかし、称えるべきは、わたしという人間ではない。きみの書いた『廁』と同様、称えるべきはストーリーであり、登場するキャラクターだ。むろん、テロリストが称讃に値するわけはない。だが、連中にしても、偉大な悪役と捉えることもできなくはない」

「なるほど。おっしゃるとおりです」ぼくはすかさず相槌を打った。結局何が言いたいのかはわからなかったが、そんなことはどうでもよかった。すると、バックはようやく椅子に腰をおろし、水のボトルキャップを開けた。ぼくも自分のボトルに口をつけた。

「ここにいると、ひどく喉が渇く。目と鼻の先に海が広がっているってのにな。おそらくはこの風のせいだろう。いや、何はさておき、今度はそちらの話を聞かせてくれないか、サム。いまはどんな作品に取り組んでいるんだい？」

ぼくはぴたりと凍りついた。ゆるゆると腕をあげ、もうひと口、水を飲んだ。適当な答えをひねりだしておくべきだったと、いまさらながら後悔した。こうした場でそういう話題が出ることはわかりきっていたはずだ。少なくとも、人づての話ではそう聞いていた。だが、いまから作り話をでっちあげている時間はない。真実を打ちあけるよりほかはなかった。

「まあその……おっしゃるとおり、いま取り組んでいる作品があることにはあるんですが……」

バックはにっこりと微笑んで、励ますようにうなずいてみせた。

「題名は『会陰』といいまして」

「すばらしい。気にいった。なんというか……古典的な響きがある。それで、内容のほうは？」

「ええと、なんと説明したらいいのか……まだ書きはじめたばかりなもので。とりあえず冒頭には、あるひとつの……単語をテーマとする愛の詩が何篇か連なっていて、そこからストーリーが展開されていくわけなんですが、全体としては〝狭間〟をモチーフとしていまして……たとえば、ふたつの出来事や、ふたつの場所、生と死、快楽と恐怖、更生と……排泄？　まあ、そういったものの〝狭間〟ってことです」自分の並べたてた駄法螺に辟易《へきえき》としながら、ぼくは大きく息を吐きだした。

「すばらしいテーマだ。しかし、具体的には何が起きるんだい？」

「それは自分でもまだよくわからないんです。なんというか、まずは声に耳を傾けてみないと」

「そうとも！　自分自身の心の声にな！」

「いえ、そうではなくて……」

「では、主人公の声かな？」

「いいえ、作品の声にです。ぼくは作品の語る声に耳を傾けようとしているんです。意識が語る声に。虚空に向けて、誰にともなく語りかけている声に……」言いながら、泣きだしたくなってきた。説明をしようとすればするほど、自分の墓穴《はかあな》を掘り進めるだけだという気がした。自分の思考や発想が目の前にいる男の理解を超えているだけなのだと思いたかった。だが、現実には、自分でも自分の言っていることが理解できなかった。誰にも理解できるはずがなかった。百パーセント理解できる人間などこの世に存在するはずもなかった。ぼくがこの新作に取り組みはじめて、もう一年になる。その間に書きあげたのは、愚にもつかない戯言を羅列した十ページのみ。つまりはそういうことだ。ぼくには小説家の才能などない。生涯をかけた壮大なる実験は終わった。導きだされた結論はただひとつ。ぼくはどこかを病んでいるということだ。

バック・ノーマンは椅子に背をあずけ、食いいるようにぼくを見すえはじめた。次の行動はおおかた予想できていた。あきれ顔で笑いだす。あるいは、とっとと失せろと言い放つ。それからこう諭しはじめる。もっと自分に向いた仕事に就いたほうがいい。たとえば私立探偵なんてどうだ。ところが、そのときバックの口から飛びだしたのは、あまりに意外なひとことだった。「いいだろう。気にいった」

「……は？」

「自分でも理由はわからない。どうかしていると言われてもかまわない。気にいってしまったものは仕方ない。わたしはこれまで、数多くの脚本家から数多くの売りこみを受けてきた。かぞえきれないほどの売りこみを。そういう連中に、自分の求めるものをどう伝えてきたかわかるかい？　答えは、独創性だ。これまで耳にしたこともないような何かだ。衝撃に打ちのめされるような何かだ。その点、きみの『夜陰』のような話はこれまで聞いたこともない。そして、誇張などではなく、わたしは衝撃に打ちのめされたというわけだ！」

「それはその……ありがとうございます。とても信じられません」タイトルを言い間違えられたことは、特に気にならなかった。のちのち何かで調べるなりして、誤りに気づいてもらえるかもしれない。ただし、何をどう調べても理解しようのない十ページの原稿を自分が提出している姿だけは、どうにも想像がつかなかった。「それで、具体的には、ぼくは何をすればいいんでしょう？」

「きみは小説家だろう、サム。むろん、きみにしてもらうのは小説を書くことだ。ここで、わたしとともに、その『余韻』の執筆にあたってもらう。ふたりで力を合わせて、その物語を世に語ろうじゃないか」

「本当ですか？」

「そこでだ」バックはふたたび椅子から立ちあがり、机の前を行きつ戻りつしはじめた。「今後はきみに対して、おべんちゃらを並べるつもりはない。きみの発想はすばらしいが、その作品にはまだまだ足りないものが……そう、その骨組みに肉付けをしていく必要がある。現在、ほかに抱えている仕事はあるんだろうか。どこかよそからの依頼で、執筆にあたっている作品は？」

「ありません」とぼくは即答した。〝語り部〟としてのぼくは間違いなく無職だ。そのとき、自分がいま調査にあたっている虚構まがいの事件や、最新の夢についての報告を待つ肥満体の変人のことが脳裡をよぎった。「ええ、そういう仕事はほかに何も。ただ、日中はべつの仕事を少し……」

「そんなものはくそ食らえだ」バックは手にしたボトルをぼくに突きつけた。「率直に言って、その日中の仕事とやらは、執筆を続けるための方便にすぎないはずだ。夜間の仕事のほうこそが、きみにとっての本業であるはずだ。ならば、たったいまから、きみには本業のみに専念してもらおうじゃないか」

それから、バックはこうも続けた。うちの人間からきみの〝エージェント〟（マージのことであるらしい）に連絡を入れさせるから、契約の詳細はそのとき詰めるとしよう。だが、基本的には、充分な週給に加えて、〝出来高〟に応じたさまざまな報酬や、〝収益〟からの〝分配金〟までもが惜しみなく支払われることになる。バックのもとを辞したあと、来た道を引きかえして車に乗りこんだ。どうせうまくいきっこないとは思いつつ、興奮に浮き立つ心を抑えこむことは難しかった。これで、カーステレオを買いかえることができる。いや、新しい車を手に入れることだってできる。新しい妻だって。行方の知れない妻を買いもどすことだって。ついにぼくは、ララが死ぬまで添い遂げたいと望むような男になれたのだから。

私道の出口にさしかかったとき、幅の狭い門を抜けて敷地に入ってくる最新モデルのトヨタ・プリウスが見えた。ぼくが車を端に寄せてやると、その真横まで来たところで、プリウスが不意に停止した。ハンドルを握っていたのは、グリーン・ヘイヴンの院長室で出会った伊達男、ラス・ファウラーだった。

「やあ、サム！　またお会いできましたね！」

「やあ、ラス。お元気そうで何より。しかし、なんでまたこんなところに？」

「ここで働いているからですよ。バックのもとでね。あの病院へわたしを遣わしたのも、つまりはバックということです。バックは精神医学の後援に大いに力を入れていましてね。あそこの理事も務めているんですよ。しかし、普段のわたしが担っているのは、才能の発掘と育成です。というわけで、これからはちょくちょく顔を合わせることになりそうだ。あなたにはかなりの期待をかけていますからね。何はともあれ、わが無敵の常勝チームへようこそ！」そう言うと、ビキニ姿の若手女優にでもするかのように、ラスはウィンクを投げてよこした。

46

敷地のはずれの門を通りぬけ、延々と続く渋滞の列に加わるが早いか、天突くばかりの高揚感は跡形もなく霧散した。周囲の車のドライバーたちも、ガラスの牢獄に閉じこめられた囚人さながらの暗い目で互いの顔を見やっていた。携帯電話の履歴を開くと、目下の雇い主から緊急召集がかけられていた。ぼくは至極のんびりと、ロンスキー探偵本部へ急行した。おそらく、これが最後の調査報告になるだろう。バック・ノーマンのもとであたる仕事も、ロンスキーから命じられた仕事に劣らぬほどうろんなものではあるが、法的発言力を失した奇矯な引きこもりよりは、オスカー像を手にしたことのある奇矯な億万長者のほうに重きを置かざるをえまい。

ようやく書斎にたどりついたぼくを、ロンスキーは難しい顔で詰問した。いったいどこで何をしていたのか。ローストビーフはすでにオーブンへ入れられており、ぼくの到着が遅れることで、夕食の時間にまで遅れが生じることを危ぶんでいたらしい。ぼくは余計な言いわけを省き、すみませんとひとこと詫びてから、すぐさま《淫魔!》の鑑賞報告に取りかかった。ロンスキーは泥水に浸かるカバのごとく目を閉じて、椅子に深々と沈みこんだ。祈るように重ねあわせた巨大な手を唇に押しあて、壁を支える突っかい棒みたいな小鼻に指先をもたせかけたポーズで、映画の内容に聞きいっていた。ひととおりの説明を終えたぼくは、今朝、窓の外にモナがあらわれたことを打ちあけた。そして最後に、「おっしゃりたいことはわかります。深夜のホラー映画＋ビーフジャーキー＝悪夢、そんなふうにお考えになるのはもっともですが……」そう憶測を述べはじめたとき、不意にロンスキーが片手をあげた。

「待ちたまえ。きみのもとにあらわれたモナが生きていようが死んでいようが、ごく小さなちがいしかない。だが、その現象を考察してみることで、得られるものはあるかもしれん」

「小さいって、ひとの生死がですか？　小さいどころか、大きなちがいですよ」

「普通に考えればそうだろう。しかし、いまここで問題になるのは、そうしたちがいではないのだ。いずれにせよ、いまこの場でその真相を客観的に見きわめることは不可能だ。そのときさみは睡眠と覚醒の狭間の状態にあったわけだからな。そこでまずは、きみの見たものが夢であったとしよう。だが、それがなんだというのか。夢という形をとって、われわれが真実を悟るというのもままあることではないのかね。おそらく、モナはふたたびきみの前に姿をあらわすだろう。そのときはかならずや真相を究明することだ。では、続きを頼む」それだけ言って、ロンスキーはふたたび目を閉じた。

〝魔術師〟ケヴィンの自宅を訪ねたときの出来事について報告を始めると、ロンスキーは微動だにせずすわりこんだまま、ふたたび話に聞きいっていた。やがて、ぼくがすべてを語り終えると、ロンスキーは不意に顎をあげ、片方ずつ目を開けて、ぼくを見すえた。「ひとつ、あきらかなことがある。そのビデオテープを持ち帰ってこなかったのは、愚の骨頂であるということだ。もう一度その家を訪ねて、テープを手に入れてきたまえ」

「そんな……いったいどうしろというんです？」

「やり方ならいくらでもある。国勢調査員を装うという手もあるし、ガス漏れの検査をしにきたと騙ってもいい。付け髭や付け眉毛が必要だというなら、きわめて精巧なものがわたしのもとにいくらでも――」

「それはそうとですね……」とりあえず話題を変えようと、ぼくはドクター・パーカーの訃報を持ちだした。だが、その行為はいっそうの不興を買う結果となった。弾かれたように背すじを伸ばして、ロンスキーは怒りを爆発させた。

「なぜすぐに知らせなかったのだ！　パーカーが殺されたということを！」

「慌てて知らせるほどのことでもないと思ったもので。パーカーは事故で亡くなったんですから」

「いつになったら学習するのだ、コーンバーグ。この世に事故などというものは存在しない。たとえば、フロイトの患者であるドラという娘のもとに、しつこく言い寄ってくる若者がいた。ドラがその求愛をにべもなく撥ねつけると、何を血迷ったか、その若者はとつぜん通りへ飛びだして、危うく馬車に轢《ひ》かれかけた。フロイトはその若者の行動を、無意識下の自殺と分析している。さすがと言うほかはあるまい！」

「しかし、パーカーの場合、事故の原因はタイヤのパンクですよ。あなたの言う無意識にも、タイヤをパンクさせることまではできないでしょう？　モナの死にしたって、誰も彼もが自殺との判断をくだしているのに、あなただけが他殺だと言い張っている。もしフロイトがそれを知ったら、どう分析するかはおわかりになりますか。狂気のなせるわざですよ」

「さもありなん。しかし、寝室の外にあらわれたモナが夢であったかどうかに関する、きみが言うところの科学的見解とちがって、わたしの主張する狂気の見解はたしかな証拠にもとづいている」そう言うと、ロンスキーは机の引出しから一通の手紙を取りだした。

「今日の郵便で、これが配達されてきた。自分の死後にわたしへ送り届けるよう、モナが遺したものだ。モナの遺言状だ。おそらくはこれこそが、ドクター・パーカーが金庫にしまいこんでいたものだろう。そして、身の危険を感じるに至った原因、殺された日の朝、きみに託すつもりであったものであることも間違いない。しかし、きみがなかなか返事をよこさなかったため、痺れを切らしたパーカーはこれをポストに投函した。おそらくはその運命の朝に。病院へと向かう途中に」

そう言うと、ロンスキーは折りたたまれた便箋を開き、ひとつ咳払いをしてから手紙を読みあげはじめた。

「親愛なるソーラーへ……」

47

はじめてあなたに会ったとき、ふと頭に浮かんだのは父のことだったわ。どこかで聞いたようなセリフだと思うかもしれないけど、本当のことよ。ただし、わたしが父に会ったのは、生涯でただ一度だけ。それも、このひとが父さんなんじゃないかと勝手に思いこんでいるということにすぎない。当時のわたしは七歳だった。年齢を覚えているのは、その日が誕生日だったから。用意されたケーキを前にして、蠟燭に火をつけてとわたしがねだると、ちょっと待ってと母は言った。あるひとが来ることになっているからと。どういうことだか、さっぱりわからなかった。誕生日を母以外の人間に祝ってもらったことなんて、一度もなかったから。友だちもほとんどいなかったし、ほかに家族もいなかった。そのとき、突拍子もない考えが頭に浮かんだ。ひょっとしたら、《セサミストリート》のビッグバードが来てくれるんじゃないかって。当時のわたしはビッグバードがとにかく大好きで、毎日、あの子供番組に夢中で見いっていた。誕生日パーティーに――わたしが呼ばれなかったパーティーに――誰それがやってきたと、クラスメイトが自慢しているのを耳にしたこともあった。だから、ひょっとしたらわたしに内緒で母がビッグバードを呼んでくれたのかもしれないと考えたの。やってきたのが人間の男のひとだと知ったときの、わたしの落胆ぶりは想像できるでしょう? だけど、そのひとがビッグバードにも負けないほど大きな身体をしているってことだけは、認めざるをえなかった。それから、黄色い羽根には覆われていなかったけれど、腕も顔も、どこもかしこもが毛むくじゃらだった。しかも、その男のひとはわたしへのプレゼントを抱えていた。ピンク色の包装紙でくるんで、赤いリボンを結んだ大きな箱を。箱のなかには、マイ・プリティー・ポニーが入っていた。わたしがいちばんほしがっていた子馬の人形が。どんなに恥ずかしがり屋の子供でも、ポニーの魅力には敵わなかった。母に促されるがままにそのひとの膝にすわって、蠟燭を吹き消した。するとそのひとは、大きなケーキをふた切れもぺろりと平らげた。あんなに驚いたことったらなかったわ。そのひとが帰ったあと、母はわたしにこう告げた。あのひとがあなたの父さんよ。とっても有名で偉いひとだから、仕事が忙しくてなかなか会いにこられないの。でも、このことは誰にも話しちゃだめよ。理由は教えられないけれど。わたしは母の言葉を鵜呑みにしなかった。もしかしたら、自分が父親だとあのひとが勝手に信じこんでいるだけかもしれない。それに、母の言うことが本当だとはかぎらない。残念ながら、母のそうした性癖はわたしにも受け継がれてしまったみたいね。頻度だけで言うなら、わたしのほうが遥かに嘘つきなのだから。じつを言うと、この誕生日の出来事だって、本当に起きたことかどうかもわからない。ずっとあとになって母から聞かされた昔話を、実際に体験したことのように思いこんでいるだけなのかもしれない。投薬治療のさなかに図書室のテレビで何かの映画を見たあと、ふと思いついた空想にすぎないのかもしれない。あなたならわかるでしょう？　薬漬けにされたとき、頭のなかがどんなふうになるか。自分のなかにある記憶ですら、自分のものではなくなってしまう。あの記憶はいまどこにあるのか。どこへ行ってしまったのか。誰がそれを取り去っていったのか。医者なのか、恋人なのか、捕獲者なのか、敵なのか、友人なのか。ときどき、こんな想像をすることもあるわ。誰かが夜更けにわたしの病室へ忍びこんできて、フロッピーディスクの記録や紙に書かれた文字を掻き消すみたいに、わたしの記憶を消し去っていく。

そうしてまっさらになった脳みそに、向こうの植えつけたいイメージを、モナ・ノートというイメージを新たに書きいれているんじゃないか。他人から見たわたしの姿さえ、自分が思っている姿とはちがうんじゃないかと怖くなることもあるわ。鏡に映るこの顔は、わたしの本当の顔ではないんじゃないかって。だとしたら、あなたの目に映っているのはいったいどちらの顔なのかしら。あなたが愛してくれたのは、このもうひとつの顔のほうなの？ それとも、わたしたちはふたりして同じ妄想に囚《とら》われてしまっているの？ 院長室で診察を受けているあいだも、こんな想像をしてしまう。このひとはいまから催眠術をかけて、わたしを別人に仕立てあげようとしているんじゃないか。あなたにも同じことをしているんじゃないか。もしかしたら、わたしたちはふたりとも深い眠りのなかにあって、同じ夢を見ているだけなのかもしれない。だとしたら、どんなにすばらしいか。わたしがいま図書室にいて、あなたの隣で居眠りをしているだけなのだとしたら。

ときどき、こんな夢を見ることもあるわ。ある高名な芸術家の、偉大な映画監督の未亡人になった夢。妖艶な美女として、みんなに持てはやされる夢。毎晩のようにナイトクラブのパーティーやお城の晩餐会《ばんさんかい》へ招かれては、男女を問わず口説かれたり、最高級のワインやドラッグを勧められたりする。豪華なヨットに乗りこんで、真夜中の海へ漕ぎだしては、日の出を眺めながらシャンパンを飲む。ときどき、どちらが夢でどちらが現実か、わからなくなってしまうこともある。いまは少しお酒を飲みすぎて、意識が朦朧《もうろう》としているだけなのかもしれない。少し疲れすぎていて、目を開けるのが億劫なだけかもしれない。すると次の瞬間には、病室の壁や天井が消え去って、目の前にきらめく太陽が、雲ひとつない青い空が浮かびあがる。潮の香りが鼻腔をくすぐりはじめる。そうよ、これはファブリシオのヨットだわ。それとも、ファブリシオの父親のヨットだったかしら。どこかの国の伯爵で、靴の工場と葡萄畑を持っているとかいう父親の。放蕩《ほうとう》息子のファブリシオは、高価なオートバイを何台も乗りまわしたり、ギャンブルで散財したり、女の子を追いまわしたりと、遊びほうけてばかり。父親の称号と遺産を受け継ぐ日を、いまかいまかと待ち焦がれている。こんなひとが本当に伯爵になれるのかと、わたしは不思議でならない。父親には爵位を譲る相手が選べないのかしら。ファブリシオはドゥカティの後ろにわたしを乗せて、遠乗りに出かけることもある。あんまりにもスピードが速すぎて、オートバイごとこのまま空に浮かびあがってしまうんじゃないかと、わたしは思う。翼の生えたペガサスみたいに、エンジンが天に飛びたとうとするのが伝わってくる。わたしたちはその首根っこにしがみついて、なんとか地面に押さえこもうとする。わたしが必死にしがみついていたせいで、ファブリシオの胸や脇腹には深い爪痕が残ってしまう。それでも、そのエンジンの振動は、その内に秘められた強大なパワーは、耐えがたいほどの刺激と興奮をも与えてくれる。これまでに出会った男たちがみなそうだったように、ファブリシオもわたしの夫に魅了されている。夫の作品に。若き妻を迎えた結婚に。わたしたち夫婦の生き方に。夫の死にざまに。わたしは夫の死について話すことを拒む。それがかえって人々を喜ばせる。神秘のベールをさらにまとわせる。求婚してくる男もいるけれど、わたしはすべて撥ねつける。自分にはまだ夫がいると考えているから。やがて、五年にわたる異国暮らしに終止符を打って、わたしはここロサンゼルスへ、このハリウッドへ帰りつく。

いま思えば、ここへ戻ってくるべきではなかったんだわ。でも、あのときはそれが救いになると思った。地に足をつけさせてくれると。この悪夢から抜けださせてくれると。でも、この街はわたしを生き埋めにするだけだった。ハリウッドはわたしのために用意された墓場だった。そしてこの病院は、このベッドは、わたしの墓だった。すべてはあの夏に始まった。ファブリシオとすごしたあの夏。どうしようもなく心を掻き乱す悪夢。そして何より、目が覚めているはずの日中に――現実の世界に――開いた小さな裂け目。自分がどこにいるのかも、何者なのかも思いだせなくなる、あの一時期。陽のあたる場所で横になって目を閉じると、こんなふうに感じることがある。いま目を開けたら、ローレル・キャニオンのあのお屋敷のプールが見えるんじゃないか。すぐ隣にはゼッドがいて、詩の朗読を聞かせてくれているんじゃないか。かと思うと、ふと現実に立ちかえることもある。そうすると、いま自分がいるのが病室のベッドであることも、いま聞こえているのが廊下を歩く看護師の柔らかな足音であることも、ちゃんと認識できるようになる。そういうことが起きはじめたのも、あの夏だった。完全に目の覚めているとき、パリの街並みを歩いているときや、ベルリンのナイトクラブにいるときに、とつぜん視界が真っ暗になって、自分の名前も、なぜそこにいるのかもわからなくなるということが。わたしは怖くてならなかった。だから、なんでもないふりをした。一緒にいたひとたちの話に相槌を打ち、冗談に笑い声をあげた。促されるままに、タクシーに乗った。そうしながらも、わたしは心のなかで悲鳴をあげつづけていた。やがて、同じようにとつぜんに、消えた記憶が戻ってくる。そのあと数週間はつつがなくすごせる。それでもなお、発作の恐怖は絶えずつきまとう。そうした恐怖と不安感とが、さらなる発作を誘発する。ついにわたしは、恐怖することまで恐怖するようになった。不安を抱《いだ》くことを不安に思うようになった。そうした悪循環を繰りかえしながら、虚無の闇へと墜ちていった。そうしてついに、わたしは壊れた。医者が言うところの精神崩壊に陥って、ドイツの病院に運びこまれた。そこからこの病院へ移送された。かつての知人が、わたしには思いだすこともできない人々が、すべての費用をまかなってくれた。そして、ドクター・パーカーがわたしの記憶を一から新たに植えつけはじめた。わたしの名前。生いたち。ゼッドの死。ゼッドの死を目撃してしまったことによる心の傷が精神崩壊の引鉄《ひきがね》となったのだと、ドクター・パーカーは言ったわ。それから、ドラッグやアルコールやセックスによって悲しみや戸惑いを抑えこもうとしたことが、かえって傷を深めることになってしまったのだとも。わたしが記憶を取りもどすのを、自分なら手伝うことができるとも。そして、そのとおりに実行した。ドクター・パーカーの手もとには、わたしの身元を示す証拠があったから。パスポートや新聞の切りぬきがあったから。でも、わたしはある疑問を打ち消すことができずにいた。わたしの過去には、それ以上の何かがあったんじゃないかという気がしてならなかった。たぶん、わたしはあなたを雇うべきだったのね。愛するソーラー、あなたに頼んで、わたしの事件を解決してもらうべきだったんだわ。わたしの巻きこまれた犯罪を暴きだしてもらうべきだったんだわ。行方不明の人間を探しだしてもらうべきだったんだわ。わたしという、行方不明の人間を。この手紙をあなたが読んでいるということは、すでにわたしはこの世にいないはず。でも、どうか悲しまないで。わたしの肉体が滅びるより先に、わたしの人生は何者かによって奪い去られてしまっていたのだから。わたしはすでにこの世にいなかったのだから。ただ、探偵としてのあなたにお願いするわ。どうかわたしを探しだして。わたしを救いだして。わたしの最期の願いを、どうかあなたが聞き届けて。

48

ロンスキーは便箋を机の上に置いた。ぼくのいる場所からも、紙面を這うかぼそい筆跡が見てとれた。突きでた腹の上で両手を組みあわせてから、ロンスキーは視線をぼくに据えた。もちろん、その目を濡らす涙はなかった。一片の慈悲さえも。

「さて……きみはモナの最期の言葉を耳にした人間だ。モナの最期を見届けた人間でもある。そのきみがいま、墓穴の彼方から送られてきたメッセージを受けとった。もうひとりの死者の手によって届けられた一通の手紙を。われらの助けを乞う手紙を。では、コーンバーグ、きみはそれにどう応える?」

シナイ山の頂に立つモーセさながらのまなざしが、ぼくにのしかかっていた。ポケットのなかでは携帯電話が執拗に振動していた。マイロからの緊急通報。おそらくは、冷蔵庫のビールが切れたことか、チーチ&チョンのマリファナ映画の放送がまもなく始まることを知らせようというのだろう。わが友マイロとMJの言うことは正しい。運命の手綱《たづな》は自分で握らなきゃならない。ほかの誰にも譲ってはならない。もちろん、あのふたりにも。ロンスキーにも。モナにも。それから、ララにも。最愛の妻を失ったことで、ぼくは正気をも失いかけた。死んだはずのモナがぼくの夢を侵すことを、夢が現実を侵すことを許してしまっていた。その先に待ちうけているのは狂気だ。ロンスキーを見るがいい。いまにもてのひらを机に叩きつけようとしている、目の前の男を。

「どうした、コーンバーグ。ひょっとして口が利けなくなってしまったのかね。それとも、何か言いたいことでもあるのかね?」

「ええ、あります」とぼくは言った。胸のつかえをおろすと同時に、笑みがこぼれた。「ぼくは今日かぎりで辞めさせてもらいます」

49

晴れて自由の身となってロンスキー家を辞した瞬間、心がぐんと軽くなるのを感じた。もちろん、可能なかぎりの説明は試みた。ぼくにできる範囲でのモナ(あるいはラモーナ)の身上調査は完了した。〝調査対象〟に関して、ぼくが知りうることはすべて調べつくした。具体的な言及は避けつつも、そろそろ本職に専念したいとの旨も伝えた。車に乗りこんでから、マイロに折りかえしの電話をかけた。こちらにも爆弾を落としてやるつもりだった。ところが、マイロがいまいるのはぼくの家ではなかった。そのうえ、向こうの落としてきた爆弾のほうが遥かに威力が大きかった。

「よう、サム。いい知らせがある。たったいま、おまえに代わって例の映画を手に入れてきてやったぜ」

「映画って、なんのことだ？」

「あのオカマの爺さんが隠し持ってた映画だよ。ついさっき電話をかけて、おまえの助手だと名乗ったら、あっさり真に受けてくれてな。そんでもって、おまえが再取材を申しこみたいそうなんだが、いつなら時間をとれるかと尋ねたら、あの魔女はこう答えた。今日はこれから夜会だかなんだかに出席して、ひと晩じゅう毒キノコだかなんだかの採集に励むことになっているが、明日の午後四時ごろでよければ、またお茶を用意して待ってるってな。そんなこんなで、おれはあの魔女が家をあけるのを待って、例のテープを失敬してきたってわけだ」

「失敬してきたって、どうやって？」

「クロゼットだの隠し扉だのに関する説明はおまえから全部聞かされてたから、わけもなかったさ」

「まさか、無断で入りこんだのか？」

「それがどうかしたか？　これまでだって、しょっちゅうおまえの家に忍びこんじゃあ、あれやこれやを失敬してきたじゃないか。何も問題はないさ。中身を拝見して、コピーをとったあと、あのばあさんが帰ってくるまえにもとの場所へ戻しておけばいいだけのことだ」

「ぼくの家にも忍びこんでるのか？」

「仕方ないだろ。おまえが合鍵をくれないんだから。とにかく、今日は店を早じまいして、ベータマックス用のビデオデッキも用意しとくから。ただし、今夜の上映会は店のほうで開くとしよう。このところ、ジェリーの体調が優れなくてな。けど、もしおれのしたことを知ったら、間違いなく、あっぱれと褒め称えてくれるはずだ。まあ、知らせるつもりは毛頭ないが」

「なんてことをしてくれたんだ、マイロ。そんなことを頼んだ覚えは――」

「いいか、サム。こいつはおまえだけの問題じゃないんだ。おれだけの問題でもない。家に忍びこまれた誰かさんだけの問題でもない。誰にも見られることなく葬り去られる映画なんて、この世にあっちゃいけねえんだ。わかったら、つべこべ言わず、十時にこっちへ来い。そう心配するな。誰に知られるわけでもなし」

50

店にたどりつきもしないうちから、迫りくるトラブルの音が聞きとれた。車のなかからでも、宙を漂うトラブルの気配が嗅ぎとれた。その音と気配とは、店内のスピーカーががなりたてるレッド・ツェッペリンの《移民の歌》に乗ってやってきた。駐車場に車を乗りいれたときには、大音量で刻まれるビートが臓腑を揺さぶり、ロバート・プラントのわめき声が鼓膜を震わせていた。すでに閉店の標示が出され、ブラインドがおろされているにもかかわらず、駐車場には車がひしめいていた。ばかでかいタイヤを履かせた黒のピックアップトラックと塗装の剝げかけたシボレー・ノヴァのあいだに、ぼくはどうにか車を押しこんだ。あたりに垂れこめた闇のなかには、焼け焦げた肉と甘ったるいマリファナのにおいのする煙が充満している。考えられるのはふたつにひとつ。店内でバーベキューパーティーが催されているか、さもなくば、誰かがスカンクを轢き殺したあと、その死骸を焼却しているかのどちらかだ。

入口の扉を開けるなり、すべてのものが二倍にふくれあがった。反響する音楽に脳みそが弾き飛ばされ、煙がどっと押し寄せてきた。眼前に広がる光景は、ダンジョンズ&ドラゴンズのコスプレ集会と、マリファナ専門雑誌《ハイ・タイムズ》の発刊三十周年を記念した懇親会と、ブラックメタル・バンドのトップ会談をひとまとめに開催したかのようだった。ビールを手にした死神たちが白や黒や緑や赤の顎鬚をうごめかせながら、あちらこちらで談笑している。ゴシックふうのぼろ服とフランケンシュタインみたいなブーツに身を包んだ色素欠乏症の亡霊が、よろよろと目の前を通りすぎていく。その手に引かれている美女は、真っ赤なコルセットに網タイツを穿き、ピンク色に髪を染めあげている。立ちこめた煙の奥に、上半身裸で踊る丸ぽちゃな女の姿も見える。あらわになった素肌はタトゥーに覆われ、音速で刻まれるビートに合わせて豊満な乳房を上下に揺さぶりながら、こぶしを天に突きあげている。おずおずと足を踏みだしたとたん、革のベストを着た毛むくじゃらの怪物が本物そっくりの剣を突きだし、ぼくの行く手をさえぎった。

「とまれ！　おぬしは何者だ？　名を名乗れ！」高く突きだした大きな額に、黒く塗りつぶした眼窩。そこに茹でたビーツを押しこんだかのような真っ赤な瞳が、ぼくの顔をのぞきこんでいた。開いた唇の隙間からは、切り株みたいにぶっとい牙がのぞいていた。きらめく剣を見すえたまま、ぼくはじりじりと後ずさりを始めた。そのとき、煙の幕のなかからマイロが姿をあらわした。

「通してやってくれ、ビョルン。その男は今夜の主賓《しゅひん》だ」

毛むくじゃらの門番は即座に後ろへ一歩さがり、剣を捧げた敬礼のポーズをとった。「どうぞお入りください！」

「どういうことだ、マイロ！　この騒ぎはいったいなんなんだ？」カウンターの向こうの指揮本部へと引きかえしていくマイロを追いながら、ぼくはその背中に質問を浴びせた。

マイロはひょいと肩をすくめた。「どこからか噂が漏れたらしい。そのすじでは伝説的な作品だからな」

「そのすじって、どんなすじだ？」問いかけるぼくの脇を、禍々しい扮装をした男がすりぬけていった。頭を剃りあげて、左右に垂れた口髭をワックスで固め、目のまわりには黒々とアイラインを引き、黒いビロード地の上着の胸には五芒星のペンダントをさげている。

「まあ、アングラ系のアートとロックと魔術信仰と性倒錯とノイズミュージックとカルト映画とホラー映画とドラッグとオカルトとヘビメタを信奉するすじ、ってとこだろうな。心配するな。ここにいるのは、表立つことを好まない連中ばかりだ。大半が前科持ちだからな」

「なるほど、そいつは安心だ」

「それに、こいつのコピーを売りに出せば、ちょっとした小遣い稼ぎもできる。すでに注文が殺到してるぜ」いくつか反論しようと口を開きかけたとき、骨と皮ばかりに痩せこけた老人が近づいてきて、ぼくの手を握りしめた。老人は紫色の絞り染めのローブを着て三角帽子をかぶり、長い顎鬚を生やしていた。

「ありがとう、お若いの。失われし至宝をよくぞ見つけだしてくれた。わしは白の魔導師じゃ。わしの力が必要なときは、いつでも呼んでくれ」そう言うと、老人はぼさぼさの眉毛をあげて、にっこりと微笑んだ。

「なあに、心のなかで名前を呼んでくれりゃあそれでいい。わしのねぐらにゃ電話がないもんでな」

「ええ、そのときはそうさせてもらいましょう。わざわざどうも」

そう応じた直後に後ろから肩を叩かれ、ぼくは驚きに跳びあがった。

「はい、これ」振りかえると、トップレスの丸ぽちゃ女がビールをさしだしていた。タトゥーに覆われた巨乳が揺れるたび、柔肌《やわはだ》に描かれた謎の生物が跳びはねたり、身震いしたりしている。「あたしはブルーベル。おたくがみんなのためにしてくれたことに、心から感謝してるわ。ほんとに、ほんとにありがと」

「いえ、どういたしまして」

「紳士淑女諸君！　並びに、その中間の方々も！　ご傾聴願います！」

その声でわれに返ったときには、すでに音楽が鳴りやんでいた。声のしたほうへ顔を向けると、マイロが椅子の上に立って、リモコンを振りまわしていた。

「映画マニアに、悪魔崇拝者に、ヘビメタ狂に、マリファナ愛好家に、各種性倒錯者のみなさん！　今宵の上映会へようこそおいでくださいました！」ぱらぱらとまばらな拍手があがった。店内にひしめく人々は、ためらいがちに互いの様子をうかがっていた。ところが、「今宵、ここにわれらが集ったのは、失われし至宝、ゼッド・ノートの遺作である幻の三部作より、《誘惑篇》と《法悦篇》の上映を、史上初の上映を行なうためであります！」とマイロが続けた直後、店内は大歓声に包まれた。ぴょんぴょんと跳びはねるブルーベルの手のなかで、ビールが泡を吹いていた。白の魔導師は、金銀の紙吹雪を宙に撒き散らしていた。ふと入口を見やると、扉の脇にMJが立っていた。MJはぼくに気づいてひらひらと手を振ると、誰かがさしだしたテキーラのボトルを受けとり、それをひと息にあおりはじめた。ざわめきが静まるのを待って、マイロはさらにこう続けた。「しかし、まずはそのまえに、このたびの功労者を紹介させていただきたい！　われらが英雄……」

口からビールを噴きだしながら、ぼくはぶんぶんと首を振った。「やめろ、マイロ。それはまずい……」

慌てるぼくなどおかまいなしに、マイロはこちらへリモコンを振り向けた。「わが親愛なる友！　不世出の実験小説家にして、新進気鋭の私立探偵……サム・コーンバーグ！」

店内がふたたびの歓声に包まれた。おのおのが手にする武器やら、マリファナやら、魔法の杖やらを振りあげながら、人々がぼくに喝采を送りはじめた。ＭＪまでもが歓呼の声とともに酒瓶を振りまわしていた。四、五人の蛮人が力こぶの浮いた腕を突きあげながら、「コーン、バーグ！　コーン、バーグ！　コーン、バーグ！」とシュプレヒコールを唱えはじめた。それに負けじと、マイロが声を張りあげた。

「では、上映を始めよう！　明かりを消してくれ！」

51

《誘惑篇》の上映時間は十八分と短く、映像は十六ミリカメラで撮影されたもののようだった。同時録音された音声やセリフのたぐいはいっさいなく、全篇を通して、ほかならぬあの妖艶なデモニカの歌声が――長くたなびく悲鳴のような歌声が――ＢＧＭとして流れつづけている。伴奏はシンセサイザーにパイプオルガン、そして、デモニカの何人めかの夫であったロックスター（マイロが手早くネット検索したところ、〝アスモア大閣下〟の名で活動していたらしい）の奏でるエレキギターのみだった。物語（と言っていいものかはわからない）は日没から始まる。水平線に沈みゆく太陽が、やけに長々と映しだされる。子供の持つコーンの先から地面にぼとりと落ちたアイスクリームみたいに、オレンジ色の炎の玉が西海岸のネオンブルーの海にゆっくりと融けていく。一日の最後のひと雫《しずく》が、しだいに闇へと呑みこまれていく。やがて、そのスローモーションのような映像のさなかに、さまざまな映像が矢継ぎ早に差し挟まれていく。滅びゆく西洋文明。ニュース映像をつなぎあわせたとおぼしき、数々の廃墟。素人丸出しの役者たちによる稚拙《ちせつ》な芝居。闇から闇へと逃げまどう美女。

パイプオルガンが奏でる荘厳にして不吉な調べに乗せて、収縮と膨張とを繰りかえしていた太陽が完全に姿を消すと、エレキギターがうなりはじめる。そして、その召集に応じるかのごとく、とりどりの扮装をした役者たちが次々と姿をあらわす。古代エジプトのファラオ（″魔術師″ケヴィンによく似ているが、いまよりずっと若い。目のまわりに黒々とアイラインを引いて、胸毛もきれいに剃りおとしてある）が、クレヨンで書いた象形文字がずらりと並ぶボール紙製の神殿から歩みでて、手にした槍を宙に突きあげる。古代ギリシアの女神（ブロンドの長い巻き髪の上に花冠を戴き、白いトーガの胸もとからシリコン入りの乳房がのぞいている）が煙の充満した洞穴《ほらあな》から飛びだしてきて、木立のあいだを走りぬけていく。プラスチック製の山羊角をつけた半人半獣の牧神が、葦笛《あしぶえ》を吹き鳴らしながら女のあとを追っていく。全身に金色のボディーペインティングをほどこし、羽根飾りをさした仮面をつけ、血まみれの剣を手にしたアステカの女神が、ベニヤ板でつくったピラミッドの頂に立つ（この女こそが、ノート夫妻の挑む三者競技で第三のパートナーを務めていたという正体不明のメキシコ娘だろうか。のちほどエンディングロールで確認したところ、名前はローサ・ネグリータというらしい）。パレードはなおも続く。すでに登場したはずの役者たちが、衣装を替えて再登場する。ブロンドの巻き髪の女神はマリー・アントワネットへと変貌を遂げる。頭に白髪《はくはつ》のかつらをかぶり、腰にコルセットを締め、胸の谷間に大きな付け黒子《ぼくろ》をつけて戻ってくる。ファラオの扮装を解いたケヴィンは、口髭を生やしたファシスト党員となってあらわれる（ただでさえ一貫性を欠く映像は、このあたりから輪をかけて杜撰《ずさん》になり、大きな粗《あら》が目立ちはじめる。マリー・アントワネットの黒子は右の乳房にあったり左の乳房に移動していたりとまるで定まらないし、マリリン・マンソンばりのファシスト・ファッションで再登場したケヴィンにしても、最初は本物とおぼしき顎鬚を生やしているのに、次のカットでは見るからに偽物とわかる付け髭に変わっていたりするのだ）。続いて、召集に応じてミサに駆けつける野の獣《けもの》たちの姿が、ドキュメンタリー映像のつぎはぎによって表現される。軽やかに跳びはねる牡鹿の群れ。空を舞う鳥の群れ。疾走する狼の群れ。ところが、音楽が絶頂に達すると同時に、その動物たちがばたばたと地に倒れ、血を流し、絶命していく。そこに挿入されるクローズアップ。振りかざされるナイフや剣。槍に弓矢。夜の帳《とばり》がおりる。漆黒の闇が画面を覆う。夜の訪れをあらわす際の定石なのだろう、銀色に波打つ海の上空に真珠のような満月がぽっかりと浮かびあがる。そして、そこに降りそそぐ流星雨。フィルムについた掻き傷のような光の帯が、いくすじも流れては消えていく。続いて、大きな火の玉が空を切り裂く。ひときわまばゆい彗星《すいせい》が天空を横切ったのかと思いきや、火のついたマッチがレンズの前を飛んでいっただけであることがすぐにわかる。そのマッチが地に落ちて、篝火が燃えあがる。ゼッドの屋敷の裏庭とおぼしき場所に焚かれた火のまわりに、さきほど登場したキャラクターたちが続々と集まってきては、地面にひざまずく。ギリシア神話の女神に、ローマ神話の牧神、アステカの女神、ファシストなどなど。ここでは巧みなカット割りがほどこされており、ほんの数人の役者によって二役三役と演じわけられているはずのキャラクターが全員その場に揃っているかのような錯覚をおぼえさせられる。ところどころに牡鹿や狼や山羊などの動物もまぎれているが、いずれも剥製であることは、ひと目見ただけですぐにわかる。そのとき、まるで陽炎《かげろう》のように、炎のなかからふたつの人影があらわれる。人影は頭からフードをかぶり、手に手を取りあっている。会衆が歓呼の声をあげ、こぶしを突きあげる。ふたたび音楽が絶頂に達する。そして、終幕。流れだしたエンディングロールにも、いささか拍子抜けさせられる。ミミズの這ったような手書きの文字は見るに耐えない代物であるうえに、ふたたび出しぬけに流れだした音楽も、三十秒と経たないうちにぷつりと途切れてしまうのだ。

ところがどうしたことか。床に寝そべったり壁にもたれたりしていた観客たちからは、万雷の拍手と喝采があがった。「こいつがどうして伝説と呼ばれているのか、これでわかったぞ！」耳もとでわめくマイロの声がした。「ネットに書きこむから、あとで読んでくれ！　カルト映画のファンサイトに旋風を巻き起こしてやる！」

「それはきみの自由だが、これだけは忘れるなよ。ぼくらはこの作品を見ていないことになってるんだ。このテープは盗みだしてきたものなんだからな」

「盗んだんじゃない。借りてきたんだよ。百本ほどコピーをとったら、すぐにもとの持ち主へ返すさ。おれはなんにも間違ったことをしちゃいない。芸術ってのは、万人が分かちあうべきものなんだから。それはそうと、二本目を見るまえにセブン‐イレブンまでひとっ走りする気はないか？　なんだか小腹がすいちまった」

「いや。どうせ短いんだ。先に上映を済ませよう。少しでも早くテープを返したほうがいい」

52

《誘惑篇》が芸術性を曲解した素人作品であるとするなら、《法悦篇》は自家製の前衛ポルノだった。前作のエンディング・シーンから物語は始まる。ゼッドの屋敷の裏庭に焚かれた篝火と、それを囲む人々。ただし、登場人物の衣装や配置、小道具、舞台背景などには多少の変化が見られる。今作では、大きな円を描くように何本もの松明《たいまつ》が灯されており、夜空にはローレル・キャニオンの山並みや木々の輪郭が浮かびあがっている。輪をつくる会衆は全員がフード付きの黒いローブ姿で、顔には仮面（悪魔や、ゴリラや、亡霊）をつけるなり、ペインティング（頬髯の生えた子猫や、真っ赤な顔の悪鬼や、真っ白い顔の道化師）をほどこすなりしている。地面には巨大な五芒星が描かれ、その中央には、真紅のビロードの布をかけた祭壇と、ケヴィンの自宅のクロゼットで見かけた上下逆さまの大きな十字架が立っている。やがて、急激に舞いあがる悲愴な調べに乗って、王族ふうの装束をまとった男女が輪の中心へ進みでる。男のほうは紫色のローブをまとい、バットマンみたいに顔の上半分を覆う仮面をつけている。仮面は山羊を模したものらしく、こめかみから小さな角が突きだしている。女のほうは白いローブを着て、怪傑ゾロのように目だけを隠した白い布製の仮面をつけており、布地に隠されていない部分には、肉づきのいい真っ赤な唇ときらめく瞳がのぞいている。この男女こそは、ゼッドとモナであるにちがいなかった。ゼッドは片手に剣を握っていた。モナは片手で白兎を抱いていた。どちらもあいたほうの手で鎖を引いていて、鎖の先には、助任司祭と修道女とおぼしき男女がつながれていた。こちらの男女は腰から下に何も穿いておらず、下半身がむきだしになっている。修道女のほうは口に香炉をくわえ、助任司祭のほうは背中にクッションを背負っている。そこにふらふらとズームが寄っていく。クッションに載せられているのは、どうやら例の聖餅であるらしい。

「おっ、いよいよだ！　聖なる黒ミサがおっぱじまるぞ！」ポテトチップの袋をバリバリと引き破りながら、マイロが吠えた。

「正しくは、聖ならざる黒ミサだ」ぼくは律儀に誤りを正してから、画面に視線を戻した。

会衆の輪が四人を歓呼の声で迎える。モナの演じる巫女が祭壇の前でローブを脱ぎ捨てる。短剣のように先の尖ったピンヒールのほかは何ひとつ身につけておらず、体毛すら生えていない。巫女が祭壇に横たわると、会衆のなかからふたりが進みでて、祭壇と鎖でつながったひと組の手錠を、それぞれ巫女の手首にかける。続いて、ゼッド演じる悪しき司祭もローブを脱ぎ捨て、巫女と同様、全裸となる。

「なんと、あの男、包茎だぞ。割礼を受けてないのか。じつに興味深いな」ポテトチップを頬ばりながらマイロが袋をさしだしてきたが、ぼくは首を振ってそれを断った。画面に目を戻すと、ゼッドがモナにのしかかり、いきり立ったペニスを激しく突き立てはじめていた。それと同時に、会衆が手拍子と詠唱を始めた。その合間に、いくつかのドキュメンタリー映像が差し挟まれる。荒野で遠吠えをあげる狼の群れ。燃えさかる森。太陽に突っこんでいく小惑星。ふたたび画面にゼッドが映しだされる。怒張した性器を助任司祭のいるほうへ振り向け、捧げ持つクッションの上の聖餅をめがけて射精する。

「ナチョスの一丁あがり！」マイロが叫ぶと同時に、店内が爆笑と野次の渦に包まれた。マッチョな戦士たちはハイタッチを交わし、魔導師たちは嘆きの声をあげていた。人垣の奥に、ブルーベルと抱きあい、胸の谷間に顔をうずめるＭＪの姿が見えたような気がした。

ぼくは画面に目を戻した。噴火する火山。地表に激突する隕石。牛を屠《ほふ》る闘牛士。少女の悲鳴が響くなか、扉を叩き壊す斧。噴きあがる溶岩が噴火口からあふれだし、闇を赤々と燃えあがらせる。それが海へと流れこみ、黒曜石となる。島が誕生する。フードの下に道化師の仮面をつけた会衆が兎の喉を掻き切って、その血を聖杯にそそぎいれる。

「ちくしょう。しばらく悪夢にうなされそうだ」とぼくはうめいた。

「ああ、いまのシーンは不要だったな」マイロもしかつめらしくうなずいた。

ゼッドが聖餅を粉々に砕く。素っ裸のまま玉座（ぼくが自宅を訪問したとき、〝魔術師〟ケヴィンがすわっていたもの）にあがる。会衆がその前に列をなす。ひとりずつゼッドの前にひざまずいては、穢された聖餅の欠片を舌で受けとる。聖杯から兎の血をすすっては、陰毛に埋もれた男根に熱烈な口づけを捧げていく。

「なんなんだ、あれは……」ぼくはふたたびうめき声を漏らした。

「知らないのか、相棒。あれこそは悪魔式の接吻だ」マイロが楽しげに耳打ちしてきた。

玉座を離れた会衆が祭壇の周囲に集まってローブを脱ぎ捨てる。音楽が高まり、死に絶える。手錠につながれた巫女に、会衆がじりじりと迫っていく。悪しき司祭によって開かれた魔界へと通じる三つの門に、めいめいが忠誠の儀式を執り行なうために。

53

　完全なる静寂のなか、エンディングロールが流れていった。誰かがスイッチを押したらしく、頭上に明かりが灯った。店内にはいま、妙に重苦しい空気が垂れこめていた。紙巻き煙草に含まれていた規制物質の過剰摂取によるものか、なけなしの道義心からこみあげる吐き気によるものか、それとも単に、芸術的な感性を酷使しすぎたせいなのか、店内に集まった観客たちはみな一様に放心していた。胸焼けを起こしたような顔つきをしていた。気折れしているようにすら見えた。店内がふたたび興奮と熱狂の坩堝《るつぼ》と化すのではないかとの懸念は、単なる杞憂《きゆう》に終わった。白の魔導師は顔をうつむけて、鬚にからまった紙吹雪をつまみとっていた。ブルーベルはなおも半裸のままではあったが、いまは寒さに震えるかのように、絨毯の上で膝を抱えこんでいた。MJの姿はどこにも見あたらなかった。

　しばらくしてから、ぼくはマイロに顔を向けた。

「この作品が世間の目から隠されていた理由が、いまならわかる。こいつは正真正銘の興醒めな映画だ。ロンスキーの助手を辞めておいて正解だった。生涯でただひとり愛した女がどれほどふしだらな淫売であったかを、おかげで報告せずに済むんだから」そうとも、その確たる証拠を、たったいまこの目で目撃したはずだった。なのになぜだか、自分の目を信じることができなかった。本当にあれがモナの本性なのか。本当にあれがモナなのか。ぼくが行方を探しあてた女なのか。みすみす死なせてしまった女なのか。その身の上を調べあげていた女なのか。その死を嘆いていた女なのか。

「つまりは、バック・ノーマンのやつに鞍替えして、低級映画の製作を手伝おうってわけか」新しいビールの栓を開けながら、マイロが言った。

「まあ、そういうことだ。そっちの仕事もそうとうに胡散臭いものではあるがね。それにしても、バック・ノーマンはなんだってぼくなんかに目をつけたんだろうな」

「おれが知るもんか。ひょっとすると、マージに気でもあるんじゃねえか。そんでもって、マージはMJの頼みを断れなかった。MJはおまえが自殺するのを踏みとどまらせたかった」

「MJがそんなことを言ってたのか？　ぼくがそこまで追いつめられてると？」

「いいや、MJは言ってない。おれがそんなふうなことを言ったかもしれんが」

「まったく、きみってやつは……いや、ここは礼を言うべきなんだろうな。余計な世話を焼いてくれたことに対して」

「おれも愛してるよ、サム」マイロは言って、ビデオデッキからテープを取りだした。「だが、感謝のしるしなら、べつの形であらわしてくれるとありがたい。こいつを魔術師の魔法のクロゼットに戻してきてくれ」

「ばかを言うな。そいつはきみが勝手に盗みだしてきたんだぞ」

「お気づきでないなら言っておくが、おれのもとにはいま顧客が殺到していてな。こいつのコピーをDVDディスクに人数ぶん焼いてやらなきゃ、いつまで経っても店が閉められない。ケヴィンの爺さんはひと晩じゅう家を留守にしているはずだが、明日までにテープを戻しておかなけりゃ、誰が疑われることになるだろうな？」

「くそっ、なんてやつだ」ぼくは毒づいて、ため息をついた。「さっきの礼は撤回する。きみはとんでもないくそったれだ」

「なあに、わけもないことだ。家の脇の窓が開いてるから、そこから忍びこんでテープを戻し、とっととずらかるだけでいい」二本のビデオテープをぼくの手に握らせながら、マイロは続けた。「あそこでもう一本も見つかりゃよかったんだがな。第三部の《昇天篇》も。この二作の上を行く内容なんて、考えもつかない。ひょっとしたら、生きた兎を肛門に突っこみあうのかもしれねえな」

「きみがぼくやバック・ノーマンみたいな〝語り部〟になれないのは、そういうところが原因だ。きみには大局が見えていない。第三部で何が起きるかって？　決まってるだろ。悪魔が降臨するんだ」

54

通りの先の少し離れたところに、マージの愛車、大型の黒いＢＭＷがとまっていた。その脇に立つＭＪの姿も見えた。ひとこと挨拶しておこうと、一歩足を踏みだした瞬間、様子がおかしいことに気づいた。マージが地面にくずおれて泣いていた。その髪をＭＪが撫でていた。ぼくは何も見えていないふうを装いつつ、足早に自分の車へ向かった。

そのときようやく気づかされていた。これまでの自分に、どれだけまわりが見えていなかったかということ。ちんけな喜劇の主人公を演じることに精一杯で、ＭＪもまた自分の人生で主人公を演じているのだという事実すら、まるでわかっていなかったということ。

最近のMJがぼくの家に入りびたっていたのは、ぼくやマイロとしょっちゅうつるんでいたのは、店じまいをしたはずの古書店で道草を食っていたのは、自分の家や、人生や、伴侶であるマージから逃れるためだったのだ。そして、MJもまた、夫婦生活に問題を抱えていたのだ。そして、今夜の様子を見るかぎり、去りゆく相手にすがりついているのは、魂に負った傷に悲鳴をあげているのは、一家の稼ぎ手であるマージのほうらしい。マージが気の毒でならなかった。とても他人事《ひとごと》とは思えなかった。

ここに、最も単純にして最も難解な事実がある。驚愕の事実がある。自分以外の人間もまた、たしかに自分の人生を生きているのだということ。みずからの込みいった人生について、四六時中頭を悩ませているのだということ。レストランで、商店で、職場で、周囲を見まわしてみてほしい。そこにたまたま居合わせた人々の頭のなかにも、それぞれを中心とした世界が存在している。それぞれの悩みや望みや思い出や恐れを、家族や友人や敵や味方や半ば忘れかけた顔やらを載せた惑星が回転している。しきりに過去を振りかえりながら、どうにかいまを生きている。そうした惑星が六十七億個存在すると想像してみてほしい。それがぼくらの生きる世界だ。無数に存在する無限の惑星。それぞれが変化と発展とを続けながら、輝いては消え、生まれては死にを永遠に繰りかえしながら、星々の海を漂っている。儚くちっぽけな星々のひとつとして、果てしない闇のなかを生きているのだ。

55

今度ばかりはマイロの言うとおりだった。ケヴィンの家に忍びこむのはわけもなかった。誰にも見とがめられることなく窓の下に忍び寄り、難なく窓枠を越えて、室内におりたつことができた。ところが、暗闇のなかに足を踏みだした瞬間、先日とはちがう場所に置かれていたらしい肘掛け椅子に蹴つまずき、コーヒーテーブルに倒れこんでしまった。おかげで、その上にひしめいていた小間物だかがらくただかが、騒々しい音を立てながら床に転がりおちた。マイロに借りてきた懐中電灯のスイッチを入れるなり、ぼくは驚きに息を呑んだ。光の輪のなかに、台座に固定された牛の頭蓋骨が浮かびあがっていた。その眼窩には模造ダイヤがはめこまれ、口には赤ん坊の人形の頭部が押しこまれている。気を取りなおして部屋を横切りはじめると、ついさっき目にした映画のなかの小道具がそこかしこに点在していた。プラスチックの宝石を鞘《さや》にちりばめた玩具の短剣。仏像の頭にかぶせられた、薄汚れた白《はく》髪《はつ》のかつら。ようやくクロゼットにたどりつき、扉を開けてなかに入った。棚の背板を押し開けたとたん、自分を罵りたくなった。テープがどこに置いてあったかが、どうしても思いだせない。いや、どこであろうと、とにかくテープさえ戻しておけば問題ない。何かを疑う理由などないはずだ。だいいち、ケヴィンがどれほどの頻度でテープのありかをたしかめているというのか。五芒星の端にテープを置いて、背板を閉じた。消毒剤やらトイレットペーパーやらをもとの位置に戻すと、少なくともぼくの目には、すべてが元通りに見えた。クロゼットを出て扉を閉め、空き巣まがいの使い走りをつつがなく完了できたことにほっと胸を撫でおろしながら踵《きびす》を返したとき、懐中電灯の光の輪が〝魔術師〟ケヴィンの顔を照らしだした。

ぼくとの再会を喜んでいるようには見えなかった。何ひとつ喜んでいるようには見えなかった。第一に、その顔は上下が逆さになっていた。そして、目と口とが恐怖に大きく見開かれていた。もう息をしていないことは火を見るよりあきらかだった。悪魔崇拝者ケヴィンはついに、みずからの崇《あが》める悪しき神のもとへと召されていったのだ。だが、そこへ至る道のりは、けっして平坦なものではなかったらしい。ぼくは恐怖にすくみあがった。チャンネルをまわしていて怖い映画にぶちあたってしまった子供みたいに、とっさに懐中電灯のスイッチを切った。当然ながら、ケヴィンのみならず自分までもが暗闇に呑みこまれる結果となった。恐怖はやわらぐどころかいや増した。ぼくは文字どおりの闇雲なパニックに陥った。コーヒーテーブルに突進し、大理石の尖った部分に向こう脛《ずね》を打ちつけた。痛みにひと声吠えてから、何に聞かれて困るというのか、慌てて声を押し殺した。扉の脇までよろよろと歩いていき、手探りで明かりのスイッチを入れた。

ケヴィンは十字架に掛けられていた。あの大きな逆十字に磔《はりつけ》にされていた。ぼくが電灯のスイッチを入れたせいで、そこにからまるクリスマスツリー用の電飾までもがちかちかと明滅を始めていた。釘はネイルガンで打ちこまれたらしい。皮膚に食いこんだ釘の頭が、レザージャケットの飾り鋲《びょう》みたいに、血まみれのてのひらをびっしり覆いつくしていた。ねじ曲がった足首の先にも、茨《いばら》に生えた棘みたいに釘の頭が並んでいた。もんどりうつ胃袋を必死に抑えこみながら、ぼくはなおも観察を続けた。手の指が一本残らず、そっくり切りとられていること。付け根のあたりできれいに切りおとされていること。左右の足の親指も同様に切断されていること。だが、直接の死因となったのはおそらく、心臓に打ちこまれた五本の釘だった。ひと目見ただけでは気づかなかったが、目と目のあいだにも一本、深々と釘が打ちこまれていた。

これ以上は見ていられなかった。もう耐えられそうになかった。明かりを消し、そのまま玄関から外に出ようとして、はたと凍りついた。切りおとされた指……そうだ、指紋。ぼくの指紋はこのスイッチにも、部屋のあちこちにも残っているはずだ。慌てて明かりをつけなおし、自分がハンカチをつねに持ち歩く人間でないことを悔やみつつ、棚に置いてある兎のぬいぐるみをつかみとった。もと来た道を引きかえしながら、指紋がついたとおぼしき場所を震える手でぬぐっていった。ドアノブ。クロゼット。棚板。ビデオテープ。窓枠。窓ガラス。DNA検査で何が出るかもわからないので、ぬいぐるみはそのまま持ち去ることにした。手をつかずに窓を跳び越えようとして着地に失敗し、庭にどさりと倒れこんだ。上にあげておいた窓ガラスが反動で下に落ちた。粉々に砕け散るガラスの音が、ぼくの存在を告げ知らせる鐘の音《ね》のように、やけに高らかと耳に響いた。どこかで犬が吠えだした。もつれる脚を懸命に前へと繰りだして、ぼくは車に駆け寄った。いまにも心臓に釘を打ちこまれそうな気がして、ただただ怖くてならなかった。運転席に乗りこんでキーをまわし、アクセルを踏みこんだ瞬間、ヘッドライトのなかに黒猫のトーラが浮かびあがったような、瞳を意地悪く輝かせながら、暗がりのなかからぼくを見つめていたような気がした。

56

ぼくが急行した先はロンスキー家だった。これまでに起きた出来事とこの事件とに、なんらかの関連性があると思えてならなかったのだ。なぜ警察へ向かわないのか。それは、警察に通報などしようものなら、あの家に忍びこんだ理由を説明しなくてはならなくなるからだ。それなら、自宅なり、マイロかMJのもとなりへ向かえばいいではないか。安らぎや庇護《ひご》の手をさしのべてくれる人間のもとへ向かえばいいではないか。分別ある助言を与えてくれそうな人間、たしかな正気を備えた人間のもとではなく、狂気に取り憑かれた〝大御所〟のもとへ向かうのはいったいなぜなのか。ロンスキーならこう答えるかもしれない――フロイトはどう分析するだろうな？　子供じみた恐怖に駆られたことにより、無意識のうちに父親的存在の庇護を求めようとしているのだろうか。現実の世界がはらむ狂気から逃れるため、狂人が築きあげる秩序と理知の世界へと逃げこもうとしているのだろうか。これがかの有名な〝疾病逃避〟と呼ばれる症状なのだろうか。ぼくも頭がおかしくなりかけているのだろうか。狂気と正気の境界線を越えようとしているのか。それとも、すでに越えてしまっているのか。これは本当に現実なのか。悪夢のなかでハリウッドの街並みを駆けぬけているだけではないのか。心で膿んだ深い傷が、脳みそまで侵食してしまったのだろうか。

それとも、ぼくはようやく信じはじめているのだろうか。自分の否定しつづけてきたものが現実の事件であることを。現実に起きた犯罪であることを。ソーラー・ロンスキーこそが、それを解決することのできるただひとりの探偵であることを。

57

ロンスキーの態度はいつもと変わらなかった。ぼくの慌てっぷりに慌てることもなければ、ぼくの怯えっぷりに怯えることもなかった。鏡のように無表情に、仏陀《ぶつだ》のごとくに落ちつきはらった態度（かつ、たるんだ肉体）で、こちらの話に耳を傾けていた。ぼくが着地に失敗して庭に転げおち、ほうほうの体《てい》で逃げだしたというところまで話し終えると、ロンスキーはようやく顔をあげ、それ以上の報告がないことをたしかめてから、いつもより少しだけ機敏に椅子から立ちあがった。

「まずは裸になりたまえ」

「は？」

「きみの衣服には疑いようもなく、その庭の土やその他諸々の物質が付着している。いま身につけているものをすべて脱ぎたまえ。当然ながら、その靴もだ。それと、もし異存がなければ、その兎もこちらで処分しておこう」言われてはじめて視線を落とし、膝の上で例のぬいぐるみを絞殺しかけていたことに気づいた。ぼくはそれをロンスキーに渡した。

「心配は要らん。警察がこの事件ときみとを結びつける根拠はどこにもない。嫌疑の対象となりそうなものはわたしのほうで焼却させておく。いや、下着まで脱ぐ必要はなかろう。いくらきみでも、下着が現場のどこかに触れるようなまねまではしておるまい」

「洗濯機に放りこむだけじゃ駄目なんですか？」書斎を出ていくロンスキーの背中にいちおうは問いかけつつも、命じられたとおりに、ぼくは服と靴とを脱ぎはじめた。ビニールのゴミ袋を手にしたロンスキーが部屋に戻ってくると、脱いだばかりの衣類も、ほぼおろしたてのスニーカーも、すべてそこに押しこんだ。それから、ロンスキーがさしだしてくれたサーカス用のテントみたいにばかでかいナイトガウンに袖を通した。珍しくきびきびと動きまわったことで疲れ果てたのだろう。ロンスキーはため息とともに、ぐったりと椅子に沈みこんだ。「では……その二本の映画について聞かせてくれたまえ……」

ぼくは言われたとおりにした。ロンスキーはすべてを冷静に受けとめた。おぞましい細部にも、淫猥な細部にも、いっさいの反応を示さなかった。それから、多岐にわたる仔細な質問を立てつづけに繰りだしはじめた。舞台となった場所について。光のあたり方について。誰が何をしたか。誰にしたか。何を使ったか。そうしてひとひとおりの質問を終えると、困惑しきったぼくに向かって、もう一度始めからすべてを語りなおすようにとロンスキーは命じた。取材と称してケヴィンのもとを訪れたときのことも。マイロがビデオテープを盗みだして（あるいは無断で拝借して）きたときのことも。テープを戻しにいった際のことも。〝魔術師〟の遺体を発見したときのことも。二本の映画の内容も、そっくり始めから話せとロンスキーは言った。ぼくは内心、辟易としていた。だが、どう抵抗しようと目の前の山が揺るがないこともわかっていた。ぼくはすべてを語りなおした。それを何度も繰りかえした。これ以上は舌がまわらなくなるまで。ロンスキーの好奇心のみならず、おのれの恐怖心までもが尽きてしまうまで。ぼくはいま、背もたれにゆったりと背をあずけることができていた。呼吸の乱れもおさまっていた。一方のロンスキーは、まるで居眠りをしているかのように見えた。盛りあがった胸の肉にそっと顎をうずめ、太鼓腹がつくる小山の上で両手を握りあわせていた。ときおり漏れるうなり声から、まだ生きていることだけはたしかだった。それが鼾でないことを祈るばかりだった。ぼくはひたすらにじっと待った。こんなぶざまな恰好で、いったいどこへ行けるだろう。ついに我慢の限界を迎えて、小さく咳払いをすると、ロンスキーは無言のままひとさし指をあげて、それを制した。ぼくはふたたび一世紀にも思える時を待った。やがて、ロンスキーはゆっくりと瞼をあげた。深々と息を吸いこんでからため息を吐きだし、自分なりに身体を起こしてから、こう告げた。「そのメキシコ娘に是非とも会わねばならんようだ。ローサ・ネグリータとかいう名のその娘に、是が非にでも会わねばならん」その瞬間、なぜかはわからないが、ガートルード・スタインの顔が頭に浮かんだ。かの女流詩人がこれほどまでの肥満体であったという記録を目にした覚えはない。おそらくは、反復する言いまわしのくどさや、妙に仰々しい物言いや、何ごとにも動じることのない平常どおりの優雅な変人っぷりが、そうした連想をさせたのだろう。ガートルード女史がもしも探偵だったらと想像してみてほしい。となると、さしずめぼくが演じているのは、その秘書にして恋人でもあったというアリス・B・トクラスの役まわりか。だとしたら、トクラスに訊いてみたい。雇い主に愛想を尽かしたことは一度もないのかと。

「ええ、まあ、できることなら、ぼくだってそうしたいですよ。しかし、その娘の本名をたとえ聞いたことがあったとしても、それを記憶している人間はひとりもいない。もう十年も昔の話なわけですから。それに、ゼッドが死んだあとメキシコへ帰ってしまったとのことですし」風を受けてふくらむ帆のようなガウンのなかでもぞもぞと脚を組んだとき、キモノの裾からのぞいたケヴィンの白い太腿を思いだした。「あの、ミスター・ロンスキー。ケヴィンは本当にあのテープが原因で殺されたんでしょうか。ぼくにはとても信じられない。いささか不埒な内容であったのはたしかですが、インターネット空間に氾濫しているものの大半に比べれば、いや、マイロの店のポルノコーナーに並んでいるものに比べたって、あれしきのものはなんでもない。これは誇張でもなんでもありません」

「きみの言葉を疑うわけではない。だが、そのビデオテープが原因でケヴィンという男が殺されたことも、ほぼ間違いない。もっと厳密に言うなら、そこに写っていたなんらかのもののために。おそらくは、われわれのいまだあずかり知らぬ重要な何かが、その二本のテープには隠されていたのだろう。あるいは、まだ見ぬ第三のテープにな。さて、きみが語り漏らしたことはもう何もないかね?」

「もちろんありませんよ。訊くまでもないでしょうに。そちらだって、質問の種はもう尽きたはずです」

「では、ケヴィンとモナ、ふたつの殺人事件のつながりがこれではっきりしたわけだな。それがどんなつながりであるのかまでは、まだわからんわけだが」水晶玉をのぞきこむかのような目つきで、ロンスキーは言いきった。

さきほど目にしたケヴィンの姿が脳裡に蘇った。切りおとされた指。恐怖にゆがんだ顔。肉に穿たれた無数の釘。「あれほどの拷問を受けながら、なぜケヴィンは口を割ろうとしなかったんでしょう。ぼくならさっさと話してしまったはずです」

ロンスキーは肩をすくめた。「その男が何を守ろうとしたのかはわからんが、そのためなら命をも賭そうと心に決めていたのかもしれん。あるいは、ケヴィンに口を割らせるまえに、はからずも絶命させてしまったのかもしれん。拷問を行なう人間が異常者であった場合、著しく忍耐を欠いたり、度を越したりということがしばしば起こりうるのでな。それと、もうひとつ。できれば考えたくない最悪の可能性がもうひとつある」

「なんです?」とぼくは尋ねた。

ロンスキーはぼくの目をまっすぐに見すえて、こう告げた。「ひょっとすると、ケヴィンは口を割ったのかもしれん。自分ならそうするときみがたったいま言ったとおりに、相手の求める宝のありかを吐いたのかもしれん。ところが、その場所をいくら探してみても、肝心のテープが見つからなかったのかもしれん」

58

次に何をするにせよ、まずは服を着る必要があった。ロンスキーに相談を受けたミセス・ムーンがてきぱきと立ち働いてくれた結果、ミセス・ロンスキーのクロゼットから引っぱりだしてきたゴムウエストの真っ赤なズボン（キュロットとかいう代物で、裾に向かって幅が広がっていくうえに、丈は足首にも届かない）に、ロンスキーから借りたシャツ（幅も、長さも、袖口も、襟まわりも、何もかもがぶかぶかで、裾は膝の上まで達していたため、ローストビーフを縛るための撚り紐を腰に巻きつける羽目となった。女物のベルトは小さすぎたし、ロンスキーのベルトは言わずもがなであった）といういでたちで、ぼくは通りにおりたっていた。

足には、ミセス・ムーンがみずから提供してくれた黄色と黒のパッチワークの入ったスリッパと、くるぶし丈の白い靴下を履いていた。

マイロにこんな醜態をさらすようなまねだけはできることなら避けたかった（サディスティックな歓喜に酔いしれるマイロの姿を想像しただけで、マゾヒスティックな笑みに顔がゆがんだ）が、このときばかりは責任感が自尊心を打ち負かしていた。いまは一刻も早く、ケヴィンの身に起きたことを知らせなければならない。電話は何度もかけてみたが、マイロは一度も応じなかった。時刻は午前一時をまわっていた。そろそろ店を閉めるころだろう。ビヴァリー・ブールヴァードを東に進んで、道なりにシルヴァー・レイク・ブールヴァードへ入り、貯水池沿いにしばらく走ってから、右に急ハンドルを切ってグレンデール・ブールヴァードをめざした。いつもの通りで折れた瞬間、燃えさかる炎が目に飛びこんできた。

ひとつ手前のブロックで車をとめた。何台もの消防車やパトロールカーが通りをふさいでいた。野次馬があちこちに群れをなして、ショーの行方を見守っていた。しばらくかかって、ようやく状況が呑みこめた。喉を焦がすこの煙の正体は、マイロのレンタルビデオ店と、MJのかつての古書店と、ジェリーのアパートメントが気化したものだった。そうだ、ジェリーはぶじなのか。とつぜんのパニックに駆られて、ぼくは通りに飛びだした。人垣を掻き分け、警官を押しのけ、路面を這うホースを跳び越えた。制止する者はひとりもいなかった。ぼくに気づいてすらいなかった。だが、駐車場を半ばまで突っ切ったところで、ぼくはぴたりと足をとめた。いったいぼくに何ができるというのか。

「サム！　サム・コーンバーグ！」

声のしたほうを振りかえると、暗がりのなかにマイロがいた。着ている服も、顔も、煤にまみれて真っ黒だった。両手には包帯を巻かれていた。

「マイロ！　よかった！　ぶじだったのか！　いったい何があったんだ？　ジェリーもぶじなのか？」

「ああ、爺さんならぶじだよ。おれがどうにか担ぎだしたからな。念のため、今夜は病院であずかってもらうことにしただけだ」

「いったい何があったんだ？」

「何が何やら、おれにもさっぱりだ。上映会が終わって、おれはせっせとディスクのコピーを焼いていた。そしたらとつぜん、奥の倉庫から妙な物音が聞こえてきた。そのあとすぐに火の手があがった。その場にいた全員を通りへ追いだしてから、二階に駆けあがったってわけだ」ぼくらは揃って、店の焼け跡を振りかえった。なおもぱちぱちと音をあげる、黒焦げの髑髏《しゃれこうべ》。歯の抜けおちた口のなかへ、消防隊員らがホースの水をそそぎこんでいた。ぽっかりと開いた眼窩から、白い煙が空へ立ちのぼっていた。

「気の毒に。ジェリーはさぞかし気落ちしているだろうな」

ぼくが言うと、マイロは小さく肩をすくめた。「店のほうは、どのみち、ちかぢか立ち行かなくなるのが目に見えていた。ジェリーにもそれがわかっていたから、店の在庫の引取り先を探していたんだが、あれだけのものをそっくり丸ごと引きうけようって人間なんぞ、そうそう見つかるわけもない。だが、こういうことになったからには、店の在庫には火災保険がおりる。秘蔵のコレクションのほうは、おれがなんとか二階から運びだしたから、そいつをコレクターに売っ払って、金に換えることもできる。つまり、ジェリーの爺さんはかえって暮らし向きがよくなるってわけだ。何不自由なく余生を送って、悠々とあの世へ逝くことができるだろうよ。しかし、問題はこのおれだ。ゼッドの遺作のコピーすら持ちだしそびれちまった。すまない、サム。あのコピーはみんな灰になっちまった」煙の吸いすぎだろう、しわがれた声でそこまで言うと、マイロは地面に痰を吐き捨てた。

「泣きたいのはジェリーじゃなくておれのほうだ。おかげで職を失っちまった。それだけじゃない。もしもジェリーが早々にくたばって、そのとき店がまだ持ちこたえてたら、暮らし向きがよくなるのはおれのほうだった。ジェリーの爺さんの持ち物は、丸ごとおれが譲りうけることになってたんだから。遺言状に記されたただひとりの相続人としてな!」

微笑まずにはいられなかった。ほかのどんな友人よりもマイロを尊敬してやまない理由は、ぼくがマイロを愛してやまない理由は、マイロのこういうところにあった。マイロはジェリーを背中に担いで火災現場から救出したあと、炎に包まれた建物のなかに何度も飛びこんでいっては、せっせとフィルムを運びだした。みずからの愛する映画の歴史を命懸けで守りぬいた。そのくせ、ひとたび危地を脱したとたんに、なんたるおひとよしだと自分を罵りだす。マイロを抱きしめてやりたかった。だが、向こうがおとなしくそれを許すとは思えなかった。「ぼくにできることは何かないか?」

そう尋ねると、マイロは足もとに置いてあったビニール袋に手を伸ばし、なかから六缶パックのビールを取りだした。「こいつの栓を開けてくれ。それから、スナック菓子の袋の口も。こんなに包帯をぐるぐる巻きにされてちゃ、何ひとつまともにできやしない」

それからはじめて気づいたとでもいうかのように、ぼくの姿を上から下までとくと眺めてから、にやりと笑って、こう言った。「なあ、なんだってサーカスのピエロみたいな恰好をしてやがるんだ? ひょっとして、おれを元気づけようとでもしてるのか?」

59

マイロにつきあって、店の隣の駐車場で朝まですごした。はじめのうちは立ったまま、しばらくしてからはマイロの車のボンネットに腰かけて、最後の炎が消し去られていくのを眺めた。夜が明けるころには、消防隊が焼け跡を歩きまわりはじめた。パーティーをお開きにするまえにありとあらゆるものを破壊しつくしておこうとでもするかのように、ガラスを踏み砕き、泡状の消火薬剤を噴きかけ、あちこちを鉤竿《かぎざお》で突つきまわしていく。ぼくがケヴィンの身に起きたことを語りはじめると、マイロは厳しい表情でそれに聞きいっていた。マイロのレンタルビデオ店で発生した火災も無関係ではないのではないか。そう言いだすことはできなかった。その可能性は、歴然たる事実として目の前に存在している一方で、蜃気楼のごとく非現実的にも思えた。それを認めることは、ロンスキーが生きる世界の住人となることを意味してもいた。その世界では、偶然が必然の証拠となる。頭にふと浮かんだだけのことが、重要な手がかりとなる。否定が確証となる。このうえなく奇抜な思いつきが、最大の恐怖が、最大の欲求が、つねに真実となる。最も理知的な考えや最も論理的な考えが、千里眼や狂気と肩を並べる世界。ぼくにもマイロにも、その世界へ足を踏みいれる覚悟はまだできていなかった。少なくとも、声に出して認めることはできなかった。

　怪しげな男の存在に気づいたのはそのときだった。男は、ぼくら以外で現場に残っている唯一の見物人だった。オートバイにまたがったまま、ぼうぼうに生い乱れた鬚の隙間に海泡石製の高級パイプをくわえて、そこからときおり煙を吐きだしていた。長い黒髪の上に青いバンダナを巻き、レザーのジャケットに薄汚れたジーンズといういでたちで、足にはブーツを履いていた。またがっているのはハーレーか国産の大型バイクのように見えるが、ガソリンタンクにマット・ブラックの塗装がほどこされていたり、それ以外のパーツにもクロムメッキ加工がなされていたりと、あちこち改造されていて、ロゴやマークのたぐいがどこにも見あたらないとなれば、まったくの門外漢であるぼくに特定などできるはずもなかった。さきほどの上映会の観客のなかに、あんな男がいただろうか。ひょっとして、あの男が放火犯（これが放火であるならの話だが）なのだろうか。燃えあがる建物を眺めながら、おのれの犯した罪の功績にひたりきっていたのだろうか。いくらなんでも勘ぐりすぎだという気もした。だが、ぼくの視線を感じとりでもしたかのように、不意に男がこちらを振りかえり、まっすぐにぼくの目を見つめかえしてきた瞬間、戦慄《せんりつ》をおぼえずにはいられなかった。男がにやりと微笑むと、ぼさぼさの黒い鬚の隙間からゆらゆらと煙が立ちのぼっていった。〝悪魔式の接吻〟が脳裡に蘇った。あの卑猥な茂みに恍惚と口づけを捧げていた信者たち。胃袋がよじれた。夜明けまえの冷気が背すじを撫でていった。男がハンドルをつかみ、キックペダルを踏みこむと同時に、排気管から爆音が轟きだした。その場にいる全員の視線を浴びながら、男は思いきりアクセルをひねり、甲高いエンジン音を響かせながら通りを走り去っていった。男を乗せたバイクが猛スピードで坂道をのぼりきり、丘の向こうへ姿を消したあとも、その音はあたりにこだましつづけていた。

マイロの自宅でも、ぼくの家でも、どこでもいい。とにかく今日は一日マイロにつきあうつもりでいたのだが、向こうはそれを突っぱねた。病院に寄ってジェリーの様子を確認したら、すぐにもひと眠りしたいのだという。ぼくは自分の車に乗りこんで、澄みきった早朝の空気のなか、自宅へと車を走らせた。だが、頭のなかでは、なおも煙と闇とがぐるぐると渦を巻いていた。そのせいで気づかなかったのかもしれない。玄関脇の外灯が消えていることに。ブラインドがおりていることに。何もかもが普段どおりでないことに。ようやく異変に気づいたのは、玄関をくぐって扉を閉め、明かりをつけたときのことだった。

　ぼくの家に空き巣が入っていた。あるいは、暴徒が入りこんでいた。とにかく、何者かが侵入したことだけはたしかだった。室内はめちゃくちゃに荒らされていた。家具はすべてなぎ倒され、床に本が散乱していた。ソファーのクッションは腹を裂かれ、詰め物があたりに飛び散っていた。壁から絵が引っぺがされて、床に叩きつけられていた。ぼくはぽかんと口を開けたまま、ふらふらとキッチンへ向かった。割れた皿が床を覆いつくしていた。備蓄棚から引っぱりだされてきたらしい食料品（そんなものがあったとはぼくですら知りもしなかったような品々）が、その上に山をなしていた。白インゲン豆の缶詰に、インスタント味噌スープ。テーブルの中央にでかでかと描きだされた白い星形は、小麦粉の袋が叩きつけられた跡だろう。そのとき、かすかな物音が聞こえた。衣擦れの音か、息遣いか。どうやら誰かが書斎を忍び歩いているらしい。ぼくはとっさに肉切り庖丁をつかみとった。

「誰だ！　そこにいるのはわかってるぞ！」そう叫んだ声は、意図したより遥かにひび割れ、震えていた。今度こそはと意を決し、断固たる口調でぼくは命じた。

「すぐにそこから出てこい！　警察を呼ぶぞ！」

　その直後に声が返ってきた。「お願い、警察は呼ばないで……」低く、かぼそい声とともに暗がりから進みでてきたのは、死んだはずの女だった。

「やあ、モナ」とぼくは女に呼びかけた。「よく戻ってきてくれたね」

第五部 誤、認識

60

最初に言っておくと、わたしの名前はモナじゃない。ラモーナでもない。本当の名はヴェロニカ・フリン。モナ・ドゥーンにしろノートにしろ、そんな名前はほんの数週間まえまで耳にしたこともなかった。それから、神に誓って、わたしは誰の死にも関係していない。あなたの家も、わたしが来たときにはすでにこの状態だった。扉が開いていたから、勝手になかに入って、あなたが帰ってくるまで隠れていることにしたの。犯人の顔は見ていない。でも、たぶん、やったのはあいつらだと思う。わたしを雇った連中よ。だけど、そいつらの名前も、どういう人間なのかも、なんのためにわたしを雇ったのかも知らない。何ひとつわからない。そうね。そもそもの始まりから話しましょう。でも、これだけは約束して。けっして警察には通報しないこと。それから、その庖丁もおろしてほしいわ。いま言ったように、わたしの本名はヴェロニカだけど、この名前がどうしても好きになれなくて。だから、たいていはニカと名乗っている。親しい友人からはニックと呼ばれているわ。母はもちろん、ヴェロニカ・レイクからこの名をとった。わたしの母はそういうひとなの。幻想のなかに生きているひと。父について知っていることは多くない。飲酒運転で事故を起こして、早くに亡くなったと聞いていたから。でも、ずっとあとになって、父はアルバニアへ帰国したと母が電話で話しているのを耳にすることになるんだけれど。母はいくつもの仕事をかけ持ちしていたわ。ウェイトレスをしたり、仕立屋で縫いものをしたり、クラッカー工場で手作業をしたり。だから、うちのクロゼットにはいつも山ほどのクラッカーが詰まっていた。仕事をしていないときの母は、ろくでもない男どもを取っかえ引っかえに追いかけまわしていた。飲んだくれだの、ギャンブラーだの、娘のわたしにまでちょっかいを出そうとするようなろくでなしども。なのに、そいつらがいずれはいい暮らしをさせてくれると、母はばかみたいに信じこんでいた。それから、母は映画の魅力に取り憑かれていた。特に好きだったのは往年の古い名画だった。深夜放送の映画をしょっちゅう一緒に見させられたわ。まだ小さな子供のうちから。翌日、学校がある日でも。ビデオを何本か借りてきて、ピザを食べながらそれを鑑賞することもあった。それが映画でさえあれば、母は選り好みもせずなんでも見たわ。だけど、いちばんのお気にいりは古い映画だった。往年の銀幕スターたちだった。母はそうした幻想の世界にのぼせあがっていた。華やかで美しい世界に。わたしも映画は嫌いじゃなかった。母と一緒にいられるだけで嬉しかった。子供ってそういうものでしょう？　でも、大きくなるにつれて、だんだんわかってきた。それがどんなにばかげた幻想であるかということも。スクリーンを飾る女優たちが現実でもきらびやかな人生を送ったとはかぎらないのだということも。そのほとんどが、母と大差ない人生を送っていたのだということも。一国の大公妃となったグレース・ケリーだって、最後には自動車事故による非業《ひごう》の死を遂げた。キャサリン・ヘプバーンは、よりにもよって妻子ある男の看病に一生を捧げた。エヴァ・ガードナーはシナトラに出会ってはじめて本当の愛を知ったというのに、そのシナトラにすら我慢がならず、結局は数年で離婚してしまった。エリザベス・テイラーについては……ここでわたしが言うまでもないわね。もちろん、ジュディ・ガーランドやマリリン・モンローについても。何より、わたしが名前をもらったヴェロニカ・レイクがいい例だわ。ひょっとしたらマリリン・モンローの上を行くかもしれない。お酒に溺れて肝炎を患ったすえに、場末の安アパートメントでひとり寂しくあの世へ旅立ったんだから。つまり、あの女優たちには、そうした末路から逃れることができなかったということでしょ？　わたしはそんなのはまっぴらだった。そんなみじめな人生を送るのはごめんだった。いますぐ幻想から抜けだして、現実を生きようと心に決めたわ。学校の勉強に力を入れて、オールAの成績をおさめるようになった。誰からも好かれるように、あらゆる魅力に磨きをかけた。人生で成功するためには、それが重要だと知っていたから。わたしは男の子たちと上手にたわむれる方法を身につけた。男の子たちを虜《とりこ》にさせる方法を身につけた。母がつきあっているような歳上の男たちから好かれる方法も。歳上の女たちから好かれる方法も。自分の母親や悪夢のようなその恋人についての打ちあけ話を涙ながらに語ることで、女たちの母性本能に訴える方法も。女たちの嫉妬心や競争心を抑制する方法も。どんな方法もすんなり身についたわ。でも、わたしは努力を怠らなかった。勉学にいそしみ、自分の務めをきっちりこなし、テニスやジョギングで身体も鍛えた。ハーヴァード大の入学許可も、奨学金も獲得した。めざす道ははっきりしていたわ。医学部に進んで、外科医になる。もしくは、美容整形外科医でもいい。男の心変わりを恐れるわたしの母のような女たちを美しく変身させたり、劣等感に悩む男たちのペニスを大きくしてあげたりする商売。虚栄心をカモにしたビジネス。老いの恐怖をカモにしたビジネス。それはつまり、金の生る木ということでしょう？　でも、その考えは間違いだった。自分は医者に向いていないということに、その時点で気づくべきだった。わたしは世話焼きな人間じゃない。病人には正直、嫌悪感をおぼえてしまう。病人の弱音や愚痴なんかに、いちいち耳を貸してなんかいられない。あるとき、交際中の恋人がインフルエンザにかかったことがあってね。子供でもあるまいし、その男はパジャマ姿でベッドに横たわったまま、スープをつくってくれだの、肺炎にかかったかもしれないだのと泣きごとを並べはじめた。わたしは適当な理由をつくって、即刻、男の家をあとにしたわ。そのあとしばらくして、身も世もなく泣き崩れる姿を見せられたこともある。女房が自分に触れてもくれなくなったと言いながら、大の男がさめざめと涙を流すのよ。気色が悪いったらありゃしない。笑い飛ばさずにはいられなかったわ。その一件のあと、わたしはすっかり愛想が尽きてしまった。だけど、その男はわたしの担当教授だった。だから、その学期が終わるまでは関係を続けるしかなかった。医学部の女子学生というのは、母性愛の強いタイプがほとんどでね。その大半が開業医や産婦人科医を志していた。わたしにはとうてい考えられなかったわ。日がな一日、妊婦をなだめすかしてすごすなんて冗談じゃない。比較的気の弱い女子学生は、研究者や小児科医への道を選んだ。それもわたしには考えられなかった。子供なんて大嫌いだったから。だからこそ、卵管を縛ってもらうことにしたんだもの。ええ、そうよ。十八のときに、あの避妊手術を受けたの。一年のときに受けた生物学の授業で、これまでずっと信じてきたことが、セックスはペテンにすぎないということが事実だとの確証を得た直後にね。あんなものは種《しゅ》の繁栄を目的とした信用詐欺にすぎない。種の存続と遺伝子の継承のためにもくろまれた信用詐欺。だからこそ、世の男たちはあちこちに精子を撒き散らさずにはいられないし、女たちは理想の男を見つけたら発情せずにはいられない。ショッピングモールに充満する焼きたてのクッキーのにおいみたいに、身体じゅうに香水を振りかけずにはいられない。快楽は釣り針に刺した餌。オーガズムは獲物をおびき寄せるための罠。女たちを捕らえ、母性という牢獄に閉じこめるための罠。男たちの奴隷として一生涯をすごさせるための甘い罠。なぜなら、女の脳のなかで、性欲はもうひとつの化学変化と結びついているから。わが子を育て、みずからの遺伝子を綿々と受け継がせんとする本能と結びついているから。DNAプログラムに組みこまれた本能と結びついているから。なんらかの望みを叶えたいとき、憐れみにすがろうとする遺伝子がわたしたち人間に備わっているのも、同様の理由からよ。親の注意を引きたいとき、ミルクをもらいたいとき、温かい毛布をかけてもらいたいとき、赤ん坊が泣き声をあげるのは、そうすればいいと本能で知っているから。さもなければ、おとなしく眠っているあいだに死んでしまうから。わたしたちの遺伝子には、愛らしさを武器とする本能が組みこまれている。大きな瞳をして、ぶうぶう、ばぶばぶと奇声をあげる小さくて柔らかな生き物を慈しまずにはいられないようにもプログラムされている。それはなぜか。さもないと、大人がそういう生き物を食べてしまったり、踏みつぶしてしまったり、ゴミ箱に捨ててしまったりするかもしれないから。子犬も、子猫も、人間の赤ん坊も、ぶじにこの世を生きぬくことができないから。誰かのおやつにされてしまうのがオチだから。そういう遺伝子のプログラムが、女を子供に、男を家庭に縛りつけているというわけ。ところが、女がひとたび子供を産むと、脳内に化学変化が起きる。いちばんだいじな存在がわが子に変わり、夫は二の次となる。夫は単なる扶養者、あるいは庇護《ひご》者でしかなくなる。精子を提供する種馬でしかなくなる。あなたの奥さんに起きた心境の変化も、そういうものかもしれないわね。あなたの生殖能力が標準以下だってことに気づいてしまったのかも。気を悪くしないでちょうだい。セックスの腕前がどうのと言っているわけじゃないの。わたしと寝たときのあなたにかぎって言うなら、充分に水準を満たしていたもの。でも、扶養や庇護の能力に関してはどうかしら。率直なところ、小説家としての将来性は皆無《かいむ》に等しいわけでしょう？　だとすれば、奥さんが可能なうちに鞍替えをしておこうと思いたつのも無理はない。気分を害したなら謝るわ。でも、わたしも同感だと言っているわけじゃないの。だって、わたしには生殖活動に励むつもりなんて毛頭ないから。自分のためのお金を稼ぎたいだけだから。そのために避妊手術だって受けたんだもの。いつでも誰とでもセックスがしたいから。セックスが好きだから。わたしにとってのセックスは、快楽と刺激を与えてくれるもの。緊張を解き放ち、心をなだめてくれるもの。血圧や肌や筋肉の調子を整え、美と健康を保つためのもの。つまり、愛のペテンに陥るつもりなんてこれっぽっちもないということ。そんなものに引っかかるのは弱者だけ。だからこそ、ポルノ業界にも迷わず足を踏みいれた。セックスが好きで、お金が好きで、恋人も夫も必要としていないとなれば、躊躇する理由はどこにもなかった。きっかけは、そう、大学生活ね。高校のころとは比べものにならないほど、大学での競争は熾烈《しれつ》をきわめた。成績の面でも、手ごわいライバルが大勢いた。奨学金の世話になっている学生。生活支援を受けている学生。少数民族。貧困層。みずからの能力を証明しようと躍起になっているスラム出身の黒人やラテン系。ちっぽけな食料雑貨店を二十四時間休みなく営んでくれる両親のおかげで、医者を志すことのできているアジア系やネイティブアメリカンの学生。そうしたライバルに抜きんでて、オールAを取るだけでは充分じゃなかった。友好関係を保ちつつ、あらゆる競争に打ち勝たなきゃならなかった。たとえば、社会的地位をめぐる競争。両親が大学に最高限度額の寄付金をおさめていたり、曾祖父がとんでもない記念品や設備を寄贈していたりするような白人富裕層の学生たちは、ブランドファッションや高慢ちきな態度だけでなく、社会的地位をも競いあっていた。彼らは押しなべてオツムが弱かった。ろくに読み書きもできないようなマヌケ揃いだった。ジョージ・ブッシュをずらりと並べたようなものだった。けれど、そんな連中でも、いずれは莫大な遺産や特権を引き継ぐことになる。だから、連中からも一目置《いちもく》かれる存在になっておかなくちゃならなかった。下僕扱いをされたくなかったら、その輪に溶けこんでおかなければならなかった。でも、それにはお金が要った。服を買うお金や、旅費や、高級レストランでの会食費。実地研修なんかにかまけている暇はなかった。最低賃金の労働にいそしんでいる暇はなかった。わたしには大金が必要だった。BMWを乗りまわし、ゴルフのプライベートレッスンを受けているような女たちと同等のつきあいをしなきゃならなかったから。ええ、そうよ。男子学生だけじゃなく、女子学生だっておろそかにはできなかった。彼女たちが大学に通う目的は、未来の伴侶を探すことだけだった。それでも、彼女たちの住む世界にまでのしあがりたいなら、それなりの装備を固める必要があった。そこで始めたのが、ストリップ・クラブでのアルバイトだった。おかげで楽に大金が稼げた。そのころのわたしは、すでに男の扱いを熟知していたから。生まれてからこのかた、そうやって生きてきたから。だけど、時間のやりくりには苦労したわ。仕事が深夜にまでおよんでも、早朝の講義をサボるわけにはいかないでしょう？　そのうえ、大学の誰かがいつなんどきふらっと店を訪れて、裸で踊るわたしに気づくかもわからない。そこで考えだしたのが、ステージに立つときにはウィッグとメイキャップをまとうことだった。全裸でも別人になりきるすべを身につけることだった。そうしてわたしは成功をおさめた。講義室でも、社交の場でも。けれど、卒業を迎えるころになって、ひとつの狂いが生じた。わたしのなかから、医者になるつもりが完全に消えうせてしまっていたの。しかも、母が乳癌で他界していたから、今後は自力で生計を立てていかなければならなかった。そこで思いついたのは、ビジネススクールで経営学を学んで、MBAを修得することだった。そこで得たノウハウをもとに、バイオテクノロジー関連企業への株式投資をすることだった。ところが、当時のわたしには、大学院に通うための学費を捻出することができなかった。少なくとも、わたしの希望に適うような名門校はまず無理だった。そこで思いついたのが、ポルノ女優になることだったというわけ。それまでわたしは数多くのポルノ映画を目にしてきた。とりわけ好きなのが、レイプ物やSM物の作品だった。下劣なろくでなしやムスコがでかいだけの能なしに、女がぼろ切れのように虐《しいた》げられる作品だった。あれなら自分にもできると思ったわ。身体もしっかり鍛えてあるし、運動も得意だったから。北東部の身を切るような寒さに、ほとほと嫌気がさしていたということもあった。それに、心の奥底では、なおもハリウッドに心惹かれていたのかもしれない。母に見せられた古い映画の影響がなおも残っていたのかもしれない。もちろん、そんな感傷はいまやきれいさっぱり消えうせたわ。いまあるのは、かつての名残《なごり》のようなものだけ。ジェーン・マンスフィールドがかつて暮らした、サンセット・ブールヴァードに建つお屋敷みたいなものね。すぐに離婚することになるとも知らずに、最愛のボディービルダーと暮らすために買って、外壁をピンクに塗りかえたっていう、あの豪邸。寝室が四十もあって、ハート形のプールまでこしらえたという あの豪邸。あの屋敷はいまもそこにある。いまはたしか、アラブ人の大富豪か何かが所有しているんじゃなかったかしら。それとも、モルモン教徒か、サイエントロジーの信者だったかしら。とにかく、いまのわたしのなかに、映画に対する思いいれは微塵《みじん》も残っていない。あの女優たちにしても、わたしにとってはもはや神話的な存在でもなんでもない。いかなるカリスマ性も感じない。きれいな顔をしたペテン師にすぎない。そう、わたしと同じペテン師なんだわ。真のスターなんて、この世に存在しない。ポルノの世界を除いては。ポルノ映画のなかでは、誰もがスターになれる。どんなに安っぽいはすっぱ女でもスターになれる。助演女優はひとりもいない。ほかにいるのは、男優だけ。その男たちですら、演出効果を高めるために用いられる小道具にすぎない。スパナやハンマーのようなものでしかない。とにかく、わたしはストリップ・クラブの支配人から教えてもらったいくつかの名前を胸に、西へと旅立った。当初の計画としては、ポルノ女優として稼いだ大金を元手にオンラインの株取引で資産を増やし、二年で必要な学費を揃えたあと、すぐに足を洗うつもりだった。ついでに家の一軒かアパートメントが買えるくらいには貯金を増やすつもりだった。最初の第一歩はうまくいったわ。わたしはポルノ女優になるために生まれてきたようなものだったから。どちらかというと、うまくいきすぎたくらいだった。だって、二年で五十本もの作品に出演したんだもの。ひょっとしたら、あなたもわたしの出演作を見たことがあるかもしれないわね。キャンディー・アップルズという名前に聞きおぼえはない？　その名前でいくつか賞をとったこともあるのよ。たとえば、《アナル侵攻》ではベスト・アナル賞を受賞した。わたしが演じたのはビンボーという名の、女版ランボーみたいな扮装をした役だった。顔に靴墨を塗って、ぼろぼろに破れた服を着て。そのビンボーが敵に捕まって拷問を受けたすえに、ロシアン・ルーレットをさせられるの。銃ではなく、男たちのペニスを使ったロシアン・ルーレットを。ええ、そうね。たしかに《ディア・ハンター》の内容とそっくりだけれど、それ以外にも多くのヴェトナム戦争映画のエッセンスがとりいれられていたわ。この作品は好評を得て、《ビンボー2：怒りの男根》という続篇まで製作されたのよ。あとは、《二と二分の一の男と一人の淫売》という作品もあったわね。双子の兄弟と小人症の男を同時に相手にするという内容だったわ。《プッシー・アイデンティティー》では、ある日、目が覚めると自分の名前すらわからなくなっているのに、ずばぬけたフェラチオの技能だけは残っていて、銀行口座番号を記したバイブレーターがアソコに挿しこまれているという女スパイを演じた。ほかにも……そうね、《セックス・トイ・ストーリー》はなかなかの傑作だったと思うわ。3Dで見るほどのものではなかったけど。きわめつけのフェティシズム作品に出たこともあるわ。タイトルは《使用済みパンティー王国の男根像》というの。これも聞いたことはない？　そうそう、名男優のルースター・〝絶倫〟・コックリングと、《真の陰部》という西部劇で共演したこともあるわ。そうね、たぶんポルノ映画の世界にも、心を惹きつける何かがあったんだと思う。そこで演じられる人生や冒険。男たちからそそがれる熱い視線。あの俗悪な華やかさ。そこにみなぎるある種のパワー。わたしは男たちが夢に思い描く女だった。

欲望の対象だった。ポルノの世界には、ある種のエネルギーが満ちていた。快楽が満ちていた。そこにいるあいだは、現実や自分自身から逃避することもできた。でも、かけられた魔法はたちどころに解ける。ポルノ業界はきわめてシビアな世界でもあった。お金のほうも、期待していたほどには貯まらなかった。不平を並べるつもりはないわ。サンタモニカにアパートメントを買うこともできたし、車もある。悪い歯を全部治して、矯正《きょうせい》まですることもできた。ただし、ポルノ映画の黄金時代は終わった。職業として成立させることは難しくなった。ネット空間に足を踏みいれさえすれば、そこには、ありとあらゆる需要に応える無料のポルノが氾濫《はんらん》している。おびただしい数の画像や映像が。素人が自分で自分を写した無数のポルノが。チャットルームが。ビデオチャットが。ライヴカメラが。その世界に、利鞘なんてものは存在しない。でも、わたしはそこらへんの女たちよりずっと賢明だった。それまでに稼いだお金で偽物の乳房を買ったり、ヤク中のギタリストに貢いだりする代わりに、株を買い、ウェブサイトを開設したの。それでも、巨万の富を得られる公算はこれっぽっちもなかった。それどころか、株でかなりの損失を出してしまったわ。付焼刃の知識で成功できるほど甘い世界じゃなかった。アスリートの世界と同じで、狭き門をくぐれるのはほんのひと握りの人間だけだった。けれど、三十歳を過ぎてもポルノ女優を続けることだけはどうしても避けたかった。信じてもらえるかわからないけれど、作り物のきれいなセットで、精力絶倫の男たちに囲まれて、荒々しいセックスばかりしていると、金儲けのためだけのセックスばかりしていると、そのうち……ひどい鬱に取り憑かれてしまうものなの。あの業界に長くいすぎた女たちを、それまで何人も見てきたわ。ドラッグに溺れていった女たち。みずから命を絶った女たち。みずから坂道を転げおちていった女たち。最大規模の輪姦パーティーだのなんだのに、憂き身をやつすようになった女たち。そんなふうになるのだけはごめんだった。だから、個人的な仕事の依頼が舞いこんできたときには、ふたつ返事で引きうけたわ。仕事の内容は、いわばコールガールのようなものだった。ただし、超がつくほどの高級コールガールよ。依頼主は、複雑な性的嗜好を持つ大金持ちの男。その男は一風変わった性衝動の持ち主だった。究極のフェティシストというか、儀式狂というか。男は理想の肉体と容姿を持つ女を探していた。そんなときわたしの出演作を見て、これだと目をつけたらしい。男はわたしの衣装や、メイクや、髪型まで指定した。わたしの演じるべきキャラクターや、筋書きや、セリフまで用意していた。言うなれば、わたしはその男の私的な女優になったのかもしれないわね。その男からは、ポルノ映画で演じていたときより多くの要求を突きつけられたわ。あれは芸術と呼んでもいいくらいの作業だった。いいえ、芸術に関しては、わたしなんかよりあなたのほうがよく知っているわね。わたしがさっき隠れていた部屋……あなたはあそこで小説を書いているんでしょう？　それにしても、ものすごい数の本を持っているのね。でも、そのほとんどが小説だった。虚構の世界を描いたフィクション作品だった。机の陰にうずくまっているとき、気づいたの。そうね、たしかに詩集もたくさんあった。でも、わたしにとっては、詩も小説と同じくくりに入る。哲学書や文学理論書とちがって、詩はどちらかというと虚構に近いものでしょう？　科学書のように……医学書や、経済書や、歴史書のように事実を記したものではないでしょう？　ええ、それも見たわ。でも、あれは美術史でしょう？　美術史っていうのは、フィクションの歴史みたいなものじゃないかしら。つまりは、虚構の物語をつづった物語ということ。あの部屋を見ていて思ったわ。ああいう本を読んできたから、あなたという人間ができあがったのね。多くの知識と知恵を持ちながら、世のなかについては何もわかっていない人間が。何ひとつわかっていない人間が。わたしの言う世のなかとは、現実を形づくる事実ということ。あなたの身体のなかをどれくらいの血が流れているのか。銀行口座にどれくらいの預金が残っているのか。わたしはどちらの答えも把握している。でも、まず間違いなく、あなたはどちらも知らないはず。答えは、およそ三リットル。いいえ、これはわたしの場合ね。あなたの場合は、わたしより身体が大きいから、およそ五リットルといったところかしら。とにかく、わたしが言いたいのは、自分が掛け値なしの現実主義者だということ。わたしには、芸術を理解できたためしがない。わたしにとっては現実のほうがずっとだいじだから。肉体や、数字や、形あるもののほうが。お金のほうが。だからこそ、あの仕事を引きうけた。お金をたんまり稼げるから。それこそ、ひと晩で数千ドルものお金をね。おかげで、たちまちのうちに損失を取りもどし、貯金までできるようになった。望むなら、さっさと足を洗ってビジネススクールに進学することだってできた。だけど、わたしはあの仕事を辞めようとしなかった。あの仕事には、お金を得るため以上の何かがあった。いまならわかるわ。こんな状況に追いこまれてみて、はじめてわかった。かつてのわたしは、口ではなんと言おうと、幼いころに夢見た幻想の世界で生きてみたいという思いを捨てきれずにいた。母には叶えることのできなかった不合理な夢の世界。往年の名画を通して、母がわたしに植えつけた夢の世界。《泥棒成金》のグレース・ケリーとケーリー・グラント。ハンフリー・ボガートとローレン・バコール。キャサリン・ヘプバーン。彼らの生きた世界に、わたしも足を踏みいれてみたかった。ポルノ映画の世界もまた、いびつな幻想の世界ではあったわ。でも、それと同時に、ある種のリアリティーが追求される世界でもあった。すべての行動や反応が演技であるとはかぎらない。ある意味では、ドキュメンタリー映画みたいなところがあった。でも、新たに得た仕事はちがった。そこでは、完璧な演技が要求された。まるで、ひとつの演劇作品みたいに。呼びだされる場所は毎回ちがったわ。指定された場所まで自分の車を運転していくと、そこにリムジンがとまっている。後部座席にはひとりの男が待っている。いつも同じ男がね。案内役というか、仲介役のような立場の人間だったのかしら。とてもハンサムで、礼儀正しい男だったわ。まずはその車のなかで、その仲介役の男から、その日演じるべき役柄や何をすればいいかについて、事細かな説明を受ける。それからようやく、リムジンは依頼人の待つ屋敷へ向かう。その間は目隠しをされているから、屋敷がどこにあるのかもわからない。目隠しをはずされると、広い寝室に立っている。室内にはあらんかぎりの贅が尽くされているけれど、壁に窓はひとつもない。わたしはそこで衣装に着替え、メイキャップを整える。それが済んだら、仕草やセリフの練習。ときには、紙に書いた台本が用意されていることもある。こんなふうに立ったり、すわったり、歩いたり、しゃべったりするようにと、図解や写真まで添えられていることもある。そうした準備が長時間におよびそうな場合は、食事や、シャワーや、仮眠の時間まで設けられていることもある。すべての準備が整うと、わたしは廊下を通って、あるいは引き戸を抜けて、ようやく例の男のもとへ、依頼人のもとへ、仲介役の男のボスのもとへ通される。ときには、男を折檻《せっかん》する役を仰せつかることもある。素肌の上に真っ赤なシルクのガウンを羽織った姿で、男を十字架に縛りつけ、鞭で打ちながら、過去に犯した罪を懺悔《ざんげ》させるの。男の告白した罪の内容は、いまもはっきり覚えているわ。殺人、姦淫、虚言、盗み、変態行為に卑劣行為。それが済むと、わたしは定められたセリフで男をなじる。〝通俗に堕した芸術家〟だの、〝営利主義に魂を売りわたした背信者〟だのと罵声を浴びせる。すると、男は赦《ゆる》しを乞いながら、わたしの足に口づけし、罰を与えてくれたことに感謝する。最後に、わたしは男に赦しを与える。もう大丈夫よとか、いい子ねだとか、あなたはすばらしい芸術家だとか、愛しているわとかささやきかけながら、ぎゅっと抱きしめてやりもする。そのときかならず、あなたは天才だ、あなたの作品は本当にすばらしいと告げなくちゃならないの。またあるときには、僧衣の下に網タイツとガーターベルトをつけた修道女となって、悪魔払いの儀式を執り行なわされたこともある。男をベッドに縛りつけ、聖水を振りかけながら大きな十字架で身体を打ちすえて、体内から悪魔を追い払うというものよ。そして最後にはもちろん、男に赦しを与える。赤ん坊みたいに乳首を吸わせてあげることもある。なんだか気色が悪かったけど、特別な危害を加えられることはなかった。だけど何度か、怖い思いをさせられたこともあるわ。生け贄《にえ》の役を演じさせられたときのことよ。

あれはたぶん、何かの邪教か……悪魔崇拝の儀式だったんじゃないかしら。床の上に五芒星みたいな星の絵が描かれていて、その五つの点の上には蠟燭が置かれていた。壁際には松明も灯されていた。男はフード付きの黒いローブを着て、白いローブ姿のわたしを縛りあげたうえで、呪文のようなものを唱えはじめる。聖体拝領で使う聖餅と聖杯を取りだし、それを穢しはじめる。唾を吐きかけ、足で踏みつけたあと、わたしの尻の窪みに挟みこむ。そのあと、主の祈りを唱えながら、それを口で取り去っていくの。なんともばかげた話でしょう？ もしあの場にあれほど薄気味の悪い空気が漂っていなかったら、吹きだしてしまっていたかもしれないわ。でもね、あの生け贄の儀式をはじめて体験したときは、とにかく恐ろしくてならなかった。何をされるのかはあらかじめ伝えられていたし、絶対に危害は加えないとも約束してくれていた。身体に縄が巻きつけられてはいたけれど、けっしてきつく縛りあげられることもなかった。そうしようと思えば、たやすく振りほどくことができた。台本上、身をよじって抵抗しなくちゃならなかったのだけれど、うまく加減をしないと、勝手にほどけてしまいそうなくらいだった。それでも、地面に横たわるわたしの両脇に男が膝をつき、大きな短剣を振りかぶって、「わが主、闇の王にこれを捧げん！」と叫ぶ姿を目にしたときには、恐怖に震えあがらずにはいられなかった。男は手にした短剣をわたしの乳房のあいだに振りおろした。痛みはほとんど感じなかったわ。剣を引っこめるときに、ゴム製の刃が肌にこすれる感触がするだけ。でも、それと同時に、短剣に仕込んであった血糊がほとばしるの。すると、男は歓喜に酔いしれて、わたしのおなかの上でマスターベーションを始める。いいえ、わたしに素顔をさらしたことはただの一度もなかったわ。男はいつも仮面をつけていた。そうね、何もかもばかげているわ。まるで、害のない悪ふざけみたいだった。

ポルノ映画に出演するよりずっと少ない労力で大金を稼ぐことはできたけど、まるでおかしな悪夢を見ているみたいだった。ただし、その夢から覚めたときには、毎回、現金のいっぱい詰まった封筒を手にしているの。依頼のないときは、ごくごく平凡な日常をすごしていたわ。信じてもらえるかわからないけど、普段のわたしは控えめで堅実な人間なの。スポーツジムやヨガ教室に通ったり、家のなかを掃除したり、株価の変動をチェックしたり、料理をしたり。そんなふうに穏やかな毎日をすごしていると、週に一度か月に一度のペースで、不意に電話がかかってくる。電話をかけてくるのは、いつもあの仲介役の男だった。その電話口で、日時と場所だけを伝えられるの。こんなふうにとりとめのない話をしてきたのは、これからあなたに打ちあけることの言いわけが……釈明がしたかったのかもしれないわ。どうしてこんな窮地に陥ってしまったのか。どうしてあんなことに手を貸すことになってしまったのか。ある日、あの仲介役の男にこう告げられたの。今回はこれまでとは少しちがう役柄を用意したと。あの男はたしかにそういう言い方をしたわ。〝役柄〟とか、〝新たな趣向のゲーム〟とか。まるで、すべてはたわむれのお遊びなんだ、つくりごとのお芝居なんだと言わんばかりに。わたしは自分の演じる役柄の説明を受けた。名前や、特徴や、性格のようなものを。それが済むと、用意されていた貸し家に移り住んだ。そこには、小道具も衣装も、何もかもが調えられていた。それから、まえもってある情報も与えられていた。その家にいるわたしのもとへ、ある男がやってくるだろうと。あなたが監視にやってくるだろうと。でも、その男には好きなようにのぞき見をさせてやれ。ダンスを踊る姿や、自慰にふける姿を見せつけてやれと男は言った。命じられたとおりに、わたしはショーを披露した。ポルノ映画に出ていたときみたいにね。ええ、そうよ。あのとき、窓の外にあなたがひそんでいることはわかっていたわ。あのちっちゃなプードルの襲撃を受けてすくみあがっている姿を思うと、笑いをこらえるのがたいへんだった。それから、ビーチで海藻の山に突っ伏していたひとや、ランジェリーショップで女装していたひとがあなただってことも知っていた。かつらまでかぶっていたのに、どうしてわかったのかって？　その質問にはあえて答えずにおくわ。とにかく、わたしは指示どおりにあなたの尾行を受け、わざわざ手がかりまで残しておいた。ゴミ箱にパンティーを捨てたのだって、あなたに拾わせるためだった。あのパンティーはちゃんと拾ってくれた？　拾わなかったの？　残念だわ。あなたならきっとそうすると思ったのに。あのあと、わたしは大急ぎで貸し家を引き払い、ビッグ・サーへ向かった。ホテルのバーであなたがやってくるのを待ちうけて、声をかけた。何を話題にし、どんな行動をとるべきかは、まえもって指示されていた。ラモーナ・ドゥーンの名でチェックインすることも。〝魔性の女〟を演じることも。そういう女があなたの好みなんだという説明を受けていたの。それから、かならずあなたをホテルへ連れ帰ってくるようにとも命じられていた。あなたの警戒心を解いて……誘惑するようにとも。そして、その直後に姿を消す。バルコニーから飛びおりたわたしを、待ちうけていた男が抱きとめる。例の仲介役の男が、ひとつ下の階にも部屋を借りていたの。わたしは男と一緒にホテルを出て、多額の報酬を受けとって、それで終わりになるはずだった。ええ、あなたの言うとおりよ。あれが単なるゲームでも悪ふざけでもないってことくらい、わたしにもわかっていた。そこまでばかじゃないもの。なんらかの目的で、あいつらがあなたを騙そうとしているんだということはわかっていた。だけど、おそらくは保険金詐欺か強請《ゆすり》かなにかをたくらんでいるんだろう、くらいに思っていたの。そのために、あなたが女と浮気している瞬間をカメラか何かにおさめたいだけなんだろうって。不安がなかったと言えば嘘になるわ。それまでだって、けっしてまっとうな道を歩んできたわけじゃないけど、あのときはなんだか怖くて仕方なかった。じつを言うと、わたしの顧客はあの男だけではなかったの。同じようなサービスをほかの男たちにも提供していた。高級ホテルで声をかけた裕福そうな男たちにもね。ところが、あるとき声をかけた男が囮《おとり》捜査中の警官で、わたしはそのまま逮捕されてしまった。保釈金を支払ってとりあえず留置場を出ることはできたけれど、刑務所送りになるかもしれないと思うと、前科持ちになることが自分の将来にどんな悪影響をおよぼすのかと思うと、怖くてならなかった。そんなとき、あの仲介役の男から電話がかかってきた。わたしの置かれた状況を、あの男はすべて把握していた。それも恐ろしくてならなかった。そんな情報をいったいどうやって入手したのか。警察にまでコネがあるのか。自分ならその問題をうまく片づけられると男は言ったわ。何もなかったことにできると。実際、そのとおりだった。あなたを相手に謎の女を演じることを承諾するやいなや、さっそく翌日、電話がかかってきた。告訴はすべて取りさげられていた。わたしの経歴はまっさらな白紙に戻されていた。すべてが揉み消されていた。そのとき、悟ったわ。あの依頼人はとてつもない権力を持つ人間なのだと。警察なんかより遥かに恐ろしい人間なのだと。だけど、これだけは信じて。あの自殺については何も知らなかった。誰かが死ぬことになるなんて、思いもしていなかった。わたしが演じる女は、モナという女は、単なる役柄だと思っていたの。架空の人物なんだと。虚構のなかの登場人物なんだと。謎めいた女として、あなたの目の前から姿を消すだけなんだと。それでも、胸に残るしこりはあった。だから、あのあともアンテナを張りつづけた。ニュースを見たり、インターネットで地元紙の記事をチェックしたり。やがて、社会面に小さな記事を見つけた。発見された遺体。投身自殺。失踪届の出されていた女性。モナ・ノート。その瞬間、すべてが仕組まれたことなのだと悟った。わたしは怖くなった。警察に行くわけにはいかない。だって、わたしは犯罪者だもの。売春婦だもの。それに、わたしもあの犯罪に加担したことになる。ある種の共犯者ということになる。だいいち、警察に駆けこんだところで、あの男の名前も、どこに住んでいるのかもわからない。何ひとつ話せることがない。しかも、あいつらはどうやら、警察にも大きな影響力を持っているらしい。悩みに悩んだすえ、わたしは変装をして、取調べの行なわれているホテルにもぐりこんだ。あなたの姿が見えたわ。それから、パーカーとかいうあの医者が死んだ娘についてと話していることが聞こえてきた。わたしは極度の不安と猜疑心に取り憑かれた。誰かに見張られているような気がしてならなかった。自宅が何者かに家捜しされたような気がしてならなかった。あなたの家みたいに、しっちゃかめっちゃかに荒らされたわけじゃない。だけど、ものが移動していたり、あるはずのものがなくなっていたりした。そんなとき、ドクター・パーカーまでもが命を落としたという記事を見つけたの。家に帰るのが怖くなったわ。だけど、相談できる相手もいなかった。いったい誰に相談すればいいの？ 心を許せる友だちなんてひとりもいない。家族もいない。頼れる人間はどこにもいない。わたしは袋小路に追いつめられた。そんなとき思いついたのがあなただった。だから、ここへ来ることにしたの。あなたのところへ。助けを求めるために。ごめんなさい。こんなことに巻きこんでしまって、ごめんなさい。憎まれて当然だとわかっているわ。だけど、わたしもあなたの力になることができる。お互いに助けあうことができる。お金ならあるわ。ほら、現金を用意してきたの。ただ、ひとつだけお願いがある。わたしのことを二度とモナとは呼ばないで。ラモーナとも呼ばないで。あの女の名前ではもう二度と呼ばれたくない。あんな女の話なんて、もう二度と聞きたくないの。

61

玄関の呼び鈴が鳴ったことに気づくまで、一瞬の間が要った。ぼくはキッチンに立ったまま、モナ改めニック（あるいはニカ）が語るこれまでの経緯に耳を傾けていた。くつろいで会話のできる状況ではまるでなかった。ぼくは肉切り庖丁を握りしめ、相手が逃げだそうものならすぐにでも追いかけられるよう、神経を尖らせていた。ニックのほうは敷居の向こうに立ったまま、入室の許可を待つかのように、戸枠に両手をかけていた。すでに太陽がのぼりきり、開いた戸口の向こうからぼくの目にまばゆい光を照りつけていた。もし取っ組みあいにでもなろうものなら、地の利が向こうにあることはあきらかだった。背後からの陽射しを受けたニックのブロンドの髪（この金髪とモナを演じていたときの黒髪と、どちらが地毛なのだろう？）にはうっすらと後光がさしており、〝コーンバーグ家の崩壊〟現場に降臨した亡霊を彷彿とさせた。その光景には、ある種の催眠効果があった。低く震えるブザーの音が、まるで遥か彼方から響いてきているように感じられた。深い眠りのなかで目覚まし時計のアラームを聞いているかのようだった。そもそも、わが家を訪れる人間のなかに呼び鈴を鳴らす者など、これまでひとりもいなかった。全員がただノックをするか、勝手に扉を開けて入ってきた。だから、うちの呼び鈴がどんな音を出すのか、ぼくはほとんど知らなかったのだ。

一方のニックは、ハンターの存在を感知した野生動物のような反応を見せた。撃鉄の起こされる音でも耳にしたかのように、すばやくその場で身を伏せた。

「誰が来たの？」

「わからない」

「放っておけば帰るかもしれないわ」

そのとき、ふたたび呼び鈴が鳴った。

「念のため、たしかめてこよう。あれが殺人鬼なら、普通、呼び鈴を鳴らしはしないだろう？」

「わたしがここにいることは誰にも知られたくない」

恐怖に怯えきった表情で、ニックが言った。

「わかった。さっきの部屋に隠れていてくれ。ただし、何かに触ったり、動かしたりはするな。何もせず、じっと待っているんだ」

ニックは小さくうなずいて、書斎のなかへ姿を消したかと思うと、すぐさま顔だけ突きだして、押し殺した声でささやいた。「その庖丁……」

「ああ、そうか」ぼくは調理台に肉切り庖丁を戻した。ニックの顔が引っこむのをたしかめたあと、布巾でそれを覆い隠し、「ちょっとお待ちを！」と声をかけながら、玄関へ向かった。のぞき穴から見ただけで、すぐにわかった。そこにいたのは私服の刑事だった。きちんと身づくろいをして紺色のスーツを着た男がふたり、そこに立っていた。ひとりは口髭を生やして赤いネクタイを締めた、四十代とおぼしき白人。もうひとりは青いネクタイを締めた三十代とおぼしきヒスパニック系で、口髭はなし。

警察関係者を前にしたときの常で、心臓が激しく脈打ちはじめた。こいつらはニックを探しにきたのか。それともモナを探しにきたのか。そのどちらかを探しにきたのか。あるいは、ケヴィン殺しの容疑者としてぼくを逮捕しにきたのか。いや、ひょっとして、ゆうべの不法侵入者が関係しているのか。ぼくの自宅が荒らされたという情報をどこからか入手してきたのだろうか。とつぜん、室内の荒れようをどうにか隠したいという衝動に駆られた。それから、ここが自分の家であることを思いだした。そうとも、ぼくは被害者だ。もしそれを望むなら、この家を破壊しつくしたとしても、ぼくの自由ではないか。

「ええと、どちらさまで？」そう尋ねるぼくの声はやけにかぼそく不安げで、かすかに震えてさえもいた。向こうの素性を察知していることが、これでは完全に筒抜けではないか。

「どうも、奥さん。警察の者なんですが、とつぜんお邪魔して申しわけない」

ぼくはひとつ咳払いをしてから、ほんの数インチ、扉を開けた。「やあ、おはようございます」言いながら石段の上に出て、さりげなく後ろ手に扉を閉めた。自分がピエロみたいな服装のままであることをそのときようやく思いだしたが、ここにいるのはロサンゼルスの警察官だ。ぼくが素っ裸であったとしても、眉ひとつ動かさないだろう。

「朝早くにすみません、ご主人。わたしはノーシング部長刑事。一緒にいるのはダンテ刑事です」警察バッジを掲げつつ、胸ポケットから手帳を引っぱりだしながら、白人のほうがしゃべりだした。「そちらはミスター……コーンブレナーで？」

「いや、コーンバーグです」刑事たちの訪問先がひとつ先のブロックに住む男であることを切に願いながら、ぼくは誤りを訂正した。

「ああ、そうでしたな。これは失礼」ノーシングが言って手帳にペンを走らせはじめると、入れ替わりにダンテ刑事が口を開いた。

「では、そちらが先だって警察の事情聴取を受けた方ですね？　モナ・ノートの自殺の瞬間を目撃した件で」

この場ですべてをぶちまけて、身柄の保護を求めるべきだったのかもしれない。その女ならここにいる！ぼくの書斎に隠れている！　さあ、とっとと捕まえてくれ！　そう叫びながら、刑事らの車に逃げこむべきだったのかもしれない。だが、ぼくは平静を装った。

「ええ、そのとおりです。でも、お話しできることはすべて話しましたし、それ以上知っていることはありませんよ。あのあとも特に何ごとも起きていませんしね。まあ、日常の瑣末《さまつ》な出来事はべつとしてですが」ぼくは言って、くすりと笑ってもみせた。

「ええ、もちろんです」とダンテは応じた。「捜査に進んでご協力いただき、たいへん感謝しております。しかしながら、あのあとちょっとした問題が生じましてね。事実関係の確認のため、サンルイスオビスポ郡警察と協力して、故人と関係のあった方々に話をうかがっているところなんです」

「問題というと？」軽い口調でぼくは尋ねた。ひょっとして、モナが死んでいなかったとでも言いだすのだろうか。

「いや、じつはですね……」ふたたび手帳に視線を落としながら、ノーシングが答えた。「検死解剖を受けた遺体はすべからく指紋の登録をすることになっているんですが、国のデータベースに照合したところ、しばらくしてから、すでに登録されていることが判明しいましてね。じつを言うと、移民帰化局のものでした。そんなわけで、すぐに照合結果が出てこなかったんですな」

「それの何が問題なんです?」いくらか肩の力を抜きながら、ぼくは訊いた。奥の書斎で縮こまっている女やぼくに移民帰化局が関係するとはまず思えなかった。

「じつは、移民帰化局のコンピューターに登録されていた情報に、モナ・ノートなる人物の名がいっさい登場しなかったんです。その情報からすると、故人はどうやら、数年まえに家族から失踪届の出されたメキシコ人女性であるらしい。女性の名は、マリア……コンスエラ……」

スペイン語の発音に手を焼く白人刑事に業を煮やしてか、褐色の肌をしたダンテ刑事があいだに割って入ってきた。「マリア・コンスエラ・マルティネス・ガルシア。ナヤリット州テピクの出身です。この名前に心あたりは?」

「いや、まったく」とぼくは答えた。冗談じゃない。また新たな名前の登場だ。いったいいくつ、名前が出てくれば気が済むのか。

「最初に国境を越えたのは一九九〇年。学生ビザを使って入国したようなんですが」

「すみませんが、お役には立てそうもない。何が何やら、ぼくにはさっぱりで。申しわけない」このときばかりは本心から答えながら、ぼくは首を振った。

「いや、どうかお気になさらずに。故人の死は自殺の線で片がついていますし、遺体のほうもほかに引取り手がなかったため、すでにメキシコの遺族のもとへ移送されておりますので」

「そうですか」とぼくは応じた。警察にとって、この事件はすでに終わったものなのだ。一件落着のスタンプを押して、捜査ファイルを閉じたかぎりは、死んだ女がどこの誰であろうとかまわないということだ。

「そうだ、ちょっといいですか」ふと思いついたふうを装を装って、ぼくはこう切りだした。「その女性のことはよく知りませんが、これも何かの縁だ。できれば、ご遺族にお悔やみのカードを送りたい。もしよかったら、住所を教えてもらえませんか」

「もちろん、かまいませんよ」ダンテはにっこりと微笑んだ。ノーシングが手帳にあった住所を慎重に書き写し、そのページを破りとって、ぼくにさしだした。

「さあ、どうぞ。きっとご遺族もご厚意に感謝されることでしょう」

62

振りかえって家のなかに戻るだけのことが、宇宙への一歩を踏みだすかのように感じられた。何が起きていてもおかしくない気がした。緑の丘だけを残して、家自体が丸ごと消滅していても。ララが戻っていても。居間のソファーにすわって、室内の惨状に息巻いていても。

ニックはいちおうそこに存在していた。少なくとも、猫か何かに姿を変えたりはしていなかった。ただし、ぼくが扉を閉じるなりキッチンの戸口からぴょこんと顔を突きだした姿は、まるで猫そのものだった。

「もう出てきても大丈夫?」

「さあ、どうかな。だが、とにかくここを出よう。ある人物に会わなきゃならない」

　ニックはびくりと肩を引いた。「会うって、誰に？」

「ぼくの雇い主に。きみを尾行するよう命じた人物に。職業は探偵だ。きっと力になってくれる」

　ぼくの真意を推しはかろうとするかのように、ニックはぎゅっと目をすがめた。「わたしがそのひとを信用すべき理由は？」

　肩をすくめてから、ぼくは言った。「誰のことも信用するな。ぼくなら絶対にそんなことはしない。特に、きみのことは。きみほどの嘘つきはこの世にふたりといない。きみに比べれば、ぼくなんぞ単なるぼんくらだ」

　ぼくの言葉に、ニックはいくぶんかの自信を取りもどしたらしい。スカートのなかに隠し持っていた肉切り庖丁を取りだし、調理台の上に戻してから、顔をあげて言った。「いいわ。その雇い主とやらに会いにいきましょ」

　玄関の扉を少し開けて、刑事らの姿がなくなっていることを確認し、ニックを伴って家を出ながら、ぼくは言った。「じつを言うと、ほんの数時間まえまで、あの男は完全に頭がいかれていると思っていたんだ。だが、ひょっとすると正真正銘の天才なのかもしれないな」

63

ミセス・ムーンがぼくらを家に招きいれ、ロンスキーの書斎に通してくれた。ロンスキーは驚きも動揺もいっさい表にあらわすことなくニックを迎えいれたあと、ぼくらの話にじっと耳を傾けていた。ロンスキーから質問を受けたニックがまる一日以上、チックタック・ミントのほかは何も腹に入れていないことを認めたため、キッチンではロズ・ロンスキーが〝きれいなお嬢さん〟のために卵サンドをつくってくれているはずだった。いつもどおり、ロンスキーは茶色い革の肘掛け椅子に沈みこみ、丸太のように身じろぎもせず、話に聞きいっていた。ニックがすべての話を語り終え、ぎこちない沈黙が流れだしても、静かにため息を吐きだしてから、指を一本ぴくりと動かしただけで、ふたたび微動だにしなくなった。ニックがこちらにちらりと横目を投げてきた。ぼくは自信たっぷりにうなずいてみせた。やがて、サンドイッチを盛った皿とアイスティーのグラスを手にしたロズが部屋に入ってきた。

「さあ、召しあがれ、お譲さん。薄くスライスしたキュウリとトマトをあいだに挟んでおいたわ。苦手でなければいいのだけど」

「ありがとうございます。遠慮なくいただきます」ニックは嬉しそうに背もたれから身体を起こし、膝の上に皿を載せた。

食べ物のにおいを嗅ぎつけたのだろう。ロンスキーが不意に瞼をあげた。「薄く切った果物を添えたところで、充分な栄養は摂取できまい」

「あんたの言わんとするところはわかってるわ、ソーラー」スカイブルーのスラックスで両手の水気をぬぐいつつ、戸口へと向かいながら、ロズは応じた。「それでもやっぱり、あたしにとってキュウリとトマトは野菜なの。生まれてこのかた、ずっとそう信じてきたんだから。現代科学の発見がどうのなんて話はよしとくれ」

「科学的発見がどうのという問題ではない」ロンスキーの視線を受けて、ニックは口のまわりから卵の欠片をぬぐいとり、こくりとうなずきながら、その顔に目をこらしはじめた。「いいかね、キュウリとトマトには種がある。蔓《つる》にぶらさがるように生っている。よって、いずれも果物なのだ」

「何を言いだすかと思えば、そんなことを？」信じて待てとニックに促した手前、ぼくは思わずかっとなった。「ふざけるな、ソーラー。ここにいるのが誰だか、ちゃんとわかっているのか？　あの〝ミステリガール〟だ。何者かがこのニックを雇って、モナの死を自殺に見せかけようとしたってことが、これではっきりしたんだ。あれはあんたが主張していたとおりの殺人事件だったってことだ。そのうえ、そいつらはケヴィンまでをも手にかけた。おそらくはドクター・パーカーも。次に狙われるのは誰だ？　このぼくに決まってる。連中はぼくの家に押しいった。もしあのまま帰宅していたら、親友の店が焼け落ちる現場に立ち寄っていなかったら、ぼくもいまごろあの世逝きになっていたかもしれないんだ。まるで悪夢だ。そして、その悪夢にぼくを引きずりこんだのはあんただ。なのに、あんたの導きだした唯一の所見が、〝キュウリは果物〟だって？　いいか、よく聞け、名探偵。くそ忌々しい果物にだって、栄養価はあるんだ。あんたの場合は、もっと果物をとったほうがいいかもな。この、いかれ頭の肥満野郎め！」そう悪態をついたところで、ぼくははっとわれに返った。両手が震えていた。口いっぱいに頬張ったサンドイッチをもぐもぐと咀嚼《そしゃく》しながら、驚きに見開いた目でニックがこちらを見つめていた。ロンスキーは何やら考えこんだ様子で、ぼくの口から飛びだした言葉を斟酌《しんしゃく》しているようだった。押し寄せる後悔の波が、怒りと恐怖を呑みこんでいった。

「あの、すみません。訂正します……あなたはそこまで太っていない。いや、つまりその……」

「詫びる必要などないぞ、コーンバーグ」胸の前でひとさし指を振りながら、いつもどおりの朗々と響きわたる穏やかな声音でロンスキーは言った。「きみの主張はかなりの的を射ている。栄養価の件についてはさておきとしてだがな。まあ、食事はメキシコへ向かう途中でとればよかろう」

「メキシコ？」

「そう、メキシコだ。遥かに冷静さを欠いた発言ではあったが、一連の事件に対するきみの推理はある程度まで正しい。わたしが疑っていたとおり、モナは何者かによって殺された。それを自殺に見せかけるために、きみとわたしが利用された。そしていま、ほつれた糸のすべてが端から断ち切られようとしているようだ。敵がもくろむ計略とその陰にひそむ目的に関して、きみの提起した疑問もまた、きわめて妥当なものである。よって、われわれはその真意を突きとめねばならん。そして、その答えはおそらく、南に眠っている」

「ばかを言わないでください。そんなの、みすみす殺されにいくようなものだ。それより、警察に知らせましょう」

「現時点では、賢明な行動とは言えまい。さきほどのミス・フリンの話にもあったように、われらが敵は警察に絶大な影響力を有しているうえ、こちら側には確たる証拠も揃っておらん。容疑者の名を挙げることもできん」

「何を言われようと、ぼくはメキシコなんかに行きませんよ。あなたの助手は今日で辞める。それで、カナダにでも行くとしよう。そのほうがずっと安全だし、残暑を乗りきるにも打ってつけだ」

ロンスキーは肩をすくめた。「わたしの記憶するところによれば、きみは昨日のうちに辞めていたものと思っていたが」

　ステイルメイト――引き分けだ。こちらに動かせる駒はなし。そこから長い沈黙が続いた。やがて、サンドイッチをごくりと呑みこみ、アイスティーで胃袋に流しこんだニックが口を挟んだ。「ちょっといいかしら、ミスター・ロンスキー。あなたは探偵なんでしょ。私立探偵《プライベート・アイ》ってやつなのよね？」

「言ってみれば、そういうことだ」

「ただし、かなり世を忍ぶ探偵《プライベート》だがね」と、ぼくは小声で言い添えた。

「それなら、わたしがあなたを雇うわ」ニックはハンドバッグに手を伸ばし、なかから封筒を取りだした。「ここに現金で五千ドルある。これであなたを雇うから、かならずや真相を突きとめて。それから、わたしのことも守ってちょうだい」封筒を机の上に置くと、ニックはぼくに顔を向けた。「わたしも一緒にメキシコへ行くわ。ここにいたって、どのみち安全とは言いきれないもの。あなただって同じよ。どこにいようと、いずれはやつらに見つかるわ。それに、わたしは……できることなら罪滅ぼしがしたい。あの女を殺したやつらに正義の裁きを受けさせたいの」

　ロンスキーはうなずいた。「きみの依頼を引きうけよう、ミス・フリン。だが、それには、わたしの手足となって働いてくれる助手が必要だ」

　二対の視線がぼくに集まった。ぼくは深々とため息を吐きだし、てのひらで瞼をこすった。ここ二日間の疲労が一気に押し寄せてきた。目を覚ましたまま展開していく悪夢の連続。ぼくはこくりとうなずいた。

「わかりましたよ。ぼくが助手になればいいんでしょう？」

「よろしい」ロンスキーは言って、封筒を取りあげた。「依頼料として千ドルを頂戴し、残りはお返ししよう」そのとおりに千ドルを抜いて、ロンスキーは封筒をニックに渡した。「では、コーンバーグ、ただちに家へ戻って、荷づくりをしてきたまえ。ただし、長居は厳禁だ。連中が戻ってこないともかぎらない。それから、もしもことさらに大切な品があるなら、一緒に持っていくか、ここにあずけていくことだ」

「できれば着替えもしたほうがいいわ。気を悪くしないでね。あなたの服装、わたしはすてきだと思うけど、あちらでは時代遅れに見えるかもしれないから」

「いい指摘だ、ミス・フリン」と、ロンスキーはうなずいた。「たしかに、もう少し分別のある服装に着替えてきたほうがよかろう」

「よくぞそんなことが言えたものですね」ぼくは言って、ニックに顔を振り向けた。「この服をぼくに着せた張本人はこの男なんだ。このズボンだって、この男の母親のものだ」

ニックはひょいと肩をすくめた。「そんなこと、わたしにはどうだっていいわ」


呆然とするぼくの耳に、ロンスキーの声が轟いた。

「では、これより南へ向かうがいい。途中でしっかり食事をとり、安全運転を心がけること。けっして無茶なまねはするな。ただし、日が暮れるまでにかならずや国境を越えたまえ」

64

ことさらに大切な品があるなら、それも持っていけとロンスキーは言った。そんなものがあったろうかと考えながら服を着替え、さらに何点かの衣類を鞄に放りこんでいった。では、テレビやパソコンを持っていくわけにはいかない。では、写真は？　思い出の縁《よすが》とすべき記念の品は？　そんなものはひとつもない。そうか、ここはぼくらではなく、ララひとりの家なのだ。こんなことを離婚調停の場で認めるつもりはないが、正直に胸の内を明かすなら、ぼくにとってのこの家は、居《い》候《そうろう》として長期滞在させてもらっている他人の家のようなものだった。あの小さな書斎ひとつがぼくに割りあてられた部屋で、ぼくはそこにただひとつの財産を――これまでに書きあげてきた小説の原稿を――持ちこんで、ひとり閉じこもって暮らしていた。わが家という張りぼてのなかに築いた自分だけの砦《とりで》に閉じこもって。ならば、その原稿を持ちだせばいいのではないか。いいや、あれを財産だの宝物だのと称するのは、完全に的はずれな発言だ。なぜなら、ぼくは自分の書いた小説に憎しみをおぼえているからだ。あの小説のせいで、ぼくは人生の梯子を踏みはずした。いまのぼくにはなんの価値もない。そうなった原因はあの小説にある。いや、ある意味においてなら、ぼくはたしかに自分の作品を愛している。禁酒中のアルコール依存症患者が二十四年物のスコッチウイスキーの外箱を抱きしめるように。服役中の囚人が自分の盗みだした現金を思い浮かべるように。だが、船がいまにも沈みかけているというときに、わざわざ運びだすほどだろうか。しばらく悩んだすえに、書斎へ向かった。たとえ、そこにあるのが象徴的な価値だけだとしても、とっておいて困ることはない。車のトランクに放りこんでおけばいいだけのことだ。

書斎は予想以上の惨状を呈していた。ほぼすべての本が棚から抜きとられ、背骨を折られた鳥のような姿で床の上に山をなしていた。考えに考えぬいたすえ配置してあった棚板や仕切り板までもが引きはがされ、点火を待つばかりの薪《たきぎ》さながら、床に積みあげられていた。とにかく原稿を見つけようと、ぼくはよたよたと部屋を横切った。ところが、机は手前に倒されているうえ、引出しもその中身も、すべて床にぶちまけられていた。仕方なく、ぼくは足もとに散乱する紙の層を片っ端から引っ掻きまわしはじめた。書類にファイル。かつての勤め先からくすねてきたまま、すっかり忘れ去られていた文房具。部屋じゅうを捜索し、念のためもう一度だけ捜索を試みてから、ようやくぼくは手をとめた。こみあげてきたのは、すさまじいまでの喪失感だった。そんなものを感じるとは思いもしていなかった、予想外の喪失感だった。その荒涼たる喪失感が、自分でも面食らうほどの大きな穴をぽっかりとぼくの胸に空けていた。ぼくの作品が消えてしまった。一枚残らず、そっくりすべて。最終稿も、下書きも。興味を示してくれた出版社に送るべくプリントアウトしておいた原稿も。バックアップ・データを保存してあったディスクも。外付けのハードディスクドライブも。一切合切がきれいさっぱり消え去っていた。

65

「あなたの本のこと、本当に残念だわ」冷えきったフライドポテトをもぐもぐやりながら、ニックが言った。さきほど、逃亡の足をいっとき休めて、〈インアンドアウト・バーガー〉に立ち寄ったところだった。車は南へ向けてフリーウェイをひた走っていった。左右の窓はさげてあり、心地よい風が柔らかな枕のように頬を撫でては耳をふさぎ、聞こえてくる音をくぐもらせていた。片道四車線の道路を走る車の流れはなめらかだった。そのスピードと、まき散らされる排ガスのせいで、周囲を行く車の輪郭はぼやけて見えた。エンジンの放出する熱が空気を焦がし、照りつける陽射しがフロントガラスやバンパーをじりじりと炙《あぶ》っていた。

まばゆい陽射しのなかで、点々と灯されたヘッドライトが白い光をにじませていた。空はすっきりと晴れわたっているが、吹きこむ風は劇薬のようなにおいがした。

「本というのは、あなたの作品のこと。あなたの書いた小説のことよ。本当に残念だったわね」そう続けるニックの声が聞こえた。助手席に顔を向けると、風にあおられた髪が顔のまわりで狂ったように渦を巻いていた。ニックはサングラスを額の上に押しあげ、窓の外に腕を突きだした。指に挟んでいた煙草が風に弾き飛ばされ、バックミラーのなかで火の粉を散らしてから、後ろを行く車のタイヤに呑みこまれていった。こういうマナー違反をする人間には怒りをおぼえた。ぼくはぐっと奥歯を噛みしめ、前方に視線を戻した。自分の作品を話題にする気にはまだなれなかった。だが、ぼくの顔に煙を吐きかけながら、ニックはさらにこう続けた。「本当にひどい話だわ。さぞかし気落ちしたでしょう？」

「ああ、そうだな」

「ひとつ訊いてもいい？」

「内容による」

「どうしてああいう作品を書くようになったの？」

　ぼくは大袈裟にため息を吐きだしてみせた。だが、ニックにその手は通じなかった。そこで、しぶしぶこう答えた。「きっかけなんて忘れた」

「そうじゃない。わたしが訊いているのは、どうしてああいう形式の小説を書いているのかってこと。大多数の読者が読みたがるようなごく普通の小説を書けば、買い手がつくかもしれないのに」

「さあ、どうしてかな。脳に負った損傷のせいとか？」

「まじめに答えて。なぜごく普通の、現実に即した小説を書かないの？」

「普通の小説が現実に即しているだって？　それじゃ、きみの人生も小説みたいに華々しく展開しているのか？」片眉をあげつつ横目で見やると、ニックは怒ったように顔をそむけた。

「なんとでも言うがいいわ」

「べつに皮肉で言ったわけじゃない。たとえばきみがシャワーを浴びるとき、〝普通の小説〟のなかで描きだされているような声が頭のなかに響いているか？　彼女はこうした、ああしたといちいち説明をする語り手はいるか？　一人称についてはどうだ？　現在のきみである〝わたし〟は、十歳のころの〝わたし〟と同じなのか？　記憶も定かでない三歳のころの〝わたし〟とは？　何を考えていたのかも忘れてしまった二分まえの〝わたし〟とは？　そうした〝わたし〟たちはどこへ消えてしまったんだ？」

　ニックが肩をすくめるのが見えた。すでに会話への興味を失い、面倒な質問をしてしまったことを悔やんでいるのはあきらかだった。だが、ひとたび口を開いたてしまったからには、それを閉ざすことなど不可能だった。「脇役である他人についてはどうだ？　人格を備えたキャラクターとして、生いたちや経歴や動機や特性をすべて備えたキャラクターとして、他人のすべてを把握しているか？　その全員がスポットライトを浴びているか？　それとも、一瞬の閃光や、移ろう光のなかや、視界の端をときおり横切っていくだけか？　そうして集めた人々の片鱗《へんりん》を、きみはみずからの手でつなぎあわせているというのか？　本当にそんなことができているのか？　ぼくには無理だ。ぼくはモナの生いたちや経歴を調べつくしたと思いこんでいた。ところが今日になって、ぼくの知るモナはきみだということが判明したんだからな。それじゃあ、時間についてはどうだ？　一直線に伸びるフリーウェイを走りぬけるように、一本の線として続く時間の流れを経験したことが本当にあるか？　きみが実際に感じている時間の流れは、たびたびあいだが飛んだり、やけに速く進んだり、ときにはのろのろと進んだりするんじゃないか？　過去が現在にとつぜん割りこんできたことはないか？　未来が遠のいていったり、押し寄せてきたりしたことは？　現在は本当にぼくらの手をすりぬけていっているか？　本当に、いまという時は存在しないのか？　きみの人生に筋書きはあるのか？」

「いまはあるわ。もちろん、あなたにもね」

「なるほど。そうかもしれない。だけど、筋書きのある人生ってのは、けっして愉快なものじゃない。人生というのは、これといった意味も目標もないまま混沌としていたほうがずっと気楽だってことさ。筋書きは悪意だ。結末に待ちうけるのは死のみなんだから」

「それじゃ、筋書きのある作品はどんなものも受けつけないってこと？」

「まさか。シェイクスピアにだって筋書きはある。ギリシア悲劇にだってある。スタンダールにも、バルザックにも、ジェーン・オースティンにも、ホメロスにも。モダニズムの作品にだって、起承転結のようなものはある。たとえば、絵画の世界を例に考えてみよう。それまで絶対だとされてきた現実が、完全な真実を映しだしてはいないのではないか。そう気づいた画家は、写実主義から顔をそむける。それに気づいたのが作家であった場合、小説は内へと向かう。意識や、記憶や、思考や、感情へと目を向ける。それが二十世紀だ」

「それなら、二十一世紀は？　そのあとはどうなるの？」

「そのあとには何もない。文学の未来は潰えた。文学の筋書きにも終焉はあるってことだ。その後は、フェイスブックやリアリティ番組が、携帯電話のモバイルゲームが小説に取って代わる。『特性のない男』を読んでみようと思いたつような人間はもういない。『フィネガンズ・ウェイク』を読み解けるほど、集中力を保てる人間も。『重力の虹』に取り組めるほど、忍耐力を養える人間も。表紙を開いてみようとする人間すら、どこにもいない。いまは亡き偉大な作家たち。その作品を振りかえってみて、はじめてわかる。かの作家たちは、みずからの磨きあげた表現形式の死をその作品のなかに刻みつけていったんだ。ひとつの形式がこの世から姿を消すとき、そこには最後の爆発が生まれる。どこか頽廃《たいはい》的な、どでかい花火が打ちあがる。その様式そのものを除いて、いかなる意図も観客も持たない最後の花火が。最後に咲かせた大輪の花が。だとするなら、たとえわずかにでもぼくに文才が備わっていたとしても、ぼくの生まれ持った才能は、アーチェリーや速記の才能みたいに、二十一世紀においては何の役にも立たないものだということになる。それなら、ぼくの小説がこの世から消し去られたところで、なんの問題もない。それを読もうという人間すら、これまでひとりもいなかったんだから。ぼくがしてきたことは、ナバホ語とかイディッシュ語とか、この世から廃《すた》れようとしている言語を使って、誰彼かまわず語りかけていたようなものだ。それからもうひとつ、嘆かわしい事実がある。そうして語りかけてきたことの内容を、自分でもほとんど覚えていないってことだ」

いとも憂《うれ》うべきその事実を口にするやいなや、ぼくはふつりと黙りこみ、感情の絶えた目で、前方の道路と空がまじわる地点をじっと見つめた。ニックも黙りこんだままだった。すべてを理解してもらうには、ひと息に多くを語りすぎたようだ。長い沈黙をやりすごしながら、ぼくの伝えんとしたことが胸に染みこんでくれるのを待った。やがて、深い息遣いが耳に届いた。ただし、それはあきらかに、共感から出たため息ではなかった。むしろ、安堵の吐息に近かった。ぼくは横目で助手席を見やった。案の定、ニックはすやすやと寝息を立てていた。ぼくの独白は、眠気を誘うほどに退屈だったということだ。またひとり、読者候補を失ってしまったらしい。

ベケットの言ったことは正しかった。プルーストやジョイスやカフカといった稀代の巨匠がこの世を去ったあと、残されたものは声だけだとベケットは言った。みずからについて、みずからに語りかける声だけだと。頭蓋骨に囲まれた虚空のなかで、聞く者もなく、ついに力尽きてしまうまで、延々と語りつづける声だけだと。ベケットの『名づけえぬもの』になぞらえて、ぼくの手による脆弱《ぜいじゃく》な作品にタイトルをつけるとしたらどうなるか。一作目は『出版しえぬもの』。二作目は『読みえぬもの』。最新作は『書きえぬもの』。近日刊行――『考ええぬもの』。それがぼくの遺作となる。

66

無言のまま車を走らせ、ようやくサンディエゴにさしかかった。傍らでは、かすかな寝息を立てながら、氏名詐称のペテン師が断続的な眠りについていた。ぽりぽりと股間を掻いていた。吐きかけられた温かな吐息がガラスの表面で水滴をつくるかのように、小さな汗の雫《しずく》が上唇と胸の谷間に浮かんでいるのが見えた。軽やかな生地のスカートがときおり風をはらんでふくらんでは、そっと膝に垂れおちていく。風のせいか夢のせいか、目には見えない愛撫に応えて、両の乳首がシャツの生地の下で硬くなったり柔らかくなったりを繰りかえしている。夢のなかでなんらかの敵と戦っているのか、両手はきつく握りあわされている。唇の端からは涎が垂れている。

ニックを欲するのと同じくらい、ぼくはニックを憎んでいた。すぐそばで涎を垂らしているひ弱で小柄な人間にしては法外なほどに、ニックはぼくの心をひどく掻き乱していた。ニックはぼくをペテンにかけて、こんな窮地に追いやった。これほど腹が立って仕方ないのは、おそらくそれが原因なのだろう。ニックはまんまとぼくを出しぬくことで、ぼくが望みうるよりも遥かに頭の切れる密偵であることを証明した。ぼくの目を欺《あざむ》くことなど、赤子の手をひねるようなものだったろう。ただし、ぼくの演じる道化芝居に騙されたふりをすることだけは、多少難しかったかもしれない。

しかし、それがなんだというのか。優秀な探偵になりたいと思ったことなどぼくには一度もないし、ニックもまた、悪党どもに騙され、利用された被害者なのではないか。なのに、小説に関することにしろ、今後の予定にしろ、どこで給油するかにしろ、ニックの言葉にいちいち反論したくなるのはなぜなのか。それは、ニックの告白によって芽生えた恥辱がぼくの胸を深くえぐっていたからだ。それによって、知りたくもない事実に気づかされてしまったからだ。あのとき、ビッグ・サーで、ぼくがどんなにニックの芝居を信じたがっていたか。ニックの見え透いた嘘を、自分がいかに嬉々として受けいれていたか。幻想に、いかに必死にしがみついていたか。ニックはぼくに一縷《いちる》の望みを抱《いだ》かせた。とうてい叶うはずもないわずかな希望を。妻に見捨てられた愚かな中年男でも、夢に破れ、早くも世を拗《す》ねた内向的な男でも、いつまで経っても浮かばれる見込みのない作家志望の男でも、拒絶されることに慣れてきた役立たずの負け犬でも、たった一日か一夜のあいだであろうと、現実のドラマの主人公になれるかもしれないという希望を。情熱的なロマンスや、怒濤《どとう》の冒険劇や、壮大な悲劇の主人公になれるかもしれない、謎めいた美女が共演を務めるドラマの主人公になれるかもしれないという希望を。そんな幼稚な筋書きなど、ニックならまたたくまに見破っていただろう。一瞬たりとも騙されはしなかったろう。昨日今日生まれたばかりの青二才、商品棚から弾かれた未熟なカブ、ころりと騙されるマヌケなカモは、ぼくのほうだった。利口で成熟した大人はニックのほうだった。では、誰にも理解できない小説をぼくが書いているからといって、それがなんだというのか。ニックには、いともたやすくぼくの心が読みとれる。だからこそ、ぼくにはニックの存在が耐えがたかった。優れた作家さながらに、ぼくが目を逸らしてきた真実を目の前に突きつけてくるからだ。

67

国境まであともう少しというときになって気がついた。バック・ノーマンがぼくの作品のコピー原稿を持っているということに。喜びに浮かれるあまり、誤ってアクセルを踏みこんでしまい、前方でスピードを落としはじめた車の列に突っこむ寸前で、からくも急ブレーキが間に合った。ニックの身体が前に飛ばされ、反動で後ろに跳ねかえってきた。シートベルトに首を絞められたらしく、苦しげな声が漏れ聞こえた。ぼくは心ひそかにほくそ笑んだ。

「……いったいなんなの?」眠りから覚めきらず、舌のもつれた声でニックが訊いてきた。

「なんでもない」とうそぶいて、ぼくはクラクションを鳴らした。「どこかの阿呆が無理やり車を割りこませてきただけだ。あと少しで国境に着く。そのまえに電話を一本かけなきゃならない」

国境が近づくにつれて、車の流れが滞りはじめた。絶え間ない行き来を繰りかえす旅行者や長距離トラック、渡りの労働者や輸出入品の運搬車。ゆるやかに進む車の列の、見渡すかぎりの大海原《おおうなばら》。なんと叙事詩的な光景だろう。長期利用者用に一日当たりの料金が表示されている駐車場を選んで、ぼくは車を乗りいれた。手鏡を眺めながら目をこすったり、からになったソーダのストローを吸いこんだりしているニックを尻目に、目を皿のようにして携帯電話の画面をのぞきこみ、バック・ノーマンの番号を探した。しばらくして、ようやくそれが見つかった。

「バック・ノーマンのオフィスです。ラス・ファウラーが承ります」

「やあ、どうも、ラス。サム・コーンバーグです」

「やあ、サム！　調子はいかがです？」

「まずまずといったところかな。それより、バックに伝言をお願いできませんか。そちらでの仕事にすぐにも取りかかりたいのはやまやまなんだが、ちょっとした個人的な問題が持ちあがりまして」

「それはそれは……」

「いや、たいしたことじゃない。ただ、数日、街を離れなきゃならないものだから、それだけお知らせしておこうかと」

「わかりました。バックにもそう伝えておきましょう」

「それと、もうひとつ頼まれてもらえませんか。じつはうちのパソコンがポシャってしまいまして。それで、バックのもとにある原稿をお返し願うか、コピーを一部とってもらうよう頼めないだろうか。データがそっくり消えてしまったものだから。まるで悪夢ですよ」

「それくらいはお安いご用だ。あなたの原稿なら、いまわたしの手もとにありますから」

「本当に？　ああ、よかった。これでひと安心だ。ありがとう、ラス」

「どういたしまして。それでは、道中、くれぐれもお気をつけて」

　車をおりてロックをかけ、出入国手続きを待つ旅行者の長い列に並んだ。その光景はまるで、メキシコというアミューズメントパークの広大な駐車場で、ただひとつしかないチケット売り場の前に並ぶ行楽客を思わせた。ただし、その遊園地が提供してくれるのは、セックスとアルコール、心躍る解放感に油ぎった料理、そして、処方箋で買える安価なドラッグだ。

「さっきの電話の相手は誰？」ニックが訊いてきた。

「誰でもない。文筆関連の仕事先に連絡を入れておこうと思っただけだ。ただ、向こうがぼくの小説のコピー原稿を持っているはずだと、ついでに思いだしたものだから」

自分でも驚くほどの、言いようのない安堵感をおぼえていた。だが、その理由についてあれこれ考察するには、あまりに疲れきっていた。寝不足と、緊張と、恐怖と、フリーウェイ症候群とでも呼ぶべき感覚の痺《しび》れとが重なって、脳みそが完全に干あがっていた。眼球がひりひりと痛み、頭のなかでは、切れかけた蛍光灯の発するような低い持続音が鳴り響いている。周囲でうごめく旅行者の群れが、ピンク色の丸い身体に手足の生えたアニメのキャラクターみたいに見えてきた。そこから毛深い脚や、血管の浮きでた首や、熱く火照ってまだらに赤らんだ白い二の腕が突きだしているかのようだった。国境を越えるやいなや、子供の大群がわらわらと群がってきて膝にまとわりつき、チクレッツ・ガムやまがい物のシルバーアクセサリーを振りまわしはじめた。扉を開け放った酒場のほうから、マリアッチ楽団の奏でる調べが流れだしてくる。うだるような熱さのなかを、テキーラの香りがたゆたっている。焦げた脂と、汗と、犬の糞と、陽焼けローションのにおいが鼻を刺した。太陽は白い円盤みたいだった。けだるい熱気と目の眩むようなまばゆさとが、頭の回転を鈍らせた。まるで、ツーバイフォーの角材で後頭部を殴打されたかのようだ。急流の手前で動けなくなった雌牛みたいに、ぼくは呆然とその場に立ちつくした。

「少し眠りたい。このままじゃ、野垂れ死にして腎臓を抜きとられるのがオチだ」

ふんと鼻を鳴らしてから、ニックは言った。「ついてきて。あの角の先に、以前、世話になっていたホテルがあるの。安全で、清潔なホテルよ」

「〝世話になる〟ってのはどういう意味だ？」とぼくは訊いたが、返事は返ってこなかった。ニックの背中を追って通りを進み、建物の戸口を抜けて、短い階段をのぼった。狭く薄暗い廊下を進むあいだは一抹の不安をおぼえたが、ニックの言ったとおり、内扉の向こうは消毒薬のにおいのする清潔で小さなロビーになっていた。アイロンの効いた白いシャツを着て、きちんと分けた黒髪を左右にぺったりと撫でつけた若い男が、フロントデスクのなかから微笑みかけてきた。驚いたことに、ニックは男に早口のスペイン語で話しかけた。男はすぐにうなずいて、「かしこまりました《シ・セニョリータ》」と応じながら、鍵を取りにカウンターの奥へ向かった。

「続き部屋を頼んでくれたか？　そのほうが安心だ」

「いいえ、部屋をひとつだけ頼んだわ。そのほうがもっと安心だから」

「そのほうが安心なのは、きみだけかも」

「心配しないで」ニックはぼくの腕をぽんと叩いた。「今回はあなたに襲いかかったりしないから。ご存じのこととは思うけど、前回あんなことをしたのは、お金をもらっていたからよ」それだけ言うと、ニックはぼくをしたがえてタイル敷きの狭い廊下を進みはじめた。客室はこぢんまりと小さく、以前は大きな部屋だったものを薄っぺらい化粧ボードで仕切っただけであることがありありとしていた。あとから設置されたのだろう簡易バスルームには、プラスチック製の便器とシャワーがあるだけだった。ベニヤ張りのベッドの上には、スポンジの薄いマットレスが敷かれているだけだった。靴を脱いでその上に横たわり、目を閉じた。

肘を突つかれて片目を開けると、スカートを脱ぎ捨て、パンティーをあらわにしたニックの姿が目に飛びこんできた。ニックはシャツを着たまま、女たちにだけできるあの器用なやり方でブラジャーをはずそうとしているところだった。

「ねえ、さっきあなたがかけていた電話のことだけど、ちょっと気になることがあるの。あなたの雇い主だっていう男の名前を、もう一回言ってみて」

「バック・ノーマン。職業は映画監督……いや、正しくは語り部だ」枕に顔をうずめたまま、ぼくは答えた。

「語り部？」

「いや、なんでもない。とにかく、ぼくになんだかを書いてもらいたいらしい。何を書かせたいのかは不明だが、まあ、そのうちわかるだろう」

「いいえ、そっちじゃなくて、あなたが話をしていたほうの男。あなたの原稿を持っているっていう男のほうよ」

「ラスのことか？　たぶん、ラッセルなんとかって名前だと思うが……」

「そいつよ。あの黒幕の依頼人よ。いいえ、そいつは依頼人に仕えてるほうの男だわ。ポン引きみたいに、いろんな世話を焼いていた男。すべてのお膳立てをしていた男。わたしに指示を与え、報酬の引渡しをしていた男。あなたの家で話したように、あいつらは巧妙に素性を隠していたけど、一度だけ、メイドがそいつにミスター・ラスと呼びかけているのを聞いたことがあるの。いまのいままですっかり忘れていたけど、さっきの会話を聞いて思いだしたわ」

ぼくは両の瞼をあげ、窓の向こうに目をこらした。

伝統織物の分厚いメキシコ毛布が、メキシコの太陽の光を浴びながら風にはためいている。「……その男の風貌は？」

「そうね……黒髪で、身長はおよそ六フィート……百八十センチといったところかしら。面長で、額は広くて、鼻すじが通っている」

「おいおい、ぼくは似顔絵師じゃないんだぞ。そうだな、たとえば、そいつはいかにもテレビドラマの主人公って感じじゃなかったか？　髪にはウェーブがかかっていて、きれいに陽焼けしていて、笑うと歯だけが異様に白い。ちがうかい」

「ええ、そのとおりよ。同一人物だと思う？」

「その可能性は否めないな」すっかり目が覚めてしまった。ぼくはベッドに起きなおり、ズボンのポケットから携帯電話を取りだした。「ロンスキーに報告を入れておこう」

「でも、ラスというのはけっして珍しい名前じゃないわ。もしかしたら、ただの奇妙な偶然かもしれないでしょう？」言いながら、ニックは欠伸《あくび》を漏らした。

「かもしれない。だが、ミスター・ロンスキーは〝奇妙な偶然〟なるものの存在を認めない男でね。それこそが名探偵たるゆえんなのさ。おかしいな、電話が通じないぞ」

「そりゃそうよ。ここはもうアメリカじゃないんだもの。お気づきでなかったの、名探偵？」

「ああ、そうか。そうだったな」

「少し仮眠をとってから、公衆電話を探せばいいわ」

「わかった」そう応じはしたものの、身を横たえる気にはなれなかった。下水溝に吸いこまれていく汚水のように、頭のなかが渦を巻いていた。ある考えが何かを伝えようと渦のなかで必死にもがいていたが、重力がそれを押しとどめていた。

ニックに腕を引かれて、ふとわれに返った。「横になって」

「わかった」ぼくはそれに従った。

「目を閉じて」

「わかった」ぼくは素直に目を閉じた。

「眠りなさい」

ぼくはそれにも従った。

68

目が覚めたとき、ニックの姿は消えていた。慌ててベッドから跳ね起き、靴を履いたところで、ようやく気づいた。枕の上にメモが残されていた。そこには〝すぐに戻るから心配しないで〟とあった。そこでふたたび靴を脱ぎ、服も脱いで、シャワーを浴びた。出てきたものはシャワーというより、なまぬるい小雨と呼ぶのにふさわしかった。とはいえ、それなりの役には立った。あと少しで人間に戻れそうだと感じていたとき、ジーンズと洗いたてのTシャツに着替えたニックが、かぐわしいカフェ・コン・レチェの香りを漂わせながら部屋に入ってきた。スタイロフォームのカップを通して、ぬくもりがてのひらに伝わってきた。褐色に染まったミルクが表面に薄い膜を張っていた。香りや見た目に負けず劣らず、味のほうも最高だった。プエルト・バヤルタ行きの国内便を予約してきたとニックは言った。そこからバスに乗り換えて、テピクへ向かう。小さなナヤリット州の、小さな州都テピクへ。じつはメキシコ人であったという〝ミステリガール〟の生まれ故郷であり、明日、遺体が埋葬されることになっているというテピクへ。

　ホテルを出て、タクシーに乗りこんだ。そういえば、妻のララから以前、メキシコでは絶対にタクシーに乗ってはいけないとの忠告を受けたのではなかったか。メキシコのタクシーは、アメリカからやってきた迂闊《うかつ》な金持ちを誘拐することで悪名高いのだと。だが、空港《アエロプエルト》（ぼくでもかろうじて聞きとれた）へ行ってくれとニックが告げると、運転席からこくこくとうなずきかえしてきたのは、茶色い歯茎のあいだに茶色い細葉巻《シガリロ》をくわえたミニチュアサイズの老人だった。車内に立ちこめる副流煙を除けば、これといった害はなさそうだ。ところが次の瞬間、なんの警告もなく、老人はカミカゼに変貌した。エンジンが憐れな悲鳴をあげるなか、おんぼろトヨタのアクセルペダルを踏みこんで、車の列に突進したかと思うと、横ざまに車をドリフトさせて、無数の車が錯綜するロータリーのどまんなかへ飛びこんでいった。国境の街ティファナの環状交差路は、どうやら遠心分離機のような機能を果たしているらしく、その円に取りこんだ車を四方八方へ弾き飛ばしていた。後部座席にはもちろんシートベルトなどついていなかった。フロントガラスの助手席側には、脳みそサイズの蜘蛛の巣状の亀裂が入っていた。何かひとつでも操作を誤れば、どういうことになるかは言わずと知れていた。隣では、ニックがハンドバッグから煙草のパックを取りだし、封を開けて一本を唇に挟むと、嬉しそうに火をつけた。

「やっぱりメキシコはいいわね。のどかで、のんびりとしていて」言いながら、ニックはシートにもたれかかり、ゆったりと煙を吐きだした。

どうにか生きたまま空港へたどりつくことができた。だが、メキシコのドライバーに対する恐怖症は、メキシコの飛行機に対する恐怖症へとなめらかにバトンタッチされた。国際通話の可能な公衆電話を見つけて、ぼくはロンスキーに連絡をとった。バック・ノーマンとの関係について打ちあけるのは気が進まなかった。なぜだか罪悪感までおぼえていた。理由は、忠誠心か、憐憫《れんびん》か、はたまた博愛精神か。心を病んだ孤独な男が気の毒だった。そんな男を見捨てようとした自分が情け知らずのひとでなしに思えた。

ところが、ぼくの報告を聞き終えたロンスキーは、少々異なる解釈を示した。「なるほど。きみが沈黙を貫こうとした動機は歴然としておる。青天の霹靂《へきれき》のように訪れた驚愕にも値する作家としての躍進に関して、わたしに打ちあけるのをためらったのは、それが真実であってほしいと、一縷の望みにすがる思いで願っていたからだ。わたしがその希望をたやすく打ち砕くであろうことも、不承不承にわかっていたからだ。いずれにせよ、これでパズルのピースがぴたりとはまったな。まず、きみはグリーン・ヘイヴン病院の院長室で、そのラスなる男に遭遇した。その男が代理を務めているとだけ語って詳細をあきらかにしなかった病院の理事とやらが、そのミスター・ノーマルであることはあきらかだ」

「ノーマルじゃなくて、ノーマンです。知らないんですか？　ものすごく有名な――」

「映画館に通う習慣はないものでな。ストーリーには理屈もへったくれもないうえに、座席があまりに狭すぎる。ともかく、そのノーマンとかいう、きみが言うところの有名な監督が、とつぜんきみを雇いたいと言いだした。自分のもとで小説だか脚本だかを書いてもらいたいという。報酬は高額なうえ、急な呼出しをかけてきて、すぐにも作業に取りかかってほしいという。わりに、仕事の内容は漠然としている。つまりは、わたしからきみという手足をもぎとること、そして、家捜しをするあいだきみを自宅から遠ざけておくことこそが、真の目的であったというわけだ。さらには、ミス・フリンの優れた記憶力のおかげで、われわれはある事実を知るに至った。きみの知るラスという男が、高級娼婦としてのミス・フリンの仕事に手を貸していた男でもあることだ。となれば、おそらくはそのミスター・ノーマンこそが仮面の依頼人であり、モナの殺害計画をもくろみ、われわれ三人を利用してその死を偽装しようとした首謀者であることも、まず間違いはあるまい」一気にまくしたてたせいだろう。受話器を通して、息切れの音が聞きとれた。

「でも、なんのために？　あの男にどんな動機があるっていうんです？」

「それはまだわからん。だが、おそらくは、例の三部作の最終章が関係しているものと思われる。ゼッド・ノートの死の瞬間を写したとされる行方不明のフィルムが。そして、モナが」

69

プエルト・バヤルタの空港脇に立つ屋台でカジキ《マーリン》のタコスを食べながら、マリンブルーならぬマーリンブルーの海を眺めたのち、内陸部へと向かうバスに乗りこんだ。メキシコでのバスの旅は、アメリカでのそれとは趣が異なる。道中に待ちうける危険を回避するため導入されたのは、安全に、快適に、理論上は有料道路を走るよりも速く未舗装路を走ることができるという最高性能の最高級バスだった。ところが、メキシコで言うところの〝高級〟は、よく効くエアコンやよく効く緩衝器ではなく、ヘッドレストを覆うレースのカバーや、大音量で鳴り響くラテン系のディスコミュージックを意味しているらしかった。

ただでさえ長旅だというのに、バスはしきりと停車を繰りかえした。土埃の舞う渓谷や赤っぽい岩山の尾根をいくつも越えながら、途中の村々でバスがとまるたび、ラングラーの細身のジーンズとつま先の尖ったブーツに鍔広《つばびろ》の帽子というカウボーイのようないでたちをした男たちが近づいてきては、じろじろとこちらを眺めたり、運転手と挨拶を交わしたりしはじめた。一様に長い髪をした女たちは戸口に立ったままじっとこちらを見つめ、太腿の陰に隠れた子供たちまでもが同様にこちらをちらちらと盗み見ていた。やがて、ジャングルのトンネルに入ると、傘のように空をふさいだ緑の葉が屋根をはき、上から垂れた蔓《つる》が窓ガラスを撫でていった。野菜やバナナや毛布やコーヒーなど、考えうるかぎりの荷物をビニールかごに詰めこんだ老婆たちが乗りこんできては、十五分ほど走ったところにある瓜ふたつの村でおりていった。男物のオーバーオールを着て、干からびたプラムみたいな顔をした老婆もいた。何百もの皺のなかに埋《うも》れた赤紫色の小さな顔が、まばらな白髪《はくはつ》に覆われていた。ベンチにすわって、リンゴのように丸ごと手に持ったトマトにかぶりつきながら、通りすぎるバスを目で追っている老人もいた。鮮やかな色あいの装束をまとい、刺繍入りの鞄を肩にかけて、道端で民芸品を売り歩いたり、バスを待ったり、子供を連れて歩いたりしているインディオたちもいた。胸に小さな疼きをおぼえた。ロサンゼルスやニューヨーク、シカゴ、ミズーリ、ニュージャージーやマイアミで、歩道を行く家族連れのネイティブアメリカンを最後にきみが目にしたのはいつのことだろう。ぶつくさとぼやくエンジンに揺られ、車内の蒸し暑さになだめすかされるうち、ぼくらは互いにもたれかかりながら、いつしか眠りに落ちていた。ニックに肘で押しのけられ、はっと目を覚ましたときには、すでにテピクに到着していた。

バスはぼくらを中央広場に吐きだした。まるでぼくを嘲笑うかのように、広場に面したうらぶれた小劇場では北アメリカからの輸入作品《フリッツ——心を持《エル・ロボ》つロボット《トゥ・コン・コラソン》》が上映されており、〝バック・ノーマン監督作品！〟との看板まで立てられていた。

「くそったれめ」ぼくは小さく毒づいて、その場をあとにした。

小さなホテルで荷物をおろしてから、地元の路線バス（というよりはバンに近い）に乗って、ガルシア家へ向かった。その家は、ひどく荒れ果てた区画にひっそりと建っていた。

家の前を走る道路は石で築かれていた。玉石でも敷石でもなく、適当に拾い集めてきたらしい不揃いな岩を土中に埋めこんだものが小道をなしており、道路というよりむしろ川床のようだった。ふと脇を見やると、高い縁石に沿って、覆いのないむきだしの下水溝がぱっくりと口を開けており、それが家々や点々と並ぶ雑貨店、酒場の前をまっすぐに走りぬけていた。そこかしこで、痩せこけた犬がのんびり昼寝をしていた。いびつな路面の上でぐらぐらと車体を揺らしたり、段差にタイヤをとられたりしながら、そのすぐ真横を車が走りぬけていく。家々の正面には白い水漆喰を塗った土塀やシンダーブロックを積みあげた石塀がめぐらされており、そこに鉄製の門が取りつけられている。塀のてっぺんには、ガラスの破片がずらりとはめこまれている。その上に、オレンジの木が艶やかな緑の翼をさしかけている。鶏の鳴き声や、子供の声や、テレビから漏れるかすかな笑い声があたりに響いている。

ガルシア家の門は開けっ放しになっていた。そこを抜けると、敷地のなかは思った以上にこざっぱりと整えられていた。塀に囲まれた前庭には手製とおぼしき板石が敷きつめられ、その周囲に果樹やヒマワリが植えられていた。ベンチがひとつ置かれており、きれいに洗車されたトヨタ・カローラもとまっていた。家は平屋造りで、正面には格子をはめた小さな窓がひとつあり、日陰の暗がりに沈んだ扉もこれまた開け放たれていた。黒いカウボーイシャツを着てブラックジーンズを穿き、黒いステットソン帽をかぶった男がそこから出てきて、ぼくらを見とめた。

「こんにちは《ブエナス・タルデス》」とぼくらは挨拶した。

「こんにちは《ブエナス・タルデス》」と男も返してきた。

ぼくらは故人の友人で、アメリカからやってきたのだが、近くを通りかかったついでにお悔やみを伝えさせてもらおうと思ったのだ。ニックがスペイン語でそう説明すると、男は戸惑いの表情を浮かべた。テピクは海外からの旅行者がたまたま通りかかるような大きな街ではない。それでも丁寧に会釈をしてから、自分は数ブロック先に暮らす近所の者だと男は言った。男の案内で、ぼくらはほの暗い居間に通された。床にはタイルが敷かれ、壁はむきだしのコンクリートで、天井はやけに低い。分厚い絨毯の上には、ビニールのカバーが掛けられた赤いフラシ天のソファーと、揃いのリクライナーが一脚ずつ据えられている。壁際には時代物の巨大なキャビネットテレビが置かれ、その上にもう一台、薄型のテレビが載せられており、リモコンはジップロックのビニール袋に入れられている。片隅に置かれた振り子時計は、針が三時十分でとまったままになっている。大きな十字架と、亡くなったマリア・ガルシアの写真と、スーパーマーケットの広告が入ったカレンダーが壁に掛けられている。開いた戸口の向こうにのぞくキッチンと裏庭では、食器の触れあう音を立てながら女たちがせわしなく立ち働いていた。だが、こちらの居間では、いくつかの人影が陰鬱な沈黙のなかに埋もれていた。隣人だという男がぼくらを遺族に引きあわせてくれた。光沢のある黒いワンピースを着た、老齢の伯母がふたり（ひとりは太っていて、ひとりは痩せている）。白髪まじりの豊かな口髭をたくわえ、ラップアラウンド・サングラスをかけた伯父がひとり。握手をしようと手をさしだされて、気がついた。こちらに向けられた顔の角度がわずかにずれている。その顔は、ぼくの顔の少し横に位置する虚空に向けて微笑みかけている。どうやらこの老人は目が不自由であるらしい。もうひとりの伯父は、青地に白のパイピングがほどこされたぶかぶかのウェスタンスーツを痩せこけた身体にまとっていた。脂ぎった黒髪をしており、まるでペットをしたがえるかのように、鍔広の帽子をソファーの座面にちょこんと置いていた。その伯父がニックを通して、どこから来たのかとぼくに訊いてきた。

「ロサンゼルスです」そう答えながら、ぼくはふたりめの伯父と握手を交わした。「はじめまして《ムーチョ・グスト》」

「はじめまして《ムーチョ・グスト》」ぼくが片言のスペイン語を披露したにもかかわらず、ふたりめの伯父はなおもニックに顔を向けたまま、まるで通訳に話しかけるかのように、自分も何年かコロラドで出稼ぎをしていたことがあると語った。

「そうですか《シ》」とぼくは応じた。

「コーヒーとドーナッツ」おごそかな面持ちで、ふたりめの伯父はぼくに告げた。

「なるほど」とぼくはうなずいた。

「いまのが、唯一覚えた英語なんですって。朝、仕事へ向かう途中で買っていたから」ニックが解説を添えてくれた。

ふたりめの伯父がにっこりと微笑むと、唇の隙間で金歯がきらめいた。

「それはすばらしい。コーヒーとドーナッツ」言いながら、ぼくも伯父に微笑みかけた。

「コーヒーとドーナッツ」肥えたほうの伯母までもが、言いながら微笑みかけてきた。

「コーヒーとドーナッツ」と返してから、ぼくはその伯母とも握手を交わした。痩せっぽちのほうの伯母にも微笑みかけると、そちらははにかんだ笑みを浮かべつつ、「コーヒーとドーナッツをどうぞ」と返してきた。

それから、さも楽しげにくすくすと忍び笑いながら、ぱちぱちと睫毛をしばたたいた。ぼくは上に向けたてのひらをぐるりと全員に向けながら、「コーヒーとドーナツをみなさんもどうぞ」と言ってみせた。

「そのくらいにしておいて」ニックがぼくの肘を突いてから、開け放たれたもうひとつの戸口のほうへ向かっていった。普段はおそらくダイニングルームか寝室として使われているのだろう。いまは棺《ひつぎ》を載せた長いテーブルが中央に据えられており、片方の端に蠟燭が灯されていた。ぼくはぴたりと足をとめた。その炎はまるで人魂のように宙を漂いながら、どくどくと鼓動しているかのように見えた。操り人形の糸を引くかのごとく、壁に影を躍らせていた。手すりのない細い橋を渡るかのように、ぼくは慎重かつ足早に部屋を横切り、棺のなかをのぞきこんだ。長い黒髪と、死んだ女の亡骸《なきがら》が見えた。あるいは、かつては生きた肉体であったのだろうものの輪郭が見えた。首から下は長袖の黒いロングドレスに包みこまれ、ロザリオを握る手には白い手袋がはめられていた。木綿地の黒い布がその顔を覆い隠していた。

ぼくはその黒い布を見つめた。神通力で中身を透視しようとでもするかのように、その布地にじっと目をこらした。ゆらゆらと揺れるほのかな火影のなかで、吐息に吹きあげられでもしたかのように、布の端がかすかに動いたような錯覚をおぼえた。息をこらしつつ、震える手で布をめくった。そこにあったのはプラスチックの人形《ひとがた》だった。白い仮面のようなものが、人間の顔の形に布を支えていた。そのとき、肩をつかまれた。棺をのぞきこんだまま、そこにいるはずのニックに向かって小声でささやいた。

「ただの仮面だ」

「そのとおりだ、旦那《セニョール》」友好的と呼ぶにはほど遠い男の声《シ》が返ってきた。肩に置かれた手に力が込められた。

「事故のせいで、実物の顔はとても見られたものではなくてな。体裁を保つため、葬儀のあいだはこうしておくしかない」

男は大きな形《なり》をしていた。歳のころは三十代。黒いスーツと白いシャツを着て、細い黒ネクタイを締めていた。視線をずらすと、さきほど挨拶を交わした伯父がふたり、戸口に立ちはだかっていた。ふたりの顔からは完全に笑みが消え去っていた。ひとりは胸の前で組んだ腕のなかに、無造作にショットガンを抱えていた。肩をつかむ手にぐっと力が込められた。「われらが一族の悲しみを愚弄することは赦さない。まずは表へ出てもらおうか。それから、精一杯の弁明を試みるがいい」

70

「おれはラモン。マリアのいとこだ」と男は言った。

ぼくは家の裏手に連れだされていた。塀に囲まれた庭のなかには、数本の木と、トマトと、赤唐辛子と、キュウリだかズッキーニだかが植えられている。檻に入れられた数羽の雌鶏がクワックワッと鳴き声をあげている。太い鎖につながれた大型犬が一匹、すやすやと寝息を立てている。バーベキューグリルの前に立った女たちが、網に載せたステーキやサボテンを引っくりかえしている。脂が滴りおちてくるたびに、ジュージューと音をあげながら、炎が大きく燃えあがる。ニックは女たちの輪に加わって、問いかけにうなずいたり微笑みかけたりしていたが、ぼくを振りかえったときに見せた表情はありありとした不安に曇っていた。ぼくとラモンはテーブルを挟んで、プラスチック製の椅子に腰かけていた。ふたりの伯父がその傍らに立ちはだかっていた。

「ロサンゼルスからやってきた友人だと名乗ったそうだな。それが本当なら、大歓迎だ。だが、ただの友人は葬儀のためだけにテピクくんだりまで足を運びはしない。本当の目的がなんなのか、話してもらおうか」ラモンは椅子から身を乗りだし、ぼくの目をじっとのぞきこんだ。「あんたは本当におれのいとこを知っていたのか？」

「ぼくにもよくわからない」ぼくはひと息にそれだけ言って、ふたたび大きく息を吸いこんだ。だが、続けるべき言葉は何も思い浮かばなかった。「……それをたしかめるためにここへ来たのかもしれない。嘘をついて申しわけない」

ラモンはくしゃくしゃにつぶれた煙草のパックをポケットから取りだし、そこから一本を振りだしてから、ぼくにもさしだしてきた。ぼくがそれを断ると、ラモンはジッポで火をつけてから、金属の蓋をぱちんと閉じた。「説明してくれ」

「努力はしてみよう。ただし、うまくできるかはわからない。きみのいとこのマリアはモナ・ノートという偽名を名乗り、カリフォルニアのとある病院で入院生活を送っていた。詳しいことはまだわかっていないが、彼女はある種の謎の中心にいたものと思われる。あそこにいる女性は……」ぼくはニックのいるほうへ顎をしゃくってみせた。「とある連中に雇われて、なんの事情も知らされぬまま、マリアの替え玉を演じさせられていた。ぼくも同じ連中に利用された。マリアの死の瞬間を目撃するよう仕組まれたんだ」

「ところが、いまになって疑問を抱《いだ》いたと？」

「そういうことだ。それで、手がかりを追いはじめた。何をつかめるかもわからないまま、ここへたどりついた」

「つまり、あんたはマリアが殺されたと考えているんだな？」

「まだわからない」とは答えつつ、ぼくは首を縦に振ってみせた。

ラモンはぼくにうなずきかえした。「おれも何かがおかしいと思っていた。ある日とつぜんアメリカから電話がかかってきて、長いあいだ行方がわからなくなっていたいとこのマリアが、遺体となって発見されたと告げられた。それで、国の行政機関に連絡をとったら、マリアは何年もまえにメキシコに帰ってきているはずだというんだ」

「言われたのはそれだけ？」

「ああ、それだけだ。書類を送ってくれるって話だが、まだうちには届いていない。だが、それにしたっておかしかないか。もしマリアが本当にこっちへ戻ってきていたなら、なぜおれたちにそれを知らせなかったんだ？　これまでずっと、どこにいたっていうんだ？　なんだってアメリカなんかで死ぬことになったんだ？」

「それを突きとめるために、ぼくはここまでやってきた」

半ば脅すかのように、半ば友情を示すかのように、ラモンはぼくの腕を叩いた。「なら、おれも力になろう。マリアはおれのいとこだ。おれたちは一緒に育った。誰かがマリアを殺したなら、そいつが正義の裁きを受ける瞬間を見届けるのがおれの役目だ」そう言うと、ラモンはジッポをジャケットの内ポケットにしまった。浮いた布地の隙間から、腕の内側に仕込んだ銃がちらりとのぞいた。

「きみは刑事なのか？　それとも探偵か何かなのか？」とぼくは尋ねた。

「いいや」足のあいだに煙草を落とし、つま先を金属に覆われたカウボーイブーツで砂のなかに沈めてから、顔をあげてラモンは言った。「おれはタクシー運転手だ。あんたのほうこそ、探偵なのか？」

小さく首を振ってから、ぼくは答えた。「いいや、小説家だ」

71

ぼくらはともに食卓を囲んだ。漠然とした脅威（それほど漠然としたものでもない。同席した者のうち数人は銃を携帯しており、料理を平らげたり大仰に褒め称えたりを拒もうものなら、何が起きるかわかったものではなかった）を感じつつも空腹には勝てず、料理はいずれも絶品だった。軽く炙って白かびのチーズをたっぷり載せた、柔らかなステーキ。炭火焼きにしたサボテン。春タマネギを丸ごと包んだ、焼きたてのトルティーヤ。ぼくはそれらすべてをがつがつとむさぼった。この国に足を踏みいれてからつねにつきまとっていた緊迫感のようなものが、食欲を刺激したのかもしれない。この世に生かされていることのありがたみや、つかのまの生を生きる喜び、その生を営むために犠牲となってくれた他の生命への感謝のようなものを強めたのかもしれない。

ぼくがはじめてこういう料理を口にしたのは、妻(元妻?)のララと出会ったあとのことだった。ララの案内でイースト・サイド・ブールヴァードやボイル・ハイツをあちこちめぐり歩きながら、本場のメキシコ料理を味わったのだ。一ドルのタコスや、豚肉を炒めたポーク・カルニタスや、エビと赤唐辛子の冷製スープなどといった一品を専門に商う屋台や移動販売車。自宅のキッチンで調理してきたタマル(トウモロコシの粉を練ったものに挽肉やチーズや香辛料をまぜ、トウモロコシの皮に包んで蒸したもの)を道端で売る女たち。昔ながらの家族経営のレストラン。たとえば、〈ラ・セレナータ・デ・ガリバルディ〉という名の店では、手の込んだ創作料理——チーズを詰めて焼き目をつけた唐辛子のまわりにズッキーニの花とメレンゲをあしらったひと皿や、トマティーヨの砂糖煮を添えた鮫《さめ》のスープや、石臼《いしうす》ですりつぶした二十以上もの具材をチョコレート風味のソースにまぜこんだデザートなど——が女主人の厳しい監視のもとでふるまわれていた。当の女主人は奥のテーブルに陣取って、パン・ドゥルセとかいう大きな菓子パンとホットチョコレートを傍らに帳簿をつけながら、ときおりウェイトレスを呼びつけては小言を飛ばしていた。

あのとき味わった料理には、ぼくの心を捕らえて放さない何かがあった。そして、それと同じ感動を、ぼくはこの晩ふたたび味わっていた。武装した男たちや居眠りをする犬たちに囲まれて、唐辛子で火照った口を冷えたオルチャータ(米からつくった乳飲料)でなだめながら、最後の晩餐のような味のする料理に食らいつきながら、あのときと同じ感動をおぼえていた。原始より伝わる神々《こうごう》しいまでの味わいに対して、信仰にも似た崇敬の念をおぼえていた。辛くも甘い、あの味わい。このうえなく辛くも、このうえなく甘い味わい。ララはオレンジにも、メロンにも、キュウリにも、トウモロコシにも、卵にも、唐辛子を振りかけていた。砂糖にまで唐辛子をまぜこんでいた。手押し車の行商人から細かく切り刻んだサトウキビの大袋を買ってきて、それをチリソースに加えることもあった。すると、最初に燃えあがるような辛みを感じたあと、じわじわと染みだしたサトウキビの甘みが舌の痺《しび》れをやわらげてくれるのだ。

もうひとつ忘れちゃならないのは、ここメキシコがチョコレート発祥の地でもあるということだ。一般には輝かしいとされているヨーロッパ文明に、これに匹敵するほどのいかなる功績が残せたろうか。それからコーヒーも、唐辛子も。古来より伝わる伝統のメキシコ料理の奥深さは、こうした食材がもたらしたものであるにちがいない。チョコレートに、唐辛子に、砂糖に、コーヒー。これらの食材が持つ味わいは、舌で感じるのと同時に、脳や身体で感じることもできる。まるでドラッグのようにぼくらの体内に染みこんでは、神経系統を介して、大いなる喜びや苦痛をもたらすのだ。

謎の解明へ乗りだすまえに、まずは明朝、葬儀に参列してくれとラモンは言った。ぼくはなんとか辞退しようとしたが、ラモンは頑として譲らなかった。ぼくとニックはいまや大切な来賓であるのだから、とにかくそうすべきだと。まずは弔《とむら》い、それから仇《あだ》討ちだと。

最後に料理の皿を押しのけ、マールボロに火をつけながら、ラモンは言った。「だが、何はともあれ、まずは酒だ」

72

ぼくらはともに酒場へ繰りだした。町はずれに位置するその店は、店というより掘っ建て小屋と呼ぶのがふさわしかった。コンクリート板を敷いただけの床。その中央を走る下水溝。屋根にはトタン板を載せた上に茅《かや》が葺かれており、そよ風が吹くたび、その上にかぶせた防水シートがめくれあがっていた。壁の二面にはシンダーブロックが積みあげられ、そのうちのひとつに長いカウンターが設けられていたが、残る二面は吹きさらしのままだった。店にいながらにして、砂利敷きの駐車場の向こうに広がる野の香り――湿った土や、草木のにおい――が嗅ぎとれた。ジュークボックスからは悲しげなカウボーイソングが流れていた。玉の汗を浮かべた巨大な乳房と水滴の浮いたボトルを大写しにしたビールの広告ビラが、店内にある唯一の装飾品だった。客の数も多くなかった。ビールに鼻をすりよせたままテレビを眺めている老人が数人。運送会社のロゴが入ったキャップをかぶり、大きな笑い声を轟かせながらカウンターでサイコロ賭博に興じているトラック運転手がふたり。先の萎《しお》れた長い口髭を生やし、大きなカウボーイハットをかぶった男がそこへやってきて、大声でビールを注文すると、奥のテーブルにすわって葉巻に火をつけ、エログロ写真で有名な《アラルマ！》誌を広げはじめた。ニックとぼくを除いては、女の姿も、白人の姿も見あたらなかった。テーブルに人数ぶんのテキーラとドスエキス・ビールが運ばれてくると、ぼくらはそれぞれに杯をとった。

「マリアに」とラモンが言った。

「安らかに眠らんことを《ケ・デスカンセ・エン・パス》」とニックが返すと、男たちが一斉に同様の言葉をつぶやきながら、ニックのグラスに自分のグラスを打ちあわせはじめた。グラスを傾けるなり、煮えたぎった小便みたいな味の酒が舌と喉を焦がした。それを無理やり飲みくだすなり、ぼくはげほげほと咳きこんだ。それを見た全員が腹を抱えて笑いだした。

「気管に入ったようだ」無理に笑顔をつくりつつ、涙をぬぐいながら「水をもらえるかな」と問いかけた。するとふたりめの伯父（コーヒーとドーナツ）がビールを押してよこした。

「どうも」と礼を言って、ぼくはそれを小さくすすった。さらに人数ぶんのグラスが運ばれてきた。訃報を知ったバーテンダーからの志《こころざし》であるらしい。ぼくらはバーテンダーの健康を祈ってふたたびグラスを打ち合わせた。トラック運転手たちもこちらに杯を掲げてみせた。ひとりは丸々と肥えた身体をデニムのジャケットに押しこみ、腰からウォレットチェーンを垂らしていた。もうひとりは長身で骨ばった体形をしており、細身のジーンズに革のベストを着て、金メッキのアクセサリーをじゃらじゃらとつけていた。一杯めでさんざんな目に遭ったぼくは、首をぐっとのけぞらせて、グラスの中身をじかに食道へそそぎいれた。それでも喉がひりひりと痛んだ。食道を伝った酒がさきほどの一杯と合流するなり、舌の代わりに胃袋が燃えあがった。冷えたビールにも多少の鎮静効果はあったが、本当にほしいのはコーラだった。

「エル・ココ？」とぼくは尋ねた。「コカコーラはないか」と。それと同時に、テーブルの中央にできた水たまりのなかに、人数ぶんの新しいグラスが着水した。音楽にかき消されて、ぼくの声は誰の耳にも届いていないようだった。誰かが何かに敬意を表したあと、ぼくらは三杯めの酒を飲み干した。

「この店、気にいったわ。まるであの映画のなかに入りこんだみたい」赤らんだ顔のニックが、舌のもつれた声で話しかけてきた。

「どの映画だい？」そう問いかえしたぼくの声もいつもとちがうふうに耳に響いたが、おかしくなっているのが舌なのか耳のほうなのかは判然としなかった。

「ほら、あの映画よ。主人公がメキシコに逃げなきゃならなくなったやつ」

「これまでにつくられた映画の半分はそういう内容だ」

「だからあれよ！」ニックはいささか大きすぎる声でわめきながら、いささか強すぎる勢いでぼくの腕を叩いた。「ほら、あのコンビが演じたやつよ。アリ・マッドローとスティーヴン・クイーンズの……」

「ひょっとして、アリ・マッグローとスティーヴ・マックイーンのことか？　それなら《ゲッタウェイ》だと思うが……」

「そう、それよ！」そう叫んで、ニックはぼくの手首をつかんだ。「あの映画がばかみたいに大好きなの。あの女優がすごくすてきなジャケットを着ていて、男のほうがあの男を撃って……いまのわたしたちが置かれている状況もそんな感じじゃない？　あの映画をつくったのは誰だったかしら」

「サム・ペキンパー監督だ」

「やっぱりね。あなたなら知っているだろうと思った。きっとくそったれの映画オタクにちがいないって」言いながら、ニックはふんと鼻で笑った。

「でも、あの作品の舞台はメキシコじゃない。国境を越えたところで終わってしまうんだから。主な舞台になったのはテキサスだ」

「最後には川に飛びこんで、溺れ死んでしまうんじゃなかった？　それとも、飛びこみはしたけど、男のほうは生き延びたのかしら」

「そいつは《コンボイ》を撮った監督じゃないか？」とつぜんラモンが話に割りこんできた。

「うむ、あの《コンボイ》《シエスタ・コンボイ》じゃな！」目が不自由なほうの伯父までこくこくとうなずいた。

「ああ、あれもペキンパーの作品だ。みずからを〝無節操な尻軽〟と揶揄《やゆ》していた時代の作品だが」とぼくは言った。

「クリスト・クリスト・ファースーン？」今度は〝コーヒーとドーナツ〟まで加わってきた。

「ええ《シ》、クリス・クリストファーソンです」とぼくは応じた。

「了解《テン・フオー》！　あれ、いい男！」と〝コーヒーとドーナツ〟は続けた。

「おれが思うペキンパーの最高傑作は《ワイルドバンチ》だ」とラモンが言った。

「うむ《シ》、野蛮な一味《ラ・パンディイリャ・サルバヘ》じゃな」盲目の伯父が大きくうなずいた。

「おお《シ》、マパッチ！」〝コーヒーとドーナツ〟も笑顔を見せた。

「《ワイルドバンチ》が好きなのか？」ぼくは驚いて尋ねた。「てっきり、きみらメキシコ人は否定的な見方をするものと思ってた。白人が一方的に意地の悪い捉え方をしてつくった映画だと、そう感じるんじゃないかって」

「たしかに、白人のことはたいして好きじゃない。だが、西部劇は大好きだ。それに、あのマパッチ将軍を演じたのはメキシコ人俳優のエミリオ・フェルナンデスだろ？」

「ああ、そのとおり。それじゃ、このことは知っていたかい。フェルナンデスはオスカー像のモデルも務めたってこと」

「あのフェルナンデスが？」

「ああ、あの裸体は彼をモデルにしたものなんだ」

「それじゃ、賞を受けたあの白人たちは、テレビカメラの真ん前で、メキシコ人のお尻にキスを浴びせているってことね」ニックが嬉しそうに言った。

　興奮に顔を輝かせたラモンが、新たに仕入れたそのネタを——これまで長きにわたって、アメリカのスーパースターたちが金色のメキシコ人像を崇めてきたのだという吉報を——全員に通訳した。ぼくらはその事実に乾杯し、ふたたびグラスを打ちあわせた。カウンターにいるトラック運転手たちがこちらをちらちらとうかがいながら忍び笑っているようにも見えたが、深まる親睦と好意のなかにどっぷり浸かりきっていたため、さしたる不安を感じることもなかった。

映画談義はその後も続いた。ぼくらの見解はおおよそ一致していた。ペキンパー監督が描きだす、マッチョで、酔いどれで、空想的かつ虚無的なメキシコの姿——天国と地獄の組みあわさったような場所としての姿——にもかかわらず(いや、だからこそ)、ペキンパーはこの国を知りつくし、なおかつ愛していたにちがいないこと。ペキンパーの演出がいかに大雑把であろうと、いかに大袈裟であろうと、いかに不敬であろうと、多くの細部を疑いようもなく正確に捉えていたこと。そして、そうした細部によってこそ、芸術家——礼儀や公正さをわきまえていない場合が多々ある人種——はみずからの愛情を表現するものだということ。そこで名前があがったのが、セルジオ・レオーネだった。動乱のメキシコ革命を舞台として、《夕陽のギャングたち》こと《荒野の革命家》、あるいは《ワンス・アポン・ア・タイム・イン・レ、ボ、リ、ュ、ー、シ、ョ、ン》とも呼ぶべき壮大な革命叙事詩を、セルジオ・レオーネは誰よりも如実に、ありのままに描きだした。だが、かのイタリア人監督の作品に関して言うなら、メキシコに対する愛情は単なる象徴として表現されるにとどまっている。《夕陽のギャングたち》はスペインで撮影され、演じたのは白人の役者たちだったからだ。ぼくとしてはルイス・ブニュエル監督の作品もとりあげたかった。ブニュエルはフランコ政権下のスペインを逃れ、数十年のあいだメキシコで暮らしながら、数十もの作品を生みだした。そうした作品のなかには、メキシコのスラムで生きる子供たちを描いた胸をえぐる名作《忘れられた人々》も含まれる。だが、ラモンもその伯父たちもブニュエルの名は聞いたことがないという。その理由は、ブニュエルが一本も西部劇を撮っていないからだった。

「それなら、オーソン・ウェルズの《黒い罠》は？」とぼくは訊いた。

「ああ、知っているとも。子供のころにテレビで見た。そのあと、リバイバル専門の名画座でも見たっけな」そう言って、ラモンは肩をすくめた。「だが、ありゃあふざけた作品だ。メキシコ人捜査官の役を、チャールトン・ヘストンに演じさせるなんてな」

「ああ。だが、モーセやミケランジェロを演じたときよりはましかもしれない」

「ヘストンだけじゃない。ギャング役の連中も、まるで風刺漫画みたいだった」

「たしかに」

「それに、あの監督が描くメキシコは、メキシコを舞台としてすらいない」

「ああ、きみの言うとおりだ。あの作品はロサンゼルスのヴェニス・ビーチで撮影された」

ラモンは大袈裟に肩をすくめてみせた。「とはいえ、映画界の鬼才に対して、おれら凡人に何が言える？」

「そうだな。何はともあれ、あの映画は傑作だ」

「だな。オーソン・ウェルズに乾杯《シ》！」ラモンの掛け声で、ぼくらはふたたび杯を合わせた。ただし、ニックと伯父たちは自分たちがなんのために乾杯しているのか、さっぱり思いだせなくなっているようだった。

「わたしにも音頭をとらせなさい！」酔いに任せた尊大な態度で出しぬけにニックが言いだし、中身を飛び散らせながらグラスを突きだした。「モナ・ノートに！　あの女が安らかに眠らんことを！」

「モナに！」全員が合唱し、グラスの酒を飲み干した。

「モナってのはいったい誰だ？」眉根を寄せつつ、ラモンが訊いてきた。

「きみのいとこが名乗っていた偽名だ」とぼくは答えた。

「わたしが名乗っていた偽名でもある」ニックがふたたび口を挟んだ。

「なるほど。それじゃ、あんたにも乾杯！」ラモンは言って、新しいグラスを手に取った。

「よし《シ》、娘さん《セニョリータ》、あんたにも！」全員がふたたび酒をあおった。ぼくはぐったりと椅子にもたれ、何度か深呼吸を繰りかえしながら、心に決めた。次の乾杯は絶対に辞退しよう。頭が梱包用のビニールシートで密閉されているみたいだった。視界はぼやけ、聞こえてくる音はくぐもり、上下の唇は互いの存在すら認識できずにいた。頭に入ってくるすべての情報が、どこか上空からふわりと舞いおりてくる小包のように感じられた。ひとつひとつ包みを解かなきゃならない、頑丈に梱包された小包みたいだった。

「ぼくの妻に！」出しぬけにぼくは叫んだ。全員が目を丸くしていた。ぼく自身も驚いていた。全員がぼくを見つめていた。ぼくはグラスを手にしてすらいなかった。〝コーヒーとドーナツ〟がテーブルの向こうから新しいグラスを押してよこした。全員がグラスを宙に掲げた。

「あなたの奥さんに。いまどこにいるのかも知らないけれど」ニックが言った。

「あんたの女房に。そいつの名前も知らないが」ラモンが言った。

「彼女が安らかに眠らんことを」ぼくは言って、酒をあおった。あたりにつかのま、沈黙が垂れこめた。

「ほんと《アイ》、ばかな男《カブロン》ね……ああ、だめ。もうオシッコが我慢できない」ニックの言葉にぼくは思わず顔をしかめた。だが、ぼく以外の人間は眉ひとつ動かしていなかった。ニックは〝コーヒーとドーナツ〟の肩を支えにして椅子からふらふらと立ちあがり、おぼつかない足どりでトイレに向かって歩きはじめた。トラック運転手たちが下卑た笑い声をあげながらスツールをまわして、ニックをじろじろと眺めまわしはじめた。

「おい、白人の姉ちゃん《グリンガ》。ズベ公《プータ》。こっちへ来いよ」

革のベストを着た痩せっぽちのほうがスツールから立ちあがり、ニックの行く手をさえぎった（男は運送会社のロゴが入ったキャップを斜《はす》にかぶっていた。ヒップホップ・スタイルを意識してのことか、単に酔余のことなのか）。そして、真横を通りぬけようとしたニックの手首をつかんだ。ニックは腕を引き、軽く笑い飛ばして横をすりぬけようとした。だが、男はしつこくニックの前に立ちふさがった。それと同時に、ラモンが椅子から立ちあがった。

「よう、相棒《オイガ アミーゴ》！」そう呼ばわった声は断固としつつも至極冷静なものだった。だが、それを受けて、太っちょのほうの運転手までもがスツールから立ちあがり、ずかずかとテーブルに近づいてきて、ラモンと額を突きあわせた。男はすわっていたときよりも立ったときのほうが、身長も、贅肉の量も、醜悪さまでもが一段と増して見えた。赤みを帯びた腫れ物が、前腕と首すじの血管の上でサイレンのようにどくどくと脈打っていた。

非常事態警報。空気がぴんと張りつめるのを感じた。ふとテーブルを見まわして気がついた。残るふたりの仲間が老人および／または盲目であること。いとも怪しげなニックの貞操を守りぬけるかどうかは、ぼくの勇気と決断にかかっていること。ぼくはしぶしぶながら立ちあがり、中身がまだ残っていることもすっかり忘れて、ビール瓶の首をつかんだ。

「やられたいのか、マヌケ野郎《カブロン》」震える声でぼくは言った。〝酒場の乱闘〟スタイルでビール瓶を振りかぶろうとした瞬間、瓶の中身が周囲にいる全員の頭に降りそそいだ。一瞬、時間がとまった。全員が宙の一点を見すえていた。そのとき、太っちょのほうの運転手が弾かれたように笑いだした。連れの運転手も笑いだした。ラモンも、〝コーヒーとドーナツ〟も。それに、盲目の伯父までも（笑いのツボがどうしてわかったのか不思議でならない）。ぼくも必死にこわばった笑みを浮かべてみせた。その隙を狙って、ニックは痩せっぽち運転手の魔の手を逃れようとした。だが、痩せっぽち運転手はすかさずニックの腕をつかんだ。太っちょのほうの運転手も急に真顔に戻り、ぼくに向かってこうすごんだ。

「おい、くそ野郎《ピンチェ・カブロン》。その瓶を奪いとって、おまえの白くてちっちゃなキンタマを切りとってやろうか」

ラモンが両のこぶしを固めるなり、バーテンダーが地面に身を伏せた。ぼくらも戦闘のかまえをとった。次の瞬間、一発の銃声が耳をつんざいた。あまりに至近距離で、あまりに大きな音を耳にしたため、一瞬、何が起きたのかもわからなかった。ただ、物音に驚いて木から飛びたつ小鳥のように、痩せっぽちの運転手の帽子が弾け飛ぶのが目に入った。運転手は血走った目を見開いて、きょろきょろとあたりを見まわしはじめた。まるで、帽子が自分を裏切ったとでもいうかのように。ぼくはその場に凍りついていた。後ろを振りかえることも、まばたきをすることすらできなかった。だが、それはほかの者たちも同様だった。ただひとり、ラモンを除いては。ラモンはジャケットの下からすばやく銃（艶消しのオートマチック）を抜きとると、太っちょ運転手のみぞおちに銃口を押しつけた。それからようやく、ぼくらは知った。さきほどの銃弾がどこから放たれたのかを。盲目の伯父がばかでかいリボルバーをかまえていた。なおも硝煙をあげる銃口は、まっすぐ痩せっぽちの運転手に向けられていた。ところが、盲目の伯父そのひとは、なぜか真横に顔を向け、そこにある虚空を見つめていた。まるで、耳で引鉄《ひきがね》を引いたかのように。

ラモンがスペイン語で何ごとかをわめいた。それから、皺くちゃの紙幣を数枚カウンターに放り投げて言った。「おれたちはお先に失礼する。あんたらはこのまま静かに酒を楽しむといい。ただし、そのまえに、そこのご婦人《セニョーラ》にトイレを使わせてやってくれ」

「もういいわ」とニックが言った。「もうトイレには行かなくてもいい」

「そうか。では、お先にどうぞ」言いながら、ラモンは出口に向かって顎をしゃくった。ぼくらはぞろぞろと店を出た。ラモンと盲目の伯父がしんがりを務めた。ふと後ろを振りかえると、奥のテーブルにいる口髭の客が笑顔で葉巻を吹かしながら帽子に手をやり、慇懃《いんぎん》な挨拶をよこすのが見えた。

「まったく肝が冷えたわ！」足早に車へと向かう道中に、ニックがわめいた。「それにしても、いったいどうやってあんなことを？」

「さっきの伯父貴のことか？」商売道具のタクシーを発進させながら、ラモンが言った。「伯父貴は射撃の名手でな。あまりに腕が立ちすぎて、的を見る必要すらなくなっちまった。蝙蝠《こうもり》みたいに物音や気配を耳で感じとる。空気の流れや温度の変化まで、顔の皮膚で感知できるらしい。だろ？」

「うむ《シ》、うむ《シ》」甥っ子の問いかけに、盲目の伯父はこくこくとうなずいた。

「それにしたって、頭から帽子だけを弾き飛ばすなんて！」興奮気味にぼくはつぶやいた。

「わしがそんなことを？」驚いた様子で、盲目の伯父が訊いてきた。

「ええ、本当にすごい腕前だ」とぼくは答えた。

「なんと、うまいこと当たったものじゃ」そう言って、盲目の伯父はくすくすと笑った。

73

ホテルの前にタクシーをとめると、ラモンはぼくらの先に立ってロビーへ入り、ホテルの経営者を呼び寄せた。そして、このふたりは自分の友人だから安心して滞在できるようよろしく頼むと口添えすることで、ぼくらの監視を暗に命じた。だが、それにはプラスの側面もあった。ミネラルウォーターと追加のタオルを届けてほしいとニックが頼むと、またたくまに客室係が飛んできたのだ。ラモンは客室の窓辺に立って、思案顔で煙草を吹かしながら、ひとけの絶えた広場をじっと見おろしていた。噴水の水は枯れていた。広場の奥には、干からびたウェディングケーキみたいな古ぼけた教会がぬっくりとそびえ立っていた。

「あんたらは見張られてる。それはわかってるか?」

「ああ、わかっているとも。きみと、それからフロント係にな。大丈夫だ。逃げだしはしないよ」

「そうじゃない。ピックアップトラックに乗った男にだ」ラモンは言って、窓の外を指さした。広場の向こうに建つ小劇場の前に廃車寸前のピックアップトラックがとまっており、運転台の暗がりのなかにカウボーイハットの輪郭が浮かびあがっていた。《フリッツ》の上映はすでに終わっているらしく、劇場の明かりはすべて落とされている。

「あれは誰だ?」とぼくは訊いた。

「さあな。警察かもしれんし、盗賊かもしれん。国境の向こうからあんたらを尾《つ》けてきたのかもしれん」そう言うと、カウボーイハットの男に向けて、ラモンは煙草を弾き飛ばした。火のついた煙草は真下の通りへと吸いこまれていき、路面にあたって跳ねかえったあとも、玉石のあいだでくすぶりつづけていた。それを見届けてから、ラモンはにやりとして言った。「国境のこっち側へ来たからには、足もとに気をつけたほうがいいぜ、白んぼ《グリンゴ》の兄さん」それから、まるで共犯者にするかのようにニックに片目をつむってみせた。

「誰か、警告を与えてきた人間はいないのか？」

「それならいる。特に、タクシー運転手は信用するなと言っていた」

　ラモンは笑い声をあげながら、ぼくの腕にパンチをよこした。けっこうな痛みをおぼえたが、ゆがみそうになる顔をこらえて、ぼくはどうにか笑みを浮かべた。ラモンはニックに軽くお辞儀をして言った。「おやすみ《ブエノス・ノーチェス》、セニョーラ。今夜は楽しかった。明日の朝、教会で会おう」

　ラモンを送りだし、扉に鍵をかけたニックは、そのまま窓辺へ向かった。暗がりにたたずむピックアップトラックの運転台には、ぴくりとも動かないカウボーイハットの輪郭がなおも浮かびあがっている。

「煙草を一服しているだけかもしれないわ」そうつぶやく声がした。

　ベッドにすわりこんだまま、「そうかもな」とぼくは応じた。頭のなかが渦を巻いていた。時計まわりに何度か回転しては、逆の方向にまわりだしていた。

　窓枠に手をついて通りを見おろしたまま、「あの男、どこかで見たような気がするの」とニックは続けた。

「なあ、向こうからはこっちが丸見えだってことに気づいてるか？　あっちは暗くて、こっちは明るい。きみの姿はドライブインシアターのスクリーンみたいに煌々と照らしだされているはずだ」

「いけない！」とっさに頭を屈めようとしたものの、浴びるように飲んだ酒の影響で腰が砕けたのだろう。ニックは床にぺたりと尻餅をついた。慌てて脇に垂れた紐をつかむと、上からロールカーテンが落ちてきて、頭頂部にぶちあたった。「早く……明かりも消して……」ニックは痛みにうめきながら、低く押し殺した声でぼくに命じた。あたかも、こちらの声まであちらに筒抜けであるとでもいうかのように。

「わかった。いま消すよ」ぼくは恐る恐るベッドから腰を浮かせた。「ただし、ほかにはもう何も壊さないでくれよ」言いながら、電灯のスイッチを切った。テレビのチャンネルを切り替えるかのごとく、室内がモノクロの世界に変貌した。灰色の家具。漆黒の闇に沈んだ部屋の四隅。窓からさしこむ銀色の光。窓辺に近づき、カーテンの隙間からピックアップトラックを見おろした。不意にヘッドライトが灯り、排気管がおくびのような音を吐きだした直後、車がゆるゆると動きだした。カーテンを持ちあげて走り去る車を見送ったあと、ぼくはふたたびカーテンで窓をふさいだ。薄っぺらな木綿の生地を通して、ほのかな光が室内に染みこんできた。扉の下に開いた隙間からは、廊下に灯された黄色い光のすじが漏れだしていた。

「行ったよ。きみに恐れをなしたのかもしれないな」


「好きに言えばいいわ」床にへたりこんだまま、ニックは毒づいた。「手を貸して。今夜は飲みすぎたわ」

「まさか、冗談だろ」ぼくが手をつかんで引きあげてやると、ニックはふらふらと立ちあがった。

「この際だから言っておくわ。わたしは見た目ほど強い女じゃない」

「見た目もそれほど強そうには見えないが」とぼくは返した。ベッドにどさりと腰をおろすと、マットレスが大きくたわんだ。「強い女というより、悪い女に見える。もしくは冷酷に見える。もちろん、頭が切れるという意味でだが」

「そんなひどいことを言うなんて、あなたのほうがよっぽど悪い男だわ」震える指を、ニックはぼくに突きつけた。「それに、公正さにも欠ける。ああ、もう本当にオシッコが漏れそう。あの騒ぎが起きるまえから、ずっと我慢してたんだもの」そう言うと、ニックはふらふらと部屋を横切り、バスルームの明かりをつけた。

長方形の光のなかにきれいなシルエットが浮かびあがった。ジーンズのボタンをはずしながら、ニックは続けた。「ねえ、わたしはあなたが思うほど悪い女でも、冷酷な女でも、強い女でもない。わたしはただ、正直なだけ」

自分の主張が正しいことを証明しようとするかのように、ニックは靴を蹴り飛ばし、ジーンズをおろすと、扉を開け放ったまま用を足しはじめた。ちょろちょろと流れだす水音が聞こえた。開いた戸口から、足の先がのぞいていた。真っ赤なペディキュアを塗った爪。足首までおろされた水色のパンティー。水を流して便座から立ちあがると、水色のパンティーを床の上に残したまま、ニックはTシャツを脱ぎ捨て、ブラジャーのホックをはずした。

「さてと、とりあえずファックしましょ。そうでもしなきゃ、眠れそうにないわ」

「何をとつぜんに……」

「よく考えてみて……」言いながら、ニックはゆっくりこちらに近づいてきた。窓からさしこむほの明かりがその髪を、肩を、乳首を、尻を舐めていく。「……いまのわたしたちは恐怖に怯えている。神経を張りつめさせている。とんでもない量のアドレナリンが血流を駆けめぐっている。いまファックすれば、途方もない快感が得られるはずよ」

「ああ、そういう噂は聞いたことがある」

目の前に全裸のニックが立っていた。暗闇のなかに、なめらかな素肌が浮かびあがっていた。「それに、絶頂に達したあとは、エンドルフィンが分泌される。恐怖や怒りを鎮めてくれる。つまり、深い眠りにつくことができるってこと」

「その噂も聞いたことがある。人体に備わった作用には目を見張るばかりだ」視線だけを動かしながら、ぼくは言った。

「噂が本当か、試してみたくない?」

「問題がひとつある」ベッドの端に腰をおろすニックを前にして、背すじが硬直するのを感じながら、ぼくは言った。「きみはおかしいとは思わないのか？」

「何がおかしいというの？」

「ぼくらの関係が。そもそも、お互いのことすらよく知りもしない」

「生娘《きむすめ》でもあるまいし、大の男がばかを言わないで。女がみずから裸になって、抱いてもいいと言っているのよ。ほかに何を知る必要があるの？」

「なんというか、あのときの状況を再現しているみたいで……互いの素性も知らないまま、金のために寝るなんて」

「なんだ、そういうこと。わたしが売女《ばいた》だってことが気にいらないのね？」

「そうじゃない。そういう言い方をするのはやめてくれ。ぼくが気にいらないのは、いや、むしろ虚しく感じてならないのは、この五年間で自分がふたりの女としか寝ていないってことだ。きみと妻のふたりだけ。ふたりのうち、妻のほうはぼくを捨てた。そしてきみは、金のためにぼくに抱かれた」

「そういうことなら……」毛布のなかにもぐりこみながら、言葉を選んでニックは言った。「いまのわたしはお金のためにあなたと寝るんじゃないわ。どちらかと言えば、お金を払っているのはわたしのほうだもの。つまり、わたしのほうがお客で、あなたのほうが娼婦だということになる」

「なるほど。たしかにそうだ」

「これで少しは気が楽になった？」

「ああ、すこぶる楽になった。じつを言うなら、最高の気分だ」

「それはよかった」そう言うと、ニックはぼくを見つめたまま、マットレスをぽんと叩いた。「それじゃ、のろまな男娼さん、早くその服を脱いで、さっさとこっちへいらっしゃい」

74

教会の鐘の音《ね》で目が覚めた。手早く身支度を整えて広場へおりると、教会の周囲にはすでに黒衣の弔問客が集まりだしていた。カフェのカウンターでコーヒーを一杯、胃袋におさめてから、足早に広場を横切った。礼服は持参していなかったが、ここテピクは農業と牧畜業を主な生業《なりわい》とする鄙《ひな》びた田舎町だ。列席者はみな、髪型から靴に至るまで全員が礼節に適った服装をしており、子供たちもまた、染みひとつない清潔な衣服に身を包んでいた。ただし、ドレスコードはあくまで〝カントリーウェスタン〟であるらしい。なかには、おろしたてのジーンズに派手なウェスタンブーツを合わせ、カウボーイシャツのボタンを上までとめたいでたちで壁際に立ち、神妙な面持ちで頭《こうべ》を垂れる男たちの姿もちらほら見うけられた。カウボーイハットは手にさげており、その髪には、櫛《くし》を通した跡であろう深い畝《うね》がそのまま形を保っていた。ぼくとニックもそうした男たちにならい、後ろの壁に背を向けて立ったまま、番兵のごとく葬儀を見守ることにした。

貧しい地域に建つ多くの教会の例に漏れず、この教会もまた壮麗な趣をたたえ、惜しみない装飾が一面にほどこされていた。苦い薬に糖衣をかぶせるかのように、金メッキや大理石がそこかしこの表面を覆い、アーチや、壁龕《へきがん》や、天を舞う天使や、讃美歌をうたう聖人や、両腕を広げて迎えるマリア像が、天井や壁を隙間なく埋めつくしている。その広がりと寒々しいほどの静寂に、ぼくらは圧倒されるばかりだった。その空間は、貧しき人々に天国の明確なビジョンをあらわさんとしていた。神の御業の実用模型を呈示することで、なぐさめを与えんとしていた。強烈な陽射しのもとでたとえ野垂れ死にすることになろうとも、恐れることはないのだと語りかけていた。

このあと埋葬されることになっているマリアも、貧しい一家の生まれだった。そのうえ、何年もまえに町から姿を消していたこともあって、会衆席がいっぱいに埋まることはなかった。深い石の渓谷のなかで、すすり泣く女たちや、眉根を寄せた男たち、もじもじと身じろぎをする子供たちが、前方の何列かを占めているだけだった。式の進行具合を見てとるには、ぼくらの立っている場所はあまりに祭壇から遠すぎた。張出し席から、舞台上の象形文字やモダンダンスの意味を読みとろうとするようなものだった。数人の男たちによって棺が担ぎあげられ、祭服をまとった司祭がゆっくりとこちらへ向かいはじめたことに気づいて、ぼくらはすばやく戸口をすりぬけた。

太陽の光に目が眩んだ。二日酔いのせいだろう、こめかみがどくどくと脈打ちはじめた。扉の脇に立って待っていると、六人の男たちの肩に担ぎあげられた棺が戸口からそろそろと姿をあらわし、花で埋めつくされたトラックの荷台に積みこまれた。直射日光と喧騒のなかで眺める司祭の姿に、ぼくはわけもなく違和感をおぼえた。その姿はまるで、舞台裏で煙草を一服しようとしている舞台役者か、魔法の杖をどこかに忘れてきた魔術師のようだった。ぼくの思いを察したかのように、司祭は小ぶりな黒い葉巻に火をつけたかと思うと、おもむろにミラーサングラスをかけた。礼拝堂のなかから、続々と参列者が吐きだされてきた。小編成のブラスバンドが頼りなげな葬送行進曲を奏ではじめたのを合図に、墓地に向けての葬送パレードが始まった。ぼくとニックも、列からはぐれた最後尾の人々のあとを追って、墓地へと続く道をたどりはじめた。すぐ目の前では、大儀そうに身体を揺らしながら歩く太りじしの老婆に、幼い少女が手を引かれていた。少女は黒いワンピースの下にフリル付きのペチコートを穿き、髪にはリボンを飾って、艶やかなエナメル靴を履いていた。

そのとき、とつぜん少女が黄色い声をあげながら、小劇場のほうを指さしはじめた。「《フリッツ》！《フリッツ》！」だが、老婆は無言のまま少女の手を引いて、棺のあとを追いつづけた。

「あのくそったれ監督め」ぼくは小さく悪態をついた。ニックは小さく肩をすくめただけで、煙草を取りだし、火をつけた。

墓地の門の上には、〝アキ・ラ・エテルニダードゥ・エンピエサ・イ・エス・ポルボ・ビル・ラ・ムンダナル・グランデサ〟との標語が掲げられていた。ニックがざっと翻訳してくれたところによると、〝これより永遠が始まり、穢れた土は大地へと還《かえ》る〟という意味であるらしい。つまり、穢れた土はこの地に落ちて、石ころや野の花やぴかぴかに磨きあげられた靴の上に積もったり、髪や喉やてのひらの皺に入りこんだりするけれど、死後のぼくらは小さな隊列を組んで、永遠の国へと続く小道を歩みはじめるというわけだ。穢れから解き放たれた人々がみずからの魂を休めるために建てた小さな御殿――溺愛する娘のため、自分たちが暮らす家より遥かに豪勢な鳥かごや人形の家をこしらえてやるかのごとくに建てた御殿――が建ち並ぶ国をめざすというわけだ。ぼくら人間は短い時を生き、そこから先は永遠の時を死んですごす。この穢れた土の王国――雄大にして堕落したこの世界――においては、赤ん坊のうちに死なないかぎり、罪や悲しみと無縁ではいられない。だからこそ、この地上のある地域においては、早世した赤ん坊が天使と呼ばれるのだろう。小さな棺を前にして奏でられるのが、どこか楽しげな調べなのだろう。彼らだけが、人生の勝者としてこの世を去ることができたからだ。

そのとき、驚くべき現象が起きた。感情の洪水に呑みこまれてか、二日酔いによる鈍痛と、淫らな行為にふけった直後の神経の昂ぶりとが合わさってか、しょっぱい塩水が目からあふれだし、頬を伝いはじめたのだ。まあいい。ぼくはいま葬儀に参列しているんだ。涙など流れるに任せておけばいい。そう開きなおろうとしたとき、いぶかしげに眉をひそめるニックと目が合った。

「どうかしたの？　どこか具合でも悪いとか？」

「なんでもない。少し気分が優れないだけだ」

「そう。それならいいけど。ちょっと気になっただけ」ハンドバッグのなかからぼろぼろの紙ナプキンを取りだし、ぼくにさしだしながらニックは言った。「男のひとがそんなふうに泣きだすのをはじめて見たから」

「くそったれめ。こんなときに、なんて女だ」鼻水を滴らせたまま、ぼくはとつぜん笑いだした。

「くそったれはそっちでしょ」

「そっちのほうが、輪をかけたくそったれだ」

「ふにゃチン」

「やりマン」

そこまで続けて、ようやく気づいた。ぼくらの悶着が鎮まるのを、ラモンがすぐそばで待っていたのだ。見まわすと、葬儀はすでに終了していた。「わざわざのご足労に感謝する。その敬意あるふるまいに、一族を代表して礼を言わせてもらおう」

ぼくらはもごもごとお悔やみの言葉をつぶやいた。ぼくが紙ナプキンで盛大に鼻をかむと、ニックがじろりとこちらを睨《ね》めつけてきたが、その目からは、いまにも涙があふれだしそうになっていた。だが、その涙は単に、怒りからこみあげたものかもしれなかった。さきほどぼくが発した最後の言葉は、あまりに痛烈だったから。

ぼくらが落ちつくのを待って、ラモンはさらにこう続けた。「いくつか知らせておくことがある。今日、行政機関から例の書類が届いた。それによると、マリアはロサンゼルスのメキシコ領事館でパスポートの更新を受けていたらしい。二〇〇〇年のことだ」

「なるほど、そういうことか」ぼくは言って、簡単な説明をした。その年にゼッドが自殺をしたこと。ゼッドの妻がヨーロッパへ渡ったこと。ノート夫妻と行動をともにしていたメキシコ娘が行方をくらませたこと。つまり、マリアはそのメキシコ娘である可能性が高いということだ。

「なるほどな。だが、もしマリアがこっちへ戻ってきていたなら、どうしてなんの便りもよこさなかったんだ。電話の一本もない。顔も見せない。そのあげくがこれだ。一緒に送られてきた、パスポートのコピーなんだが……」言いながら、ラモンはジャケットの内ポケットに手を入れ、小さく折りたたんだ紙を取りだした。

「そのパスポートに何か問題でもあるの？」ニックが尋ねた。

「ああ、大ありだ。この写真を見てくれ。ここに写っているのはおれのいとこじゃない。どこの誰なのかも知らない女だ」

さしだされたコピー紙に視線を落として、ニックは肩をすくめた。「わたしも知らないわ」

「ぼくは知ってる」吹きつける砂煙から守ろうとするかのように、両手でコピー紙を握りしめたまま、ぼくは言った。「ここに写っているのは、ぼくの妻だ」

第六部　桃源郷《ララ・ランド》

75

見通しのいい幹線道路をめざして、タクシーは細道を驀進《ばくしん》していた。

最初に襲ってきたのは、驚愕と不信の嵐だった。そんないかれた話など、そうそう信じられるはずもなかった。その後、全員からの説得となぐさめを受けたすえ、写真に写っているのが自分の妻であるという事実を、ようやくぼくは受けいれた。そして、妻のララもメキシコの出身であること、最近、自分のもとを去っていったことを説明し、ララの生まれ故郷がサン・パンチョという小さな田舎町であることを告げた。ラモンはその町なら数時間でたどりつけると言ってうなずいたあと、難しい顔つきで黙りこみ、ぼくを除いた全員にマールボロ・レッドを配ってから、その先端に火をつけていった。「……それなら、こうしよう。まずは、おれがあんたをかみさんの生まれ故郷へ連れていく。そこで何がつかめるか、探りを入れてみようじゃないか」

ラモンの運転するタクシーの車内には、暗澹たる沈黙が垂れこめていた。盲目の伯父はひとり助手席におさまっていた。ニックとぼく、〝コーヒーとドーナツ〟の三人は後部座席にすわっていた。葬儀用のシルクハットをかぶった〝コーヒーとドーナツ〟の姿はおごそかな風格に満ちていた。当然ながら、座席にシートベルトはついていなかったが、年代物の白黒のポータブルテレビが一台、擦り切れた紐でダッシュボードにくくりつけられており、画面にはサッカーの試合中継が途切れ途切れに映しだされていた。それにしても、このテレビは誰のためのものなのか。盲目の伯父のため？　それとも、運転中のラモンのため？　いや、おそらくは、金を払って乗車してくれる客へのサービスにと設置されたものなのだろう。窓はすべて開け放たれていた。細道を抜けだしてハイウェイに入り、俄然スピードが増すやいなや、さわやかな風が髪をもてあそび、胸の内をも吹きぬけていった。車内に充満していた陰鬱な空気までもが、きれいに吹き飛ばされていくようだった。困惑の雲のなかにあるぼくでさえもが、気づけば風に身を任せていた。ぼくの人生は、煙をあげてくすぶりつづける瓦礫の山と化していた。ぼくの手にはもう何も残されていなかった。ぼくは何もわかっていなかった。竜巻に呑まれたぼくの心は、虚無の世界へ放りだされようとしていた。何かを考えようとしても無駄だった。不可能だった。何もかもがまたたくまに、頭のなかから吹き消されてしまうのだから。

ぼくを除いた四人はみな、満足げに煙草を吹かしたり、指先で煙をくゆらせたりしていた。車はハイウェイを疾走しつづけた。小型のエンジンが悲鳴をあげていた。地面の隆起を踏んでは、車体が大きく跳ねあがった。カーブを曲がるたび、車体が斜めに浮きあがった。それでも、ラモンがブレーキを踏むことは一度もなかった。カーブやくだり坂でもいっさいスピードをゆるめることなく、ジャングルにさえも全速力で突っこんでいった。車が走りだしてからというもの、ぼくはずっと息を詰め、奥歯を噛みしめつづけていた。ジャングルが目の前に迫り、急ブレーキに備えて身がまえたそのとき、例の小型テレビがダッシュボードから飛んできて、盲目の伯父の首を直撃した。横ざまに飛ばされた伯父の頭は、ぼくの膝に着地した。

どうやらここメキシコでは、こうした無謀運転をするのが国全体の習わしであるらしい。周囲を走る車は《マッドマックス2》ばりの奇怪な改造車ばかりで、そのハンドルを握るドライバーたちは心もエンジンも最高潮に昂ぶらせたまま、すさまじいスピードで突っ走ったり、出しぬけに車線を逸れたり、いきなり加速したりを繰りかえしていた。当然ながら、ラモンもそうしたドライバーのひとりだった。荷台にインディオを満載した鉄錆だらけのピックアップトラックを追いぬこうと、ラモンは反対車線にハンドルを切った。インディオたちがこちらに手を振ってよこすのが見えた。真正面から猛スピードで近づいてくるトラックも。点滅するヘッドライトが見えた。ブレーキを踏みこむつもりなど、向こうの運転手には毛頭ないらしかった。正面衝突の寸前で、ラモンはもといた車線へハンドルを切り、荷台に板を組んだトラックの前にタクシーを割りこませた。トラックの荷台にはサトウキビがうずたかく積みあげられており、頭にストールを巻いた色黒で裸足の少年がそのてっぺんに腰かけて、海賊を思わせる大きな鉈《なた》を握りしめていた。運転台では上半身裸の男が三人、煙草を吹かしながら、かろうじて難を逃れたぼくらに呑気な笑みを向けていた。しばらくすると、日本製の小型バイクにまたがり、サイドカーにバナナを山と盛った老婆がどこからともなくあらわれて、ぼくらの行く手をふさいだ。老婆を轢き殺す寸前で、ラモンはからくもハンドルを切った。老婆のバイクを追い越そうとそのまま反対車線に車を寄せたが、背後から迫りくる影に気づいて、すぐさまハンドルを切りかえした。その直後、サトウキビの山の陰から三台の車が飛びだし、ぼくらの目の前に割りこんできた。その三台はいずれも、動いていることが不思議なくらいのおんぼろ車だった。一台めは、窓に真っ黒なスモークを貼り、不揃いなパーツを継ぎはぎにしたトヨタのカローラ。黒い車体に、黄色いボンネット、ドアの一枚には赤い塗料が塗られていた。二台めはシボレーのマリブで、後部座席のドアが一枚、はずれたままになっていた。前部座席には、痩せこけた男ふたりと肥満体の女ひとりがぎゅう詰めにすわっていた。後部座席では、シートに足を載せて悠々とふんぞりかえった男がひとり、手にしたバナナの皮を剝きながら、こちらににやりと笑いかけていた。最後の一台に至っては、その車種すらも定かでなかった。製造元を推しはかるための手がかりがどこにも残されていなかったのだ。あちこちで塗装が剝げおちて下地がむきだしとなり、フロントガラスにもリアガラスにも大きなひび割れができていた。根もとの折れた排気管が地面に引きずられながら、線香花火のように火花を散らし、その奥からは、真っ黒い煙が吹きだしていた。後部座席から眺めるかぎり、三台の車が割りこんできたことにラモンがむかっ腹を立てている様子はなかった。当の三台の車にしても、窓から腕を突きだして前後に振ったり、ブレーキランプを小刻みに点滅させたりすることで、早く追い越せとそそのかしてくる始末だった。その合図を受けて、ラモンはアクセルをいっぱいに踏みこんだ。反対車線に飛びだした瞬間、前方に一台のバスが見えた。ぼくははっと息を吞んだ。最初の二台を追い越した時点で、エンジンが悲鳴とうめき声をあげはじめた。死のバスはすぐそこまで迫っていた。ぼくはぎゅっと目を閉じた。そのとき、スリードアのシボレーが最後の最後でスピードをゆるめてくれたおかげで、ぼくらはからくも死地を脱した。

猛スピードで繰りひろげる無謀な運転。それがメキシコの流儀であるらしい。だが、どういうわけだろう。アメリカのドライバーに付き物の苛立ちが、ここにはいっさい見うけられなかった。代わりにあるのは、底抜けの陽気さだけだった。路上で演じるデッドヒートは、メキシコ人にとっては一種の娯楽であるのだろう。

ついに海岸線にぶつかると、車はビーチ沿いの道を進みはじめた。窓の外には、そっくり同じ外観をした真新しい高級建売住宅がびっしりと建ち並んでいた。コンクリートの柱に、パラボラアンテナ。高いフェンスに、四台ぶんのガレージ。ところが、そのあいだに一ヵ所、とつぜんぽっかりと切れ目があいていて、そこからきらめく太陽と海がのぞいていた。なんらかの原因でそのうちの一軒が倒壊したらしく、煉瓦と漆喰の残骸が地面に小山をなしていた。

「あの豪邸に住んでいるのは、密輸業者どもだ」まるでツアーガイドのように、宙に向かってラモンがわめいた。

「さっきの一軒は？　いったい何があったの？」後部座席からニックが尋ねた。

「あそこに住んでいた男が、連邦警察といざこざを起こしてな。ところが、連中が男を捕らえにやってきたとき、男はジャングルに逃げこんだあとだった。それで、怒り狂った連中があの家を叩き壊したってわけだ。おれたちはあの跡地を、正義の記念碑《モニュメント》と見なしている」言いながら、ラモンはちらりと後ろを振りかえった。「もうじきサン・パンチョに着く。漁業を生業《なりわい》とする小さな町だ。金持ちのアメリカ人が何人か、避暑用の別荘を建ててはいるがな。まずは教会をあたって、あんたの女房の出生記録を探す。それから、家族がまだ町にとどまっているかどうかをたしかめよう」

「ああ、わかった」ぼくは大声でわめきかえした。

〝コーヒーとドーナツ〟が厳粛な面持ちでこちらにうなずきかけてきた。盲目の伯父は前を向いたまま、肩越しに親指を立ててみせた。

76

道端の標識は、車が〝サン・フランシスコ〟に入ったことを示していた。だが、この町のことは、誰しもが〝サン・パンチョ〟と呼んでいるという。この田舎町がララの生まれ故郷だということは、話の端々からぼくが勝手に察したにすぎなかった。そこは浜辺の町だった。明るい陽射しのなかにひっそりと身を横たえる白い平屋。風に揺れる椰子《やし》の木。その葉の緑はロサンゼルスよりも色濃く、眼前に広がる太平洋の水はより温かく、より深みのあるロイヤルブルーをしている。町のはずれからは急勾配の丘がそびえ、その中腹には色鮮やかなブーゲンビリアやハイビスカスが咲き乱れている。そして、そのなかに点々と、冬以外には住む者のない豪奢な別荘が建っている。

ぼくらは中央広場に車をとめ、そこに建つ小さな教会をめざした。戸口を抜けるなり、洞窟のなかに足を踏みいれでもしたかのように、寒々とした薄闇がふたたびぼくらを呑みこんだ。蠟燭に火を灯していた黒衣の老女を見つけて、ラモンが声をかけた。老女のあとについて、ラモンとぼくとニックの三人は教会の奥へと向かった。ふたりの伯父は最後列の会衆席にすわって、ぼくらの帰りを待つことにした。

小柄で丸々とした老女は、狭い廊下をよたよたと進んで、突きあたりにある扉を開けると、てのひらで室内を指し示しながら、にっこりとぼくらを振りかえった。礼拝堂の趣はどこへやら、司祭の執務室のなかには荘厳さの欠片も見うけられなかった。メラミン化粧板を張った安物の小さな机の上には、雑然とものがひしめきあっていた。合皮張りの椅子の一脚は破れ目がガムテープで補強され、二脚は座面が大きくへこんでいた。来客用のソファーは布地が擦り切れていた。壁際にはファイリングキャビネットがずらりと並んでいたが、そこにもおさまりきらないのか、あちこちに紙の山が築かれていた。机の向こうにすわっていたのは、でっぷりと太った白髪《はくはつ》の老人だった。白いシャツを着て黒いズボンを穿いてはいたが、犬の首輪のようなあの襟はすでに取りはずされていた。司祭は紙コップでコーヒーをすすりつつ、ホイールキャップサイズの灰皿の上で雪崩《なだれ》を起こしかけている吸殻の山に、手にした煙草の灰を落としていた。

「やあどうも《ブェノス・ディアス》」司祭は言って、にこやかな笑みを浮かべた。ただし、握手をするため椅子から身体を起こそうとするなり、その笑顔はすぐさま苦しげな表情に取って代わられた。まずはラモンが簡単に用向きを伝えた。そのあと、はじめましての挨拶《ムーチョ・グスト》がひととおり済むと、司祭は安堵の表情を浮かべながら、ふたたび椅子に沈みこんだ。ラモンがマールボロのパックを取りだし、そこから一本ずつを全員にふるまった。司祭はもらった煙草に嬉しそうに火をつけると、潮を噴きあげる鯨のように盛大に煙を吐きだしながら背もたれに寄りかかり、頭の後ろで両手を組んだ。おかげで、ぼくはそこから視線を逸らせなくなった。そこに残ったなけなしの髪をみずから燃やしてしまうのではないかと、気が気でなかったのだ。やがて、ぼくがスペイン語を理解できないことを知った司祭が英語で話しかけてきた。

「さて、セニョール、今日はどのようなご用件でいらしたのかね？　なんでも、奥方に関して知りたいことがあるそうだが？」

「ええ、そうなんです。じつはいま、行方がわからなくなってしまった家内を探しだすために、生いたちから足跡をたどろうとしているところでして。その家内がここサン・パンチョの生まれなものですから……」

「こちらへ戻ってくるだろうと？」

「いえ、そうじゃなく……」

言葉に詰まるぼくを見兼ねてか、ラモンがあいだに入ってきた。「あのですね、司祭さま、じつは先日、おれのいとこが天に召されまして。その葬儀をついさっき済ませてきたところなんですが……」

「それはお気の毒に」

「ええ、ありがとうございます。ただ、おれたち一族はそのいとこにもう長いこと会っていなかった。そんなとき、いとこの死とこの男のかみさんの失踪とのあいだになんらかの関わりがありそうだってことが判明した。そのふたりが同じ偽名を使っていたってことも。じつを言うと、今朝の葬儀では棺を閉じたまままいとこに別れを告げました。遺体の損傷が激しかったからです。誤って海に転落したせいで」

言いながら、ラモンはこちらにちらりと横目を投げてきた。ああ、そういうことかとぼくは悟った。ラモンら一族は、これまでもこれからも、マリアの死因をひた隠しにするしかない。カトリックの教義において、自殺は赦されざる罪だからだ。さもなくば、正しき人々の眠る墓地にマリアを眠らせてやることができないからだ。司祭は悲しげにうなずいた。

「なんとこの世のつらいことか。だが、すべては神のおぼしめしだ。何はともあれ、まずはこちらの奥方を探しださねばな」そう言うと、司祭は壁際のファイリングキャビネットをじっと見すえた。立ちあがってあのひとつを開けることこそが、神の授けし最後の試練であると言わんばかりに。「……それでは、奥方の氏名と生年月日を教えてもらえるかね」

机に載っていたメモパッドにぼくがそのふたつを書きだすと、司祭はふたたびうめき声を漏らしながら身を乗りだした。その尻の動きに合わせて、椅子の座面がオナラのような音を立てた。司祭は老眼鏡をかけてから、メモパッドを目の高さにかざした。「ふむ……この苗字を名乗る一家ならこの町にいくつもおるが、名前のほうにはまるで心あたりがない。奥方が洗礼を受けたのは、わしがこの教会に赴任するまえのことなのだろう」司祭は大きくため息を吐きだし、椅子から立ちあがった。そして、祝福の灰をあたりに撒き散らしながら、ふらふらとキャビネットに近づいていった。

「はてさて……出生記録……出生記録と……」司祭は小さくひとりごちながら、壁に並ぶキャビネットを端から順に眺めていった。ラモンはその後ろ姿を辛抱強く見つめていた。目の端では、ニックがもじもじと身じろぎをはじめていた。

「M……M……Mとな……」〝I～N〟とラベルの付された引出しを開けるなり、紙の束が花束のようにこぼれおちてきた。ニックが弾かれたように立ちあがり、床に落ちた紙を拾い集めて、司祭に渡した。「ありがとう、娘さん。神の祝福のあらんことを」そう言うと、司祭は受けとった紙の束を、キャビネットのてっぺんに置かれたかごのなかに押しこんだ。煙草の灰を引出しのなかに撒き散らしながら、司祭はしばらく書類をめくりつづけていた。やがて、ラモンの目が眠たげに曇りはじめた。ニックは苛立ちをあらわにしはじめていた。

「おお！　あったぞ！」不意に司祭が声をあげた。その声の調子からして、見つかったことが自分でもかなりの驚きであったらしい。「ユーラリア・ナタリア・サントーヤ・デ・マリアス・デ・モンテス。さあ、これだ」言いながら、司祭はぼくに書類を手渡した。全員の視線がそこに集中した。たしかに、それはぼくの妻の出生記録だった。ただし、そこに記されているのは、ぼくにとっては他人のように思える名前だった。ぼくにとって、ララはララでしかなかったからだ。

「さて、よろしければ、ほかの記録もあたってみよう」みずからあげた手柄に気をよくしてか、司祭は続けて、分厚いファイルホルダーを引出しから抜きとり、ぱらぱらとページをめくっていった。「ほう《シ》、ほう《シ》、やはり思ったとおりだ。これを見たまえ」司祭はぼくらにホルダーをさしだした。そこにもララの名が記されていた。ぼくにわかるのはそれだけだった。だが、ラモンはちがった。

「なんと、こいつは死亡記録だ。これによると、あんたのかみさんは生後六ヵ月で死んだことになる」

「そのとおり《シ》……」司祭は悲しげにうなずいてから、机の向こうに戻っていった。新しい煙草に火をつけて、背もたれに寄りかかり、煙を吐きだしながらこう続けた。「もうおわかりだろうが、そいつは偽の身分証明書を手に入れるためのお決まりの手口でな。まずは、赤ん坊のうちに亡くなった子供を見つけだす。いまでも貧しい地域では、赤ん坊が命を落とすことなどけっして珍しくはない。それから、その赤ん坊本人であるか、その親類であるふりを装って役所へおもむき、出生証明書の発行申請手続きをする。場合によっては、学生証など、比較的たやすく入手することのできる偽造の身分証明書を呈示する。むろん、窓口の職員が、わざわざ死亡記録と照らしあわせるような手間暇をかけることはない。自分に割りあてられた仕事ではないからだ。そこで、すんなり証明書を発行する。あとはそれを使って、パスポートでも、運転免許証でも、なんでもつくれるというわけだ」そこでいったん言葉を切ると、司祭はふたたび頭の後ろで両手を組んだ。うっすらと透けた頭頂部から、螺旋状の煙が立ちのぼりはじめた。「……そちらの奥方なり、いとこなりが、なにゆえ偽りの身分を必要としたのかはわからん。だが、ひとつだけたしかなことがある。今朝、きみたちが土に還したのは、この人物ではないということだ。本物のユーラリア・ナタリア・サントーヤ・デ・マリアス・デ・モンテスは、およそ三十年も昔にこの世を去っておるのだから」

77

ぼくらはふたたび食卓を囲んだ。その日も長い一日だったが、今日ばかりはおしゃべりに花を咲かそうとする者はなかった。沈みゆく太陽を眺めながら、ぼくらは黙々とガーリック風味に炒められたエビの殻を剝き、生牡蠣《なまがき》を丸ごと呑みこんでいった。生牡蠣は、ぼくとニックの困り顔を酒の肴《さかな》にしようと、棺桶に半ば足を突っこんだ伯父たちのひとりが注文したものだったが、ぼくらはそこにチリソースとライムをぶっかけてから、なんのためらいもなく口に放りこんだ。この晩、ぼくはとうとうコーラを注文することに成功した。店を出る寸前になって、今夜の食事は自分が奢《おご》ると言い張ったすえに勘定書きを手にしたものの、そこに記されていたのは気抜けするほどに低い金額だった。

ラモンはぼくらを小さなホテルの前でおろした。それからフロント係に声をかけ、明朝に出るプエルト・バヤルタ行きのバスの出発時刻と、広場の向こうにあるという発着所の位置を確認してきてくれた。ぼくら五人はそれぞれに抱擁を交わし、互いの肩を叩きあい、神のご加護を祈りあった。ぼくらのあいだには、文化と言語のちがいというどうしようもなく大きな壁が立ちはだかっていたかもしれない。だが、ぼくらは酒に酔ったあげくの冒険活劇をともに乗り越えた。それがぼくらを生涯の友とした。タクシーに乗りこんで去っていく三人に向かって、昔ながらの友を見送るように、ぼくらは延々と手を振った。それから、ホテルのなかに入った。入口の脇に、男がひとり立っていた。先の萎れたセイウチのような口髭を生やし、巨大なカウボーイハットをかぶった男――テピクの酒場の隅でエログロ雑誌を広げていた男――が、甘ったるいマリファナのにおいを放つぶっとい葉巻をくわえていた。

「セニョール？」男はぼくを呼びとめた。ミラーサングラスのレンズが光を受けてちらりときらめいた。日が落ちたあともサングラスをかけるなんて、もちろんばかげた行為ではあるが、その目的が相手への威嚇であるなら、効果はてきめんだった。ぼくはとっさに後ずさった。何やら厄介なことになりそうな気がした。男はぼくに向かって、小さく折りたたんだ紙を突きだしてきた。ぼくはめいっぱいに腕を伸ばして、恐る恐るそれを受けとった。男は帽子に軽く手をやってから、一歩、二歩と後ろにさがり、扉の脇まで後退すると、ぷかぷかと葉巻を吹かしながら、ぼくらの反応を待ちはじめた。

「いったいなんなの？　今日はただでさえいろんなことがあったってのに」ニックが小声でささやいた。

「たぶん、ぼくらのあとを尾《つ》けてきたんだ」

「あのピックアップトラックの男ね！」ニックは言って、ぼくの腕にこぶしを食らわせた。ゆうべラモンに食らわされたパンチに続き、今回もけっこうな痛みをおぼえた。このままだと、腕が痣だらけになりそうだ。ぼくは折りたたまれた紙を開いた。そこには、きれいにタイプされた英語の一文がつづられていた。

あの女の身に何が起きたのか、知りたければこの男についてこい。

「どう思う？」

「〝あの女〟って、いったいどっちを指しているのかしら。ラモンのいとこのほう？　それとも、あなたの奥さんのほう？」

「そんなことはどっちでもいい。いま悩むべきは、あの男についていくか、いかないかだ」

ニックはため息を吐きだした。「行かないわけにはいかないでしょうね。そのためにこんなところまでやってきたんだから」そう言うと、ニックは男に顔を振り向け、「案内して《バモノス》」とひとこと告げた。

　男はぼくらの先に立って、通りの角を曲がった。道端にとめてあったフォードのピックアップトラックの横で立ちどまり、荷台に乗れと手ぶりで示した。それはたしかに、ホテルの客室から見た車とよく似ていた。ニックの尻を押しあげてやってから、ぼくも荷台に這いあがった。木の荷箱に尻を落ちつけもしないうちに車が動きだしたせいで、ぼくらは床に倒れこんだ。

「明るい面を見ることにしよう。もしこれが誘拐であるなら、犯人はかなりずぼらな人間だ」

　車は町のはずれからゆっくりと丘をのぼりはじめた。それからほとんど間を置かずして、ぼくらは闇に呑みこまれた。それは、カーテンを閉めきった寝室のなかにできるたぐいの闇ではなかった。ジャングルのつくりだす闇だった。濃密で、生温かい闇。人間をその内に包みこむ闇。動物の吐きかける熱い息や柔らかな毛のように、顔や肩を撫でる闇。頭上には満点の星空が広がっていた。車は山道をいったん左に折れてから、なおも勾配をのぼりつづけた。木々の枝葉が星空を覆い隠すと、闇を切り裂くヘッドライトの光のほかは何ひとつ見えなくなった。エンジン音のほかに聞こえてくるのは、夜行性の生き物が立てる鳴き声やさえずりばかりだった。車はふたたび角を折れ、未舗装の道路を進みはじめた。ヘッドライトの光のなかに、切り崩された山肌を覆う擁壁が照らしだされた。それから、行く手をふさぐ大きな門も。男が暗証番号を打ちこむと、門がゆっくりと内側に開いた。車は玉石敷きの私道をさらにのぼりつづけた。やがて、月明かりのなかに白亜の豪邸がぬっくりと姿をあらわした。車はその前で停止した。男が運転席からおりてきて、荷台をおりるぼくらに手を貸し、開け放たれた玄関扉を指さしてから、帽子に軽く手をやってみせた。そして、ためらうぼくらをその場に残し、さっさと運転席に乗りこんで、もと来た道を走り去っていった。こうなったら仕方ない。開け放たれた扉に向けて、ぼくらは足を踏みだした。

78

たどりついた居間は、目を見張るほどに広々としていた。日干し煉瓦を積んだ壁。高い天井に張り渡された太い梁。オーブン付きのオープンキッチン。横桁から吊りさげられた銅製の鍋。分厚い一枚板でつくられた長いダイニングテーブル。ゆったりとしたソファー。豚も丸焼きにできそうなほどの大きな暖炉。そのまわりに並べられた、詰め物入りの肘掛け椅子。ガラスの引き戸の向こうに伸びる、広いパティオとプール。そして、大量の書物。英語に、スペイン語に、フランス語に、ドイツ語。ありとあらゆる文化圏から集められてきたのだろう手工芸品や似非《えせ》芸術作品。粘土の像や、石鉢や、手織物や、複雑な形状の枝付き燭台。しかし、ジャングルや浜辺や大海原を見晴らす眺望を除いて、わけても目を引かれたのは、壁を埋めつくす何枚もの絵画だった。むきだしの巨大なキャンバスに殴りつけられた、色とりどりの絵具。原始芸術的な表現を故意に狙ったのか、単に技術が足りなかったのかは判然としないが、とにかく細部を大胆に端折《はしょ》った筆つき。そこに描きだされているのは、いずれも同じ女だった。モナ、あるいはモナと名乗っていた女だった。太い描線から成るモナの顔や裸体が、色彩の原野のなかに浮かびあがっていた。キャンバス全体に、絵具が何層にも塗りこめられているものもある。やけに空白が目立つものもある。パティオの白壁の上に咲き乱れるブーゲンビリアや大きな革張りの椅子など、この家の情景が背後に描きこまれたものもある。神話や宗教儀式のたぐいをモチーフとしたものもある。モナが槍や鞭をかまえていたり。いかにもそれらしい冠《かんむり》をかぶって、玉座にすわっていたり。悪魔と手を取りあうその足もとに、素っ裸の男たちが平伏《ひれふ》していたり。魔女や悪霊が周囲を跳ねまわるなか、松明を持つ腕を重たげに伸ばして、篝火に火を灯そうとしていたり。

一方の壁に開いた扉は大きな寝室に通じていた。ベッドのシーツは乱れたままで、床の上には汚れた衣類が脱ぎ散らかされている。つまり、いまもこの家で暮らしている者がいるということだ。ざっと見まわしたところ、下着も、ジーンズも、デニムのシャツも、ブーツも、すべてが男物だった。さらに奥の扉を抜けると、アトリエがあらわれた。居間の肖像画はここで制作されたらしい。室内には、おびただしい数の画材が散乱していた。チューブ入り絵具や、油壺や、パレット。絵具にまみれたぼろ切れの山。先の染まった絵筆や、毛の広がった絵筆。それを立てたコーヒー缶。吸殻であふれた灰皿。干からびた目玉焼きの載った皿。そして、完成間近とおぼしき一枚の絵。それは、横幅にして六フィートはあるだろう巨大な壁画だった。居間にあった絵と同一のモデル——この屋敷を統《す》べる芸術の女神——が半人半獣の怪物、ミノタウロスに犯されるさまを描いたものらしい。怪物の首の上には、角と顎鬚の生えた雄牛の頭が載っている。胴体と腕は人間のものだが、全体が短い毛に覆われており、ふたつに割れた蹄《ひづめ》や尻尾など、牛の特徴が各所にちりばめられている。構図の中央に据えられているのは、怪物と女の結合部分だった。中学校の男子便所に描かれた落書きみたいに異様に肥大化されたボールと竿が、猫の目のような細い穴に突き立てられていた。

薄くすがめた目で壁を凝視したまま、ニックはひとこと「すごい……」とつぶやくと、ときおり顔をのぞかせるあの口ぶりで、みずからの心に問いかけるかのようなあの口ぶりで訊いてきた。「あなた、この絵をどう思う？　これを自宅の壁に掛けたいと思う？　それなら、ピカソは？　これよりもピカソの絵のほうが優れていると思う理由は何？　わたしはこっちのほうがずっといいわ。だけど、どうしてこんなものを部屋に飾ろうと思うのかしら。こんなものを毎日眺めながら朝食をとろうと思うのはなぜなのかしら。こんなにグロテスクで、何を描いているのかもよくわからないというのに」

「いや、ぼくにはわかる」そう言って、ぼくは女の顔を指さした。卵形のなめらかな顔。その左右に垂れるまっすぐな黒髪。つんと尖った小さな鼻。大きな目。ハート形のマシュマロみたいな唇。「この顔はきみに似ている……あるいはモナに。この屋敷にある絵はみんな、モナを描いたものだ。その正体が誰であるにせよ。それに、この絵の背景にも見おぼえがある。〝魔術師〟ケヴィンの自宅から拝借してきたビデオに写っていた場所だ」ぼくは言いながら、ミノタウロスの額に指を触れた。離してみると、指の腹が茶色く染まっていた。「それと、この絵具はまだ乾ききっていない」

「それじゃ、誰がこれを描いたのかしら」

まるで合図に応じるかのごとく、頭上で雷鳴が轟いた。巨大な太鼓の空洞のなかに立っているみたいだった。その直後には稲妻が水平線を切り裂き、滝のような土砂降りの雨が降りしきりはじめた。天井の明かりがちらちらと明滅した。窓ガラスががたがたと振動しはじめた。またたくまにパティオに水があふれだした。不意にララの言葉を思いだした。ずっと昔に聞いた話だ。自分の生まれた町では、数ヵ月のあいだ毎晩、こういう雨が降るのだと。海水をたっぷり含んだ低い雲が陸地に運ばれてきては、突発的な大雨を降らせるのだと。だが、その雨はすぐにあがってしまうのだと。

翌朝の空は、何ごともなかったかのようにからりと晴れわたっているのだと。ひょっとすると、ここは本当にララの生まれ故郷なのかもしれない。そんなことを考えていたとき、ふたたび雷鳴が轟いた。天井の明かりがまたたいた。洞窟画のような絵のなかで、女の顔が揺らめいた。その目は、ぼくらを品定めしようとしているかのようだった。女を組み敷く怪物は、その股ぐらに夢中で男根を突き刺していた。隣から荒い息遣いが聞こえたかと思うと、ニックがとつぜん部屋を飛びだしていった。

「落ちつけ！　これはただのスコールだ！」呼びかけながら、ぼくはニックのあとを追った。寝室を抜け、明かりの落ちた居間に駆けこんだ瞬間、とつぜんプツリと音がして、大型テレビの画面に光が灯った。

「見て……」ニックの指先を目でたどると、画面の下に一枚の紙が貼りつけられていた。そこにも同じく、タイプされた文字が並んでいた。

ようこそおいでくださった。どうか自分の家のようにくつろいでくれたまえ。出迎えることができずに、申しわけない。代わりと言ってはなんだが、DVDプレイヤーにディスクをセットしておいた。そこでわたしが語る話に、是非ともご傾聴いただきたい。このディスクは、再生後、自動で情報が消去されるようプログラムされている。途中でディスクを取りだそうとしたり、停止ボタンを押したりした場合も、自爆プログラムが作動してしまうので、ご注意を（《スパイ大作戦》のようなものだとお考えいただきたい。ただし、映画に焼きなおされた《ミッション：インポッシブル》のほうではなく、テレビドラマのほうである）。

ぼくはニックに顔を向けた。「どう思う？」

ニックは小さく肩をすくめ、コーヒーテーブルの上のリモコンに向かって顎をしゃくった。「押してみて」

ぼくは再生ボタンを押した。画面に男が映しだされた。男はあきらかにこの居間とわかる場所に立っていた。カウボーイハットをかぶり、長い口髭と顎鬚を生やしていた。

「さっきの男にそっくりだ」そうつぶやいた直後、画面のなかで無言のまま笑みを浮かべていた男が帽子を脱いだ。頭に巻いたバンダナがあらわれ、長い黒髪がばさりと落ちた。「くそっ！　あのバイクの男だ！　ロサンゼルスでぼくを尾《つ》けていた男だ！」

「バイクの男って、なんのこと？」それに答えている暇はなかった。男がバンダナをはずすと、長い黒髪までもが一緒に消え去った。そこにあらわれでたのは、同様の長さのある完全な白髪《はくはつ》だった。男が続いて顎鬚を剝がしとると、セイウチのような口髭だけが残された。ニックがぼくの手首をつかんで言った。

「やっぱり、さっきの男だわ！　わたしたちをここまで連れてきたメキシコ人よ！」

男はさらに口髭までをも剝がしとった。きれいに髭を剃ったその顔は、かなりやつれてはいるものの、端整な目鼻立ちをしていた。男はうっすらと微笑むと、黒くて短い葉巻に火をつけた。

そのあと男の口から飛びだしてきたのは、ドイツ人に特有の平板な抑揚がかすかに残る、歯切れのいい英国訛の英語だった。「はじめまして。わたしの名はゼッド・ノートだ」と男は言った。

79

墓穴の奥底よりご挨拶申しあげよう。ようこそおいでくださった。煉獄とでも呼ぶべきこの場所へ。結局のところ、この地は、裕福な白人が無窮の余生を送るべき場所ではないのだろう。それが永遠のように感じられることを、わたしは身をもって知っている。十年もの長きにわたって、この地に隠れ住んできたからだ。そうした暮らしにおいて最も忍びがたいのは、腐敗しきった役人どもではない。連中は何かと役に立つうえ、法外な見返りを要求してくることもない。何より忍びがたいのは、死ぬほど退屈な白人の老いぼれども、アメリカやドイツやイギリスやオーストラリアから渡ってきた概しておぞましき老いぼれどものなかに、溶けこんで暮らさねばならないことだ。あのおぞましき老いぼれども。陽の光に炙られて、頭から湯気をあげている連中。自宅の屋根に衛星放送のパラボラアンテナを立てて、日がな一日、サッカーの試合を眺めている連中。故国で人気のクッキーやら愛用していたトイレットペーパーやらのコマーシャルを目にしては、懐かしげに目を潤ませている連中。浴びるように酒を飲んでは、忘却の淵に沈んでいる連中。わたしもそうしたひとりに成り果ててしまったろうか。だとすれば、残る望みはただひとつ。今度こそ本当にみずからの頭を撃ちぬく勇気が、自分のなかに残っていることを祈るばかりだ。わたしはしばしばこんなふうに考えてきた。あのとき死ななかったのは間違いだったのではないか。自分は絶好の機会を逃したのではないか。あれ以来、わたしは日一日と、冥府への転落を続けている。ダンテが『神曲』に著した自殺者の森へと堕とされたかのごとくに。異形の木へと姿を変えられ、萎びた旅行者のなかに根をおろし、しだいに枝をねじらせながら、じわじわと熱に枯らされていくかのように。しかし、どういうわけか、わたしはこうも感じている。そうした人生をみずから終わらせる権利など、もはや自分にはないのだと。なぜなら、ある意味においてわたしはすでに死んでいるからだ。ここはすでにあの世であり、死者がそこから抜けだすことはできない。墓から蘇りでもしないかぎりは。よって、わたしはゾンビのようにものを食べ、睡眠をとり、この地をさまよい歩いている。そして、作品を生みだしつづけている。そうしないではいられないからだ。ある種の強迫観念のようなものだ。しかし、もう映画を撮ることはできん。金もなければ、手立てもない。みずからの名をあかすこともできん。名をあかしたところで、関心が集まることもない。そこでわたしは筆と、鑿《のみ》と、鉛筆とを握った。だが、わたしにはその種の才能が欠けていた。手にした鑿の刃先で、彫像は崩れ、石は砕け散った。水の使いすぎで、粘土の像は融けだした。いちばん下の子豚のように、日干し煉瓦の家を建てることはできなかった。代わりに絵筆を握ったところで、稚拙《ちせつ》きわまりない絵しか描くことができなかった。わたしの描く絵は芸術への冒瀆《ぼうとく》にほかならなかった。それでも、家の壁に落書きをする子供のように、わたしには衝動にあらがうことができなかった。この世に生きているかぎり……いや、わたしはすでに死んでいるわけだから、ここは言い方を改めねばなるまい。この世にしがみついているかぎり、作品を生みださずにはいられなかったのだ。おのれの生みおとした作品が永遠にこの世に残ることなど望んでいない。できればわたしに代わって、すべてを灰燼《かいじん》に帰してもらえるとありがたい。ここを去るとき、屋敷に火をつけてもらえれば。わが恥を集めた個展会場を燃やしつくしてもらえればありがたい。

いや、打ちあけるなら、この地へ渡った当初からかような辛酸を舐めてきたわけではない。追放の身となった直後の数年は、夢のように満ち足りた日々を送っていた。死刑の執行猶予を得たようなもの、まるでバカンスのようだった。メキシコはわれら万人のために存在する楽園だ。だが、わたしにとっては、わたしがわたし自身であることから逃れるための、ロサンゼルスでの暮らしから逃れるためのバカンスでもあった。わたしにとって、当時のロサンゼルスは牢獄でしかなかった。たしかに居心地のいい牢獄ではあった。ガラス張りの快楽の牢獄だ。まわりの景色は見張らせるから、自分は自由だと思いこむこともできる。そこから脱けだそうとしないかぎりは。むろん、ここメキシコも、脱けだすのが最も困難な牢獄となりうる。しかも、わたしはみずから望んで、かの地を離れたわけではなかった。絶望的な恐怖に駆られて、身も世もなく逃げだしたのだ。だが、おかげで見つけられた。国を追われた無法者のごとくすたこらさっさと逃げだすことで、心の平安と自由とを見いだせたのだ。この地において、わたしはようやく息ができるようになった。ぐっすりと眠れるようになった。海の存在を間近に感じていると、何十年ものあいだ一睡もしていなかったかのように、深い眠りに落ちることができた。新米の死者に訪れた、新天地における甘美な眠り。だが、そのような平穏を手に入れた人間は、けっしてわたしがはじめてではない。みずからの死地として、あるいは逃亡先として、ヨーロッパやアメリカからメキシコへ渡った者たちの歴史は古い。わたしにとっての伝説は、作家にしてジャーナリストのアンブローズ・ビアスだ。子供のころ、わたしはバイエルンにある祖父の家で暮らしていた。多くのドイツ人の例に漏れず、祖父もまた、アメリカの西部に憧憬を抱《いだ》いていた。祖父の影響でわたしもまた、開拓者や、カウボーイや、インディアンや、砂漠や、大平原に関する書物を読みふけっていた。そうしてわたしはビアスの存在を知った。不気味な物語をつづる作家。メキシコへ渡ってパンチョ・ビリャ軍に加わり、自由のために戦ったジャーナリスト。自分たちの土地と自由を取りもどさんとしたメキシコの民衆。長く伸ばした口髭。肩に掛けた弾薬帯。乳房をあらわにしたインディオの乙女たち。そののち、ビアスは消息を絶った。わたしはビアスのその後が知りたくてならなくなった。思春期にさしかかるころには、D・H・ローレンスの作品に出会った。かの作家の脱出劇に、わたしは胸をときめかせた。薄汚れた炭鉱町からの脱出。暗く湿った祖国の尻の穴からの脱出。男たちの覇気を奪い、息苦しさで窒息させる、母国という生き地獄からの脱出。そうして、ローレンスはメキシコにたどりついた。太陽とセックスの国メキシコに。新たに生まれ変わらんとしていたメキシコに。それから、マルカム・ラウリーにグレアム・グリーン。あの贖罪者たち。彼らがメキシコへ渡ったのは、酒に溺れ、命を縮めるためだった。神に対峙《たいじ》するためだった。赦しと死、どちらの宣告を賜ることになるかをたしかめるためであった。いや、なかには成功例もあった。この地で幸運をつかんだ流刑者もいた。よそからここへ渡ってきて、現地の民や風土に溶けこみながら、成功を手にした者たちが。真っ先に頭に浮かぶのは、映画監督のルイス・ブニュエルだ。ブニュエルはメキシコへ渡ってからも多くの作品を撮りつづけ、最後の傑作を生みだすためにひとときヨーロッパへ戻ったあとも、ふたたびこの安息の地へ舞いもどった。そして、この地に骨をうずめた。もうひとり、忘れてならぬのはB・トレヴンだ。トレヴンという作家は、他とは大きく一線を画する。その生いたちは大いなる謎に包まれている。いったい彼は何者であったのか。刑務所を脱獄してきたアナーキストか。時の独裁者の私生児か。いったい何を恐れたのか、トレヴンはヨーロッパから逃げだした。そして、船乗りとなった。貨物船で世界じゅうをめぐるさすらいの旅人となった。やがて、南アメリカに腰を据えた。インディオにまぎれて暮らし、小作人と交流し、炭鉱で働きながら、作品のなかで彼らに永遠の命を吹きこんだ。そうしてついには、富と名誉を手に入れた。『黄金』が映画化されたあとは、ハンフリー・ボガートと酒を酌《く》み交わし、絶世の美女を妻に迎えた。トレヴンはメキシコの地で幸運をつかみ、わがものとしたというわけだ。腐敗しきったヨーロッパでの暮らしに鬱屈としていた当時のわたしにとって、メキシコは魔法の国だった。わたしを解き放つことのできる秘密の呪文が、そこに隠されているにちがいないと考えていた。むろん、そんなものは夢想にすぎなかった。そのころすでに、美しき新世界は他国に売り渡されていた。思考する力を奪われて、売春婦のように扱われていた。だが、ほんの子供であったわたしに、そんなことがわかるはずもない。ヨーロッパという死の博物館に閉じこめられ、窒息しかけているときに、自由の香りに誘われない者がいるだろうか。

生命の香りに惹かれない者がいるだろうか。しかも、あれは戦後まもないころのことだった。五〇年代前半のことだった。わたしの住む世界は瓦礫の山だった。国全体が忌まわしき醜態をさらしていた。子供のころの遊び場は、文明の廃墟のなかだった。そんなものにはもはやなんの価値もないことを、おぞましき残骸でしかないことを、大人たちはみな知っていた。それがドイツ人というものだった。成長するにつれて、わたしは知った。自分が呪わしき血統の末裔《まつえい》であることを。根絶やしにされて当然の敗戦者、汚辱にまみれた咎人の末裔であることを。破滅の雨を降らせる黒雲をみずから招き寄せた血族の末裔であることを。たしかに神は存在するが、危急の際に慌てて駆けつけてくるほどには、われわれのことを気にかけていないということを。

母方の一族については、特に語るべきこともない。かつてバイエルンで空威張りを続けていた、驕《おご》りたかぶる地主の一族。その家に生まれた美しき娘。それがわたしの母だった。戦後、ヨーロッパの貴族や豪族はそのほとんどが没落し、無一文の素寒貧《すかんぴん》となった。手もとに残ったものといえば、楽譜とゲーテくらいのものだった。ピアノや書物や本棚は、薪とするため火にくべてしまっていた。いや、同情の言葉など必要ない。なぜなら、わたしの父はイギリス人だったからだ。イギリス人の兵士だったからだ。つまり、わたしの身体には、戦勝国側の血が半分流れていたというわけだ。半分だけの勝者。わずかに保たれた自尊心。ただし、一九五〇年代当時のイギリスが、とりわけイギリス北部が、いかに発展から取り残されていたか、いかに腐敗しきっていたか、いかに精彩を欠いていたか、いかに荒涼としていたかはご存じかね？　土埃と湿気にまみれた薄汚い国。みずからの最盛期はとうに過ぎたという事実を、なかなか直視しようとしない国。それが当時のイギリスだった。イギリスは勝利のためにすべてをなげうっていた。しかも、その勝利は征服によってもたらされたものではなかった。数多の犠牲と忍耐とによってもたらされたものだった。そうして手にしたものは、衰退と絶望だけだった。イギリスの誇ってきたかつての威容は、すべて夢幻《ゆめまぼろし》にすぎなかった。その実体は、曇り空とくそまずい料理のほかに取り柄とするものもない、北方の小国にすぎなかった。ヨーロッパ大陸の沖合に浮かぶ小さな島国にすぎなかった。世界という大舞台のなかでは、取るに足りない端役だった。アメリカやソビエトというガキ大将に追従する太鼓持ちにすぎなかった。その口を閉じていることを条件に仲間入りを許された、子分のひとりにすぎなかった。その結果、イギリスは過去の栄光にしがみつくことで、新たな屈辱に耐えることにした。誇り高き帝国としての尊厳を保とうとした。だが、帝国なんぞのどこが誇り高いものか。どこが輝かしいものか。帝国のしてきたことといえばなんだ。レイプまがいの侵略と、計画的な大量殺人と、強制的な隷属化。そう、植民地だ！　他国を植民地化するような横暴な国家を、どう呼ぶべきかはわかるかね？　害虫、疫病、伝染病。この世の癌。寄生虫。シロアリ。老いさらばえて堕落しきった尊大な女王の腹を肥えさせるために、生きた民を襲い、生きた文化を踏みにじり、生きた血潮を吸いつくす輩《やから》のどこが高貴なものか。そのうえ、帝国はわれわれを、非道な暴力と寒風の吹きすさぶおぞましき学び舎《や》に詰めこんだ。すさまじい偏見の持ち主である色眼鏡教師のもとへ送りこんだ。そうした教師たちがわれわれに教えこもうとしたのは、植民地に暮らす茶色や黄色や赤い肌をした民がいかに恩知らずであるかだった。その卑《いや》しき民が、いかにわれわれに感謝し、われわれの尻に接吻の嵐を贈るべきであるかだった。ネクタイの結び方や茶葉の適切な煎じ方を教えてやったことに、いかに感謝すべきであるかだった。

要は何が言いたいのか……そうした環境で暮らして

きたわたしは、いつしかアメリカへ渡る日を夢見るようになった。ジャズや、パンクバンドのラモーンズや、チャンドラーの小説など、ときに感嘆し、ときに魅了されてきたものもあるにはあったが、大いに関心を引かれていたというわけではない。わたしはただ、祖国から逃げださなければ自分が死んでしまうことをわかっていたのだ。アメリカもまた、悪夢のような国であるのかもしれん。だが、それは生きた悪夢だった。そして、アメリカは映画大国でもあった。わたしはそこに、自分の入りこむ余地を見いだした。その他の芸術形態は、すべて完成の域に達していた。絵画も。文学も。音楽も、あと数曲を残してほぼ完成されかけていた。演劇も同様だった。わたしが子供のころ世に生みおとされた、ベケットの戯曲のなかでも一、二を争う最高傑作こそは、その後の駄作にきっちり門戸を閉ざすための最終通告のようなものだった。彫刻も完成していた。一分の隙もなく完成しつくされていた。では、バレエは？　振付師ジョージ・バランシンの出現によって、こちらも完成されてしまった。モダンダンスは？　正直言って、そちらの状況に興味はなかった。わたしにダンスは踊れない。わたしはひどく不器用な人間なのだ。よって、実現不可能な可能性など、検討するだけ無駄だった。何をどうあがこうと、わたしがダンサーになれるはずはないのだから。ならば、建築は？　建築家というのは、映画監督のさらに上を行く無節操な売春婦だ。雲衝《つ》くばかりの巨人のような、超弩級《ちょうどきゅう》の売春婦だ。まあ、昨今では、商業主義に身を売り渡していない芸術家など、ひとりもいやしない。恥知らずの売春婦ばかりだ。かつては盗っ人や詐欺師であった連中だ。ペテンによって、自分に必要なものを金持ちからくすねとっていた連中だ。そのためにはせめてもの知恵が必要なのも事実だが、当節の芸術家はみな、愚かで浅はかな売春婦にすぎん。パーティーで億万長者の膝の上にすわり、くすくすと忍び笑いながら色気を振りまいているだけの売春婦にすぎん。テーブルの下に隠れて、ヘッジファンドという名の萎びたペニスにしゃぶりついている売春婦にすぎん。話は飛んだが、まあ、そんなわけで、わたしは映画監督としての道を歩むことを選んだ。消去法による妥協策として。

みずから欲したことではなかった。そのことだけははっきり明言しておかねばならん。わたしはけっして頭のいい人間ではない。だが、映画の芸術性を信じるほどの愚か者ではない。そうとも、わたしは映画に期待などしていなかった。露ほども期待していなかった。だが、少なくとも、映画はまだ生きていた。この世に生みおとされたばかりの芸術、それが映画だった。わたしがその存在に気づいたとき、映画がわたしの人生に、わたしの経歴に入りこんできたとき、映画はまだ五十歳ほどにしかなっていなかった。その他の芸術はすでに死に絶えていた。語るべき物語も、たどるべき旅も、すでに過去のものとなっていた。むろん、芸術家が存在しなくなったなどと言うつもりはない。人々は絶えず作品を生みだしつづけている。ペンを握り、絵筆を握りつづけている。名作や傑作がひとつも生みだされていないなどと言うつもりもない。偉大な画家や、偉大な作家や、偉大なダンサーは、いまもこの世に存在する。ただ、そうした人々は本物の芸術家なのだ。画家や詩人となるために生まれてきた人間なのだ。彼らはなすべくしてなすべきことをしている。単に、そうしないではいられないからだ。原始人が洞窟の壁に絵を描いたように。囚人が独房の壁をえぐるように。彼らは衝動に駆られて、作品をつくりだす。それ以外に選択の余地はないからだ。歴史的な状況にも、その衝動をとめることはできん。それでもなお、真に聡明な芸術家なら気づいているはずだ。みずからの置かれた歴史的状況を。その窮状を。だからこそ、真に偉大な現代の芸術家はみな、ある意味、回顧録作家でもあるのだ。おのれの愛する芸術の軌跡を世に残さんとする挽歌詩人でもあるのだ。なぜなら、彼らは知っているからだ。自分が遅きに失した者であることを。自分には過去の栄光をたどりなおすしかないことを。それでも、優れた芸術家は、偉大な芸術家は、作品をつくることをやめはしない。負け戦《いくさ》だとわかっていても、戦うことをやめはしない。なぜなら、真の芸術家は闘士であり、みずからの信じるもののために戦うことが定めであるからだ。しかし、わたしはちがう。わたしは偉大な芸術家ではない。大いなる才能もなければ、そこまで聡明でもない。わたしの撮る映画にもなんの価値もない。わたしなら、あんなものは見ない。金を払ってまで見たいとは思わない。わたしが好きなのは、たとえば、バスター・キートンのサイレントコメディー。それから、《カリガリ博士》に代表されるヨーロッパ生まれの作品。マルクス兄弟のドタバタ喜劇もいい。バッグス・バニーのアニメ映画も。比較的新しい作品で言うなら、まず挙げたいのはジャッキー・チェンだ。それに、ジョン・ウーの監督作品。《男たちの挽歌Ⅱ》は特によかった。一作めもなかなかだが、二作めはさらにいい。ジョニー・トーの作品のなかにも、傑作と呼ぶにふさわしいものがいくつかある。たとえば、《エレクション～死の報復～》。この《エレクション》シリーズは、いずれの作品も甲乙つけがたい。わたしが思うに、あれはシリーズ全体でひとつの大作みたいなものなのだ。ともかく、わたしが言いたいのは、自分を天才だの鬼才だのと考えるほど、わたしは傲慢な人間ではないということだ。わたしはただ、生きていくうえで何かをしなければならなかったというだけだ。自分が遅きに失した人間であるということも、おのれの文化や血族や民族の歴史に一輪の花を手向けること以外には何をするにも遅すぎるということも理解したうえで、漕ぎだす先が映画界であるならば、そこまで出遅れてはいないはずだということを承知していたにすぎん。いや、ことによると映画そのものが、遅きに失した芸術形態であるのかもしれん。その点は潔く認めよう。無条件に、進んで、認めよう。その点を認めんことには、話を進めようがないからな。わたしは……おっと、葉巻の火が消えそうだ。すまないが、しばしお待ちいただこう……さて、さきほどの続きだが、わたしには映画の出遅れが悪いと言うつもりも、そこに疑義を差し挟むつもりも毛頭ない。そんなことをするのは、底抜けの愚か者だけだ。むしろわたしはこう言いたい。映画そのものの出遅れを認識することこそが、映画を鑑賞するという行為につながるのだと。その独特の美しさを、その悲哀を、悲しくも不思議な美しさを、感傷を誘う美しさを、理解することにつながるのだと。映画の醍醐味《だいごみ》はそこにこそある。映画をつくることではなく、鑑賞するという行為のなかに。見る作品はどんなものでもいい。どんな映画にも、なんらかの魅力は備わっている。したがって、わたしが監督としてことさらの称讃を得る必要はない。一般に名作と呼ばれる映画にも、駄作と呼ばれる映画にも、それぞれの魅力があるからだ。こんなふうに言う者もいるだろう。最高の映画監督ならば、真の芸術家ならば、そんなことはすべて承知のはずだと。なるほど、理に適《かな》った推測ではある。だが、実際には、そうしたことを承知していたところで、いかなる手法や才能を駆使《くし》したところで、それが心を揺さぶる感動を、わたしが言うところの悲哀を、悲しくも美しき喪失感を、かならずしも引きだせるわけではない。すべては偶然の産物だということを、優れた監督ならば知っている。愚か者はそれを知らない。それだけのことでしかない。いま述べてきたことには、時間も大きく関係している。その悲哀や喪失感は、映画と時間の関係からもたらされるものでもあるからだ。わたしが思うに、時間との密接な関係性は、映画にかぎらずいかなる芸術形態にもかならずやつきまとう。むろん、音楽と時間のあいだには、きわめて重要な関係がある。音楽は時を、つまりはリズムを正確に刻むことが前提となる。われわれはそのリズムを感じる。リズムに乗る。リズムに遅れることもある。それによって、音楽はわれわれに時間の存在を認識させる。それと同時に、時間の流れに身を任させる。演劇とダンスには上演時間がある。文学には時間軸がある。だが、そうしたすべては、実現の見込みのない必死の試みにすぎん。時間を消し去ろうとの試み。時間を打破しようとの試み。時間を覆《くつがえ》そうとの試み。劇場へ足を運んだ者に時間を忘れさせることによって。文学や美術の場合であれば、時間そのものを無力化することによって。だが、映画はちがう。映画は、時間を隠そうとも、打ち負かそうとも、見る者に時間軸をたどらせようともしない。むしろ、気づけばもうそこにない時間の存在を気づかせる。こうした時間との関係性において、映画に匹敵する芸術形態はほかにない。スクリーンに映しだされるものはすべて、すでに過ぎ去りし過去のものであるからだ。映画のなかにおいては、現在ですらも一瞬のうちに過去となる。カメラも映写機も、時間をたゆまず流れさせるための道具だ。さらに言うなら、時間の流れが見てとれるようにするための道具だ。映画とは、つねに流れ去っていくものなのだ。過ぎゆく時間を可視化するものなのだ。それゆえ、見る者はつねに喪失感をおぼえる。いまという時の喪失を嘆き、死にゆく一瞬一瞬の時に悲哀をおぼえるのだ。

そんなこんなの経緯を経て、わたしはハリウッドにたどりついた。アメリカと映画という、切っても切り離せぬ一対《いっつい》の引力に導かれて。ロンドンやベルリンですでにある程度のキャリアを築いてはいたが、そこにとどまるつもりは毛頭なかった。かの地にはびこる芸術家という名の売春婦どもには、才能の欠片もないくせにやたらと弁だけは立つ、高慢ちきで退屈きわまりないあの連中には、あれ以上我慢がならなかったのだ。

むろん、わたしもそういう輩のひとりだった。最悪の部類のひとりだった。だが、イタリアのアントニオーニ監督やスウェーデンのベルイマン監督をきみがどれだけ崇拝していようと、誰が何を言おうと、ひとつだけたしかなことがある。結局はアメリカこそが、ハリウッドこそが、映画の都だということだ。たとえるなら、カトリック教徒とバチカン、イギリス人と女王、ドイツ人と捕虜収容所のようなものだ。きみの嫌悪するものが、きみという人間を定義することもある。それを認めたうえで、どうにか生きていかねばならないこともある。加えて、ハリウッドには、小麦色の肌をしたお色気たっぷりの女たちがわんさといた。ドイツやイギリスとちがって気候は温暖。そして、家賃も安かった。きみは屋外でのセックスが好きかね？　新鮮な空気のなかでファックするのは？　わたしは好きだ。大好きだ。プールサイドでするのもいい。降りそそぐ陽射しのもとで野生動物のように小便をするのも、たまらなく快感だ。わたしはロサンゼルスのそういう点が気にいっていた。まばゆい太陽と、売春婦と、低い家賃と、韓国人街で食す焼肉と、年代物のアメリカ車。売春婦は頭の鈍い女が多い？　果たしてそれは真実だろうか。英国仕込みのクイーンズイングリッシュを話す人間は、ひとり残らず頭がいいのか？　ならば、なぜイギリス人はサッチャーを首相に選んだのか。暗く、わびしく、じっとりと湿った、灰色の屑捨て場に自分の国を変えてしまうような選択を、なぜしたのか。ちなみに、このわたしもさほど利口な人間ではない。ところが、アメリカ人の耳には、わたしの話す英語が賢そうに聞こえるらしい。理由のひとつは、ヨーロッパ出身者に特有の訛。もうひとつは、わたしが学生時代に、アメリカ人がほとんど読まないような本を読んできたことにある。もしきみが多少なりともシェイクスピアを知っているなら、『ハムレット』などの戯曲のひとつでも知っているなら、どこかの国の詩人が詠んだ詩のふたつも暗誦できたなら、アメリカ人にとってきみは天才ということになる。ここメキシコへ渡ってから、わたしはなおいっそうの本の虫となった。死人として生きることのメリットのひとつは、なかなか手をつけられずにいた本を読破できるという点だ。ただし、英語やドイツ語の本をメキシコで見つけるのは難しい。いまではわたしのスペイン語もずいぶんとましになったから、現地の本も読めるようになった。だが、英語やドイツ語の本を読みたければ、注文して取り寄せるしかない。もしくは、白人の読書家や金持ちが死んだあと、遺品売立ての会場に出向くという手もある。家具や衣類は近所の住民が根こそぎさらっていってしまうが、本をほしがる者などまずいない。そういった場所では、誰もが本棚に置いてはいるが、けっして読みとおすことのないたぐいの書物が手に入る。シェイクスピア。ゲーテ。ホメロス。ダンテ。なかには、表紙を開いた形跡すらないものもある。おかげで、わたしは『ノートン英詩アンソロジー』さえ、始めから終わりまで読了することになった。そうしてようやく、わたしは教養ある欧州人となった。文化人となった。飲んだくれでサッカー狂の老いぼれ白人の別荘に埋もれていた、手つかずの蔵書を読むことで。生まれてはじめて聖書も読んだ。墓穴に足を踏みいれたせいでか、はじめてそんなものを手に取る気になった。

おや、ライターはどこへ行った？　まったく、この土地はこれが問題だ。キューバ産の葉巻を手に入れることはできるが、悪臭漂う朽ちかけたジャングルのなかに暮らしていては、せっかくの葉が湿気《しけ》てしまう。まあいい。話の続きに戻ろう。ハリウッドに拠点を移しはしたものの、あいにく、多くの作品を残すことはできなかった。そのとおり。わたしは結局、売春婦としても三流であったというわけだ。映画を撮りたいという意欲はあった。そのうえ、わたしは恥じらいとは無縁の男だった。願いが叶うなら、尻でも乳でもなんでも見せたろう。なんなら肛門だってさしだしたろう。どれだけ深く突っこまれようとも、いっこうにかまわなかったろう。だが、客を前にして、白々しいおべっかを使うことだけはどうしてもできなかった。愛する旦那さま。あんたはとてもハンサムだ。あんたのムスコも大きくて最高だ。こんなに気持ちよくさせてくれたのはあんたがはじめてだ。そんなセリフを吐くことだけはできなかった。頭がよすぎてできなかったのだろうと、きみは言うかもしれん。だが、それはちがう。わたしは頭が悪すぎたのだ。頭のいい売春婦なら、客に嘘をつくことも、適当にはぐらかすことも、相手の望む言葉を聞かせてやることも難なくできる。ところがわたしは、相手の用意してきた企画について意見を求められるたび、こんな答えを返してきた。じつにばかげた企画だが、やれと言うならやりましょう。金を出すのはおたくなんだから。それが相手の不興を買った。だが、わたしには、たかが金のために自分を偽ることなどできなかった。愛のためだと思いこむこともできなかった。ところがやがて、まるでお伽噺《とぎばなし》の主人公のように、ハリウッド生まれのくだらない恋愛映画の主人公のように、まさにそのハリウッドで、わたしは愛を見いだした。本物の愛と、〝めでたしめでたし〟の幸せを見いだした。これまで出会った誰よりも美しく、誰よりも聡明で、誰よりも勇敢でありながら、誰よりも卑猥で、誰よりも淫らな売春婦を見いだした。最愛の妻を見いだした。いや、訂正しよう。妻はけっして売春婦などではなかった。売春婦とは、金のために自分を売る人間のことだ。わたしのような人間のことだ。だが、友よ、彼女は売春婦ではなく妖婦だった。妖婦は愛のためにみずからをなげうつ。彼女はわたしを愛してくれていたのだ。彼女のことを魂の伴侶だなどと言うつもりはない。この世に魂なんぞは存在しないのだから。そんなものは、幼稚で無知な民衆を、死ぬことのみならず生きることをも恐れる民衆をうまいように操るためにでっちあげられた、ばかげた説法のなかにしか存在しない。彼女はわたしにとって、脳の伴侶だった。そして、肉体の伴侶だった。わたしのペニスは彼女の膣の相棒だった。わたしの舌は彼女のクリトリスの、そして肛門の親友だった。彼女の唇はわたしの睾丸の友だった。わたしの口は彼女の乳首と親密な仲を築いた。自己啓発書の著者や女性向け雑誌の編集者によれば、人間の肉体のなかで最も敏感な性感帯は心であるらしい。なんというでたらめだろう。正解は亀頭の裏側だ。しかし、はじめて彼女に会ったとき、わたしの頭のなかで何かが弾けたのも事実だった。コンセントにペニスを突っこみでもしたかのような衝撃をわたしはおぼえた。そして、自分は運命の女を見つけたのだと瞬時に悟った。本物の芸術家が絵筆やペンを取りあげるときに感じているのはこういう感覚なのだと、はじめて知った。彼女のことを悪魔ではないかと、わたしの精を吸いつくしにやってきた淫魔ではないかと感じたことはあるか？　むろん、答えはイエスだ。それこそ幾度となく、わたしは彼女にこう呼びかけてきた。悪魔の子、魔王、毒婦、女神、妖魔、そして女王。彼女はみずからの知性と、女性器と、瞳の魔力をもって、わたしを虜にし、わたしをかしずかせた。わたしの作品は、彼女を主題に据え、彼女に捧げられるようになった。やがては、彼女の手を借りてつくりあげられるようになった。わたしたちは夫婦であり、共同製作者でもあった。ただし、いかなる躊躇もなく、謙遜でもなく、これだけは言える。手綱を握っていたのはわたしではなく彼女のほうであったと。創造の泉は彼女のほうであったと。それを認めることを、男として屈辱だとは思っていない。彼女がわたしより優れていることは歴然たる事実なのだから。わたしはそんな彼女を崇拝していた。わたしは彼女の奴隷だった。犬だった。ああ、わかっている。わたしの崇拝の仕方が尋常ではないことくらいわかっている。だが、わたしはもともとアブノーマルな男であるゆえ、アブノーマルな犬となったところでおかしくはなかろう。わたしが彼女に性的な調教をほどこしているのだと、世間は思いこんでいた。邪《よこし》まな妄想や、猥雑な行為、異常な変態行為に、無理やり彼女を引きずりこんでいるのだと。彼女を性の化身に変えてしまったのだと。たしかにそのとおりだ。だが、それだけではない。わたしがしたのはそれしきのことではない。ただし、すべては彼女を喜ばせるためにしたことだった。すべては彼女の妄想だった。彼女の願望だった。そして、わたしは彼女の玩具《おもちゃ》だった。彼女の意のままに動く……いや、ここは包み隠しなく認めよう。わたしはみずから望んで、大いなる喜びをもって、彼女の意のままに動く下僕だった。彼女の下僕として生きることは、わたしにとってこのうえない幸せだった。だが、それと同時に、わたしは大きな不安をも抱えていた。彼女がわたしを捨てるのではないかという不安。わたしに飽きるのではないかという不安。自分が彼女を満足させられなくなるのではないか。性生活において、あるいは創作活動において、あるいは金銭面において、彼女の要求を満たせなくなるのではないか。それによって、彼女がわたしのもとを去るのではないかという不安。わたしのこうした不安は、《淫魔！》の一部にも投影されている。あの脚本は彼女とわたしのふたりで共同執筆したのだが、その作業のさなかに、わたしはふと自分の胸の内を打ちあけた。すると彼女は、なんとそこから着想を得て、わたしの不安を下敷きにしたエピソードを盛りこもうと言いだしたのだ。わたしの生涯の最高傑作……いや、わたしと彼女の最高傑作であるオカルト三部作も、《誘惑篇》、《法悦篇》、《昇天篇》から成るあの三部作もまた、彼女の存在なくしてはつくりあげることができなかったろう。だが、あの作品を彼女に捧げるなどと言うつもりはない。そんな不遜なことを言うつもりはない。あの三部作はわたしの作品ではないのだから。彼女の作品なのだから。結局、わたしの不安は現実のものとなった。彼女はわたしのもとを去っていった。だが、その原因は、わたしが彼女を喜ばせられなくなったからでも、充分な金を与えてやれなくなったからでもなかった。彼女は単に、わたしのもとを巣立っていったのだ。ここメキシコでの生活から巣立っていったのだ。彼女は自由を必要としていた。ついに大人の女へと成長し、巣から飛びたつ準備ができたからだった。いや、年齢差からの戸惑いをおぼえたことは一度もない。彼女の若さは、わたしにとっては刺激でしかなかった。べつに、異常性愛者だと思ってくれてもかまわん。そちらの信奉する中産階級的な倫理規範など知ったことではない。たしかに、わたしは無法者だ。社会規範などものともしない無法者だ。ただし、非暴力を信条とし、何不自由ない裕福な暮らしを送る、理知的な無法者だ。柔和で従順な無法者だ。なのに、わたしはいまもこうしてメキシコにとどまりつづけている。お尋ね者のビリー・ザ・キッドのごとく、自分は死んだことにして。彼女が去っていったことには、もうひとつ理由がある。彼女にはじめて出会った瞬間、彼女が非凡な才能を秘めていることにわたしは気づいた。天才的な芸術家を前にして、年齢なんぞが問題になるだろうか。そうとも、わたしは異常性愛者だ。そのことは一も二もなく認めよう。だが、わたしがフェミニストでもあるということだけは、声を大にして言っておきたい。なぜなら彼女に……うら若き少女であった彼女にはじめて会ったその日から、わたしは彼女を対等な存在と見なしていたからだ。きみに理解してもらおうとは思わん。きみはその場にいなかったのだから。あのころのわれわれを知らないのだから。あのころの彼女を知らないのだから。しかし、この点には嘘も偽りもない。われわれは対等な立場の人間として夫婦になった。いや、おそらくは多くの場合において、彼女のほうがわたしよりも上の立場にあった。主導権を握っていたのは彼女のほうだった。なんら突出した才能を持たぬ中年の芸術家と、才能に満ちあふれた十五歳の少女のあいだには、いかなる競争心も芽生えようがなかった。争うまでもなく、軍配はつねに彼女のほうにあがった。だからこそ、わたしはいかなる躊躇もおぼえなかった。自我も自尊心もかなぐり捨てて、わたしは彼女に求愛した。彼女に出会ったのは、ハリウッド・ヒルズで催されたパーティーでのことだった。あの晩、彼女はビキニの水着の下だけを穿き、上半身をあらわにしたまま、ホットタブに浸かっていた。同じく乳房をあらわにした屋敷の主《あるじ》の奥方とふたりで、一本のマリファナを吸っていた。四つの乳房が気泡に揺られて小刻みに震えていた。湯気にかすんだ乳首が呑気にこちらを見あげていた。奥方の夫であるイギリス出身の映画プロデューサーは、その晩、仕事で家をあけていた。何かに誘われるかのように、わたしは浴槽の縁に膝をついた。すると、奥方がわたしを見あげて言った。ゼッド、こちらのモナはもうご存じ？　握手をしようと、わたしは手をさしだした。それを見た奥方とモナはくすくすと笑いだした。半裸の女を前にして、なんと堅苦しいことだろうと。お近づきになれて光栄だとわたしは言った。フランス語ではじめまして《アンシャンテ》とモナは応じた。わたしはモナの手の甲に、柔らかく小さなその手に口づけた。なおもくすくすと笑いながら、ねえ、一緒にお入りになってとモナは言った。わたしが浴槽のなかに腰を落ちつけると、奥方がマリファナをさしだしてきた。湯はひどく熱かった。あまりの熱さと湯気のせいで、意識が朦朧としはじめた。周囲にはひとつの明かりも灯されていなかった。大きなプールのさざ波ひとつない水面《みなも》が、宇宙空間の闇にぽっかりと空いた穴のように、青い光を発していた。屋敷の反対側に位置するパーティー会場からかすかに漂いくる笑い声や話し声や音楽が、遥か彼方に感じられた。目に入る光のすべてが、遠い街明かりや星明かりや月明かりのすべてが一緒くたに溶けあって、大海原へと姿を変えた。その大海原のそこかしこで、星や、車や、飛行機や、衛星や、彗星がきらきらと小さな光をまたたかせていた。ふとわれに返ったとき、奥方はすでに姿を消していた。ビールを取りにいったのだとモナは言った。浴槽に残されたのはわたしとモナのふたりきりだった。あたりが暗すぎて、モナの顔もよく見えなかった。月の光と、マリファナ煙草の先に灯った小さな明かりだけが、ふたりを照らしだしていた。わたしたちは大いに語り、大いに笑いあった。気づいたときには、話し声がやんでいた。笑い声もやんでいた。沈黙の垂れこめるなか、わたしたちは暗闇を見つめていた。結婚してくれないかとわたしは言った。いまからラスヴェガスまで車を飛ばして、式を挙げようと。モナはくすくすと笑って言った。あなた、マリファナに酔ったのね。ああ、そうだ、そのとおりだとわたしは言った。だが、わたしは本気だと。いますぐ結婚しようと。モナはふたたび笑いながら言った。結婚はできない。わたしはまだ十五歳だから。あと一年は、結婚することを法律が許さないのだと。わかったとわたしは言った。それなら、あと一年待とうと。モナはなおもくすくすと笑いながら、わたしに唇を重ねてきた。そうして一年後、わたしの妻となった。

わたしの身体はいま、癌に侵されている。だからこそ、こうして墓穴から這いだしたのだ。わたしはいまふたたびの死を迎える。医者の話がたしかなら、今度こそ生きかえることはなさそうだ。最後の審判を受けた瞬間、わたしはあることを決意した。わたしが手にするただひとつの貴重な品を、唯一の財産を、生涯でただひとり愛した女に、わたしの妻に、別れた妻に遺そうと。モナがここを去ってから何年にもなるが、そんなことは問題ではなかった。彼女を崇拝するわたしの心に、いまも変わりはなかったからだ。わたしの最後の贈り物を、十年にわたるわたしの逃亡生活を支えてきたその品をどう扱うべきか、彼女は承知しているはずだからだ。その贈り物とは、むろん、フィルムだ。この世にただひとつだけ存在する、《昇天篇》のコピーフィルムだ。そこにおさめられた映像が何者の目にも触れないことを望む、ある要人がいてな。十年まえにかりそめの死を遂げて以来、わたしが何不自由ない死後を送ってこられたのは、その連中がつねに銀行口座を満たしてくれていたからなのだ。だが、本物の死が目前に迫ったいま、わたしはそのフィルムをモナに託すことにした。なぜなら、そのフィルムはもともと彼女のものだったからだ。そこから利益を得るべき人間は、彼女だったからだ。それを公にするなり破棄するなりの決断をくだすべきは、彼女だったからだ。わたしは彼女に連絡をとり、自分は死期が迫っているから、最後に会って、例のフィルムをきみに託したいと告げた。わたしには予見できていなかった。それがいかに危険な行為であるかを。これほどの歳月が流れたあとも、わが敵は警戒を怠っていなかった。わたしが墓穴から起きだすやいなや、連中の設置しておいた警報器が鳴り響いた。連中は彼女を監視していた。わたしを監視していた。われわれと交流のあったすべての人間を監視していた。わたしの浅はかな行動は、彼女を危機に……深刻な危機に追いやってしまった。問題のフィルムが連中の手に落ちれば、彼女は間違いなくこの世から消される。もうおわかりだろう。そのフィルムに記録されているのは、わたしの死の瞬間ではない。わたしはかつて、こう明言していた。いずれはみずから命を絶ち、その瞬間をカメラにおさめると。そのことは広く知られていた。いずれかならず実行すると、ことあるごとに公言してきたからだ。だが、モナと出会って、わたしは変わった。モナがわたしとともにあるかぎりは、この世に生きていたいと願うようになった。少しでも長く生きていたいと。そう思えるようになったことを、いまでは幸せに思う。《昇天篇》のフィルムは銀行の貸し金庫にあずけてある。トゥェンティナイン・パームズのデザート貯蓄銀行。暗証番号は五四二四。モナは、フィルムに何がおさめられているのかを知るただひとりの生き証人だ。金庫の鍵は、運送会社の営業所留めで郵送した。受取人の欄には、モナにだけわかる偽名を記してある。ともにメキシコで暮らしているあいだ、彼女に呼んでもらっていた名前を。それが自分のものであったならと願いつづけていた名前を。いまから教える場所へ行って、まずはその鍵を回収してくれ。それからフィルムを手に入れ、それを使って、彼女を救いだしてくれ。鍵のありかは、トゥェンティナイン・パームズにあるUPSの営業所だ。受取人の名は――

80

てっきり、屋敷に雷が落ちたのだろうと思った。あたりに響きわたるその音は、最前まで海のほうで轟いていた雷鳴によく似ていた。左手で砕けた窓ガラスは、落雷の衝撃によるものか、強風に飛ばされてきた何かによるものだろうと思いこんだ。映画の鑑賞中にかかってきた電話に応えようとでもするかのように、気づいたときには、リモコンの停止ボタンを押していた。画面に真っ赤な〝X〟の文字が浮かびあがり、その直後に暗転した。

「くそっ、しまった」自分がヘマをやらかしたことに気づいて呆然とつぶやいたとき、隣でニックがはっと息を呑んだ。その視線をたどって、ぼくもパティオに顔を向けた。ガラスの引き戸がきれいに消え去っていた。戸枠のなかにひとりの女が立ち、短機関銃をこちらに向けていた。その両脇に垂れたカーテンを、吹きこむ雨が濡らしていた。女は身体にぴったりと密着するスパンデックス製の桃色のパンツの下に赤いショートブーツを履き、紫色のスポーツブラをつけていた。そのとき、新たにひとりの男が女の傍らに立った。こちらも同じく短機関銃をかまえ、股間の盛りあがったぴちぴちのランニングショーツにハイキング用のブーツを履き、ふくれあがった上腕二頭筋をおさめるためか、袖に切りこみを入れたTシャツを着ていた。その直後、今度は玄関の扉が開き、ショットガンをかまえた男がもうひとりあらわれた。こちらは、尻と生殖器の凹凸に合わせて裁断されたジョギングスパッツと、メッシュ素材のぴっちりとしたタンクトップ、踵に蛍光色の緩衝材の入ったスニーカーといういでたちだった。ぼくはリモコンを握りしめたまま、そろそろと両手をあげた。パティオにいた女がガラスの破片を踏みしだきながら部屋に入ってきた。

「あなたたち、いったい誰なの？」震える声でニックが訊いた。

女はそれを無視して、まっすぐぼくのいるほうへ向かってきた。

「またお会いできて嬉しいわ」鉄のカーテンを思わせる例の訛で、女は言った。

「やあ、こちらこそ。こんなところで会うなんて、奇遇だな」両手を宙にあげたまま、ぼくはニックに顔を向けた。「こちらはバック・ノーマンのもとで……例の映画監督のもとで働いている女性なんだが……すまない。おたくの名前を度忘れしてしまったようだ」

「名前はジョンよ」とジョーンは言った。

「ってことは、女優なの？」上から下まで女を眺めまわしながら、ニックが訊いた。大いに戸惑い、怯えつつも、好奇心にはあらがえないらしい。

「いいえ」と言って、ジョーンは微笑んだ。「わたしの仕事は女優じゃない。でも、芝居を叩くことはあるわ」

「いまのはひょっとして〝芝居を打つ〟と言いたかったのかな？」ぼくは思わず問いかけた。

「芝居を打つ？　だけど、打つも叩くも同じ意味じゃない。どうして〝叩く〟じゃいけないの？」

「そう言われればたしかにそうだが、これは決まりきった言いまわしなんだ」

「ふうん……芝居を打つ？　なんだかすわりが悪いわね」

「それなら、単に〝芝居をする〟と言えばいい」

「わかった。そうするわ。その言い方なら気にならない」ジョーンはひと声笑って、ニックに銃口を向けた。「わたしは女優じゃないけど、芝居をすることもある。これでおわかり？」

「ええ、わかったわ」ニックはこくりとうなずいた。

「そういうあんたは淫売だったわね？」

「なんですって？」

「淫売。この単語はちゃんと英語にあるでしょう？　お金をもらって股を開いて、悦んだ芝居をする女のことよ」

「できればあいだを大幅に省いて、〝お金をもらって芝居をする〟とだけ言ってもらえないかしら。あなたと同じにね」

ジョーンはひょいと肩をすくめた。「いいわ。そうしてあげるから、少し口をつくんでなさい」それからぼくに顔を戻して、こう続けた。「ひょっとして映画でも見ていたのかしら？　じつは、わたしたちもある映画を探しているの」

「いまから見ようとしていたところだ。プレーヤーにディスクが入っていたから」

ジョーンはぼくの手からリモコンを取りあげた。それをDVDプレーヤーに向けて、再生ボタンを押した。

画面に砂嵐があらわれた。ジョーンは肩をすくめて電源を落とした。

「わたしたちが探しているのは、本物の映画なの。DVDディスクなんかじゃなく、時代遅れのフィルムってこと。言いなさい。フィルムはどこにあるの？ 素直に吐けば、キカイは加えない」そう言って、ジョーンはふたたびにっこりと微笑んだ。

ぼくもにっこりと微笑んで言った。「ぼくらとて、できれば喜んでそうしたい。キカイなんて加えられたいわけがない」いいかげんに腕がだるくなってきた。そのとき、へなへなと両腕を垂れていく動きが視界の隅に映った。同じくにっこりと微笑みながら、ニックがからっぽの両手をすくめてみせていた。その姿を目の端におさめたまま、ぼくはこう続けた。「だが、あいにく、そんなフィルムのありかなんてぼくらも知らないんだ。本当に、まるで見当もつかない。お役に立てず残念だ」

「ほんと、残念だわ」合いの手を入れるかのごとくに、ニックも言った。

「それなら仕方ないわね」そうひと声応じるなり、ジョーンの片手が目の前をよぎった。次の瞬間には、銃口がぼくの口に叩きつけられていた。特に力を入れているようには見えなかった。プロのテニス・プレーヤーが山なりに落ちてきた球を拾うかのように、軽く手首を返しただけの動きだった。だが、ぼくは大きく後ろによろめいた。顔全体に鋭い痛みが走り、口のなかに血があふれだした。あまりの痛みに悪態をつこうとしたが、喉の奥から漏れだしたのは、ごぼごぼという濁った音だけだった。そのとき、何か硬いものが舌の上を転がった。舌で触れた印象からすると、歯の感触によく似ていた。

「その女を見張ってなさい」エアロビクスの教師みたいな恰好をした男のひとりに、ジョーンは命じた。名前はたしか、ビリーかジョエルだったはずだ。「あんたはその男をこっちへ連れてきて」

　ジョーンの指示を受けて、もう一方の男（こっちがジョエルだった気がする）が手にした銃の先でぼくを小突いた。ふたたび殴られてはたまらないと、ぼくはおとなしくジョーンのあとを追った。ニックの前を通りすぎるとき、小さな鼻声が耳に届いた。それが恐怖から発せられたものなのか、同情から発せられたものかは定かでなかった。口からあふれだした血が、なおも顎へと滴りおちていた。シャツの胸もとが血に染まっていた。上の前歯の左端に開いた穴を、ついに舌の先が探りあてた。

「心配するな」とぼくはニックを励ました。いや、そう発音しようとはしたのだが、実際に聞こえてきたのは、かえって不安を煽るような〝心配するんだ〟との言葉だった。そのとき、ジョエルに背中をど突かれた。その衝撃で、折れた前歯が口から飛びだした。前歯はタイル敷きの床の上をすべるように転がっていった。

「歯ふぁ！　ふぉくの前歯ふぁ！」とわめきながら、ぼくは前歯を追いかけようとした。

「いったい何をやってるの？」見あげると、ジョーンがこちらを振りかえっていた。

「ふぉの男に押ふぁれたんだ」床の上に視線をさまよわせながら、ぼくは説明した。前歯はどこかに消えてしまっていた。

「おふざけはそこまでよ。あんたも、あんたも」ジョーンはぼくとジョエルに命じると、寝室を突っ切ってアトリエに入り、そこに置かれていた籐製の肘掛け椅子を指さした。「その男をあの椅子に縛りつけて」

　そんな必要はないと訴えたかった。だが、腫れあがった唇で発音するには、〝必要〟の一語が難しすぎた。ジョエルはぼくを椅子にすわらせると、伸縮性のあるロープを使って、ぼくの腕を椅子の腕に、ぼくの脚を椅子の脚に、それぞれ縛りつけていった。ぼくは例の壁画を間近に一望する形となった。そのとき、はじめて気づいた。そこに描かれた血飛沫《しぶき》が、いかに真に迫っているか。女が怪物に突き立てた剣のあたりから血が噴きだしているのだが、単に絵筆で描かれたというより、あたかも本物の血飛沫を浴びせたかのように見えるのだ。こうなると、自分の想像が間違っていることを願うばかりだった。それからもうひとつ、生殖器の描きこみにゼッド・ノートがとりわけ力を入れている点にも、気づかされずにはいられなかった。異様に大きなペニスが女のヴァギナに突き立てられている箇所だけは、血管の一本から縮れた陰毛の一本に至るまでが、とてつもない愛情とリアリティーをもって描かれているのだ。そのくせ、背景をなす空は単なるベタ塗りで、あとは、怪物の頭から生えた二本の角のどまんなかに太陽がひとつ描かれているだけだった。ところが、こうしてじっくり眺めるうちに、周囲の風景にどこか見おぼえがあるような気もしてきた。長い砂漠に伸びる地平線。不思議な形をした岩と、突起に覆われた奇妙な岩山。人間みたいな形をした不気味なサボテン。そうとも、これはジョシュア・ツリーだ。トゥエンティナイン・パームズのすぐ南に広がる国立公園ではないか。

口中の痛みはある程度やわらぎ、ベースギターが刻むリズムのような、鈍い疼きと落ちつきはじめていた。奏でられている音楽のジャンルも、ファンク・ミュージックからソウル・ミュージックに変わりつつあった。出血のほうもようやくおさまりかけていた。しかし、どうやらこの連中はぼくを拷問にかけるつもりのようだ。ロンスキーに対する義理と、世間一般を代表して守るべき正義。頭のなかですばやく査定評価を行なった結果、まずは軽くしらばっくれて、そのあとさっさと口を割ろうと心に決めた。ジョーンが手にした短機関銃をそっとテーブルにおろし、腰にさげていたヒップバッグの留め具をはずした。一方の相棒ジョエルはぼくの膝に銃口を向けたまま、ふてくされた表情で壁画にもたれかかった。

「気をふへろ！　絵のふがまふぁ乾いてないふぉ！」腫れあがった唇を懸命に動かして、ぼくはどうにか忠告を与えようとした。

しかし、ジョエルは眉をひそめるだけだった。

「絵のふ！　まふぁ濡ふぇてる！」

「静かにしろ！」ジョエルは強烈なロシア訛でひと声吠えると、短機関銃をさっとかまえて、銃口をぼくの顔に向けた。ぼくはとっさに身を伏せようとしたが、当然ながら椅子はびくとも動かなかった。そのとき、隣の寝室から悲鳴のような声が響いてきた。「いまのふぁなんふぁ？　ニックのこふぇか？」ロープから逃れようと身をよじりながら、ぼくは大声で問いただした。

「さあ、どうかしら」ジョーンは戸口に近づき、扉の隙間から寝室をのぞきこんだ。「ええ、そのようね」そう言って相棒を振りかえり、顔を合わせたままくすくすと忍び笑った。「もうひとりの相棒は、乳首を集めるのが趣味なの。あなたの大切なご婦人は、すてきな乳首の持ち主みたいね」

「やめふぉ……こんなこふぉをしても意味ふぁない！」そうわめいたとたん、前歯に開いた隙間から血が飛び散った。ジョーンは手にしたヒップバッグのジッパーを開け、口紅でも探すかのごとく、鼻歌まじりになかを引っ掻きまわしながら戸口を離れて、ぼくの背後に置かれたテーブルへと近づいた。

「聞いふぇくれ。どうふぁら、行きちふぁいがあっふぁらしい。きみふぁちは誤解をしふぇいる。ぼふがここへ来ふぁのは、見知ふぁぬ男からメッふぇージを受ふぇとったからふぇ、ほんふぉうに何も……」言いながら、ぼくは左に身体をよじろうとした。すると、てっきりそちら側にいるものと思っていたジョーンが不意に右側から姿をあらわし、何が起きようとしているのかと戸惑うぼくを尻目にして、肘掛けに縛りつけられた右腕に顔を近づけた。その手に握られていたのは、柄のあいだにバネが取りつけられた、小ぶりな園芸鋏だった。ジョーンはぼくの右手の小指をつまみあげ、第一関節のすぐ下から、すっぱりとそれを切りおとした。剪定《せんてい》された小枝のように、小指の先が弾け飛んだ。

呆然と目を見開いたまま、ぼくは指の先にできた小さな切り株を見つめていた。永遠にも思える時間が流れ去り、切り口から真っ赤な血と焼けつくような痛みがあふれだした。ぼくは痛みに絶叫した。自分でも驚くほどの甲高い悲鳴をあげた。耳をつんざくその声は、遥か遠くのどこかから、罠に脚をはさまれた小動物の口からあがっているかのように耳に響いた。誰かが閉め忘れた蛇口のように、先端から鮮血を流している自分の手さえもが、一マイルも先にあるかのように思えた。涙がこみあげ、視界がぼやけた。ぼくは声をあげて泣いていた。そのとき、左の小指に、さきほどと同様の衝撃が走った。新たな痛みの王国が目の前にぽっかりと口を開けた。両手の小指が、炎を噴きだすトーチランプになったかのようだった。

「なんふぇこんな……みんふぁ話そうと思っふぇたのに……」意識が飛びそうになるのを必死にこらえながら、ぼくは弱々しい声で訴えた。ようやく視界が晴れはじめると、目の前にジョーンが立っていた。てのひらにふたつ、切断された小指の先が載っていた。

「さてと」言いながら、ジョーンは小指の先をひとつずつつまみあげ、爪のついたほうからゆっくりと、ぼくの鼻の穴に押しこんでいった。くつくつと忍び笑うジョエルの声を聞きながら、右に続いて左の穴にも小指の先を第一関節までしっかり押しこんでから、ジョーンはこう続けた。「これから言うことを、耳の穴をかっぽじってよう く聞いてちょうだい。いいわね？」

ぼくはうなずき、「わふぁった」と答えた。腫れあがった粘膜の隙間から、必死に口呼吸を繰りかえしながら。

「それならいいけど」言いながら、ジョーンはふたたび鋏を持ちあげ、ぼくの鼻先に突きつけた。鉤のように曲がった刃先にべっとりと血糊がこびりついていた。「ちゃんと聞いてもらわないと困るのよ。こちらはあと八回しか質問できないわけだから……」

「もうやめふぇくれ！」とぼくは吠えた。内臓を吐きださんばかりに声を張りあげ、駄々をこねる子供のようにじたばたと身をくねらせながら、恥も外聞もなく涙を流した。ジョエルがげらげらと笑いだした。ジョーンはぼくの鼻先に鋏を突きつけたまま、血に餓えた猛禽類《もうきんるい》が真っ赤な嘴《くちばし》を鳴らすかのように、その刃先をぱちりと閉じてみせた。ぼくはぶんぶんと首を振った。小指のひとつが穴からはずれて、宙を飛んでいくのが見えた。ジョエルはひときわの大声で高笑いしながら、喜色満面にぼくの顔を指さした。そのとたん、壁画の空にもたせかけていた腕が青く染まっていることに気づいたのだろう、慌てて壁から身体を起こした。ランニングショーツの尻とTシャツの背中にぺったりと絵具が貼りつき、一方の壁画は、その箇所の色がぼんやりとにじんでしまっていた。ジョエルは怒りに湯気をあげながら、ロシア語の悪態を並べたてはじめた。ジョーンが背中を指さし、嘲笑を浴びせはじめると、ジョエルは憤怒の形相でぼくに銃を振り向けた。

「ふざけやがって！　くそったれめ！」

ぼくは必死に首を振った。ジョエルはぼくの顔に狙いを定めた。もうこれまでかと観念したぼくは、息を殺して銃口を見すえた。すると次の瞬間、ジョエルの頭蓋骨が弾け飛んだ。一瞬の間を置いて、銃声が轟いた。ガラスが砕け散り、風を切る音が耳をかすめ、壁画に脳漿《のうしょう》が飛び散った。ぼくとジョーンが食いいるように見つめるなか、ジョエルが白目を剝いて床に突っ伏した。その背中は、どんよりと濁った絵具の虹に覆われていた。ジョエルの額が床を打つと同時に新たな銃声が轟き、ミノタウロスの脇腹の肉が削げおちて、開いた穴から白い漆喰がのぞいた。

ジョーンはすばやく反応した。プールに跳びこむ水泳選手のように、軽やかに床へ身を投げだして、テーブルの上に置いてあった短機関銃をつかみとった。体当たりを食らったテーブルの脚が折れ、天板の上に載っていた絵具のチューブや絵筆が床に散らばった。とつぜんあらわれた救世主の正体をたしかめようと、ぼくは必死に身体をひねった。さらに数発の銃弾が空《くう》を切り裂いた。びっくり箱から飛びだした人形さながらに、ジョーンがすっくと床から立ちあがり、耳をつんざく爆音とともに、パティオに向けて弾丸の嵐を浴びせはじめた。ぼくはめいっぱいに体重と反動をかけて、椅子を片側に傾けた。椅子ごと床に倒れこむのと同時に、ジョーンの構えた短機関銃の筒先から、硝煙と炎が噴きだすのが見えた。ふたたびガラスの割れる音と、押し殺したうなり声が耳に届いた。肉食獣に追われる鹿のように、ジョーンが部屋から飛びだしていった。

やにわに訪れた静寂のなか、ぼくは横ざまに床に倒れていた。やがて、開いた戸口の向こうから、くぐもった人声や、飛び交う銃声が聞こえはじめた。首を伸ばして、背後をのぞき見た。パティオへと引き戸の奥に、〝コーヒーとドーナツ〟が倒れていた。大きく見開かれた目は虚空を見つめ、胸は血に染まり、片手はなおも拳銃を握りしめていた。逆さまのシルクハットが、からっぽのボウルみたいに傍らに転がっていた。

床に倒れた衝撃で、右脚のロープがゆるんだらしい。腕を動かしてみると、古ぼけてがたのきた籐椅子の肘掛けがぐらつきはじめているのもわかった。ヨガ教室でもできなかったことが、いまはできた。力のかぎりに関節をねじって、右足のつま先をなんとか床につけ、強引に椅子ごと身体を起こした。白い鬚の仙人みたいに腰を折り、脱皮の途中の蟹《かに》のように椅子を背中に貼りつけたまま、かろうじて生き残っていたテーブルによろよろと近づいた。右の肘掛け（と自分の右腕）を天板の角にいったんもたせかけ、一度だけ深呼吸をした。決心が鈍らぬうちに宙へと跳びあがり、天板のへりをめがけて椅子ごと体当たりを食らわせた。肘掛けが折れてロープがゆるみ、右手が自由になると同時に、小指の先から新たな鮮血がほとばしった。食いしばった歯の隙間から、声にならない悲鳴が漏れた。腕をくねらせて手首を引きぬき、左腕と左脚の拘束を解いた。猛烈な吐き気と闘いつつ、小指の切り株からぼたぼたと血を滴らせながら、感覚の麻痺した左脚を引きずって歩きだした。一刻も早くこの部屋から逃げだしたかった。恐怖とアドレナリンがなんとか足を前へ運ばせていた。海上で荒れ狂う夜嵐のようなすさまじい銃声を壁越しに聞きながら、絵具と血に染まったジョエルの遺体に近づき、その横に転がっていた短機関銃を八本の指でそろそろとつかみあげた。壁画に大きな亀裂が走り、砂漠がぱっくりとふたつに割れていた。怪物は脇腹を切り裂かれていた。モナの口には弾丸がめりこんでいた。低く頭をさげたまま戸口に忍び寄り、扉の隙間から隣室をのぞきこんだ。ジョーンとビリー——筋肉ボーイズの片割れ——が、倒れた家具の陰にうずくまっているのが見えた。そこからときおり顔を出しては、かつてはガラスの引き戸があった場所に向けて銃弾を放っていた。パティオの側から闇雲に浴びせられる弾丸は、部屋を半壊させていた。その戦場の真っ只中にニックがいた。天敵の襲来に怯えたネズミかウサギのように、壁際で小さくなって震えていた。上着のシャツが切り裂かれ、乳房がむきだしになっていたが、ここから見るかぎり、乳首は無傷のようだった。伸ばしていた首を戻し、戸枠に背中をもたせかけた。いまさらのように、衝撃と動揺の津波が襲いかかってきた。小指の痛みはやわらいでいた。代わりに、手の感覚が失われはじめていた。扇を広げるかのように、端のほうから一本ずつ、指が麻痺していくのがわかった。大量の出血によるものか、意識も朦朧としはじじめていた。四方の壁が揺らぎ、壁やキャンバスに描かれた絵が目の前にふくれあがった。幾人ものモナがどくどくと脈打ちながら息を吹きかえし、膨脹と収縮とを繰りかえしながら、霞んだ視界のなかを踊りまわりはじめた。震える手で銃をかまえようとした。血に濡れたてのひらのなかで、銃身がつるつるとすべった。指が二本足りないだけで、重たい金属を支えることがこんなにも難しいとは思わなかった。ぼくに気づいたニックの口から、物音に驚いて飛び去るツバメのような、小さな悲鳴があがった。ビリーがそれに気づいて、首をまわした。萎《な》えた脚を震わせながら銃を握りしめているぼくを見るなり、ビリーは意地悪く口もとをゆがめ、ロシア語でジョーンに呼びかけた。ジョーンはぼくを振りかえり、同じくにやりと微笑んでから、ゆっくりとこちらに銃口を向けた。

ぼくは引鉄《ひきがね》を引いた。狙いはまるで定まっていなかったし、両手は激しく震えていた。反動で身体が四方に揺さぶられもしたが、何もかもおかまいなしに、夢中で引鉄を絞りつづけた。銃口から次々と弾丸が吐きだされ、ジョーンの腹や胸や顔に大きな赤い穴が並んでいった。ジョーンはばったりと床に伏した。それを見たビリーが慌ててショットガンをかまえようとしたが、それを待たずに、ぼくはふたたび引鉄を引いた。今回はまるで狙いを定めていなかった。気力も体力も尽きかけていた。それでも、矢継ぎ早に放たれた弾はビリーの両腿を真横に切り裂いた。膝から床にくずおれながら、ビリーは天井に銃弾を浴びせた。そして、大きな黒い瞳でぼくを見すえたまま、ひと声「カフカ……」となった。ロシア語なのかなんなのか、眉根を寄せるぼくの前で、ビリーは小さく咳きこむと、虫の息のかすかな声でふたたび「カフカ……」とつぶやいた。そのとき、視界がぐるぐると渦を巻き、激しい耳鳴りが襲ってきた。壁にもたれて身体を支え、慎重に狙いを定めてから、ぼくはふたたび引鉄を引いた。

放たれた弾はすべて胸に命中した。ビリーは横ざまに床に倒れた。口から血をあふれさせながら、かすかにささやく声が聞こえた。「ベケット……」室内が静寂に包まれた。ニックもぼくも、その場から動こうとはしなかった。ニックは小さく身体を丸めて膝を抱きかかえたまま、じっとぼくを見つめていた。ぼくは両手で銃を握りしめ、指先から血を滴らせながら、ぐったりと壁にもたれていた。船の甲板の上に立って、大波に揺られているかのようだった。意識の高波に乗りあげて、屋敷全体が足もとからすべりおちていくかのようだった。引き戸の向こうに、拳銃を手にしたラモンが姿をあらわした。ラモンは最初にニックのもとへ駆け寄り、手早く状況をたしかめた。そのあとから、いつもどおりの泰然たる足どりで、盲目の伯父が部屋に入ってきた。その手に握られたライフルは、なぜかぼくへと向けられていた。ラモンが慌ててスペイン語で何ごとかを伝えると、ようやく伯父は銃口をさげた。

ラモンは着ていたデニムジャケットでニックの身体をくるんでから、ぼくのほうへ向かってきた。

「もういいぞ、アミーゴ。もうそいつを放しても大丈夫だ」ぼくが小さくうなずくと、ラモンはぼくの手からそっと短機関銃を取りあげた。「いますぐ病院へ連れていってやるからな」

「ありふぁたい……」驚くほどに穏やかな声でぼくは言った。だが、その声が自分の口から発せられたものだとはとうてい思えなかった。すぐ真横に立っている誰かがぼくの代わりにしゃべっているかのようだった。

「ふぉのまま失神するふぉとになるふぉ思う……」

「ああ、それがいい。よく休め」そう応じるラモンの声が聞こえた。

「指ふぉ拾うのふぉ忘れないでくふぇ……」最後にそれだけ伝えた直後、あるいは、そう伝える自分の姿を想像した直後に、視界が暗転した。

81

続く十二時間の出来事を、ぼくはほとんど見逃した。だからここでは、ぼくに関係のあるさわりだけをざっとお伝えすることとする。ラモンと盲目の伯父はどうにかこうにかぼくをタクシーまで運び、毛布に包まれた〝コーヒーとドーナツ〟の亡骸の隣にすわらせた。床に転がっていた小指の先をニックが探しだし、鼻に詰まっていたほうの指と一緒にジップロックの袋に入れてから、カップ一杯ぶんの氷でまわりを覆った。こういう場合の応急処置を、どこかで見たか聞いたかしたのだという。ラモンはそこからタクシーを飛ばして、プエルト・バヤルタにある最寄りの大病院にぼくを運びこんだ。武装した護衛団が外の廊下で待機するなか、小指の接合手術がぶじ完了した。治療費はニックが現金で支払った。そのあと歯科医を呼び寄せて、抜けた前歯にも応急処置をほどこしてもらった。ぼくが目を覚ましたとき、両手の小指は小ぶりな綿菓子みたいになっていた。ガーゼの上から白い包帯がぐるぐる巻きにされ、それがテープで固定されていた。看護師からは、毎日かならずガーゼを交換し、ロサンゼルスに戻ったらもう一度医者に診てもらうようにとの指示を受けた。ニックからは、ぼくが意識を失っているあいだにロンスキーに電話を入れておいたとの報告を受けた。

「気が利くな。それで、ロンスキーはなんと言っていた？」

「あなたが傷を負ったことはあいにくだったけど、全体としてはまずまずの収穫だと言っていたわ」

「それだけか？　妻のララに関することも、ちゃんと伝えてくれたんだろう？」

ぼくをなぐさめるかのように、肩に手を添えてニックは言った。「もちろん伝えたわ。ロンスキーはこう言っていた。心配は要らない。これから力を合わせて、すべての謎をきっちり解きあかそう。きっと何もかもうまくいくって」

「気を遣ってくれてありがとう。でも、ロンスキーが本当に言ったことだけを教えてくれ」

ニックはため息を吐きだした。「ただひとこと、『じつに興味深い』と言っていたわ。そのあと、朝食の支度が整ったからこれで失礼と言って、電話を切ってしまったの」

「あのひとでなしのでぶっちょめ。ゼッドが生きていたことについては？　例のフィルムについても何も言ってなかったのか？」

「とにかくこっちへ戻ってこいと言っていたわ。それと、映画オタクの例の友人に連絡をとって、映写機を届けてもらえるかどうか尋ねておくようにって」

「マイロに？　あの家にマイロを呼び寄せるつもりなのか？」

「いいえ、わたしたちは途中でロンスキーを拾ったら、そのまま砂漠の町へ直行する。少しでも早く例の銀行へ行って、フィルムを手に入れなきゃならないそうよ。もはや一刻の猶予もならないんですって」

「ロンスキーを拾う？　トウェンティナイン・パームズへ、ロンスキーも同行するつもりなのか？」

「ええ」

「それだけ状況が差し迫っているってことか。それなら、いますぐここを発とう」ぼくは決然と毛布を撥ねのけ、ベッドをおりた。素足がリノリウムの床に触れた瞬間、だいじなことを思いだした。「その……悪いんだが、ズボンを穿くのを手伝ってもらえるかい」

空港へ向かうぼくらのために、ラモンが知りあいのタクシー運転手を呼び寄せてくれた。自分はこれからテピクの実家へ戻り、新たに天へ召された伯父の葬儀を手配しなきゃならないから。おごそかな面持ちでラモンは言って、ぼくらの手を握りしめた。盲目の伯父はぼくらの肩をきつく抱きしめた。ぼくらが抱擁を解くのを見届けてから、ラモンはふたたび口を開いた。

白亜の豪邸の持ち主に連絡を入れておいたから、あとに残してきた死体はきれいさっぱり姿を消すだろう。

そう言って、ラモンは肩をすくめた。

「こういう問題も、この国ではたやすく片がついちまう。恥をあかすようだがな」

「ありがとう、ラモン。本当にいろいろ世話になった。これほどの恩をどうやって返せばいいのかもわからない」

するとラモンはにやりとして言った。「そんなの簡単だ、アミーゴ。おれの伯父といとこを死に追いやった野郎を見つけだして、そいつをぶっ殺してくれりゃあいい」

82

好奇の視線を避けるため、機内用の毛布の下に両手を隠したまま、ニックに尋ねた。「それはそうと、前歯のほうはどんな具合だろう」

「ええと……すごくすてきよ。そんなことより、少し休んだほうがいいわ」ニックはぼくの毛布を顎の下まで引っぱりあげてから、いそいそと雑誌を開いた。前夜の出来事については、これまでいっさい話題にのぼっていなかった。会話すらほとんど交わしていなかった。キャビンアテンダントからリンゴジュースは要るかと尋ねられたり、シートベルトを締めたりするときに、やけに気遣わしげな口調で「大丈夫？」「平気かい？」と声をかけあう程度だった。だが、ぼくらのあいだで何かが変わろうとしていることだけはたしかだった。ぼくらはシートのなかで互いに身を寄せあっていた。それが自然なことであるかのように、肩と太腿を触れあわせていた。長い沈黙をすごしては、ふつりと途切れていた会話の糸を、またどちらかが拾いあげた。まるで、長年連れ添った夫婦のようだった。ほんの数日のことだというのに、長く険しい道のりをふたりで乗り越えてきたかのようだった。そして、多くの夫婦がそうであるように、ぼくらのあいだにもまた、秘めたる歴史が横たわっていた。ぼくらを結びつけもすれば引き裂きもする、ふたりの女も。まずはモナ。どちらも顔を会わせたことすらないモナという女に導かれて、ぼくらは出会った。そして、もうひとつの大きな影。ぼくの前から忽然と姿を消したララは、見知らぬ人間となって戻ってきた。大いなる謎を伴って、過去という暗がりのなかからむっくりと姿をあらわした。計り知れない不気味な影となって、ぼくの目の前に立ちはだかっていた。まるで、ぼくにとっての未来のように。

83

　国境の街サンディエゴで飛行機をおり、駐車場にとめてあった車に乗りこんだ。運転席にはニックがすわった。携帯電話が電波を拾いはじめるのを待って、ぼくはすぐさまララに電話をかけた。この番号からの通話はお受けできません、と自動応答の音声が告げた。もしララがこの電話に応じていたなら、正直なところ、ぼくはどんなふうに感じたのだろう。心の奥底では、こうなることを願っていたのではないか。自由を手に入れることを望んでいたのではないか。次から次へと車を追い越していくブロンドの相棒の横顔を、ぼくはこっそり盗み見た。その視線に気づいたのだろう。ニックは小さく微笑んで言った。

「少し眠ったら？」

「眠れないんだ」ぼくは言って、目を閉じた。眠りにつくには、心が掻き乱されすぎていた。ところが、次に目を開けたとき、車はロンスキー家の前にとまっていた。気分もだいぶよくなっていた。

　扉を開けてくれたのは母親のロズだった。間近に上から眺めると、痩せ細った純白の髪が後光のように輝いて、薄桃色の頭皮が透けて見えた。首から下には淡い水色のパンツスーツを着ていたが、ジャケットの下につけているのはブラジャー一枚のみだった。

「ああ、あなただったの。ふうん、すてきな前歯じゃない」

「え？　ああ、これ、わかりますか？　じつはメキシコ製なんです」ぼくはにっこりと微笑みながら、舌の先で差し歯を探った。

「そうね、いかにもメキシコっぽい感じがするわ」

「へえ、そんなことまでわかるんですか。ちなみに、どれが差し歯なのかはわかります？」

そのときとつぜん、ニックがあいだに割りこんできた。「それより、ソーラーはいらっしゃいます？」

「ええ、いるわよ」百ミリサイズの煙草に火をつけながら、ロズは言った。「あのばかを説得するために、あなたたちが来てくれたんならいいんだけど。あの子はもう何十年も、精神科の病院以外の場所には行ったことがないってのに」

「コーンバーグ！　こっちへ来い！」ロンスキーの胴間声が廊下の奥で轟いた。ニックとロズを後ろに随えて、ぼくはまっすぐ書斎へ向かった。ロンスキーは着替えの最中だった。白麻のサマースーツのスラックスとベストを着て、その下に薄桃色のシャツと黒のサスペンダーを合わせていた。スーツのジャケットは椅子の背に掛けて、いまは紺色のネクタイを結ぼうとしているところだった。家政婦のミセス・ムーンがせわしなく室内を歩きまわっては、口を開けた巨大なスーツケースに着替えやら何やらを詰めこんでいた。使いこまれた革製のスーツケースは、チャーリー・チャップリンがこのなかに隠れて密航でもしようともくろみそうな代物だった。

「おお、戻ったか。こちらももうすぐ支度が整うところだ。きみの友人のマイロから電話があって、映写機が手に入った旨を知らせてくれたぞ。あちらのホテルで落ちあうことになっている」ロンスキーはジャケットに袖を通すと、紺色のネクタイと色を合わせたシルクのハンカチーフを折りたたみながら、目だけをあげてぼくに言った。「いい歯だな」

ニックがぶんぶんと首を振りながら、蚊の鳴くような声でささやいた。「ソーラー……」

ぼくはそれを尻目にしながら、ロンスキーに問いかけた。「あなたにもわかるんですか？　へえ、不思議だな。もう痛みも何もないから、ぼく自身は、どの歯が新しくなったのかも思いだせないくらいなのに」

「金色のやつだと覚えておけばいい」

「金色？　いったい何を……」ぼくは一瞬きょとんとしてから、慌ててあたりを見まわした。「鏡は？　鏡はどこです？」

「隣の扉だ」ハンカチーフに視線を落としたまま、ロンスキーは廊下に顎をしゃくった。

「待って、サム……」ニックの制止を振りきって、ぼくはバスルームに駆けこみ、壁の鏡をのぞきこんだ。上の左の糸切り歯がきらきらと光り輝いていた。金色に。ニックがぼくの肩に手を置いて言った。

「もっと早く言おうとは思ったのよ。だけど、まずは少しでも身体を休めてほしくって……」

「なんだか、ものすごくばかっぽく見える」鏡に映る金歯を見つめたまま、ぼくはつぶやいた。

「そんなことない。どちらかというとお洒落に見えるわ。それに、もし気にいらないなら、病院で付け替えてもらえばいいんだから」そう言って、ニックはぼくの頬に口づけた。「でも、わたしはセクシーだと思うわ。本当よ。さあ、それじゃ、手を出して。ここにいるあいだにガーゼを交換しておかなくちゃ」

ニックはハンドバッグの口を開けて、替えのガーゼを取りだした。鏡の裏につくりつけられたキャビネットを開けて、なかから小さな鋏を取りだし、鏡を閉じた。ぼくの顔がふたたび鏡に映しだされた。試しにいろいろな表情を浮かべてみた。金色の歯を見られることなく、しゃべったり笑ったりする方法を模索した。ニックは小さな鋏でテープを切り裂くと、賞品の封を開けるがのごとく慎重な手つきで包帯を解いていった。小指はぱんぱんにふくれあがっていた。さながら病気で腫れあがった舌か、土中に棲む紫色の幼虫みたいだった。縫合箇所には黒い糸が這っていた。

「よかった。元通りになってるわね」説得力に欠ける声で言ってから、ニックはこう付け加えた。「……つまり、あんな状態だったわりにはってことだけど」

背後の戸口に、とつぜんロンスキーが姿をあらわした。「もう発たねばならん」鏡に映る像を見つめてネクタイの歪みを直しながら、ロンスキーは続けてこう言った。「荷づくりも身支度も完了した。夕食のまえにはあちらに着きたい。それはそうと、きみの小指は左右が入れ替わっているぞ」

「小指がなんだって？」珍妙なアクセサリーの返品を検討するかのように、ぼくは自分の小指をためつすがめつに眺めまわした。

「ほかの言い方をしろというのかね？　ならば、左右が逆だというのはどうだ？　つまり、きみの執刀医は切断指肢を誤った断面に接合してしまったという意味だ」

「まさか」小指の先に目をこらしながら、ぼくは言った。「そんなことがあるはずない。何か根拠はあるんですか？」

「なぜなら、きみの右の小指には……本来、右手にあった小指には、外側に乾癬《かいせん》の痕があった。そして、左の小指はわずかに曲がっていた。おそらくは幼少期の事故によるものだろう」

「そんなばかな……」たしかにロンスキーの言うとおりだった。乾癬のことも。曲がった関節のことも。十二歳のときに自転車から落ちて、左の小指を骨折したのだ。ゆうべまでの人生のなかで、ぼくが負ったいちばんひどい怪我がそれだった。「くそっ、なんてこった。ひとが意識を失っているのをいいことに、あの藪医者どもめ、なんてことをしてくれたんだ……」

ニックがぼくの腕を優しく叩いて言った。「大丈夫よ。誰も気づきやしないわ」

「どこが大丈夫なんだ？　ぼくは実験動物じゃないんだぞ？　手術のあいだ、どうしてあの藪医者どもに目を光らせてなかったんだ？」

「わたしだってショック状態にあったのよ。あの男、わたしの乳首を噛み切ろうとしたんだから。本当に痛かったわ」

「へえ、そうかい。でも、少なくともきみの乳首はちゃんとそこにくっついているじゃないか。左右もあべこべになってない」

「悪いが、そこまでにしてくれんか。結局のところ、たかが小指ではないか。五本の指のなかでも最も小さい。それが親指だというなら話はべつだが。あるいは耳だというならな。それに、小指の左右の誤りは、また後日でも正せるかもしれん。しかし、このまま出発が遅れては、ディナーのほうは予約の時間に間に合わないかもしれん。すでにテーブルをとってあるのだからな」

「何がディナーだ。そんなものくそ食らえだ」ぼくはそう吐き捨てて、ニックの腕を振りほどいた。指の付け根にガーゼをふらさげたまま戸口へと向かい、ロンスキーの目の前で足をとめた。「これからどこへ行くにせよ、そのまえに訊いておきたい。ぼくの妻について、あなたは何を知っているんです？」

「きみが知っている以上のことは何も知らん。知りあいというわけでもない」襟の形を整えながらロンスキーは言った。

「ぼくは真剣に訊いてるんです。いったい何が起きているのか、ちゃんと知っておきたい。こんなことが偶然であるわけがない」

ロンスキーは鏡に向けていた視線をゆっくりと下へおろし、崇高なる高みからぼくを見おろした。その巨体が戸口を完全にふさいでいた。ぼくは一瞬、何かの偉人の記念碑を見あげているかのような錯覚をおぼえた。

「むろん、偶然であるわけはない。つねにわたしはそう言ってきたろう。だが、きみが本心から真実を……知りたがる者の少ない真実を、本当に知りたいと願うのであれば、いまはこの討論をひとまず中断し、その小指のガーゼをさっさと交換してから、とにかく前へと進むことだ」
　その言葉のとおりに、ロンスキーは廊下を進んだ。
そして、静かなる威厳をもって、表玄関から足を踏みだした。

84

　ジョシュア・ツリー国立公園は、キノコに乗って旅をするにはもってこいの場所だ。そう、ここは、神々がキノコに乗って旅をしながら創造した世界なのだ。原始時代の趣とアニメーションの色彩を持つ《マーシャル博士の恐竜ランド》。長い歳月をかけてしだいに形成され、融解されてきた岩と砂が織りなす原始の風景。《原始家族フリントストーン》の一家が住むベッドロック・シティ。巨人が置き忘れたビー玉みたいに、地平線上に散らばる二世帯住宅サイズのまん丸い巨岩。地面から生えた氷柱《つらら》のような石筍の城郭。髑髏《しゃれこうべ》や、アイスクリームサンデーや、うたた寝をする恐竜の形をした石。ボウリングの球を積み重ねたかのような岩山。そして、この公園の名称にも採用されている、案山子《かかし》のような形状をした奇妙なサボテン。その姿はまるで、木の枝に刺さって動けなくなったクレイアニメのガンビーが虚空に向けて助けを求めているかのようでもあり、両手に針を、頭に棘を生やした人形《ひとがた》が、木に磔《はりつけ》にされているかのようでもある。そして、春になって雨季が訪れると、その手の先には白い花が咲き誇るのだ。

車はトウェンティナイン・パームズ・ハイウェイを突き進み、強烈な陽射しのもとでへたりこむ小さな町へとたどりついた。さえぎるもののない開けた通りの左右には背の低い建物ばかりが並んでおり、歩道を行く人影もまばらだった。ちらほらと目に入るのは、超俗的なヒッピーや、砂漠に棲息する齧歯類《げっしるい》、近隣の基地から外出してきたのだろう海兵隊員という、じつに雑多な取りあわせだった。車で通りを流すうちに、UPSの営業所を見つけた。安全上の理由から、自分は車内で待機するとロンスキーが言いだしたため、ぼくはニックとふたりで車をおりた。受取人の氏名については、道中、かなりの熟慮を重ねてきた。ゼッドはいったいどんな偽名を選んだのか。凍えるほどに冷房の効いたガラス張りの小部屋に入り、受付窓口の前に立つと、石鹼みたいに真っ白い顔をした大柄な赤毛の女に向かって、ぼくは熟慮のすえの結果を伝えた。数分後、ぼくは女から小包宅配用の封筒を受けとっていた。受取人の欄には〝B・トレヴン〟と記されていた。封筒のなかには、さらに白無地の封筒が入っていた。そしてそのなかには、小さな鍵がひとつと、暗号のような数字の並ぶ小さな紙片がおさめられていた。紙片には、〝12－15－22－5／6－18－15－13／8－1－4－5－19〟との数字が並んでいた。

車に戻って、その紙片を手渡すと、ロンスキーはひと目見るなり、さも愉快げに笑いだした。「なんと、たしかに機知に富んだ人物であるようだ。是非とも一度、お目にかかってみたいものだな」

「ゼッドにですか？　でも、どうしてそんなことがわかるんです？」助手席から首をまわして、ぼくは訊いた。

　ロンスキーは鋭くぼくを一瞥して言った。「これは文字と数字の置換方式による、いとも単純な暗号だ。この程度のレベルであれば、子供にでも解けるだろう。むろん、きみにもな」その瞬間、運転席でにやりと笑うニックの顔が目の端に映った。

「あいにく、いまはそんな気分じゃないもので」とぼくは言った。

「アルファベットに一から順に番号を振り、ここに記された数字に該当するものと置き換えていけばいいだけのことだ。すると、ひとつのメッセージが浮かびあがる。〝ハデスより愛を込めて《LOVE FROM HADES》〟……おのれの居所として、なおかつ本物のB・トレヴンの居所として、返信先に冥界の神ハデスの名を指定するとは、なんとも機知に富んでいるとは思わんかね」

　銀行では、ニックがモナ・ノートの娘を騙って、窓口係に暗証番号を伝えた。あまりに突拍子もない見え透いた嘘だが、それに気づいて笑い飛ばす者はひとりもいなかった。長すぎるほどの時間が過ぎたすえ、ようやくブロンドの若い女が窓口に戻ってきた。

「驚いちゃったわ。この箱、十年のあいだ一度も開けられていないんですって」カリフォルニア訛のくだけた口調で、興奮気味に女は言った。まるで、十年が千年であるかのように。ぼくらがタイムカプセルを掘り起こしたとでも言わんばかりに。個室に案内しようかといちおう申しでてはきたが、女がそれを望んでいないことはありありとしていた。箱のなかにダイヤモンドや爆弾のたぐいがおさめられていないこともわかりきっていた。ぼくらはカウンターを挟んだまま、それぞれに鍵を取りだした。女は銀行側の保管する鍵を、ぼくはたったいま入手してきた鍵を、それぞれの鍵穴にさしこんだ。女はまばたきもせずに固唾《かたず》を呑んでいた。ニックはカウンターの下でぼくの手首をつかんでいた。ぼくが軽く力を込めると、錆びかけた金属の蓋が小さな音を立てて開いた。なかには、無記名のフィルム缶がふたつおさめられていた。「たぶん、十六ミリフィルムだ」とぼくはつぶやいた。

見るからに落胆の表情を浮かべて、女は言った。「念のため、なかをおたしかめになったほうがいいんじゃありません？」ぼくらはそれを断って、フィルム缶を手に車へ戻った。ぼくらがちょっと席をはずしているあいだに、外の世界には夜の帳《とばり》がおりようとしていた。地平線が夕闇に染まるのを合図に、ロンスキーの腹が不平を鳴らしはじめた。

「よくやった」フィルム缶を受けとりながら、ロンスキーは言った。「ここにおさめられているものは、夕食を済ませたあとに確認するとしよう」

「本気ですか？　本当に夕食を優先するつもりなんですか？」

「からっぽの胃袋でものを考えることなどできはしまい」苛立ちもあらわにロンスキーは言った。

「ナッツか何かつまみながらご覧になったら？　サルサソース付きのタコスチップとか」運転席からニックが問いかけた。

ロンスキーはそれに答えようともしなかった。結局、ぼくらは折衷案《せっちゅうあん》をとった。どういうわけで知っていたのか、ロンスキーの指定する食堂に車を乗りつけ、脳みその動力源としてさしあたってロンスキーに供給すべく、テイクアウト用のバーベキューポーク・サンドイッチとコールスローサラダを二人前ずつ買いこんでから、ロンスキーが予約しておいたという宿に向かった。その宿は、椰子の木の繁るオアシスのなかに建っていた。古色蒼然たる趣のあるバンガローが円を描くように並んでおり、その中央にぽっかりとプールが浮かんでいて、水中眼鏡をつけた少年がひとりと、水泳帽をかぶって鼻にノーズクリップをはめた少女がひとり、どちらが長く息をとめていられるかを競いあっていた。そのほとりに建つレストランは、ロンスキー曰《いわ》く、〃ボリュームたっぷりの家庭料理〃を提供してくれるらしい。冬眠を終えて巣穴を出る熊さながらに、ロンスキーはまばたきとうなり声とを連発しながら車をおりると、頭の上にパナマ帽を載せた。マイロはひと足早くこちらに到着して、丸太づくりの素朴な居間に映写機の設置を済ませてくれていた。壁の一面に白いシーツを張り渡してもくれていた。だが、そうした作業を終えたあとは、テレビもなければインターネットもつながらない空間での数時間におよぶ待ちぼうけに、かぎりなく退屈しきっていたらしい。

「このくそったれのちくしょうめ！　えらく長いこと待たせてくれたな！　ただで済むと思うなよ！」玄関を抜けるぼくらを見るなり、マイロは大声で毒づいた。ところが次の瞬間には、ぼくの小指に巻かれた包帯に気づいて、ぱっと顔を輝かせた。「なんとまあ、そいつはいったいどうしたんだ？　おっと！」そうひと声叫ぶやいなや、今度は喜色満面の笑みを浮かべて、ぼくの口を――ほんのつかのま、ぼくが忘れることのできていた金色の物体を――指さした。「いまのおまえの顔、《続・夕陽のガンマン》のイーライ・ウォラックにそっくりだ。ちなみに、ウォラックは〃卑劣漢〃の役でしてね」映画の知識がない場合を考慮してか、マイロはロンスキーに向かって注釈を加えた。ロンスキーは無言のまま、籐製の二人掛けソファーにどさりと腰をおろした。巨大な尻の下で、ソファーが悲痛なため息を吐きだした。

「サンドイッチをここへ」ソファーに沈みこんだまま、ロンスキーは命じた。

ぼくはロンスキーに紙袋を、マイロにフィルム缶を手渡しながら問いかけた。「上映の準備はできてるのか？」

マイロは慎重な手つきでゆっくりと蓋をこじ開けた。

「長いこと放置されていたから、フィルムがもろくなってるはずだ。気をつけないと、途中で千切れちまう」それから布製の白い手袋をはめ、フィルムの切れ目をつなぎあわせるための小さな道具と、巻きとり用の黒いリールを取りだした。マイロが作業をしているあいだ、ロンスキーは思案ありげな表情で一点を見すえたまま、サンドイッチをむさぼっていた。冷たい飲み物でも用意しようかと、その横顔にニックが問いかけていた。

「傷口の痛みはどう？　アスピリンか何か服《の》んだほうがいいんじゃない？」気遣わしげにそっと腕を撫でながら、ニックはぼくにも声をかけた。

「いや、やめておく」とぼくが答えると、ニックは小さく微笑んでから、なめらかな身ごなしで居間を出ていった。


マイロがぼくを振りかえり、ニックの後ろ姿を見送りながら声をひそめた。「もう落とせたのか？」

「ああ、まあな。たぶん」とぼくは答えた。

「でかした」そう言ってにやりと笑うと、安っぽい自負心に胸をふくらませるぼくに向かって、マイロはこう続けた。「おれとしてもありがたい。これで打ちあけやすくなった。じつはおれとMJのあいだに……」

「あいだに？」

「赤ん坊が生まれる」

「赤ん坊？　いったいいつそんなことになったんだ？　ぼくが街を離れていたのは、ほんの二日だってのに」

「MJとマージが子供をほしがっていてな。それで、精子を提供してくれと頼んできたってわけだ。ただ、ひとつ気がかりだったのは、おまえがなんというか……気を悪くするんじゃないかと思ってな。ずっとMJに特別な感情を抱《いだ》いてたわけだし、しかも、女房に捨てられたばかりだったろ」

「特別な感情なんてない」

「まあいいさ。とにかく、おれが選ばれたのは、いっさい後腐《あとくさ》れがなさそうだってことだったんだろう。そのうえ、おれは精力絶倫だ。精子の数も異様に多い。しかも、その運動率たるや、計測不可能なほどでな」

「そいつはおめでとう。じつに……感嘆に値する」

「向こうは人工授精をするつもりでいたんだが、おれのほうから、じかに受精したほうがいいと説得した。つまり、ペニスからじかに精子をくれてやるってな。生まれてくる赤ん坊のためにも、そのほうがいいだろ？」

「きみはゲイなんだと思ってたが」

「ばかを言うな。おれは生粋《きっすい》のバイセクシャルだ。ノンケ向けのポルノ作品だって、しょっちゅう見てる。ゆうべ見たのは《ソーセージ祭２》って作品でな、太っちょの女が二十人の野郎とヤリまくるって内容だ」

「きみがそう言うんなら、そうなんだろう」

マイロは不敵な笑みを浮かべてから、フィルムの巻きなおしを再開した。「肝心なのはだな、相棒《オンブレ》、ＭＪがおまえじゃなく、おれの精子をほしがったってことだ。だろ？　とにかく、おれはちかぢか、ＭＪと子づくりに励むことになる。そんでもって、あの夫婦が子育てをするあいだは、離れに居候させてもらえることになった。おまえに反対されても、断る気はないぜ。離れには、ちっこいサウナまでついてるんだと」

「おめでとう、マイロ。種馬に選ばれたことを心から祝福しよう。老いさらばえた友として、きみを誇りに思う」ぼくは言って、マイロの背中を叩《はた》いた。

「お褒めにあずかり光栄だ」マイロはにやりと笑いながら、巻きなおしを終えたリールを映写機にセットした。「おまえがララの代わりを見つけられて、おれとしてもほっとした。あの女もどことなくララに似てはいるがな」

「似てるって、どこが？　ニックはブロンドだし、背だってずっと高い」

「そりゃあそうだが、なんというか、ふたりともおまえの好きなタイプのどまんなかだろ。曰くありげな、魔性の女タイプだ」

「はじめて会ったときはたしかにそんな感じだったが、でも、あれはみんな芝居だったんだ。本当の彼女は、必死で強がっているだけの、心根の優しい女だよ。それに、ララはメキシコ人だ。ララについては何をどう信じていいのかわからないが、少なくともその一点だけは事実だ」そう言って、ぼくはため息を吐きだした。

「ああ、わかってる。あのおっさんから話は聞いた。まあ、そう肩を落とすな」マイロは言って、電源を入れた。映写機からかすかな振動音が漏れだし、壁を覆うシーツに長方形の光が浮かびあがった。「さてと、いったい何が記録されていることやら、とりあえず見てみるとするか。キッチンへ行って、愛しの女とソーダを手に入れてこい。いよいよショーの始まりだ」

85

三部作を成すほかの二篇と異なり、《昇天篇》はカット割りをいっさい挟まずに撮影されていた。そのうえ、編集もナレーションもいっさい加えられていないため、作品のテーマや、それぞれの人物の役柄や、その行動の意味については、見る者が想像を働かせるよりほかはなかった。作品の舞台は砂漠だった。ぼくらがいまいる場所からもほど近い、ジョシュア・ツリー国立公園のなかの一角、山の背と岩場に囲まれた砂漠が物語の舞台に選ばれていた。往年の名画のような古めかしさを演出しようとしたのだろうが、時代を超越した叙事詩的かつ原始的かつ西部的な風景のなかを、学芸会並にぞんざいな手製の衣装を着た役者がうろちょろしているせいで、すべてが台無しになっていた。

まずは、女神の装束（身体じゅうにラメを塗りたくって薄っぺらい布地を羽織り、顔の上半分だけを覆うベネチアンマスクをつけて、孔雀の羽根をさしている）をまとった女がふたり、砂漠のなかを駆けていく。黒のスーツに黒ネクタイ、黒いマスクをつけた男たちが女のあとを追っていく。しばらくは美しいショットが続く。オレンジ色の太陽に浮かびあがる、屹立した乳首のシルエット。赤みがかった岩のあいだで揺れる、引きしまった尻。尻と谷間から成る地形。ソフトフォーカスで写しだされたなめらかな砂丘と、大写しにされた汗の雫《しずく》。女たちはカメラの死角を利用して、あらわれてはまた消えるを繰りかえし、男たちを翻弄する。男たちはふたりの女を女神か精霊と崇めているらしく、めいめいが欲してやまないもの――知識や、権力や、名誉や、才能――をなんとか授かろうとしているようだ。そのとき、画面にひとりの男（男の発する声から、ゼッドであることがわかる）が写りこむ。男はよろよろと地面に倒れ、髪を砂まみれにしたまま天を仰いで、こう叫ぶ。「才能を！　われに才能を授けたまえ！　女神よ！　売女よ！　淫らな乙女よ！　さすれば、われはすべてを汝に捧げん！　魂も、心臓も、睾丸も！」とたんに、マイロとニックが忍び笑いを始めた。ロンスキーはいっさいの反応を示さなかったが、作動待機中の機械のような、あるいは巨大な猫のような、穏やかで緩慢な息遣いだけは、背後からかすかに漏れ聞こえていた。

二本目のフィルムは一本目より、色彩も雰囲気も数段、暗さを増していた。画面のなかでは、さきほどの役者たちがワインやウィスキーをラッパ飲みしたり、マリファナを吸ったり、白い砂糖菓子の欠片のようなもの――おそらくはLSD――を口に放りこんだりしていた。そして、太陽が地平線の彼方にゆっくりと下降を始めると同時に照明が灯り、砂漠のショーが幕を開けた。いちばんの呼び物はセックスだった。一対一で。数人がかりで。岩のあいだでからみあい、砂煙のなかで取っ組みあう男女。全員が素っ裸で、仮面と登山用のブーツだけ身につけている。なかには、手袋や短いマントをつけている者もいる。女たちは陰毛も腋毛も剃りおとしていない。

「おっと、ありゃあそうとうなジャングルだ」マイロが大声で言って、ニックを振りかえり、なだめるかのようにこう続けた。「大丈夫。おれはジャングルでも気にしない」

「わたしは気にするわ」

「ああ、じつを言うとおれもだ。ただ、あんたはどっち派なのか、探りを入れようと思っただけでね。そしたら答えは、〝剃ってる派〟だった」

「いいえ、ワックスで処理してるのよ、おばかさん」

「もういい。静かにしろ。いまは映画に集中するんだ」ぼくはマイロをたしなめてから、ニックにこっそり微笑みかけた。マイロのセクハラをものともしない態度に、あらためて惚れなおさずにはいられなかった。

スクリーンでは、全裸の女たちが幅の狭い岩山の頂に立ち、勝ち誇ったようなポーズをとっていた。血のように赤い太陽の光を冠に頂きながら両腕を広げて、男たちに生け贄を求めていた。もろい岩肌に足をとられてすべりおちては、ふたたび頂へと這いあがり、こぶしを宙に突きあげて、「血を！　血を！　われらに血を捧げよ！」と声を合わせていた。そのとき、仮面をつけた男のひとりが前に進みでた。生っ白い肌に、丸い腹、毛むくじゃらの細い脚をした冴えない男がゼッドの肩をつかみ、崖の向こうへ突きおとした。すると、しばらくしてカットの声がかかり、ゼッドが崖の向こうから頂へと這いあがってきた。カメラがそちらに近づいていくと、崖からほんの数フィート下に岩棚があることが判明した。それから、同じシーンがふたたび演じられた。そのあとまた、もう一度。カットの声がかかると、ゼッドを突きおとす役を演じる生っ白い男が仮面をはずし、目もとから砂塵と汗とをぬぐいはじめた。誰かが男にハンカチを渡した。ほかの作品で目にした覚えのある男だった。たしか、ゼッドの股間に悪魔の接吻をする役と、槍を捧げ持つ役を演じていたはずだ。続いて、べつのバージョンの撮影が行なわれた。男とゼッドが揉みあいになり、絶叫をあげながら揃って崖下に落ちていくバージョン。生っ白い男がみずから崖下に飛びおりるバージョン。ゼッドの裸体はかなりの見映えがした。陽焼けした肌と、引き締まった筋肉。首から鎖でさげた、金属製の五芒星。次に撮影されたのは、ゼッドひとりをクローズアップで捉えたシーンだった。素っ裸で、仮面をはずしたゼッドが拳銃を手にしていた。ゼッドは銃口をこめかみに押しつけて深々と息を吸いこみ、獣のような咆哮をあげながら引鉄《ひきがね》を引いた。しばらくの静寂のあと、声をあげて笑いながらゼッドは言った。「どうだ？　よかったか？」画面の外から誰かが答えた。「悪くない。でも、わめくのはやめたほうがいい」ゼッドは助言のとおりに演じなおした。落ちつきはらったまま、引鉄を引く。バン！　誰かが大声で叫ぶ。ゼッドはそのまま地に倒れる。それをゼッドは何度も演じた。

漆黒の夜がじきに訪れようとしていた。砂漠に篝火が灯された。衣装と仮面をつけた三人めの男（広い肩幅に、鍛えあげられた身体つき）が画面にあらわれ、生っ白い男の背後に膝をついた。その喉もとに短剣をあてがいながら、男はくつくつと笑いだした。男たちの瞳には狂気の光が宿っていた。暗く湿った瞳のなかで、瞳孔が茶碗の受け皿くらいに大きく開いていた。画面の外からゼッドが言った。「ストップ！　おふざけはやめにしてくれ。じきに太陽が沈んでしまう。セリフを言ってみろ」

「へへっ、へへっ……旦那、全部剃っちまっていいんですか？　それとも、口髭は残します？」仮面の男が短剣を押しつけながら言った。

「カット！」苛立たしげなゼッドの声が轟いた。「いいかげんにしろ！　まじめにやるんだ！」

仮面の男は最初からやりなおした。深く息を吸いこみ、こみあげる笑いを呑みこんでから、轟く声を張りあげた。「われは闇の王！　汝に血を捧げん！　この地上と冥界を、これよりわれに統《す》べさせよ！」

「いいぞ！　もう一度だ！」仮面の男はもう一度演じた。

「いいぞ！　もう一度だ！」仮面の男はさらにもう一度演じた。

「いいぞ！　もう一度だ！」仮面の男はさらにもう一度演じた。そして、生っ白い男の喉を掻き切った。

一瞬、時間がとまったかのようだった。彼らを襲った衝撃を、スクリーンから感じとることができた。生っ白い男は困惑の表情を浮かべていた。口もとには漠然とした笑みが浮かんでいた。そして、次の瞬間には、もうひとつの真っ赤な笑みが、真一文字に首を横切った。新たに浮かんだ笑みがぱっくりと口を開けると、そこから真っ赤な血が噴きだした。仮面の男が高らかな哄笑をあげはじめた。その声を、どこかで耳にしたことがあった。

「何をする！」ゼッドが画面のなかに飛びこんできて、仮面の男を押しのけた。手にした絞り染めのネッカチーフで、流れだす血をとめようとした。ふたりの男の裸体がみるみるうちに血に染まっていった。女たちの悲鳴があたりにこだましつづけていた。ゼッドに押しのけられたときにずれたのだろう。男の仮面が斜めに傾いていた。男はなおもくすくすと忍び笑いを続けていた。男はバック・ノーマンだった。

「どうだ、見たか！　おれは本物の闇の王だ！」バックが得意げに吠えたてた。

ゼッドはバックの胸を突いてわめいた。「なんてことをしたんだ！　なんてことをしてくれたんだ！」

「見たかい、ゼッド。おれこそが本物だ。いや、おれは王じゃない。そうとも、おれこそは闇の皇太子だ！」手にした短剣を振りまわしながら、バックはゼッドにつかみかかった。「この世を統べるのはあんたじゃない！　このおれだ！」

ゼッドはバックの手から短剣を弾き飛ばし、その顔にこぶしを食らわせた。女たちが悲鳴や嗚咽《おえつ》をあげながら、画面のなかへ駆け寄ってきた。女たちも仮面をはずしていた。ひとりめの女の顔には見おぼえがなかった。だが、たしかに、ニックによく似た特徴を備えていた。豊満な肉体と曲線美。陽焼けした肌。黒髪。緑の瞳。

「モナ……」ロンスキーのささやく声が背後から聞こえた。それ以上は、誰も何も言おうとしなかった。

ふたりめの女は、たしかに、モナのいとこであってもおかしくなかった。現在の姿よりは少し若く、少し痩せているかもしれない。それでも、ぼくにはすぐにわかった。それはぼくの妻だった。

ランプの明かりを灯した。そこから黄色い光の傘が広がった。「コーンバーグ、すまんが、ミスター・ノーマンの側近である……ラスとかいう男に電話をかけてはもらえんか。その男と話したいことがある」

だが、ぼくは動かなかった。「ミスター・ロンスキー、モナと一緒にいた女は、ぼくの妻です」

「ああ、知っている」

「知っている？」

「頼む、コーンバーグ。まずは電話が先だ。話はちゃんとそのあとにする」

ぼくは椅子から立ちあがった。ランプの投げかけるほのかな光のなかで、てのひらに顔をうずめて泣くニックを見つめたまま、ぼくはポケットから携帯電話を取りだし、ラスの番号を見つけて通話ボタンを押した。

「どうぞ。いま呼出し音が鳴ってます」

「ごめんなさい……」かぼそい声でニックは言って、足早に部屋を出ていった。ぼくは無言のままその後ろ

86

長い沈黙が続いた。さながら映画館にいるかのように、エンディングロールが流れだすと、照明が灯るか、音楽が流れだすかを待つ観客のように、立ちあがる許可を待つかのように、ぼくらは沈黙と静止とを続けていた。リールを離れたフィルムの端が、映写機のまわりを跳びまわりはじめた。白い光の四角形が、ガラスも窓枠もない窓のように、壁にぽっかりと口を開けた。そよ風がシーツにさざ波を立てた。そのとき、気づいた。ニックが声もなく涙を流していることに。その手を握りしめたかったが、何かが腕を押しとどめていた。マイロが立ちあがって、映写機の電源を落とした。白い窓が閉じられて、室内が闇に沈んだ。ロンスキーが

姿を見送った。

送話口に向かって、ロンスキーがしゃべりだした。

「もしもし。わたしの名はソーラー・ロンスキー。ミスター・バック・ノーマンに取次ぎを願いたい。あるフィルムに関することだと伝えてくれたまえ。うむ、よろしく頼む」ロンスキーはそれだけ言うと、ニックの消えたほうに向かって声を張りあげた。「この電話が済んだら、ディナーに出かける！ テーブルを予約してあるのでな！」ニックが戻ってこないことに一瞬、眉をひそめてから、ロンスキーはふたたび送話口に向けてしゃべりだした。「もしもし、ミスター・ノーマンかね？……うむ、たったいま見終わったところだ。ほかの作品はどうか知らんが、これだけは認めよう。さきほど拝見した作品のなかできみがとった行動には、じつに目を見張らされた……うむ。それで、きみたちに捕らえられた女性は、モナは生きているのかね？ ならば、電話に出してくれたまえ……もしもし？……モナだね？……手荒なまねはされていないかね？ わたしは……」言いかけて、ロンスキーは顔をしかめた。「……うむ。ならば、どこかで地図を手に入れよう。では、明朝八時に……いや、それには応じられん……よろしい。では、よい夜を」

ロンスキーは通話の終了ボタンを押し、携帯電話をぼくに返しながら言った。「人質の交換は明日、国立公園内にて行なわれることとなった。数マイルほど進んだ地点にあるという、切り立った崖の上だ。近づく者があればすぐに見てとれるだろうから、警察を頼みにすることはできん。電話で女の声を聞くことはできたが、そう命じられたらしく、〝イエス〟と繰りかえすばかりだった。よって、偽者である可能性も否めん。とにかく明日、指定された場所へ行ってみるよりほかはあるまい。さて、マイロ、きみにはあらためて礼を言おう。多大なる尽力に感謝する。明日はきみの力を借りるわけにいかんが、できればこれから管理事務所までひとっ走りして、公園内の地図を手に入れてきてもらえるとありがたい。そのあと、レストランで落ちあうとしよう。これからしばし、このサミュエルとふたりきりで話がしたいのでな」

「お安いご用だ」マイロは二本のフィルムを缶におさめ、悲しげにぼくに微笑みかけてから、バンガローを出ていった。

それを見届けてから、ぼくはロンスキーに向きなおった。「さきほど、警察には知らせないとおっしゃいましたね。でも、相手はこれまでに何人もの人間を殺しているんですよ。明日はおそらく、とんでもなく危険なことになる」

「おそらくではなく、確実にだ。きみはやつらの凶行を知る生き証人なわけだからな。まあ、心配するな。それなりの準備はしてある」そう言うと、ロンスキーは上着の内側に手を伸ばし、肩に吊るしたホルスターから拳銃を抜きとった。それは異様にばかでかくて、途方もなく恐ろしげな黒のマグナムだった。

「なんてこった。そんな物騒なものを振りまわさないでください」

「心配するな。弾は入っておらん。だが、明日には弾を込めることとなるだろう。こいつは父の形見でな」言いながら、ロンスキーはそのばかでかい銃をテーブルの上に置いた。不安はいっこうにやわらいでくれなかったが、気をとりなおしてぼくは言った。

「妻について話してください」

「まずはすわりたまえ」とロンスキーは言った。ぼくがそれに従うと、ロンスキーはおもむろに語りだした。いつもと変わりない穏やかな声で。本でも朗読するかのように、いっさいの澱みもなく。

「……モナと出会って数カ月後のことだが、彼女のもとへ面会に訪れた者があった。むろん、わたしは興味を引かれた。愛するモナに関することならば、どんなに些細なことも見逃すまいとしておったのでな。しかも、わたしの知るかぎり、モナのもとを訪れる者はそれまでひとりもいなかったのだ。見舞い客はもちろんのこと、手紙も電話もいっさいなかった。じつのところ、モナのもとを誰かが訪れたのは、それが最初で最後だった。やってきたのは、黒髪の若い女だ。美しい顔立ちをして、身なりも整っていた。ふたりはいとこでも、姉妹でも通用しそうなほどによく似ていた。むろん、面会人の女のほうが遥かに健康的で、生気にも満ち、よく陽にも焼けていた。モナはそのころ半年にわたって、病棟を出ることすら許されていなかったのでな。ふたりがどんな会話を交わしたのかはわからん。モナの病室にこもって、ふたりきりで話しこんでいたからだ。わたしはロビーの椅子にすわり、居眠りをしているふうを装って待った。モナの病室を出て出口へと向かう姿を盗み見ると、女は真っ赤に目を泣き腫らしていた。わたしはその足でナースステーションへ向かい、面会者名簿を盗み見た。そこにはナタリア・モンテスとの名が記されていた。その後、きみの妻となる女性だ。

さきほど話したように、彼女はモナのもとを訪れた唯一の面会人だった。外界とモナとを結ぶ唯一の接点だった。わたしはミズ・モンテスに興味を引かれた。その行動と生活とを遠くから観察するうちに、多くのことを知るようになった。メキシコの出身であること。市内の高級ブティックに勤めていること。ほどなく、彼女はある男と結婚し、一軒の家を買った。わたしはそのとき、きみの名前と住所を知った。ただし、そうしたすべては、調査ファイルのなかにおさめられた単なる情報の羅列にすぎなかった。とりたてて注意を払うこともなかった。わたしはただ、モナに関わることであればなんでも知っておきたいだけだった。そうして何年もの歳月がつつがなく過ぎていった。一週間まえ、ドクター・パーカーから自宅に電話がかかってくるまでは。モナが失踪した、生命の危険も考えられる、どうか力を貸してほしいとパーカーは言った。とつぜんに舞いこんできた調査依頼。当然ながら、わたしには助手が必要だった。わたしの手足となって動いてくれる地元の人間が。わたしはインターネットの求職サイトを訪れた。そこで、きみの履歴書を見つけた。

〝奇妙な偶然〟なるものに対するわたしの考えはもうおわかりだろう。そう、この世に偶然なるものは存在しないのだ。わたしはすぐさまメールを送った。最初に顔を合わせた際、奥方がきみのもとを離れたらしいことに気づくやいなや、自分の直感が正しいことを知った。このふたつの出来事は、なんらかの形でつながっているにちがいなかった。その後、奥方が消息を絶ったことを知らされた瞬間、わたしは悟った。きみの抱える謎を解くことが、わたし自身の抱える謎の解決につながるにちがいないと」

「なぜ何も話してくれなかったんです？」

「何を話せというのだね？ きみに与えられるような答えは、わたしの手もとにも何ひとつなかった。その答えにたどりつくために、きみが道しるべとなってくれるはずだった。そんな折、ミス・フリンが今朝がた電話をかけてきて、きみの奥方に関する新たな情報をもたらしてくれたのだ。わたしはようやく理解した。まずは、みずからの仮説が正しいことも裏づけられた。きみの奥方こそ、モナが親しくしていたという〝メキシコ娘〟であるらしいこと。ゼッド・ノート夫妻と三角関係にあった娘、ゼッドの作品に出演していたもうひとりの女優であるらしいこと。おそらくきみの奥方は、ノート夫妻の死の偽装や逃亡にも手を貸していたのだろう。そしてこの十年間、その秘密をかたくなに守りつづけていたのだろう。偽の身分証明書を手に入れたのは、やつらの監視の網を掻いくぐって、この国へ再入国するためだったのだろう。その後、奥方はきみと出会い、その妻となった。自分自身の人生を歩みはじめた。ところが十年後、みずからの死が近いことを悟ったゼッドがモナとの接触を試みた。奥方はそれに巻きこまれた。こんなことを伝えるのはじつに心苦しいが、きみの奥方はすでに帰らぬひととなっている可能性がきわめて高い。おそらくはべつの名で、メキシコの地に埋葬されていることだろう。ミスター・ノーマンがおのれの有する途方もない権力を行使して、証拠を湮滅《いんめつ》し、記録を改竄《かいざん》したことはまず間違いあるまい。わたしの推理によれば、あの遺体は奥方のものであったと思われる。あの晩、バルコニーから投げおとされたのは、きみの奥方の遺体であったのだろう。

まずは心よりお悔やみを申しあげる。わたしは精神面および情緒面に問題を抱えており、文化的にふさわしいとされる方法で感情を処理したり、表明したりすることができん。この身についた過剰なる脂肪によって、同胞たる人々から感情的に大きく隔てられてもいる。しかしそれでも、わが哀悼の意を受けとってもらえるとありがたい」

「ええ、ありがとうございます」微動だにすることもなく、ぼくは言った。次に何をすればいいのか、まるでわからなかった。

「ショックを受けるのは当然だ。少し神経をなだめたほうがいい。アルコールを摂取するかね？　それとも、新ジャガを添えた鶏の丸焼きはどうだね？　わたしの場合は、これで冷静さを取りもどすことがままあるのでな。丸焼き界で、あの肉汁のみずみずしさに敵うものはほかにあるまい」

「いや、どちらも遠慮しておきます」

「そうか。ならば、悲しみに身を任せるのもよかろう。わたしはそろそろディナーに向かわなくてはならん。店のある場所はここから車で二十分ほどだと聞いておるのでな。では明朝七時、朝食の席で会おう」

ロンスキーは部屋を出ていった。ぼくは悲しみに身を任せた。あるいは、任せようとした。バンガローを出て、ほの暗い夕闇のなかにひとりたたずんでもみたが、さほどの悲しみは湧いてこなかった。正直に言うなら、なんの感情も湧いてこなかった。だが、それは間違いではないのかもしれない。人間とはそういうものなのかもしれない。いまぼくのなかには、大きな洞《うろ》が開いていた。この世の虚無をすべて合わせたにも等しい、巨大な空洞が開いていた。もちろん、それは絶えずそこに存在していた。だが、ぼくはいまになってようやく、その存在に気づかされていた。心で、耳で、その存在を感じとっていた。さまざまな思いがこだまのように跳ねかえってきては、その洞の存在をぼくに告げ知らせていた。まるで、井戸の底に吸いこまれていった小石のように。サルビアの香りのする夜の空気を最後に大きく吸いこんでから、窓明かりの灯る隣のバンガローに向かった。妻が死んだことをニックに知らせるために。

第七部　昇天篇

87

わたしの名は、ユーラリア・ナタリア・サントーヤ・デ・マリアス・デ・モンテス。ただし、わたしにはほかにも名前がある。母にとってのわたしはラモーナだった。その後、わたしはラモーナ・ノートとなった。でも、あなたにとって、わたしはつねにララだった。わたしの存在を覚えていてくれるひとがもしもいるとしたら、いったいどの名を記憶にとどめることになるのだろう。いずれの名も、わたしの墓碑に刻まれることはない。わたしの夫が、愛しいあなたがこれを読むことがあったとしても、そのときわたしはすでにこの世を去っているから。あなたはいまも、わたしのことを思ってくれている？　わたしの死を知ったら悲しんでくれる？　それとも、あなたのもとを去ったわたしをいまは憎んでいるのかしら。わたしのことなど、とっくに忘れてしまったかしら。もうどうでもよくなって、新たな人生を歩みはじめてしまったかしら。わたしは単なる元妻に、ひとりめの妻に、過去の思い出になってしまったのかしら。本当のことなんて、もう知りたいとは思っていないのかしら。いいえ、そのほうがいいのかもしれない。それでわたしが安らかな眠りにつけるのであれば。すべての嘘と秘密を土に埋もれさせることができるのであれば。わたしが何者なのかを知ったら、あなたのララとなるまえに何者であったのかを知ったなら、あなたはもっとわたしを憎むことになるかもしれないから。この世に生を受けたとき、わたしに授けられた名はラモーナ・ヌーンだった。そう、わたしの身体には四分の一、アジア人の血が流れている。母方の祖母はマレーシア人で、中国と太平洋諸島の血が入りまじっていた。母方の祖父はポルトガル人だったけど、母は私生児だったから、父親の顔も知らなかった。そして、わたしもその伝統を受け継いだ。わたしの父は白人だったらしいわ。黒髪のアイルランド系だったらしい。だから、わたしにはさまざまな人種の身体的特徴が入り乱れている。黄褐色の肌に、緑色の瞳、黒い髪。つまりは、これといった特徴のない容姿。純粋な白人の目から身れば、〝青い瞳と金色の髪の国〟を除いたいずこかの国の人間としか推測のしようのない容姿。イスラエル人であっても、アラブ人であっても、ギリシア人であっても、トルコ人であっても、エクアドル人であっても、チリ人であっても、アルゼンチン人であっても、そして、メキシコ人であってもおかしくない容姿。ごめんなさい、あなた。あなたに、もうひとつ嘘をついていた。父には一度も会ったことがないと言ったことよ。だけど、ただ一度だけ父に会ったときの記憶は、五歳の誕生日に贈り物を抱えてとつぜんわたしのもとを訪れてくれたときの記憶は、あまりにも濃い霧に包まれていて、わたしにも夢物語のように思えているの。本当に夢物語であってもおかしくはないの。母の話によると、父は有名な映画俳優だったそうよ。でも、母は父に乞われて、自分たちの存在を世間に公表しないとの約束を立てさせられていた。その理由はふたつ。ひとつは、父が言うところの陰険な悪妻に知られたら、たいへんな騒ぎになるから。もうひとつは、このスキャンダルが知れ渡れば、父のキャリアに致命的な打撃を与えることになるから。いま思えば、眉唾物の話だわ。そうこうするうちに、わたしは学校へ通う歳になった。父親のいない少女は、教室のつまはじき者だった。パパは有名な俳優なんだと思うことが、胸の痛みを少しだけやわらげてくれた。一夜かぎりの行きずりの相手でもなく、愛人を囲うことを趣味とする中年男でもなく、有名な映画スターなんだと思うことが。母はすこぶるつきの美人だった。妖艶で、凛々《りり》しくて、でも、どこか悲しげな美女だった。芸術家になることを夢見ながら、愛のためにすべてを犠牲にした人間だった。けれどもけっして、お金をもらって男に囲われる情婦ではなかった。生活保護を頼みとする怠惰な母親でもなかった。近所の子供たちが言うような売春婦《プータ》でもなかった。いま思うと、だからこそわたしは映画の世界に恋をしたのかもしれない。あなたに恋をしたのかもしれない。まるで映画で見るような運命の恋人に。まるで四重奏のように、幾重にも折り重なった魅力を持つあなたに。ゴダールや、デヴィッド・リンチや、ハワード・ホークスについて語らいながら、料理をしたり、睦みあったりしてすごした、あの幾度もの週末に。もちろん、母も映画に夢中だったわ。土曜日になるとお弁当をバッグに詰めて、わたしを映画館《シネコン》へ連れていった。売店で買ったコーラをわたしに持たせて、いくつものホールをはしごした。冷房の効いた薄暗がりのなかで、現実が放つ直射日光から遠く隔てられた魔法の洞穴のなかで、わたしたちは六時間から八時間もの時間をすごした。家でもよく、ソファーに並んですわって、テレビを前に泣いたり笑ったりしていた。よその母親が信仰や家族の来歴を子供に語るように、母は裁判や社会闘争、神々の結婚や離婚をわたしに語ってくれた。ゲーリー・クーパーや、グレゴリー・ペックや、ジェームズ・スチュアートや、ヘンリー・フォンダ。理想の父親を演じる映画俳優を見つけるたびに、わたしは自分の父親ではないかと想像をふくらませるようになった。けれど、母は曖昧な否定の言葉によって、いつもわたしの夢を打ち砕いた。「いいえ、クリント・イーストウッドはあなたのパパじゃないわ。本当はパパだとしても、そうだと答えるわけにはいきませんけどね」結局、想像はふくらむばかりだった。エヴァ・ガードナーに、エリザベス・テイラーに、キャサリン・ヘプバーンは、母が思い描く理想の母親像だった。母はそうした女優たちの口調をよくまねた。「ねえ、マリリンがつけている口紅を見てごらんなさいな。あの鮮やかな桃色の口紅。あれとまったくおんなじ色を、わたしも昔つけていたのよ」と、こんなふうに。でも、本当のところがどうだったかなんて、誰にわかる？　お金はいつもどこからか舞いこんできたわ。母が働きに出たことは一度もなかった。たぶん母はまるでボヘミアンのように生計を立てていたんだと思う。うちにはしょっちゅう、母の友人だという芸術家や未来の芸術家が出入りしていた。男も、女も、性別が判然としない者も。朝にはダンサーの一団がやってきて、うちのテラスでストレッチやヨガを始めた。午後には役者たちがやってきて、お茶を飲んだり、母を相手にセリフの練習をしたり、オーディションの結果にさめざめと涙を流したりした。母はなぜだか、そうした人々からの敬意を集めていた。ある有名人とのあいだに許されざる愛を育んだらしいというだけで。ときには噂がひとり歩きをして、同性愛者である映画俳優の隠れ蓑として利用された有名女優だとささやかれることもあったわ。夕食どきには、画家たちがそれぞれに食材を持ち寄って、わが家の食卓に集まった。大きな太鼓腹をして、長い顎鬚を生やした男のひとが、いつも調理場に立った。ガスという名前の画家で、使われなくなったスクールバスのなかで暮らしていた。うちの私道にバスをとめて数日をすごすこともあった。ほかにもいろんなひとたちがやってきたわ。絵具まみれの擦り切れたジーンズを穿いて、ぴかぴかのメルセデス・コンバーチブルを私道に乗りつけては、〈シャレー・グルメ〉で買ってきたボウル入りのサラダや茶色い紙にくるまれた肉汁の滴るハンバーガーを大量に後部座席から取りだすひと。ケース入りのビールを手土産にやってくる、お揃いの赤いつなぎを着たゲイのカップル。夜になると、ライブやレコーディングを終えたミュージシャンたちが全身黒ずくめの恰好で楽器のケースを肩にかけたまま、うちにやってきたわ。そして、古いレコードをかけてはマリファナを吸いながら、ソファーで居眠りを始めたり、母のベッドにこっそりもぐりこんだりした。一度だけ、シンガーソングライターのトム・ウェイツに会ったこともあるわ。車一台ぶんの仲間を連れて、うちで催されたパーティーにやってきたの。でも、棚に並ぶ本やレコードをぱらぱらとめくるばかりで、ほとんど話はしなかった。それから、同じくシンガーソングライターで詩人でもあるレナード・コーエンが、うちのポーチでブランデーを垂らした紅茶を飲んでいったこともあったわ。呼び鈴に応えて扉を開けてみたら、目の前にスージー・アンド・ザ・バンシーズの女性ボーカル、スージー・スーが立っていたこともある。べつの場所で催されているパーティーへ向かうところで、道を尋ねようとしただけだったけど、少しのあいだうちにあがって、一杯だけお酒を飲んでいったわ。セックス・ピストルズの元ボーカルだったジョン・ライドンはうちのキッチンで、ガスパチョの正式な作り方をめぐる大口論を繰りひろげた。ザ・クランプスのラックスとアイビーは、バーベキューパーティーに呼ばれてきたはずなのに、庭でお酒を飲んだりダンスを踊ったりしている大人たちの輪をいつのまにか離れて、わたしと一緒に居間のテレビで《スクービードゥー》と《サンダーバード》を鑑賞してくれた。芸術家のヨーゼフ・ボイスは芸術家仲間を何人か引き連れてやってきた。そのとき、仲間のひとりがボイスのシャツにケチャップをこぼしてしまったの。母がシャツを洗っているあいだ、ボイスは素肌の上にベスト一枚を着て、帽子をかぶったまま、椅子にすわっていたわ。デニス・ホッパーは夜遅くにやってきて、なかなか帰ろうとしなかった。母を相手にひと晩じゅうしゃべりつづけて、母がとうとうつぶれてしまったあとも、居間のソファーで映画を見ていた。だから、朝になって学校へ行くまえに、わたしがふたりぶんのポップターツを焼いてあげて、一緒にそれを食べたのよ。コッポラとマーティン・スコセッシ監督は、暖炉の前でずいぶんと長いことと熱い議論を戦わせていた。その内容に耳を澄ませておけばよかったと、いまになって後悔しているわ。でも、当時のわたしは、ふたりが誰なのかも知らなかった。怖そうな目をして鬚を生やしたおかしな男のひとたちが、腕を振りまわしながら喧嘩をしているとしか思っていなかった。作家のウィリアム・バロウズは、ひとことも言葉を発することなくじっと肘掛け椅子にすわっていたから、なんだか怖くて仕方がなかった。莫大な富や権力を持つ男たちも、母に会いにやってきた。週末のあいだ、母をどこかへ連れていってしまうこともあった。そういうとき、わたしは青臭いティーンエイジャーのベビーシッターとともに、ひとり家に取り残された。外泊先から戻ってくるとき、母はたいてい玩具や新しい服をたずさえていた。ときどき、母の交際相手がおずおずと子供部屋に入ってくることもあった。戸口で母が見守るなか、ぎこちなくわたしの頭を撫で、やけにかしこまったそぶりで玩具をさしだしてきた。わたしは戸惑いに顔をこわばらせたまま、ありがとうと礼を言った。そういうとき、なぜだか母だけは嬉しそうにしていた。母だけが満面の笑みを浮かべていた。いまになって、こう思う。あの男たちのうちの何人が、わたしの父親は自分だと思いこんでいたのだろうと。はじめて大麻入りのハッシュブラウニーを食べた日のことも覚えているわ。ただのお菓子だろうと思いこんで勝手につまみ食いをしたあと、とつぜん狂ったように笑いだしたかと思うと、次はとつぜん失神してしまったの。そして、恐ろしい夢を見た。隣の家に住むおばあさんが、引退するまでは放送作家をしていたというおばあさんが、わたしを介抱してくれたわ。母はそのとき家を留守にしていて、うちのキッチンでブラウニーを焼いた張本人のベビーシッターは、パニックを起こして逃げだしてしまったの。母はもちろん激怒したわ。だけどもちろん、自分にも落ち度があるとは露ほども思っていなかった。それから思いだすのは、きれいに着飾った母の姿。髪を高く結いあげて、宝石をつけて、ハイヒールを履いた姿。あとは、スーツを着た背の高い男のひとがわたしを抱きかかえて階段をあがり、そっとベッドに横たえてくれたこと。やがて、九歳になったわたしは、母が下着をしまっている引出しからこっそりマリファナをくすねてきては、友だちとふたりでまわし服《の》みするようになった。十歳のときには、パーティーでこっそりお酒を飲んで、はじめてぐでんぐでんに酔っ払った。十二歳で、ロックバンドのライブに通いつめるようになった。十三歳になると、親が留守がちだという級友が暮らすビヴァリーヒルズの豪邸をたまり場にして、プールで泳いだり、シアタールームの大画面で映画を見たり、メイドの用意した料理を食べたりしてすごすようになった。そのころ、エクスタシーやコカインにもはじめて手を染めた。十四歳で処女を失った。場所は車の後部座席。相手はスポークというノイズバンドのドラマーで、ライブの帰りにたまたまこの街を通りかかったとのことだった。十五歳で、わたしはパーティーめぐりをするようになった。マリブのビーチハウスに、ダウンタウンのペントハウス。ときどき、母と鉢合わせをすることもあった。わたしも母も、毎回、ちがう男を連れていた。けれども、母はいつも平然としていた。たとえ、連れの男同士が顔見知りであっても。わたしの連れている男がかなりの歳上であったり、母の連れている男がかなりの歳下であったりしても。あの夏の晩も、わたしはパーティーに参加していた。ベネディクト・キャニオンに建つ映画プロデューサーの自宅で催されたパーティーに。そこでわたしは夫に出会った。ひとりめの夫に。ゼッド・ノートに。ゼッドはその晩、ホットタブのなかで、出会ったばかりのわたしに結婚を申しこんできた。頭がおかしいんだと思ったわ。あたりは真っ暗で、わたしには相手の顔すらろくに見えていなかった。歳も、体形もわからなかった。もちろん、結婚はできないとわたしは答えた。でも、その男に興味は引かれた。それだけはたしかだった。だって、こんな出会いはなかなかないもの。常軌を逸した変わり者の芸術家。ヨーロッパからやってきた、不思議な色気のある男。わたしには、歳の離れた大人の男に惹かれる傾向があった。父親を知らずに育ったからかもしれない。だけど、その晩すぐに彼と寝ることはなかった。ゼッドは誘いをかけようともしなかった。たぶん、はじめての感情に戸惑っていたんだと思う。翌晩、ゼッドはわたしのうちへやってきて、母の許可を得てから、わたしを連れだした。母は諸手をあげてわたしをさしだしたわ。あなたが不思議に思うのも無理はない。だけど、母の価値観からしたら、ゼッドは娘の夫として迎えるには理想の相手だった。わたしを産んだときから、母はわたしを女優に育てあげようと固く心に決めていたから。母にとって、学校は二の次だった。バレエや、ピアノや、ボイストレーニングのレッスンに通わせることのほうがだいじだった。でも、わたしにはいずれの才能も満足に備わっていなかった。母はわたしをあちこちのオーディションへ連れていくようになったわ。そのうち、テレビコマーシャルに出演したり、広告に写真が載ったりするようになった。たとえば、よちよち歩きのころに出たベビーパウダーのCM。蓋の開いた容器を持って家じゅうを走りまわり、床にパウダーを撒き散らす。それに気づいた母親が白い粉の跡をたどるうちに、わたしを見つけて笑いだすという内容だった。母はそれから何年ものあいだ、あの母親役は自分が演じるべきだったと憤慨していたわ。でも、あのコマーシャルの再放送料で母が車を買えたことだけはたしかだった。そのあと、地元の銀行のコマーシャルにも出演した。見ず知らずの男の子と、男のひとと、女のひと、そしてわたしの四人で、新しい家に引っ越してきたばかりの家族を演じたの。撮影のあいだもそのあとも、こう夢想せずにはいられなかったわ。なんの変哲もないこの平凡な家族と暮らしが現実のものだったらと。優しい目をしたこの巻き毛の俳優さんがわたしの本当のパパだったらと。最後にまわってきた仕事は、テレビドラマ《パトカーアダム30》のエキストラだった。警官たちが訪れる小学校の体育館で、セリフも何もなく背景にまぎれている子供たちのひとりだった。

これでわかったでしょう？　未来の夫にはじめて会ったとき、成人にも満たない娘をさしだすことを、どうして母が躊躇しなかったのか。高名な映画監督にして芸術家。ありとあらゆる本を読み、数カ国語を操る知識人。ときには絵筆を握り、脚本も書き、どの業界にも顔の利く男。そのうえ、ゼッドはハンサムでもあった。長い髪に、なめらかな肌に、美しい手の持ち主だった。瞳を見つめていると、そのまま吸いこまれてしまいそうになった。ゼッドはわたしを車に乗せて、浜辺のレストランへ連れていったわ。そこでディナーをとったあとは、靴を脱ぎ捨てて砂浜を散歩した。どこまでも、どこまでも歩きながら、いろいろな話をした。そして、わたしにキスをした。その晩、わたしはゼッドのお屋敷で一夜をすごした。それからは一日も欠かすことなく逢瀬を重ねた。わたしはゼッドの家に移り住んだも同然だった。それはまるで別世界だった。角をひとつ曲がったところに、別世界が広がっていた。

屋敷には書物があふれていた。本を読むことさえできれば、高校を卒業しようとしゃかりきになる必要などないとゼッドは言った。だから、わたしは毎日プールサイドで読書をした。蔵書のなかには、おびただしい数の美術書も含まれていた。わたしたちはそれを一冊ずつ、丹念に眺めていった。ある写真を目にして、そこからひらめいたことがあると、ゼッドはまた新たな一冊を棚から抜きだしてきた。書物ばかりじゃなく、音楽もたくさん一緒に聞いた。よくふたりで連れだって、パンクバンドのライブに行ったわ。ゼッドは音楽に身を任せながら、激しく身体をぶつけあうスラムダンスを夢中で踊っていた。でも、自宅に戻って聞くのは、大音量のオペラかクラシックだった。でもね、そうした暮らしは、贅沢できらびやかなばかりじゃなかったわ。実際はその真逆だった。ゼッドのお屋敷は急勾配の丘のてっぺんに建っていて、私道は未舗装のまだった。四輪駆動の車がなければ、そこにたどりつくこともできなかった。裏庭はジャングルで、雨が降るとそこらじゅうが水びたしになった。水着姿で長靴を履いて、敷地内を歩きまわらなくちゃならなくなった。だけど、そうしたすべてがわたしには楽しくてならなかった。ドレスの下に長靴を履いてジープに跳び乗り、市街地に着いたらハイヒールに履き替えて、レストランに入るなんてこともしょっちゅうだった。ゼッドと暮らす毎日が、わたしの受けた教育だった。もちろん、性教育もぞんぶんに受けたわ。当初のわたしには恥じらいもあり、経験も浅かった。ところが、ほどなくして性の奥深さを知るやいなや、みずから研究に乗りだすようになった。ゼッドが外出している時間を利用して、屋敷にあるポルノ映画を片っ端から見ていった。そして、帰宅したゼッドをつかまえては、これを試してみましょ、わたしにこうしてみて、と提案した。もちろん、ゼッドは大喜びで応じたわ。喜ばない男がどこにいるの？ 若くて美しい娘から、わたしを縛りあげてだの、お尻を叩いてだのとねだられて、喜ばない男がどこにいるの？ そして、そうしたおねだりのひとつが、〝帰宅してみると、サウナ室で見知らぬ娘とたわむれているわたしを見つけて驚いてほしい〟というものだった。わたしたちはナイトクラブやいろいろな場所で女の子に声をかけては、屋敷へ連れ帰るようになった。彼女たちはみんな、一日か二日滞在しては、屋敷を出ていった。男の子を誘うこともあったわ。女の子にも見えるようであれば、ゼッドは性別を気にしなかったから。それに飽きると、わたしはゼッドとふたりきりで、何日ものあいだ親密な時間をすごした。裸のままで敷地内を歩きまわり、食事をし、料理をした。庭にフトンを引っぱりだして、星空のもとで眠りについた。漆黒の闇のなかプールで泳ぎ、ゼッドがキーボードを叩く音で目を覚まし、朝食の時間まで読書をしてすごした。わたしはゼッドと結婚した。まだ未成年だったから、保護者の欄に母のサインをもらった。そのあと、ジープの幌をおろしたまま、ふたりきりでラスヴェガスをめざした。夜のデス・バレーはあまりに暗く、あまりに静かで、あまりに暑かった。まるでオーブンのなかに入りこんでしまったかのようだったわ。それか、大気圏にでも突入したかのようだった。やがて眼前に、宇宙空間に浮かぶ惑星のように、まばゆいばかりの街明かりが忽然と姿をあらわした。

ゼッドがラスヴェガスを訪れるのはそれがはじめてだった。街はゼッドを魅了し、そして突っぱねた。まずは観光客のあまりの多さに、ゼッドは辟易とさせられていた。アメリカのそうした側面も、はじめて目にするらしかった。ドイツ人にも劣らぬほどの肥満体揃いだ、とゼッドは繰りかえし悪態をついていた。そのうえ揃いも揃って、図体のでかい飲んだくれの子供みたいな恰好をしていると眉をひそめてもいた。わたしたちは教会で式をあげ、そのあとカジノに直行した。クラップスとブラックジャックでかなりの大金を稼ぎだした。それがゼッドが勝ちをおさめる最後の日になるなんて、そのときは知る由もなかった。その日をきっかけに、ゼッドはすっかりギャンブルに取り憑かれてしまった。週末ごとにラスヴェガスへ通いつめ、平日はチャイナタウンの裏カジノでギャンブルに明け暮れた。そうしてついには、莫大な借金を抱えるようになった。ただし、それはずっとあとのこと。式を挙げた日のあの晩は、すべてが夢のなかの出来事のようだった。わたしは白いシルクのスリップドレス。ゼッドは黒のビンテージ・スーツ。古着屋で買ってきたそれぞれの衣装をまとったままサイコロを転がすうちに、わたしたちは大金を手にしていた。ゼッドはそのお金を持って質屋へ向かい、わたしにサファイアの指輪を買ってくれた。そのあと、砂漠にぽつんと建つ小屋で、わたしたちは初夜をすごした。焚き火の上に据えた網で、ステーキとロブスターを焼いて食べた。母はもちろん、ゼッドがわたしをすぐにも女優にしてくれるものと信じこんでいた。大きなお屋敷で自分も一緒に暮らすことになるものと思いこんでいた。でも、母の思いどおりにことは進まなかった。ゼッドはそのころ、たいへんな苦境に立たされていたから。ハリウッドのプロデューサーやエージェントからの数多《あまた》の誘いを受けて、ゼッドはアメリカへ渡ってきた。けれども、日の目を見た企画はまだひとつもなかった。舞いこんでくる企画はいずれも途中で立ち消えとなった。そうこうするうちに、ゼッドの周囲を取り巻いていた熱気や昂ぶりのようなものが、しだいに熱を失っていった。お金はあった。もしくは、いっけんお金があるようには見えていた。わたしたちはいままでどおりの暮らしを続けていた。ゼッドの書いた脚本を売ったお金や、どこかのエージェントが立ちあげた企画に参加することで得たなんらかの前払い金で、細々と暮らすことはできた。でも、一度に多額の報酬が転がりこんでくることはなかった。丘の上に建つ屋敷には、つねに鬱屈した空気が漂うようになった。新たな企画が立ちあがってはつぶれるたびに、躁と鬱のサイクルが繰りかえされた。今度こそはうまくいく。かならずや傑作を生みだせる。あのゼッド・ノートがメガホンをとるのだから。はじめは誰しもが意欲に燃えている。脚本、絵コンテ、デザイン画、レンタルオフィス、大々的な企画会議、ディナーを囲んでの打ちあわせや顔あわせ。

何もかもが順調に進んでいるかと思いきや、とつぜん、すべてがお流れになる。ことにこの件に関して、ゼッドはあまりにうぶで愚直だった。毎度、企画が立つたびに、これこそが自分の求めていた作品だ、待ちに待った大仕事だと勢いこんでは、失意の底に叩きおとされた。それが済むと、かならずひと荒れした。お酒を飲んでは銃を振りまわし、誰も彼もみんなまとめてぶっ殺してやると息巻いた。庭に酒瓶を立てて、それを撃ちぬくこともあった。そうした時期が過ぎると、今度はふさぎの虫に取り憑かれた。自殺をほのめかすようになった。その日に向けて、徹底した下調べも済ませていた。どこを撃てば確実に死ねるのか。苦痛がいちばん少ないのはどんな方法か。それをフィルムに残すには、どんなカメラをどんなふうに用意すればいいのか。ホラー映画を撮ってみたらどうかと、ゼッドに勧めたのはわたしだった。はじめのうち、ゼッドはあまり乗り気ではなかった。ホラーは壮大にも高尚にもなりえないとゼッドは言った。ホラーだってれっきとした映画よとわたしは言った。でも、たとえ低予算でも、とにかく一本、この地で作品をつくりあげさえすれば、投資家の目を引くことができる。信用を築くこともできる。それに、カルト映画やホラー映画の多くは、業界の主流を成すたわいもない大作映画なんかより、ずっと優れた作品だわ。ヨーロッパから異邦の地へ逃れ、B級と称される低予算の映画をつくった監督たちを思いだして、とわたしは言った。ゼッドの心を動かしたのは、最後に放ったそのひとことだったんだと思う。フリッツ・ラングや、《恐怖のまわり道》を撮ったエドガー・G・ウルマーなど、フィルム・ノワールの巨匠とされる監督たちについて、ゼッドはいつも嬉々として語っていたから。たぶん、あなたとなら、ひと晩じゅうでも語りあかせたでしょうね。ゼッドはある程度やる気になった。でも、今度は、ホラー映画のアイデアなんて何も浮かばないと言いだした。そういうものは一本も見たことがないから、云々《うんぬん》と。それなら、わたしが脚本の執筆を手伝うわ、とわたしは言った。パソコンの前にすわって、とにかくストーリーをつづっていけばいいんでしょと。それでようやくゼッドは納得した。最初は脚本の内容がどうこうというより、わたしとふたりで共同作業にあたるということに興味をそそられたんだと思う。ゼッドにとって、わたしは創造を司る女神だったから。そんなこんなである日とつぜん、わたしはゼッドの共同製作者となった。当初の予定とはちがったけれど、どのみち、本気で女優になりたいと願ったことなど一度もなかった。それよりは、脚本家として、作家として頭角をあらわすほうが、ずっと魅力的に思えた。もし立ちどまって考えたなら、母の夢想から夫の夢想に乗り換えたにすぎないということに気づけたかもしれない。でも、わたしはそうしなかった。それに、少なくとも、ものを書くことは好きだった。正直に言うと、執筆の作業は想像していたほどたいへんでも苦痛でもなかった。ゼッドやあなたのような苦悩を味わうことは一度もなかった。失意のどん底に沈むことも、大仰に嘆いてみせることも、自己嫌悪に陥ることも、ものに当たることもなかった。でも、あなたたちはちがった。あなたと暮らしはじめて最初のうちは、ゼッドのことを思いだすこともなかった。でも、ある日、仕事から家に帰ってきたら、あなたが床の上で大の字になっていて、びりびりに引き裂かれた紙がまわりに散乱していたことがあったでしょう？あのときわたしは思ったわ。〝あらまあ、またなの〟って。〝悲劇のヒロインがここにもひとり〟って。わたしの目から見れば、あなたやゼッドこそが本物の女優だった。わたしには、物語をつくることが楽しくてならなかった。脚本という形式も性に合っていた。自分の書くものが傑作じゃなくても、べつにかまわなかった。カメラの前に立つよりも、後ろから撮影を眺めているほうが好きだった。まわりの大人たちからうさんくさい目で見られていることは、もちろんわかっていたわ。十七歳の小娘の話に真剣に耳を傾ける者なんているわけもない。でも、ゼッドはちがった。スタッフやキャストを待たせておいて、わたしを隅に引っぱっていっては、どう思うかと意見を求めた。それは一種の愛情表現でもあったのかもしれない。いかにわたしを高く評価しているかを示そうという思いもあったのかもしれない。だけど、いまならわかる。あれは、彼のなかで何かが変わろうとしていたことの合図だったのだと。自己不信の兆候だったのだと。ゼッドはたびたびわたしに確認を求めるようになった。自分自身ではなく、わたしの感性を指針とするようになった。そんなとき、問題が発生した。高いスーツを着たお偉い連中に、またもわたしたちは裏切られた。ゼッドの言動に疑問を抱《いだ》いた出資者たちが、一斉に作品から手を引いてしまったの。ゼッドはカメラマンを伴ってラスヴェガスへ向かい、手もとに残った資金をブラックジャックで増やそうとした。結果はもうおわかりね。作品の所有権は銀行に奪われた。銀行はゼッドから完成間近の作品を取りあげた。どこぞの三流監督を雇ってフィルムを細切れにし、大幅な編集を加え、タイトルを変えて、ホームビデオ市場で投げ売りした。その一件の直後、ゼッドはこう宣言した。商業主義的なハリウッド映画はもうたくさんだと。ゼッドはわかっていなかった。それを否定してしまったら、商業主義を標榜するハリウッドで生計を立てるのは不可能だということを。何も心配することはないとゼッドは言った。自分たちにいま必要なのは新たな企画だと。自分たちで立ちあげた企画だと。そうしてわたしたちは、あの三部作の構想を打ちだした。もちろん、大本《おおもと》となるテーマやおおまかな筋書きや音楽はすべてゼッドが考案した。けれど、詳細を詰める段階になると、これまで以上にわたしの意見を求めるようになった。わたしの考えや夢想を、努めて作品に盛りこむようになった。ゼッドの考えだした構想は、そもそもから曖昧模糊《もこ》としていた。ゼッドはそれをよりいっそう曖昧にすることを望んだ。芸術と現実のあいだ、自分自身とわたしの感性のあいだにある何かを形にしたいのだとゼッドは言った。朝が来るたび、どんな夢を見たかとわたしに尋ねては、それをノートに書きとめはじめた。エクスタシーを服《の》んでは、ふたりの会話を録音しはじめた。そんなとき、そこへマリアが加わったの。状況はさらに複雑なものとなったわ。マリアはサルサクラブで出会ったメキシコ人で、わたしたちのほうから声をかけ、いつものように屋敷へ連れ帰ったのだけれど、どういうわけか、そのまま屋敷に居ついてしまったの。世間のひとたちはマリアのことを、ゼッドの夢想を叶えた存在だと思いこんでいた。でも、それを望んだのはわたしだった。わたしは孤独だった。学校にも通わず、働きにも出ず、日がな一日、屋敷ですごしていたから、ひとりの友だちもいなかった。わたしとマリアは歳も近く、見た目も雰囲気もよく似ていた。姉妹だと勘ちがいされることもあったけれど、特に否定はしなかった。そのほうが倒錯的な感じがして、おもしろいと思ったから。わたしたちは屋敷のひと部屋を真っ黒に塗り、アルミ箔や分厚いカーテンで窓という窓をふさいだ。そのなかにこもって黒い蠟燭を灯し、黒魔術の本を読みふけった。そこに記された呪文を唱え、呪薬を調合した。本当にくだらないとは思うわ。でも、わたしたちはまだ子供だった。ただし、正気と分別を欠いた危険な子供だった。お金と、麻薬と、自由を持てあました子供だった。何かを思いついたり、本のなかにおもしろそうな何かを見つけたりすると、まるで素人劇団員のように、片っ端からそれを演じていった。ゼッドと仲間たちが見守るなか、ふたりで濡れ場を演じることもあった。大人数で乱れあうことも。鞭や仮面や蠟燭を使うことも。複数の男をわたしひとりで相手することも。こんなこと、あなたには絶対に知られたくなかった。もしあなたが知ったなら、わたしを見る目が変わってしまうと思ったから。そのまっすぐな視線をゆがめてしまうと思ったから。わたしたちの愛に毒を盛ることになると思ったから。それとも、これは単なる思いすごしだった？　自分の妻が手に負えないアバズレだったと知っても、あなたはなんとも思わなかった？　妻が愛を捧げた相手は、自分がはじめてではないと知っても？　だからわたしは嘘をついたの。わたしがモナ・ノートであることを、あなたにだけは知られたくなかったから。だから、モナという女はメキシコの地に埋め、すべてを忘れようとしたの。ただのララとして、あなたの妻として生きようと心に決めたの。でも、死したる者はけっして土に埋もれたままではいてくれない。とりわけ、無惨に殺された者は、その死を押し隠された者は、けっして安らかに眠ることはない。モナは亡霊となってわたしに取り憑いた。

モナであったころの夢をわたしに見させた。鏡のなかに一瞬だけ姿をのぞかせては、わたしを怯えさせた。あなたと睦みあうとき、見つめあった瞳のなかにモナがいた。モナはつねにわたしを見張り、わたしにつきまとった。すべての責めをゼッドに負わせるのは簡単かもしれない。彼のほうがずっと歳上で、大人だったんだからとあなたは言うかもしれない。資産家であるとの触れこみだったんだからと。若い娘を、それもふたりもたぶらかした悪い男なんだからと。たしかにそのとおりなのかもしれない。でもわたしは、自分の才能をちゃんと自覚していた。わたしにはわかっていた。ゼッドをどうすれば操れるのかも。どうすれば自分のほしいものを手に入れられるのかも。ゼッドの不安を、わたしに捨てられるのではないかという不安をどうすれば利用できるのかも。わたしには、ある本能が備わっていた。ペテン師に囲まれて育った少女だけが持つ本能。下手をすれば食い物にされかねない強欲な大人たちや貧乏な大人たちに頼らず、自分ひとりの力で生きぬかねばならなかった少女だけが持つ、狡猾な本能。わたしはよく、こんなことを言った。自分とマリアはどちらも狼の群れに育てられたのだと。ただし、マリアの属していた群れのほうが、ずっと過酷で、ずっと恐ろしいものだった。マリアの母親は若くして亡くなっていた。わたしと同様に、生まれたときから父親もいなかった。マリアは十五のとき、アメリカに密入国した。メキシコの小さな田舎町から逃げだした。そこにいても、庶出の貧しい少女が幸運をつかむことはけっしてありえなかったから。生まれ故郷には、育ての親である愛する祖母がいた。兄妹同然に育ったいとこたちもいた。それでも、絶対にあの町には戻らないと、マリアは固く心に誓っていた。いつの日かアメリカで大きな家を持ち、そこに祖母を呼んで、一緒に暮らすことを夢見ていた。マリアは恐れを知らなかった。わたしよりも貪欲だった。冒険や、男や、快楽や、富や、名誉に餓えていた。スターになることを希《こいねが》っていた。まずはわたしの服装をまねるようになった。髪形や、メイクも。ゼッドの愛撫に身悶えるわたしの横に、こっそりすり寄ってくるようにもなった。もしかしたら、マリアはわたしに憧れていたのかもしれない。あるいは、わたしたち夫婦の人生に。あるいは単に、自分以外の誰かになりたかったのかもしれない。お金持ちに、有名人に、白人のアメリカ人に。真相は誰にもわからない。でも、ひとつだけたしかなことがある。あの奇妙な三角関係は、わたしたちの人生は、いずれ悲劇的な末路を迎えることが始めから定められていたということよ。バックがわたしたちの前にあらわれたのは、ちょうどそのころだった。〝バック〟という愛称はゼッドが与えたものだった。あの男の本当の名はブラッドリー・ノーマンといった。東部出身の資産家の子息で、UCLAで映画製作を学んでいるという話だったけれど、おおかたはドラッグでハイになったり、わたしたちにつきまとってごまをすったりばかりしていた。ゼッドはよく、バックをからかって遊んでいたわ。アメリカ人の若者に特有のへどもどした様子や、金持ちの子息に特有の世間知らずな言動をあげつらっては、〝ブラッドリー・のろまン〟だの〝青っ尻《ちり》ー・ノーマン〟だのと揶揄していた。当のバックは意に介するそぶりすら見せなかった。ゼッドのあとを子犬のように追いかけまわしては、冗談に腹を抱え、言うこと為すことに讃辞を贈り、ことあるごとにドラッグを差しいれていた。そんなある日の深夜、昔懐かしの実写版ドラマ《バック・ロジャース》を眺めながら、ゼッドがこんなことを言いだした。あの若造はこの宇宙ヒーローにそっくりだ。あの風貌はまるで、バービー人形の恋人のケンみたいじゃないか。そして、翌日からあの男をバックと呼びはじめた。実際のところバック・ロジャースには似ても似つかなかったけれど、それはいかにもアメリカ的な呼び名で、バックはいかにもアメリカ的な風貌をしていたから、結局そのまま定着した。わたしはあの男が生理的に好きじゃなかった。正直、気味が悪くてならなかった。わたしや、マリアや、ゼッドを見つめるあの目つき。けれど、三人のうち、いったい誰に横恋慕しているのかはわからなかった。たぶん、本人にもわかっていなかったんじゃないかしら。いずれにせよ、わたしたち三人のような関係が変態や異常者の注意を引くのは当然のことだった。そのときは知る由もなかったことだけれど、バックにはすでに前科があった。深夜の寮に火をつけて、ルームメイトたちを焼死させようとしたために、富裕層の子女ばかりが通う名門寄宿学校から追放されていたの。そのあと放りこまれた学校も、大自然のなかでの学習を謳った学校も、無惨なやり方で飼い猫を殺したことがバレて、追いだされていた。おそらく、東部に暮らしているという大富豪の両親は、バックを遠ざけておきたいがためだけに、湯水のようにお金を使わせていたのにちがいないわ。ゼッドも、バックのことをとりたてて気にいっているわけじゃなかった。ただ単に、自分を崇め、心酔する人間をそばに置いておきたかったのね。それに、バックにはお金があった。ゼッドが心ひそかに望んでいたのは、バックが自分の映画に出資してくれることだった。では、バックは何を望んでいたのか。それはけっして、わたしたち三人のうちの誰かとファックすることではなかった。バックの望みは、わたしたちに〝なる〟ことだった。ゼッドに〝なる〟ことだった。そうしてついに、悲劇は山場を迎える。ゼッド・ノートの遺作となる作品、オカルト三部作の撮影開始とともに。もしかしたら、わたしたちはみずから凶運を呼び寄せてしまったのかもしれない。軽い気持ちで黒魔術なんかに手を出したことで。わたしは信心深い人間でもなければ、迷信深い人間でもない。でも、これだけはわかってる。わたしたち人間が、理解のおよばないなんらかの力を軽はずみに解き放ってしまった場合、かならずや悲劇的な結果がもたらされるということだけは。あれから何年かあとに、人類学の講義を受けたことがあるの。そのときの講師がこんなふうなことを言っていたわ。真の信仰とは、無私無欲を指す。より崇高なる善、より偉大なる善を前にして、自己を放棄し、さしだすことであると。それに対して、魔術というものは、自己の利益のために世界を操らんとする試みでしょう？　おのれの力を増大せんとする試み、言うなれば……自己を増大せんとする試みだわ。祈りは自己を小さくするもの。魔術は自己を大きくするもの。利己的なもの。そして、利己心は苦悩を生みだす。自分のためだけにする行動は、かならずや自分を苦しめることになるんだわ。三部作の最初の二章、《誘惑篇》と《法悦篇》の撮影はゼッドのお屋敷で行なわれた。撮影はいつもどおりに進んだ。少なくとも、わたしたちにとってはいつもどおりだった。予算が無きに等しい点も。安っぽい芸術性を前面に押しだしている点も。キャストやスタッフが、奇特な支援者や友人ばかりの寄せ集めである点も。けれど、その水面下では、ひそかに何かが進行していた。悪夢のカーニバルが幕を開けようとしていた。出演者やスタッフの大半はみな、同じ穴の貉《むじな》だった。黒魔術なり、異常性愛なり、ドラッグなり、なんらかの分野に関わりのある者ばかりだった。作品のなかで表現された世界は、彼らが現実に生きている世界だった。わたしたちの生きている世界だった。カメラの前で演じられたのは、彼らの現実や夢想だった。それがいま映画という形をとって、世界に呈示されようとしていた。めくるめく官能の世界を表現した第二章《法悦篇》の撮影を終えたあと、マリアは錯乱状態に陥ってしまった。何時間もバスルームに閉じこもったまま、出てこようとしなかった。結局、自殺を懸念したゼッドが、斧で扉を叩き割った。そんなときでさえ、誰かがカメラをまわしていた。マリアは撮影に臨めるような精神状態になかった。最終章の撮影はとりやめるなり、延期するなりしようと、わたしはゼッドに提案したわ。けれど、ゼッドは聞く耳を持たなかった。それはたぶん、お金があるうちにすべての撮影を終えておきたかったから。この三部作によって、ついに自分は芸術家としての地位を確立することになるのだと、そう信じきっていたから。一方で、わたしの知らぬまに、ギャンブルによる借金の総額は山と嵩んでいた。利息が雪だるま式にふくらんで、一生かかっても返せるような額ではなくなっていた。ゼッドがひた隠しにしてきたその事実もまた、時を同じくしてとつぜんに発覚した。ごく普通の一般家庭で、夫の浮気や妻の秘めたる飲酒癖が発覚するかのように。わたしたち夫婦のあいだでは、ドラッグや不特定多数とのセックスはごくありきたりなことだった。ただし、屋敷を抵当にした貸付金とローンの返済が滞っている旨を知らせる銀行からの電話は、そのかぎりではなかった。封筒に赤いインクで〝最終通告〟との判が押された手紙も届くようになった。《淫魔！》の製作過程での過失をめぐる訴訟も続いていた。いまや弁護士までもが、弁護料の未払いでわたしたちを訴えようとしていた。だけど、少なくともそこまでは、正当な理由から合法的な手段に訴えてくる人種が相手だった。でも、マフィアはちがった。ラスヴェガスのイタリア系マフィアに、ダウンタウンの中国系マフィア。高級なスーツを身にまとい、柔らかな物腰で話す連中が屋敷を訪れては、つかのまおしゃべりをしていくようになった。そのたびにゼッドは真っ青な顔をして、ぶるぶると身体を震わせていた。夜には客間でひとり、枕の下に銃を仕込んで眠るようになった。鏡張りの主寝室に置いたキングサイズのベッドには、わたしとマリアがふたりきりで寝た。そのころ、わたしたちにとってのセックスは単なる余興や儀式にすぎなくなっていた。客人を迎えた居間で、真っ黒に塗りあげられた地下室で、屋外で、わたしたちは身体を重ねあった。けれど、どれだけの問題を抱えていようと、撮影は続行された。ゼッドはわたしの不安を一蹴《いっしゅう》した。マリアはあのときの怯えきった様子が嘘みたいに気勢をあげていた。いつ眠っているのか、食べているのか、つねに気分を昂ぶらせ、瞳をぎらぎらと輝かせていた。正直に言うなら、わたしも撮影の続行を望んでいたんだと思う。三部作の完成がすべてを変えてくれると信じたかった。この窮地から救ってくれると信じたかった。それこそ、魔法のように。わたしたちは必要な機材を車に積みこみ、砂漠へ向かった。小編成の人員で。わたしとゼッドとマリア。撮影監督のバック。そして、ゼッドの取巻きで音声係のトミー。このトミーというのは、なんだか憎めないひとだった。よすぎるほどにひとがよくて、いつも途方に暮れたような顔をしていた。ゼッドと年齢はさほど変わらないのに、なおも美術学校に通いつづけていた。呼べばいつでも快く駆けつけて、背景画を描いたり、衣装を縫ったりしてくれた。ドラッグでハイになったり、わたしと一緒にテレビを見たりすることもあった。厳密にはゲイということになるのだけれど、見返りをなんら求めず、何かとわたしたちの世話を焼いてくれた。トミーはゼッドにのぼせあがっていた。誰もがみんなそうだった。このころのゼッドは重力の塊みたいに、人々を惹きつけてやまなかったから。でも、トミーは心の優しい、従順な性格のひとだった。バックのような気色の悪さは、微塵も感じさせなかった。撮影で使用していたのはマイクロフォンを内蔵した軽量型の十六ミリカメラだったから、男性陣が全員カメラの前に出ることになっても、わたしがカメラをまわすことができた。撮影は出だしから波瀾含みだった。そもそも街を発つのが遅れたために、砂漠のはずれにたたずむ町へたどりついたときには、どこの店もすでにシャッターをおろしたあとだった。まあいいさとゼッドは言った。食料は朝になってから仕入れればいいと。当然ながら、わたしたちは寝過ごした。前夜をすごした掘っ建て小屋は、見渡すかぎりの無人の土地に、ぽつんとひとつ建っていた。ゼッドは買出しをあきらめ、撮影を強行した。広大な砂漠のまんなかで、わたしたちには充分な食料も水もなかった。あるのは、お酒とドラッグばかり。うだるような暑さと直射日光のもとで、わたしたちは機材を担いで岩山をのぼり、素っ裸で巨岩のまわりを走りまわった。摂氏三十八度の熱気のなか、なまぬるいビールやウイスキーで喉の渇きを癒すのは、けっして賢明な行動ではなかった。砂漠のどまんなかでLSDを服《の》み、ハイになってはしゃぐことも。夕闇が迫るころ、わたしたちはみな酩酊し、半ば正気を失っていた……いいえ、ことバックに関しては、完全に正気を失っていた。いまならわかる。バックがいかに邪悪な人間であったか。どれほど魂の穢れた人間であったか。どれほど心根の腐りきった人間であったか。真に邪悪な存在とは、大きくもなければ、異形《いぎょう》でもない。小さくて、みじめで、卑屈で、ひ弱で、けれど、ともすればこのうえない凶暴性と残虐性とを発露する。バック以外のわたしたちだって、けっしてまっとうな人間ではなかった。でも、少なくとも、何かを成し遂げようと必死にあがいていた。どんなに壁にぶちあたっても、つねに最善を尽くしていた。ほかのひとはともかくとして、わたしはそう信じている。そしてあなたにも、そんなふうにわたしのことを記憶していてもらいたい。最善は尽くしたけれど、結局うまくいかなかった人間として。あなたを愛していたけれど、どう愛すればいいのかわからなかった女として。わたしたちのような人間には、お互いを練習台にして傷つけあう以外に、何ひとつ学ぶことができないのだから。砂漠の日の入りは本当に美しかった。その時間を利用して、ゼッドはさらにいくつかのシーンを撮影した。そのあと、わたしたちは焚き火を熾《おこ》した。その火でホットドッグとハンバーガーをつくろうとしたけど、あまりの疲労と酔いのせいで、何ひとつまともにできやしなかった。せっかくの食材は一部が黒焦げで、一部が生焼けで、結局、すべて棄てるしかなかった。コヨーテの鳴き声が聞こえた。隊列を組んで薄闇のなかを走りぬけていく狼の群れが見えた気がした。けれど、砂漠の夕暮れは視覚を惑わす。ひとに幻を見せ、目の錯覚を誘う。バックがトミーを殺したときにも、最初に思ったのはそのことだった。これは幻なのだろう。きっと夢を見ているのだろう。そのとき、誰かの悲鳴でわれに返った。悲鳴をあげていたのはわたしだった。ゼッドはトミーの出血を抑えようとした。必死に名前を呼びかけた。けれど、何をしようと無駄なことはわかりきっていた。トミーはすでに事切れていた。ゼッドはバックにつかみかかった。その首を絞めあげた。あのときゼッドは、本当にバックの息の根をとめるつもりだったんだと思う。でも、それをマリアがとめた。お願いだからやめてと懇願した。わたしは、警察を呼んでこの男を突きだそうと言った。バックは抗議もしなかった。トミーの血を全身に浴びたまま、自分にはどうしようもなかったのだと、あれをやったのは自分ではないのだと言わんばかりの表情でこちらを見ているだけだった。警察のひとことに怯えたのは、マリアのほうだった。マリアはこう主張した。警察なんて呼んだら、いろいろと厄介なことになる。ドラッグのことも。銃のことも。共犯と見なされないともかぎらない。ひと晩が過ぎ、夜明けが訪れた。バックはようやく正気を取りもどしていた。刑務所へ行かなくて済むなら、どんなことでもするとわたしたちにすがりついた。何が起きたのか、まるで覚えていないとバックは言った。ドラッグで意識がぶっ飛んでいたのだと。そのとき、わたしたちは気づいた。この一件が、いかに多くの問題を解決に導いてくれるかを。ゼッドとわたしは借金から解放される。マリアは移民帰化局に捕らえられずに済む。自分のしようとしていることに吐き気をおぼえたわ。でも、何をしようとトミーは生きかえらない。まずは、ゼッドがみずからの死を偽装した。拳銃に実弾を込めて、トミーの手に銃を握らせ、その顔を撃ちぬいた。それから、トミーの遺体を崖下へ投げおとした。そうすることで、転落による傷が短剣による傷の目眩ましとなってくれるはずだった。顔に負った傷が、身元の割りだしを妨げてくれるはずだった。そのあと、ゼッドは砂漠に身をひそめ、残るわたしたちが町へ戻って、ことの次第を打ちあけた。ゼッドが自殺したのだと。わたしたちは、自分たちが砂漠のどのあたりにいたのか、よくわからないふりをした。おかげで、遺体の発見までには数日がかかった。その間に、コヨーテたちが死肉を食い散らかしていた。わたしたちが遺体の確認をし、たしかにゼッドだと証言した。それを疑う者はひとりもいなかった。バックはゼッドのための偽造パスポートと、現金を詰めこんだ封筒をふたつ用意した。ひとつはわたしたち夫婦に。もうひとつはマリアに。念のための保険にと、殺害シーンを写したフィルムはゼッドが保管することになった。わたしはマリアとパスポートを交換した。マリアはわたしの名前を使ってヨーロッパへ渡ることになっていた。ロサンゼルスにさえ戻らなければ、その擬装がバレることはまずありえなかった。わたしとマリアはひとから取りちがえられたり、姉妹だと思いこまれたりするほど、よく似ていたから。それに、ヨーロッパでゼッドを知るひとも、わたしのことは名前や写真で見た顔くらいしか知らないはずだったから。人間はありのままを見ないから。自分たちの見たいものだけを見るものだから。ゼッドとわたしは崩壊を待つばかりだったロサンゼルスでの生活を捨て、まるで国を追われるかのようにメキシコへと逃れた。マリアは高名な芸術家の未亡人に、アメリカ人に、そしてわたしになった。わたしはわたしであることをやめた。計画は完璧に遂行されていた。バックは両親から譲りうけた信託財産を使ってわたしたちの逃走資金を用意し、今後も生活費を供給してくれることになっていた。けれど、わたしには、自分が強請《ゆすり》を働いているという感覚がなかった。むしろ、病を患う友人を助けてやっているかのように感じていた。そのためにこれだけの手間と労をかけてやっていることに、感謝されて然るべきだとすら感じていた。バックはどんな要求にもふたつ返事で応えた。自分のしでかしたことに衝撃を受けている様子だった。砂漠で正気に戻ったあとは、さめざめと涙を流しつづけていた。近いうちに精神を病むか、すべてを洗いざらい告白するか、みずから命を絶つかするんじゃないかと、わたしは思っていた。だからこそ、バックが数年後に映画監督として一躍名を馳せたときには、どれほど驚愕したことか。バックは自分のしでかしたことなど屁とも思わず、わが道を突き進んでいた。バックは完全な反社会性人格障害者だったの。最初の大ヒット作を出してからというもの、バックは右肩あがりの名声と富とを手に入れた。だけど、わたしたちは安全だった。わたしたちが彼の急所を握っていることは、向こうもわかっているはずだったから。口座にはお金が振りこまれつづけていた。それを怪しむ者はいなかった。でも、わたしはときどき、こんなふうに考えずにはいられなかった。バックは名声と成功を手にするために、憐れなトミーを生け贄に捧げたんじゃないか。彼は本当に、悪魔に魂を売り渡したんじゃないか。もしくは、バックこそが人間の皮をかぶった悪魔だったんじゃないか。わたしたちを罠にかけて、魂を盗みとっていったんじゃないか。成功と引き換えに悪魔と契約を交わすとき、オマケの品としてわたしたち三人の魂をも勝手に売り渡してしまったんじゃないか。そう考えずにはいられなかった。なぜなら、アメリカが世界に誇る映画監督としてバックの地位と名誉が上昇を続けるにつれて、わたしたちの人生は下降を続ける一方だったから。いいえ、はじめからそんなふうだったわけじゃない。メキシコへ渡った当初は、すべてが順調に進むかのように思えていた。すべての問題から解き放たれたいま、ふたりで力を合わせて、一からのスタートを切れると思っていた。そのときわたしはまだ二十歳《はたち》だった。まずはしばらく、メキシコじゅうを旅してまわったわ。ジャングル。そして浜辺の町。頭のなかの雲が晴れ、生まれ変わったような気分だった。やがて、わたしたちは海辺の村に建つ大きな家を購入し、そこに腰を落ちつけた。そこは、密輸業者たちが大勢暮らす、ごくごく小さな村だった。わたしたちが何者であろうと、誰ひとり気にしなかった。過去について尋ねることも、どこから収入を得ているのかと尋ねることも、無作法と見なされる土地柄だった。わたしはサーフィンを楽しみ、スペイン語を学んだ。まるで大学に通っているかのような毎日を送った。みんなが学校で読まされるような本を、わたしもすべて読破した。スペイン語は最初から少しは話せた。ロサンゼルスで育てば、誰でもそうなる。マリアと出会ってからは、もっと自由に操れるようになっていた。あのお屋敷で暮らしていたころは、ゼッドに聞かれたくない会話をいつもスペイン語で交わしていた。メキシコへ移り住んでからは、さらに実力に磨きがかかった。もちろん、現地のメキシコ人には通用しなかったけれど、白人が相手なら、簡単に欺けるようになった。浅黒い肌の色も手伝って、メキシコ人で通せるようになった。そして、愛するあなたをも欺いた。そうした独学に加えて、わたしはゼッドの身のまわりの世話も焼かなければならなかった。ゼッドは家のなかのひと部屋をアトリエにして、ときどき絵筆を握るようになっていた。彼には絵の才能があった。もし、映画に対するのと同じだけの情熱を絵画にも傾けることができていたなら、世捨て人のメキシコ人画家として、まったくべつの道が開けていたかもしれないわね。でも、ゼッドのなかにはもういかなる情熱も残されていなかった。すべてが燃えつき、灰と化していた。そのことが、当時のわたしにはまるで見えていなかった。ゼッドはときどき思いだしたようにキャンバスに向かった。けれど、描くのはわたしの絵ばかりだった。構図も何もいっさい考えず、衝動に任せて筆を動かしているだけ。それ以外の日は、たいていプールに腰まで浸かって、マリファナを吹かしていた。村の酒場へ出かけていって、地元の漁師や密輸業者やインディオと酒を酌み交わすこともあった。そういうときにはかならず酔いつぶれて、誰かにトラックからおろされたあとも、家の前で眠りこけていた。そうして五年の歳月が過ぎた。ゼッドは失意から立ちなおるどころか、ますます頻繁にふさぎこむようになっていた。トミーへの罪悪感に押しつぶされそうになっていた。自分は罰を受けているのだと、祟《たた》りを受けているのだと考えていた。教会に通って祈りを捧げるようになった。けれど、どこで何をしているときも、つねにお酒に酔っていた。飲み仲間のインディオの仲介で、彼らが全幅の信頼を寄せる祈禱師《きとうし》に助けを求めたこともあった。治癒の儀式を受けるため、ジャングルや砂漠にまで出かけていくこともあった。さしだされた薬湯を服《の》み、悪魔を追いだすためだと、背中を鞭打たれることもあった。けれど、その効果があらわれることはなかった。ゼッドがかかるべきは、精神分析医か心理療法士だったのかもしれなかった。やがて、ゼッドは性欲までをも失った。それもまた自分に科せられた罰なのだと、ゼッドは思いこんでいた。わたしがどんなに否定しても、ゼッドは聞く耳を持たなかった。そうしてついに、ゼッドを衝き動かしていたふたつのエンジン、芸術的感性と性的衝動というふたつのエンジンが、完全に機能を失ってしまったの。ゼッドはセクシーな若妻を失うことだけをひたすらに恐れる、インポテンツの老いぼれと化してしまった。そのときになって、わたしはようやく気づいた。自分がゼッドのもとを去らなければならないことに。ゼッドが何より恐れ、予見していたことを、現実のものとしなければならないことに。ただし、わたしがゼッドのもとを去る理由は、彼の予見していたとおりのものではなかった。性的欲求や芸術的欲求を満たしてくれる、新たな刺激を求めたわけではなかった。わたしが求めていたのは、その対極にある人生だった。わたしはそのとき二十五歳になっていた。わたしの望みは、学校へ通い、仕事を持ち、地に足の着いた生活を送ることだった。そして、もしできるなら、いつの日か家庭を持つことだった。でも、いましばらくのあいだは独身でいるつもりだった。自分ひとりの力で生きられるようになりたかったから。そしてもしそれが叶ったなら、人生の伴侶となるべきひとと、本当の家族になりたかった。ゼッドにとってのわたしは、永遠の恋人だった。創造の女神だった。女王だった。そして、世話人であり看護人だった。わたしが彼の妻であったことは、一瞬たりともなかったはず。理由はもうひとつあった。それは、母が他界したこと。母はもう何年もまえから、トップクラスのアルコール依存症患者の仲間入りを果たしていた。プロミシーズ・マリブやベティ・フォード・センターといった、超高級リハビリ治療施設への入退院を繰りかえしていた。そして結局、マルホランド・ドライヴで事故を起こして死んでしまった。葬儀に駆けつけることはできなかったわ。でも、それについては、仕方のないことだとあきらめもついた。だけど、ゼッドが同じ運命をたどるところだけは絶対に見たくなかった。泥酔して、崖から車ごとダイブするところも。プールで溺死するところも。わたしが正直な気持ちを打ちあけると、ゼッドはそれを理解してくれた。感情をあらわにすることさえなかった。自分もできるだけの手助けをするとまで言ってくれた。裏社会に顔の利く飲み仲間に頼んで、偽造の身分証明書とメキシコ国籍のパスポートを入手してくれた。それを使って、学生ビザを取得することができた。荷づくりもすべて済んだ。そして、ともにすごす最後の夜を迎えた。わたしたちは抱きあって涙を流した。謝罪と感謝の言葉を贈りあった。朝になると、ゼッドは車にわたしを乗せ、空港まで送ってくれたわ。わたしはメキシコを発った。ニューヨークへ飛んで、そこでひと冬をすごした。大学で講義を受けながら、ブティックで働いた。春の訪れとともに、ロサンゼルスへ舞いもどった。他人から見れば、無謀な選択に思えるでしょうね。でも実際には、数年の歳月を経た故郷の街で、わたしがモナであることに気づく者はひとりもいなかった。わたしには幼なじみも友だちもいなかった。母以外に家族もいなかった。その代わり、わたしにはマリアがいた。マリアは心と身体を病んで、ロサンゼルスに戻ってきていた。ヨーロッパで重い発作を起こし、パサデナにある病院に収容されていた。わたしは彼女に会いにいった。自分にできることをたしかめるために。

わたしの顔を見たマリアがどんなに驚くかをたしかめるために。そうしてわたしは過酷な現実を知った。何年にもわたってモナ・ノートであるふりを続けた結果、マリアはそれが事実だと思いこむようになっていたの。マリアの頭のなかでは、彼女がモナで、わたしがマリアだった。わたしはマリアを抱きしめて、それならそれでいいとささやいた。彼女はモナとして生きていけばいい。わたしはユーラリア・ナタリアとして、新たなわたしとして生きていけばいい。面会を終えたわたしは、パーカーとかいう医者に呼びとめられた。そして、もう面会には来ないでほしいと告げられた。過去からの訪問者は彼女を動揺させるだけだからと。けれど、帰郷によってもたらされたのは、悲しい記憶ばかりではなかった。懐かしい太陽に、丘に、味覚に再会することもできた。わたしはそのまま街にとどまり、仕事を見つけた。自分が本当に好きだと思える仕事。得意だとも思える仕事。友だちもできた。ワンルームのアパートメントという、自分だけのお城も手に入れた。そして、あなたに出会った。あなたにこれだけは伝えておきたい。あなたと出会ってからすごした歳月が、わたしの人生のなかで最高に幸せな時間だったと。あなたが与えてくれたすべてのものに、これからも感謝しつづけると。あなたが与えてくれた真実の愛に。本当の幸せに。それがどういうものなのかを、あなたはわたしに教えてくれた。だけど、それは永遠には続かなかった。わたしたちはお互いを擦り切れさせた。お互いに匙《さじ》を投げた。あるいは、そもそものはじめからお互いに間違った期待をかけていたのかもしれない。誰ひとりとして、自分の不幸の責任を他人に負わせることはできないのだから。みずから招いた不幸から自分を救えるのは自分だけなのだから。でも、あのころのわたしはそんなことも知らなかった。だから、闇雲に腹を立てた。あの家であなたと暮らすことが、檻のなかに閉じこめられているみたいに感じられた。何もかもが気にいらなくて、すべてはあなたのせいだと信じこんでいた。あなたが変わってくれなければ、別れるしかないと思っていた。そんなとき、ゼッドからのメールが届いた。メキシコを離れるとき、緊急の際の連絡用にと、ゼッドにメールアドレスだけは教えておいたの。だけど、しばらくすると、わたしはそのアドレスの存在を忘れるようになった。何カ月ものあいだ、新着メールを確認すらしないこともあった。でも、あなたから気持ちが離れはじめたとき、あなたに対して秘密を持つようになったとき、そのアドレスが利用できるとふと思いついた。すると、久しぶりに開いたメールボックスに、ゼッドからのメッセージが届いていた。自分には死期が迫っているとゼッドは書いていた。だから、例のフィルムをわたしに託したいと。これは合図だと感じた。過去のわたしが、モナが、わたしを呼んでいる気がした。わたしは突破口を手に入れた。あのお金を、バックからの口どめ料を受けとりさえすれば、いまいる場所から姿を消すことができる。自由になることができる。そうしてわたしは自分の家からふたたび逃げだした。けれど、遠くへ逃げ去ることはできなかった。バックはあのあともわたしたちの動向に目を光らせつづけていた。ひとを雇って、わたしたちを見張らせていた。メキシコでも、ヨーロッパでも、ロサンゼルスでも。ヨーロッパで病に倒れるやいなやマリアを連れ帰り、自分の息のかかった病院に閉じこめさせたのもバックだった。ただし、さすがのバックもゼッドとわたしには手出しすることができなかった。わたしたちにはあのフィルムがあったから。そんな折、ゼッドが末期癌に侵されていることをバックは突きとめた。そして、こう考えた。いまこそ行動を起こすべき時だと。死期の迫った男が何をしでかすか、わかったものではないと。あんなフィルムをいつまでもこの世に存在させておくものかと。そしてバックは手始めに、手下の者を使ってわたしを捕らえた。それ以来、わたしはずっとここにいる。ひとり、この部屋に閉じこめられている。ゼッドがフィルムを引き渡しさえすれば、わたしを解放してやるとバックは言っている。でも、それは真っ赤な嘘だわ。バックがわたしを生かしておくはずはない。あのフィルムさえ手に入れてしまえば、わたしは目障りな存在でしかなくなる。バックはかならずやわたしを始末する。そして、舞台の幕がおりる。でもいま、わたしはかすかな安堵をおぼえているの。わたしがこのままこの世を去れば、あなたを巻きこまずに済むから。バックがあなたにまで魔の手を伸ばすことはないはずだから。たとえあなたから永遠に憎まれることになったとしても、わたしに関わるおぞましい真実をあなたに知られることだけは避けられるから。わたしの本当の名前すら、あなたが知ることはないはず。あなたがこの手紙を、わたしからの別れの手紙を読むことはけっしてないだろうから。そんな手紙は存在しないから。わたしは手紙など書いていないから。ここにはペンもなければ、紙もない。わたしはいま、砂漠に建つ小屋のなかにいる。ベッドに手錠でつながれている。誰かがわたしを殺しにやってくるのを待っている。暗闇のなかに横たわって、あなたに語りかけている。ここで何を語ろうと、その声は誰の耳にも届かない。いいえ、わたしは声すらも発していない。ここには静寂が満ちている。言葉はひとつも存在しない。いつまでも変わらぬ愛をあなたに。あなたのララより。

88

翌朝、朝食を済ませてから、ぼくらは約束の場所へ向かった。ただし、朝食を口にできたのはロンスキーとマイロだけだった。ぼくとニックのふたりは、緊張で何も喉を通らなかった。ゆうべもゆうべで、なかなか寝つくことができなかった。結局、ふたり並んでベッドに横たわったまま、ひと晩じゅう語りあかした。ロンスキーはパンケーキと卵とベーコンとハムとスコーンをぺろりと平らげた。マイロはその半分の量を平らげたあと、プールサイドへ涼みに出かけた。ロンスキーはニックもここにとどまるべきだと考えていた。けれども、ニックは一緒に行くと言って譲らなかった。いずれにせよ、いま車を運転できるのはニックだけだった。

　時刻は朝の七時三十分。空気はまだひんやりとしてさわやかだった。頭上のどこからか、互いを呼びあう小鳥のさえずりが聞こえていた。ジャックウサギが通りの先で足をとめ、いったんこちらを振りかえってから、灌木の茂みに跳びこんだ。ハイウェイをしばらく進むと、すぐにジョシュア・ツリー国立公園の入口が見えてきた。門衛の姿はまだなかった。だが、ロンスキーは入園料を払うと言ってきかなかった。ぼくは仕方なく車をおり、備えつけの封筒に現金を入れてから、箱に開いた細い隙間にそれをすべりこませた。園内に人影は見あたらなかった。早朝の静寂があたりを包みこんでいた。岩山の尾根や地面から突きだした巨岩が、うつろう陽光の加減によって暗く翳ったり、まばゆく照り輝いたりしながら、まるで深海のように色や形を変えてみせた。聞いた話によれば、この場所はかつて海の底であったという。つまりここは、石も陽光も風も何もかもがみずみずしい生気に満ちた、生まれたての場所だということだ。無からの再出発をするには、打ってつけの場所だということだ。片手でハンドルを操りながら、ニックがもう一方の手をこちらへ伸ばしてきた。ぼくはそれをぎゅっと握りしめた。

地図を広げたロンスキーが、次の角を曲がれと告げてきた。急勾配の坂道をのぼりきると、切り立った崖のてっぺんに位置する見晴らしのいい場所に出た。地面は台地のように平らに均されており、崖の端からは公園内を一望にすることができた。ニックはそこで車をとめた。ぼくらのほかには、人影も車も見あたらない。ドライブイン・シアターにでもいるかのように、無言で前を見すえたままぼくらは待った。神経が張りつめすぎていて、言葉も喉を通りそうになかった。

「来たようだな」ロンスキーが言うのと同時に、ぼくとニックにもそれが見えた。黒塗りのセダン。この高さから眺めると、虫のように小さい。曲がりくねった道路の上を、その虫がくねくねと這っている。いったん視界から消えたあと、遠く離れた尾根の上にふたたび姿をあらわす。フロントガラスをきらめかせ、砂煙を巻きあげながら、徐々にこちらへ近づいてくる。その車が崖のてっぺんにたどりつき、二十ヤードほど離れた場所に停止するのを待って、ぼくらは車をおりた。真正面にとまった車のドアが開き、銃を手にしたバック・ノーマンが地面におりたった。サングラスに反射した光がきらきらとまたたき、シャツの裾が熱風を受けてはためいていた。

「ひとりで来いと言ったはずだぞ、ロンスキー！」二十ヤード先からバックがわめいた。

「ばかげたことを。運転もできんのに、どうやってひとりで来ればいいのだ」とロンスキーは答えた。

「まあいい。そこの作家先生にフィルムを持たせて、こっちへよこせ。そのあと、女を車からおろす」

「人質のぶじを確認するのが先だ」とロンスキーは言

った。

バックは後部座席のドアを開け、なかにいた女の腕をつかんで引っぱりだした。女はジーンズに白いTシャツを着ていた。後ろ手に手首を縛られ、頭から白い麻袋をかぶせられていた。

「ごらんのとおり、女はぶじだ。さあ、フィルムをよこせ」

「彼女がモナだという保証はどこにあるんだ？　モナ！　聞こえるか！」ぼくが大声で呼びかけると、麻袋をかぶった女の頭がぴくりとあがり、右へ左へと首をまわしはじめた。バックが女を近くへ引き寄せ、その頭に銃口を押しつけた。

「そのフィルム缶のなかに本物のフィルムがおさめられているという保証はどこにあるんだ？　いまは互いを信用するしかなかろう？　それでうまくいかなけりゃ、あとで殺しあいをおっぱじめりゃいい」

ちらりと横目で隣を見やると、ロンスキーがこくりとうなずきかえしてきた。

「よし、わかった！」とぼくは応じて、ロンスキーからフィルム缶を受けとった。「すぐに戻る」そう告げながら振りかえると、ニックの目からは涙があふれだしそうになっていた。

「気をつけて……」ぼくの腕をきつく握りしめながら、ニックはささやいた。

「大丈夫だ。心配するな。一分後にまた会える。いくらぼくに夢中だからって、それくらいなら待てるだろ？」ぼくがそう軽口を叩くと、ニックは小さく鼻を鳴らした。ぼくはその耳もとに唇を寄せてささやいた。

「きみがほかの誰でもなく、きみのままであってくれてよかった」

ニックは小さく微笑んで、ぼくの唇に口づけた。

「おい、始めるぞ！　あんまり気温をあげてくれるな！」二十ヤード先でバックがわめいた。

ニックが車に乗りこむのを見届けてから、ぼくは配達中のピザのように二枚重ねた丸いフィルム缶を目の前に掲げて、歩きだした。

「ゆっくり！　もっとゆっくりだ！　そう焦るな、作家先生！」モナを前に引っ立てつつ、銃口をぼくに向けながらバックは言った。「それはそうと、ひとつ残念な知らせがある！　あんたに脚本の執筆を依頼した例の作品の企画だが、どうやら実現の見込みはなさそうだ！」

「そりゃあどうもご丁寧に」包帯を巻いた手でフィルム缶のバランスをとりつつ、一歩、また一歩と足を踏みだしながら、腕と膝と声の震えを必死に押し隠しながら、ぼくはつぶやいた。

「それから、もうひとつ。気を悪くしないでくれよ」とバックは続けた。あいだの距離はおよそ十二ヤードにまで狭まっていた。「あんたからあずかっていた原稿だが、あれはみんなシュレッダーにくれてやった。紙屑はちゃんとリサイクルしてやらないとな」

「べつにかまわない」とぼくは言った。バックがリサイクルにまわしたのは、この世に残された唯一の原稿だった。ぼくの手による三篇の小説。これまでの人生で書きあげた全作品。ぼくは小さく肩をすくめた。

「率直に言わせてもらおう、作家先生。あんなものを読みたがる人間なんぞ、この世にひとりもいやしない。人々が必要としているのは希望となぐさめだ。生きる意味を見いだすことのできるリアルな物語だ。ところが、あんたの小説はどうだ。あんな退屈なだけの話は、読む者を動揺させるか、混乱させるかのどちらかだ。ただでさえこの世は動揺と混乱に満ちているというのにだ」

　バックの指摘には一理あった。この世には、名作と呼ばれる作品がすでに何千、何万と存在している。日一日と数を減らしていく図書館の棚に、誰に触れられることもなく埋もれている。だが、それがなんだというのか。この世に生まれでた本の大半は、たちどころに忘却の彼方へ追いやられていく。ずたずたに切り裂かれて塵となり、風に吹き飛ばされていく。これまで、どれほどの傑作がそうして失われてきたのだろう。もはや誰ひとり読むことのできない言語でつづられた傑作が。誰の記憶にも刻まれることのない人々のために書かれた傑作が。

それでも、この地球上に生を受けたからには、与えられた時間を埋めるために、ひとはかならず何かをしなけりゃならない。もしも運よく昼どきまで生きていられたなら、ぼくはこれから何をしようか。家の壁にペンキを塗ろうか。車を売ろうか。癌の治療法を探そうか。下院議員に立候補しようか。まさか。とんでもない。いま挙げたもののどれひとつとして、ぼくにはまともにできやしない。だったら、ぼくはもう一度はじめから『会陰』を書く。そしてもし、いつの日かとんでもない幸運がぼくに訪れたなら、悲嘆に暮れるペンキ職人か、自暴自棄になった自動車販売員か、孤独な腫瘍《しゅよう》学者か、生存の危機に瀕した下院議員か、あるいはやり場のない怒りを持てあます素人詩人が、ぼくの書いたものに偶然目をとめてくれるかもしれない。埃をかぶった元古書店の片隅でペンを握り、彼らのためだけに書き残したメッセージに気づいてくれるかもしれない。自分以外には誰も理解できないときみが思いこんでいた秘密の言語で、きみ自身もほとんど忘れかけていた秘密の言語でつづった、ぼくからのメッセージに。ページとページのあいだからかすかな声でささやきかけてくる、きみだけに向けたメッセージに。

「危ない！　サム！」ニックのわめき声がして、ぼくは後ろを振りかえった。ニックが車から飛びだして、こちらに駆け寄ろうとしていた。何かを指さしながら、必死に何かを叫んでいた。その指のさす方向へ、ぼくは顔を振り向けた。バックの腹心ラス・ファウラーが岩の陰から顔を出し、こちらにライフルを向けていた。とっさに跳び退《すさ》ったぼくの足もとで地面が弾け、ひと握りの土くれが飛び散った。ラスは岩の陰から跳びだしながら、ふたたびライフルの引鉄《ひきがね》を引いた。放たれた弾がニックの胸に風穴をあけた。地面にくずおれたニックのもとにぼくは駆け寄った。だが、ニックはすでに事切れていた。何かに驚いたような表情を顔に浮かべて。ニックは最期に何を見たのだろう。それがただの土くれやタイヤでないことをぼくは祈った。ニックが最期に目にしたものが、できれば天使であることを、ニックがこれまでけっしてその存在を信じようとしなかった天使であることを、あるいは、せめてぼくの顔であることを、ぼくはひたすらに祈った。この声がまだその魂に届くことを祈って、愛しているとぼくはささやいた。そしてはじめて、自分が本当にニックを愛していたのかもしれないことに気がついた。

「伏せろ！」ロンスキーがわめきながら、ぼくを脇へと突き飛ばした。その手には、あの巨大なマグナム銃が握られていた。ぼくが地面に突っ伏すのと同時に、マグナムの銃口が火を噴いた。次の瞬間、ラスの頭頂部が吹き飛んだ。ロンスキーはまるで踊り子のように、その巨体を軽やかにひるがえし、続いてバックに銃口を向けた。だが、一瞬だけ遅かった。バックの放った銃弾が、ロンスキーの太腿に真っ赤な肉の花を咲かせた。ロンスキーは地面に倒れこんだ。マグナムから放たれた弾は大きく的をはずれて、黒塗りのセダンのフロントガラスと、そこに映る空とを粉々に打ち砕いた。

「走れ、モナ！」ぼくはそうわめきながら、フィルム缶をつかんだ。フリスビーを飛ばすかのように、バックの頭をめがけて、それを投げつけた。バックはとっさに頭をさげた。その隙を突いて、モナが駆けだした。頭から麻袋をかぶったまま、声だけを頼りにふらふらと走りだした。ぼくもそちらへ駆け寄った。突進してくる身体を抱きとめ、半ば引きずるようにして黒塗りのセダンの陰へまわりこみ、「地面に伏せて、じっとしているんだ」とささやいた。

車体の下の隙間から、バックの様子をうかがった。フィルム缶のひとつの蓋が開いて、中身が地面に転がっていた。泥にまみれたフィルムの端が風に煽られ、蛇のように身をくねらせていた。残るひとつのフィルム缶を拾いあげるバックの姿が見えた。それから、地面を這うロンスキーの姿も。手負いの雄牛のように、傷を負って砂浜に打ちあげられたトドのように、ずるずると巨体を引きずりながら、ロンスキーはどうにか車をまわりこもうとしていた。いまいる場所からでは、車が邪魔をして、弾を放つことができないのだ。ぼくがなんとかしなければ。ロンスキーの射程範囲内に、なんとかバックをおびきださなくては。だが、いったいどうすればいいのか。そのとき、不意にモナが身体を起こした。それに気づいたバックが、白い麻袋をめがけて引鉄を引いた。サイドウィンドウが砕け散るのと同時に、ぼくはモナを地面に突き倒し、自分も隣に突っ伏した。

「顔をあげちゃだめだ。このままじっとして」ぼくは言いながら、モナの手首に巻かれたロープの結び目を探った。「いいかい、モナ。きみはぼくのことを知らないだろうが、いまはとにかく、言うとおりにしてくれ。この車の下にもぐって、銃声がやむまでじっとしているんだ。いいね？」

白い麻袋に覆われた頭が、幽霊のようにゆっくりとこちらへ向けられた。

「……サム？　あなたなの？」

「……ララ？」ぼくは耳を疑った。首で絞られた紐を解き、麻袋を剝ぎとった。そこにいたのは、ぼくの妻だった。ぼくのララが生きていた。そのとき、ララが悲鳴をあげた。弾かれたように顔をあげると、すぐそこにバックが立っていた。片手でフィルムを抱きかかえ、もう一方の手で銃をかまえたバックがぼくらを見おろしていた。

「ついにこれでジ・エンドだ。できることなら感謝してもらいたいね。あんたみたいな芸術家気どりは、ハッピーエンドが嫌いだろう?」

ぼくはララの手をつかんだ。ララはそれを握りかえしてきた。バックはぼくに微笑みかけてきた。ぼくが微笑みかえすのを見て、バックはとっさに後ろを振りかえった。ぼくがそのとき見ていたものを、バックもつかのま目にしたはずだ。背後の灌木の茂みから飛びだすゼッドの姿を。ゼッドはいきなりバックに躍りかかり、体当たりを食らわせたあと、その身体に組みついた。リング上でからみあうボクサーか、別れ際に最後のチークダンスを踊る恋人同士のように抱きあったまま、ふたりはよろよろと揉みあった。そして、切り立った崖のへりを越え、フィルムもろとも奈落の底へと落ちていった。

89

最初にヘリコプターが到着した。救急隊はロンスキーの傷に応急処置をほどこしたあと、手短な審議のすえ、この患者を空輸するのはあきらめたほうが賢明だと判断した。ロンスキーもそれに同意した。「わたしの身体を流れる主要な動脈は、厚い肉に守られている。よって、そう慌てることはない」ロンスキーの主張はいつもながら正しかった。パトロールカーと同時に現場に駆けつけた救急車によって、ロンスキーは地元の病院に運びこまれ、そこで弾丸の摘出手術を受けた。だが、血管や腱に大きなダメージはなく、手術時間はごく短いものだったという。手術室を出たロンスキーはマイロの車に乗りこみ、かかりつけの病院へ、グリーン・ヘイヴン病院へ直行した。あちらで長い休養をとるつもりだと、こともなげにロンスキーは語ったらしい。

「あなたのモナを救えなくて、本当に残念です」管理事務所からやってきた自然保護官《レンジャー》や救急隊員の総がかりで救急車に運びこまれようとしているロンスキーに向かって、ぼくは言った。

「うむ、たしかに残念だ。しかし、きみのモナを救うことはできた。それに、ひとつ勉強にもなった。このわたしでも推理を誤ることはあるのだと、はじめて気づかされたのでな」ロンスキーはそう言って、ぱちぱちと目をしばたたいた。ぼくは一瞬、その瞳の奥に感情の閃きのようなものを見たような気がした。ロンスキーは担架の上からじっとぼくを見すえたまま、さしだした手をぎゅっと握りかえしてきた。「調査開始当初にいくつか失態を演じはしたものの、全体を通して考えるなら、きみの働きぶりは充分に満足のいくものであった。きみは優秀な探偵となる素質を秘めているようだ」

「ありがとうございます。ぼくにはもったいないくらいの言葉です」

ロンスキーがこくりとうなずいた直後、後部ハッチのドアが閉じられた。

ラスとニックの遺体も遺体収容袋におさめられ、現場から運び去られていった。崖下に落ちたバックとゼッドの遺体は、発見と回収にしばしの時間がかかった。ゼッドの服のポケットに入っていたモルヒネの錠剤の壜は、中身がからになっていたという。末期癌がもたらす想像を絶する痛みから、ゼッドはこの日ようやく解放されたのだ。

後日、報じられたニュースでは、バック・ノーマンはロケ現場の視察に訪れた際、強盗だか誘拐犯だかに襲われて、ボディーガードもろとも、銃で撃たれて死亡したことになっていた。身元不明の同乗者——暴漢によって同様に射殺されたブロンドの女――を救おうとして、命を落としたのではないかとコメントする者もいた。謎の女は、バックがスターに育てあげようとしていた無名の女優だと言いだす者もいた。アメリカが誇る稀代の語り部は、人々が思い描くイメージのまま、人々の心に記憶されることになりそうだった。真相を知る者たちも、醜悪な真実をあかるみにすることを誰ひとり望みはしなかった。崖下に落ちたフィルムは、修復の見込みもないほど千々に破れ、無惨な状態となって発見された。傷にまみれた長いフィルムが一本、崖の中腹に引っかかって、いつまでも風に揺れていた。

90

警官による事情聴取に、救急車のなかでの包帯と点滴を経たのち、必要に応じて出頭し、かならず質問に応じるとの誓いを立てさせられてから、ぼくとララはようやく現場を去ってもいいとの許可を与えられた。駆けつけた警察や救急隊が撤収していくと、その場に残されたのはぼくらふたりだけになった。広大な砂漠のまんなかで、そびえる岩山のてっぺんで、ぼくらは古ぼけたステーションワゴンの前に立ちつくしていた。釘の頭を打つハンマーのように、沈みかけた太陽が岩山の頂に振りおろされようとしていた。周囲を見晴らす眺望のなかで、人間の営みを思わせるものは、ぼくらの車と、その下に敷かれた舗装路だけだった。

「じゃあ……そろそろぼくらも行くか。このままこうしていてもなんだし……」とぼくは切りだした。

「すてきな前歯ね」とララは言った。

「ありがとう」と応じて、ぼくは微笑んだ。それから無意識に運転席側のドアへ、ララも助手席側のドアと向かった。これまで何年ものあいだ、毎日そうしてきたように。そして、ドアに手を伸ばしかけて、ようやく気づいた。

「ちょっと待った。ハンドルが握れないってことをうっかり忘れてた」言いながら、ぼくは両手を掲げてみせた。ぼくらはもう一度、反対方向へとボンネットをまわりこみ、それぞれに車へ乗りこんだ。

ぼくがキーをさしだすと、ララは小指に巻かれた包帯に視線を落として小首をかしげた。「その指、いったいどうしたの？」

「話せば長い話でね」ぼくは自分の指に視線を落とした。それから意を決して顔をあげ、まっすぐララの目を見つめて言った。「じつは、きみに打ちあけなきゃならないことがある」

ララはぼくの目を見つめかえした。

「そう……わたしもよ」

謝辞

まずは本書の刊行を決断し、その後、作品に磨きをかけてくれた担当編集者のエド・パークと、彼が率いる常勝チームの面々に多大なる謝意を表したい。不可能を可能にする男、エージェントのダグ・スチュアートにはいくら感謝しても感謝しきれない。それから、スターリング・ロード・リタリスティック社のみなさんと、たぐいまれなる才女マデリン・クラークにも、謹んでお礼を申しあげる。繰りかえし原稿に目を通しては励ましの言葉を贈ってくれたエリック・コースとウィリアム・フィッチにも、ぼくの作品に最初にコメントを寄せてくれた作家にして最愛の同志でもあるリヴカ・ガルチェンにも、相変わらずお世話になりっぱなしのジェニファー・マーティンにも、この場を借りてありがとうと伝えよう。また、スペイン語のチェックをしてくれたアイリーン・ドノソにも、大いなる感謝の意を表したい。本作においても、文法や綴り、見解や判断に誤りや語弊があったとしたら、すべての責任はぼくの至らなさにある。最後に、誰よりも長く、誰よりも多くのことに耐えてくれている家族へ。きみたちの尽きせぬ忍耐と愛に、心からありがとうと言わせてほしい。

訳者あとがき

二〇一一年、海外ミステリの年間ランキングで初の三冠という快挙を成し遂げた『二流小説家』が、ここ日本へ舞台を移し、上川隆也さんを主演に迎えた邦画として、今年六月に全国公開されることとなった。その著者であるデイヴィッド・ゴードンの待望の新作は、いよいよ七月に本国アメリカにて出版の予定であるが、それに先駆けてひと足早く、邦訳書をミステリ・ファンのみなさまにお届けすることが許された。それが本書、『ミステリガール』である。まずは、その内容から紹介させていただこう。

カリフォルニア州ロサンゼルスに暮らす元古書店員サムは、定職にも就かず、発表のあてすらない実験的小説を書きためる日々を送っていた。そんなある日、最愛の妻から離婚を切りだされたサムは、職探しに奔走しはじめる。そうしてたどりついたのは、頭脳明晰にして超肥満体、そのうえ重度の強迫神経症を患う変り種探偵、ソーラー・ロンスキーの助手という仕事だった。ロンスキーはサムに謎の美女ラモーナの監視を命じるが、数日後、そのラモーナが謎の死を遂げてしまう。死の真相を突きとめるべく、ロンスキーの指示で調査に乗りだしたサムだったが、そこに待ちうけていたのは、妖しげなオカルト集団や前衛的カルチャーが錯綜するめくるめく官能の世界だった。はたして、謎の美女の正体とは。サムは死の真相を突きとめることができるのか。妻の愛情を取りもどすことはできるのか。

小説家になるという長年の夢も、愛する妻への未練も、とつぜんあらわれたセクシーな美女たちを前にしての煩悩も断ちきれず、苦悶と葛藤に苛まれつつからまわりを続ける〝負け犬〟の中年男、サム。そのサムが殺人事件を解決し、妻の愛を取りもどさんと奮闘するさまが、もちろん、この作品の主軸であり、第一の魅力でもある。だが、本書にはそれに加えて、ここでは挙げきれないほどの魅力が数多く詰まっている。

まずは、前作からひとまわりもふたまわりもパワーアップして随所に盛りこまれた、軽妙にしてきわどいユーモアの数々。緊迫のシーンのはずなのに、悲しみに暮れるシーンのはずなのに、どうしてこんなことに……というエピソードが満載なので、大いに期待していただきたい。また、前作『二流小説家』にて、主人公のみならず脇を固めるキャラクターに心をつかまれたという読者は少なくないことと思うが、今作においても、脇役陣の個性は群を抜いている。〝自称〟名探偵のロンスキーをはじめとして、ゲイの映画オタクに、レズビアンの古書店長、悪魔崇拝者のドラッグクイーンに、荒くれ者のメキシコ人らが、主人公サムをおもしろいように翻弄してくれるのだ。さらには、往年のモノクロ映画からカンフー映画、西部劇、はたまた前衛的な現代小説やメキシコという国への慕情やうんちくも、そこかしこでふんだんに語られる。おそらくはミステリ・ファンのみならず、多くの映画通や本の虫にも楽しんでいただけるのではないだろうか。

最後に、本国の作家陣から本作に寄せられた讃辞をいくつか紹介させていただこう。

抱腹絶倒にして、読む者に大いなる悲哀といくばくかの欲情とを誘う一作。デイヴィッド・ゴードンはいとも巧みに、人間の併せ持つあらゆる面を——その崇高さから恥辱に至るまでを——切れ味鋭いひとつの〝声〟へと融合してみせた。ミュリエル・スパークやジョン・ファンテと並んで、ゴードンもまた、その〝声〟をいつまでも聞いていたいと思わせる鬼才のひとりだ。

——ジェイ・カスピアン・カン

数理的に可能と思える範疇を超えた、より軽妙で、より悲しく、より洗練された一作。ダシール・ハメットをドン・デリーロで割って、文豪ドストエフスキーに足した味わい。それでもなお、純然たるデイヴィッド・ゴードンの魅力がそこにある。

——リヴカ・ガルチェン

デイヴィッド・ゴードンは、ミステリ、あるいは機知に富んだ悲喜劇、あるいは〝探偵がみずからに関する衝撃の新事実を知るに至る〟までを描いた成長譚という形態をとって、このうえなく情熱的な一篇の恋愛小説を紡ぎあげた。この小説は、ときに猥褻でもあり、ときにユーモラスでもあり、ときに激しく心を揺さぶりもする。要は、とにかく痛快な一冊なのである。

――カレン・ラッセル

新進気鋭の作家デイヴィッド・ゴードンが放つ独特な個性を、いずれも端的に言いあらわしてくれているように思うのだが、いかがだろう。この世に存在するすべての小説と、世の荒波に揉まれるすべての不器用な人々を愛してやまない作家の魅力に、ひとりでも多くの方がハマってくださったら幸いだ。

二〇一三年五月

HAYAKAWA POCKET MYSTERY BOOKS No. 1872

青《あお》 木《き》 千《ち》 鶴《づる》

白百合女子大学文学部卒
英米文学翻訳家
訳書
『二流小説家』デイヴィッド・ゴードン
『湖は餓えて煙る』ブライアン・グルーリー
『お行儀の悪い神々』マリー・フィリップス
『おいしいワインに殺意をそえて』ミシェル・スコット
（以上早川書房刊）他多数

この本の型は，縦18.4センチ，横10.6センチのポケット・ブック判です．

〔ミステリガール〕

2013年6月10日印刷　　2013年6月15日発行

著　者	デイヴィッド・ゴードン
訳　者	青木千鶴
発行者	早川浩
印刷所	星野精版印刷株式会社
表紙印刷	大平舎美術印刷
製本所	株式会社川島製本所

発行所 株式会社 **早川書房**

東京都千代田区神田多町2－2
電話　03-3252-3111（大代表）
振替　00160-3-47799
http://www.hayakawa-online.co.jp

（乱丁・落丁本は小社制作部宛お送り下さい
送料小社負担にてお取りかえいたします）

ISBN978-4-15-001872-6 C0297
Printed and bound in Japan

ハヤカワ・ミステリ〈話題作〉

1863
ルパン、最後の恋
モーリス・ルブラン
平岡　敦訳

父を亡くした娘を襲う怪事件。陰ながら見守るルパンは見えない敵に苦戦する。未発表のまま封印されたシリーズ最終作、ついに解禁

1864
首斬り人の娘
オリヴァー・ペチュ
猪股和夫訳

一六五九年ドイツ。産婆が子供殺しの魔女として捕らえられた。処刑吏クィズルらは、ひそかに事件の真相を探る。歴史ミステリ大作

1865
高慢と偏見、そして殺人
P・D・ジェイムズ
羽田詩津子訳

エリザベスとダーシーが平和に暮らすペンバリー館で殺人が！　ロマンス小説の古典『高慢と偏見』の続篇に、ミステリの巨匠が挑む！

1866
喪　失
モー・ヘイダー
北野寿美枝訳

〈アメリカ探偵作家クラブ賞最優秀長篇賞受賞〉駐車場から車ごと誘拐された少女。狡猾な犯人を追うキャフェリー警部の苦悩と焦燥

1867
六人目の少女
ドナート・カッリージ
清水由貴子訳

森で発見された六本の片腕。それは誘拐された少女たちのものだった。フランス国鉄ミステリ大賞に輝くイタリア発サイコサスペンス